KB022043

6분전

Windmills of the Gods

6분 전

Windmills of the Gods by Sidney Sheldon

시드니 셸던 지음 | 정성호 옮김

오늘

조르자를 위하여

"우리는 모두 희생자들이다, 안젤모.

우리의 운명은 우주를 굴러가는 주사위, 별들의 바람,

신들의 풍차에서 불어오는

변덕스러운 행운의 미풍에 의해 결정된다."

_H.L. 디트리히 「최후의 운명」

| 이 책을 읽기 전에…

이 작품은 전 세계적인 베스트셀러 작가인 시드니 셀던의 대표작 『6분 전』(Windmills of the Gods)의 완역본이다. 그의 책 중에 유일하게 국제 사회 문제와 엘리트 여성의 활동을 묘사한 수준 높은 작품으로, 독자 여러분에게 소개하게 되어 무척 기쁘게 생각한다.

한 엘리트 여성을 이용한 정치 이슈와 다양한 얼개, 음모, 서스펜스를 흥미진진하게 엿볼 수 있다.

다만 이리저리 얽힌 이야기 구성이 다소 복잡할 수도 있다. 즉 도입부터 그리스 로마신화에 나오는 신들의 이름을 암호명으로 빌린 극단적인 자유주의 테러집단이 여러 방면으로 상상력을 동원시키기는 등 복선이 어렵게 느껴질 수 있다. 하지만 그 터널을 통과하면 수준 높은 독자들은 감당하기 힘든 희열과 흥분을 느끼게 된다. 메리 애슐리라는 주인공의 움직임을 주시하다 보면 어느새 복선은 사라지고 이야기의 흐름이 오롯이 떠오르게 된다. 한마디로 저자가 얼마나 많은 공을 들인 작품인지를 알 수 있게 된다.

이 책을 번역하는 동안, 시드니 셀던이라는 작가의 역량에 새삼 고개가 숙여졌다. 한 사람의 머리에서 그렇게도 수많은 등장인물이 어떻게 그렇게 완벽하게 짜 맞춰질 수가 있는 것인지, 과연 세계적인 베스트셀러의 대가는 다르다는 것을 다시 한 번 알 수 있었다.

한 여성 외교관이 국제무대에 등장하여 좌절과 희열의 파고를 종횡무진 넘나드는 이야기가 섬세한 필치로 전개되는 『6분 전』, 독자 여러분은 시드니 셀던의 책 중에서 유일하게 고급 두뇌들의 품격 있는 이야기를 읽을 수 있는 기회가 될 것이다. 다만 이 책의 번역이 그리 쉽지만은 않았음을 밝힌다. 생소하고 쉽지 않은 단어들이 대거 등장하기 때문이다.

번역을 마치며 원서 표지 헤드라인의 글을 다시 한 번 언급하고 싶다. 국제적인 음모, 살인과 로맨스가 흥미진진하게 결합된 재미있는 소설! 책을 펴는 데 조금도 주저하지 말라!

정성호

차례

제1부

제2부

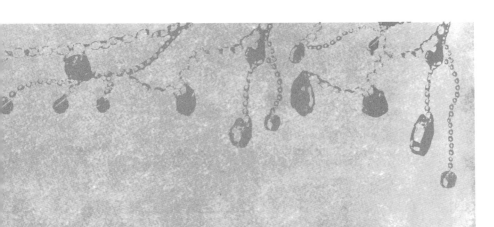

제3부

등장인물

스탠턴 로저스 :: 대통령의 외무담당 보좌관. 대통령과 막역한 친구

폴 엘리슨 :: 미국 대통령

플로이드 베이커 :: 미국무장관

벤 코흔 :: 〈워싱턴 포스트〉지 베테랑 정치부 기자

알렉산드루 이오네스쿠 :: 루마니아 대통령

마린 그로차 :: 루마니아 변혁 운동의 지도자

레프 파스테르나크 :: 마린 그로차의 경호대장

피터 코너스 :: CIA 중에서도 가장 비밀스럽고 폐쇄적인 대간첩본부의 책임자

메리 애슐리 :: 캔자스 주립대학 동유럽 정치학과 조교수, 여성유권자동맹의 정크션

시티 지부장, 루마니아 주재 미국대사

플로렌스 쉬퍼와 더글러스 쉬퍼 :: 메리 애슐리의 친한 이웃

노이사 뮤네츠 :: 청부 살인업자인 엔젤의 연인

엔젤 :: 세계적인 청부 살인업자

제임스 스티클리 :: 외무부 루마니아과 선임외교관

마이크 슬레이드 :: 루마니아 주재 미국부대사

도러시 스톤 :: 메리 애슐리 대사의 비서

에디 멀츠 :: 루마니아 대사관의 정치담당 참사관, CIA요원

아우렐 이스트라세 :: 루마니아 정보부 부장

루이 데스포르제 박사 :: 프랑스 대사관 주치의

코리나 소콜리 :: 세계적인 프리마 발레리나

프롤로그

Windmills of the Gods

페르호, 핀란드

헬싱키에서 200마일 가량 떨어진 삼림 지역, 방습 지붕으로 되어 있는 안락한 통나무집에서 회의가 열리고 있었다. 위원회의 서부지국 회원들은 불규칙한 간격을 두고 조심스럽게 한 사람씩 속속 도착했다.

그들은 8개 나라의 대표들로서 그들의 방문은 핀란드 국무회의인 '발티오네우보스토'에 속해 있는 장관에 의해 은밀히 추진되어 왔기 때문에 그들의 여권에는 입국 절차를 밟은 흔적이 전혀 없었다.

그들은 통나무집에 들어갈 때까지 무장한 경비병들의 호위를 받았으며, 마지막 참석자가 나타나자 문은 안으로 굳게 잠겼다.

커다란 직사각형 탁자에 앉아 있는 참석자들은 각기 자신들의 나라에서 높은 지위에 있는 인물들이었다. 그들은 이전에도 은밀한 자리에서 만난 적이 있었으며, 서로를 굳게 신뢰하고 있었다. 그들에게는 달리 선택의 여지가 없기 때문이기도 했다. 또한 더욱 철저한 보안을 위해 그들 각자에게 암호명이 주어졌다.

회의는 거의 5시간 동안이나 계속되었고 시간이 흐를수록 분위기는 점점 더 고조되어 갔다. 마침내 의장은 안건을 표결에 붙여야 할 시간이 되었다고 결론을 내렸다. 그는 자신의 큰 몸뚱이를 천천히 일으키더니 오른쪽에 앉아 있는 사람을 향해 물었다.

"시구르드[북유럽에 전해 내려오는 고대 시학서 및 서사시집인 에다(Edda)의 고시가와 사가에 자주 나오는 영웅. 독일 중세의 영웅 서사시 〈니벨룽겐의 노래〉의 주인공인 지크프리트에 해당됨-역자주)]?"

"좋소."

"오딘(북유럽 신화에 나오는 예술·문화·전쟁·죽은 자의 신)?"

"좋습니다."

"발데르(북유럽 신화에 나오는 광명의 신)?"

"우린 그동안 시간적인 여유가 너무 없었소. 만약 이번 일이 세상에 알려진다면 우리의 목숨은……?"

"좋은지 싫은지만 말씀해주시오."

"싫소……."

"프레이르(북유럽 신화에 나오는 평화·부·결혼의 신)?"

"찬성이오."

"지크문트?"

"난 반대요. 위험이……."

"토르[북유럽 신화에 나오는 천둥·전쟁·농업을 맡은 뇌신(雷神)]?"

"찬성이오."

"티르(오딘의 아들로 전쟁과 승리의 신)?"

"나도 찬성이오."

"나도 찬성표를 던지겠소. 그럼 안건은 6대2로 통과되었소. 컨트롤러께 그렇게 전하겠소. 다음 회의에서 이번 임무를 수행할 가장 적합한 사람으로 컨트롤러가 추천하는 사람을 여러분에게 알려주겠소. 늘 그랬듯이 경계를 늦추지 말고, 20분 간격으로 이곳을 떠나기로 합시다. 여러분,

고맙소."

그로부터 2시간 45분이 지난 뒤, 통나무집 주위는 개미새끼 한 마리도 얼씬거리지 않는 텅 빈 적막 속에 휩싸였다.

그때, 석유통을 든 전문가들이 나타나 통나무집에 불을 질렀고 새빨간 화염은 때마침 불어오는 바람을 타고 순식간에 집을 삼켜버렸다.

페르호의 소방대장 팔로쿤타가 현장에 도착했을 때는 타다 남은 나무 토막 몇 개만이 통나무집의 윤곽을 어렴풋이 말해주고 있을 뿐, 아무것도 남아 있지 않았다. 한 소방대원이 잿더미 근처로 다가가 허리를 굽히고 냄새를 맡아보며 중얼거렸다.

"석유 냄샌데요. 이건 방화가 틀림없습니다."

불에 탄 자리를 쏘아보는 소방대장의 얼굴에는 난감해하는 표정이 뚜렷했다.

"거참, 이상하구먼. 지난주에 내가 여기서 사냥을 했는데, 그때는 통나무집 따위는 없었단 말이야."

제1부

Windmills of the Gods

대통령 취임하다

워싱턴 D.C.

스탠턴 로저스는 미국의 대통령이 될 뻔했던 사람이었다. 그는 가히 카리스마를 지닌 정치가라고 할 만했으며 대중의 폭넓은 지지를 받았을 뿐만 아니라 막강한 세력을 가진 친구들이 그의 뒤를 받쳐주고 있었다. 그러나 불행히도 여자에 대한 욕심 때문에 자신의 경력에 치명적인 타격을 받게 되었다.

워싱턴의 전문가들은 "스탠턴은 바람기 때문에 대통령 자리를 날려버렸다."라며 스탠턴을 궁지에 몰아넣었다.

스탠턴 로저스는 자신이 바람둥이라고는 꿈에도 생각해본 적이 없었다. 실제로 운명적인 한 번의 불장난이 있기 전까지만 해도 그는 무척이나 모범적인 남편이었다.

미남에다 부자인 스탠턴은 세상에서 가장 중요한 지위를 얻고자 꾸준히 노력했고, 조강지처를 버릴 기회가 수없이 많았는데도 다른 여자는 거들떠보지도 않았다. 그러나 그것보다도 더욱 이상스러운 점이 있었다. 스탠턴 로저스의 전처인 엘리자베스는 사교적이고 아름다울 뿐만 아니라 상당히 지적인 여성으로 스탠턴과 거의 모든 일에 같은 생각을 가지고 있었다.

반면에 스탠턴과 눈이 맞아 말 많던 이혼 끝에 그를 차지하는 데 성공한 바바라는 스탠턴보다 5세나 위였고, 아름답다기보다는 그저 산뜻하다고 할 만한 용모에 스탠턴과는 공통점을 찾을래야 찾아볼 수도 없는 그런 여자였다. 스탠턴이 활동적이고 사교적인 것에 비해 바바라는 움직이는 것 자체를 몹시 싫어해서 남편과 단 둘이 지내거나 기껏해야 몇몇 사람들과 어울리는 정도였다.

그 밖에도 스탠턴 로저스를 알고 있는 사람들을 더욱 놀라게 한 것은 두 사람의 정치적인 견해 차이였다. 스탠턴은 자유주의자인 반면에 바바라는 극도로 보수적인 집안에서 자란 여자였기 때문이다.

어느 날 스탠턴의 절친인 폴 엘리슨이 다음과 같은 충고를 했다.

"여보게, 자네 아무래도 정신이 나간 모양이군! 자네와 엘리자베스는 세상에서 가장 완벽한 부부로 기네스북에 올라도 전혀 손색이 없는 한 쌍이 아닌가. 순간의 충동으로 그 모든 것을 헌신짝처럼 내버려서는 안 된단 말일세."

스탠턴 로저스의 대답은 단호했다.

"그만두게나, 폴. 난 바바라를 사랑하고 있네. 나는 이혼이 되는 즉시 바바라와 결혼할 생각이니 참견하지 말게."

"그런 일이 자네의 정치 생명에 어떤 영향을 미칠 것인지 생각해본 적이 있나?"

"이 나라에서는 결혼한 사람들 절반 이상이 이혼으로 끝장을 보는 판국일세. 그러니 문제될 것은 하나도 없지 않은가."

그러나 그의 예측이 턱도 없이 빗나가 버린 것은 그다지 오랜 시간이 걸리지 않았다. 말썽 많은 그의 이혼 사건은 각 언론 기관에 흥미 있는 얘깃거리가 되었고, 가십난에서는 연일 스탠턴 로저스의 밀월 장소 사진과 함께 되도록 진한 러브스토리를 앞 다투어 게재하기 시작했다.

한참 동안이나 신문사에 기삿거리를 제공해준 그 사건이 간신히 잠잠해질 즈음에는 스탠턴 로저스의 뒤를 밀어주던 힘 있는 친구들이 이미 슬그머니 꽁무니를 빼버린 뒤였다. 그들은 왕좌를 차지할 새로운 백마탄 기사를 찾아냈는데, 그가 바로 폴 엘리슨이었다.

그들이 엘리슨을 택한 것은 꽤 참신한 선택이었다. 비록 두드러진 외모나 카리스마적인 기질 면에서는 스탠턴 로저스에 뒤지지만, 엘리슨 역시 지적이고 호감이 가는 인물이었으며 배경 또한 만만치 않았다.

폴 엘리슨은 자그마한 키에 수수한 용모, 맑고 파란 눈동자를 가진 사람이었다. 그는 어느 철강 재벌의 딸과 더불어 10여 년 동안 행복한 생활을 해오고 있었으며 아주 금실 좋은 부부라는 평을 듣고 있었다.

스탠턴 로저스와 마찬가지로 폴 엘리슨 역시 예일대학과 하버드 법과대학을 졸업한 엘리트였다. 두 사람은 거의 함께 자랐다고 해도 과언이 아닐 만큼 죽마고우였다.

두 집안 사람들은 사우샘프턴의 별장에서 여름휴가를 함께 보내곤 했는데 그때마다 두 소년은 함께 수영을 즐기고 야구놀이를 했다. 나중에는 서로의 애인을 데리고 데이트를 함께 하기도 했다.

그들은 하버드에서도 함께 강의를 들었다. 폴 엘리슨도 그런 대로 두드러진 학생이었지만 동료들의 인기를 독차지한 이른바 '스타'는 어디까지나 스탠턴 로저스였다. 스탠턴이 '하버드 법대 학보'의 편집장일 때 폴은 부편집장이었다.

스탠턴 로저스의 아버지는 월 스트리트에 있는 유명한 법률 사무소의 수석 법률가였으며, 스탠턴이 여름방학 동안에 아버지의 사무실에서 실무를 견습할 때는 어김없이 폴의 자리도 마련해주었다.

법대를 졸업하고 나자 스탠턴은 새벽하늘에 떠오르는 샛별처럼 정치역량을 눈부시게 키워 나가기 시작했다. 그를 혜성에다 비유한다면 폴 엘리슨은 고작 혜성의 꼬리에나 비유될 정도였다.

그러나 한 번의 이혼이 모든 상황을 역전시켜 버렸다. 이제는 오히려 스탠턴 로저스가 폴 엘리슨의 그늘에 가려진 신세가 되고 만 것이다.

엘리슨이 정상에 도착하는 데는 꼬박 15년이라는 세월이 걸렸다.

상원의원에 출마했다가 한 번의 고배를 마신 엘리슨은 다음 선거에서 기어이 목표를 달성하여 탁월한 입안가로서의 자질을 유감없이 발휘하기 시작했다. 그는 정부 각 부처와 워싱턴의 관료 제도에 횡행하던 지나친 재정 낭비에 맞서 싸웠다. 또한 엘리슨은 대중주의자이며 국제적 데탕트를 신봉하는 인물이었다. 그는 현직 대통령의 재선 출마를 위한 입후보 연설문을 명쾌하고 감동적인 문체로 작성하여 세인의 지대한 관심을 끌게 되었다.

그로부터 4년 뒤, 폴 엘리슨은 마침내 미국의 대통령으로 선출되었다. 대통령에 취임한 엘리슨이 처음으로 한 일은 스탠턴 로저스를 자신의 외무담당 보좌관으로 임명한 것이었다.

텔레비전이 전 세계를 하나의 지구촌으로 묶어 놓을 것이라던 마셜 맥루한의 예견이 현실로 입증되었다. 미합중국 제42대 대통령의 취임식이 인공위성을 통해 전 세계 190개국에 중계되었다.

워싱턴 D.C.에 있는 기자들이 잘 모이는 곳인 블랙 루스터에서 〈워싱턴 포스트〉지의 베테랑 정치부 기자인 벤 코흔이 4명의 동료들과 함께 대형 텔레비전으로 대통령 취임식 중계를 보고 있었다.

"저 개자식 때문에 고스란히 50달러나 날렸지 뭐야!"

한 기자가 투덜거렸다.

"그래서 내가 미리 엘리슨한테 걸라고 했잖아. 저 양반 마술사야, 마술사. 자네도 이제 그걸 인정하는 게 좋을걸?"

벤 코흔이 비웃는 듯한 말투로 동료의 농담을 받았다.

텔레비전 화면에는 펜실베이니아 거리에 모여든 엄청난 군중들이 1월의 차가운 바람에 와들와들 떨면서도 옥외에 설치된 대형 스피커에서 흘러나오는 신임 대통령의 취임 연설에 귀를 기울이고 있는 장면이 비춰지고 있었다. 미합중국 대법원장인 제이슨 멀린이 서약식을 막 끝내자 새 대통령이 손을 흔들면서 마이크 앞으로 다가갔다.

"이 추운 날씨에 꼼짝도 않고 서 있는 저 사람들 좀 보라고."

벤 코흔이 다시 입을 열었다.

"저 사람들이 왜 집에서 텔레비전을 보지 않고 저렇게 나와 있는지 자네는 아나?"

"글쎄……."

"왜냐하면 지금이 바로 새로운 역사가 쓰여지는 순간이기 때문이지. 먼 훗날 저 사람들은 자기 아들이나 손자를 무릎 위에 앉혀 놓고 이런 이야기를 할 걸세. '폴 엘리슨이 대통령 서약을 하는 순간, 나는 바로 그 자리에 있었단다. 나는 대통령을 손으로 만져볼 수도 있을 만큼 가까운 거리에 있었단다.' ……어떤가?"

"무척 신랄하군, 벤."

"한편으로는 자랑스럽기도 하지. 하지만 이 세상의 모든 정치인들은 알고 보면 다 한통속이야. 모두들 언젠가 이름을 떨칠 날을 기다리면서 똑같은 모양으로 웅크리고 있거든. 새 대통령은 자유주의자에다 이상주의자네. 그것만으로도 이성을 가진 사람들은 모두 악몽에 시달리기에 충분할 걸세. 자유주의자에 대해 내가 내린 정의는 푹신한 침대 위에서 세상모르고 나뒹구는 얼간이라는 것이네."

하지만 사실은, 벤 코흔은 방금 지껄여 댄 것처럼 그렇게 냉소적인 사람은 아니었다. 그는 이미 폴 엘리슨의 경력을 샅샅이 조사해본 뒤였고, 처음에는 그런 엘리슨에게 별로 호감을 가지지 않았지만 그가 정치라는 사다리를 한 계단씩 오르는 모습을 보고는 생각을 바꾸게 되었다. 그가 보기에 이 정치가는 여느 아첨꾼과는 달랐다. 버드나무 숲속에서 발견한 한 그루의 참나무 같은 인물이 바로 폴 엘리슨이었다.

창밖의 하늘은 당장이라도 차가운 빗줄기를 퍼부을 듯이 잔뜩 찌푸려 있었다.

벤 코흔은 마음속으로 저렇게 찌푸린 날씨가 행여 앞으로 4년이라는 새 대통령의 임기를 저주하는 것이 아니기를 빌며 다시 텔레비전 화면으로 눈길을 돌렸다.

「미국에서 대통령이라는 직위는 미국 국민들 개개인이 밝힌 촛불이 모여진 것이며 또 4년이라는 간격을 두고 대대로 이어져온 횃불이기도 합니다. 또한 여러분이 제 손에 쥐어주신 이 촛불은 세계에서 가장 강력한 무기이기도 합니다. 이 작은 불씨가 지상의 모든 문명을 깡그리 태워버릴 화마로 변할 수 있는가 하면, 반대로 모든 사람의 미래를 환히 밝혀줄 횃불이 될 수도 있습니다. 그건 오로지 우리들 자신의 선택에 달려 있습니다. 지금 제가 하고 있는 이 연설은 우리의 우방뿐만 아니라 여러 공산권 나라에도 전해질 것입니다. 저는 이 자리를 빌려 그들에게 이렇게 호소하고 싶습니다. 바야흐로 21세기의 문턱에 다다른 이 시기에 더 이상 대립과 반목의 여지는 남아 있지 않으며, 우리는 무슨 일이 있더라도 '세계는 하나'라는 말을 실현시키지 않으면 안 된다고 말입니다. 그렇지 않으면 누구도 감당할 수 없는 엄청난 비극이 일어나고야 말 것입니다. 저는 우리와 철의 장막 사이에 얼마나 깊은 낭떠러지가 가로놓여 있는지 잘 알고 있습니다. 그렇지만 누군가 먼저 일을 시작하기만 하면 머지않아 두 나라 사이에는 굳건한 다리가 건설될 수 있으리라는 것 또한 잘 알고 있습니다.」

대통령의 연설은 어딘지 모르게 듣는 이의 마음을 사로잡고 있었다.

'이건 그의 진실임에 틀림없어. 암살당하는 일이 없길…….'

벤 코흔은 그렇게 생각했다.

캔자스 주의 정크션 시티에는 한 치 앞도 내다볼 수 없는 혹심한 눈보라가 휘몰아치고 있었다. 낡아빠진 고물 자동차를 끌고 도시 주변 고속도로를 달리던 메리 애슐리는 제설차가 지나간 자국을 따라가기 위해 도로한가운데로 차를 몰았다. 눈보라 때문에 자칫하면 강의에 늦을 판국이었지만 메리는 서두르지 않고 침착하게 운전을 했다.

차 안에 켜진 라디오에서는 대통령의 목소리가 흘러나오고 있었다.

「…미국이 더욱 역점을 두어야 할 일은 다리를 세우는 일이 아니라 오히려 성곽을 쌓는 일이라고 주장하는 사람들이 정부 안에도 더러 있는 걸로 알고 있습니다. 그러한 주장에 대한 저의 답변은, 더 이상 우리 후손들에게 핵전쟁이나 전 세계적인 골칫거리를 물려주어서는 안 된다는 것입니다.」

'폴 엘리슨에게 투표하기를 정말 잘했어. 훌륭한 대통령이 될 거야.'

메리는 미소지으며 내심 흐뭇해했다.

눈발이 점점 더 거세지자 메리는 핸들을 더욱 힘껏 움켜잡았다.

세인트 크로익스는 구름 한 점 없이 화창한 날씨였지만 해리 랜츠는 밖으로 나가고 싶은 마음이 전혀 없었다. 집 안에서도 재미있는 일이 너무 많았기 때문이었다. 랜츠는 양 옆에 매력 있는 달리 자매를 한 명씩 끌어안은 채 알몸으로 침대에 누워 있었다.

비록 자매라고는 하지만 랜츠는 그들이 친자매가 아닐 거라고 나름대로 확신하고 있었다. 애니트는 키가 큰 검은 머리칼의 아가씨였고, 샐리도 키는 컸지만 금발이었다. 그러나 그들이 정말로 친자매든 아니든 그것은 랜츠에게 그다지 큰 문제가 아니었다. 그에게 중요한 것은 그녀들이 섹스에 매우 능숙해서 자신으로 하여금 쉴새없이 기쁨의 신음 소리를 내

뱉게 한다는 사실이었다.

모텔의 방 한쪽 구석에 있는 텔레비전에서는 대통령의 모습이 어른거리고 있었다.

「…양쪽 모두가 성실하게 노력한다면 해결하지 못할 문제는 하나도 없습니다. 동베를린의 콘크리트 장벽과 소련의 다른 위성 국가들을 둘러싸고 있는 철의 장막은 반드시 무너지고 말 것이라고 확신합니다.」

샐리가 잠시 동작을 멈추고 물었다.

"저 바보상자를 꺼버릴까요, 랜츠?"

"그냥 놔둬. 저자가 무슨 소릴 지껄이는지 듣고 싶으니까."

이번에는 애니트가 번쩍 고개를 쳐들고 물었다.

"당신도 이번에 저 사람 뽑았어요?"

해리 랜츠가 갑자기 귀찮다는 듯이 소리를 버럭 질렀다.

"야, 너흰 어서 하던 일이나 계속해……."

「이미 여러분도 잘 아시다시피 3년 전에 루마니아 대통령인 니콜라에코 이세스쿠의 서거에 즈음하여 루마니아는 미국과 외교를 단절했습니다. 이 자리를 빌려 저는 여러분에게 우리가 루마니아 정부 쪽과 여러 차례 만났다는 사실과, 그 나라의 현 대통령인 알렉산드루 이오네스쿠 또한 우리와 관계를 다시 맺기로 뜻을 같이 했다는 사실을 알려 드립니다.」

펜실베이니아 거리에 모인 군중들 틈에서 요란한 박수 소리가 울려 퍼졌다. 해리 랜츠는 갑자기 아무런 말도 없이 벌떡 몸을 일으켰다. 그 바람에 그의 몸을 애무하던 애니트가 본의 아니게 그의 중요 부위를 깨물고 말았다.

"아니, 이, 이 년이 미쳤나?"

랜츠의 비명 섞인 고함 소리가 터져 나왔다.

"난 포경 수술을 벌써 옛날에 해치운 몸이라고. 도대체 나더러 뭘 더 보여달라는 거야?"

"누가 그렇게 벌떡 일어나라고 했나요 뭐."

랜츠는 이미 애니트의 말에는 귀를 기울이고 있지 않았다. 그의 눈은 오로지 텔레비전 화면에 못박혀 있었다.

「우리가 우선 해야할 공식 활동은 루마니아에 대사관을 설치하는 일입니다. 그리고 그것은 단지 시작일 뿐인…….」

대통령의 연설이 이어지고 있었다.

그 무렵 루마니아의 수도 부쿠레슈티에는 어둠이 깃들고 있었다. 추워야 할 겨울 날씨가 뜻밖에도 포근해져서 꽤 늦은 시간인데도 시장에는 물건을 사려는 사람들의 행렬이 늘어서 있었다.

루마니아 대통령 알렉산드루 이오네스쿠는 칼레아 빅토리에이에 있는 '펠릭스'라는 오래된 궁전의 자기 사무실에서 몇몇 보좌관들과 함께 라디오에 귀를 기울이고 있었다.

「…저는 결코 거기서 멈추지 않을 것입니다.」

그곳에도 미국 대통령의 연설이 흘러나오고 있었다.

「알바니아는 1964년에 미국과 모든 외교를 청산했습니다. 그러나 저는 알바니아와 다시 유대를 맺을 작정입니다. 아울러 불가리아, 체코슬로바키아, 동독 등의 나라들과도 더욱 긴밀한 관계를 이루어 나갈 것임을 약속합니다.」

군중들이 열화와 같은 환호가 잡음 사이로 아련하게 들려왔다.

「루마니아에 대사를 파견하는 일은 전 세계적으로 추진될 '국민 대 국민운동'의 시작에 불과합니다. 온 인류는 이제 같은 조상, 같은 문제, 같은 운명을 가지고 있다는 사실을 한시도 잊어서는 안 될 것입니다. 국민 여러분, 우리를 하나로 묶는 문제는 우리를 둘로 나누는 문제보다 훨씬 더 중요하다는 사실과, 우리의 분열은 결국 우리들 자신이 일으킨 문제일 뿐이라는 사실을 기억해주십시오.」

삼엄한 경비망이 깔려 있는 파리 근교의 노일리 저택에서는 루마니아 변혁 운동의 지도자인 마린 그로차가 텔레비전으로 미국 대통령의 연설을 지켜보고 있었다.

「…저는 스스로 최선을 다할 뿐만 아니라 다른 사람들의 최선까지도 이끌어내기 위해서 노력할 것을 여러분 앞에 약속드립니다.」

뒤이은 청중들의 박수 소리가 한동안 끊이질 않았다.

마린 그로차는 신중한 모습으로 조심스럽게 입을 뗐다.

"슬슬 때가 오는 것 같군, 레프. 저것이 바로 미국 대통령의 진심일 테니까."

마린 그로차의 경호대장 레프 파스테르나크가 되물었다.

"이오네스쿠 대통령 역시 이런 상황에서 이익을 얻을 수 있지 않겠습니까."

마린 그로차는 천천히 고개를 가로저었다.

"이오네스쿠는 폭군이야, 폭군. 이제 그의 시대도 막바지에 접어든 셈이지. 그로서는 이로울 게 하나도 없어. 하지만 나도 시기를 신중히 선택해야 할 것 같네. 난 이미 코이셰스쿠 대통령을 타도하려다가 실패한 적이 있어. 두 번 다시 그런 실패를 되풀이할 수는 없지 않은가."

피터 코너스는 아직 술이 완전히 취하지는 않은 상태였다. 아니, 바라던 만큼 취하지 못한 상태였다.

그와 함께 살고 있는 비서 낸시가 다시 입을 열 즈음에 그는 다섯 잔째 스카치를 비워가는 중이었다.

"그만하면 충분히 마셨다고 생각하지 않으세요, 피터?"

피터는 미소 지으며 낸시의 등을 가볍게 토닥거렸다.

"우리 대통령 각하께서 연설을 하고 계시는데, 당신도 최소한의 예의는 지켜야지."

피터는 다시 텔레비전을 향해 눈길을 돌렸다.

"네 녀석은 개만도 못한 빨갱이 놈이야!"

텔레비전을 향해 냅다 고함을 지르는 피터의 모습은 좀전과는 완전히 달랐다.

"CIA가 네놈이 하는 일을 그냥 바라보고만 있지는 않을걸? 우리가 네놈의 허튼 수작을 멈추게 해주지. 망할 녀석, 하늘이 두 쪽 나도 나는 그렇게는 할 수 없어!"

검은 그림자

"난 자네의 도움이 필요하다네, 로저스."

폴 엘리슨이 말을 꺼냈다.

"힘닿는 데까지는 도와줌세."

스탠턴 로저스가 차분한 목소리로 말했다.

그들은 백악관의 대통령 집무실에 앉아 이야기를 나누는 중이었다. 대통령 전용 책상에 앉아 있는 엘리슨의 등 뒤로는 성조기가 걸려 있었다. 자신의 집무실에서 처음으로 스탠턴을 대하는 엘리슨은 왠지 마음이 편치 못했다.

'스탠턴이 그런 실수만 저지르지 않았더라면 지금쯤 내가 아니라 이 친구가 이 자리에 앉아 있을 텐데.'

이런 생각이 폴 엘리슨의 마음을 불안하게 하는 가장 커다란 이유였다. 스탠턴 로저스는 그런 엘리슨의 마음을 이해하고 있으면서도 시치미를 떼고 담담하게 말했다.

"자네에게 고백할 것이 있네. 자네가 대통령에 당선된 순간 내가 얼마나 질투를 느꼈는지 알겠나? 왜냐하면 그건 바로 나의 꿈이었기 때문이지. 그런데 자네에게는 그것이 꿈이 아닌 현실로 나타났네. 이것만은 알아주게나, 엘리슨. 어차피 내가 그 자리에 앉을 수 없는 운명이라면 이 세상에서 그 자리를 차지할 사람은 자네말고는 아무도 없다는 사실을 말이야. 이제 와서 보니, 그 자리에 앉은 자네의 모습이 그렇게 잘 어울릴 수가 없네!"

폴 엘리슨은 부드럽게 웃어 보이며 친구의 말을 받았다.

"사실 로저스, 난 이 방이 그다지 마음에 들지 않는다네. 워싱턴과 링컨과 제퍼슨의 망령이 떠돌아다니고 있는 것만 같아서 말이야."

"대통령 중에는……."

"그건 나도 알고 있네. 하지만 우리가 계승해야 할 사람은 그런 훌륭한 대통령들이 아니겠나?"

엘리슨이 책상 위의 버튼을 누르자 몇 초도 지나지 않아서 하얀 재킷을 입은 급사가 나타났다.

"부르셨습니까, 대통령님."

폴 엘리슨이 로저스를 돌아보며 물었다.

"커피 들겠나?"

"좋지."

"뭐 또 필요한 것 있으면 어서 말하게나."

"아니, 됐네. 그렇지 않아도 바바라는 요즈음 내 배가 자꾸 나오는 것 같다고 투덜대고 있거든."

대통령이 급사 헨리에게 고개를 끄덕이자 그는 조용히 방을 나갔다.

바바라, 그녀는 두 번이나 세상을 놀라게 만든 여인이었다. 처음 워싱턴의 사교계에서는 스탠턴의 재혼이 1년을 넘기지 못할 것이라고 떠들어댔다. 하지만 이제 그들의 결혼생활은 아무런 잡음 없이 15년째로 접어들고 있었다.

스탠턴은 워싱턴에 커다란 법률 사무소를 운영해오고 있었다. 그러는 동안 바바라는 부부생활을 탈 없이 이끌며 훌륭한 안주인이라는 평판을 듣게 되었다.

폴 엘리슨 대통령은 자리에서 일어나 방안을 서성거렸다.

"'국민 대 국민운동'이라는 내 연설이 꽤 말썽을 일으키고 있는 모양이더군. 어떤가, 자네도 신문을 샅샅이 다 봤겠지?"

스탠턴 로저스는 어깨를 들어올리며 대답했다.

"왜 그 법석들인지 자네도 잘 알잖나. 사람들은 누군가를 영웅으로 만들었다가 어느 한순간 무참히 짓밟아 버리기를 좋아하거든."

"솔직히 말하자면 난 신문에서 떠들어 대는 소리에는 관심이 없네. 난 국민들의 진정한 목소리를 듣고 싶을 뿐이야."

"사실은 자네의 연설을 듣고 잔뜩 겁을 집어먹은 사람들이 제법 많은 것 같더군. 군부에서는 공공연히 자네의 계획에 반기를 들고 있고 몇몇 거물들도 자네 계획이 실패로 돌아가기만을 학수고대하고 있는 형편일세."

"내 계획은 절대로 실패하지 않아."

대통령은 다시 의자에 몸을 기대며 말했다.

"오늘날 세계에서 가장 큰 문제점이 뭔지 아나? 참다운 정치가가 없다는 거야. 정치가는 없고 정치꾼들이 나라를 다스리고 있는 거지. 얼마 전까지만 해도 지구상에는 수많은 거물들이 활동하고 있었다네. 물론 개중에는 선한 자도, 악한 자도 있었지만 아무튼 다들 거물이었음은 분명하지. 루스벨트와 처칠, 히틀러와 무솔리니, 드골과 스탈린 등이 그렇지 않은가. 그 인물들이 왜 특정한 한 시기에 한꺼번에 사라져 버렸는지 나도 도무지 이해할 수가 없네. 요즈음 세상에는 왜 그리도 정치가다운 정치가가 없느냔 말일세."

"21인치짜리 텔레비전 화면에 세계적인 거물이 나타나기를 기대한다는 것 자체가 무리일지도 모르지."

문이 열리고 급사가 커피 주전자와 2개의 잔이 얹힌 쟁반을 들고 나타났다. 잔에는 대통령의 휘장이 새겨져 있었다.

"더 필요한 것 없으십니까, 대통령님."

"아니, 됐네. 고맙네."

대통령은 급사가 물러가기를 기다렸다가 다시 입을 열었다.

"루마니아 대사로 일할 적당한 인물을 자네가 좀 알아봐주게."

"그렇게 하지."

"이 일이 얼마나 중요한 것인지를 새삼스럽게 자네에게 얘기할 필요는 없겠지? 되도록 빨리 움직여 주게나."

스탠턴 로저스는 커피 한 모금을 마신 뒤 자리에서 일어났다.

"지금 당장 국무성에 이 안을 상정하겠네."

새벽 2시, 노일리에 있는 마린 그로차의 저택은 짙게 깔린 비구름 사이를 간신히 헤집고 나온 한 줄기 달빛이 비칠 뿐 칠흑같은 어둠에 싸여 있었다. 이따금씩 늦은 귀가를 재촉하는 행인들의 발걸음 소리가 들려올 뿐 거리에는 쥐죽은 듯한 적막이 흐르고 있었다.

새까만 그림자가 살며시 울창한 나무들 사이를 지나 저택의 담벼락 밑으로 다가가고 있었다. 그는 어깨에 튼튼한 밧줄과 담요 한 장을 걸치고 손에는 소음기와 권총을 들고 있었다.

담벼락 밑에서 그는 잠시 걸음을 멈추고 귀를 기울인 자세로 꼼짝 않고 5분을 기다렸다. 마침내 그는 흡족한 웃음을 지으며 나일론 밧줄을 풀어서 한쪽 끝에 갈고리를 달아맨 다음 담벼락 꼭대기로 밧줄을 던졌다. 그러고는 밧줄을 당겨보고 갈고리가 단단히 걸린 것을 확인하자 재빨리 담을 기어오르기 시작했다.

꼭대기에 이르자 그는 어깨에 걸친 담요를 내려 담 위에 박힌, 독이 묻어 있는 쇠못들을 덮었다. 그리고 나서 다시 숨을 죽이고 저택 안의 동정을 살폈다.

이윽고 그림자는 밧줄을 끌어당겨 저택 안쪽으로 늘어뜨린 다음, 역시 재빠른 동작으로 밧줄을 타고 내려갔다. 그는 허리춤에 차고 있던 잭나이프를 만져보았다. 한 손으로도 마음대로 접었다 폈다 할 수 있는 특수한 필리핀제 칼이었다.

다음은 침입자들을 공격하도록 훈련된 개를 처치할 차례였다. 침입자는 그곳에 쪼그리고 앉아 개들이 사람 냄새를 맡고 달려오기를 기다렸다.

모두 3마리였다. 도베르만 종인 이 개들은 낯선 사람은 무조건 물어 죽이도록 훈련된 개들이었다. 하지만 개들은 첫 장애물일 뿐이었다. 이 저택에는 정원이고 건물이고 가릴 것 없이 수많은 전자 장치가 설치되어 있었고 모니터가 24시간 내내 가동되고 있었다.

모든 우편물이나 소포는 일단 정문 수위실에서 접수되어 개봉되었다. 저택의 정문은 강력한 폭탄으로도 부서지지 않도록 만든 것이어서 침입하기란 불가능했다. 적어도 모두들 그렇게 생각할 만큼 경비는 완벽했다. 검은 그림자의 사나이는 사람들의 그런 생각이 과연 맞는지를 확인하기 위해서 나타난 것이다.

사나이는 개들이 달려오는 소리를 들었다. 개들은 침입자의 목덜미를 노리고 날듯이 어둠을 헤치며 달려오고 있었다.

먼저 2마리의 개가 눈에 띄었다. 그는 소리 나지 않게 고안된 총으로 아주 가까이 온 왼쪽의 개를 잠재운 다음, 다시 오른쪽 개를 겨냥했다. 2마리의 개는 쓰러졌고 순식간에 사방은 조용해졌다. 그가 주위를 둘러보고 있을 때 세 번째 개가 나타났다. 그는 역시 능숙한 솜씨로 간단히 처치해버렸다.

침입자는 땅에 묻은 경보기들이 어디쯤 있는지를 이미 알고 있었으므로 그것들을 잘 비켜갔다. 그는 다시 무비 카메라가 미치지 않는 사각지대만을 골라서 채 2분이 지나기도 전에 저택의 뒷문에 이르렀다. 문에 바싹 붙어 서서 막 손을 뻗쳐 문의 손잡이를 잡으려는 순간이었다. 갑자기 사방에서 강렬한 빛줄기가 그의 몸 위로 쏟아져 내리면서 누군가의 목소리가 울려 퍼졌다.

"꼼짝 마라! 총을 버리고 손을 머리 위로 올려!"

검은 그림자는 조심스럽게 총을 떨어뜨리고 고개를 들었다. 여러 가지 무기로 자신을 겨냥하고 있는 5, 6명의 사나이가 지붕 위에서 모습을 드러냈다.

사나이가 갑자기 소리쳤다.

"왜 그리 오래 걸리나! 내가 여기까지 왔다는 게 말이나 되냔 말이야!"

"천만의 말씀입니다. 우린 대장님이 담을 넘을 때부터 줄곧 지켜보고 있었습니다."

한 경호원이 말했다. 하지만 레프 파스테르나크 경호대장은 좀처럼 화를 풀지 않았다.

"그렇다면 좀 더 일찍 나를 막았어야 할 것이 아닌가. 수류탄이나 독침으로 자살해버리면 어떻게 할 셈이었나. 내일 아침 8시 정각에 전체 간부회의를 소집하겠다. 개들은 잠시 기절했을 뿐이니 누가 남아서 돌봐주도록……."

레프 파스테르나크는 세상에서 가장 우수한 경호대를 지휘하고 있는 자신이 무척 자랑스러웠다.

6일 전쟁 때 그는 이스라엘의 조종사였다. 전쟁이 끝나자 그는 이스라엘의 5대 첩보 기관 중 하나인 모사드에 들어가 일류 첩보원으로 활약해 왔다.

레프는 상관이 자기를 사무실로 호출했던 2년 전 어느 날의 아침을 떠올렸다.

"레프, 누가 자네를 몇 주 동안만 빌려달라는데 어떻게 하겠나."

"물론 아름다운 금발 아가씨겠죠?"

레프가 짓궂게 웃으며 물었다.

"유감스럽지만 자네를 원하는 사람은 마린 그로차일세."

모사드는 그 루마니아 반체제 인사에 대해 거의 완벽한 자료를 가지고 있었다.

마린 그로차는 알렉산드루 이오네스쿠 정권에 대항하는, 꽤 신망 받는 운동가였다. 그런데 그가 막 거사를 일으키려고 할 때 부하 하나가 배신하여 지하 조직의 투사들 수십 명이 체포되었고, 그로차 자신만이 간신히 외국으로 몸을 피했다.

마침 프랑스가 그의 망명을 받아들여 주었다. 이오네스쿠 대통령은 멋대로 마린 그로차를 천하의 매국노라고 매도했고, 그에게 현상금까지 걸어놓고 있었다.

지금까지 수차례에 걸친 암살 기도를 막아내긴 했지만, 바로 최근에 받은 공격에서는 레프 자신이 부상을 입기도 했다.

"아니, 그 양반이 왜 나를 필요로 한다는 겁니까? 프랑스 정부의 보호를 받고 있다면서요."

레프는 상관에게 질문했다.

"그게 그다지 충분하지 못한 모양이야. 그래서 우리에게 아주 완벽한 경호체계를 만들어줄 사람을 요청해왔다네. 결국 난 자네를 추천했지."

"그럼 제가 프랑스로 가야 한다는 말입니까?"

"몇 주일이면 되네."

"저는 도저히⋯⋯."

"레프, 마린 그로차는 쉽게 만날 수 없는 훌륭한 인물이야. 우리가 입수한 정보에 따르면, 그는 자기 나라에서 이오네스쿠 정권을 무너뜨리기에 충분한 기반을 가진 사람이란 말일세. 적절한 시기가 오면 그는 뭔가 움직임을 보일 걸세. 그동안만이라도 우리가 그의 목숨을 지켜주어야 하지 않겠나."

레프 파스테르나크는 잠시 생각에 잠겼다.

"몇 주 동안이면 된다는 말이 사실인가요?"

"아, 글쎄 그렇다니까."

레프의 상관이 기간을 잘못 설정하긴 했어도 마린 그로차에 대해 이야기한 것은 거짓이 아니었다. 그로차는 가냘픈 체구에 연약해 보이면서도 어딘지 금욕적인 분위기와 슬픈 표정을 지니고 있었다.

매부리코에 굳건한 턱, 널찍한 이마와 백발이 성성한 머리칼이 무척 인상 깊었다. 뭔가 이야기를 할 때면 마린 그로차의 검은 눈동자는 끝없이 깊어 보였고 불타는 정열로 빛나곤 했다.

"난 내가 살든지 죽든지 관심이 없네."

그로차는 레프를 처음 만나는 자리에서 그렇게 말했다.

"어차피 우린 죽을 테니까 말일세. 내가 걱정하는 것은 '언제 죽느냐' 일 뿐이네. 1, 2년은 더 살아야 하거든. 그 정도 시간이라면 이오네스쿠를 내 조국에서 몰아내기에 충분할 테니까."

그로차는 무심코 자신의 뺨에 깊숙이 새겨진 상처를 쓰다듬고 있었다.

"이 세상에 누구도 한 나라를 송두리째 노예로 만들 권리를 가질 수는 없는 법이지. 우린 루마니아를 해방하고 루마니아 국민들이 스스로 운명을 결정지을 수 있게 해야만 하네."

곧 레프 파스테르나크는 노일리 저택의 경호를 책임지고 일을 추진하기 시작했다. 레프는 자신이 직접 데리고 온 부하 몇 명과 신원이 완벽하게 확인된 인원으로 경호대를 구성했다. 경호 장비 역시 최고의 성능을 지닌, 거의 예술품 같은 것들로 교체했다.

레프는 이 루마니아의 반체제 지도자와 매일 함께 생활했고, 그와 함께 하는 시간이 많아질수록 레프는 더욱더 그로차를 존경하게 되었다.

마린 그로차가 레프에게 자신의 경호대장으로 계속 일해달라고 부탁했을 때 레프는 조금도 망설이지 않고 말했다.

"물론 그렇게 하겠습니다. 당신이 계획대로 일을 벌일 준비를 무사히 마칠 때까지 말입니다. 그 후에는 나도 내 조국 이스라엘로 돌아가지요."

이렇게 해서 그들은 떨어질 수 없는 사이가 되었다.

레프는 불시에 스스로 저택을 기습함으로써 경호 태세를 점검했다. 이제 레프의 머리속에는 이런 생각이 멤돌았다.

'경호원들 중에 긴장이 풀린 놈들이 더러 있어. 조만간 갈아치워야지.'

레프는 난방기구와 전자 경보장치를 조심스럽게 점검하면서 저택 안을 한 바퀴 돌아보았다. 각 방문마다 달려 있는 적외선 경보장치도 아무런 이상이 없었다.

마린 그로차의 침실 앞에 이르렀을 때 갑자기 레프는 뭔가 심하게 부딪치는 소리를 들었다. 잠시 뒤 그로차의 신음소리가 들려왔다.

그로차의 방 앞을 지나쳐 온 레프는 조심스럽게 순찰을 계속했다.

메리 엘리자베스 애슐리

미국 중앙정보국(CIA) 본부는 워싱턴 D.C.에서 남서쪽으로 7마일 떨어진 버지니아 주 랭글리의 포토맥 강(미국 동부, 워싱턴 D.C.를 관류하는 강) 건너에 자리잡고 있었다. 본부로 들어가는 길에는 정문이 있고 문 위에 빨간 등 하나가 깜박이고 있었다.

정문 초소에는 24시간 내내 보초가 서 있고, 허가받은 방문객들에게는 그들이 용무가 있는 해당 부서에만 들어갈 수 있도록 여러 가지 색깔로 구별되는 배지가 주어졌다.

'장난감 공장'이라고 장난스럽게 부르는 회색의 7층짜리 본부 건물 밖에는 네이선 헤일의 커다란 동상이 서 있었는데, 아래층에는 벽이 유리로 된 복도가 있어서 목련이 일정한 간격으로 심겨진 정원이 내다보였다. 접수 창구 위쪽 벽에는 대리석으로 성경 한 구절이 조각되어 있었다.

······진리를 알지니 진리가 너희를 자유케 하리라.

일반인은 절대로 건물 안으로 들어갈 수가 없으므로 방문객들을 위한 편의시설도 없었다.

그 복잡한 암흑 속, 즉 본부 건물 안쪽으로 들어가려는 사람들은 터널을 통과해서 회색 제복을 입은 경비원들이 24시간 감시하고 있는 로비로 나가야 했다. 그곳은 마호가니제 엘리베이터 문들이 마주 보고 있는 곳이었다.

월요일 오전, 총신이 짧은 38구경 권총을 양복 밑에 숨기고 무장한 안전요원들이 경호하고 있는 7층 회의실에서는 최고 간부회의가 열리고 있었다. 커다란 참나무 탁자를 둘러싸고 앉아 있는 사람들은 중앙정보국장 네드 틸링개스트, 육군참모총장 올리버 브룩스 장군, 국무장관 플로이드 베이커, 정보국의 대간첩본부장인 피터 코너스, 그리고 스탠턴 로저스였다.

CIA국장인 네드 틸링개스트는 60대로 냉정하고 말이 없는 사람이었다. 그는 범죄 냄새가 나는 숱한 비밀을 간직하고 있었다.

CIA에는 밝은 부서와 어두운 부서가 있었다. 어두운 부서는 비밀공작들을 관장하는데, 지난 7년 동안 틸링개스트는 그 부서에서 4,500명의 비밀공작요원들을 지휘해왔다.

올리버 브룩스 장군은 웨스트포인트 출신의 직업군인으로, 규칙에 따라 자신의 개인생활과 직업생활을 잘 조화시켜왔다. 그는 미합중국 육군이라는 '회사'를 위해 일하는 '회사 쪽(조직 우선주의)' 사람이었다.

국무장관인 플로이드 베이커는 시대에 뒤떨어진, 구시대의 유물 같은 사람이었다. 그는 남부의 명문 출신으로 키가 크고 은발에다 위엄 있는 풍모를 지니고 있었는데 구태의연하고 의협심이 강한 인물이었다. 그는 전국에 걸쳐 영향력이 있는 신문 계열사들을 소유하고 있었으며 대단히 부유한 것으로 알려져 있었다.

어쨌든 워싱턴에는 그보다 예리한 정치감각을 지닌 사람은 없었는데, 베이커의 정치감각 안테나는 의사당 근처에서 변화하는 정세에 따라 끊임없이 움직이고 있었다.

피터 코너스는 아일랜드 인으로 고집이 세고 공격적이며 술을 좋아하고 겁을 모르는 인물이었다. 지금 CIA에서 마지막 해를 보내고 있는 그는 오는 6월, 정년퇴직을 앞두고 있었다.

코너스는 CIA 가운데서도 가장 비밀스럽고 폐쇄적인 대간첩본부의 책임자였다. 그는 여러 정보 부서를 거쳐 현재의 지위에 올랐으며, CIA 요원들이 황금기를 구가하던 시절에도 그곳에서 일했다.

피터 코너스는 그 황금기의 스타 요원이었다. 그는 이란의 왕권을 회복해준 쿠데타에 관여하기도 했고, 1961년 카스트로 행정부를 전복하려 했던 '몽구스 작전'에 참여하기도 했다.

"피그만 사건 뒤로 모든 게 달라졌소."

피터가 한탄했다.

그가 얼마나 오랫동안 욕설을 퍼붓는가 하는 것은 보통 그가 술을 얼마나 많이 마셨느냐에 달려 있었다.

"자유주의자들은 세계 모든 신문의 1면에서 우리를 공격했습니다. 그들은 우리를 자기 앞도 가리지 못하는 거짓말쟁이고 사기꾼들이라고 했소. 일부 CIA 반대파들은 우리 요원들의 이름마저도 폭로했단 말이오. 그래서 우리 CIA 아테네 지국장인 딕 웰치가 살해당하고 말았소."

피터 코너스는 업무에 따른 중압감과 보안을 유지해야 하는 일의 성격 때문에 세 번이나 결혼생활에 실패했다. 그러나 그에게는 자기가 치르는 어떤 희생도 조국을 위해서는 부족했다.

회의 중간인데도 그는 이미 분노로 얼굴이 붉어져 있었다.

"만일 우리가 대통령으로 하여금 빌어먹을 '국민 대 국민운동'의 계획을 추진하게 내버려둔다면 대통령은 머지않아 이 나라를 팔아먹고 말 것입니다. 그것을 막아야 합니다. 그냥 두고 볼 수만은······."

폴로이드 베이커 국무장관이 말을 가로막았다.

"대통령은 자리에 앉은 지 일주일도 채 안 되었습니다. 우리는 그의 정책을 수행하기 위해 지금 이곳에 모인 것입니다. 그리고······."

"나는 내 조국을 염병할 놈의 빨갱이들에게 넘겨주기 위해 이곳에 앉아 있는 것이 아닙니다. 국무장관, 대통령은 그 연설을 하기 전에는 단 한마디도 자기 계획에 대해서 말한 적이 없습니다. 그는 우리 모두를 놀라게 만들었습니다. 우리에게는 반대의사를 표명할 기회조차 주지 않았단 말입니다."

"대통령은 바로 그 점을 노렸는지도 모릅니다."

국무장관이 지적했다.

피터 코너스가 국무장관을 노려보았다.

"젠장, 당신도 그에게 동의하고 있군요!"

"그는 나의 대통령이오. 그가 당신의 대통령이기도 한 것처럼 말이오."

국무장관은 단호하게 대 답했다.

네드 틸링개스트 국장이 스탠턴 로저스를 돌아보았다.

"코너스 부장의 말도 일리는 있습니다. 대통령은 실제로 루마니아, 알바니아, 불가리아와 다른 공산주의 국가들에게 그들의 스파이를 문화참사관이나 운전사, 비서, 파출부로 위장해서 우리나라로 보내라고 초청하려는 것입니다. 우리는 뒷문을 지키기 위해서 수십억 달러의 돈을 쓰고 있는데 대통령은 앞문을 활짝 열고 싶어 하고 있습니다."

브룩스 장군이 동의를 나타내며 고개를 끄덕였다.

"나도 사전에 협의를 받은 바가 없습니다. 내 의견으로는, 대통령의 계획은 이 나라를 망치기에 충분하다고 봅니다."

스탠턴 로저스가 마침내 입을 열었다.

"여러분, 우리 가운데 대통령의 계획에 동의하지 않을 사람도 있겠지만, 대통령에게 이 나라를 다스려 달라고 투표를 했다는 사실을 잊어서는 안 됩니다. 우리는 엘리슨 대통령 행정부의 일원입니다. 따라서 우리는 그의 지도를 따라야 하고 또, 할 수 있는 한 힘을 합해 그를 지원해야 합니다."

그의 말은 당혹스러운 침묵을 불러일으켰다.

로저스는 탁자 주위에 앉은 사람들을 날카롭게 쏘아보며 말을 이었다.

"대통령은 루마니아의 현재 상황에 대해서 직접 조사한 최신 정보를 원하고 있습니다. 여러분이 갖고 있는 모든 정보를 말입니다."

"CIA의 비밀 정보까지도 말입니까?"

피터 코너스가 물었다.

"그렇소, 전부요. 내게 숨기지 말고 전부 이야기해주십시오. 알렉산드루 이오네스쿠 대통령이 지배하는 루마니아 상황은 어떻습니까?"

"이오네스쿠는 강력한 권력을 갖고 있습니다."

CIA국장이 대답했다.

"일단 코이세스쿠 일파를 제거하고 난 뒤, 그는 코이세스쿠와 관련을 맺은 동지들을 모두 암살하거나 투옥하거나 추방했습니다. 권력을 잡은 뒤로 이오네스쿠 대통령은 국토를 온통 피로 물들여 국민들의 증오와 원성을 사고 있습니다."

"혁명이 일어날 가능성은 있습니까?"

국장이 대답했다.

"아, 그것은 흥미로운 문제입니다. 2년 전에 마린 그로차가 이오네스쿠 정권을 거의 전복할 뻔했던 사실을 기억하고 있습니까?"

"기억합니다. 그로차는 아슬아슬하게 루마니아를 탈출해 나왔다죠."

"CIA의 도움으로 그랬던 겁니다. 우리가 조사한 정보에 따르면, 그가 귀국하기를 바라는 국민들이 점점 많아지고 있습니다. 그로차는 루마니아를 위해 꼭 필요한 인물입니다. 그리고 만일 그가 정권을 잡는다면 우리를 위해서도 좋은 일입니다. 우리는 지금의 상황을 관심 있게 지켜보고 있습니다."

스탠턴 로저스가 국무장관을 돌아보았다.

"루마니아 대사직에 오를 후보자 명단을 가져오셨습니까?"

폴로이드 베이커는 가죽으로 만든 서류 가방을 열고 몇 장의 서류를 꺼내어 로저스에게 건네주었다.

"이들은 우리가 추천할 수 있는 최고 후보자들입니다. 그들은 모두 루마니아 대사직을 맡아 잘 해낼 만한 능력 있는 직업 외교관들입니다. 그들 모두 보안 심사에 통과되었습니다. 안보나 재정, 사생활에서도 전혀 흠이 없는 인물들입니다."

스탠턴 로저스가 명단을 집어들자 국무장관이 덧붙였다.

"당연한 일이겠지만, 국무성은 정치적으로 임명된 사람보다는 직업 외교관 쪽을 더 원합니다. 그들은 이번과 같은 임무를 위해 특별히 훈련을 받았으니까요. 이번 루마니아 같은 상황은 특히 묘한 것이라고 하겠습니다. 인선에 각별히 신중을 기해야만 할 것입니다."

"저도 동감입니다."

스탠턴 로저스는 자리에서 일어섰다.

"이 명단들은 대통령과 합의한 다음 다시 돌려드리겠습니다. 대통령께서는 되도록 빠른 시간 안에 대사를 임명하기를 원하고 있습니다."

모두들 떠나려고 일어섰을 때, 네드 틸링개스트 CIA국장이 말했다.

"잠깐 남아 있게, 피터. 자네에게 할 얘기가 있네."

틸링개스트와 피터 코너스만이 남았을 때 국장이 말했다.

"자네, 왜 그렇게 거세게 대드나, 피터?"

"제 말이 틀렸습니까?"

피터 코너스가 고집스럽게 말했다.

"대통령은 이 나라를 팔아먹으려고 안달하고 있습니다. 그런데 어떻게 가만히 있으란 말입니까?"

"입 다물게."

"국장님, 우리는 적을 발견해서 죽이기 위한 훈련을 받았습니다. 만일 그 적이 우리의 등 뒤에……. 그러니까 백악관의 대통령 집무실에 앉아 있다면 어떻게 합니까?"

"말조심하게. 철저히 입조심하라고."

틸링개스트 국장은 피터 코너스보다 CIA에 오래 근무했다. 그는 CIA 가 생기기 전에 와일드 빌 도노번의 OSS 요원 중 한 사람이었다. 그 역시 의회에 있는 자유주의파들이 자신이 사랑하고 있는 CIA에 보내고 있는 비난을 증오하고 있었다.

실제로 CIA 간부들 중에서도 소련이라는 곰을 애완동물로 길들일 수 있다고 믿는 온건파와 그렇지 않은 강경파가 있어서 심각하게 대립하고 있었다.

틸링개스트는 생각했다.

'모든 수단을 동원해서라도 우리는 싸워야만 해. 모스크바에서는 KGB가 간첩들을 한꺼번에 천여 명씩 훈련시키고 있지 않은가.'

네드 틸링개스트는 대학에 다니고 있던 피터 코너스를 스카우트한 사 람이었다. 곧바로 코너스는 최고의 자질을 가진 요원 중 한 사람이라는 것이 입증되었다. 그러나 지난 몇 년간 코너스는 카우보이─제멋대로 행 동하고 너무 성급한─가 되어 버렸다. 그것은 위험했다.

"피터, 자네 '자유를 위한 애국자'라는 지하 조직에 대해서 들어본 적 있나?"

국장이 물었다. 코너스는 미간을 찌푸렸다.

"없습니다. 전혀 들어보지 못했는데요. 그들이 누굽니까?"

"지금까지는 소문에 불과하네. 나도 막연한 소문을 들었을 뿐인데, 그 조직에 대해서 자네가 조사를 좀 해보게."

"알겠습니다."

한 시간 뒤, 피터 코너스는 공중전화에서 전화를 한 통 걸었다.

"오딘에게 전할 말이 있습니다."

"내가 오딘이오."

올리버 브룩스 장군이 대답했다.

리무진을 타고 사무실로 돌아온 스탠턴 로저스는 루마니아 대사직 후보자 명단이 들어 있는 봉투를 열고 그것들을 살펴보았다. 더할 나위 없이 훌륭한 인물들이었다.

국무장관은 열심히 임무를 수행했다. 후보자들은 모두 서유럽이나 동유럽 국가에서 근무한 경력이 있었으며, 그중에서 몇 명은 극동 아시아와 아프리카에서도 경험을 쌓은 사람들이었다.

'대통령이 꽤나 기뻐하겠군.'

"이들은 케케묵은 구시대 유물들이네."

폴 엘리슨은 한마디로 잘라 말했다. 그러고는 후보자 명단을 책상 위에 내던졌다.

"모두들 한결같다니까."

"이 사람들은 모두 오랜 경력을 가진 직업 외교관들이란 말일세. 그리고 국무성의 전통에 얽매인 사람들이지. 자넨 3년 전에 우리가 어떻게 루마니아를 잃어버렸는지 알고 있나? 부쿠레슈티에 있는 경험 많은 우리 직업 외교관이 심각한 실수를 저질러서 그들과 교류가 끊기게 되지 않았나? 직업 외교관이라면 신물이 나네. 그들은 모두 자기 자신의 체면만 지키려고 안간힘을 쓸 뿐일세. 내가 '국민 대 국민운동'에 관해 얘기하는 것은 그대로 실천하려고 하는 것이네. 지금 지대한 관심을 쏟고 있는 나라에게 우리는 좀 더 강한 인상을 줄 필요가 있다고 생각하네."

"하지만 만일 그런 직무에 아마추어―외교에 전혀 경험이 없는자―를 임명한다면, 굉장한 위험 부담을 안게 될 걸세."

"글쎄. 우리는 좀 더 색다른 경험을 가진 사람이 필요해. 루마니아는 그 본보기가 될 테니까, 나의 전체 계획을 추진해낼 현명한 안내자가 절실히 필요하네."

대통령은 잠시 주저했다.

"내가 농담으로 하는 얘기가 아닐세. 내 신뢰도가 시험대에 올라 있다는 것도 알고 있고, 이번 계획에 찬성하지 않는 유력자들이 많이 있다는 것도 잘 알고 있네. 만약 이번 계획이 실패한다면 나는 정치적으로 다시는 일어설 수 없게 될 걸세. 그러면 나는 불가리아, 알바니아, 체코슬로바키아, 그리고 다른 공산주의 국가들에 대해서 완전히 손을 떼야겠지. 하지만 나는 그렇게 할 수는 없네."

"그렇다면 정치 쪽에서 후보자들을 한번 검토해볼까?"

엘리슨 대통령은 고개를 저었다.

"그 사람들도 마찬가지일세. 나는 완전히 새로운 관점을 가진 인물을 찾고 있네. 우리 사이를 가로막은 '얼음'을 녹일 수 있는 인물 말일세. '추악한 미국인'이라는 인상을 씻어낼 순수한 인물이어야 하네."

스탠턴 로저스는 곤혹스러운 얼굴로 대통령을 찬찬히 바라보았다.

"폴, 내 생각에는 자네가 이미 누군가를 마음에 두고 있는 것 같은데, 안 그런가?"

폴 엘리슨은 책상 위에 놓인 담뱃갑에서 담배를 꺼내 불을 붙였다.

"사실……."

"대체 그가 누군가?"

"그가 아니라 그녀일세. 혹시 자네 〈국제관계〉지 최근호에서 '이제 데탕트를'이라는 논문 읽어봤나?"

"읽었네."

"그 논문을 어떻게 생각하나?"

"매우 흥미로웠네. 우리가 공산 국가들에게 경제원조를 제의해서 그들을 우리 진영으로 끌어들이도록 노력해야 한다고 믿고 있더군. 그리고⋯⋯."

스탠턴은 말을 멈췄다.

"그러고 보니 자네의 대통령 취임 연설과 꽤 비슷하군."

"다만 그 글이 6개월 전에 쓰였다는 점이 다르네. 그녀는 〈시사비평〉지와 〈공공업무〉지에 훌륭한 논문들을 발표하고 있다네. 작년에 나는 동유럽의 정치에 관해 그녀가 쓴 책을 읽은 적이 있지. 솔직히 말해서 나는 그 책에서 내 생각을 정립하는 데 많은 도움을 얻었네."

"알겠네. 그래, 그녀의 이론이 자네의 이론과 일치한다고 하세. 하지만 그것이 그녀를 막중한 임무를 수행해야 하는 외교관 직에 앉힐 이유는 되지 않네."

"그녀는 내 이론을 훨씬 앞질러 가고 있네. 그녀는 이미 자세한 계획을 구상하고 있는데 그것은 세계 4대 경제 기구를 한데 묶어서 서로 협력하게 하려는 것일세."

"우리가 어떻게 그런 일을⋯⋯."

"시간은 걸리겠지만 불가능한 일은 아닐세. 생각해보게. 1949년에 동유럽 국가들이 상호 경제 협력을 위해 코메콘(동유럽 경제 상호 원조회의. 소련이 제창하여 만들어진 사회주의 국가 간의 경제 협력을 목적으로 하는 국제기구)이라는 기구를 만든 것을 자네도 알고 있지? 그리고 1958년에는 다른 유럽 국가들이 곧바로 유럽경제공동체라는 기구를 만들지 않았나."

"그렇긴 하지."

"우리도 우리나라를 비롯해서 일부 서방 국가들과 유고슬라비아를 포함한 경제협력개발기구(OECD)라는 것을 갖고 있네. 그리고 제3세계 국가들이 우리를 빼고 비동맹 운동을 조직하고 있다는 사실도 잊지 말게."

대통령의 목소리는 흥분에 차 있었다.

"그 가능성에 대해서 생각해보게나. 만일 그러한 모든 계획들을 한데 합쳐서 하나의 거대한 시장을 만들어낼 수 있다면 정말이지 얼마나 멋지 겠나. 그것이야말로 진정한 의미의 세계 무역이 아닌가. 그리고 그것은 진정한 세계 평화를 가져다 줄 수도 있을 테고."

스탠턴 로저스는 조심스럽게 말했다.

"그것이 흥미로운 아이디어이긴 하지만 워낙 먼 앞날의 얘기 같아서 말일세."

"자네 천리 길도 한 걸음부터라는 속담도 모르나?"

"그녀는 아마추어에 불과하단 말일세, 폴."

"우리나라의 뛰어난 외교관들 중 몇몇은 그녀처럼 처음엔 아마추어였 네. 영국 대사를 지낸 앤 암스트롱은 정치 경험이 전혀 없는 교육자였네. 펄 메스타는 룩셈부르크 대사에 임명되었고, 클레어 부스 루스는 이탈리 아 대사였고, 영화배우인 존 게빈은 멕시코 대사를 지냈네. 현재 우리나 라에서 활동하고 있는 대사 가운데 3분의 1은 자네가 말하는 아마추어들 이란 말일세."

"하지만 자네는 이 여성에 대해서 아무것도 모르고 있지 않나."

"그녀가 뛰어난 인물이라는 것과, 우리와 같은 정신적 파장을 갖고 있 다는 것밖에 모르네. 그래서 나는 자네가 그녀에 대한 모든 것을 알아내 주었으면 하네."

대통령은 〈국제관계〉지를 집어들고 목차를 찾아보았다.

"그녀의 이름은 메리 애슐리일세."

이틀 뒤 엘리슨 대통령과 스탠턴 로저스는 함께 아침식사를 했다.

"자네가 부탁한 정보를 알아냈네."

스탠턴 로저스는 주머니에서 종이 한 장을 끄집어냈다.

"메리 엘리자베스 애슐리, 주소는 캔자스주 정크션 시티 올드 밀포드 거리 27번지, 나이는 서른다섯, 에드워드 애슐리 박사와 결혼, 두 아이를 두고 있음—딸 베스 열두 살, 아들 팀 열 살, 여성 유권자 동맹의 정크션 시티 지부장, 캔자스 주립대학 동유럽 정치학과 조교수, 할아버지가 루마니아에서 태어남."

스탠턴은 고개를 들었다.

"이 문제에 관해 생각하면 할수록 의미가 더 깊어지는 것 같네. 그녀는 루마니아에 대해서, 대부분의 대사들이 자기의 근무지에 대해서 아는 것보다 훨씬 더 많은 지식을 갖고 있을 테니 말일세."

"자네가 그렇게 생각해주다니 나도 기쁘네. 그녀에 대한 철저한 신원조사를 해주기 바라네."

"모든 것을 철저히 조사하도록 하겠네."

뒷조사

"애슐리 교수님, 저는 동의할 수 없습니다."

메리 애슐리 교수의 정치학 세미나에서 가장 나이가 어리고 우수한 학생인 배리 딜런이 반항하는 듯한 태도로 교실 안을 둘러보았다.

"알렉산드루 이오네스쿠는 전에 집권했던 코이세스쿠보다 더 형편없습니다."

"그 말을 뒷받침할 만한 사실들을 우리에게 제시할 수 있겠어요?"

메리 애슐리가 물었다.

캔자스 주립대학의 다이크스트라 관에 있는 한 강의실에서 12명의 대학원생들이 세미나에 참가하고 있었다. 학생들은 메리를 중심으로 반원형으로 앉아 있었다.

그녀의 수업은 매우 인기가 있어서 수업에 들어오기 위해서 많은 대기자들이 기다리고 있었다. 메리는 유머 감각과 주위 사람들을 즐겁게 하는 따뜻함을 지닌 교수였다.

그녀는 귀여운 타원형의 얼굴에, 높이 솟은 광대뼈와 아몬드 같은 개암

나무 빛 담갈색 눈을 지니고 있었다. 그녀의 머리칼은 검고 숱이 많았다. 그리고 여학생들도 그를 부러워하고, 남학생들도 황홀하게 할 만한 몸매를 지니고 있었지만, 메리는 자신이 얼마나 아름다운지 전혀 깨닫지 못하고 있었다.

배리는 메리 애슐리가 남편과 얼마큼 행복하게 지내는지 궁금했지만 마지못해 세미나에서 토론되고 있는 문제로 주의를 되돌렸다.

"이오네스쿠가 루마니아의 권력을 장악했을 때 그는 모든 친그로차 경향의 사람들을 제거하고 친소련 경향의 강경 노선을 재확립했습니다. 코이셰스쿠조차 그렇게 악랄하지는 않았습니다."

다른 학생이 말했다.

"그렇다면 엘리슨 대통령은 어째서 또 다른 독재자와 외교를 맺으려고 그렇게 열을 올리고 있습니까?"

"그 이유는 우리가 그를 서방 쪽으로 끌어들이길 원하고 있기 때문입니다. 니콜라에 코이셰스쿠 역시 양 진영에 다리를 걸치고 있었다는 것을 기억해야 합니다. 그것이 언제 시작되었죠?"

메리 애슐리가 질문하자 배리가 다시 대답했다.

"1963년 소련과 중국 사이에 논쟁이 일어났을 때, 국제 문제에서의 독립성을 과시하려고 루마니아가 편을 들었을 때입니다."

"다른 바르샤바 조약 국가들과 루마니아의 현재 관계는? 특히 소련과의 관계는 어떤가요?"

메리가 물었다.

"더욱 강해졌다고 생각합니다."

또 다른 학생이 말했다.

"저는 반대입니다. 루마니아는 소련의 아프가니스탄 침공을 비난하고 있습니다. 또 그들은 소련과 EEC 협정을 비판하고 있습니다. 그리고 애슐리 교수님……."

그때 마침 종이 울렸다. 메리가 말했다.

"월요일에 동유럽을 대하는 소련의 태도에 영향을 미친 근본 요소에 관해 생각해보기로 하겠어요. 그리고 엘리슨 대통령이 동유럽 국가들에 접근해가려는 계획이 어떤 결과를 낳을 것인지에 대해서도 토론하겠습니다. 즐거운 주말이 되기를 바랍니다."

메리는 학생들이 일어나서 강의실을 나가는 것을 지켜보았다.

"교수님도 즐겁게 지내세요."

메리 애슐리는 세미나에서 주고받는 질의응답을 좋아했다. 역사와 지리는 우수한 젊은 대학원생들 사이에서 벌어지는 열띤 토론 속에서 생명을 얻게 된다. 외국의 낯선 이름과 장소는 현실이 되고, 역사적인 사건들은 그들에게 피와 살이 된다.

메리는 캔자스 주립대학의 교수가 된 지 올해로 5년째가 되지만 아직도 강단에 서면 짜릿한 흥분을 느꼈다. 그녀는 대학원 세미나 외에 1년에 5개의 정치학 과목을 가르치는데, 강의 내용은 소련과 그 위성 국가들에 관한 것이었다.

때때로 그녀는 자신이 사기꾼인 것처럼 느껴지곤 했다.

'나는 내가 가르치고 있는 나라들을 한 번도 가본 적이 없는데……. 지금까지 미국 밖으로 나가본 적도 없고……. 이런 식으로 역사와 지리, 정치학을 강의한다는 것은…….'

메리 애슐리는 자기 부모와 마찬가지로 정크션 시티에서 태어났다. 가족 중 유럽에 대해 알고 있는 유일한 사람은 보로네트라는 루마니아의 작은 마을에서 온 그녀의 할아버지뿐이었다.

메리는 석사 학위를 받았을 때 외국 여행을 계획했었다. 하지만 그 해 여름에 에드워드 애슐리를 만나는 바람에 유럽 여행은 정크션 시티에서 55마일 떨어진 워터빌에서 3일간 보내는 신혼여행으로 바뀌고 말았다.

에드워드가 그곳에서 위독한 심장병 환자를 돌봐야 했기 때문이었다.

"내년에는 반드시 여행을 가야 해요?"

메리는 결혼하자마자 에드워드에게 말했다.

"로마와 파리, 루마니아에 가보고 싶어서 미칠 지경이에요."

"나도 그래. 약속하지. 내년 여름에는 꼭 가도록 합시다."

그러나 다음 해 여름에 베스가 태어났고, 에드워드는 기어리 공립 병원에서 일하느라 바빴다. 그리고 나서 2년 뒤에 팀이 태어났다.

메리는 박사학위를 받았고 교편을 잡기 위해 캔자스 주립대학으로 돌아갔다. 그리고 몇 년이라는 세월이 흘러가 버렸다. 시카고, 애틀랜타, 덴버로 갔던 짧은 여행을 제외하고 메리는 캔자스 주 밖으로 나가 본 적이 없었다.

그녀는 언젠가는 꼭 여행을 떠나리라 결심했다.

메리는 노트를 챙기면서 창밖을 내다보았다. 회색빛 창 너머로 눈이 내리고 있었다. 그녀는 가죽 코트를 걸치고 빨간 모직 목도리를 두르고는 자동차를 세워 둔 배티어 거리 쪽으로 향했다.

캠퍼스는 엄청나게 컸다. 315에이커의 땅에 무성한 나무들과 넓게 깔린 잔디밭이 전원 풍경을 이루었고 거기에 실험실, 극장, 교회를 포함해서 90여 개의 건물들은 흩어져 있었다.

갈색 석회암으로 지어진 대학의 건물들이 먼 곳에서 바라보면 꼭대기에 포탑을 얹고 적의 대군을 섬멸할 준비가 되어 있는 중세의 성들과 비슷했다.

메리가 데니슨 관 앞을 지나갈 때 니콘 카메라를 든 한 낯선 사람이 그녀 쪽으로 걸어오고 있었다. 그 사람은 건물에 대고 카메라의 셔터를 눌렀다.

메리는 자신이 카메라를 가로막고 있다는 것을 알게 되었다.

메리는 걸음을 재촉했다.

한 시간 뒤, 그 사진의 원판은 워싱턴 D.C.로 보내졌다.

모든 도시는 그곳에 사는 사람들의 생동하는 맥박과 함께 나름대로 독특한 리듬을 갖고 있다.

기어리에 있는 정크션 시티는 북미 대륙의 지리적 중심을 자랑하는 캔자스시티에서 서쪽으로 130마일 떨어져 있는 인구 2만여 명의 농업 도시였다.

이 도시에는 단 하나의 신문인 〈데일리 유니언〉지와 라디오, 텔레비전 방송국이 하나씩 있었다. 중심 상업지구는 6번 거리와 워싱턴 거리를 따라 흩어져 있는 가게들과 주유소들이 중심축을 이루고 있었다.

미합중국에 있는 수백 개의 다른 소도시들처럼 이곳에도 패스트푸드 지점들과 버스 정류소, 남성 양복점, 주류 판매점, 은행, 도미노 피자 가게, 플라워 보석상, 울워스(F.W. 울워스가 1879년 미국에 창업하여 현재 캐나다, 영국, 독일 등지에 지점을 갖고 있는 슈퍼마켓 체인점) 등이 있었다. 그러나 정크션 시티의 주민들이 이 도시를 좋아하는 것은 목가적인 평화와 정적 때문이었다. 적어도 평일에는 그랬다. 그러나 주말이 되면 정크션 시티는 가까이에 있는 라일리 요새의 병사들을 위한 휴식과 오락의 중심지로 변했다.

메리 애슐리는 집으로 가는 길에 저녁거리를 사려고 딜런네 슈퍼마켓에 들렀다. 그리고 호수가 내려다보이는 아름다운 주택지대인 올드 밀 포드 거리를 향해 차를 다시 북쪽으로 돌렸다.

참나무와 느릅나무들이 길 왼쪽에 늘어서 있었고, 오른쪽에는 돌과 벽돌, 나무로 지은 여러 가지 모양의 아름다운 집들이 늘어서 있었다.

애슐리의 집은 완만하게 기울어진 언덕 중간쯤에 자리잡은 2층의 석조

건물로, 13년 전에 산 것이었다.

이 집은 아래층에 커다란 응접실과 거실, 서재, 부엌과 식당이 있고 2층에는 부부 침실과 2개의 방이 있었다.

"이 집은 우리 두 사람이 살기에는 너무 커요."

메리 애슐리는 그렇게 반대했었다. 그럴 때면 에드워드가 그녀를 가까이 끌어당기며 말했다.

"누가 우리 두 사람만 살겠다고 했어?"

메리가 집으로 돌아왔을 때, 팀과 베스가 그녀를 기다리고 있었다.

"오늘 무슨 일이 일어났는지 알아맞혀 보세요."

팀이 말했다.

"우리 사진이 신문에 난다고 했어요!"

"얘들아, 채소 내리는 거나 도와주렴. 신문이라니?"

"그 아저씨가 신문 이름을 말하진 않았지만, 우리 사진을 찍고는 그렇게 말했어요."

메리는 하던 일을 멈추고 아이들을 향해 돌아섰다.

"그 아저씨가 왜 사진을 찍는지 말해주지 않았니?"

"네. 하지만 그 아저씨는 멋진 니콘 카메라를 갖고 있었어요."

일요일은 그녀의 35번째 생일이었다. 에드워드는 컨트리클럽에서 그녀를 위한 깜짝 파티를 준비해 주었다. 그들의 이웃인 쉬퍼 부부―플로렌스 쉬퍼와 더글러스 쉬퍼―와 다른 4쌍의 부부가 그녀를 기다리고 있었다.

메리가 클럽에 가서 파티용 탁자와 생일 축하 깃발을 보고 깜짝 놀라자, 에드워드는 그 표정을 보고 아이처럼 즐거워했다.

메리는 2주일 전에 이미 파티가 있을 것을 알고 있었지만 얘기하지 않왔다. 그녀는 에드워드를 존경했다.

에드워드는 매력 있고 지적이고 자상한 의사였다. 그의 할아버지와 아버지도 의사였기에 에드워드가 다른 직업을 갖는다는 것은 생각도 할 수 없는 일이었다. 그는 정크션 시티에서 첫째가는 외과 의사였고 좋은 아버지이며 훌륭한 남편이었다.

메리는 생일 케이크의 촛불을 끄면서 맞은편에 서 있는 에드워드를 보며 생각했다.

'여자로서 어떻게 이보다 더 행복할 수 있을까?'

월요일 아침에 메리는 숙취로 늦잠을 잤다. 전날 밤 샴페인을 너무 많이 마신 모양이었다. 그녀는 술을 잘 마시지 못하지만 기분이 좋아서 마음 내키는 대로 건배를 하며 술을 마셨었다.

침대에서 일어나 나오는데 여간 힘이 들지 않았다.

'샴페인이 나를 이렇게 못살게 구는구나. 다시는 마시지 말아야지.'

그녀는 다짐했다.

메리는 조심스럽게 아래층으로 내려가서 머리가 지끈거리는 것을 애써 참아가며 아이들을 위해 아침식사를 준비했다.

"샴페인은 우리들에 대한 프랑스인의 복수야."

그때 베스가 책을 한 아름 안고 들어왔다.

"엄마, 지금 누구랑 얘기하고 있는 거야?"

"엄마 자신과 얘기를 나누었지."

"엄마 자신과? 이상한 일도 다 있네."

"그럴 때도 있단다."

메리는 콘플레이크 상자를 식탁 위에 놓았다.

"너를 위해 새로 콘플레이크를 사왔단다. 너도 좋아할 거야."

베스는 식탁에 앉아 상자에 붙은 상표를 살펴보았다.

"저는 이 회사 것은 먹지 않아요. 저를 죽일 셈이에요?"

"얘야, 그런 소리는 하지 마라."

메리가 고개를 흔들었다.

"끔찍한 소릴 하는구나. 그럼 아침을 안 먹겠다는 거니?"

10세인 팀이 부엌으로 뛰어들어 왔다. 팀은 의자에 미끄럼을 타듯이 올라앉더니 말했다.

"전 베이컨과 달걀을 먹을래요."

"제발 이걸 먹으렴."

"빨리 주세요, 엄마. 이러다가 학교 늦겠어요."

"학교 얘기를 하니까 반갑구나. 레이놀즈 선생님이 전화를 했더구나. 네 수학 점수가 떨어졌다고 말이다. 그 점에 대해 할 얘기가 있니?"

"당연하죠."

"팀, 너 지금 농담하는 거야?"

"농담치고는 우습지도 않네요."

베스가 비웃는 투로 말했다. 팀은 누나에게 인상을 썼다.

"누나가 웃고 싶다면 거울을 들여다보면 될 텐데?"

"그만들 해라. 얌전하게 굴어야지."

메리가 말했다.

그녀의 두통은 점점 더 심해졌다. 팀이 물었다.

"학교 끝나고 스케이트 타러 가도 되죠?"

"너는 벌써 몇 번이나 스케이트를 탔잖니? 얼음판이 얇은데도 말이야. 오늘은 곧장 집으로 돌아와서 공부해야 한다. 대학교수 아들이 수학에서 낙제를 했다면 남들이 어떻게 생각하겠어?"

"어떻게 생각하기는요? 엄마가 대학에서 수학을 가르치는 건 아니잖아요?"

'말썽꾸러기 아이가 둘만 있어도 사람들은 이렇다 저렇다 말을 많이

하는데, 아홉이나 열 명쯤 키운다면 어떻게 될까?'

메리는 조금 우울해졌다. 베스가 말했다.

"팀이 맞춤법에서 'D'를 맞았다는 것 얘기했어요, 엄마?"

팀이 누나를 노려보았다.

"누나는 마크 트웨인이 말한 얘기를 들어본 적 없어?"

"마크 트웨인이 네 맞춤법 시험하고 무슨 상관이 있는데?"

메리가 물었다.

"마크 트웨인은 한 가지 맞춤법으로만 사물을 표현하는 사람은 존경할 수 없다고 말했다고요."

'내가 져야지. 저애들은 나보다 훨씬 더 영리하니까.'

메리는 두 아이의 도시락을 쌌다. 그러나 그녀는 말도 안 되는 새로운 다이어트를 하는 베스가 걱정스러웠다.

"베스, 제발 부탁이니 오늘 도시락은 꼭 먹고 오너라."

"만약 제 건강을 해치는 인공 방부제가 조금이라도 들었다면 전 먹지 않을 거예요."

'즉석 식품의 좋은 시절은 어디로 갔지?'

메리는 생각했다.

팀이 베스의 노트에서 삐죽 나온 종이를 한 장 빼냈다.

"이것 보세요!"

팀이 외쳤다.

"사랑하는 베스, 공부 시간에 같이 앉자. 난 어제 하루 종일 네 생각만 했어……."

베스가 비명을 질렀다.

"빨리 내놔! 왜 남의 편지를 읽는 거야!"

베스는 팀을 잡으려고 했지만 팀은 이미 뛰쳐나가고 없었다.

팀은 편지 끝에 있는 서명을 읽었다.

"이것 좀 보세요! 버질이라고 쓰어 있어요. 나는 누나가 아널드를 좋아하는 줄 알았는데."

베스가 팀의 손에서 편지를 낚아챘다.

"네가 사랑에 대해서 뭘 안다고 그러니! 넌 아직 어린애야."

메리의 12살짜리 딸이 말했다.

메리는 머리가 지끈거려서 더 이상 참을 수가 없었다.

"얘들아…… . 좀 조용히 해다오."

그때 밖에서 스쿨버스의 경적 소리가 났다.

팀과 베스는 문으로 달려갔다.

"기다려! 아직 아침도 안 먹었잖니!"

메리가 소리치며 그들을 쫓아 현관까지 나갔다.

"시간이 없어요, 엄마. 빨리 가야 해요."

"다녀올게요, 엄마!"

"밖이 몹시 춥다. 코트와 목도리를 하고 가야지."

"목도리 잃어버렸어요."

팀이 말했다.

아이들이 밖으로 나가 버리자, 메리는 힘이 쭉 빠졌다.

'엄마 노릇이란 태풍의 눈 속에서 사는 거나 마찬가지야.'

마침 계단을 내려오는 에드워드를 보자 그녀는 행복해졌다.

'저이는 여전히 내가 만난 남자 중에 가장 매력 있는 사람이야.'

메리는 생각했다. 맨처음에 그녀의 호감을 산 것은 그의 자상함이었다. 에드워드의 눈은 부드러운 회색으로 따뜻한 지성을 나타내고 있었다. 그러나 무엇엔가 열중할 때 그 눈은 강렬하게 불타올랐다.

"잘 잤소, 여보?"

그는 메리에게 키스를 했다. 그들은 함께 부엌으로 갔다.

"여보……? 내 부탁 좀 한 가지 들어주겠어요?"

"그러지. 무엇이든지 다 들어줄게."

"아이들을 팔아버리고 싶어요."

"두 명 다?"

"두 명 다요."

"언제 말이오?"

"오늘 당장에요."

"누가 그애들을 사겠소?"

"모르는 사람들이 사겠죠. 그애들은 내 말 따위는 통하지 않는 나이가 되었어요. 베스는 건강식품광이 되었고 당신의 아들은 저능아 세계 선수 권자가 되어 가고 있다고요."

에드워드가 뭔가 생각하면서 말했다.

"아마 그애들은 우리 자식이 아닌 모양이군 그래."

"그런 것 같아요. 오트밀 드세요."

그는 시계를 보았다.

"미안해, 여보. 시간이 없어. 30분 안에 수술실에 들어가야 돼. 행크 케이트가 기계에 말려들어 갔다더군. 손가락 몇 개를 잘라야 할지도 몰라."

"그분은 이제 농사일을 하기에는 너무 늙었잖아요?"

"그 사람 앞에서 그런 말을 했다가는 큰일 나요, 여보."

메리는 3년 동안 행크 케이트가 남편에게 치료비를 내지 않았다는 것을 알고 있었다.

그 지방의 다른 농부들처럼 행크 케이트도 농산물 가격의 폭락과 농부들에 대한 정부 당국의 무관심한 태도로 빚어진 가난에 허덕이고 있었다. 그들 대부분은 인생의 전부를 바쳐 일해 온 농장을 잃어가고 있었다.

에드워드는 환자들에게 돈을 달라고 하지 않았다. 덕분에 대부분의 농부들은 그에게 치료비로 곡식을 대신 갖다 주었다. 그래서 집의 지하실에는 옥수수와 감자와 밀이 가득 차 있었다. 한 농부가 에드워드에게 치료비 대신 황소를 한 마리 주겠다고 말한 적이 있었는데, 그때 메리가 에드워드에게 말했다.

"제발 그 사람에게 치료비는 안 받아도 좋다고 말해요."

메리는 지금 남편을 보면서 다시 한 번 생각했다.

'나는 얼마나 운이 좋은 여자인가?'

"좋아요. 아이들은 내가 키우겠어요. 나는 그애들의 아버지를 너무나 사랑하니까요."

"사실 나도 그애들의 어머니를 더 사랑한다고!"

에드워드는 그녀를 안고 속삭였다.

"생일 축하해요. 한 살 더 먹었어요."

"이렇게 나이를 먹었는데도 아직 나를 사랑해요?"

"나는 원래 나이든 여자를 좋아하거든."

"어머나, 고마우셔라!"

그때 메리에게 언뜻 떠오르는 생각이 있었다.

"오늘은 일찍 돌아와서 저녁 준비를 해야겠어요. 쉬퍼 부부를 우리 집에 초대할 차례거든요."

월요일 밤이면 그들은 브릿지 게임을 항상 해왔다. 더글러스 쉬퍼 의사가 에드워드와 함께 일을 한다는 사실이 그들을 더욱 가깝게 만들었다.

메리와 에드워드는 쉴 새 없이 불어오는 바람에 머리를 숙이고 함께 집을 나섰다. 포드 그라나다에 탄 에드워드는 메리가 스테이션왜건의 운전석에 앉는 것을 지켜보았다.

"고속도로는 보나마나 얼음이 깔려 있을 거야! 조심해서 운전해요!"

에드워드가 소리쳤다.

"여보, 당신도요!"

메리는 손 키스를 보냈다.

2대의 자동차는 집을 떠났다. 에드워드는 병원으로 향하고 메리는 대학이 있는, 16마일 떨어진 맨해튼으로 향했다.

애슐리의 집에서 반 블록 떨어진 곳에 서 있는 자동차 안의 두 사람이 애슐리 부부의 자동차를 지켜보고 있었다. 그들은 자동차가 완전히 보이지 않을 때까지 기다렸다.

"자, 이제 슬슬 가 보세."

그들은 애슐리의 옆집 앞까지 차를 몰고 갔다. 운전을 하는 렉스 올즈는 차에 남아 있고, 그의 동료가 현관으로 가서 초인종을 눌렀다. 30대 중반의 매력적인 금발 여성이 문을 열었다.

"무슨 일이신가요?"

"더글러스 쉬퍼 부인이십니까?"

"그렇습니다만……?"

사나이는 웃옷 주머니에 손을 넣어 신분증명서를 끄집어냈다.

"제 이름은 도널드 잼로크입니다. 국무성의 정보국에서 일하고 있습니다."

"하느님 맙소사! 더글러스가 은행 강도짓을 했다고 말하려는 것은 아니겠죠?"

보안 요원은 정중하게 웃음을 지었다.

"부인, 그런 일이 아닙니다. 이웃에 사는 사람들에 관해 몇 가지 여쭤보려고 왔습니다. 애슐리 부인에 관해서 말입니다."

그녀는 갑자기 경계의 빛을 띠었다.

"메리요? 메리가 어떻게 되었나요?"

"좀 들어가도 되겠습니까?"

"물론이지요. 들어오세요."

플로렌스 쉬퍼는 그를 거실로 안내했다.

"앉으세요. 커피 드시겠어요?"

"괜찮습니다. 잠깐만 실례하겠습니다."

"왜 메리에 관해서 조사를 하나요?"

그는 안심시키려는 듯이 웃어 보였다.

"이것은 정기적으로 확인하는 것뿐입니다. 걱정 마십시오. 그분이 어떤 범죄를 저질렀다는 얘기는 아니니까요."

"그럴 거라고 생각했어요."

플로렌스 쉬퍼는 분명히 말했다.

"메리 애슐리는 정말 흠잡을 데 없는 훌륭한 여성이에요."

그리고 나서 그녀는 덧붙여 말했다.

"그녀를 만나보셨나요?"

"아닙니다, 부인. 이건 비밀입니다. 그리고 부인께서도 비밀로 해주셔야만 합니다. 애슐리 부인을 아신지는 얼마나 되었습니까?"

"한 13년쯤 됐어요. 그녀가 옆집으로 이사 온 뒤로 계속 사귀어 왔으니까요."

"애슐리 부인을 잘 아십니까?"

"물론이지요. 메리는 내 가장 친한 친구예요. 그런 건 왜 묻죠?"

"그녀와 그녀의 남편은 사이가 좋습니까?"

"우리 부부에 버금가지요. 그들은 내가 알고 있는 한 가장 행복한 부부예요."

그녀는 잠깐 생각한 뒤에 말했다.

"다시 한 번 얘기하겠어요. 그들은 내가 알고 있는 한 가장 행복한 부부라고요."

"제가 알기로는 애슐리 부인이 자녀를 두 명 두었다는데, 열두 살 난 딸과 열 살 된 아들이 있다지요?"

"맞아요. 베스와 팀이에요."

"애슐리 부인은 좋은 어머니입니까?"

"훌륭한 어머니지요. 도대체……?"

"쉬퍼 부인, 부인께서는 애슐리 부인이 정신적으로 건강한 여성이라고 생각하십니까?"

"물론 그렇지요."

"부인이 보기에 정서적으로도 문제가 없습니까?"

"그런 것은 전혀 없어요."

"그녀는 술을 마십니까?"

"아니에요. 알코올류는 싫어합니다."

"마약은 어떻습니까?"

"여보세요, 동네를 잘못 찾아온 것 같군요. 정크션 시티는 마약문제 같은 건 전혀 없는 곳이라고요."

"애슐리 부인은 의사와 결혼했죠?"

"그래요."

"만일 그녀가 약을 손에 넣으려고 한다면……?"

"당신이 잘못 짚으신 거예요. 그녀는 마약을 쓰지 않아요. 주사도 맞지 않고 코로 들이마시지도 않는다고요."

그는 그녀를 잠깐 바라보았다.

"부인은 마약에 관해 많이 알고 계시는군요."

"나도 다른 사람들처럼 텔레비전에서 마피아 영화를 봤어요."

플로렌스 쉬퍼는 화를 내기 시작했다.

"질문할 게 또 있나요?"

"메리 애슐리 부인의 할아버지는 루마니아에서 태어났습니다. 그녀가 루마니아에 대해서 얘기하는 것을 들은 적이 있습니까?"

"그래요. 그녀는 이따금 자기 할아버지가 그녀에게 들려주었다는 얘기들을 하곤 했어요. 그녀의 할아버지는 루마니아에서 태어났지만 10대에 미국으로 건너왔다고 하더군요."

"애슐리 부인이 현재의 루마니아 정부에 대해 부정적인 의견을 말하는 걸 들은 적이 있습니까?"

"없습니다. 내가 기억하는 한 그런 일은 없어요."

"마지막으로 한 가지만 더 질문하겠습니다. 애슐리 부인이나 애슐리 박사가 미합중국 정부에 대해 비판하는 것을 들은 적이 있습니까?"

"그런 일은 절대 없어요."

"그렇다면 부인의 의견으로는 두 사람이 모두 충성스러운 미국인이라는 거군요?"

"그건 내기를 해도 좋아요. 도대체 무슨 일인가요?"

보안요원이 자리에서 일어났다.

"시간을 내주셔서 대단히 감사합니다, 쉬퍼 부인. 다시 한 번 말씀드립니다만, 이 조사는 비밀리에 하는 것이기 때문에 절대로 누설해서는 안 됩니다. 어느 누구에게도. 부인의 남편에게도 이 일에 대해 얘기하시면 안 됩니다. 아시겠지요?"

그는 떠났다. 그녀는 그의 등을 노려보며 중얼거렸다.

'세상에, 이런 일이 다 있다니 믿을 수가 없어!'

두 보안요원은 워싱턴 거리를 지나 북쪽으로 갔다. 거기에는 〈우리 땅에서 즐기십시오〉라고 쓰여 있는 게시판이 있었다. 렉스 올즈가 퉁명스럽게 한 마디 했다.

"멋지군!"

그들은 상공회의소와 엘크스 빌딩의 〈왕의 명령〉이라는 가게와 애완동물 미용실, 〈넘쳐 나는 기회〉라는 술집을 지나갔다. 상가는 그곳에서 갑자기 끝나고 말았다.

도널드 잼로크가 입을 열었다.

"젠장, 중앙통이라는 것이 겨우 두 블록밖에 안 되다니! 이건 도시가 아니라 시골구석인데?"

렉스 올즈가 말을 받았다.

"자네나 내겐 시골구석이지만, 이곳 사람들에게는 어엿한 도시일세."

잼로크가 고개를 절레절레 흔들었다.

"살기에 좋은 곳인지는 몰라도 난 다시는 이런 곳에 오고 싶지 않네."

그들의 승용차는 주립은행 앞에서 멈춰섰다. 렉스 올즈가 은행 안으로 들어갔다가 20분 뒤에 돌아왔다.

"깨끗하군."

그는 차에 올라타면서 말했다.

"애슐리 부부는 은행에 7천 달러를 예금해두었고, 집은 저당 잡혀 있지만 제때에 꼬박꼬박 이자를 물고 있네. 은행장이 하는 얘기로는 의사라는 직업으로 돈을 벌기엔 애슐리가 너무 인정이 많다는 거야. 하지만 은행에 관한 한 신용은 절대적이더군."

잼로크는 옆에 놓인 수첩을 보았다.

"몇 사람만 더 찾아보고 문명사회로 돌아가세. 어물어물하다가는 나까지 시골뜨기가 되고 말겠어."

쉬퍼 부부와 애슐리 부부는 그들이 매주 정기적으로 하는 브릿지 게임에 열중하고 있었다. 더글러스 쉬퍼는 보통 때는 명랑하고 쾌활한 사람이었는데 지금은 얼굴을 잔뜩 찌푸리고 불만스러운 표정을 짓고 있었다.

쉬퍼 부부가 애슐리 부부에게 1만 점이나 뒤지고 있었기 때문이었다. 그날 밤 플로렌스 쉬퍼가 네 번째로 실수를 했을 때 더글러스 쉬퍼는 카드를 집어던지고 말았다.

"플로렌스! 도대체 당신은 어느 쪽에서 카드를 하는 거야? 당신은 지금 우리가 얼마나 지고 있는지 알기나 해?"

그는 버럭 소리를 질렀다.

"미안해요. 하지만 게임에 집중할 수가 없어요."

그녀는 불안스러운 듯이 주눅이 든 목소리로 말했다.

"그 말은 확실한 것 같군."

그녀의 남편이 핀잔을 주었다.

"뭔가 마음에 걸리는 일이라도 있나요?"

에드워드 애슐리가 플로렌스 부인에게 물었다.

"말할 수 없어요."

그들은 모두 놀라서 그녀를 쳐다보았다.

"그건 또 무슨 말이지?"

그녀의 남편이 물었다.

플로렌스 쉬퍼는 크게 한숨을 내쉬었다.

"메리, 그건 당신에 관한 얘기예요."

"나에 관한 얘기라고요?"

"당신은 사건에 휘말려 있어요. 그렇죠?"

메리가 그녀를 쳐다보았다.

"사건이라니? 아뇨, 그런 일 없어요. 왜 그런 생각을 하는 거죠?"

"그 얘기를 해서는 안 된다고요. 나는 약속했어요."

"누구에게 무슨 약속을 했다는 겁니까?"

에드워드가 물었다.

"워싱턴에서 온 연방 정부의 요원이라더군요. 그 사람이 오늘 아침에 찾아와서 메리에 관해 여러 가지 질문을 했어요. 그 사람은 마치 메리가 국제적인 스파이라도 되는 것처럼 꼬치꼬치 캐묻더군요."

"뭘 물어봤는데요?"

"글쎄요, 메리가 충실한 미국인이냐, 좋은 어머니냐, 마약을 사용하지 않느냐고 묻더라고요."

"도대체 그 사람이 왜 그런 걸 물었을까요?"

"잠깐 기다리세요!"

메리가 흥분해서 소리쳤다.

"이제 알 것 같아요. 대학 교수직 때문일 거예요."

"뭐라고요?"

플로렌스가 물었다.

"대학에 종신 교수직을 신청해놓았거든요. 대학이 지금 정부의 미묘한 연구용역을 맡고 있어요. 그래서 아마 정부에서 관계자들의 신원을 철저히 조사하는 모양이에요."

"그랬군요. 그럼 그렇지."

플로렌스 쉬퍼는 안도의 숨을 내쉬었다.

"나는 그 사람들이 당신을 구속하려는 줄로만 생각했어요."

"그랬으면 좋겠어요. 캔자스 주립대학에 말이에요."

메리가 웃었다.

"자, 됐어요. 이제 그 문제는 해결되었으니, 다시 게임을 시작합시다."

더글러스 쉬퍼가 말하며 아내를 돌아다보았다.

"만약 이번에도 실수하면 혼쭐을 내줄 거야."

"약속할게요. 다시는 실수하지 않겠어요."

은밀한 만남

애비우드, 영국

"평소와 같은 원칙에 따라 회의를 개최합니다."

의장이 개회를 선언했다.

"다시 말씀드리면, 이 모임에 대해서는 아무런 기록도 남지 않을 것이고, 일단 모임이 끝난 뒤에는 더 이상 모임에 관해 언급하지도 않을 것입니다. 그리고 회의 중에는 미리 받은 암호로 서로를 부르도록 합니다."

15세기 건축물인 클레이모어 성의 서재에는 8명의 사내가 모여 있었다. 서재 밖에는 두꺼운 오버코트로 몸을 감싼 평상복 차림의 사내 2명이 무장을 한 채 날카로운 눈빛으로 바깥쪽을 감시하고 있었고, 세 번째 사나이는 서재의 문을 지키고 있었다. 서재 안의 8명의 사나이는 약간의 시간차를 두고 따로따로 이곳에 도착했다.

의장이 계속해서 말을 이었다.

"컨트롤러는 최근 골치 아픈 정보를 입수했습니다. 마린 그로차가 알렉산드루 이오네스쿠 대통령에 대항해서 쿠데타를 계획하고 있다는 것입니다. 루마니아 군부의 고위층 간부 하나가 그로차를 밀어주기로 이미 결정했다고 합니다. 아마도 이번에는 쿠데타가 반드시 성공할 것이라는 정보입니다."

"그것이 우리 계획과 어떤 관계가 있다는 겁니까?"

오딘이 물었다.

"우리 계획을 망칠 수도 있습니다. 서방 쪽으로 너무 많이 문을 열게 될 테니까요."

"그렇다면 우리는 쿠데타를 막지 않으면 안 되겠군요."

프레이르가 말을 받았다.

"그렇지만 방법이……."

발데르가 말끝을 흐렸다.

"그로차를 암살하는 것입니다."

의장이 단호하게 대답했다.

"그것은 불가능하오. 우리 모두 알다시피 이오네스쿠 쪽에서도 벌써 열 번씩이나 암살을 하려고 했지만 번번이 실패로 끝나지 않았소? 그로차의 저택은 난공불락인 것 같습니다. 게다가 이 방에 있는 우리 중 어느 누구도 암살 계획 따위에 관여할 수 있는 처지가 아니잖소."

"우리가 직접 관여하는 것이 아닙니다."

의장이 대답했다.

"그렇다면?"

"컨트롤러는 극비의 서류를 발견했는데 그것은 청부를 줄 수 있는 국제 테러리스트에 관한 것이었습니다."

"아불 압바스! 아킬레 라우로 비행기 납치 사건을 일으켰던 사나이 말이로군요?"

"아닙니다. 새로운 얼굴입니다. 엔젤이라고 하는 자로, 아불 압바스보다 훨씬 더 실력 있는 자입니다."

"들어본 적이 없는 이름이군요."

지크문트가 시큰둥하게 말했다.

"바로 그겁니다. 그의 엄청난 활동에도 불구하고 전혀 이름이 알려져 있지 않습니다. 컨트롤러가 발견한 비밀서류에 의하면, 엔젤은 인도에서 있었던 시크교(15세기에 인도 반도 펀자브 지방을 중심으로 일어난 힌두교의 개혁 종교)의 칼리스탄 암살 사건에 관련되어 있었고, 푸에르토리코의 마케테로스 테러범들과 캄푸치아의 크메르루주들을 도와주기도 했습니다. 뿐만 아니라 열 명이 넘는 이스라엘 군 장성 암살사건을 지휘 감독한 것도 바로 엔젤이었다고 합니다. 그래서 이스라엘 쪽은 그를 죽이든지 생포하든지 간에 2백만 달러의 상금을 걸고 엔젤을 잡아들이려 하고 있습니다."

"그 자라면 일을 틀림없이 해낼 것 같군."

토르가 말했다.

"그런데 정말 그를 고용할 수가 있다는 겁니까?"

"그를 고용한다면 일에 대한 보수로 상당히 많은 금액을 요구할 겁니다……."

"만일 그가 우리 일을 맡아준다면 4백만 달러 정도는 줘야겠지요."

프레이르가 휘파람을 낮게 불었다. 그러고는 어깨를 들어올리며 말을 이었다.

"그 정도라면 어떻게 해볼 수가 있을 겁니다. 우리가 마련한 기금에서 쓰도록 합시다."

"엔젤과 어떻게 접촉할 생각이오?"

지크문트가 물었다.

"엔젤의 모든 사업계약은 그의 애인을 통해서 이루어집니다. 노이사 뮤네츠라는 여자입니다."

"그럼 그 여자는 어떻게 찾아낼 작정이오?"

"그녀는 아르헨티나에 살고 있습니다. 엔젤이 그녀에게 부에노스아이레스에 아파트를 마련해주었다고 하더군요."

토르가 다시 물었다.

"다음으로 우리가 해야 할 행동은 뭡니까? 누가 우리를 대신해서 그녀를 만납니까?"

"컨트롤러는 해리 랜츠를 추천했습니다."

의장이 대답했다.

"친숙한 이름이군."

의장이 사무적인 말투로 계속했다.

"그렇습니다. 신문에 실린 적이 있으니까요. 그는 이단자입니다. CIA에서 일하면서 베트남에서 약품 사업을 따로 벌였지요. 그래서 CIA에서 쫓겨났습니다. 그가 CIA에서 근무할 당시에 남미를 여행한 적이 있기 때문에 그 지역을 잘 알고 있어요. 따라서 우리 일의 중개인으로는 아주 완벽한 적격자인 셈입니다."

의장은 잠시 말을 끊었다.

"여기서 저는 이번 일을 투표로 결정할 것을 제안합니다. 엔젤을 고용하는 것에 찬성하시는 분은 모두 손을 들어주시기 바랍니다."

잘 다듬어진 8개의 손이 공중에 떠올랐다.

"자, 이제 모두 결정되었습니다."

의장이 자리에서 일어났다.

"이것으로 회의를 마치겠습니다. 언제나처럼 조심하시기 바랍니다."

그날은 월요일이었다. 레슬리 핸슨 경관은 클레이모어 성의 정원에 있는 온실에서 피크닉을 즐기고 있었다. 물론 그것은 위법이었다. 그는 혼자가 아니었으며, 나중에 상관에게 그 사실을 설명해야 했다. 그는 포동

포동한 시골처녀 애니와 함께 있었다. 온실 안은 따뜻했다. 애니가 그 선량한 경관에게 피크닉 바구니를 가져오도록 했다. 그녀가 장난스럽게 말했다.

"도시락은 당신이 마련하고요. 디저트는 제가 드릴게요."

그녀가 말하는 디저트란 아름다운 가슴과 엉덩이, 그리고 5피트 6인치의 모든 것에 그의 입이 파고들 수 있다는 것이었다.

그런데 불행하게도, 레슬리와 애니가 한창 디저트를 즐기고 있는 도중에 성 밖으로 빠져 나가는 리무진 소리 때문에 주의가 산만해졌다.

"월요일에는 성을 개방하지 않는데……."

레슬리가 투덜거렸다.

"하던 일이나 계속해요."

애니가 코맹맹이 소리로 부추겼다.

"그래, 나의 귀염둥이."

20분쯤 시간이 흘렀다. 다시 자동차가 떠나는 소리가 들려왔다. 이번에는 하던 일을 멈추고 밖을 내다보았다.

공무수행 중인지 자동차 안의 사람이 보이지 않도록 검은 유리가 끼워진 리무진이 서 있었다.

"빨리 해줘요, 레슬리……."

애니의 달콤한 목소리가 들려왔다.

"알았어! 그런데 도대체 누가 성 안에 있는지 알 수가 없군. 관광철을 빼고는 성문이 굳게 닫혀 있는데 말이야."

"맞아요! 그게 바로 나한테 지금 일어나려고 하는 일이에요. 레슬리, 내 사랑, 당신이 서둘지 않으면 내 문은 닫혀버릴 거야……."

다시 20분가량이 지나고 세 번째 차가 떠나는 소리가 들리자, 핸슨 경관은 경찰 본연의 임무가 떠올라 성욕이 완전히 사그라졌다.

그 뒤로 계속 5대의 새까만 리무진이 떠났는데, 모두 20분 간격을 두고 있었다.

그중 한 대가 지나가는 사슴에게 길을 비켜주느라 온실 앞에 멈추었고, 덕분에 핸슨 경관은 자동차 번호를 기록할 수가 있었다.

"비번인데도 충성이시군요."

애니가 토라졌다.

"이건 중요한 일임에 틀림없어."

핸슨은 정작 말은 그렇게 했지만 과연 이 일을 보고해야 할지, 아니면 입을 다물고 있어야 할지 판단이 서지 않았다.

"클레이모어 성에서는 무얼 하고 있었나."

트월 경사가 물었다.

"관광 중이었습니다."

"성은 닫혀 있었을 텐데?"

"그렇습니다. 그렇지만 온실은 열려 있었습니다."

"그래서 자네는 온실 안을 관광했다는 말인가?"

"그렇습니다."

"물론, 혼자였겠지?"

"그게, 저…… 사실을 말씀드리자면……."

"추잡한 내용은 말하지 말게나, 레슬리 경관. 그래, 무엇 때문에 자동차가 의심스럽던가?"

"그들의 행동들이었습니다."

"자동차의 행동이라고? 레슬리 경관, 운전사의 행동이었겠지?"

"네, 그렇습니다. 운전사들은 매우 조심하는 태도였습니다. 자동차들은 모두 20분 간격으로 떠났고요."

"물론 자네도 알겠지만 그런 종류의 일에 대해서는 아마도 수천 가지도 넘는 당연하고도 합법적인, 그리고 합리적인 설명이 있을 수 있네. 사실은 레슬리 경관, 당연하고도 합법적인 설명을 할 수 없는 유일한 일은 바로 자네의 행동일세."

"그렇습니다. 그렇지만 어쨌든 저는 이 일을 보고 드려야만 한다고 생각했습니다."

"좋아. 이게 자네가 적은 자동차 번호인가?"

"그렇습니다."

"잘했네. 이젠 가 보게나."

트윌 경사는 재치 있게 한 마디를 덧붙였다.

"기억해두게나. 유리로 만든 집 안에 있으면서, 다른 사람에게 돌을 던지는 것은 위험하다는 사실을."

경사는 자기가 한 말에 만족하여 오전 내내 싱글거렸다.

트윌 경사는 일단 레슬리 핸슨 경관이 내놓은 자동차 번호에 대해서 확인을 의뢰했고 회신이 도착했을 때, 이번 일이 레슬리의 실수였다는 것을 알았다. 어쨌든 그는 레슬리가 보고한 내용을 가지고 위층의 파쿨라 경감에게 올라갔다. 그리고 설명을 덧붙였다.

"이런 일로는 보고를 드리지 않으려고 했습니다만, 자동차 번호가 어째 좀……."

"그래, 알겠네. 내가 알아서 하도록 하지."

"고맙습니다, 경감님."

파쿨라 경감은 SIS 본부에서 영국 정보국의 고위층 간부 한 명과 만나고 있었다. 정보국 고관은 통통하게 살이 찌고 혈색이 좋은 앨릭스 하이드화이트 경이었다.

"이것을 내게 보고한 것은 아주 잘한 일이오."

그렇게 말하며 앨릭스 경이 미소지었다.

"그런데 이번 일이 높은 양반들께서 기자들의 눈을 피해 모처럼 회동

한 것에 불과한 게 아닌지 염려스러운걸."

"번거롭게 해드려서 죄송합니다."

파쿨라 경감이 자리에서 일어났다.

"그렇지 않아요. 이건 경감의 부서에 있는 사람들이 항상 긴장하고 있다는 증거니까. 그런데 젊은 경관의 이름이 뭐라고 했던가?"

"핸슨, 레슬리 핸슨입니다."

파쿨라 경감이 문을 닫고 나가자 앨릭스 하이드화이트 경은 책상 위에 놓인 수화기를 급히 집어들었다.

"발데르에게 전할 말이 있소. 좀 문제가 생겼소. 다음 번 모임에서 설명하도록 하겠소만, 그동안 세 사람의 임시 인사를 부탁하오. 트월 경사, 파쿨라 경감, 그리고 레슬리 핸슨 경관이오. 그들을 며칠 동안만 갈라놓도록 해주시오. 그러니까 각각 다른 부서로 배치하되, 런던에서 되도록 먼 곳으로 보내주시오. 컨트롤러에게는 내가 직접 연락하겠소. 또 다른 지시가 내려지면 다시 연락합시다."

뉴욕의 호텔 방에서 자고 있던 해리 랜츠는 요란스럽게 울리는 전화벨 소리에 잠이 깼다.

'도대체 내가 이곳에 있는 것을 아는 작자가 누구지?'

그는 속으로 투덜대며 침대 옆 탁자 위의 시계를 흘깃 바라보았다.

수화기를 들자마자 해리 랜츠는 다짜고짜 퍼붓기 시작했다.

"아니, 어떤 놈이 새벽 네 시에 전화질이야? 그래, 누구……."

상대편이 부드러운 목소리로 이야기하자, 랜츠는 침대에서 벌떡 일어나 앉았다. 그의 심장이 방망이질치기 시작했다.

"네, 네! 알겠습니다…. 아뇨, 네, 그렇지만 시간을 낼 수는 있습니다."

그리고는 한참 동안 상대방의 이야기를 듣고만 있었다. 마침내 랜츠가 입을 열었다.

"네, 알겠습니다. 충분히 이해했습니다. 부에노스아이레스 행 첫 비행기를 타겠습니다. 감사합니다."

해리 랜츠는 수화기를 내려놓고 탁자 위의 담배를 끌어다 불을 붙였다. 그의 손이 아직도 떨리고 있었다. 그는 방금 세계에서 몇째 안 가는 실력자와 통화를 한 것이다. 그리고 또 그가 해리에게 부탁한 일은…….

'도대체 무슨 영문일까?'

해리는 스스로에게 물어보았다.

상대방은 메시지를 전달하는 대가로 10만 달러를 주겠다고 했다. 그는 아르헨티나에 다시 갈 수 있다는 것만으로도 즐거웠다. 그곳에는 식음을 전폐하고 잠자리를 즐기는 미끈한 미녀들이 도처에 깔려 있었다.

아침 9시가 되자 랜츠는 아르헨티나 항공사로 전화를 걸었다.

"부에노스아이레스 행 첫 비행기가 몇 시에 있습니까?"

그날 저녁 5시에 보잉 747기는 부에노스아이레스의 에제이자 공항에 도착했다. 긴 여행이었지만 해리 랜츠는 전혀 피로한 기색이 없었다.

'메시지를 전달하는 데 10만 달러라…….'

비행기 바퀴가 땅에 닿는 순간 해리 랜츠는 밀려오는 흥분으로 몸을 떨었다. 이곳을 다녀간 지 벌써 5년이나 되었으니 옛날 친구들을 다시 만나보는 일도 재미있으리라.

비행기 밖으로 한 발을 내디딘 랜츠는 밀어닥치는 뜨거운 바람 때문에 잠시 주춤했다.

'아차, 이곳은 여름이군.'

택시 안에서 내다보니 건물 벽과 길바닥에 갈겨쓴 낙서들이 여전했다.

「국민 투표? 웃기시네!」

「군대, 살인자들!」

「우리는 배가 고프다.」

「마약, 섹스, 그리고 로큰롤」

「범죄자에게는 재판과 처벌을!」

그는 생각했다.

'그래, 여기 오기를 잘했어.'

낮잠시간이 끝난 뒤라 거리에는 느릿느릿 오가는 사람들로 가득 차 있었다. 택시가 도시 중심가에 있는 엘 콘키스타도르 호텔에 도착하자, 랜츠는 100달러짜리 지폐를 운전사에게 내주었다.

"잔돈은 그만두시오."

이제 이런 돈은 장난감이었다.

그는 거대한 현대식 로비에 있는 접수부에서 숙박계를 적고는 〈부에노스아이레스 헤럴드〉지와 〈라 프렌사〉지를 집어들었다.

호텔 부지배인이 방으로 안내했다. 침실, 욕실, 거실과 부엌, 에어컨과 텔레비전, 이 모두가 하루에 120달러면 충분했다.

'워싱턴이었다면? 엄청나겠지. 노이사 뮤네츠와의 일을 내일 하루에 마치고 나면 며칠 더 묵으면서 즐겨야지.'

그는 속으로 그렇게 생각하고 몹시 흐뭇해 했다. 그러나 노이사 뮤네츠를 찾아내는 데만도 꼬박 2주일이 넘게 걸렸다.

해리 랜츠는 전화번호부부터 뒤지기 시작했다. 콘스티투시온 지역, 산 마르틴 광장, 바리오 노르테, 카텔리나 노르테를 뒤졌다. 그러나 노이사 뮤네츠로 등록된 이름은 하나도 없었다.

바이아 블랑카나 마르 델 플라타 같은 변두리 지역도 살살이 뒤져보았지만 역시 없었다.

'도대체 그녀는 어디에 숨어 있을까?'

랜츠는 다시 길가로 나섰다. 옛날 친구들을 찾아볼 참이었다.

〈라 비엘라〉로 들어가자 바텐더가 금방 알아보고 환호성을 질렀다.

"랜츠! 당신은 죽었다고들 하던데 ……."

랜츠가 싱글거리며 대답했다.

"그랬지, 안토니오. 그렇지만 자네가 너무 보고 싶어서 다시 살아 돌아 왔다네."

"그런데 이곳에는 어쩐 일로?"

랜츠는 일부러 생각에 잠긴 듯한 표정으로 말을 이었다.

"오랜 여자 친구를 찾으러 왔지. 우린 결혼할 사이였는데 그녀의 가족이 모두 이사를 갔거든. 그 바람에 그녀를 잃어버렸네. 노이사 뮤네츠라는 여잔데 말이야."

바텐더가 머리를 긁적거렸다.

"들어보지 못한 이름인데?"

"사람들한테 물어봐 주겠나, 안토니오?"

"그러지."

두 번째로 들른 곳은 옛 친구가 있는 경찰서였다.

"랜츠! 해리 랜츠! 잘 있었나? 맙소사! 그래, 그 동안 어떻게 지냈나."

"오랜만이군, 호르헤. 만나서 반갑네."

"내가 마지막으로 들은 자네 소식은 CIA가 자넬 걸어찼다는 거였네."

그러자 해리 랜츠는 웃음을 터뜨렸다.

"그게 아닐세. 그들은 내게 더 있어 달라고 사정했지만, 내 사업 때문에 그만두었네."

"그랬군. 그래, 요즘엔 무슨 사업을 하나?"

"탐정 사무실을 열었다네. 솔직히 말해서 그 일 때문에 부에노스아이레스까지 날아왔지. 몇 주일 전에 내 단골손님이 운명을 달리했는데, 엄청난 재산을 딸에게 유산으로 남겼다네. 난 지금 그의 딸을 찾고 있는 중일세. 그런데 그녀에 대해 알고 있는 것이라고는 부에노스아이레스의 어떤 아파트에 살고 있다는 것뿐일세."

"이름이 뭔가?"

"노이사 뮤네츠."

"잠시 기다려 보게."

30분이 지났다.

"미안하네, 친구. 도움이 못 되어서. 그녀는 우리 컴퓨터에도, 서류철에도 없더군."

"그래? 할 수 없지 뭐. 어쨌든 그녀에 관해 듣게 되면 연락을 해주게나. 난 엘 콘키스타도르에 머물고 있으니까."

"잘 가게."

다음은 술집 차례였다. 예전에 즐겨 다니던 곳들을 들러볼 생각이었다. 곤살레스, 알메이다, 그리고 카페 타바크. 어디에서나 대답은 마찬가지였다. 아무도 엔젤의 그 잘난 여자친구를 알지 못했다.

해리 랜츠는 라 보카 지역을 배회하기 시작했다. 그곳은 커다란 배들이 닻을 내리고 있는 화려한 하구였다. 그곳 사람들 역시 노이사 뮤네츠라는 이름은 들어본 적이 없다고 했다.

해리 랜츠는 기운이 빠지기 시작했다. 자기가 지금 헛된 꿈을 좇고 있다는 생각이 들기 시작했다.

그런데 〈필라르〉라는 조그만 술집에 들렀을 때였다. 그날은 금요일이었는데 술집은 온통 노동자들로 꽉 차 있었다. 바텐더의 관심을 끄는 데만도 무려 10분이 넘게 걸렸다. 랜츠는 이미 수십 번도 더 반복해온 이야기를 이곳 바텐더에게도 하기 시작했다. 그러나 랜츠가 이야기를 반도 채 하기 전에 바텐더가 물었다.

"노이사 뮤네츠라고요? 물론 알지요. 만일 그녀가 당신과 이야기를 나누고 싶은 생각이 든다면 이곳에 나타날 겁니다. 자정쯤 해서요."

그의 운명이 서서히 바뀌어 갈 기미를 보이기 시작했다.

다음날 밤 11시쯤 해리 랜츠는 다시 〈필라르〉로 갔다. 자정이 가까워지자 사람들이 모여들었다. 랜츠는 차츰 긴장이 되는 자신을 느낄 수 있었다.

'그녀가 나타나지 않으면 어쩌지? 아니, 동명이인의 노이사라면?'

랜츠는 젊은 여인들 한 떼가 킬킬대며 술집 안으로 들어오는 것을 지켜보고 있었다. 그녀들은 남자들이 앉아 있는 탁자 쪽으로 몰려가서는 함께 떠들며 시시덕거렸다.

'그녀는 꼭 나타날 거야. 만일 나타나지 않으면 10만 달러에 굿바이 키스를 해야 할 신세가 되겠지.'

랜츠는 그녀가 어떻게 생겼을까 하고 상상해보았다. 아마도 깜짝 놀랄 만한 미인일 것이다. 지금 그는 그녀의 남자친구에게 4백만 달러를 제공하겠다는 메시지를 전할 권한을 가지고 있었다. 물론 누군가를 암살해야 한다는 조건이 따르지만 말이다.

그러니 엔젤의 여자친구는 분명히 수백만 달러의 값어치가 있을 것이다. 어쩌면 엔젤은 그런 여자들을 한 다스도 더 갖고 있을지도 모르는 일이다. 지금 랜츠가 만나려고 하는 노이사라는 여자도 영화배우이거나 모델임에 틀림없을 것이다.

'누가 알아, 내가 이곳을 떠나기 전에 그녀와 잠시 즐길 수 있게 될지? 물론 사업과는 별개여야 하겠지만……'

랜츠는 그런 생각에 차츰 행복해지기 시작했다.

다시 바의 문이 열렸다. 랜츠는 기대에 가득 찬 눈빛으로 지켜보고 있었다. 매력 없는 중년 여자가 혼자 들어서고 있었다. 거대한 체구에 살이 여기저기로 마구 불거져 오른 여자였다.

배까지 늘어진, 자루 같은 젖가슴이 걸음을 옮길 때마다 이리저리 흔들거렸다. 얼굴에는 마마자국이 남아 있었고, 머리는 금발로 물들인 흔적이 뚜렷했다.

금발머리와는 달리 피부 색깔이 가무잡잡했는데, 그것은 그녀가 메스티소(라틴 아메리카 원주민인 인디언과 에스파냐계 백인의 혼혈)의 후손임을 말해주고 있었다. 그녀는 어울리지 않는 치마에다 젊은 아가씨들이나 입음직한 스웨터를 걸치고 있었다.

'도대체 누가 저런 여자와 같이 자고 싶어할까.'

그녀는 게슴츠레한 눈으로 홀 안을 둘러보았다. 그러다가 몇몇 사람들과 눈이 마주치면 보일 듯 말 듯 고개를 끄덕였다.

마침내 그녀가 사람들을 헤치며 랜츠에게 다가오더니 말을 걸었다.

"한 잔 사주겠어요?"

그녀의 에스파냐 어는 악센트가 강했다. 그리고 말하는 모습은 입을 다물고 있을 때보다 더 흉해보였다.

랜츠는 그녀가 살찌고 젖도 나오지 않는 암소 같다는 생각이 들었다. 게다가 그녀는 취해 있었다.

"다른 데 가보시지요, 아가씨."

랜츠는 비교적 점잖게 거절했다.

"에스테반에 의하면 당신이 나를 찾는다고 하던데, 아닌가요?"

랜츠는 그녀를 올려다보았다.

"누가요?"

랜츠가 되물었다.

"에스테반, 바텐더 말이오."

해리 랜츠는 그녀의 말을 믿을 수가 없었다.

"그가 실수를 했겠지요. 난 노이사 뮤네츠를 찾고 있어요."

"맞아요. 당신이 보고 있는 사람이 바로 노이사 뮤네츠예요."

'아마 동명이인이겠지.'

해리 랜츠는 그렇게 생각하며 말을 이었다.

"당신이 엔젤의 친구란 말이오?"

그러자 그녀는 함박웃음을 지었다.

"그래요."

해리 랜츠는 곧 정신을 가다듬었다.

"그럼, 좋소."

랜츠는 억지로 웃음 띤 얼굴을 하며 말했다.

"이럴 게 아니라 자리를 잡고 이야기를 해야겠군요."

그녀는 아무래도 상관없다는 듯이 고개를 끄덕였다.

"좋아요."

그들은 담배연기로 가득 찬 바를 가로질러서 빈 자리를 잡았다.

"내가 말하고 싶은 건……."

"럼주로 한 잔 사시겠어요?"

랜츠는 고개를 끄덕였다.

"물론 사고말고요."

더러운 앞치마를 걸친 웨이터가 나타나자 랜츠가 주문했다.

"럼주 하나, 그리고 스카치와 소다수."

"내 것은 더블로 줘요."

웨이터가 자리를 뜨자 랜츠는 옆에 앉은 여자에게 몸을 돌렸다.

"엔젤을 만나고 싶소."

그녀는 물기 어린 흐리멍텅한 눈으로 랜츠를 한참 동안 바라보았다.

"무슨 일로요?"

랜츠가 목소리를 낮추었다.

"그에게 줄 조그만 선물이 있소."

"그래요? 무슨 선물인데요?"

"4백만 달러요."

그때 그들이 주문한 것이 나왔다. 해리 랜츠가 잔을 들고 그녀에게 건배를 권했다.

"건배!"

"오, 좋아요."

그녀가 단숨에 잔을 비우고 빈 잔을 탁자에 내려놓았다.

"4백만 달러 대신에 엔젤에게 뭘 원하죠?"

"그건 내가 엔젤과 직접 상의할 문제요."

"그건 안 돼요. 엔젤은 아무와도 이야기를 안 하니까."

"아가씨, 4백만 달러가……."

"더 마셔도 되겠어요? 더블로 말이이에요."

'하느님 맙소사, 이럴 수가!'

그녀는 벌써 술에 취해 제정신이 아니었다.

"물론 되고말고요."

랜츠는 다시 웨이터를 불러 주문했다.

"엔젤을 안 지는 오래 되었습니까?"

랜츠는 지나가는 말처럼 물었다. 그러자 노이사는 어깨를 들썩였다.

"네, 그래요."

"그는 아주 재미있는 사람일 것 같은데요?"

그녀는 초점 없는 눈으로 앞만 멍하니 바라보고는 랜츠의 말 따위는 전혀 신경쓰지 않는 눈치였다.

'이건 마치 벽에다 대고 얘기하는 것 같은걸.'

새로 주문한 그녀의 럼주가 도착했다. 이번에도 단숨에, 그러나 아주 천천히 술잔을 비웠다.

'몸매도 살찐 암소 같은 게 매너도 돼지 같군.'

"언제쯤이면 엔젤과 이야기를 나눌 수 있겠소?"

노이사 뮤네츠는 비틀거리며 자리에서 일어나려고 했다.

"말했잖아요. 그는 아무와도 이야기를 안 한다고요. 안녕!"

해리 랜츠는 놀라서 황급히 그녀를 불렀다.

"이봐요, 잠깐만 기다려요. 가지 말라고요!"

노이사는 여전히 흐리멍덩한 눈으로 그를 내려다보았다.

"뭘 원하는 거죠?"

"잠깐 앉아봐요! 그래야 내가 바라는 걸 이야기할 수 있지 않겠소."

그녀는 무거운 몸으로 의자에 털썩 주저앉았다.

"술을 더 줘요. 럼주로요."

해리 랜츠는 난감했다.

'도대체 엔젤이란 사내는 어떤 작자지? 남미에서 제일 못생기고 매력 없는 데다가 형편없는 술고래를 애인이랍시고 두고 있으니…….'

랜츠는 술취한 사람과는 거래하기를 싫어했다. 술자리에서 하는 약속은 믿을 수가 없기 때문이었다. 그러나 10만 달러를 날려버릴 수는 없었다. 그는 마음을 고쳐먹었다.

랜츠는 노이사 뮤네츠가 술을 벌컥벌컥 들이켜는 모습을 지켜보았다. 그는 노이사가 자기를 만나기 전에도 상당히 마셨을 거라고 생각했다.

랜츠는 억지로 웃으며 말했다.

"그래, 내가 엔젤하고 이야기를 할 수 없다고 합시다. 그럼 어떻게 사업 이야기를 전할 수 있단 말이오?"

"그거야 아주 간단하죠. 당신이 바라는 걸 나한테 이야기하세요. 내가 엔젤에게 그대로 전해줄게요. 그가 '예스'라고 말하면 나도 당신에게 '예스'라고 전하면 되잖아요? 그가 '노'라고 하면 나도 역시 '노'라고 하고 말이에요."

해리 랜츠는 그 여자를 중간에 놓고 일하는 것이 마음에 들지 않았지만 다른 도리가 없었다.

"마린 그로차에 관해 들어본 적 있소?"

"아뇨."

'물론 듣지 못했겠지. 그건 럼주의 이름이 아니니까. 이 멍청한 여자는

내 말을 온통 뒤죽박죽으로 전달해서 일을 망쳐버릴 게 틀림없어.'

랜츠는 속으로 투덜거렸다.

"한 잔 더 마셔야겠는데, 괜찮겠수?"

랜츠는 그녀의 뚱뚱하게 살찐 손을 토닥였다.

"물론이지요."

그러고는 웨이터에게 다시 더블로 시켰다.

"엔젤은 그로차를 알고 있을 거요. 당신은 그냥 마린 그로차라고만 전하시오. 그가 알아들을 테니까 말이오."

"네, 좋아요. 그래서요?"

'생긴 것보다 더 멍청한 여자로군. 4백만 달러씩이나 받는 일인데, 무슨 일이냐고 따져 묻다니……. 이 여자는 지금 뭘 생각하고 있는 걸까. 그로차에게 키스라도 해주는 걸로 생각하는 건가?'

해리 랜츠는 조심스레 입을 열었다.

"나를 보낸 사람들은 그를 날려보내고 싶어하오."

그러자 노이사는 눈을 껌벅거렸다.

"날려보낸다고요? 그게 무슨 말이죠?"

"죽여달라는 뜻이오."

그녀가 무심히 고개를 끄덕였다.

"아, 그래요. 엔젤한테 그대로 전하지요."

마침내 노이사는 취해버렸고 혀꼬부라진 소리로 지껄이기 시작했다.

"그 사내 이…… 름…… 이 뭐 …… 라…… 고 했…… 지……요?"

랜츠는 그녀의 멱살을 잡아서 힘껏 흔들어 주고 싶었다.

"그로차, 마린 그로차!"

"오, 그래요? 그이는 지금 시내에 없어요. 내일 당신을 여기서 만나겠다고 오늘 밤 그이에게 전화하겠어요. 한 잔 더 해도 괜찮겠죠?"

여전히 혀가 꼬부라진 소리였다.

그녀와의 시간은 악몽과도 같았다.

　다음날 저녁 해리 랜츠는 같은 자리에 앉아 자정부터 새벽 4시까지 뮈네츠를 기다렸다. 4시가 되면 술집은 문을 닫았다. 그 사이 노이사 뮈네츠는 끝내 나타나지 않았다.

　"그녀가 어디에 사는지 혹시 아시오?"

　해리 랜츠가 바텐더에게 물었다. 순진한 눈빛의 바텐더가 대꾸했다.

　"제가 그걸 어떻게 알겠습니까?"

　주정뱅이 여자가 모든 걸 망쳐놓았다. 엔젤 같은 실력자가 어떻게 저런 술고래와 관계를 맺고 있는지 이해가 안 되었다.

　해리 랜츠는 이런 일의 중개에는 프로임을 자부하고 있었다. 그런데 이번만큼은 사전준비 없이 잘못 시작한 것이 분명한 것 같았다. 그는 조심스럽게 엔젤에 관해서 알아보았다.

　그가 알아본 정보들 중에서 제일 충격적인 것은 엔젤의 목에 2백만 달러가 걸려 있다는 사실이었다. 2백만 달러라면 평생 젊은 아가씨들을 사서 데리고 놀며 살 수 있는 돈이다.

　아무래도 10만 달러는 잊어야 할 것 같았다. 엔젤과의 유일한 통로가 막힌 셈이다. 이제 랜츠는 그 남자에게 전화를 걸어 실패했다고 말하는 수밖에 도리가 없었다.

　'아직 전화를 걸면 안 돼.'

　랜츠는 마음을 다시 고쳐먹었다.

　'그녀가 다시 이곳에 나타날 거야. 다른 술집의 럼주가 모두 바닥나면 이곳으로 찾아오지 않을 수 없겠지.'

살인 청부업자의 애인

다음날 저녁 11시, 해리 랜츠는 필라르에 갔다. 지난번에 앉았던 그 자리에 자리를 잡고는 땅콩과 손톱을 번갈아 씹으며 문이 여닫힐 때마다 문쪽을 바라보았다.

새벽 2시, 마침내 노이사 뮤네츠가 비틀거리며 들어서고 있었다. 해리는 하늘로 뛰어오를 것만 같았다. 그러나 자리에 앉아서 침착하게 그녀를 기다렸다.

"안녕!"

노이사가 중얼대듯이 인사를 하고는 쓰러질 듯이 의자에 털썩 주저앉았다.

"무슨 일이라도 있었나요?"

그가 물었다. 치밀어 오르는 분노를 억누르며 해리가 할 수 있는 최상의 말이었다. 그러자 그녀는 눈을 껌벅거리며 물었다.

"뭐라고요?"

"우리 어젯밤에 이곳에서 만나기로 약속했잖소?"

"아, 그랬던가요?"

"우린 데이트 약속을 했다고요, 노이사!"

"아, 그랬던가요? 친구와 극장에 갔었어요. 새 영화인데, 알잖아요 왜, 아름다운 간호사와 사랑에 빠진 사내가⋯⋯."

랜츠는 울고 싶었다.

'이렇게 멍청하고 술고래인 여자의 어디가 좋아서 엔젤은 그녀와 함께 일하고 있는 걸까? 도무지 엔젤이란 인간을 이해할 수가 없어.'

랜츠는 단호하게 말을 꺼냈다.

"노이사, 엔젤에게 말하는 걸 잊진 않았겠죠?"

그녀의 멍청하고도 흐릿한 눈이 랜츠를 건너다보았다. 랜츠의 말이 무슨 뜻인지 생각하는 눈치였다.

"엔젤? 아, 그래요! 한 잔 마셔도 되겠죠, 네?"

랜츠는 그녀를 위해 럼주를 더블로 주문하고, 자신이 마실 스카치를 더블로 추가했다. 마시지 않고는 견딜 수가 없었다.

"그래, 엔젤이 뭐라고 합디까, 노이사?"

"엔젤? 오, 예스라고 했어요. 예스라고요."

해리 랜츠는 안도의 숨을 내쉬었다.

"그거 참 잘됐군요!"

랜츠는 자기가 맡은 역할에 다시 감사하기 시작했다. 그는 이제까지의 생각을 버리고 낙관적인 생각만을 떠올렸다.

'그래, 실컷 마셔라. 그러다가 술김에 나를 엔젤에게 데려다줄지 누가 아냐.'

노이사는 이미 얼룩져 있는 블라우스의 앞자락에 술을 흘려가며 벌컥벌컥 들이켜고 있었다. 그런 그녀를 지켜보며 랜츠가 입을 열었다.

"엔젤이 또 다른 말은 하지 않던가요?"

그녀는 생각해낼 것이 있는 것처럼 양 미간을 찌푸렸다. 마침내 노이사가 입을 열었다.

"엔젤, 그이는 당신네 쪽 사람들을 알고 싶다고 했어요."

랜츠는 의기양양하게 웃음을 지으며 대답했다.

"그건 비밀이라고 말해요, 노이사. 난 말할 수 없다고 말이오."

그러자 노이사는 여전히 무관심한 태도로 고개를 끄덕였다.

"말해주지 않으면 이번 일은 맡지 않겠다고 전하랍니다. 가기 전에 한 잔 더 해도 되겠죠?"

해리 랜츠는 빠르게 머리를 회전시켰다. 이제 그녀가 떠나면 영원히 다시 만나볼 수 없을 것이다.

"우선 내 말을 좀 들어봐요, 노이사. 나를 고용한 사람에게 전화를 해보겠소. 그들이 좋다고 하면 내가 이름을 말해주겠소. 그러면 되겠지?"

노이사는 어깨를 들어올리며 대답했다.

"나는 아무래도 상관없어요."

랜츠가 인내심을 가지고 대답했다.

"그렇겠지요. 그렇지만 엔젤에겐 상관이 있을 거요. 그러니 내일 내가 대답하겠노라고 전해주시오. 그런데 당신에게 연락할 방법은 없소?"

"있어요."

일이 잘 풀려갈 모양이다.

"어디로 연락하면 되죠?"

"여기로."

술잔이 도착했다. 노이사가 돼지새끼처럼 들이켜는 모습을 지켜보며 랜츠는 그녀를 죽이고 싶다는 생각이 들기까지 했다.

해리 랜츠는 콜렉트 콜로 전화를 신청했다. 칼보 거리에 있는 공중전화를 이용했기에 흔적이 남을 염려가 없었다. 무려 한 시간이나 지나서야 겨우 연결이 되었다.

"그건 안 되오."

컨트롤러의 목소리가 들려왔다.

"누구의 이름도 말해서는 안 된다고 하지 않았소?"

"네, 그건 저도 압니다. 그런데 문제가 생겼습니다. 엔젤의 여자친구인 노이사 뮤네즈의 말입니다만, 그는 기꺼이 거래에 응하겠다고 했답니다. 그런데 누구와 거래하는지도 모르는 상태에서는 일하지 않겠다고 했답니다. 그래서 제가 할 수 없이 다시 알아보겠다고 했습니다."

"그 여자는 믿을 수 있겠나?"

컨트롤러에게는 농담이 통하지 않았다. 그래서 랜츠는 솔직하게 대답했다.

"뚱뚱하고 못생긴 데다 멍청한 여자입니다."

"그렇다면 내 이름을 알려준다는 것은 위험한 짓이야."

해리 랜츠는 10만 달러가 사라지는 게 보이는 것만 같았다.

"네, 충분히 알아들었습니다. 그런데 마지막으로 한 가지만 더 말씀드리겠습니다. 엔젤은 입이 무거운 것으로 소문이 나 있습니다. 만일 엔젤이 입을 열곤 했다면, 그는 더 이상 그런 일을 맡지 못했을 겁니다."

오랫동안 침묵이 흘렀다.

"잘 지적해주었네."

다시 침묵. 아까보다 더 오랜 침묵이 흐른 뒤, 마침내 상대방의 목소리가 들려왔다.

"좋아, 엔젤에게 내 이름을 알려주도록 하게나. 하지만 절대로 내 이름을 발설하지 말라고 전하게. 또, 나와 직접 만나려고 해서도 안 된다고 하게. 모든 일은 자네를 통해서만 해야 된다고 일러주게."

해리 랜츠는 춤을 추고 싶었다.

"네, 알겠습니다. 말씀대로 전하겠습니다. 감사합니다."

그는 미소를 띤 채 전화기를 내려놓았다. 10만 달러는 이제 자신의 것이었다. 그리고 2백만 달러의 상금……

그날 저녁에 노이사 뮤네츠와 만난 해리 랜츠는 아주 행복한 웃음으로 럼주를 더블로 시켰다.

"자, 이제 모든 게 결정되었소. 이름을 알려주어도 좋다는 허락을 받아냈으니 말이오."

노이사는 여전히 무표정한 얼굴로 대꾸했다.

"아, 그래요?"

그는 자기를 고용한 사람의 이름을 알려주었다. 해리는 이번에야말로 그녀가 놀랄 것이라고 기대했다.

노이사는 그저 어깨를 들썩이더니 여전히 무표정한 얼굴이었다.

"들어본 적이 없는 이름이로군요."

"노이사, 우리 쪽 사람들은 되도록 빨리 일을 마쳐주기를 바라고 있어요. 마린 그로차는 노일리에 있는 저택에 몸을 숨기고 있고, 또……."

"어디라고요?"

'하느님 맙소사!'

랜츠는 술취한 정신박약아와 이야기를 하고 있는 것 같았다.

"파리 근교에 있는 조그만 마을이오. 엔젤은 알고 있을 거요."

"한 잔 더 마셔야겠어요."

한 시간이 지났다. 노이사는 여전히 술을 마시고 있었다. 그리고 이번에는 해리 랜츠도 그녀를 부추겨 계속 마시도록 권하고 있었다.

'이젠 별로 부추길 것도 없겠는걸.'

랜츠는 그렇게 생각했다.

'일단 취해버리고 나면 자기의 남자친구에게 나를 데려다줄지도 몰라. 거기까지 가면 그 나머지는 식은 죽 먹기지.'

랜츠는 게슴츠레한 눈으로 술잔을 들여다보고 있는 노이사 뮤네츠를 지켜보고 있었다.

'엔젤을 잡는 일도 그다지 어렵지는 않을 거야. 물론 난폭하긴 하겠지.

하지만 별로 머리가 좋은 편은 아닐 테니까.'

"엔젤은 언제쯤 시내로 돌아오죠?"

그녀가 물기 오른 눈으로 초점을 맞추려 애쓰며 대답했다.

"다음주요."

해리 랜츠는 그녀의 손을 잡고 쓰다듬기 시작했다.

"우리 함께 당신이 사는 곳으로 가지 않겠소?"

랜츠는 다정스러운 목소리로 속삭였다.

"좋아요."

이제는 일이 다 끝난 거나 마찬가지였다.

노이사 뮤네츠는 부에노스아이레스의 벨그라노 지역에 있는 방 2개짜리 낡은 아파트에서 살고 있었다. 아파트는 그 집의 주인과 마찬가지로 정돈되지 않았고 지저분했다.

문을 열고 들어서자 노이사는 곧바로 바가 있는 구석으로 다가섰다. 그녀는 휘청거리며 걸었다.

"한 잔 들겠어요?"

"아뇨, 난 괜찮아요."

랜츠는 그녀가 술을 따르는 동작을 지켜보며 생각했다.

'이 세상에서 제일 못생기고 혐오스러운 여자야. 그렇지만 2백만 달러가 걸려 있다고. 2백만 달러는 아름다운 거라고!'

랜츠는 아파트를 둘러보았다. 탁자 위에 몇 권의 책이 쌓여 있었다. 그는 행여나 엔젤의 마음을 읽게 되지 않을까 하는 기대를 가지고 그것들을 하나씩 집어들었다.

책의 제목들을 보고 그는 몹시 놀랐다. 호르헤 아마도의 「가브리엘라」, 「정향과 계피」, 오마르 카베차의 「산불」, 그리고 가르시아 마르케스의 「백 년 동안의 고독」, 안토니오 시스네로스의 「한밤중의 고양이들」 등이었다. 이런 책들은 이 아파트와도, 또 술고래 여인과도 어울리지 않는 것이었다. 그렇다면 엔젤은 지식인인 것이다.

랜츠는 서서히 노이사에게 다가가 그녀의 풍만하고 출렁이는 허리에 팔을 감았다.

"당신은 정말 귀여운 데가 있어요. 알고 있었소?"

그는 손을 뻗어 곧장 젖가슴을 애무하기 시작했다. 젖가슴은 수박 덩어리만 했다. 랜츠는 가슴이 큰 여자를 싫어했다.

"정말 굉장한 몸매로군요."

"그래요?"

노이사의 눈이 빛났다. 랜츠의 손이 이번에는 아래로 옮아가서 그녀의 살찐 허벅지를 더듬었다. 그녀는 얇은 드레스 하나만을 입고 있었다.

"기분이 어떻죠?"

랜츠가 속삭였다.

"뭐라고요?"

그는 당황스러웠다. 랜츠는 이 거대한 아마존을 침대까지 유도할 방법을 짜내야만 했다. 조심하지 않으면 안 된다는 것도 잘 알고 있었다. 만약 그녀가 그를 거절한다면 엔젤에게로 돌아간 그녀가 그 사실을 보고할 것이고 그러면 모든 게 끝장날 것이다.

달콤한 밀어로 시작할 수도 있었다. 그렇지만 그녀는 그의 밀어를 알아듣기에는 너무 취해 있었다. 랜츠는 선수를 칠 수 있는 묘책을 생각해내려고 필사적으로 애를 썼다. 순간 노이사가 뭐라고 중얼거렸다.

"뭐라고 했죠, 내 사랑?"

"침대로 가자고요."

그 순간 그의 얼굴에 안도의 웃음이 떠올랐다.

"정말 멋진 생각이군요, 나의 귀여운 천사!"

"침실로 가요."

랜츠를 앞질러서 걸어가는 그녀의 다리가 휘청거렸다. 조그만 침실 한쪽에는 커다란 침대가 마구 흐트러져 있었고 2개의 의자, 탁자, 그 위에 놓인 깨진 거울이 고작이었다. 문이 약간 열려 있는 탈의실이 랜츠의 주의를 끌었다. 그곳에는 남자 양복이 줄줄이 걸려 있었다.

노이사는 침대 곁에 앉아서 블라우스 단추를 푸느라 애쓰고 있었다. 여느 때 같으면 랜츠도 그녀 곁에 앉아서 옷을 벗는 일을 도와주며 그녀를 애무했을 것이다. 또 귀에다 자극적인 달콤한 말들을 속삭였을 것이다. 그러나 랜츠는 뮤네츠를 보기만 해도 구역질이 날 것 같았다. 그래서 그냥 멍하니 서서 그녀의 치마가 바닥으로 흘러내리는 것을 지켜보았다.

치마 속에는 아무것도 입고 있지 않았다. 알몸의 그녀는 어울리지 않는 옷을 입고 있을 때보다 더 추해보였다.

랜츠는 다시 마음을 가다듬었다.

'긍정적으로 생각하자.'

랜츠는 스스로에게 다짐했다.

'이건 몇 분이면 끝나지만 2백만 달러는 영원할 테니까…….'

랜츠도 천천히 옷을 벗고 그녀 곁으로 다가갔다.

"어떤 것을 좋아하죠?"

랜츠는 애써 다정스럽게 물었다.

"글쎄요. 초콜릿? 난 초콜릿이 좋아요."

그녀는 랜츠가 생각하고 있던 것보다 더 취해 있었다.

'좋아, 잘됐어. 그럴수록 일은 쉬워질 테니까.'

랜츠는 그녀를 애무하기 시작했다.

"당신은 정말 귀여운 여자야, 당신도 그걸 알고 있었소?"

"뭘요?"

그녀는 여전히 퉁명스럽게 대꾸했다.

"난 당신을 무척 사랑한다고, 노이사. 당신은 아주 짜릿한 인생을 살고 있겠지. 엔젤의 걸프렌드니까 말이야. 나한테 가르쳐줘, 엔젤은 어떻게 하는지……."

그러나 대답이 없었다. 아무래도 잠에 곯아떨어진 모양이었다. 랜츠는 그녀의 몸을 더듬었다. 그러자 뮤네츠가 꿈틀하는 것이 느껴졌다.

"자면 안 돼! 내 사랑, 아직은 안 된다고! 엔젤은 어떤 사람이지? 잘 생겼어?"

"부자, 엔젤은 부자예요."

랜츠는 손을 계속 움직이며 물었다.

"당신에게 친절하게 대해주던가?"

"네, 그래요. 엔젤은 나한테 잘해줘요."

"나도 당신에게 잘해줄 수 있다고, 내 사랑."

랜츠의 목소리는 달콤하고도 부드러웠다. 그는 달리 자매를 생각했다. 그리고 그들이 자기에게 해주던 것들을 생각해냈다. 그의 알몸 위에서 꿈틀거리던 그녀들의 능숙한 몸놀림과 젖가슴이 눈앞에 떠올랐다. 그러자 아랫도리에 서서히 힘이 들어가기 시작했다. 그는 그녀의 몸 위에서 힘껏 힘을 주었다.

"기분이 어때?"

"아주 좋아요!"

랜츠는 그녀의 목을 조르고 싶었다. 그의 몸놀림에 전율하는 미끈한 아가씨들이 전 세계에 열 다섯도 넘게 퍼져 있는데, 이 뚱뚱한 비곗덩어리는 고작 "아주 좋아요!"라니…….

"엔젤에 관해 말해줘. 그의 친구들은 어떤 사람들이지?"

노이사의 목소리는 졸음에 취해 있었다.

"엔젤은 친구가 없어요. 그의 친구는 나뿐이라고요."

"물론 당신은 내 친구고, 내 사랑. 엔젤은 이곳에서 당신과 함께 살고 있나? 아니면 다른 곳이 또 있나?"

노이사는 눈을 감았다.

"이봐요, 난 졸리다고요. 언제 끝낼 거예요?"

랜츠는 그녀 옆에 벌렁 드러누워 거칠게 숨을 쉬었다.

'제기랄! 엔젤은 왜 정상적인 애인을 갖지 않았을까? 젊고 예쁘고 뜨거운 아가씨를 말이야. 그랬더라면 정보를 얻어내는 데 이토록 진땀을 흘리지 않아도 됐을 텐데……. 멍청하고도 둔한 암소한테서는…….'

그렇지만…… 아직도 방법은 있었다.

해리 랜츠는 한동안 조용히 누워 있었다. 노이사가 잠든 것을 확인한 후 랜츠는 조심스레 자리에서 일어나 탈의실 쪽으로 기어갔다.

랜츠는 탈의실의 불을 켜고 빛이 새어나가지 않도록 문을 꼭 닫았다. 요란스럽게 코를 골고 있는 저 하마가 깨어날 리는 없겠지만 그래도 주의를 게을리 하지 않는 것이 현명할 것이라고 그는 생각했다.

옷걸이에는 10벌이 넘는 양복과 운동복이 걸려 있었고 바닥에는 6켤레의 남자 신발이 놓여 있었다. 랜츠는 양복저고리에 붙은 상표를 조사했다. 그것들은 모두 라 플라타 거리에 있는 〈에레라〉에서 만든 것이었고 신발들은 〈빌〉회사 제품이었다.

'이게 웬 횡재냐, 그 사람들은 엔젤의 주소를 갖고 있을지도 몰라.'

랜츠는 번져 나오는 미소를 참을 수가 없었다.

'내일 아침에는 우선 이 가게들을 둘러봐야지. 그러면 뭔가 좀 더 알 수 있을 거야.'

순간 그의 마음에 경종이 울렸다.

'아니야, 질문은 안 돼. 아무것도 물어서는 안 된다고. 모든 상황에 현명하게 대처해야 한다. 어쨌든 나는 지금 세계적인 살인 청부업자와 거래를 하고 있으니까 말이다. 노이사로 하여금 나를 엔젤에게 데려가도록 하는 편이 더 안전할 것이다. 그런 다음에 내가 할 일이란 모사드에 있는 친구에게 연락을 해서 상금을 타먹는 것뿐이야. 그리고 빌어먹을 CIA에다 아직 해리 랜츠가 살아 있다는 것을 보여줘야지. 날고뛰는 놈들이 모두 엔젤의 뒤를 쫓았지만 그를 끌어낸 사람은 바로 나뿐이었다는 것을 말이야.'

그때 침실에서 삐걱거리는 소리가 들려왔다. 살며시 문을 열고 내다보니 노이사는 아직도 잠에 취해 있었다.

랜츠는 탈의실의 불을 끄고 다시 침대로 돌아와 노이사를 들여다보았다. 그녀는 계속 자고 있었다. 그래서 랜츠는 살금살금 탁자가 있는 곳으로 걸어가서 서랍을 열었다. 엔젤의 사진 같은 것이 있기를 기대하면서.

사진이라도 있으면 무척 도움이 될 것이다. 그러나 기대는 깡그리 무너졌다. 그는 다시 침대 속으로 기어들어 갔다. 노이사의 코고는 소리가 방 안에 요란하게 울려 퍼졌다.

마침내 해리 랜츠도 잠에 빠져들었다. 그는 흰 요트에 작고 예쁜 가슴을 가진 아름다운 알몸의 여자들이 가득 차 있는 꿈을 꾸었다.

다음날 눈을 떠 보니, 노이사는 이미 자리에 없었다. 순간 랜츠는 가슴이 철렁 내려앉았다. 벌써 엔젤을 만나러 나간 것일까?

그때 마침 부엌 쪽에서 달그락거리는 소리가 들려왔다. 그는 서둘러 자리에서 일어나 옷을 입었다. 다행히도 노이사는 스토브 곁에 있었다.

"잘 잤어요?"

랜츠가 아침 인사를 건넸다.

"커피? 난 아침식사 준비는 못해요. 약속이 있어서요."

노이사가 중얼거렸다.

'엔젤과의 약속 때문에?'

해리 랜츠는 흥분된 마음을 애써 감추며 입을 열었다.

"괜찮아. 난 배고프지 않으니까. 빨리 약속에 늦지 않도록 서둘러요. 우린 오늘 밤 저녁식사 때 만나면 되잖아?"

그러고는 그녀의 허리에 팔을 감았다.

"어디서 저녁을 먹고 싶어요? 나의 가장 멋진 아가씨를 위한 그런 곳이 아니면 안 된다고."

'난 영화배우가 될 걸 그랬어.'

랜츠는 속으로 중얼댔다.

"아무 데나 괜찮아요."

"혹시 캉갈로 거리에 있는 '치켕'이라는 곳 알아요?"

"몰라요."

"당신도 그곳이 마음에 들 거예요. 내가 8시에 데리러 올게요. 나도 오늘은 할 일이 많으니까."

사실 랜츠는 할 일이라곤 하나도 없었다.

"좋아요."

역시 노이사는 무뚝뚝하게 대답할 뿐이었다. 노이사에게 몸을 기울여 굿바이 키스를 하는 데에 그는 의지력을 총동원해야 했다. 그녀의 입술은 축축하고 역겨웠다. 게다가 입 안에서는 술 썩은 냄새까지 진동했다.

"그럼 8시에 만납시다!"

랜츠는 아파트를 나와 택시를 잡았다. 그는 노이사가 자기를 내려다보고 있기를 바랐다.

"저 모퉁이를 돌아주시오."

운전사에게 말했다. 모퉁이를 돌자 해리 랜츠가 다시 말했다.

"여기다 내려주시오."

운전사가 깜짝 놀라 물었다.

"아니, 한 블록 가려고 택시를 타셨습니까, 손님?"

"그렇소. 다리가 좋지 않아서요. 전쟁터에서 다쳤거든요."

해리 랜츠는 돈을 내고 서둘러 노이사의 아파트 건너편 담배가게로 돌아왔다. 그는 담배를 피워물고 노이사를 기다렸다.

20분이 지났다. 노이사가 아파트를 나서는 모습이 보였다. 랜츠는 그녀의 뒤를 밟기 시작했다. 그녀를 놓칠 위험은 전혀 없었다. 그것은 이베리아 반도를 쫓아가는 것과 같았다.

노이사 뮤네츠는 전혀 서두르는 기색이 없이 어슬렁거리며 걸어가고 있었다. 아베니다 벨그라노로 내려가 에스파냐 도서관을 지나서 다시 아베니다 코르도바를 따라 내려갔다. 그러더니 노이사는 산 마르틴에 있는 가죽제품 가게로 들어섰다. 랜츠는 길모퉁이에서 그녀가 점원과 수다 떠는 모습을 지켜보고 있었다.

혹시 이 가게가 엔젤과 관계가 있는 것이 아닐까 하는 생각이 문득 머리를 스쳐 지나갔다. 그는 기억 속에 그곳을 메모해두었다.

잠시 후 조그만 꾸러미를 든 노이사가 다시 거리로 나왔다. 다음으로 그녀가 들른 곳은 코리엔테스 거리의 간이식당이었다. 아이스크림을 먹기 위해서였다.

노이사는 다시 산 마르틴 거리를 따라 천천히 걸었다. 그녀는 목적 없이 그냥 산책나온 것처럼 보였다.

'도대체 약속이 있다더니 어찌된 일일까.'

랜츠는 매우 궁금했다.

'엔젤은 어디에 있는 걸까.'

랜츠는 엔젤이 이곳에 없다는 노이사의 말을 믿지 않았다. 그는 이 근처 어딘가에 엔젤이 있다는 것을 본능으로 느끼고 있었다.

순간 노이사의 모습이 시야에서 사라졌다. 모퉁이를 돌아서더니 갑자기 사라져 버린 것이다.

랜츠는 발걸음을 재촉했다. 그녀의 뒤를 따라 모퉁이를 돌았지만, 노이사의 모습은 전혀 보이지 않았다. 길 양쪽에는 조그만 가게들이 늘어서 있었다.

랜츠는 조심스럽게 걸음을 옮겼다. 그의 눈은 쉴 새 없이 움직이고 있었다. 그가 노이사를 발견하기 전에 그녀의 눈에 먼저 띄는 것은 위험한 일이기 때문이었다.

　마침내 식료품 가게에 있는 노이사를 찾아냈다. 그녀는 지금, 반찬거리를 사고 있는 중이었다. 그것이 그녀 자신을 위한 것인지 아니면 점심 때 아파트로 찾아올 누군가를 위한 것인지 랜츠는 몹시 궁금해졌다. 어쩌면 그 사람이 바로 엔젤일지도 모르는 일이었다.

　일정한 거리를 두고 계속 노이사를 뒤쫓았다. 반찬거리, 과일, 채소들을 잔뜩 사들고 가는 노이사의 뒤를 따라 다시 아파트로 돌아왔지만 그 동안 의심스러운 사람과의 접촉은 전혀 없었다.

　해리 랜츠는 노이사의 아파트 건너편에서 네 시간을 더 숨어서 지켜보았다. 엔젤이 나타나지 않을 거라고 결정을 내린 랜츠는 그만 자리를 떴다.

　'어쩌면 오늘 밤에는 좀 더 확실한 정보를 캐낼 수 있을지도 몰라. 그녀와 잠자리를 같이하지 않더라도 말이야.'

　다시 그녀와 잠자리를 같이해야 할지도 모른다는 생각이 들자 랜츠는 갑자기 속이 메스꺼워졌다.

　백악관의 대통령 집무실, 때는 밤이었다. 폴 엘리슨 대통령에게는 정말로 기나긴 하루였다. 온 세상이 온통 회의와 위원회, 긴급 전화와 비상소집으로 채워져 있는 것만 같았다. 하루 중에서 자신을 위한 시간이라고는 지금까지 조금도 없었다.

　이제 겨우 자기 자신에게 되돌아온 셈이었다. 스탠턴 로저스가 그의 맞은편에 앉아 있었다.

　"내가 자네를 가족에게서 너무 오랫동안 떼어놓았나 보군, 스탠."

　"괜찮네, 폴."

　"메리 애슐리에 관한 조사는 어떻게 되었나?"

　"거의 끝나가네. 내일이나 모레쯤이면 그녀에 대한 마지막 조사를 마칠 예정이네. 지금까지 조사한 바로는 그녀의 제반사항들이 이 일에 아주 적격인 것처럼 보이더군. 난 이번 계획에 정말 놀랐네. 아주 훌륭해! 이번 일은 꼭 성공할 것 같은 예감이 드네."

"우리가 성공하도록 만들어야지. 한 잔 더 들겠나?"

"아니, 고맙네. 특별한 일이 없으면 가볼까 하네. 바바라를 케네디센터 개장식에 데려다주어야 하니 말일세."

"그럼, 가 보게. 나도 오늘 앨리스와 함께 그녀의 친척들을 만나기로 했거든."

폴 엘리슨 대통령이 대답했다.

"영부인한테 안부 전해주게나."

스텐턴 로저스가 자리에서 일어나면서 인사했다.

"고맙네. 바바라에게도 안부를 전해주게."

대통령은 로저스가 나가는 모습을 지켜보았다. 대통령의 머릿속은 온통 메리 애슐리에 대한 것으로 꽉 차 있었다.

저녁시간이 되어 랜츠가 노이사 뮤네츠의 아파트에 도착했을 때, 아파트에는 아무도 없었다. 그는 다시 한 번 문을 노크했으나 아무도 나오지 않았다.

'그녀가 나를 따돌린 것일까?'

랜츠가 문을 열어보니 뜻밖에도 문은 잠겨 있지 않았다.

'혹시 엔젤이 와 있는 건 아닐까? 나와 얼굴을 맞대고 거래를 하기로 결심한 건 아닐까?'

잠시 동안 해리는 사업을 추진할 태도를 갖추느라 머뭇거리다가 안으로 들어섰다. 그러나 안은 텅 비어 있었다.

"여보세요?"

공허한 메아리뿐이었다. 그는 침실 쪽으로 가 보았다.

"휴~."

그는 안도의 숨을 내쉬었다. 노이사가 술이 취한 채 침대에 가로누워 있었다.

"이 멍청이……."

랜츠는 곧바로 입을 다물었다. 그는 멍청한 데다가 술고래이고 비곗덩 어리인 이 여자가 자신의 금광이라는 것을 잠시도 잊지 말아야 했다. 랜 츠는 노이사의 어깨에 손을 밀어넣어 그녀를 일으켜 세우려고 했다.

"온종일 당신 걱정을 했소. 난 당신이 불행해지는 것을 참을 수가 없어 요. 이렇게 마신 것도, 누군가가 당신을 불행하게 만들었기 때문이란 것 도 잘 알고 있다고. 난 당신의 친구야. 내게 모든 것을 이야기해요. 그게 모두 엔젤 때문이지, 그렇지?"

목소리를 다정스럽게 꾸미며 랜츠가 말을 꺼냈다.

"음…… 엔젤."

노이사는 중얼거렸다.

"그는 좋은 사람이라고 생각되는데. 아마 당신들 사이에 약간의 오해 가 있었던 것뿐일 거요. 내 말이 맞죠?"

랜츠가 위로하는 투로 말을 했다. 랜츠는 그녀를 침대 밖으로 끌어내어 똑바로 세우려고 애썼다.

'이건 마치 고래를 끌어올리는 것 같군.'

랜츠는 속으로 투덜댔다. 결국은 랜츠가 그녀 곁에 앉고 말았다.

"자, 엔젤 얘기를 해봐요. 그가 당신에게 무슨 짓을 했냐고요?"

랜츠가 다시 구슬리기 시작했다.

노이사는 랜츠를 멍한 눈으로 쳐다보고만 있었다. 그가 누구인지 알아 보려고 초점을 맞추려는 듯이 보이기도 했다.

"우리 그 짓이나 해요, 네?"

'아이고, 맙소사!'

아마 오늘 밤도 기나긴 밤이 될 것 같았다.

"좋아. 아주 좋은 생각이지."

랜츠는 마음이 내키지는 않았지만, 옷을 훌훌 벗기 시작했다.

다음날 아침 침대에서 눈을 뜨자 지난밤의 일들이 파도처럼 머릿속을 스쳐 지나갔다. 랜츠는 다시 메스꺼워졌다.

노이사는 한밤중에 깨어서 느닷없이 랜츠를 흔들어 깨웠다.

"내가 뭘 원하는지 당신은 아세요?"

노이사가 중얼거렸다.

그녀는 말을 계속했지만 랜츠는 자신의 귀를 의심했다. 그렇지만 어쨌든 그녀가 말하는 대로 하기는 했다. 왜냐하면 그녀를 화나게 만들 처지가 못 되었기 때문이다.

그녀는 병든 야수였다. 랜츠는 자기가 그녀를 위해 한 짓들을 엔젤이 한 번이라도 해주었는지 궁금했다. 지난밤의 일을 생각하자 다시 구역질이 났다.

욕실에서는 노이사가 음도 맞지 않는 노래를 부르고 있었다. 그는 더 이상 그녀와 얼굴을 마주 대할 용기가 없었다. 랜츠는 몸서리를 쳤다.

'이젠 지긋지긋해. 오늘 아침에도 엔젤이 어디에 있는지 말해주지 않으면 끝장이다! 양복점이랑 구둣방에나 가봐야지.'

랜츠는 시트를 걷어차고 일어나 노이사에게 갔다. 그녀는 욕실의 거울 앞에 서서 머리를 매만지고 있었다. 둥글게 말아 올린 그녀의 머리를 보며 랜츠는 어느 때보다도 그녀의 외모가 흉측하게 생각되었다.

"당신과 할 얘기가 있어요."

랜츠는 단호하게 말했다.

"오, 좋아요."

노이사가 따뜻한 물이 가득 찬 욕조를 가리켰다.

"내가 목욕 준비를 해놓았어요. 당신을 위해서. 목욕을 마치면 식사 준비를 할게요."

랜츠는 조바심이 났다. 하지만 너무 몰아대서는 안 된다는 것을 잘 알고 있었다.

"오믈렛 좋아해요?"

노이사가 물었다. 랜츠는 식욕이 없었지만 애써 미소를 지으며 과장된 목소리로 말했다.

"그거 맛있겠는데!"

"난 오믈렛을 잘 만들어요. 엔젤이 가르쳐준 거예요."

그러고는 다시 전기 헤어드라이어로 머리를 매만지기 시작했다. 그런 그녀를 지켜보며 랜츠는 욕실 안으로 들어갔다. 그는 따뜻한 물에 몸을 담그고 생각에 잠겼다.

'어쩌면 내가 직접 총을 들고 엔젤을 잡아버려야 할지도 모르겠군. 이스라엘 친구들에게 그의 거처를 알려주어서 그들이 그를 죽이게 한다면 상금이 누구에게 돌아갈는지 모호해질 테니까 말이야. 내가 직접 해치우면 그런 문제는 없어지겠지. 그리고 나서 이스라엘 친구들에게는 어디서 그의 시체를 찾을 수 있는지만 알려주면 되는 거야.'

그때 노이사가 뭐라고 말을 하는 것 같았다. 그렇지만 그녀의 요란한 드라이어 소리 때문에 알아들을 수가 없었다.

"뭐라고 했소!"

랜츠가 소리를 질렀다. 노이사가 욕조 쪽으로 다가왔다.

"엔젤이 당신에게 주는 선물이 있어요."

말을 마친 노이사는 헤어드라이어를 욕조 속에 떨어뜨렸다. 그러고는 죽음의 춤을 추며 몸을 뒤트는 랜츠를 조용히 내려다보고 있었다.

뜻밖의 제안

폴 엘리슨 대통령은 메리 애슐리에 대한 최종 신상 보고서를 읽고 나서 말했다.

"흠잡을 데라곤 하나도 없군, 스탠."

"나도 알고 있네. 그녀는 정말 완벽한 후보감이야. 물론 국무성에서는 별로 달가워하지 않겠지만 말일세."

"그들에게는 눈물 닦는 손수건이나 보내주면 그만이지. 자네, 상원에서 우리를 좀 밀어주지 않겠나?"

케지 관에 있는 메리 애슐리의 연구실은 중부 유럽 국가들에 대한 참고 서적이 가득 꽂혀 있는 아담하고 산뜻한 방이었다. 집기도 별로 없어서 회전의자가 딸린 낡은 책상 하나와 철해놓은 시험지가 놓인 창가의 조그마한 탁자, 등받이 의자, 그리고 독서용 램프 하나가 전부였다. 책상 뒤에는 발칸반도 지도가 걸려 있고, 벽에는 메리의 낡은 할아버지 사진이 한 장 붙어 있었다.

그 사진은 의상으로 봐서 19세기 말이나 20세기 초쯤에 찍은 것으로, 사진 속의 인물은 뻣뻣하고 어색한 자세를 하고 있었다.

하지만 그 사진은 메리가 가장 아끼는 보물 가운데 하나였다. 메리에게 루마니아에 대한 깊은 호기심을 심어준 사람이 바로 그 할아버지였기 때문이다.

그는 메리에게 마리 여왕이나 여러 남작부인, 공주들에 얽힌 로맨틱한 이야기를 들려주곤 했으며, 영국 여왕의 부군이었던 앨버트나 알렉산더 2세, 러시아 황제, 그 밖에도 흥미로운 인물들을 수도 없이 많이 알고 있었다.

"우리의 가문 어딘가에는 왕족의 혈통이 흐르고 있단다. 만약 혁명이 일어나지만 않았어도 너는 아마 왕비가 되었을 거야."

메리는 이따금씩 할아버지의 그런 말씀을 상기하며 꿈의 나래를 펼치곤 했다.

헌터 학장이 문을 열고 들어왔을 때, 메리는 한창 학생들의 시험 점수를 매기고 있었다.

"안녕하십니까, 애슐리 교수님? 잠시 시간 좀 내주실 수 있겠습니까?"

헌터 학장이 메리의 방을 찾아온 것은 처음이었다.

메리는 갑자기 자신감이 차올랐다. 헌터가 몸소 여기까지 찾아올 이유라고는 단 한 가지밖에 없을 것이기 때문이었다. 그것은 바로 메리가 그 대학에서 종신 교수직을 얻게 되었다는 사실을 알리기 위함이 아닐까 하는 추측이었다.

"물론이죠. 좀 앉으세요."

학장은 등받이 의자에 걸터앉으며 물었다.

"강의는 좀 어때요?"

"네, 무척 잘 되어가고 있어요."

메리는 좋은 소식을 에드워드에게 전할 생각을 하니 정신이 아찔해질 정도로 기뻤다.

에드워드 또한 얼마나 자랑스러워할까? 메리 정도의 나이에 대학에서 종신 교수직을 얻어낸다는 것은 그야말로 드문 일이었다. 하지만 헌터는 어딘지 불안해보이는 표정으로 물었다.

"혹시, 무슨 문제라도 생긴 것 아닙니까, 애슐리 교수?"

그 한마디의 질문에 메리는 놀라지 않을 수 없었다.

"문제라니요? 아니, 전혀 없는데요. 왜 그러시죠?"

"워싱턴에서 온 사람들을 만났는데, 당신에 관해 물어보기에……."

그녀의 귓가에는 플로렌스 쉬퍼의 목소리가 되살아나고 있었다.

"워싱턴에서 왔다는 사람들을 만났는데……. 그 사람이 당신에 대해서 꼬치꼬치 캐물었어요. 당신이 무슨 국제스파이라도 되는 듯한 말투더군요……. 그녀는 건전한 미국인입니까? ……현모양처라고 할 만한 사람인가요……?"

그렇다면 종신교수직에 대한 이야기는 아니었다. 메리는 갑자기 무슨 말을 해야 할지 알 수가 없었다.

"글쎄요, 그…… 그들이 뭘 알고 싶어하던가요, 학장님?"

"당신이 교수로서 평판이 어떤가, 또 사생활에 대해서 몇 가지 물어보더군요."

"도대체 무슨 일인지 짐작도 할 수가 없군요. 그럴 만한 일이 전혀 없는데요. 적어도 제가 아는 한은 말이에요."

메리는 자신 없는 목소리로 마지막 말을 덧붙였다.

헌터는 회의를 품은 눈초리로 메리를 살펴보고 있었다.

"무엇 때문에 저에 대해서 알려고 한다는 얘기는 없던가요?"

"전혀 없었소. 사실은 아무에게도 그들과 만났다는 이야기를 하지 말라는 당부까지 받았습니다. 하지만 나는 그런 사실을 당신에게 알려주는 것이 좋으리라는 생각이 들더군요. 내가 알아야 할 일이 있다면 차라리 당신의 입을 통해서 직접 듣는 편이 좋을 것 같아서요. 우리 학교의 교수들에 관련된 스캔들이 세상에 알려진다면 학교가 치명적인 손상을 입게 되니까요."

메리는 무기력하게 고개만 가로저을 뿐이었다.

"저…… 전 정말 생각나는 것이 아무것도 없어요."

학장은 뭔가 할 이야기가 더 있다는 듯이 잠시 머뭇거리다가 그저 고개를 끄덕이며 자리에서 일어났다.

"아무 일이 없기를 바랍니다. 애슐리 교수."

메리는 연구실에서 걸어 나가는 학장의 뒷모습을 지켜보며 도저히 의문을 떨쳐버릴 수가 없었다.

'도대체 내가 뭘 어떻게 했다는 거지?'

메리는 저녁시간 동안 내내 말이 없었다. 에드워드가 식사를 마칠 때까지 아무런 충격도 주고 싶지 않았기 때문이었다. 식사가 끝나면 문제가 어디에서 비롯되었는지 함께 얘기해볼 작정이었다.

아이들은 또다시 도저히 감당할 수 없는 장난꾸러기들이 되어 있었다. 베스는 저녁식사에 손도 대지 않았다.

"요즘 세상에 고기를 먹는 사람이 어디 있어요? 동굴 속에서 살던 야만인들이나 고기를 먹었지. 문명인은 살아 있는 짐승은 먹지 않는 법이란 말이에요."

"이건 살아 있는 동물이 아니잖아. 벌써 죽었단 말이야. 그러니까 먹어도 괜찮은 거야."

팀이 우기고 나섰다.

"제발 좀 그만둬라. 이 녀석들아!"

메리는 잔뜩 신경이 곤두서 있었다.

"잔소리들 그만하고. 베스야, 넌 가서 샐러드나 좀 만들어 보렴."

"누난 들판에 나가서 풀이나 뜯어 먹겠대요."

팀이 다시 끼어들었다.

"팀! 얼른 밥이나 먹어!"

메리는 뭔가가 자꾸만 자신의 뒤통수를 치고 있는 듯한 느낌이 들었다.

"에드워드……"

그때 전화벨이 울렸다.

"내 전화일 거야."

베스가 소리를 지르며 의자에서 뛰어내려와 전화기를 향해 쪼르르 달려갔다. 베스는 전화기를 들자마자 대뜸 애교 섞인 목소리로 말했다.

"버질이니?"

잠시 동안 상대방의 이야기를 귀 기울여 듣고 있던 베스는 순식간에 표정을 바꾸면서 응답했다.

"오, 그래요?"

베스는 빈정대는 듯한 말투로 한 마디 하고는 수화기를 탕 소리 나게 내려놓고 식탁으로 돌아왔다.

"무슨 전환데 그러니?"

에드워드가 물었다.

"누가 장난 전화를 하나 봐요. 여긴 백악관인데 뭐, 엄마를 바꿔 달라나요?"

"백악관?"

에드워드가 놀란 표정으로 되물었다.

전화벨이 다시 울렸다.

"내가 받아볼게요."

이번에는 메리가 자리에서 일어나 전화기 옆으로 다가갔다.

"여보세요?"

상대의 이야기를 듣고 있던 메리의 표정이 점점 일그러지기 시작했다.

"우린 지금 저녁식사를 하고 있는 중이에요. 이런 장난은 별로 유쾌하지 못하군요. 당신…… 뭐라고요?…… 누구요…… 대통령이라고요?"

그 한마디에 온 방안이 쥐 죽은 듯이 조용해졌다.

"잠깐만요. 아니, 세상에! 아, 안녕하십니까, 대통령님?"

메리는 너무 당황한 나머지 어찌할 바를 모르고 있었다. 그녀를 바라보는 가족들의 눈이 모두 휘둥그레졌다.

"네, 그럼요. 당신의 목소리를 기억하고 있어요. 아…… 아까는 죄송했습니다. 제 딸아이가 자기 친구인 줄 알고 그만…… 네, 대통령님, 고맙습니다."

메리는 잠시 상대편 이야기를 듣고 있었다.

"제가 무슨 일을 했으면 좋겠다고 하신 거죠?"

메리의 얼굴이 갑자기 빨갛게 물들었다.

에드워드가 자리에서 벌떡 일어나 메리 곁으로 다가왔고, 아이들은 숨을 죽이고 그 뒤를 따랐다.

"아무래도 뭔가 잘못된 것 같군요, 대통령님. 제 이름은 메리 애슐리입니다. 캔자스 주립대학에 교수로 나가고 있고요. 네? 그걸 읽으셨다고요? 고맙습니다. 무척 자상하시군요……. 네, 저는 그렇게 믿고 있어요……."

이번에는 꽤 오랫동안 상대방의 이야기가 이어지는 듯했다.

"네, 좋아요. 하지만 혹시 그 말씀이……? 네, 네, 알겠습니다. 글쎄요, 무척 당혹스러워요. 두 번 다시 주어지지 않을 기회라는 건 알고 있지만……. 물론 그렇게 하겠습니다. 제 남편과 의논해본 다음에 다시 연락드리겠습니다."

메리는 연필을 집어들고 전화번호를 적었다.

"네, 잘 알겠습니다. 고맙습니다, 대통령님. 안녕히 계십시오."

메리는 천천히 수화기를 내려놓고 도저히 믿어지지 않는다는 듯이 넋이 나간 사람처럼 서 있었다.

"도대체 무슨 일이야?"

에드워드가 먼저 입을 열었다.

"정말로 대통령이 틀림없었나요?"

팀도 궁금해 죽겠다는 듯이 물었다.

메리는 쓰러지듯 의자에 털썩 주저앉으며 간신히 대답했다.

"그래, 진짜 대통령이야."

에드워드가 메리의 손을 꼭 감싸쥐었다.

"여보, 대통령이 당신한테 무슨 이야기를 한 거야? 당신에게 원하는 것이 도대체 뭐래?"

메리는 아직도 몽롱한 정신으로 생각에 잠겨 있었다.

'그래, 이제야 모든 걸 짐작할 수가 있겠어.'

비로소 메리는 고개를 들어 에드워드와 아이들을 둘러보며 천천히 입을 열었다.

"대통령이 내가 쓴 책과 〈국제관계〉지에 실린 제 논문을 읽어보았대요. 무척 참신한 내용이라고 하더군요. 대통령이 '국민 대 국민 계획'을 진척시키는 데 꼭 필요한 생각들이래요. 그래서 저를 루마니아 대사로 임명하겠다는 거예요."

에드워드는 죽었다 깨어나도 그 말만은 믿을 수 없다는 듯한 얼굴이었다.

"그런데 왜? 왜 하필이면 당신이지?"

그건 메리 자신도 궁금한 점이었지만 에드워드가 대뜸 그런 반응을 보이는 것이 약간 섭섭했다.

'야, 대단하군! 당신은 틀림없이 훌륭한 대사가 될 거야!'

이렇게 말할 수도 있었을 텐데 하는 생각이 들었던 것이다. 하지만 그런 에드워드가 더 현실적인지도 몰랐다.

'정말, 왜 하필이면 나를 택한 것일까?'

"당신은 정치 경험이라곤 전혀 없는 사람이잖아."

"글쎄 말이에요."

메리는 시큰둥한 표정으로 대답했다.

"일이 좀 우습게 돌아가고 있다는 생각이 드네요."

"그러니까 엄마가 대사가 된단 말이지?"

팀이 물었다.

"그럼, 우리 모두 로마로 이사 가는 거야?"

"로마가 아니라 루마니아란다."

"루마니아가 어디야?"

에드워드가 아이들에게 몸을 돌리며 말했다.

"너희는 얼른 저녁이나 먹어라. 엄마랑 잠시 이야기를 좀 해야겠다."

"우리에겐 의결권이 없나요?"

팀이 끈질기게 물고 늘어졌다.

"부재자 투표로 할게."

에드워드는 메리의 팔을 이끌고 서재로 들어갔다.

"미안하오, 여보. 아까는 내가 말을 너무 함부로 한 것 같은데, 그런 게
아니라……."

"아니에요. 당신 말이 맞아요, 에드워드. 그들이 나를 선택해야 할 이
유가 없으니까요."

에드워드는 메리가 자신을 에드워드라고 부를 때는 문제가 이미 심각
한 상태라는 것을 잘 알고 있었다.

"여보, 누가 뭐래도 당신은 틀림없이 훌륭한 외교관이 될 수 있을 거
야. 하지만 그런 사실이 약간은 충격이라는 것을 당신도 인정하겠지?"

메리는 약간 기분이 풀어지는 듯했다.

"정말 청천벽력이지 뭐겠어요? 전 아직도 믿어지지가 않아요."

메리의 말투는 마치 어린아이 같았다.

그러다 그녀는 갑자기 참을 수 없다는 듯이 웃음을 터뜨렸다.

"플로렌스에게 이 사실을 말해주면 아마 놀라서 기절해버릴 거예요."

에드워드가 한 발 더 다가서며 메리를 다정스레 들여다보았다.

"당신 정말로 재미있어하는 모양이군."

메리는 깜짝 놀라 에드워드를 바라보았다.

"물론 재미있어요. 당신은 그렇지 않아요?"

에드워드는 조심스럽게 할 말을 골라냈다.

"이건 정말 엄청나게 영광스러운 일이야, 여보. 그 사람들이 그런 중요한 제안을 농담 삼아 해보는 것도 아닐 테고 말이야. 당신을 선택할 수밖에 없었던 이유도 분명히 있을 거라고."

에드워드는 말을 끊고 잠시 망설였다.

"우린 이 문제를 신중하게 생각해보지 않으면 안 돼. 이번 일이 우리의 생활에 어떤 영향을 미칠 것인지에 대해서 말이오."

메리는 에드워드가 무슨 말을 하려는 것인지 잘 알고 있었다.

'당신 말이 옳아요, 에드워드. 물론 옳고말고요.'

"난 내 직업과 내 환자들을 버릴 수가 없어. 난 여기에 계속 머물러 있어야 해. 당신이 얼마나 오랫동안 나가 있어야 하는 건지는 모르지만, 만일 그 일이 당신에게 그렇게도 커다란 의미를 부여하는 것이라면 당신이 먼저 아이들을 데리고 그곳으로 떠나는 방법을 생각해볼 수도 있지. 나야 때가 되면……."

"무슨 소리예요? 당신은 내가 당신과 떨어져서 살 수 있을 거라고 생각해요?"

메리의 목소리는 의외로 부드러웠다.

"글쎄, 이건 너무 영광스러운 일이라서……."

"당신의 아내는 그만큼 소중한 존재가 아닌가요? 내겐 당신과 아이들보다 더 소중한 건 아무것도 없어요. 저는 결코 당신 곁을 떠나지 않을 거예요. 이 마을은 당신만큼 훌륭한 의사를 찾아낼 수 없겠지만, 우리나라

정부에서는 전화번호부만 뒤적여도 나보다 나은 훌륭한 대사를 얼마든지 찾아낼 수 있을 거예요."

에드워드는 두 팔로 힘주어 메리를 껴안았다.

"진심이야?"

"물론이에요. 무척 마음이 끌리는 제안이라고 생각해요. 하지만 난 그것만으로도 충분해요."

그때 갑자기 문이 벌컥 열리며 베스와 팀이 날듯이 뛰어 들어왔다.

"방금 버질한테 전화해서 엄마가 대사로 임명됐다고 얘기해줬어요."

베스가 숨을 헐떡이며 말했다.

"그렇다면 다시 전화를 해서 그런 계획이 취소되었다는 이야기도 해주는 것이 좋겠구나."

"왜요?"

"네 엄마는 이곳에서 그냥 계속 살기로 마음먹었으니까!"

"왜 그러냐니까요?"

베스는 금방 울상이 되었다.

"전 한 번도 루마니아에 가본 적이 없단 말이에요. 아무 데도 가보지 못했다고요."

"그건 저도 마찬가지예요."

팀도 풀이 죽어 중얼거리며 누나를 돌아보았다.

"우린 절대로 이곳을 벗어날 수 없을 거라고 내가 말했잖아."

"자, 이제 다 끝난 일이다."

메리가 미련을 털어내려는 듯이 쐐기를 박았다.

다음날 아침, 메리는 대통령이 가르쳐 준 전화번호로 전화를 걸었다.

"메리 애슐리라는 사람인데요, 대통령님 보좌관인 그린 씨 부탁합니다. 아마 제 전화를 기다리고 있을 겁니다."

"잠깐만 기다려 주세요."

상대편에서 한 남자의 묵직한 목소리가 흘러나왔다.

"여보세요? 애슐리 부인이신가요?"

"네, 그래요. 대통령님께 말씀 좀 전해주시겠어요?"

"물론입니다."

"어젯밤에 그 제안을 듣고 너무 기뻤지만, 남편의 직업 때문에 도저히 이곳을 떠날 수가 없을 것 같다고 좀 전해주세요. 다시 말씀드리면 안타깝게도 대통령님의 제안을 수락할 형편이 못 된다고요. 대통령님께서 이해해주시길 바란다고도 전해주시면 감사하겠어요."

"그렇게 전해드리겠습니다. 고맙습니다, 애슐리 부인."

대답은 의외로 간단했다. 그러고는 상대방에서 먼저 전화를 끊었다.

메리는 천천히 수화기를 내려놓았다. 이제 모든 것이 끝난 것이다. 잠시 동안 달콤한 꿈같은 일이 벌어졌을 뿐이었다. 하지만 이제 꿈은 꿈으로 사라져 버려야 했다.

'이것이 바로 나의 현실인걸. 강의 준비나 서두르는 게 좋겠어.'

마나마, 바레인

널찍하고 다채로운 노천시장인 '소크' 가까이에, 수십 채의 비슷비슷한 건물들 사이로 가려진 하얗게 바랜 벽돌 건물 하나가 서 있었다. 세상에 전혀 알려지지 않은 그 건물은 어느 상인의 소유로 되어 있었는데 실제로는 '자유를 위한 애국자'라는 비밀 조직이 쓰고 있는 건물이었다.

"언젠가 필요할 때가 있겠지."

전화 속의 목소리가 그에게 말했다.

이제 준비는 끝난 셈이었다. 의장이 거실에 모인 사람들에게 말했다.

"문제가 생겼소. 최근에 통과한 안건이 난관에 부딪친 것 같소."

"아니, 난관이라니? 그게 무슨 소립니까?"

발데르가 물었다.

"우리가 선택한 중개인, 해리 랜츠가 죽었소."

"죽어요? 죽다니, 그 이유가 뭐요?"

"피살되었소. 그의 시체가 부에노스아이레스 항구에 떠 있는 것이 발견되었다는 겁니다."

"경찰에서는 어떻게 생각하고 있습니까? ……혹시나 그 사건 때문에 우리가 드러나지 않을까 해서 말이오."

"그건 걱정하지 않아도 좋습니다. 우리는 절대로 안전하니까요."

이번에는 토르가 물었다.

"그럼 우리 계획은 어찌되는 거죠? 그대로 밀고 나가도 되는 겁니까?"

"지금 당장은 그럴 사정이 못 되오. 엔젤과 연락을 할 방도가 지금으로서는 전혀 없으니 말입니다. 하지만 컨트롤러는 해리 랜츠가 엔젤에게 컨트롤러의 본명을 밝혀도 좋다는 허락을 내렸소. 그러니 엔젤이 우리의 제안에 관심이 있다면 어떻게든 그와 연락을 할 수 있을 거라고 생각하오. 지금 상황에서 우리가 할 수 있는 일은 그저 기다리는 일뿐이오."

'정크션 시티의 메리 애슐리, 대사 임명을 사양하다.'

정크션 시티의 〈데일리 유니언〉지 머리기사에는 이런 문구가 쓰여 있었다. 메리에 대한 2단 기사와 함께 그녀의 사진까지 실려 있었다. 방송에서도 오후와 저녁 뉴스 시간을 이용해서 새로운 유명인사에 대한 이야기를 전파에 실었다.

메리 애슐리 부인이 미합중국 대통령의 제안을 거절했다는 사실은, 그녀가 제안을 수락했을 경우보다 오히려 더 큰 뉴스거리가 되었다. 정크션 시티의 주민들에게는 캔자스 주의 정크션이라는 조그만 도시가 루마니아의 수도 부쿠레슈티보다 훨씬 더 중요하게 여겨졌을지도 모른다.

메리 애슐리가 차를 몰고 저녁 찬거리를 사러 나간 동안에도 라디오에서는 끊임없이 그녀의 이름이 흘러나오고 있었다.

「……엘리슨 대통령은 루마니아에 대사를 파견하는 일이 '국민 대 국민 운동'의 시작이자 새 외교 정책의 이정표가 될 것이라고 선언한 바 있습니다. 그런데 메리 애슐리 부인이 그러한 요직을 거부한 것은…….」

메리는 채널을 다른 방송국으로 돌려보았다.

「……는 에드워드 애슐리 박사와 결혼했으며 우리는…….」

메리는 아예 라디오를 꺼버렸다. 그녀는 그날 아침에 이미 친구들, 이웃들, 학생들, 낯선 사람들로부터 40여 통의 전화를 받았다. 심지어 런던과 도쿄 등지의 기자들에게서도 전화가 걸려왔다.

'정말 모두들 왜 이렇게 야단법석인지 알 수가 없군.'

메리는 운전을 하면서 생각에 잠겼다.

'대통령이 외교 정책의 근거지를 루마니아로 정한 것은 분명히 내 탓이 아닐 텐데. 언제쯤이면 이 소동이 가라앉을까. 하루 이틀이면 아마 다들 잊어버리겠지.'

메리는 낡은 자동차를 더비 주유소로 몰아 셀프서비스 펌프 앞에 차를 세웠다.

메리가 막 차에서 내리려는데 주유소 주인인 블라운트 씨가 허겁지겁 뛰어나오며 외쳤다.

"안녕하시오, 애슐리 부인! 아니, 대사님이 될 뻔한 부인이 손수 차에 기름을 넣는다니 말이나 됩니까? 제가 넣어드리지요."

메리는 웃으며 대답했다.

"고맙습니다만, 기름 넣는 일은 이제 아주 익숙해진걸요, 뭐."

"무슨 말씀을! 제가 넣어드리겠다니까요."

탱크에 기름이 가득 차자 메리는 워싱턴 거리로 차를 몰아 신발가게 앞에서 차를 세웠다.

"안녕하세요, 애슐리 부인?"

점원이 반가운 얼굴로 인사를 건넸다.

"오늘 아침 대사관은 좀 어떤가요?"

'이거 정말 피곤해 미치겠군.'

메리는 속으로 그런 생각을 하면서 큰 소리로 대답했다.

"난 대사가 아니라고요. 하지만 집에 별일이 없는 건 사실이에요. 고마워요."

메리는 신발 한 켤레를 꺼내 점원에게 건네주었다.

"팀의 신발인데, 구멍을 한 번 더 때워야겠어요."

점원이 신발을 조심스럽게 살펴보더니 정중하게 물었다.

"이거 지난주에 우리가 손봐 드린 신발이 아닌가요?"

메리는 한숨을 내쉬며 대답했다.

"지지난 주에도 한번 가져왔지요."

메리는 다음으로 롱 백화점 앞에서 차를 세웠다. 옷 부문의 지배인인 해커 부인이 메리를 발견하고 인사를 건넸다.

"방금 라디오에서 당신의 이름을 들었다우. 덕분에 이제 지도에도 정크션 시티가 나오게 될 모양이에요. 당신은 아이젠하워나 앨프 랜던을 빼면 캔자스가 낳은 유일한 거물 정치인이에요. 그렇죠, 대사님?"

"난 대사가 아니에요. 수락하지 않기로 했다고요."

메리는 끓어오르는 성질을 죽여가며 대답했다.

"내 말이 그 말 아니우?"

아무리 설명해도 소용이 없을 것 같았다.

"베스가 입을 청바지나 몇 벌 주세요. 아예 쇠로 만든 질긴 것으로요."

"베스가 이제 몇 살이더라? 한 열 살쯤 되었나요?"

"열두 살이에요."

"세상에! 요즈음 애들은 왜 이렇게 빨리 자라죠? 이제 또 금방 당신도 모르는 사이에 사춘기 소녀가 되겠군요."

"베스는 이미 사춘기로 접어들었어요, 해커 부인."

"팀은요?"

"팀도 베스랑 비슷해요."

그날의 쇼핑은 다른 때보다 두 배나 시간이 많이 걸렸다. 만나는 사람마다 그 엄청난 뉴스에 대해 한 마디씩 하지 않는 사람이 없었으니 말이다. 메리는 식료품을 사려고 딜런네 슈퍼마켓으로 들어가서 우선 선반 위에 놓인 물건들부터 훑어보았다.

"안녕하세요, 애슐리 부인?"

딜런 부인이 말을 건넸다.

"안녕하셨어요, 딜런 부인? 혹시 인공첨가물이 들어 있지 않은 아침식사 거리가 뭐 없을까요?"

"네?"

메리는 손에 들고 있던 쪽지를 내려다보았다.

"인공 감미료, 나트륨, 지방, 탄수화물, 카페인, 캐러멜 색소, 폴산 같은 것들이 전혀 없는 식품 말이에요."

딜런 부인도 쪽지를 들여다보며 고개를 갸웃거렸다.

"무슨 의학 실험이라도 하실 작정이세요?"

"아뇨, 천만에요. 베스가 먹을 거예요. 천연식품만 먹겠다고 투정을 부려서요."

"초원에 내보내서 풀이나 뜯어먹고 살라고 말해주지 그랬어요?"

메리는 그 말에 웃음을 터뜨렸다.

메리는 식료품 꾸러미를 챙겨들면서 상표를 훑어보았다.

"다 내 잘못이에요. 베스에게 글 읽는 법을 가르치지 말았어야 하는 건데요."

메리는 밀포드 호수로 가는 꾸불꾸불한 언덕길에서 조심스럽게 차를 몰았다. 영상 2, 3도의 비교적 따뜻한 날씨이긴 했지만 그곳에는 넓은 벌판에서 불어오는 찬바람을 막아줄 것이 아무것도 없었기 때문에 무척 춥게 느껴졌다.

풀밭에는 눈이 덮여 있었다. 그걸 보다가 메리는 눈보라가 유난히 매서웠던 지난 겨울의 두껍게 얼어붙었던 얼음들을 기억에 떠올렸다. 거의 1주일 동안이나 전기가 들어오지 않을 때도 있었다. 그런 어둠을 핑계 삼아 메리와 에드워드는 매일 밤 뜨거운 사랑을 나누었다.

'올 겨울에도 어쩌면 그런 행운이 올지도 몰라.'

메리는 내심 음흉스런 웃음을 지어보았다.

메리가 집에 도착했을 때, 에드워드는 아직 병원에서 돌아오지 않고 있었다. 팀은 텔레비전에서 공상과학 프로그램을 보느라 넋을 잃고 있었다. 메리는 장을 봐온 봉투들을 내려놓고 아들 앞에 버티고 섰다.

"혹시 숙제 같은 거 해야겠다는 생각 안 드니?"

"할 수가 없어요."

"왜?"

"모르는 걸 어떻게 해요?"

"그렇다고 '스타 트렉'만 들여다보고 있으면 저절로 알아지니? 어디 뭐가 그리 어려운지 구경 좀 하자꾸나."

팀은 마지못해 5학년 수학 교과서를 어머니 앞에 내밀었다.

"문제들이 순 엉터리예요."

"엉터리 문제는 없어. 엉터리 학생이 있을 뿐이지. 자, 어디 한번 볼까?"

메리는 큰 소리로 문제를 읽어 내려갔다.

"미니애폴리스를 출발한 기차에는 149명의 승객이 타고 있었다. 애틀랜타에 도착하자, 더 많은 사람이 기차에 올랐다. 그래서 기차는 모두 223명의 승객을 태우게 되었다. 그렇다면 애틀랜타에서 기차를 탄 사람은 몇 명일까?"

문제를 다 읽은 메리는 팀을 바라보며 말했다.

"간단하잖니, 팀? 223에서 149를 빼버리면 될 걸 가지고……."

"아냐, 엄마."

팀이 시큰둥하게 대답했다.

"이 문제는 등식을 만들어야 해요. 149 더하기 N은 22요. N은 223 빼기 149. 따라서 N은 74."

"정말 엉터리 문제로구나."

메리가 베스의 방 앞을 지날 때, 안에서는 시끄러운 소리가 새어나오고 있었다. 메리가 안으로 들어가 보니 베스는 책상다리를 하고 방바닥에 앉아서 눈으로는 텔레비전을, 귀로는 로큰롤 음악을 들으며 숙제를 하고 있었다.

"이렇게 시끄러워서야 어떻게 정신을 집중할 수가 있겠니!"

메리는 소리치면서 방안으로 들어가 텔레비전과 오디오를 차례로 꺼버렸다.

베스가 깜짝 놀라며 고개를 들었다.

"왜 그래요, 엄마? 조지 마이클이란 말이에요."

베스의 방은 온통 가수들의 사진으로 아예 도배가 되어 있었다. 키스와 반 헤일런, 머틀리 크루와 알도 노바, 데이비드 리 로스 따위가 그 주인공들이었다.

침대 위에는 수많은 잡지책들이 널려 있었고 방바닥에는 온통 제멋대로 벗어던진 옷가지가 흩어져 있었다.

메리는 방안을 둘러보며 고개를 설레설레 흔들었다.

"베스, 넌 어떻게 이런 방에서 살 수가 있니?"

베스가 이상하다는 눈길로 엄마를 바라보았다.

"뭐가 어때서요?"

메리는 혀를 찰 수밖에 없었다.

"아무것도 아니다."

딸의 책상 위에 놓인 편지 봉투에 메리의 눈길이 가서 멎었다.

"릭 스프링필드한테 편지 보내려고?"

"전 그 사람을 사랑하거든요."

"조지 마이클을 사랑하는 것 아니고?"

"조지 마이클에게는 제 마음을 불사르고 있는 중이에요. 릭 스프링필
드는 제가 사랑하는 사람이고요. 엄마, 엄마도 저만할 때 누구를 위해 마
음을 불살라 보셨어요?"

"난 너만할 때 온 나라를 돌아다니느라 그럴 시간이 없었단다."

그러자 베스는 갑자기 땅이 꺼질 듯이 한숨을 내쉬었다.

"엄마는 그럼 릭 스프링필드가 불우한 어린 시절을 보냈다는 사실도
모르겠네요?"

"솔직히 말하자면 베스, 난 그런 건 전혀 몰라."

"생각만 해도 끔찍해요. 그의 아버지는 군인이었는데 그 때문에 릭은
수도 없이 이사를 다녔대요. 그도 저처럼 채식주의자거든요. 정말 대단
한 사람이에요."

'그래서 네가 그렇게 기를 쓰고 채식을 하는구나.'

"엄마, 저 이번 토요일 밤에 버질이랑 영화 보러 가도 돼요?"

"버질이랑? 아널드는 어떡하고?"

베스는 잠시 말이 없었다.

"아널드는 더듬는 걸 좋아해요. 정말 소름끼치는 애라니까요."

메리는 깜짝 놀랐다. 그녀는 냉정을 잃지 않으려고 애를 쓰며 물었다.

"더듬다니? 그게 무슨 뜻이지?"

"제가 이제 막 가슴이 나오기 시작하니까 사내아이들이 저를 마음대로
해도 된다고 생각하나 봐요. 엄마, 엄마도 몸이 이상해져서 고민해보신
적 있어요?"

메리는 베스의 등 뒤로 다가가 부드러운 손길로 딸을 껴안았다.

"그럼, 베스. 엄마가 네 나이쯤 되었을 때, 엄마도 무척 불안했단다."

"전 가슴이 나오고 온몸에 털이 나기 시작하는 것이 그렇게 싫을 수가 없어요. 왜 이렇게 되는 거죠?"

"누구나 여자는 다 그런 법이야. 너도 곧 익숙해질 테니 걱정하지 않아도 된단다."

"아냐, 난 아니에요."

베스는 엄마의 팔을 뿌리치고 엄숙한 표정으로 말했다.

"사랑을 나누는 것은 좋지만, 전 죽어도 남자랑 같이 자지는 않을 거예요. 누구도 제 몸을 가질 수는 없어요. 아널드도, 버질도, 케빈 베이컨도……."

메리는 심각한 표정이 되어 말했다.

"네 뜻이 정 그렇다면……."

"그런데 엄마, 엄마가 대사직을 거절하니 대통령이 뭐라고 하세요?"

"무척 담담한 것 같더구나. 이제 슬슬 저녁준비나 해야겠다."

사실 메리 애슐리는 음식 만드는 일을 무엇보다 싫어했다. 싫어하다 보니 자연히 솜씨가 늘 수도 없었겠지만, 메리는 자기가 하는 일은 무엇이든 잘해내려는 욕심을 가지고 있었기 때문에 오히려 더 요리 만드는 것을 싫어하게 된 것인지도 몰랐다.

이 문제는 1주일에 세 번씩 집에 와서 요리와 청소를 해주는 루신더에 의해 부분적으로 해결될 뿐, 끝없이 이어지는 악순환이었다. 그나마 오늘은 루신더도 오지 않는 날이었다.

에드워드가 병원에서 돌아왔을 때, 메리는 주방에서 콩을 볶고 있었다. 메리는 에드워드가 들어오는 것을 보고 달려가 키스를 퍼부었다.

"잘 다녀오셨어요, 여보? 오늘은 어땠어요? 소름끼치는 하루는 아니었겠죠?"

"당신도 우리 따님과 이야기를 나눈 모양이로군. 사실 소름끼치는 하루였어. 오늘 오후에 열세 살짜리 여자애가 왔는데, 성병이지 뭐야."

"오, 여보!"

메리는 타 버린 콩을 끄집어내고 토마토 케첩 통을 열며 신음하듯이 중얼거렸다.

"그걸 보니 갑자기 베스가 걱정스러워지더군."

"그런 걱정은 조금도 할 필요가 없어요. 베스는 처녀로 늙어 죽을 작정이라고 분명히 말했으니까요."

저녁식사 중에 팀이 불쑥 말을 꺼냈다.

"아빠, 이번 제 생일날 서핑보드 좀 사 주세요, 네?"

"팀, 네 희망을 꺾는 것 같아 미안하다만, 넌 캔자스에 살고 있잖니?"

"그건 저도 알아요. 하지만 조니가 다음 여름방학 때 하와이에 함께 가자고 저를 초대했다고요. 조니네는 마우이 섬에 여름 별장이 있대요."

"글쎄다."

에드워드가 난처한 눈빛으로 대답했다.

"조니네가 여름 별장까지 가지고 있다면 틀림없이 서핑보드도 가지고 있을 것 같은데?"

팀은 이번에는 엄마를 돌아보며 말했다.

"가도 되는 거죠?"

"글쎄다, 두고 보자꾸나. 그나저나 팀, 좀 천천히 먹어라. 베스, 넌 오늘도 아무것도 안 먹을 거니?"

"사람이 먹을 만한 음식이 하나도 없는걸요, 뭐."

베스는 엄마, 아빠를 번갈아 보며 말했다.

"말씀드릴 게 하나 있어요. 전 제 이름을 바꿀 생각이에요."

"무슨 특별한 이유라도 있니?"

에드워드가 조심스럽게 물었다.

"전 연예계로 진출하기로 마음먹었거든요."

메리와 에드워드는 낭패한 눈길을 주고받으며 한참 동안이나 서로를 바라보았다.

"좋아. 그럼, 어디 네가 얼마나 잘할 수 있는지 한번 보자꾸나."

에드워드가 겨우 한마디 했다.

죽음의 천사

모로코의 왕 핫산 2세의 정적인 메디 벤 바르카가 망명지인 제네바에서 파리로 납치된 후 피살된 사건이 있었다. 그런데 배후에 프랑스 첩보기관의 도움이 있었다는 사실이 밝혀져 전 세계의 비밀 첩보기관들을 깜짝 놀라게 만들었다. 그 사건 이후에 드골 대통령은 첩보부를 수상 관할에서 국방성 산하로 옮겨 놓았다. 그래서 프랑스 정부로부터 망명을 허가받아 체류 중인 마린 그로차의 신변보호는 바로 현재 국방성의 장관인 롤랑 파시가 책임지고 있었다. 바로 이러한 프랑스 경호대가 노일리에 있는 별장 바로 앞에서 24시간 내내 경비를 서고 있었는데, 그 별장 내부를 경호대장 레프 파스테르나크가 담당하고 있었기 때문에 파시는 마음을 놓을 수가 있었다. 그는 보안상태를 직접 살펴왔고, 그 집이 안전하다고 굳게 믿고 있었다.

최근 몇 주 동안 외교계에서는 쿠데타가 임박했다는 소문이 나돌고 있었다. 그래서 마린 그로차는 루마니아로 돌아갈 것이고, 고급 군 장교들에 의해 알렉산드루 이오네스쿠 대통령이 축출될 것이라는 소문이었다.

레프 파스테르나크는 문을 두드리고는 책으로 가득 차 있는 서재로 들어갔는데, 그곳은 마린 그로차의 집무실이었다.

그로차는 책상에 앉아 일을 하고 있다가 고개를 들고 레프 파스테르나크가 들어오는 모습을 바라보았다.

파스테르나크가 먼저 입을 열었다.

"모두들 언제 혁명이 일어날 것인지를 알고 싶어합니다. 그것은 이제 비밀 같지 않은 비밀이 되었습니다."

"그들에게 기다리라고 말해주시오. 그런데 당신도 나와 함께 부쿠레슈티로 갈 생각이오, 레프?"

레프 파스테르나크가 간절히 바라는 것은 오로지 이스라엘로 돌아가는 것이었다.

"나는 이 일을 잠시 하고 있을 뿐입니다. 당신이 행동할 준비가 끝날 때까지만 말입니다."

그는 마린 그로차에게 늘 그렇게 말해왔다. 그러나 '잠시'가 몇 달이 되더니, 결국 3년이란 세월이 흘렀다. 그래서 이제는 또 어떤 결정을 내려야 할 시간이 된 것이다.

'피그미 같은 소인들로 가득 찬 이 세상에서 나는 거물을 모시는 특권을 누린 셈이야.'

레프 파스테르나크는 그렇게 생각했다.

마린 그로차는 그가 만나 본 사람들 중에서 가장 사리사욕이 없었고, 이상주의자였다. 파스테르나크가 처음에 그로차를 경호하러 오게 되었을 때, 그의 가족에 대해서는 전혀 아무런 얘기를 듣지 못했었는데, 파스테르나크를 소개한 장교가 그 이야기를 해주었다.

"그로차는 밀고를 당했네. 정보부에서 그를 연행해 닷새 동안이나 계속 고문을 하면서, 만일 그가 지하 조직의 동료들 이름을 댄다면 그를 풀어주겠노라고 했지. 하지만 그로차는 한사코 입을 열지 않았거든. 그래서 그들은 그의 부인과 열네 살 난 딸을 심문실로 붙잡아 왔지. 그로차에게 입을 열 것인가, 아니면 이들이 죽는 것을 볼 것인가 둘 중에 하나를 택하도록 했다네. 그것은 인간으로서 가장 내리기 어려운 결정이었을 걸세. 그것은 그를 믿고 따르는 수백 명의 목숨과 자기가 사랑하는 아내와 딸의 목숨을 바꾸는 일이었으니 말일세."

장교는 잠시 말을 멈췄다가 천천히 이어갔다.

"내 생각으로는 그로차가 그런 결정을 내리게 된 것은, 자신과 자신의 가족이 어떤 식으로든 결국에는 죽음을 당할 것이라고 확신했기 때문일 걸세. 경비병들은 그를 의자에 묶어놓고 그의 아내와 딸이 윤간을 당하고 죽어가는 광경을 지켜보게 했네. 그러나 그들이 그로차에게 가한 고문은 그것으로도 끝나지 않았다네. 2시간쯤 지나서 아내와 딸이 피로 물든 채 시체로 그의 발밑에 쓰러져 있을 때, 그들은 그로차를 거세했네."

"세상에, 그럴 수가!"

장교는 레프 파스테르나크의 눈을 바라보며 말을 이었다.

"하지만 자네가 반드시 알아두어야 할 사실은, 마린 그로차가 복수하기 위해서 루마니아로 돌아가려고 하는 것은 아니라는 점이네. 그는 그의 국민을 해방시키기 위해 돌아가고 싶어 하는 거야. 그로차는 그런 참혹한 일이 다시는 일어나지 않도록 만들고 싶은 것일세."

그날부터 레프 파스테르나크는 그로차와 쭉 함께 있었고, 이 혁명가와 함께 지내는 시간이 쌓여갈수록 더욱 그로차를 흠모하게 되었다. 이제 그는 이스라엘로 돌아가는 것을 포기하고 그로차와 함께 루마니아로 갈 것인지를 결정해야만 했다.

그날 저녁, 파스테르나크는 복도를 따라 걷다가 마린 그로차의 침실 앞을 지나갈 때, 귀에 익은 신음소리가 새어 나오는 것을 들었다.

'아, 바로 오늘이 금요일이로군.'

매춘부들이 오는 날이었다. 그들은 영국, 북미, 브라질, 일본, 타이 같은 다른 나라에서 보내진 여자들이었다. 그들은 자기들이 어느 나라로 가서 누구를 만나게 될는지 전혀 모르는 채 각처에서 보내졌다. 샤를 드골 공항에 내린 그들은 곧장 별장으로 보내지고, 몇 시간 뒤에는 다시 공항으로 되돌아가서 본국으로 돌아가는 비행기를 타도록 되어 있었다.

매주 금요일 밤이면 어김없이 복도마다 마린 그로차의 비명이 울려퍼졌다. 경호원들은 누군가가 변태적인 성행위를 하고 있겠거니 하는 추측들을 했다. 침실 안에서 실제로 벌어지고 있는 상황을 아는 사람은 단지 레프 파스테르나크 경호대장 뿐이었다.

매춘부의 방문은 성교와는 아무 상관이 없었다. 그것은 속죄를 위한 고행이었다. 1주일에 한 번씩 그로차는 벌거벗은 채로 자신을 의자에 묶고는 여자들에게 피가 나도록 사정없이 채찍질을 하라고 시켰다. 그는 그렇게 채찍질을 당하는 동안에, 아내와 딸이 도와달라고 비명을 지르며 강간당하다 죽어가는 모습을 생각하곤 했던 것이다.

그럴 때마다 그로차는 이렇게 소리쳤다.

"미안해! 내가 말해줄게. 오, 하느님, 제가 말하게 해주소서……."

전화가 걸려온 것은 해리 랜츠의 시체가 발견된 지 열흘 뒤의 일이었다. 컨트롤러는 회의실에서 참모회의를 하고 있던 중에 구내 전화벨이 울리는 소리를 들었다.

"웬만한 일이 아니라면 방해가 되지 않도록 하라는 말씀은 명심하고 있습니다만, 국제전화가 걸려왔습니다. 목소리로 보아 매우 다급한 일 같습니다. 부에노스아이레스의 노이사 뮤네츠 양이라고 합니다. 제가 그녀에게……."

"좋아. 내 방에서 받도록 하지."

그는 자신의 감정을 억제하며 냉정하게 대답했다.

양해를 구한 뒤, 그는 자기 사무실로 가서 문을 안으로 잠갔다. 그러고는 수화기를 집어들었다.

"여보세요, 뮤네츠 양입니까?"

"네."

그녀의 억양은 어딘지 모르게 천하고 교육을 받지 못한 목소리였다.

"엔젤이 당신에게 전하라는 말인데요, 그이는 당신이 보낸 그 참견 잘하는 사람은 딱 질색이래요."

컨트롤러는 조심스럽게 말했다.

"미안합니다. 그런데 우리로서는 엔젤이 계속 우리의 계획대로 해주었으면 합니다. 그것은 어떻습니까?"

"그의 말로는 자기도 그 일은 좋대요."

그는 안도의 한숨을 내쉬었다.

"좋습니다. 그러면 선금은 어떤 식으로 지급하면 됩니까?"

여자가 소리 내어 웃었다.

"엔젤에게 선금 같은 건 필요 없어요. 아무도 엔젤을 속이지는 못 하니까요."

어쩐지 으스스한 느낌을 주는 말이었다.

"일이 끝나면 돈을 말이죠. 잠깐만요, 어디 적어놨더라? …아, 여기 있구나……. 취리히 국립은행으로 보내달래요. 스위스 어디에 있다던데."

노이사는 백치처럼 말했다.

"계좌번호가 필요합니다."

"아, 그렇군요. 번호가……, 제기랄…… 잊어버렸어요. 잠깐 수화기를 놓지 말고 계세요. 내가 그걸 여기 어디 적어놓았는데……."

컨트롤러는 종이쪽지가 바스락거리는 소리를 들었다. 마침내 그녀의 목소리가 다시 전화선을 타고 들려왔다.

"여기 있네요. J-349077이에요."

그는 번호를 그대로 따라 읽었다.

"얼마나 빨리 일을 마칠 수 있겠습니까?"

"그이가 준비되는 대로요. 엔젤의 말로는 일이 끝났다는 것은 자연히 알게 될 거래요. 신문에 날 거라는군요."

"좋소, 엔젤이 혹시 필요할지 모르니 내 전화번호를 알려드리겠소."

그는 천천히 그녀에게 전화번호를 불러주었다.

트빌리시, 러시아

회의는 쿠라 강변의 외딴 별장에서 열렸다.

의장이 말했다.

"두 가지 긴급한 사태가 벌어졌습니다. 하나는 좋은 소식입니다. 컨트롤러가 엔젤로부터 연락을 받았습니다. 계약은 순조롭게 진행되고 있습니다."

"그것 참 좋은 뉴스로군요!"

프레이르가 환호성을 질렀다.

"나쁜 소식은 도대체 뭐요?"

"대통령이 지명한 루마니아 대사 후보에 관한 것인데, 상황이 조정될 수도 있을 겁니다."

메리 애슐리는 강의에 집중하기가 어려웠다. 성급하게도 이미 학생들의 눈에는 그녀가 유명인사로 비춰지고 있었다. 자신이 어떻게 말하느냐에 따라 학생들의 생각이 달라질 수 있다는 것을 메리는 느낄 수 있었다.

"아시다시피 1956년은 대부분의 동유럽 국가들에게 하나의 분수령이 되는 해였습니다. 고무우카가 권력을 다시 장악함에 따라 폴란드에서는 공산주의가 출현했습니다. 또 체코슬로바키아에서는 안토닌 노보트니가 공산당을 이끌어가고 있었습니다. 그해 루마니아에서는 달리 중요한 정치적 변화는 없었습니다만……."

"루마니아의…… 부쿠레슈티……?"

사진으로 보았을 때 메리는 부쿠레슈티가 유럽에서 가장 아름다운 도시일 거라고 생각했다. 할아버지가 말씀해주신 루마니아에 관한 이야기를 그녀는 하나도 잊어버리지 않고 있었다. 어렸을 때 트란실바니아의 블라드 왕자에 관한 무시무시한 이야기를 듣고 얼마나 무서워했는지를 메리는 지금도 생생하게 기억하고 있었다.

"그는 흡혈귀였단다, 메리. 그는 브라소프 산맥의 높은 산꼭대기에 있는 거대한 성에 살았는데 거기서 죄 없는 사람들의 피를 빨아먹고는 그들을 희생시켰지."

문득 메리는 강의실 안에 깊은 정적이 맴돌고 있음을 깨달았다. 모두들 그녀를 바라보고 있었다.

'내가 지금 여기 선 채로 얼마 동안이나 꿈을 꾸고 있었던 거지?'

메리는 의아해하다가 곧 정신을 가다듬고는 서둘러 강의를 계속해 나갔다.

"루마니아에서는 게오르게 게오르기우 데지가 노동당에서 자기 세력권을 강화해나갔습니다……."

강의는 끝없이 계속될 것처럼 생각되었지만 고맙게도 거의 끝나가고 있었다.

"숙제는 소련의 경제 계획과 운영에 관한 논문을 작성해오는 것인데, 여기에는 정부 기관들의 기본 조직, 그리고 소련 공산당에 대한 설명이 있어야 합니다. 소비에트 정책의 대내적인 면과 대외적인 면에 대한 분석을 철저히 해주기 바랍니다. 특히 폴란드, 체코슬로바키아, 루마니아에서 그 정책이 어떻게 적용되고 있는지 확실히 설명해야 합니다."

'루마니아, 루마니아에 오신 것을 환영합니다, 메리 애슐리 대사님. 대

사관까지 대사님께서 타고 가실 리무진이 이쪽에 대기하고 있습니다.'

메리는 대통령의 중요한 정책인 '국민 대 국민운동'의 중심인물이 되어 세계에서 가장 훌륭한 도시에 살면서 대통령에게 보고를 할 것을 요청받았다.

'내가 역사의 한 장을 장식할 수 있었을지도 몰라.'

그녀는 종소리를 듣고 나서야 환상에서 깨어났다. 강의가 끝나 집으로 돌아갈 시간이 되었다.

오늘은 일찍 퇴근한 에드워드와 함께 교외의 클럽으로 가서 식사를 하기로 약속되어 있었다. 대사가 될 뻔했던 그녀에게 어울리는 곳으로 정한 것이다.

"응급 환자! 응급 환자입니다!"

병원 복도마다 확성기를 통해 큰 소리가 울려퍼졌다. 비상근무 요원들이 앰뷸런스로 몰려들면서 사이렌이 울렸다. 기어리 공립병원은 정크션 시티의 남서부 지구, 세인트 메리 거리의 한 언덕배기 위에 근엄한 모습으로 서 있는 갈색의 3층 건물이다.

이 병원에는 66개의 병상과 2개의 최신식 수술실, 여러 가지 검사 시설을 갖춘 방들, 그리고 병원 행정 사무실들이 있었다.

그날은 유달리 바쁜 금요일이었는데, 맨 위층의 공동 병실에는 주말휴가를 이용하여 근처의 라일리 기지에서 온, 대붉은군대로 알려진 제1보병단 소속 부상병들로 벌써 꽉 차 있었다.

에드워드 애슐리 박사는 막대기로 싸움을 하다가 머리가 깨진 병사를 치료하고 있었다. 그는 기어리 공립병원에서 13년 동안 개업의사로 근무해왔다. 이 병원에 근무하기 전에는 공군대위로 군의관 생활을 했다.

대도시의 몇몇 크고 훌륭한 병원에서 그에게 교섭을 해왔지만 그는 원래 그가 살던 곳에 정착하기로 결정했다.

에드워드 박사는 수술을 마치고 주위를 둘러보았다. 거기에는 적어도 12명쯤 되는 병사들이 수술을 기다리고 있었다. 그는 점차 커지는 앰뷸런스의 사이렌소리를 들었다.

"사이렌이 우리를 부르는군 그래."

더글러스 쉬퍼 박사는 총상을 입은 환자를 돌보면서 고개를 끄덕였다.

"여긴 꼭 야전병원 같단 말이야. 전쟁터에 있는 것 같은 생각 안드나?"

에드워드 애슐리가 대답했다.

"글쎄 말이오. 저 병사들이 주말마다 도시로 나와서 미친 짓을 하고 있으니……. 그게 이 병사들이 치르는 하나뿐인 전쟁이지. 이들은 욕구 불만에 싸여 있어."

에드워드는 수술을 끝냈다.

"다 됐습니다. 새 살이 나온 것처럼 감쪽같군요."

그러고는 더글러스 쉬퍼 쪽을 돌아보며 말했다.

"응급실로 가봅시다!"

환자는 회사의 제복을 입고 있었는데, 많아야 18세 정도밖에 안 되어 보였다. 그는 몹시 많은 땀을 흘리고 있었고 호흡이 매우 불편해보였다.

에드워드가 맥을 짚어보니 맥박은 약하고 느리게 뛰고 있었고, 제복의 윗도리는 핏자국으로 얼룩져 있었다. 에드워드는 환자를 수송해 온 구급 의사들 중 한 명에게 물었다.

"무슨 사고입니까?"

"칼로 가슴을 찔렸습니다, 선생님."

"폐가 상하지 않았는지 봅시다."

에드워드는 다시 간호사를 향해 말했다.

"흉부 엑스레이 사진이 필요하니, 3분 안에 가져오도록 해요."

더글러스 쉬퍼 박사는 목정맥을 검사했다. 그것은 부풀어 있었다. 그가 에드워드에게 말했다.

"혈관이 부풀어 있군. 심장을 다친 모양일세."

그것은 심장을 보호하는 부위가 다쳐서 심장이 제대로 기능하지 못하도록 압력을 주고 있다는 말이었다.

혈압을 재고 난 또 한 명의 간호사가 말했다.

"혈압이 급격히 떨어지고 있습니다."

심전도 모니터에 보이는 심장의 움직임이 점점 느려지고 있었다.

간호사가 흉부 엑스레이 사진을 가지고 급히 달려왔다. 에드워드는 그 사진을 자세히 들여다보았다.

"심낭 혈액의 이상 충만에 따른 심장 압박이야."

심장은 상처로 구멍이 나 있었고 폐는 오그라들어 있었다.

"튜브를 넣어서 폐를 원상태로 팽창시켜야 하네."

그의 목소리는 다급했지만 빈틈이 없었다.

"마취과 의사를 불러오세요. 수술을 해야겠소. 튜브를 삽입하시오."

한 간호사가 쉬퍼 박사에게 기관(氣管) 튜브를 건네주었다. 에드워드는 그에게 고개를 끄덕이며 말했다.

"지금 당장!"

조심스럽게 더글러스 쉬퍼 박사는 튜브를 의식 불명인 환자의 숨통으로 집어넣기 시작했다. 튜브 끝에는 조그만 주머니가 달려 있었는데, 쉬퍼는 그것을 지속적인 리듬을 주어가며 눌러 폐 속에 공기를 집어넣었다.

모니터가 천천히 움직이기 시작했지만, 모니터에 나타난 곡선은 완전히 일직선을 그리고 있었다. 죽음의 냄새가 온 방안을 감돌았다.

"곧 손을 쓰지 않으면 죽겠어."

환자를 수술실로 데리고 갈 시간이 없었다. 에드워드는 즉각 결단을 내렸다.

"흉벽 절개를 해야겠소. 절개용 메스를!"

메스를 손에 들자마자 에드워드는 환자의 가슴을 가로질러 절개했다.

심장이 심낭으로 막혀 있었기 때문에 피가 거의 나오지 않았다.

"견인기(상처를 벌리는 기구)."

그것을 손에 건네받은 에드워드는 갈빗대를 벌리기 위해 환자의 가슴에 집어넣었다.

"가위, 뒤로 물러서!"

그는 심낭을 보기 위해 가까이 다가섰다. 에드워드가 가위로 심낭을 싹둑 잘라버리자 막혀 있던 심장의 피가 뿜어져 나오면서 간호사들과 그에게로 치솟았다.

에드워드는 환자에게 더 가까이 다가가서 가슴을 문지르기 시작했다. 그러자 모니터에서 삐익 하는 소리가 나면서 맥박이 뛰는 것이 차츰 뚜렷하게 보였다. 좌심실의 위쪽에 조그만 상처가 나 있었다.

"이 사람을 수술실로 올려 보내시오."

3분 후 환자는 수술대 위에 누워 있었다.

"수혈, 1천CC."

혈액형을 검사할 시간이 없었기 때문에 음성 O형 혈액을 썼다.

수혈이 시작되자 에드워드가 말했다.

"32번 흉부 튜브."

간호사가 튜브를 그에게 건네주었다.

쉬퍼 박사가 말했다.

"내가 끝내겠네, 에드워드. 이젠 가서 씻게나."

에드워드 애슐리 박사의 가운은 피로 물들어 있었다. 그는 모니터를 바라보았다. 이제 환자의 심장은 강하고 안정되게 뛰고 있었다.

에드워드 애슐리 박사는 샤워를 하고 옷을 갈아입은 뒤, 자기 방에서 수술 보고서를 작성했다. 두꺼운 의학 서적들이 가득 꽂힌 책꽂이와 체육 경기의 우승컵으로 내부를 가득 채운 그의 사무실은 안락했다.

푹신한 의자와 책상, 그리고 응접세트도 있었다. 벽에는 그의 학위 수여증이 단아한 틀에 담겨 있었다.

방금 환자 일로 긴장을 했던 탓인지 에드워드는 온몸이 뻐근하고 피곤했다. 큰 수술을 마치고 나면 으레 그렇듯이 에드워드는 충동적인 성욕이 일어남을 느꼈다.

"생명력의 가치를 절실하게 느끼게 되는 때는 바로 죽음과 직면할 때입니다. 사랑의 행위란 본능의 연속을 확인하는 것입니다. 이유야 어떻든 말입니다."

어느 심리학자가 에드워드에게 그렇게 설명해준 적이 있었다.

'메리가 지금 여기 있다면 좋았을 텐데⋯⋯.'

그는 안락의자에 앉아서 담배에 불여 물고 다리를 쭉 뻗었다. 메리에 대한 생각을 하면 왠지 죄스러운 기분이 들었다.

그녀가 대통령의 제의를 거절한 것은 순전히 자기 때문이었지만, 사실 이유는 타당한 것이었다.

'하지만 다른 게 더 있어. 내가 질투를 하고 있는 거야. 대통령이 내게 그런 제안을 했다면 어땠을까? 아마 좋아서 펄펄 뛰었겠지. 맙소사! 결국 내가 생각한 것이라곤 메리가 집구석에 틀어박혀서 나와 아이들을 돌봐주기만 바란 거야. 난 정말 돼지 같은 남성 우위론자로군!'

에드워드는 심한 마음의 동요를 느꼈다.

'너무 늦었어. 그렇지만 그것을 보상할 수는 있겠지. 이번 여름에는 파리와 런던으로 여행을 가자. 그래서 그녀를 깜짝 놀라게 해줘야지. 루마니아에도 데리고 가자. 진짜 신혼여행을 가는 거야.'

정크션 시티의 컨트리 클럽은 짙푸른 나무가 우거진 언덕 가운데에 자리 잡은 3층 건물이었다. 클럽에는 18홀의 골프코스가 있고, 2개의 테니스 코트와 수영장, 바, 그리고 한쪽 끝에 벽난로가 있는 레스토랑이 있었으며 카드놀이 방은 위층에, 탈의실은 아래층에 있었다.

메리의 아버지와 마찬가지로 에드워드의 아버지도 클럽의 회원이었기 때문에 메리와 에드워드는 모두 어릴 때부터 그곳에 와서 지내곤 했다.

그들이 살던 도시는 가까운 이웃들로 결합된 공동체였고, 컨트리 클럽은 바로 그 상징이라고 할 수 있었다.

에드워드와 메리가 도착했을 무렵에는 이미 늦은 시간이어서 레스토랑에는 손님들이 드문드문 있을 뿐이었다. 그들은 메리가 자리에 앉는 것을 지켜보며 서로 귓속말을 주고받았다. 메리는 그런 광경에 이미 익숙해져 있었다.

에드워드가 아내에게 물었다.

"후회하고 있지?"

물론 유감이 많았다. 그러나 그것은 누구나 갖고 있는 화려하지만 불가능한 꿈과도 같은 것이라고 생각하며 메리는 자신을 위로했다.

'만약 내가 공주로 태어났다면, 내가 백만장자라면, 내가 만약 암 치료약을 개발해내서 노벨상을 탄다면, 만약…… 만약에 …….'

메리는 웃어 보였다.

"아니에요, 여보. 하지만 내게 그런 제의가 들어왔다는 것은 정말 뜻밖의 행운이었고 즐거운 일이었어요. 아무튼 나는 아이들이나 당신 곁에서만큼은 떠날 수 없어요."

그러고는 손을 내밀어 남편의 손을 꼭 잡았다.

"난 아무런 후회도 없어요. 내가 그 제안을 거절했다는 것이 기쁠 뿐이에요."

에드워드는 그녀에게로 몸을 가까이 기울이면서 속삭였다.

"당신이 거절할 수 없는 것을 한 가지 제안하고 싶은데?"

"좋아요."

메리가 웃으며 말했다.

그들이 결혼생활을 시작하던 초기에는 사랑의 행위도 잦았고 열렬한 것이었다. 서로의 육체를 끊임없이 요구했고, 완전히 녹초가 되어서야 만족하곤 했다. 시간이 지남에 따라 그러한 욕구들은 부드럽고 원숙하게 되어 갔지만, 서로의 감정은 여전히 끊임없고 달콤하며 충만한 것이었다.

그들은 집에 도착하자마자 망설이지 않고 옷을 훌훌 벗어 던지고는 침대로 들어갔다. 에드워드는 그녀를 가까이 끌어안고 그녀의 육체를 부드럽게 애무했다. 메리는 환희의 신음소리를 냈다.

둘의 몸은 달아올랐고, 그들은 지칠 때까지 사랑의 행위를 계속해 나갔다. 에드워드는 아내를 두 팔로 꽉 껴안았다.

"당신을 정말 사랑해, 메리."

"나는 두 배로 당신을 사랑해요. 잘 자요, 여보."

새벽 3시에 전화벨이 요란하게 울렸다. 에드워드는 잠에 취한 채로 전화기 쪽으로 다가가 수화기를 귀에 댔다.

"여보세요?"

한 여자의 황급한 목소리가 들려왔다.

"애슐리 박사님이세요?"

"네, 그렇습니다만."

"피터 그림스가 심장마비를 일으켰어요. 고통스러워하는데 무서워 죽겠어요. 금방 죽을 것만 같아요. 어떻게 해야 할지 모르겠어요."

에드워드는 잠을 쫓으려고 애쓰며 일어섰다.

"아무것도 하지 마십시오. 그대로 두셔야 합니다. 제가 30분 안으로 가겠습니다."

그는 수화기를 다른 손에 바꿔들며 침대에서 나와 옷을 입기 시작했다.

"에드워드, 무슨 일이 생겼어요?"

메리는 눈을 반쯤 뜨고는 물었다.

"아무 일도 아니야. 그냥 자라고!"

"당신 돌아오거든 나 좀 깨워줘요. 당신이 또 필요할 것 같은데……."

메리가 중얼거렸다.

5분 뒤 에드워드는 그림스의 농장으로 가는 길을 달리고 있었다.

그는 언덕을 따라 내려가다가 제이힐 도로로 접어들었다. 북서풍이 불어오고 기온이 영하로 내려간 춥고 으스스한 새벽이었다.

에드워드는 히터를 켰다. 운전을 하면서 자기가 집에서 출발하기 전에 앰뷸런스를 부르지 않았다는 것을 깨달았다. 피터 그림스가 최근에 일으킨 두 번의 심장마비는 출혈궤양이었다. 그는 우선 그것부터 점검해야겠다고 생각했다.

에드워드는 정크션 시티로 향하는 2차선 도로인 8번 도로로 차를 돌렸다. 도시는 잠들어 있었다. 집들은 매섭고 찬바람 속에서 잔뜩 웅크리고 있었다. 에드워드는 6번가 끝까지 와서는 57번 도로로 방향을 바꾸어 그랜드뷰 광장 쪽으로 차를 몰았다.

에드워드는 잠시 생각에 잠겼다.

작은 목화나무 숲과 삼목, 러시아 산 올리브나무 숲과 길을 따라 쌓여 있는 건초더미를 지나 옥수수와 목초지의 건초향이 대기에 가득한 뜨거운 여름날이 떠올랐다. 그때 얼마나 많이 이 길들을 지나다녔던가? 그때는 옥수수밭을 먹어 들어가는 삼목을 태우는 불꽃들 사이에서 나오는 냄새가 들판을 가득 메웠었다.

얼음으로 섬세하게 수놓은 힘차게 뻗은 도로와 멀리 보이는 외로운 굴뚝 연기, 서리 내린 풍경을 지나 얼마나 많은 겨울날들을 그는 달렸던가? 여명에 싸여 휙휙 지나가는 벌판과 나무들을 볼 때는 혼자라는 것이 즐겁기도 했다.

에드워드는 바퀴 밑의 부실한 도로에 신경을 써가며 되도록 빨리 차를 몰았다. 그는 따뜻한 침대에서 자신을 기다리고 있을 메리를 생각했다.

그는 기분이 좋았다.

'메리를 위해서라면 무슨 일이든지 할 수 있어.'

에드워드는 그 어떤 여자도 가져보지 못한 멋진 신혼여행을 메리에게 선사해야겠다고 다짐했다.

57번과 77번 고속도로의 분기점 바로 앞에는 정지신호가 켜져 있었다. 에드워드는 77번 도로로 돌았는데, 그가 교차로에 진입하자마자 어디선가 트럭 한 대가 튀어나왔다.

순간 우르릉거리는 소리가 천지를 뒤흔들고, 그를 향해 2개의 눈부신 헤드라이트 불빛이 질주해왔다. 그는 거대한 5톤 군용트럭이 자신을 밟고 지나가는 것을 보았고, 마지막으로 자신이 지른 비명소리를 들었다.

일요일, 노일리에서는 성당의 종소리가 정오의 하늘에 울려 퍼지고 있었다. 먼지투성이의 르노자동차가 별장 옆으로 지나갔다. 마린 그로차를 지키는 경비원들은 특별히 그것에 신경을 쓰지 않았다.

엔젤은 안쪽을 살피며 의심받지 않을 정도의 속도로 천천히 차를 몰았다. 앞쪽에 2명의 경비원이 있었고, 전기 장치가 되어 있는 듯한 높은 담이 있었다. 안쪽에는 물론 항상 그 바보 같은 전파 탐지기, 경보기 따위가 있을 것이다. 이 별장을 습격하려면 군대가 필요하리라.

엔젤은 속으로 생각했다.

'나는 군대 따윈 필요 없어. 나의 천재적인 재능만 있으면 되지. 마린 그로차는 이미 죽은 것이나 마찬가지야. 어머니께서 살아서 내가 부자가 되는 걸 보신다면 얼마나 기뻐하실까? 내가 부자가 되면 어머니는 얼마나 행복해 하실까?'

아르헨티나의 가난한 집들은 무서울 정도로 궁핍한 생활을 하고 있었다. 엔젤의 어머니 또한 불행하게도 가난한 집안에서 태어났다. 아무도 엔젤의 아버지가 누군지 알지도, 알려고도 하지 않았다.

엔젤은 매년 굶주림과 허약한 체질, 전염병으로 죽어가는 친구들이나 친척들을 보면서 죽음도 삶의 한 방식이라고 생각했다.

'왜냐하면 죽음은 어떤 식으로든 닥쳐오게 마련이니까. 왜 그것으로 돈을 벌면 안 된단 말인가?'

처음에는 엔젤이 청부 살인을 한다는 사실에 의심을 품는 사람들도 있었지만, 엔젤에게 일을 맡겨본 사람은 누구나 그런 의심을 하지 않게 되었다. 그래서 살인 청부업자로서 엔젤의 주가는 점점 더 올라갔다.

'나는 실패한 적이 한 번도 없어. 흐흐, 난 엔젤, 천사라고! 바로 죽음의 천사!'

의문의 교통사고

눈덮인 캔자스 고속도로는 차량들의 붉은 불빛이 얼어붙은 하늘을 핏빛으로 물들이며 빨갛게 타오르고 있었다. 소방차, 앰뷸런스, 구조차, 4대의 순찰차, 보안관 차, 그리고 헤드라이트 불빛으로 둘러싸인 5톤짜리 M871 군용 견인 트레일러와 그 밑에 우그러진 에드워드 애슐리 박사의 차가 깔려 있었다.

12명의 경찰과 소방수들이 주위를 빙빙 돌며 팔을 휘두르거나 발을 굴러 새벽의 냉기를 물리치느라 몸을 덥히고 있었다. 고속도로 한가운데에 방수포로 덮여 있는 것은 한 구의 시체였다.

보안관 차가 서서히 속도를 줄이며 다가오더니 멈춰섰다. 메리 애슐리가 그 차에서 뛰어나왔다. 제대로 몸을 지탱할 수도 없을 정도로 몹시 떨고 있던 그녀는 방수포가 보이자 그쪽을 향해 달려갔다.

먼스터 보안관이 메리의 어깨를 잡으며 말했다.

"애슐리 부인, 남편을 보시지 않는 게 좋을 겁니다."

"내버려둬요!"

메리는 소리를 지르며 그의 팔을 제치고 방수포가 있는 쪽으로 갔다.

"애슐리 부인, 제 말을 들으십시오."

메리가 기절하자, 보안관은 그녀를 붙잡아 주었다.

메리는 보안관 차의 뒷좌석에서 의식을 되찾았다. 먼스터 보안관은 앞자리에 앉아 그녀를 지켜보고 있었다. 히터가 켜져 있어서 자동차 안은 숨쉬기도 거북할 지경이었다.

"어떻게 된 거예요?"

메리가 바보처럼 물었다.

좀 전의 기억이 뚜렷이 되살아났다.

'보시지 않는 게 좋을 겁니다.'

메리는 차창 밖에서 붉은 불빛을 내쏟고 있는, 긴급 출동한 차들을 바라보며 생각했다.

'생지옥 같은 광경이군.'

경찰차 안의 온기에도 불구하고 메리는 이가 덜덜 떨릴 정도로 추웠다.

"어떻게 하다가……."

그녀는 말하는 데 몹시 힘들어하고 있는 자신을 깨달았다.

"사고가 난 이유가 뭐죠?"

"부인의 남편께서 신호를 무시하고 달렸습니다. 군용 트럭 한 대가 77번 도로로 달리고 있다가, 그를 피하려고 했지만 남편께서 바로 정면으로 달려왔다고 하더군요."

메리는 눈을 감고 마음속으로 사고가 일어날 때의 광경을 그려보았다. 트럭이 에드워드를 치고 가는 모습이 보였고, 남편이 느꼈을 마지막 몇 초 동안의 고통이 느껴지는 듯했다.

"에드워드는 늘 조심스럽게 운전해요. 그이가 신호를 위반한 적은 한 번도 없었다고요."

메리가 고작 생각해낼 수 있는 말은 그것뿐이었다.

보안관은 딱하다는 듯이 말했다.

"애슐리 부인, 목격자들이 있습니다. 신부와 두 명의 수녀, 그리고 라일리 기지에서 오던 젠킨스 대령이 사고 장면을 목격했습니다. 그들은 모두 똑같은 말을 했습니다. 당신 남편이 신호를 무시한 채 달렸다고 말입니다."

그 이후의 일들은 모두 느린 속도로 필름이 돌아가는 것 같았다. 메리는 에드워드의 시체가 앰뷸런스에 실리는 것을 바라보았다. 경찰이 신부와 수녀들에게 무엇인가를 묻고 있는 것을 보며 메리는 잠시 생각했다.

'저렇게 오래 서 있다가는 모두 감기 들 텐데……'

먼스터 보안관이 말했다.

"남편을 시체안치소로 옮길 겁니다."

'시체안치소.'

"고마워요."

메리는 정중하게 말했다.

걱정스러운 듯이 보안관이 그녀를 처다보았다.

"제가 댁까지 모셔다 드리겠습니다. 남편분의 성함은 어떻게 됩니까?"

"에드워드 애슐리."

메리가 대답했다.

"에드워드 애슐리 박사가 바로 우리 주치의예요."

얼마 후, 메리는 자기가 집으로 걸어 들어가고 있다는 것을 깨달았고 먼스터 보안관은 그녀를 집 안에까지 데려다 주었다.

플로렌스와 더글러스 쉬퍼가 거실에서 그녀를 기다리고 있었다. 아이들은 아직 잠에서 깨어나지 않은 모양이었다.

플로렌스가 그녀에게 팔을 벌리며 다가왔다.

"이럴 수가! 너무 기가 막힌 일이야, 어떻게 이런 일이……"

"괜찮아요."

메리가 차분한 목소리로 말했다.

"에드워드가 사고를 당했을 뿐이니까요."

메리는 가볍게 웃음소리를 냈다.

더글러스가 가까이 다가오며 그녀를 바라보았다.

"2층까지 데려다줄게요."

"괜찮아요. 고마워요. 차 한 잔 하시겠어요?"

더글러스가 다시 말했다.

"자, 내가 침실까지 데려다주겠어요."

"잠이 오지 않아요."

"아무것도 마시지 않아도 정말 괜찮으시겠어요?"

더글러스가 그녀를 2층 침실까지 데리고 가자, 메리가 말했다.

"그건 사고였어요. 에드워드가 사고를 당했어요."

더글러스 쉬퍼는 그녀의 두 눈을 바라보았다. 눈은 공허한 빛을 띤 채 커다랗게 열려 있었다. 그는 한기가 엄습하는 듯한 느낌을 받았다.

더글러스는 아래층으로 내려가서 왕진 가방을 가지고 왔다. 그가 왔을 때, 메리는 조금도 움직이지 않고 있었다.

"편안하게 잠이 오도록 약을 줄게요."

그는 그녀에게 안정제를 주고 눕도록 도와준 뒤, 그녀 옆에 앉았다. 하지만 한 시간이 지나도 메리는 잠이 들지 않았다.

더글러스는 메리에게 안정제를 몇 알 더 주었다. 여전히 메리는 잠을 이루지 못했다. 또다시 안정제를 먹고서야 메리는 겨우 잠이 들었다.

정크션 시티에서는 1048호 보고서, 곧 '상해 사고' 보고서에 관계된 까다로운 조사 절차가 남아 있었다. 구급차는 지역 응급기관에서 보내왔다. 그리고 보안관의 부하 한 명이 현장에 보내졌다.

어떤 사고에 군인이 관련된 경우, CID(군 범죄 수사대)에서 보안관과 함께 조사를 진행하게 된다.

라일리 기지의 CID 본부에서 온 사복형사 셀 플랜차드와 보안관, 그리고 그의 조수가 9번 가에 있는 보안관 사무실에서 사고에 관한 보고서들을 조사하고 있었다.

"골치 아픈 일이군."

먼스터 보안관이 말했다.

"뭐가 문제란 말입니까?"

플랜차드가 물었다.

"글쎄, 이걸 보시오. 그때 사고 현장에는 다섯 명의 목격자가 있었잖습니까? 신부 한 명, 수녀 두 명, 그리고 젠킨스 대령, 트럭 운전사인 왈리스 하사. 그들은 모두 애슐리 박사의 차가 고속도로로 들어와서 신호를 무시한 채 달리다가 군용트럭에 충돌했다고 했습니다."

"그랬죠. 그런데 뭐가 골칫거리란 말입니까?"

CID에서 파견 나온 사나이가 대답했다.

먼스터 보안관이 머리를 긁적이며 말했다.

"이봐요, 당신은 사건 보고서에서 목격자가 단 둘이더라도 그들이 똑같은 내용으로 증언하는 걸 본 적 있소?"

그는 보고서를 탁 치며 말했다.

"골칫거리란 바로 다섯 명의 목격자가 모두 '정확하게' 똑같은 것을 보았다고 증언하는 데 있단 말이오."

CID에서 나온 남자는 어깨를 들어올리며 말했다.

"그건 사건을 더욱 정확히 증명해주는 것 아닙니까?"

"뭔가 이 사건엔 꺼림칙한 점이 있는 것 같소."

"네?"

"어쩐 일로 신부, 수녀, 대령이 새벽 4시에 77번 고속도로를 지나간단 말이오."

"그 점에 대해선 이상할 게 하나도 없어요. 신부와 수녀들은 레너드빌로 가는 길이었고, 대령은 라일리 기지로 돌아가는 중이었으니까요."

보안관이 따지고 들었다.

"내가 CID에 문의를 해보니 애슐리 선생이 교통위반을 한 것은 6년 전에 불법 주차한 것이 마지막이었소. 그는 지금까지 6년 동안 사고 이력이 전혀 없었소."

CID에서 파견 나온 남자가 그를 의아한 눈으로 쳐다보았다.

"그렇다면 보안관이 하고 싶은 말은 도대체 뭡니까?"

먼스터 보안관은 어깨를 들어올리며 말했다.

"글쎄 뭐, 아무것도 없소. 단지 이 사고는 약간 수상쩍은 느낌이 든다는 것뿐이오."

"우리는 다섯 명의 목격자가 있는 교통사고에 관해서 이야기를 하는 겁니다. 만약 당신이 여기에 어떤 음모가 끼어 있다고 생각한다면, 당신 논리에 큰 문제가 있을 겁니다. 만약에……."

보안관이 한숨을 길게 내쉬었다.

"나도 그런 것쯤은 알아요. 우연한 사고가 아니었다면, 군용트럭이 그를 친 후에 멈추지 말고 뺑소니를 쳤어야죠. 목격자들에게도 어떤 저의 같은 것이 없고, 그러니 이렇게 긴 이야기를 할 필요가 없단 말이죠."

"바로 그거요."

CID의 남자는 일어나서 기지개를 켰다.

"좋아요. 나는 이제 기지로 돌아가야 합니다. 내 생각으로는 트럭운전사인 왈리스 하사는 결백합니다."

그러고는 보안관을 쳐다보았다.

"동의하십니까?"

먼스터 보안관은 마지못해 입을 열었다.

"그래요, 단순한 교통사고일 뿐입니다."

메리는 아이들이 우는 소리에 잠을 깼다. 그녀는 누운 채로 눈을 꼭 감고 생각했다.

'지금 악몽을 꾸고 있는 거야. 난 지금 잠들어 있고, 이제 잠을 깨면 에드워드는 살아서 내 곁에 있을 거야.'

그러나 울음소리는 그치지 않았다. 그녀는 더 이상 참을 수가 없어서 눈을 뜨고 누운 채로 천장을 바라보았다. 어쩔 수 없이 메리는 침대에서 일어나야 했다. 어제 먹은 안정제 탓으로 어지러웠다.

메리는 비틀거리며 팀의 침실로 향했다. 플로렌스와 베스, 팀이 모두 함께 울고 있었다.

'나도 울 수만 있다면……. 나도 울기라도 했으면…….'

베스가 메리에게 물었다.

"아빠가 정말 돌아가신 거예요?"

메리는 차마 입을 열지 못한 채 고개만 끄덕였다. 그러고는 침대 끄트머리에 걸터앉았다.

"내가 말해주지 않을 수 없었어요."

플로렌스가 사과 했다.

"베스와 팀이 친구들과 나가서 놀려고 하는 바람에 그만……."

메리는 팀의 머리를 쓰다듬어 주었다.

"울지 마라, 얘들아. 모든 게 다 잘 될 거야."

'결코 다시는 좋아질 수가 없겠지. 영원히.'

라일리 기지에 있는 미육군 CID사령부는 169번지 빌딩에 본부가 있었다. 나무숲으로 둘러싸인 낡은 석회석 건물의 현관으로 어떤 사람이 들어서고 있었다. 한편 1층에 있는 한 사무실에서는 CID요원인 셀 플랜차드가 젠킨스 대령과 밀담을 나누고 있었다.

"나쁜 소식입니다, 대령님. 왈리스 하사, 민간인 의사를 죽게 한 그 트력 운전사가……."

"어쨌다는 건가?"

"오늘 아침에 심장마비로 죽었습니다."

"창피한 일이로군."

CID요원이 아무 억양이 없는 말투로 입을 열었다.

"네, 그렇습니다. 그의 시체는 오늘 아침에 화장을 시켰습니다. 매우 급작스러운 일이었습니다."

"불행한 일이로군. 나는 해외로 이임을 하게 되었네. 더 중요한 직책을 맡았다네."

대령이 일어서며 가벼운 웃음을 지어보였다.

"축하합니다, 대령님! 결국 따내셨군요!"

메리 애슐리는 충격을 받은 그대로 있는 것이 제정신을 찾는 유일한 길임을 깨달았다. 그녀는 자신에게 일어났던 모든 일들이 마치 다른 사람의 일인 것처럼 느껴졌다. 마치 물속에서 서서히 움직이면서 굴절되어 들려오는 소리를 듣고 있는 것만 같았다.

장례식은 제퍼슨 거리에 있는 매스 히니트 앨릭잰더 장례식장에서 치러졌다. 그곳은 흰색의 현관에 흰 시계가 걸려 있는 파란색 건물이었다. 장례식장은 에드워드의 친구들과 동료들로 가득 메워졌다. 수십 개의 화환과 꽃다발이 놓여 있었는데, 큰 화환 중 하나에 짧은 조의문이 쓰인 카드가 붙어 있었다.

'조의를 표합니다, 폴 엘리슨 대통령.'

메리, 베스, 그리고 팀은 장례식장 한쪽 끝에 있는 조그만 가족실에 앉아 있었다. 아이들은 충혈된 눈을 한 채 말이 없었고, 에드워드의 시신이 누워 있는 관은 닫혀 있었다. 메리는 사고 이유를 생각할수록 견딜 수가 없었다.

목사가 기도를 시작했다.

"주여, 당신은 우리의 안식처요, 전 세대에 걸쳐서 산맥이 생기기 이전, 당신이 이 땅과 세계를 창조하시기 전부터 영원에서부터 영원까지 당신은 주님이십니다. 그래서 우리는 두려움이 없습니다. 비록 이 땅이 변할지라도, 산맥이 바다로 바뀔지라도……."

메리와 에드워드는 밀포드 호수에서 조그마한 돛단배를 타고 있었다.

"배 타는 거 좋아해요?"

그들이 처음 데이트하던 밤 에드워드가 물었다.

"저는 배라곤 타본 적이 없어요."

"토요일에 다시 만나요. 배를 태워줄 테니까."

에드워드가 말했다.

그들은 1주일 뒤에 결혼했다.

"내가 왜 당신과 결혼했는지 알아, 여보?"

에드워드가 짓궂게 물었다.

"당신이 내 시험에 통과했기 때문이지. 당신은 소리 내어 웃으면서도 물로 떨어지지 않았거든."

장례식을 마치고 메리와 아이들은 검정색 리무진에 오른 채 절차에 따라 공동묘지로 향했다.

애시 거리에 있는 하일랜드 공동묘지는 매우 넓은 공원으로 길에는 자갈이 깔려 있었다. 그곳은 정크션 시티에서 가장 오래된 공동묘지여서 오랜 세월이 지나는 동안 비바람에 닳기 시작한 묘비들이 많이 있었다.

입까지 얼어붙을 정도로 매서운 날씨 탓에 묘지에서 하는 의식은 간단히 치러졌다.

"나는 부활이요 생명이니 나를 믿는 자는 죽어도 살겠고, 무릇 살아서 나를 믿는 자는 영원히 죽지 아니하리라. 우리는 죽어도 살 사람들입니다. 그러니 자, 보십시오. 우리는 영원히 살아 있습니다."

마침내 장례식은 끝이 났다. 메리와 아이들은 찬바람이 윙윙 부는 가운데 얼어붙은 땅 속으로 관이 들어가는 것을 묵묵히 지켜보았다.

'안녕, 내 사랑이여!'

죽음은 끝을 말하는 것이라고들 하지만, 메리 애슐리에게 죽음은 견딜 수 없는 지옥이 시작되는 것이었다.

그녀와 에드워드는 평소 죽음에 관해서 이야기를 했었고, 메리는 자신이 어느 정도 죽음에 대해 길들여져 있다고 생각했다. 그러나 지금은 그것이 너무 갑자기 소름끼치는 현실로 나타난 것이다.

그것은 더 이상 먼 훗날에 일어날 막연한 일이 아니었다. 그리고 그것에 대항해 나갈 방법은 아무것도 없었다. 메리의 마음속의 모든 것들은 에드워드에게 일어난 일을 받아들이지 않으려고 애쓰고 있었다.

그가 죽자 모든 아름다운 것들도 그와 함께 사라졌다. 현실은 계속 그녀를 새로운 충격의 파도 속으로 밀어넣었다. 그녀는 홀로 있고 싶었다.

자신 속에 깊숙이 웅크린 채로 어른들에게 버림받아 무서움에 떨고 있는 꼬마아이의 감정을 느끼던 그녀는 자신이 신을 향해 분노하고 있음을 알았다.

'왜 나를 먼저 데려가지 않으셨나요.'

메리는 자신을 버리고 간 에드워드와 아이들, 그리고 그녀 자신을 향해 분노하고 있었다.

'나는 두 자녀를 둔 서른다섯 살의 여자다. 하지만 지금은 내가 누구인지를 나도 모르겠다. 내가 에드워드 애슐리의 아내였을 때는 나 자신이란 것이 있었는데… 그때는 내게 속한 누군가에게 나 역시 속해 있었는데……'

그녀가 느끼는 공허함을 비웃으면서 시간은 변함없이 흘러갔다. 그녀의 생활은 마치 그녀를 뿌리치고 마구 달려가는 탈선한 열차 같았다.

플로렌스와 더글러스, 그리고 다른 여러 친구들이 그녀를 위로하기 위해 함께 있어 주었지만, 메리는 그들에게 제발 자기가 혼자 있을 수 있도록 해달라고 부탁했다.

어느 날 오후, 플로렌스가 찾아왔다가 메리가 텔레비전 앞에 앉아 축구 경기를 보고 있는 것을 발견했다.

"그녀는 내가 거기에 있는지조차 모르더군요."

플로렌스는 그날 저녁에 자기 남편에게 말했다.

"게임에 미친 듯이 열중하고 있었어요."

그러고는 몸을 떨면서 덧붙였다.

"마치 유령 같았다니까요."

"어째서?"

"메리는 축구를 싫어 한다고요. 축구 경기를 하나도 빼지 않고 꼭꼭 보던 사람은 에드워드였어요."

에드워드의 죽음이 남긴 자질구레한 여러 가지 일들은 메리가 의지를 갖고 살아갈 수 있는 마지막 힘마저 빼앗아 갔다. 유서, 보험, 은행계좌, 세금과 청구서들, 그리고 에드워드의 의사회, 채무와 자산과 결손 처리 등……. 메리는 변호사, 은행원, 회계사들에게 자신이 안정을 취할 수 있도록 내버려둬 달라고 소리를 지르고 싶을 지경이었다.

'나는 아무것도 하고 싶지 않아.'

메리는 흐느끼고 있었다.

에드워드는 세상을 떠났다. 하지만 사람들은 모두 돈 이야기만 하려고 했다. 마침내 메리는 어쩔 수 없이 재산에 관한 상담을 하게 되었다. 에드워드의 회계사인 프랭크 던피가 말했다.

"이건 좋지 않은 얘기지만, 각종 청구서와 유산상속세로 생명보험금의 상당량이 지출될 것입니다. 애슐리 부인, 부인의 남편께서는 환자들이 치료비 계산을 제대로 하느냐 안 하느냐에 관해서는 너무 무관심했습니다. 그분은 많은 액수의 채권을 갖고 있습니다. 제가 채권 회수 전문가들을 고용해서 채무를 진 사람들을……."

"아니에요. 에드워드는 그렇게 하는 것을 원치 않을 거예요."

메리가 단호하게 말했다.

던피는 당황했다.

"네, 그럼…… 제가 추산해보니 부인의 재산은 현금 3만 달러와 이 집뿐입니다만……. 그리고 이 집은 저당 잡혀 있습니다. 만약 부인께서 이 집을 파신다면……?"

"에드워드는 내가 이 집을 파는 것도 원치 않을 거예요."

메리는 고통을 억제하며 엄숙한 표정을 한 채 꼿꼿하게 앉아 있었다.

회계사 던피는 문득 이런 생각을 했다.

'내게 무슨 일이 닥치면, 내 마누라도 저 정도로 나를 생각해 줄까?'

메리에게 가장 힘든 일이 아직 남아 있었다. 그것은 에드워드의 물건들을 정리하는 일이었다. 플로렌스가 그녀를 돕겠다고 했지만 메리는 거절했다.

"에드워드는 그 일을 나 혼자서 하기를 바랄 거예요."

눈에 익은 조그마한 물건들이 참으로 많이 있었다. 12벌의 파이프, 아직 뜯지 않은 파이프용 담배 깡통, 책을 볼 때 쓰던 안경, 영원히 하지 못하게 된 의학 강의용 노트들…….

메리는 에드워드의 방으로 들어가서 다시는 입지 못하게 된 옷가지들을 쓰다듬었다. 그들이 함께 지낸 마지막 밤에 맸던 파란색 넥타이, 겨울 바람으로부터 그를 따뜻하게 지켜준 그의 장갑들과 목도리…….

그는 차가운 무덤 속에 있지만 이젠 그것들이 필요 없을 것이다. 메리는 기계적으로 움직이면서 그의 면도기와 칫솔들을 조심스럽게 치웠다.

그러다가 그녀는 서로에게 주고받았던 사랑의 편지들을 발견하고는 과거의 추억 속으로 빠져들어 갔다.

에드워드가 처음 개업했을 때 가난했던 나날들, 칠면조 고기도 사지 못했던 추수감사절, 피크닉을 갔던 여름과 한겨울의 썰매타던 일들, 그녀의 첫 번째 임신, 베스가 아직 뱃 속에 있을 때 책을 읽어주고 클래식을 들려주던 일, 팀이 태어났을 때 에드워드가 써준 사랑의 편지, 그녀가 교단에 서게 되었을 때 에드워드가 선물로 준 금으로 된 사과……. 그리고 수많은 추억들이 그녀의 두 눈에 눈물을 가득 고이게 했다.

그의 죽음은 잔인한 마술사의 장난과도 같았다. 한순간 에드워드는 저쪽에서 살아서 말하고, 웃고, 사랑하더니 다음 순간에는 추운 땅속으로 사라져 버렸다.

'나는 어른이야. 현실을 받아들여야 해! 아니야, 나는 어른이 아니야. 나는 남편의 죽음을 인정할 수가 없어! 살고 싶지 않아.'

메리는 밤새 잠을 이루지 못하고 누운 채로, 에드워드의 뒤를 따르면 이 견딜 수 없는 고통도 끝나고 안식을 찾게 되리라는 생각에 도달했다.

'난 우리가 해피엔딩을 기대하도록 살아왔다고 생각한다. 하지만 해피엔딩이란 어디에도 없다. 우리를 기다리고 있는 것이란 죽음뿐. 우리는 사랑과 행복을 찾아냈지만, 죽음은 우리에게서 아무런 이유도 없이 그것들을 강탈해갔다. 우리는 별들 사이를 무심하게 기우뚱거리며 가는 난파당한 우주선에 타고 있는 것이다. 세계는 지옥이고 우리는 모두 저주받은 유대인들이다.'

메리는 마침내 잠이 들었는데, 그러다가 갑자기 거친 비명을 질렀다. 그 소리에 놀라 잠이 깬 아이들이 그녀의 침대로 달려와 그녀를 꼭 껴안았다.

"엄마, 죽지 않을 거지, 그렇지?"

팀이 작은 소리로 말했다.

'죽을 수 없어. 아이들에게는 내가 필요해. 그리고 에드워드도 그런 나를 결코 용서하지 않을 거야.'

메리는 어떡하든 계속 살아 나가야만 했다. 아이들을 위해서. 그녀는 에드워드 몫까지 아이들을 사랑해주어야 했다.

'에드워드가 없어도 우리는 서로에게 꼭 필요한 사람들이야. 우리는 서로를 절대로 필요로 하고 있어. 우리가 이렇게 기막힌 생활을 함께 해야 하기에 에드워드의 죽음이 더욱 견딜 수 없게 느껴지다니 아이러니군. 그를 생각하게 만드는 여러 가지의 일들. 다시는 돌아오지 않을 수없이 많은 추억들. 주여, 당신은 어디에 계시나요? 저를 도와주세요. 제발 저를 좀 도와주세요.'

링 라드너는 이렇게 말했다.

"세 사람이 힘을 합치지 않으면 세 사람 모두 죽게 될 겁니다. 그러니 이제 마무리를 짓고 생활을 해나가야죠."

'나는 이제 생활을 해나가야 돼. 난 지독히 이기적인 인간이라고. 이 세상에서 고통을 당하는 사람이 나 혼자뿐인 것처럼 어리석은 행동을 하고 있으니. 주님이 나에게 형벌을 내리시려는 건 아니야. 인생은 우주가 담긴 복주머니라고. 지금 이 순간에도 이 세상 어딘가에는 아이를 잃은 사람, 산에서 스키를 타고 내려오는 사람, 오르가슴을 맛보고 있는 사람, 머리를 깎고 있는 사람, 고통 속에서 침대에 누워 있는 사람, 무대 위에서 노래를 부르고 있는 사람, 물에 빠진 사람, 결혼하는 사람, 다리 밑에서 굶어죽는 사람이 있겠지. 결국 우리는 모두 마찬가지인 셈이야. 영겁은 10억 년인데, 영겁 전에 우리 신체의 모든 원자들은 별들의 일부였다고. 주님, 부디 저를 보살펴주세요. 우리는 모두 당신의 우주의 한 부분이옵니다. 그래서 우리가 죽게 되면 당신의 우주의 일부가 우리와 함께 죽사오니 보살펴주십시오.'

에드워드는 어느 곳에나 있었다. 그는 메리가 듣는 노래들 속에 있었고, 그들이 함께 다니던 언덕에도 있었다. 해뜰녘에 그녀가 잠에서 깨어날 때도 에드워드는 어김없이 그녀 곁에 있었다.

'오늘은 일찍 일어나야 돼, 여보. 자궁 절제 수술과 엉덩이 수술을 해야 된다고.'

에드워드의 목소리가 그녀에게 또렷이 들려왔다. 그러면 이번에는 메리가 그에게 이렇게 말했다.

'애들 때문에 걱정이에요. 애들이 학교에 가기 싫어해요. 베스는 집에 돌아왔을 때, 우리가 집에 없을까 봐 학교에 가기 싫대요.'

메리는 매일 공동묘지를 찾아갔다. 얼음같이 찬 공기 속에 서서 그녀는 영원히 잃어버린 에드워드를 생각하며 슬퍼했다. 그러나 그런 일이 그녀에게 안정을 가져다 주지는 않았다.

'당신은 여기에도 없군요. 당신이 어디 있는지 내게 가르쳐 주세요, 제발!'

메리는 마거릿 유세나의 이야기를 생각했다.

'어떻게 왕포가 구원을 받았던가.'

그것은 실제로는 존재하지 않는 아름다운 세계를 그렸다고 해서 사기죄로 황제가 사형을 언도한 한 중국 화가에 관한 이야기였다. 그런데 그 화가는 황제를 속여서 배 한 척을 그린 후, 그것을 타고 멀리 도망쳤던 것이다.

'나도 도망치고 싶어요, 여보. 난 당신 없이는 여기에 더 있을 수가 없어요, 내 사랑.'

플로렌스와 더글러스 부부는 그녀를 위로해주려고 무척 애를 썼다.

"그 친구는 평화롭게 잠들어 있으니 너무 상심하지 마세요."

수백 가지의 상투적인 문구가 있었다. 쉽게 위로하는 말들, 그러나 그 어떤 것도 위안이 되지 못했다.

'아니야, 이젠 아니야.'

메리는 한밤중에 깨어 아이들 방으로 달려가서 아이들이 안전한지 확인하는 버릇이 생겼다.

'우리 아이들도 죽게 될지 몰라. 우리 모두 죽게 되겠지.'

사람들은 평온한 거리를 누비며 활보하고 있었다.

'저 바보들, 웃음소리, 행복한 모습들……. 하지만 모두 죽으면 그만일 인생인데.'

인간의 시간은 이미 계산되어 있는데도 어리석은 카드놀이로, 시시한 영화나 쓸모없는 축구 경기를 관람하면서 시간을 낭비하고 있는 것이다. 메리는 '자, 잠에서 깨어나라!'고 외치고 싶었다.

'이 땅은 주님의 도살장이고, 우리는 주님의 소들에 불과하단 말이다. 너희들은 자기가 사랑하는 사람에게 일어날 일을 모른단 말이냐?'

이에 대한 대답은 그녀에게로 서서히, 그리고 고통스럽게 슬픔이라는 무거운 검정색 베일을 쓰고 다가왔다. 물론 그들은 알고 있었다. 그들이 하는 놀이는 도전이었고, 그들의 웃음은 허세였다. 곧 인생이 유한하고 누구나 똑같은 운명이라는 사실을 알게 되면서 갖게 된 가식이었다.

그러면서 점차 메리가 느낀 두려움과 분노는 누그러져 주위 사람들의 용기에 경탄하는 쪽으로 바뀌어 갔다.

'나 자신이 부끄럽다. 나는 시간이라는 미로를 통해서 스스로의 길을 발견해야만 했어. 결국 우린 혼자지만, 그 속에서도 우리는 모여서 서로에게 위안과 온정을 베풀어야 하는데…….'

성경에 죽음은 종말이 아니라고 쓰여 있다. 죽음은 단지 변화일 뿐이다. 에드워드는 결코 나와 아이들 곁을 떠나지 않을 것이다. 그는 저 세상 어딘가에 있을 것이다.

메리는 에드워드와 계속 대화를 나누었다.

"오늘은 팀의 선생님을 만났어요. 팀의 성적이 점점 올라간대요. 베스는 감기에 걸려서 침대에 누워 있어요. 오늘밤에는 모두 플로렌스 부부 집에서 저녁식사를 했어요. 아주 훌륭한 저녁이었다고요, 여보."

그리고 캄캄한 한밤중에도 이렇게 말했다.

"학장님이 잠깐 우리 집에 들렀어요. 내가 대학에서 다시 강의를 할 계획을 갖고 있는지 묻더군요. 나는 아직은 그럴 생각이 없다고 말했어요. 나는 잠시 동안도 아이들을 내버려둘 수가 없어요. 아이들도 저를 필요로 하고요. 당신은 내가 언젠가는 학교로 돌아가는 것이 좋다고 생각해요?"

며칠 뒤에는 이렇게 말했다.

"더글러스가 승진했어요. 그분이 병원의 최고 책임자가 되었어요."

에드워드는 과연 그녀의 말을 들을 수 있을까? 그녀는 알지 못했다. 과연 신이 있고, 내세가 있는 걸까? 아니면 그 모두가 꾸며낸 이야기일까?

T.S. 엘리어트는 이렇게 말한 적이 있다.

"어떤 종류의 신이든 신이 없다면, 인간은 그렇게 흥미 있는 존재가 되지 못할 것이다."

폴 엘리슨 대통령은 백악관의 집무실에서 스탠턴 로저스, 플로이드 베이커와 회의를 하고 있었다. 플로이드 국무성 장관이 입을 열었다.

"대통령님, 우리는 모두 상당한 압력을 받고 있습니다. 더 이상 루마니아 대사의 지명을 늦출 수가 없습니다. 제가 드린 명단을 보시고 선발을 해야 합니다."

"고맙소, 플로이드 장관. 당신의 수고는 매우 값진 것이오. 나는 아직도 메리 애슐리 부인이 가장 적합하다고 생각하오. 그동안 그녀의 상황이 바뀌었소. 그녀에게는 불행한 일이지만, 우리에게는 행운이 될 수 있지 않겠소? 다시 그녀에게 제의해봤으면 하오."

그는 스탠턴 로저스를 돌아보았다.

"스탠, 직접 찾아가서 설득 좀 해주시오."

"그렇게 하겠습니다, 대통령님."

전화벨이 울릴 때, 메리는 저녁준비를 하고 있었다. 수화기를 들자 "대통령 각하께서 에드워드 애슐리의 부인을 찾습니다."라는 목소리가 들렸다.

'지금은 안 돼. 지금은 누구와도 이야기하고 싶지 않아.'

메리는 대통령의 전화가 그녀를 흥분시켰던 일을 돌이켜보았다. 이젠 아무런 의미가 없지만 말이다. 그러나 메리는 결국 전화를 받고 말았다.

"제가 애슐리입니다만……."

"잠깐 수화기를 들고 계시겠어요?"

곧 낯익은 목소리가 전화선을 타고 들려왔다.

"애슐리 부인, 폴 엘리슨입니다. 부군의 불행한 소식을 듣고 우리 역시 매우 안타깝게 생각하고 있습니다. 애슐리 박사는 정말 훌륭한 분이셨습니다."

"고맙습니다, 대통령님. 화환을 보내주신 데 대해 감사드립니다."

"부인의 사생활을 침해하고 싶지는 않습니다. 애슐리 부인, 비록 짧은 시간이 흘렀지만 이제는 부인의 상황이 좀 변했으리라 믿습니다. 그래서 다시 한 번 대사직에 관해 생각해보셨으면 하는 바람입니다만."

"고맙습니다. 그러나 저는 할 수 없을……."

"잠깐만 제 이야기를 들어주십시오. 제가 그쪽으로 부인과 함께 의논할 사람을 보냈습니다. 그의 이름은 스탠턴 로저스라고 합니다. 그와 잠시라도 만나주신다면 고맙겠습니다."

메리는 무슨 말을 해야 할지 몰랐다. 자신의 모든 것이 엉망진창이 되었고, 생활이 산산조각으로 부서졌다는 것을 어떻게 설명해야 한단 말인가? 지금 그녀에게 중요한 것은 베스와 팀뿐이었다. 그녀는 최선을 다해서 정중하게 그를 만나 가능한 한 부드럽게 거절하기로 마음먹었다.

"그분을 만나보겠습니다. 하지만 제 결정은 바뀌지 않을 거예요."

비노 거리에는 유명한 술집이 있었는데, 그곳은 노일리 별장에서 마린 그로차를 경호하고 있는 경비원들이 근무가 없을 때 자주 들르는 장소였다. 레프 파스테르나크까지도 자주 그곳에 들렀다.

엔젤은 그들의 대화를 엿들을 수 있는 거리를 두고 안쪽 자리를 골라 앉았다. 경비원들은 단조롭고 엄격한 별장에서 멀리 떨어져서 술 마시는 것을 즐겼는데, 그들이 술을 마실 때면 곧잘 이런저런 이야기를 나누곤 했다.

엔젤은 별장의 허점을 찾아내려고 귀를 기울였다. 어디나 허술한 부분은 있게 마련이었다. 그것을 눈치챌 수 있을 정도로 현명하기만 하면 되는 것이다. 문제 해결의 실마리를 찾아낼 수 있었던 대화는 엔젤이 사흘 전에 엿들은 내용이었다.

한 경비원이 이렇게 말했다.

"나는 거기서 그로차가 매춘부들에게 뭘 하는지 도대체 모르겠단 말이야. 하지만 그 여자들이 그를 죽어라고 채찍질하는 것은 틀림없다고. 너도 한번 그 계속되는 비명소리를 들어봐. 지난주에 나는 그의 방에 있는 채찍들을 봤는데……."

그리고 그 다음 날 저녁에는 이런 대화도 엿들을 수 있었다.

"우리의 겁 없는 대장이 별장에 데려오는 여자들은 정말 대단한 미녀들이야. 레프 경호대장이 직접 고르거든. 그런데 레프는 정말 날카로운 사람이야. 그가 똑같은 여자를 두 번 데리고 온 적은 한 번도 없었으니 말이야. 그럼 마린 그로차와 만난 여자들을 아무도 이용할 수 없게 되지."

이것이 엔젤이 듣고 싶어 했던 말이었다.

다음날 아침 일찍, 엔젤은 렌터카를 바꿔서 피아트를 몰고 파리로 향했다. 섹스 숍은 창녀와 포주로 우글거리는 몽마르트르 언덕의 피갈 광장에 있었다. 엔젤은 안으로 들어가 제품들을 신중하게 살펴보면서 가운데로 난 통로를 따라 천천히 걸어갔다.

거기에는 족쇄, 사슬, 쇠가 점점이 박힌 철모들, 앞쪽에 길게 째진 틈새가 있는 가죽 바지, 성기 안마기들과 인조 성기, 부풀게 되어 있는 고무인형들과 포르노 비디오테이프들이 진열되어 있었다.

또한 남자용 분사기와 항문크림, 그리고 끝에 가죽 끈들이 달린 6피트 길이의 채찍들이 있었다.

엔젤은 채찍을 몇 개 골라서 돈을 지불하고는 그 자리를 떠났다.

다음날 아침, 엔젤은 채찍을 그 가게로 다시 가져갔다. 지배인은 그를 노려보며 투덜거렸다.

"반환은 안 됩니다."

"무르자는 게 아니오. 들고 다니기가 거북하니 우송해주면 고맙겠소. 물론 그 비용은 내가 지불하겠소."

그날 오후 늦게 엔젤은 부에노스아이레스로 향하는 비행기에 몸을 실었다.

잘 포장된 채찍은 다음날 노일리에 있는 별장으로 배달되었다. 그것은 입구에서 경비원의 손에 넘겨졌다. 그는 꾸러미 끝에 붙은 상표를 살펴본 다음, 그것을 풀어서 채찍을 매우 신중하게 점검했다. 그러고는 그것을 통과시켰고, 한 경호원이 마린 그로차의 침실로 가지고 가서 다른 채찍들과 함께 진열해두었다.

간절한 설득

라일리 기지는 미합중국에서 가장 오래 된 군사요새이며 캔자스 주가 '인디언의 영토'라고 말해지던 1853년에 건설되었다. 그 요새는 인디언 전투대가 마차 행렬을 습격하지 못하도록 하기 위해서 세워졌는데 오늘날에는 헬리콥터 기지와 소형군용기 비행장으로 주로 쓰이고 있었다.

스탠턴 로저스는 DC-7기로 착륙해서 기지 사령관과 참모진의 환영을 받았다. 리무진 승용차 한 대가 스탠턴을 애슐리의 집까지 태워다 주기 위해 기다리고 있었다.

그는 대통령의 전화를 받고 나서 메리 애슐리에게 전화를 걸었다.

"저는 되도록이면 짧게 만나뵐까 합니다, 애슐리 부인. 월요일 오후에 비행기로 갈까 하는데, 괜찮겠습니까?"

'무척 점잖은 사람 같아. 대통령은 왜 내가 그와 이야기하도록 하는 것일까.'

"좋아요. 함께 저녁 하시지 않겠어요?"

메리는 느긋하게 물었다. 그러자 스탠턴은 잠시 망설이다가 대답했다.

"고맙습니다."

'참으로 지루한 저녁이 되겠군.'

스탠턴 로저스는 속으로 중얼거렸다.

플로렌스 쉬퍼 부인은 그 소식을 듣고는 깜짝 놀랐다.

"대통령의 외무 담당 보좌관이 직접 저녁식사를 하러 찾아온다고? 그렇게 되면 그 약속을 받아들여야 될 거예요."

"플로렌스, 그렇지 않아요. 저는 대통령에게 그 사람과 면담을 하겠다고만 약속했을 뿐이에요."

플로렌스는 두 팔로 메리를 감싸며 말했다.

"알아요. 난 당신의 행복을 위해서라면 무엇이든 하고 싶다고요."

"나도 알고 있어요."

그가 만만치 않은 인물일 거라고 메리는 생각했다. 메리는 스탠턴을 '미트 더 프레스(Meet the Press, 미국의 일요일 아침방송 인터뷰 프로)'에서 처음 보았고, 〈타임〉지에서 그의 사진과 함께 실린 기사를 읽은 적이 있었다.

'사진보다 실물이 더 커보이는걸?'

메리는 속으로 중얼거렸다.

스탠턴은 점잖았다. 그러나 뭔가 거리감 같은 것이 느껴졌다.

"애슐리 부인, 당신이 겪은 크나큰 비극에 대해 대통령께서도 유감의 뜻을 표하신다고 하더군요."

"고맙습니다."

메리는 그를 베스와 팀에게 소개했다. 메리는 루신더가 식사를 준비하는 것을 살펴보기 위해서 부엌으로 갔다.

메리가 들어오는 것을 보고 루신더가 말했다.

"당신이 애써 준비하더라도 그분은 싫어하실 거예요."

처음에 메리가 스탠턴 로저스에게 포트 로스트를 해드리면 좋겠다고 하자 루신더는 이렇게 말했다.

"로저스 씨 같은 분은 포트 로스트를 먹지 않을 거예요."

"그래? 그렇다면 무슨 음식을 좋아할까?"

"아마 샤토브리앙과 크레이프 수젯을 드실 거예요."

"나는 포트 로스트를 준비할 생각이야."

"알았어요. 하지만 보잘 것 없는 저녁식사가 될 거예요."

루신더가 힘주어 말했다.

포트 로스트와 함께 메리는 크림을 친 으깬 감자요리와 신선한 채소, 그리고 샐러드를 준비해놓았다. 그리고 디저트로 호박파이를 구웠다.

스탠턴 로저스는 자기 접시 위에 놓인 음식을 모두 먹어치웠다. 저녁식사를 하면서 메리와 스탠턴 로저스는 농민들의 문제에 대해 토론했다.

"중서부 지역의 농민들은 곡식 값의 하락과 과잉생산으로 어려움을 겪고 있습니다."

메리가 열띤 목소리로 말했다.

"그들은 너무 가난해서 집에 페인트칠조차 하지 못하고 있고, 자존심이 강하기 때문에 희게 회칠을 하지도 않습니다."

그들은 정크션 시티의 다채로운 역사에 관해 이야기를 나누었는데 스탠턴 로저스는 마침내 화제를 루마니아 쪽으로 돌렸다.

"이오네스쿠 대통령의 행정부에 관한 당신의 의견을 말씀해주시겠습니까?"

"단도직입적으로 말씀드린다면, 루마니아에는 어떠한 행정부도 존재하지 않습니다. 이오네스쿠 자신이 바로 행정부니까요. 그가 모든 권력을 쥐고 통치하고 있습니다."

"당신은 그곳에서 혁명이 일어날 거라고 생각하십니까?"

"현재 상황으로는 그렇지 않습니다. 그를 축출해낼 수 있는 강력한 인물이라곤 마린 그로차 한 사람뿐입니다.”

질문이 계속되었다. 메리는 철의 장막 속에 있는 여러 국가에 관한 전문가였고 그때문에 스탠턴 로저스는 깊은 감명을 받았다.

‘폴의 말이 맞았어. 이 여자야말로 루마니아에 대해 일가견을 갖고 있는 사람이야.’

그리고 그녀에게서 새로운 것을 발견할 수 있었다.

‘우린 ‘추한 미국인’과 정반대되는 인상을 가진 사람이 필요하거든. 메리는 정말 아름다워. 메리와 그녀의 아이들은 미국의 인기 있는 상표가 될 수 있을 거야.’

스탠턴은 이런 상상을 하면서 점점 더 흥분을 감추지 못했다.

‘이 여자는 자기가 깨닫고 있는 것보다 더 쓸모 있는 여자야.’

식사가 거의 끝나갈 무렵 스탠턴 로저스가 말했다.

“애슐리 부인, 당신과 솔직한 대화를 나누고 싶군요. 저는 대통령께서 당신을 루마니아 대사로 임명하시는 데 반대해왔습니다. 그래서 대통령께 많은 이야기를 했습니다. 제가 마음을 고쳐먹었기 때문에 지금 이렇게 말씀을 드립니다만, 제 생각으로는 당신은 대사직을 훌륭히 수행하실 것 같습니다.”

메리는 고개를 가로저었다.

“로저스 씨, 죄송해요. 전 정치에는 문외한이에요. 아마추어에 불과합니다.”

“엘리슨 대통령께서 제게 말씀하신 바와 같이 우리 정부의 아주 훌륭한 대사들 가운데 몇 사람은 아마추어 정치가입니다. 다시 말씀드리면, 그들은 외교에 아무런 경험도 없었습니다. 영국과 북아일랜드 주재 대사였던 월터 애넌버그 씨는 출판인이었습니다.”

“하지만 저는…….”

“인도주재 대사인 케니스 갤브레이스 씨도 교수였습니다. 마이크 맨

스필드 씨는 상원의원이 되기 전에는 기자였고, 그 후 일본주재 대사로 임명되었습니다. 그 밖에도 더 많은 예를 들 수 있습니다. 그 사람들이 바로 당신이 '아마추어'라고 말한 사람들입니다. 애슐리 부인, 그들이 가진 것은 지성과 애국심, 그리고 그들이 주재한 나라 사람들에 대한 호의뿐이었습니다."

"아주 간단한 일처럼 말씀하시는군요?"

"당신도 알고 계시리라 믿습니다만 당신의 인적사항을 우리는 매우 면밀하게 조사했습니다. 당신은 신원에 전혀 하자가 없고 국세청 기록에도 아무런 문제가 없습니다. 헌터 교수의 말을 빌자면, 당신은 훌륭한 교수이며 물론 루마니아에 대해서는 전문가이기도 합니다. 당신은 대사직을 맡을 충분한 자격이 있습니다. 아니, 적어도 당신은 대통령이 철의 장막 속에 있는 여러 나라들에 대해서 계획하는 사업들을 훌륭하게 수행할 수 있을 겁니다. 지금 철의 장막 속에서 사는 사람들은 우리에 대해 왜곡되게 알도록 주입 받고 있음을 알고 계실 겁니다."

메리는 진지한 표정으로 귀를 기울였다.

"로저스 씨, 당신이 지금 하신 말씀을 충분히 제가 이해하고 있다는 점을 당신과 대통령께서 알아주셨으면 합니다. 하지만 저는 승낙할 수가 없습니다. 베스와 팀에 대한 생각도 해야 합니다. 그애들의 생활을 완전히 무시할 수는 없습니다."

"부쿠레슈티에는 외교관의 자녀를 위한 훌륭한 학교가 있습니다. 또 외국에서 어린 시절을 보내는 것도 훌륭한 교육이 될 것입니다. 그애들은 이곳의 학교에서 배울 수 없는 것들을 익히게 될 테니까요."

대화는 메리가 생각한 대로 진행되고 있지 않았다.

"안 됩니다. …… 하지만 고려해보겠습니다."

"저는 밤새도록 정크션 시티 시내에 머물러 있을 것입니다. 애슐리 부인, 이 결정이 당신에게 얼마나 중대한 문제인가는 잘 알고 있습니다. 하지만 이 계획은 대통령뿐만 아니라 우리나라를 위해서도 매우 중요한 일입니다. 그 점을 고려해주시기 바랍니다."

스탠턴 로저스가 떠나자 메리는 위층으로 올라갔다. 아이들이 상기된 표정으로 그녀를 기다리고 있었다.

"엄마, 대사직을 맡아볼 생각이에요?"

베스가 물었다.

"우리 함께 의논해보자. 만약 그렇게 된다면, 너희들은 지금 다니고 있는 학교를 떠나야 하고 친구들과도 헤어져야 하니까 말이다. 너희는 말이 한 마디도 통하지 않는 외국에서 살게 될 거야. 그리고 낯선 학교에 다니게 될 것이고."

"팀과 저는 그 문제를 가지고 얘기했어요. 저희가 무슨 생각을 하고 있는지 아시겠어요?"

"무슨 생각인데?"

"어느 나라가 되었든 엄마가 대사로 일하게 되는 나라는 정말 축복받은 나라라고요."

그날 밤 메리는 에드워드에게 말했다.

"여보, 당신도 그의 말을 들었을 거예요. 그는 대통령이 저를 필요로 하고 있는 것처럼 말했어요. 저보다 더 훌륭하게 일을 할 수 있는 사람은 얼마든지 있을 거예요. 하지만 그분은 저를 몹시 치켜세웠어요. 당신과 제가 그때 흥분해서 나눈 얘기를 기억하죠? 어쨌든 내게 다시 기회가 왔어요. 어떻게 하면 좋을지 모르겠어요. 솔직히 저는 두려워요. 여긴 우리 집이에요. 내가 어떻게 이 집을 떠날 수 있겠어요? 그리고 이곳은 당신의 체취가 듬뿍 담겨 있는 곳이라고요."

그녀는 마침내 흐느끼고 있었다.

"여긴 당신이 남긴 모든 것들이 간직되어 있는 곳이에요. 어떻게 하면 좋겠어요? 나를 도와주세요."

메리는 옷을 갈아입지도 않고 창가에 앉아 끊임없이 휘몰아치는 바람결에 떨고 있는 나무들을 바라보았다.

새벽녘이 되어서야 메리는 결단을 내렸다.

아침 9시 정각, 메리는 '사계절 모텔'에 전화를 걸어 스탠턴 로저스를 바꿔달라고 부탁했다.

"로저스 씨, 대통령께 말씀 전해주시겠습니까? 제가 대사직에 임명되는 것을 큰 영예로 생각하고 받아들이겠다고요."

독살된 영웅

'이 여자는 다른 여자들과 비길 바가 아니군.'

경비원은 그렇게 생각하며 그녀를 들여보냈다.

그녀는 매춘부처럼 보이지 않았다. 어쩌면 영화배우이거나 모델일지도 모른다고 생각했다. 20대 초반의 나이에다 금빛깔의 긴 머리칼, 깨끗한 우윳빛 피부, 그녀는 디자이너한테서 맞춘 드레스를 입고 있었다.

레프 파스테르나크 경호대장은 그녀를 안내하기 위해 직접 정문까지 나와서 영접했다. 비세라라는 이 아가씨는 유고슬라비아 인으로, 이번이 그녀에게는 첫 번째 프랑스 여행이었다.

그녀는 완전무장을 한 경비원들이 보이자 몹시 신경이 거슬렸다.

비세라가 알고 있는 사실이라고는 그녀의 포주가 건네준 왕복항공권과 한 시간당 2천 달러를 받고 일하게 될 것이라는 것뿐이었다.

레프 파스테르나크가 침실 문을 두드리자, 안에서 마린 그로차의 목소리가 울려나왔다.

"들어오게나."

파스테르나크는 문을 열고 그 아가씨를 침실 안으로 들여보냈다.

마린 그로차는 침대 위에 서 있었다. 그는 가운을 걸치고 있었지만 비세라는 그가 가운 속에 아무것도 입지 않고 있다는 것을 알 수 있었다.

레프 파스테르나크가 말했다.

"이 아가씨는 비세라입니다."

그러고는 마린 그로차의 이름은 말하지 않았다.

"안녕, 아가씨? 어서 와요!"

파스테르나크가 침실을 나가고 난 다음, 문이 닫히자 단 둘만이 남게 되었다.

그녀는 그를 향해 조용히 움직이면서 매혹적인 미소를 지었다.

"정말 멋진 분이시군요. 제가 옷을 벗으면 우리 두 사람 모두 행복해지겠죠?"

그렇게 말하고 비세라는 옷을 벗기 시작했다.

"안 돼요. 도로 입어요."

그가 말하자, 비세라는 깜짝 놀란 표정으로 그를 바라보았다.

"제가 싫으신가요?"

그로차는 옷장 속으로 가서 채찍을 골랐다.

"아가씨는 이걸 나한테 사용해주기만 하면 돼."

채찍은 노예의 페티시(이성의 몸의 일부, 옷가지, 소지품 등으로 성적 흥분이나 만족을 불러일으키는 일)로 이상한 점이 있었다. 그런데 그로차는 채찍의 형태에 대해서는 그다지 관심이 없는 것 같았다.

'아마 당신은 그런 걸 모를걸?'

비세라는 그렇게 생각하며 말했다.

"좋아요, 당신. 당신이 시키는 대로 할게요."

마린 그로차는 가운을 벗고 몸을 한 바퀴 돌렸다. 흉터투성이인 그의 몸뚱이를 보고 비세라는 깜짝 놀랐다. 이미 그의 몸에는 수많은 채찍 자국이 나 있었다.

그로차는 그녀를 당혹케 만드는 표정을 하고 있었다. 그것은 고뇌하는 인간의 표정이었다. 이 남자는 크나큰 고통을 짊어진 인물이었다.

어째서 채찍으로 맞으려고 하는 것일까? 그녀는 그가 의자가 놓여 있는 곳으로 가서 그 위에 걸터앉는 모습을 말없이 바라보았다.

"세게, 나를 마구 때려줘요!"

그로차가 명령했다.

"좋아요."

비세라는 기다란 가죽 채찍을 집어들었다. 새도마조히즘(피가학성 변태 성욕)은 그녀도 겪은 바 있었다. 그러나 여기서는 그녀가 이해할 수 없는 점이 있었다.

'어쨌든 이건 내 책임은 아니야. 돈이나 챙기고 도망치면 그만이라고.'

비세라는 채찍을 높이 쳐들고는 그로차의 발가벗은 등을 사정없이 내리쳤다.

"더 세게! 더, 더 세게!"

그로차가 재촉했다.

거친 가죽 채찍이 자기의 피부에 닿을 때마다 그로차는 고통으로 몸을 떨었다. 한 번…… 두 번…… 그리고 다시…… 더 세게…….

드디어 그가 기대했던 영상이 마음속에 떠올랐다. 강간을 당한 그의 아내와 딸아이의 모습이 그의 뇌리를 스쳤다. 집단 강간이었다. 웃음을 머금은 병사들이 아내를 거쳐 그 아이에게 갔다. 그들은 팬티를 내리고 차례로 기다리며 줄지어 서 있었다.

마린 그로차는 마치 의자에 묶여 있는 것처럼 꼿꼿이 앉은 채 긴장하고 있었다. 채찍이 거듭해서 피부에 닿을 때마다 그의 아내와 딸이 자비를 구하는 비명소리가 들려왔다.

병사들의 페니스는 모녀의 입을 틀어막아 버렸고, 피가 흘러나오면서 비명소리가 사라질 때까지 계속해서 강간을 했다.

마린 그로차는 신음했다.

"좀 더 세게!"

심한 채찍을 맞을 때마다 날카로운 칼끝이 자신의 생식기를 찌르며 거세하는 것 같은 아픔이 느껴졌다. 그는 거친 숨을 몰아쉬고 있었다.

"어서 빨리!"

그의 목소리는 쉬어 있었고 폐의 활동이 멈춰버린 것 같았다.

비세라는 문득 채찍을 공중에 치켜올린 채 동작을 멈추었다.

"괜찮으세요?"

그녀는 그가 비틀거리며 걷는 모습을 바라보았다. 그의 동공은 열려 있었지만 아무것도 바라보고 있지 않는 듯했다.

비세라가 소리쳤다.

"사람 살려요! 도와주세요!"

레프 파스테르나크가 손에 권총을 들고 뛰어들어 왔다. 그는 침실 바닥에 쓰러져 있는 그로차의 모습을 보았다.

"무슨 일입니까?"

비세라는 히스테릭한 목소리로 소리쳤다.

"이 사람이 죽었어요. 죽었다고요. 전 아무 짓도 하지 않았어요. 저는 단지 이 사람이 하라는 대로 채찍으로 때렸을 뿐이에요. 맹세해요!"

그 집에 상주하고 있는 의사가 단 몇 분 만에 방으로 들어섰다. 그는 마린 그로차의 몸을 한번 훑어보고 나서 그의 몸을 자세히 살펴보기 위해 허리를 굽혔다. 피부가 파랗게 물들어 있었으며 근육이 딱딱하게 굳어 있었다.

그는 채찍을 치켜들고 냄새를 맡아보았다.

"뭡니까?"

"이럴 수가! '큐라레'로군요. 남아메리카의 식물에서 추출해낸 독약입니다. 인디언들이 적을 죽이기 위해 화살 끝에 바르는 것인데, 3분 안에 모든 신경기능을 마비시킵니다."

두 사내는 멍하니 그 자리에 선 채 시신으로 변한 그들의 상관을 바라볼 뿐이었다.

마린 그로차가 살해되었다는 소식은 인공위성으로 전 세계에 알려졌다. 레프 파스테르나크는 추잡스러운 진상을 기자들에게 숨기고 있었다. 워싱턴의 폴 엘리슨 대통령은 스탠턴 로저스와 이야기를 나누었다.

"스탠, 배후에 어떤 인물이 있다고 생각하나?"

"소련이나 이오네스쿠의 짓일 걸세. 결국 똑같은 얘기가 되겠지만. 그들은 현상 유지를 원하고 있잖나."

"그렇다면 우리는 이오네스쿠를 잘 다루어야겠군. 메리 애슐리 부인을 되도록이면 빨리 대사로 임명해야겠네."

"그렇잖아도 그녀는 지금 이곳으로 오고 있는 중일세."

"잘됐군."

마린 그로차의 소식을 듣고 엔젤은 웃음을 지었다.

'생각했던 것보다 빨리 꺼져버렸구나!'

오전 10시에 개인용 전화기에서 벨이 울렸다. 컨트롤러가 수화기를 집어들었다.

"여보세요?"

그는 노이사 뮤네츠의 목소리를 들었다.

"엔젤이 조간신문을 봤어요. 돈을 은행에 입금해달래요."

"그에게 모든 것이 잘될 거라고 알려줘요, 뮤네츠 양. 그리고 엔젤에게 내가 기뻐한다고 전해주도록 하고. 내가 연락할 수 있는 전화번호라도 갖고 있어요?"

오랫동안 침묵이 흘렀다.

"네, 갖고 있어요."

뮤네츠는 전화번호를 그에게 알려주었다.

"좋았어. 만약 엔젤……."

그러는데 전화가 뚝 끊겼다.

'제기랄!'

그 돈은 취리히에 있는 은행에 그날 오전 중으로 입금되었다. 그리고 다시 한 시간 뒤에 그 돈은 제네바에 있는 어느 사우디아라비아 은행으로 입금되었다.

'요즈음엔 아주 조심해야 돼. 염병할 은행가 놈들도 기회가 생길 때마다 사람들을 속이고 있으니까 말이야.'

엔젤은 그렇게 생각하며 엷게 웃음을 지었다.

결단

이것은 단순하게 가정을 꾸려 나가는 것과는 달리 매우 어려운 일이었다. 하나의 인생을 포기하는 일이기 때문이었다. 13년 동안이나 가꾸어 왔던 사랑과 추억에 종말을 고해야만 한다. 그리고 이곳을 떠나는 것은 에드워드에 대한 마지막 작별인사인 것이다.

이 집은 이제 단순한 한 건물에 불과하게 되었다. 이 벽돌 사이에서 일어났던 슬픔과 눈물, 웃음과 기쁨을 전혀 알지 못하는 낯선 사람들이 이 집에서 살게 될 것이다.

더글러스와 플로렌스 부부는 메리가 대사직을 받아들이기로 결정한 데 대해서 기쁨을 감추지 못했다.

"당신은 정말 매력적인 여자예요. 남편과 저는 당신과 아이들이 몹시 보고 싶을 거예요."

플로렌스가 메리에게 말했다.

"우리를 만나러 루마니아에 오겠다고 약속해줘요, 네?"

"약속할게요."

메리에게는 준비해야 할 일이 산더미처럼 쌓여 있었다. 대부분이 익숙하지 않은 일들이었다. 메리는 다음과 같이 목록을 작성했다.

물품 보관회사에 연락해서 남겨놓고 갈 물건들 보관시키기
우유배달 끊기
신문구독 취소하기
우체국에 새로운 주소 알려주기
주택임대 계약하기
보험계약 정리하기
편의시설 사용 계약 변경하기
모든 계산서에 대한 지불 완료하기

'침착해!'
대학을 무기한으로 떠나 있게 된 문제에 대해서는 이미 헌터 학장과 충분히 상의가 되어 있었다.
"다른 교수에게 당신의 학생들을 지도하도록 맡기겠습니다. 그건 아무런 문제도 되지 않을 겁니다. 하지만 세미나에 참석했던 학생들은 당신을 몹시 그리워하게 될 것입니다. 당신은 우리 모두에게 크나큰 자랑거리입니다, 애슐리 교수. 행운을 빕니다."
헌터 학장은 웃어보였다.
"고맙습니다."
메리는 아이들의 학교에 찾아가 전학계를 냈다. 여행 일정을 잡은 다음 항공표 구입도 끝마쳤다. 전에는 모든 재정문제가 에드워드의 손에서 잘 처리되었기 때문에 메리는 그런 일에 그다지 신경을 쓰지 않고 살았다. 그러나 지금은 에드워드가 했던 일들을 모두 그녀 혼자 해야 했다.
메리는 베스와 팀에 대해 걱정을 했다. 처음에는 그애들도 외국생활에

열광했지만 지금은 현실의 이해관계에 매여 있었다.

"엄마, 친구들과 전부 헤어질 수는 없어요. 버질을 다시는 못 만날지도 몰라요. 학기가 끝날 때까지만이라도 이곳에서 살면 안 되나요?"

베스가 애원했다.

팀도 마찬가지였다.

"나는 리틀리그에 참가해야 돼요. 내가 떠나버리면 3루수를 다시 구해야 하거든요. 내년 여름에 가면 안 돼요? 시즌이 끝날 테니까요. 엄마, 제발 부탁이에요!"

"애들은 두려워서 그러는 거예요. 마치 자기들의 엄마가 그런 것처럼."

스탠턴 로저스는 확신하고 있었다.

어쨌든 한밤중에 혼자 있는 듯한 공포에 싸인 채 메리는 생각에 잠겼다.

'난 대사가 되는 일에 대해서 아무것도 모르고 있어. 나는 정치가인 체하는 캔자스 주의 주부에 불과해. 모든 사람들이 내가 사기꾼이라는 걸 알게 될 거야. 대사직을 수락하다니 제정신이 아니었나 봐.'

마침내 모든 준비가 완료되었다. 집은 정크션 시티로 이사 온 어느 가족에게 장기간 임대되었다.

드디어 떠나야 할 시간이 왔다.

"남편과 내가 당신을 공항까지 바래다줄게요."

플로렌스가 말했다.

맨해튼 공항에는 그들을 미주리 주에 있는 캔자스시티로 데려다줄 6인승 비행기가 기다리고 있었다. 캔자스시티에서는 다시 워싱턴으로 가는 더 큰 비행기로 바꿔 타야 한다.

"내게 잠시만 시간을 좀 주세요."

그녀는 에드워드와 오랫동안 행복을 속삭였던 침실로 향했다. 그리고는 방안을 한참 동안 둘러보았다.

'여보, 나는 지금 떠나야 해요. 작별인사를 해야겠군요. 당신이 내게 바라는 일을 하고 있다고 생각해요. 그러길 바래요. 나를 괴롭히는 것은 우리가 다시는 이곳으로 돌아오지 못할 것 같은 느낌이 드는 거예요. 당신을 버려두고 떠나는 것 같은 느낌이 들어요. 하지만 당신은 내가 어디에 있든지 나와 함께 있을 거예요. 당신이 필요해요, 내 곁에 있어 주세요. 도와줘요. 당신을 무척 사랑하고 있어요. 당신 없이는 잠시 동안도 견디지 못할 것 같아요. 내 말을 듣고 있나요, 여보?'

더글러스 쉬퍼는 그들의 짐이 항공기 안에 들어가는 광경을 지켜봤다.

메리는 자기가 탈 비행기를 보고는 온몸이 얼어붙는 것만 같았다.

"아이고! 하느님 맙소사!"

"왜 그래요?"

플로렌스가 물었다.

"바빠서 이런 것은 미처 생각해보지도 못했어요."

"뭘 말이에요?"

"비행기 여행을 말이에요! 플로렌스, 나는 아직까지 비행기를 한 번도 타본 적이 없어요. 나는 저렇게 조그만 물체 속으로 기어 올라갈 수가 없다고요!"

"메리, 하지만 어떤 사고가 일어날 확률은 백만 분의 일에 불과해요."

"나는 확률 따위엔 관심이 없어요. 우리는 기차를 타고 갈 거예요."

메리가 퉁명스럽게 말했다.

"그러면 안 돼요. 워싱턴에 계신 분들은 오늘 오후에 당신을 만나야 하니까요."

"우선 살아있는 게 더 중요해요. 내가 죽으면 그들에게 무슨 소용이 있겠어요?"

쉬퍼 부부가 메리를 비행기에 탑승하도록 설득하는 데 15분이나 걸렸다. 그로부터 반 시간 뒤 그녀와 두 아이들은 미드웨스트 826기에서 안전 벨트를 매고 있었다.

엔진소리가 높아지면서 비행기가 활주로 위를 달리기 시작했다. 메리는 두 눈을 꼭 감은 채 좌석의 팔걸이를 꽉 움켜잡았다. 그러자 금세 비행기는 하늘을 날았다.

"엄마……."

"쉿, 아무 말도 하지 마!"

메리는 창밖을 내다보지도 않고 좌석에 꼿꼿이 앉아서 비행기가 하늘을 날아가는 모습을 상상할 뿐이었다. 반면 아이들은 먼 지상에 펼쳐진 광경을 바라보며 즐거운 시간을 보내고 있었다.

캔자스시티에 도착한 그들은 다시 DC-10기를 타고 워싱턴으로 향했다. 비행기 안에서는 베스와 팀이 함께 앉고 메리는 통로 건너편에 앉았다. 어느 나이 많은 노파가 메리의 곁에 앉았다.

"솔직히 말해서 약간 걱정이 되는군요. 난 처음이라우. 여지껏 비행기를 한번도 타 보지 못했거든."

그 노파가 고백했다.

매리는 노파의 손을 가볍게 두드리며 웃었다.

"걱정하실 것 없어요. 사고가 일어날 확률은 백만 분의 일이니까요."

제2부

Windmills of the Gods

위험의 시작

워싱턴의 덜레스 공항에서 내린 메리와 아이들은 국무성에서 나온 한 젊은이의 영접을 받았다.

"어서 오십시오, 애슐리 부인. 제 이름은 존 번즈입니다. 스탠턴 로저스 씨로부터 부인을 호텔까지 안전하게 모시라는 지시를 받았습니다. 리버데일 타워즈 호텔에 방을 예약해두었으니 세 분께서 편안하게 지내실 수 있을 겁니다."

"고마워요."

메리는 베스와 팀을 소개했다.

"소화물표를 제게 주십시오. 짐을 찾아다 드리겠습니다."

잠시 후에 그들은 전용운전사가 모는 리무진에 몸을 싣고 워싱턴 중심가로 향했다.

차창 밖을 내다보고 있던 팀의 눈이 휘둥그레졌다.

"저기 보세요!"

팀이 신이 나서 외쳤다.

"링컨 기념관이에요!"

베스는 반대편을 내다보고 있었다.

"저건 워싱턴 기념관이에요!"

메리는 당황한 채 번즈를 바라보았다.

"애들이 너무 흥분했나 봐요."

그녀는 사과를 했다.

"이런 여행은 처음이라……."

그 순간, 창 밖으로 시선을 돌린 그녀의 눈이 휘둥그레졌다.

"아니, 저건!"

그녀는 소리쳤다.

"봐요! 백악관이야!"

리무진은 세계에서 가장 잘 알려진 건물들이 늘어선 펜실베이니아 거리를 지나고 있었다. 메리는 흥분에 싸여 잠시 생각했다.

'여기가 바로 세계를 움직이는 곳이구나. 힘이 존재하는 곳, 그리고 나는 미미하나마 이곳의 일부가 되려 하고 있구나.'

호텔이 가까워졌을 때 메리가 물었다.

"로저스 씨는 언제 만나뵐 수 있죠?"

"아침에 연락하실 겁니다."

CIA 방첩 본부장 피터 코너스는 늦은 시간까지 일하고 있었다. 그에게 할 일이 태산같이 밀려 있었다.

밤사이에 접수된 전문을 토대로 대통령에게 제출할 정보점검표를 작성하는 팀은 매일 새벽 3시에 출근해야 했다.

'피클즈'라는 암호로 부르는 이 점검표는 아침 6시까지 완성되어, 대통령이 집무를 시작할 때 그의 책상에 놓아야 했다. 그것은 무장한 전령이 백악관 서쪽 문을 통해 대통령 집무실로 전달되었다.

피터 코너스는 철의 장막 너머에서 도청되는 전문에 새로운 흥미를 느꼈다. 그중에서 많은 부분이 애슐리를 루마니아 주재 미국대사로 임명 한다는 결정과 관련된 내용들이기 때문이었다.

소련은 엘리슨 대통령이 자기네의 위성국들 사이에 파고들어서 염탐 작전이나 유혹 작전을 펴려는 것이라고 우려하고 있었다.

'사실은 내가 걱정이 되는걸?'

피터 코너스는 자신의 생각을 즐기고 있었다.

'대통령의 계획이 먹혀들기만 한다면 놈들의 빌어먹을 스파이들은 미국에서 발붙일 곳을 잃게 되고 말테니……'

메리 애슐리가 워싱턴에 도착한 것은 피터 코너스에게도 이미 보고되었다. 그는 사진을 통해 그녀와 아이들의 얼굴까지 익혀놓은 터였다.

'제대로 골랐군.'

코너스는 미소를 지었다.

리버데일 타워즈는 워터게이트 빌딩에서 한 블록밖에 떨어지지 않은 곳에 있었는데, 안락하고 멋지게 꾸민 방들을 갖춘 작은 가족호텔이었다.

벨보이가 날라다 준 짐을 풀고 있을 때 전화벨이 울렸다. 메리는 수화기를 들었다.

"여보세요?"

굵직한 남자 목소리였다.

"애슐리 부인이십니까?"

"네."

"저는 벤 코혼이라고 합니다. 〈워싱턴 포스트〉지의 기자입니다. 잠시 대화를 나누고 싶습니다만."

메리는 머뭇거렸다.

"실은 방금 도착했기 때문에……."

"5분 정도만 시간을 내주시면 됩니다. 그저 인사나 드리려고요."

"글쎄요, 저는 지금……."

"올라가 뵙겠습니다."

벤 코흔은 작은 키에 다부진 몸집과 주먹, 단련된 권투선수 같은 얼굴을 하고 있었다. 메리는 그가 스포츠지의 기자 같다고 생각했다.

그는 메리와 마주보며 안락의자에 앉았다.

"워싱턴에는 처음이시죠, 애슐리 부인?"

"네."

메리는 그가 노트도 녹음기도 가지고 있지 않다는 것을 알 수 있었다.

"바보 같은 질문은 드리지 않겠습니다."

그녀는 눈살을 찌푸렸다.

"바보 같은 질문이 뭔데요?"

"워싱턴을 어떻게 생각하느냐 하는 것이죠. 어느 곳에서든 명사가 비행기에서 내려 처음 받는 질문들은 십중팔구 이곳을 어떻게 생각하느냐 하는 겁니다."

메리는 소리 내어 웃었다.

"저는 명사는 아니지만, 워싱턴이 아주 마음에 들어요."

"캔자스 주립대학의 교수로 계셨죠?"

"네. '동유럽 현대정치'를 강의했어요."

"대통령께서 부인에 관해 처음 알게 된 건 동유럽에 관한 부인의 저서와 잡지에 실린 논문을 통해서였다고 들었습니다만?"0

"네, 그렇습니다."

"그 나머지 얘기는 사람들의 말대로 '역사'가 되었고요."

"그건 제 경우엔 어울리지 않을 것……."

"꼭 그렇게 말할 순 없지요. 진 커크패트릭도 같은 방법으로 레이건 대통령의 눈을 끌어 유엔대사로 임명됐으니까요."

그는 그녀를 향해 싱긋 웃었다.

"전례가 있다는 말씀입니다. 전례라는 말은 워싱턴에서 매우 비중이 큰 낱말이거든요. 조부모님들이 루마니아 인이시죠?"

"네, 할아버지께서 루마니아 인이셨어요."

벤 코흔은 15분간 더 머물면서 메리의 신상을 캐물었다.

"이 인터뷰가 언제 신문에 실리죠?"

메리는 그 신문들을 더글러스와 플로렌스, 그리고 그 밖의 친구들에게 보내주고 싶었다.

벤 코흔은 자리에서 일어나며 모호하게 대답했다.

"당분간은 아껴둘 생각입니다."

벤 코흔이 보기에는 현재의 상황 전개가 뭔가 미심쩍은 구석이 있었다. 문제는 그 미심쩍은 점이 무엇인지 알 수 없다는 데에 있었다.

"그럼 다시 찾아뵙겠습니다."

그가 떠난 뒤 베스와 팀이 거실로 들어왔다.

"어떤 아저씨예요? 좋은 아저씨죠?"

그녀는 자신 없이 대답했다.

"그래, 그런 것 같구나."

그 다음날 아침이 되자 스탠턴 로저스에게서 전화가 왔다.

"안녕하십니까, 애슐리 부인? 스탠턴 로저스입니다."

마치 옛 친구의 목소리를 듣는 것 같았다.

'여기서 내가 아는 유일한 사람이기 때문일 거야, 아마.'

그녀는 나름대로 자기 심리를 분석했다.

"안녕하세요, 로저스 씨? 공항에 번즈 씨를 보내주시고 호텔까지 예약해주셔서 정말 고마워요."

"호텔이 마음에 드십니까?"

"아주 멋져요."

"부인께서 밟으셔야 할 절차가 있습니다. 이에 대해서 사전에 의논을 했으면 합니다만."

"좋은 생각이에요."

"그랜드에서 점심을 하면서 얘기하면 어떨까요? 그 호텔에서 가까운 곳입니다. 1시로 정할까요?"

"좋아요."

"아래층에서 기다리겠습니다."

이제 시작이었다.

메리는 룸서비스에게 아이들을 돌봐달라고 부탁해놓고 택시를 타고 약속시간에 맞춰 그랜드 호텔 앞에서 내렸다.

메리는 놀라움에 가득 찬 시선으로 호텔 건물을 올려다보았다. 그랜드 호텔은 그 건물 자체가 힘의 중심처럼 보였다. 전 세계에서 모여든 국가 원수들과 외교관들이 거기에 묵고 있었다.

우아한 건물과 고급스런 로비, 바닥에는 이탈리아 산 대리석이 깔렸고, 원형 천장은 호화로운 기둥이 떠받치고 있었다.

멋지게 조경이 된 정원이 있었고 분수와 옥외 수영장도 있었다. 대리석 계단을 밟고 아래층 레스토랑으로 내려가니 스탠턴 로저스가 기다리고 있었다.

"안녕하십니까, 애슐리 부인?"

"안녕하세요, 로저스 씨?"

그는 웃고 있었다.

"너무 어색한 느낌이 드는군요. 우리 서로 스탠과 메리로 부르면 어떨까요?"

그녀도 크게 반기며 말했다.

"그게 좋겠어요."

스탠턴 로저스는 이전과는 어딘가 달라보였지만, 메리는 그것을 뭐라고 딱 꼬집어낼 수가 없었다. 정크션 시티에서 만난 그는 주위에 무관심한 모습이었고 그녀에게도 꽤 서먹서먹하게 대했었다. 그런데 지금은 그런 분위기를 조금도 찾아볼 수가 없었다. 스탠턴은 온화하고 친절했다.

'나를 받아들인 데서 오는 변화일 거야.'

메리는 속으로 흐뭇해했다.

"뭘 좀 마시겠습니까?"

"아뇨, 괜찮아요."

그들은 점심을 주문했다. '앙트레'는 매우 값비싼 음식처럼 보였다.

'정크션 시티에서 먹던 것과는 꽤 차이가 날 거야.'

그녀의 호텔 숙박비도 하루에 500달러나 되었다.

'이렇게 쓰다가는 곧 빈털터리가 되고 말 거야.'

메리는 은근히 걱정이 되었다.

"스탠, 좀 엉뚱한 질문 같지만, 대사의 봉급이 얼마나 되는지 말해줄 수 있는지요?"

그러자 그가 웃었다.

"마땅히 해야 할 질문이군요. 1년에 15만 달러는 받게 될 겁니다. 주거 비용은 따로 지급되고요."

"언제부터 그 돈을 받게 되나요?"

"대사직에 서약하는 순간부터죠."

"그럼, 그때까지는?"

"하루에 300달러씩 받을 겁니다."

그녀는 가슴이 철렁했다. 다른 비용은 고사하고 호텔비에도 훨씬 못 미치는 금액이었다.

"제가 워싱턴에 오래 머물러야 하나요?"

"한 달 정도는 계셔야 합니다. 우리는 당신을 루마니아로 빨리 파견할 수 있도록 최선을 다하고 있습니다. 이미 국무성 장관께서 부인의 임명에 대한 승인을 루마니아 정부에 요청해놓았습니다. 하지만 루마니아보다는 상원 통과가 더 문제가 될 것 같습니다."

'그렇다면 루마니아 정부는 과연 나를 받아들일까?'

메리는 반신반의하지 않을 수 없었다.

'어쩌면 내가 꽤 인정받고 있는 인물인지도 몰라.'

"부인과 상원외교위원회 의장의 비공식 면담을 주선해두었습니다. 그 다음엔 위원회에 정식으로 출두해서 청문회를 가져야 합니다. 부인의 신상 배경, 미국에 대한 충성심, 맡은 직책에 대한 본인의 생각, 그리고 그 직책을 통해 성취하고자 하는 것들에 대해서 질문을 할 겁니다."

"그 다음엔 뭐죠?"

"위원회 의원들이 표결을 한 뒤 보고서를 내면 상원 전체가 표결을 하게 되지요."

메리는 천천히 말했다.

"표결에서 기각된 후보도 많았나요?"

"대통령께서 특별히 관심을 보이셨고 또 백악관 전체가 부인을 지원하고 있습니다. 특히 대통령께서는 이번 임명 건 처리가 빨리 되기를 원하십니다. 부인과 아이들이 워싱턴 관광을 원하실 것 같아서 제가 임의로 자동차와 운전사를 주선해두었습니다. 백악관 구경을 하실 수 있도록 말입니다."

"어머나, 정말 고마워요."

스탠턴 로저스는 빙긋 웃었다.

"천만에요."

백악관 관광은 다음날 아침으로 일정이 잡혀 있었다.

안내원 한 사람이 아침에 그들을 데리러 왔다. 그는 세 사람을 안내해서 재클린 케네디 장미정원과 수영장, 그리고 나무들과 백악관의 부엌에서 쓰는 향초들이 심겨 있는 18세기 풍의 미국식 정원을 보여주었다.

안내원이 설명을 해주었다.

"저 앞에는 동쪽 별관이 있습니다. 군인들이 쓰는 사무실과 의회에서 파견된 연락 사무실들, 그리고 방문객을 위한 사무실과 영부인 사무실이 이 별관에 있습니다."

그들은 서쪽 별관을 통과해서 대통령 집무실을 들여다보았다.

"여긴 방이 모두 몇 개나 되죠?"

팀이 물었다.

"방이 132개, 부속실이 69개, 벽난로가 29개, 화장실이 17개란다."

"화장실에 자주 가는 모양이군요."

"워싱턴 대통령이 친히 감독해서 백악관을 지었지. 그러나 그분이 백악관에서 생활하시지는 않았단다."

"그럴 만도 하죠."

팀이 중얼거렸다.

"이 집은 너무 크니까요."

메리는 얼굴을 붉히며 팀을 쿡 찔렀다.

거의 두 시간을 걸쳐서 구경을 끝낸 애슐리 가족은 몸은 지쳤지만 마음은 한껏 부풀어 있었다.

'바로 여기가 모든 것이 시작된 곳이야. 그리고 나도 이제 이곳의 일원이 되는 것이고.'

"엄마?"

"왜, 베스?"

"엄마 표정이 좀 이상하게 보이는데요?"

다음날 아침에야 대통령 집무실에서 전화가 걸려왔다.

"안녕하십니까, 애슐리 부인? 대통령께서 오늘 오후에 부인을 접견할 수 있는지 궁금해 하고 계십니다."

메리는 침을 꿀꺽 삼켰다.

"네, 물론 좋아요."

"3시에 만나실 수 있겠습니까?"

"네, 좋아요."

"2시 45분에 리무진을 보내겠습니다."

폴 엘리슨 대통령은 집무실로 들어오는 메리를 보자 자리에서 벌떡 일어났다. 그리고는 그녀에게 다가와서 손을 잡고 웃으며 말했다.

"겨우 잡았군요!"

메리도 따라 웃었다.

"잡힌 것이 기쁩니다, 대통령님. 정말 영광입니다."

"앉으시오, 애슐리 부인. 메리라고 불러도 되겠소?"

"네, 물론입니다."

그들은 소파에 앉았다.

엘리슨 대통령이 말을 꺼냈다.

"당신은 나의 분신, 우리 둘이 바로 그런 관계라는 겁니다. 당신이 최근에 쓴 논문을 읽고 나는 매우 흥분했소. 마치 나 자신이 쓴 글을 읽는 기분이었소. 우리의 '국민 대 국민 계획'이 성공하지 못할 거라고 생각하는 사람들도 많아요. 그러나 우리가 함께 반드시 이 일을 성공시키고 말 거요."

'우리의' 국민 대 국민 계획, '우리가' 성공시키고 말 거라니! 대통령은 정말 매력적인 사람이구나 생각하며 메리는 큰 소리로 말했다.

"최선을 다하겠습니다, 대통령님."

"그 말 믿겠소, 진정으로. 루마니아가 바로 그 시험장이오. 그로차가 암살되었기 때문에 그곳의 대사직은 더욱 힘들 거요. 거기서 목적을 달성할 수 있다면, 그 밖의 공산국가에서도 충분히 성공할 수 있소."

30분간 이런저런 문제점을 토의하고 나서 폴 엘리슨 대통령이 말했다.

"스탠턴 로저스가 늘 당신 곁에 있을 거요. 그는 당신의 열광적인 팬이 됐으니까요."

그러고는 손을 내밀었다.

"행운을 비오, 나의 분신이여!"

그 다음날 오후에 스탠턴 로저스에게서 전화가 왔다.

"내일 아침 9시에 상원 외교위원회 의장과 만나셔야 할 겁니다."

외교위원회 사무실은 워싱턴에서 가장 오래된 관청 건물인 닥슨 빌딩에 있었다. 문 오른쪽 벽에 붙은 팻말에는 이렇게 쓰여 있었다.

'외교위원회 SD-419'

의장은 통통하고 머리가 희끗희끗한 남자였다. 푸른 눈은 날카로웠지만, 직업 정치인답게 태도는 부드러웠다.

그는 문간에서 메리를 맞아들였다.

"찰리 캠벨입니다. 만나서 반갑습니다, 애슐리 부인. 얘기는 많이 들었습니다."

'좋은 얘길까, 나쁜 얘길까.'

메리는 궁금하기 짝이 없었다.

의장은 그녀를 의자로 안내했다.

"커피 드시겠습니까?"

"아뇨. 괜찮습니다, 의장님."

그녀는 자신이 너무 흥분해서 커피잔을 제대로 들고 있을 수도 없을 거라고 생각했다.

"그럼 본론으로 들어갑시다. 대통령께선 부인이 우리의 대표자로 루마니아에 가주기를 바라십니다. 따라서 우리도 가능한 한 전적인 지원을 해드리고 싶습니다. 한 가지 궁금한 점은……, 그 직책을 수행할 만한 충분한 자질이 본인에게 있다고 생각하십니까?"

"아뇨."

메리의 대답은 그를 어리둥절하게 만들었다.

"뭐라고 하셨죠?"

"외교관으로서 업무에 경험이 있느냐는 뜻으로 물으신 거라면, 전 자격이 없습니다. 그러나 전 세계에 파견되어 있는 미국의 대사 중 3분의 1이 사전 경력이 없다는 말도 들었습니다. 저는 제가 지닌 루마니아에 대한 지식을 활용할 수 있습니다. 루마니아의 경제적, 사회적 문제점들과 정치적인 배경은 잘 알고 있으니까요. 적어도 그들에게 미국에 대한 긍정적인 이미지를 심어줄 수는 있을 거라고 확신합니다."

'호오, 난 머리가 텅 빈 여자쯤으로 생각하고 있었는데…….'

찰리 캠벨은 내심 놀라고 있었다.

사실 캠벨은 그녀를 만나기도 전에 이미 마음속에서 메리 애슐리를 내리깎고 있었다.

더구나 상부에서 그녀에 대한 위원회의 평가가 어떻게 내려지든지 그녀의 임명을 승인하라는 지시를 받은 뒤, 캠벨은 그녀를 혐오스러운 존재로 여기기까지 했다.

정가의 로비에서는 대통령이 캔자스 주 정크션 시티 출신인 무명의 시골 여자를 하나 골라놓고 법석을 떨고 있다는 수군거림이 오가고 있었다.

'맙소사! 수군거리던 친구들이 놀라 자빠지게 생겼군.'

캠벨 위원장은 힘주어 말했다.

"위원회 청문회는 수요일 아침 9시에 열립니다."

청문회가 열리기 전날 밤, 메리는 전전긍긍하고 있었다.

'여보, 그들이 제 경력에 관해서 캐물으면 뭐라고 대답하죠? 정크션 시티에서 대학축제 때 퀸으로 뽑혔다고 할까요? 그리고 스케이팅 대회에서 3년 연속 우승을 했다고도 말할까요? 어찌해야 좋을지 모르겠어요. 당신이 곁에 있다면 얼마나 안심이 될까요, 여보.'

그러나 갑자기 또 다른 생각이 그녀의 뇌리를 스쳤다.

만일 에드워드가 아직 살아 있다면, 그녀는 지금 이곳에 있지 못할 것이다.

'난 남편과 아이들이 있는 내 본연의 자리에서 가정을 꾸리며 평온한 생활을 하고 있겠지.'

메리는 온밤을 뜬눈으로 지새웠다.

청문회 장소인 상원 외교위원회실에는 15명의 위원회 의원들이 커다란 세계지도가 4개씩이나 걸려 있는 벽 앞의 연단에 앉아 있었다.

기자들을 위한 자리가 왼쪽 벽을 따라 놓여 있었는데, 이미 기자들로 초만원을 이루고 있었다. 그리고 중앙에는 일반 청중을 위한 200개의 의자가 놓여 있었다.

각 모퉁이에는 텔레비전 카메라들을 위해 조명이 밝게 비치고 있었고, 방안은 사람으로 가득 차서 흘러넘칠 정도였다.

피터 코너스는 청중석 뒷줄에 앉았다. 메리가 베스와 팀을 데리고 들어서자 방안은 갑자기 조용해졌다.

메리는 검정색 정장에 흰색 블라우스 차림이었다. 아이들에게는 청바지와 스웨터를 억지로 벗기고 주일예배용 정장을 입혔다.

벤 코흔은 기자석에 앉아 그들이 들어오는 모습을 지켜보았다.

'맙소사! 마치 〈노먼 록웰〉지의 표지 모델들 같군.'

아이들은 청중석 맨 앞줄로 안내되었다. 그리고 메리는 위원회 의원들과 마주보는 증인석에 앉았다.

그녀는 조명등으로 번뜩이는 불빛 아래에 앉아서 불안한 마음을 진정시키려고 애썼다.

드디어 청문회가 시작되었다. 먼저 찰리 캠벨이 메리를 내려다보며 미소를 보냈다.

"안녕하십니까, 애슐리 부인? 위원회에 출석해주셔서 고맙습니다. 그럼 질문으로 들어가겠습니다."

그들은 가벼운 질문으로 시작했다.

"이름은……?"

"미망인인가요?"

"자녀는……?"

질문은 예의 바르고 우호적인 낱말들로 이루어져 있었다.

"우리가 받은 신상명세서를 보면 부인께서 지난 수년간 캔자스 주립대학에서 정치학을 강의하신 것으로 되어 있습니다. 그것이 사실입니까?"

"그렇습니다."

"본디 캔자스 태생이신가요?"

"그렇습니다, 의원님."

"조부모님들이 루마니아 인이셨습니까?"

"할아버님께서 루마니아 인이셨습니다."

"부인께서는 미국과 공산권 국가들 간의 친선에 관한 저서와 논문들을 쓰셨죠?"

"그렇습니다."

"최근에 쓰신 논문이 〈국제관계〉지에 실려서 대통령의 관심을 끌게 되었죠?"

"그렇게 알고 있습니다."

"애슐리 부인, 본 위원회를 위해 그 기사 내용을 개괄하여 간략하게 설명해 주시겠습니까?"

메리의 불안은 말끔히 가셨다. 그녀는 지금 가장 자신 있는 주제를 놓고 논리를 전개할 수 있는 처지에 서 있었다. 그래서 마치 학교에서 세미나를 주재하고 있는 것 같은 느낌이 들었다.

"세계는 지금 여러 개의 지역 경제 조약으로 나뉘어 있습니다. 모든 조약들이 다분히 배타적인 성격을 띠고 있기 때문에 세계는 적대적이고 경쟁적인 블록으로 나뉘어 있으며, 서로 뭉치지 못하고 있는 것입니다. 서유럽은 EEC(유럽경제공동체)를 가지고 있고 동구권은 코메콘을 가지고 있으며, 자유시장경제를 추구하는 국가들로 이루어진 OECD와 제3세계 국가들의 비동맹운동도 있습니다. 제 논리의 근거는 매우 단순합니다. 저는 여러 개별 공동체들이 경제적인 유대 관계를 맺기를 희망합니다. 이윤추구를 위한 동업자 관계에 있는 사람들은 서로를 해치지 않습니다. 그리고 그 원리는 국가와 국가 간의 관계에도 적용될 수 있으리란 것이 저의 신념입니다. 저는 우리나라가, 전 세계의 모든 동맹국들과 적대국들을 포용하는 공동시장을 구성하는 데 앞장서 주기를 바라고 있습니다. 예를 들어, 오늘날 미국은 잉여곡물들을 창고에 저장하는 데 수십억 달러를 소비하고 있지만, 한편에서는 수십 개의 나라들이 기아에 허덕이고 있는 실정입니다. 그러나 세계를 하나로 묶는 공동시장이 형성되면 이런 문제는 해결될 수 있습니다. 분배의 불균형이 해소될 것이고 모든 사람이 공정한 시장가격의 혜택을 받게 될 것입니다. 저는 이를 실현하기 위해 힘을 보태고 싶은 것입니다."

외교위원회의 원로 회원이며 야당 소속인 해럴드 터클 상원의원이 목청을 돋우어 말했다.

"후보자에게 몇 가지만 묻겠습니다."

벤 코혼은 의자에 앉은 채 몸을 앞으로 숙였다.

'이제 드디어 시작이로군.'

터클 의원은 70줄에 들어선 강직하고 도전적인 인물로 꼬투리를 잘 잡기로 정평이 나 있었다.

"워싱턴엔 이번이 처음입니까, 애슐리 부인?"

"네, 매우 인상적인……."

"여행을 많이 해보셨겠죠?"

"아닙니다. 남편과 저는 여행 계획은 세웠지만……."

"뉴욕에 가보셨습니까?"

"아뇨."

"캘리포니아에는 가보셨습니까?"

"아뇨."

"유럽에는?"

"못 가봤습니다. 이미 말씀드렸듯이 계획은 세웠지만……."

"그렇다면 한 번이라도 캔자스 주를 떠나 여행한 적이 있습니까, 애슐리 부인?"

"네, 시카고대학에서 강의를 했고, 덴버와 애틀랜타에서 몇 번 강연을 한 일이 있습니다."

터클 의원은 건조한 말투로 말했다.

"대단히 신나는 경험이었겠군요, 애슐리 부인. 솔직히 말해서 본인은 부인보다 못한 후보자가 대사직에 추천되었던 일을 기억해낼 수가 없습니다. 부인은 까다로운 철의 장막인 동구권 국가에서 미합중국의 대표자 역할을 하겠노라고 청하고 있으면서 동시에 부인이 가진, 세계에 관한 지식의 전부가 오직 캔자스 주, 정크션 시티에서 보낸 생활과 단 며칠간의 시카고, 덴버, 그리고 애틀랜타 여행에서 나온 것이라고 말하고 있는 셈이군요. 그렇지 않습니까?"

메리는 자신에게 초점을 맞추고 있는 텔레비전 카메라들을 의식하면서 치밀어 오르는 울화를 내리눌렀다.

"그렇지 않습니다. 세계에 관한 저의 지식은 세계를 연구한 데서 나온 것입니다. 저는 정치학박사 학위를 가지고 있으며 캔자스주립대학에서 5년 동안 특히 철의 장막 국가들에 중점을 두어 강의를 해왔습니다."

그녀는 말을 멈추고 잠깐 주위를 둘러보았다.

"저는 루마니아 국민들이 현재 겪고 있는 문제를 잘 알고 있고, 그 나라 정부가 미합중국에 대해서 어떻게 생각하는지도 잘 알고 있습니다."

그녀의 목소리에는 이제 힘이 들어가 있었다.

"그 나라 국민들은 흑막 속에 숨어 있는 인물들이 조작해 내서 퍼뜨리는 미국에 대한 흑색 선전을 믿고 있습니다. 저는 그곳으로 건너가서 미국이 탐욕스럽고 전쟁에 굶주린 나라가 아니라는 사실을 몸소 그들에게 증명해보이고 싶습니다. 그들에게 미국의 전형적인 가족이 어떤 것인지를 보여주고 싶은 것입니다."

메리는 너무 지나치게 밀어붙인 게 아닌가 싶어서 말을 멈추었다. 그리고 그 순간 터져 나온 위원회 의원들의 박수소리에 깜짝 놀랐다.

터클을 제외한 모두가 박수를 치고 있었다.

질문은 계속되었다.

1시간 뒤에 찰리 캠벨 의장은 좌중을 향해 이렇게 묻고 있었다.

"질문이 더 있습니까?"

"후보자는 자신의 생각을 명료하게 표현했다고 생각합니다."

한 상원의원이 말했다.

"동감입니다. 고맙습니다, 애슐리 부인."

피터 코너스는 잠시 메리를 유심히 바라보다가 기자들이 그녀의 주위로 우르르 모여들자 조용히 몸을 일으켜 청문회장을 나갔다.

"대통령이 부인을 지목했을 때 놀라셨습니까?"

"상원을 무난히 통과하시리라고 보십니까, 애슐리 부인?"

"정말 학교에서의 강의만으로 대사 자격을 갖출 수 있다고 보십니까?"

"이쪽을 보십시오, 애슐리 부인! 웃으세요! 한 번 더!"

"애슐리 부인……."

벤 코흔은 한 발짝 물러서서 눈과 귀를 열고 있었다.

'훌륭해, 대답은 모두 만점이었어. 그렇다면 그녀의 의표를 찌를 수 있는 질문은 무엇일까?'

탈진한 상태에서 호텔로 돌아오자마자 메리는 스탠턴 로저스의 전화를 받았다.

"안녕하십니까, 대사님?"

그 순간 안도감이 그녀의 온몸에 밀려왔다.

"내가 해냈나요? 오, 스탠, 정말 고마워요. 지금 이 기분을 뭐라고 표현할 수 있을까요."

"나도 기뻐요, 메리."

그의 목소리는 자랑스러움으로 가득 차 있었다.

"정말 기쁩니다."

아이들도 그 소식을 듣자 그녀를 부둥켜안았다.

"해내실 줄 알았어요!"

팀이 외쳤다. 베스가 나직하게 물었다.

"아빠도 알고 계실까요?"

"물론 알고 계실 거야. 아빠가 위원회 의원들의 마음을 슬쩍 조종해주셨는지도 몰라."

메리는 미소를 지어 보였다. 그러고는 곧바로 플로렌스에게 전화를 걸었다.

"멋지군요! 가만, 이 소식을 온 동네에 알려야겠어요!"

플로렌스의 말에 메리는 환하게 웃었다.

"대사관에 당신과 더글러스를 위해 방을 마련해 놓을게요."

"언제 루마니아로 출발하세요?"

"아직 상원의원 전체의 표결이 남았어요. 하지만 스탠의 말로는 형식적인 절차에 지나지 않는다고 해요."

"그 다음엔?"

"워싱턴에 몇 주일 머물면서 브리핑을 받은 다음에 아이들과 함께 루마니아로 출발하게 될 거예요."

"난 〈데일리 유니언〉지에 어떻게 기사가 날지, 신문이 오는 내일까지 기다릴 수가 없을 정도라고요!"

플로렌스가 외쳤다.

"마을 사람들은 아마 당신 동상을 세우려고 들 거예요. 그만 끊어야겠군요. 너무 흥분해서 말도 잘 나오지 않아요. 내일 전화할게요."

벤 코흔은 사무실로 돌아와서 청문회 뒤의 표결 결과를 들었다. 그러나 어쩐지 개운치가 않았다. 그 이유는 자신도 알 수가 없었다.

〈워싱턴 포스트〉 표지모델

스탠턴 로저스의 예측대로 상원 전체의 표결은 격식에 지나지 않았음이 증명되었다. 상당한 표 차이로 메리의 임명에 관한 안건은 통과되었다.

결과를 보고받은 엘리슨 대통령은 스탠턴 로저스에게 이렇게 말했다.

"이제 우리의 계획에 시동이 걸렸네, 스탠. 아무도 우리를 막지는 못할 걸세."

"아무도 못 막을 거야."

스탠턴 로저스는 고개를 끄덕이며 동의했다.

피터 코너스는 자기 사무실에서 이 소식을 들었다. 그는 곧바로 통신문을 작성해서 그것을 암호로 바꾸었다.

CIA 통신실에서는 직원 한 사람이 당직을 서고 있었다.

"로저 채널을 좀 써야겠네."

코너스가 말했다.

"밖에서 기다리게."

로저 채널은 CIA 안에서도 고위 간부들만 사용할 수 있는 극비 연락시 스템이었다. 그것을 이용하면 고주파 레이저 송신기를 통해서 1초도 안 되는 눈 깜짝하는 사이에 전문을 보낼 수 있었다.

직원이 나간 것을 확인하고 나서 코너스는 전문을 발송했다. 지크문트 앞으로 보내는 것이었다.

다음 한 주일 동안 메리 애슐리는 대통령 정치담당 차석 보좌관, CIA 국장, 상무장관, 뉴욕체이스 맨해튼은행 이사들, 그리고 여러 중요한 유 대인 조직들을 방문했다.

그들 모두 나름대로 충고와 조언, 그리고 요망 사항을 가지고 있었다.

CIA국장 네드 틸링개스트는 특히 지대한 관심을 보였다.

"그곳에서 우리나라 사람들이 다시 활동하게 된다면 그보다 멋진 일은 없을 겁니다, 대사님. 그들의 미움을 사면서부터 루마니아에서는 우리 활 동이 완전히 중단되어 있는 상태니까요. 우리 요원 중에서 부인을 보좌할 수행원 한 사람을 임명하겠습니다."

그러고는 그녀에게 의미 있는 표정을 던졌다.

"그에게 전적으로 협력해주시리라 믿습니다."

메리는 그의 말뜻이 정확히 무엇인지 알 도리가 없었다. 그러나 일단은 묻지 않기로 했다.

새 대사들의 선서식은 의례로서 국무장관이 주재하게 되어 있었으며, 25명에서 30명 가량의 후보들이 한꺼번에 선서를 하는 것이 통례였다.

선서식을 하기로 되어 있는 날 아침에 스탠턴 로저스가 메리에게 전화 를 했다.

"메리, 엘리슨 대통령께서 정오에 백악관에서 만나고 싶으시답니다. 대통령께서 친히 선서를 받으시겠다고요. 팀과 베스도 데리고 오세요."

대통령 집무실은 기자들로 가득 차 있었다. 엘리슨 대통령이 메리와 아이들을 데리고 들어서자, 텔레비전 카메라들이 움직이기 시작하고 사방에서 플래시가 터졌다.

메리는 이미 30분 전에 대통령과 결심을 재확인한 가슴 뿌듯한 시간을 보낸 터여서 자신감에 넘쳐 있었다.

"당신은 이번 일에 가장 적합한 사람이오. 그렇지 않다면 당신을 선택하지 않았을 거요. 당신과 나는 이 꿈을 반드시 실현하고 말 거요."

대통령은 그녀를 이렇게 격려하지 않았던가.

'이거야말로 꿈 같은 일이 아닐 수 없어!'

터지는 플래시의 번쩍임에 싸여 메리는 생각했다.

"오른손을 드시오."

메리는 대통령의 선창에 따라 선서문을 외웠다.

"나, 메리 엘리자베스 애슐리는 국내외의 모든 적으로부터 미합중국 헌법을 지키고 옹호할 것이며, 헌법에 대해 참된 믿음과 충성심을 견지하고, 부담을 느끼거나 회피하지 않고 흔쾌한 마음으로 임무를 받아들이며 내가 맡게 될 책무를 충실하게 수행할 것을 엄숙히 선서합니다."

그것이 전부였다.

메리는 이제 루마니아 사회주의 공화국 주재 대사가 되었다.

이제부터 진짜 시험이 시작되었다. 메리는 워싱턴기념관과 링컨기념관을 내려다보며 서 있는 멜 빌딩에 자리잡은 국무부에서 유고슬라비아 담당 부서로 출근하라는 지시를 받았다.

거기서 그녀는 루마니아 담당 부서 옆에 붙은 성냥갑 같은 조그만 방을 사무실로 배당받았다.

루마니아 담당 과장 제임스 스티클리는 25년 동안 봉직해온 고참 외교관이었다. 50대 후반의 그는 중키에 작고 간사하게 생긴 얼굴과 얇은 입술을 가진 사나이였다.

그의 두 눈은 냉랭한 빛을 띤 엷은 갈색이었다. 제임스 스티클리는 그의 영역을 침범해 들어오는 신참 외교관들을 경멸의 시선으로 바라보곤 했다.

그는 루마니아에 관한 최고의 전문가로 인정받고 있었으며, 그래서 엘리슨 대통령이 루마니아 대사를 임명할 계획이라는 발표가 있자, 틀림없이 자신이 선택될 것이라고 굳게 믿고는 황홀해했다.

따라서 메리 애슐리에 대한 소식이 그에게는 쓰디쓴 잔이 아닐 수 없었다. 선택되지 못한 것만 해도 기분 나쁜 일이었는데, 게다가 캔자스 출신의 이름도 들어보지 못한 신출내기에게 그 자리를 빼앗겼다는 것은 도저히 참을 수 없는 일이었다.

"이게 말이 되는 일인가?"

스티클리는 가장 친한 친구인 브루스에게 푸념을 늘어놓았다.

"빌어먹을, 우리가 내보내는 대사들의 절반은 신참들이네. 영국이나 프랑스는 절대로 그렇지 않아. 그들은 경력 있는 진짜 외교관들을 내보낸다고. 군대에서 풋내기가 장군이 되는 것 봤나? 그런데 이 나라에서는 염병할 풋내기들이 해외에서 장군 행세를 하며 판을 치고 있단 말일세."

"자네 취했군, 스티클리."

"난 더 취하고 싶어."

그는 지금 맞은편 책상에 앉아 있는 메리 애슐리를 찬찬히 뜯어보고 있었다. 메리도 스티클리를 관찰하고 있었다. 그가 풍겨내는 야비한 파장 같은 것을 그녀는 이미 감지하고 있었다.

그를 적으로 만들지 않는 게 좋겠다고 메리는 생각했다.

"대단히 미묘한 자리에 임명되셨다는 걸 알고 계시겠죠, 애슐리 부인?"

"네, 물론이에요. 전……."

"지난번 루마니아 대사도 한순간의 실수로 그들과의 관계를 왕창 깨뜨려 버리고 말았죠. 다시 문을 두드리는 데 자그마치 3년이나 걸린 겁니다. 이번에 다시 깨뜨린다면 대통령께서 노발대발하실 겁니다."

'내가 깨뜨린다면…… 이라고 하고 싶었겠지.'

"우리는 대사님을 빠른 시일 안에 전문가로 바꿔놓아야 합니다. 시간이 아주 조금밖에 없지만요."

스티클리는 그녀에게 한 아름의 서류철을 안겨주었다.

"우선 이 보고서들부터 읽으십시오."

"오전 시간은 모두 써야겠네요."

"아닙니다. 30분 뒤에는 루마니아어 공부하셔야지요. 언어 과정은 보통 한 달이지만, 이번에는 강훈련으로 시간을 단축하도록 해야 합니다."

혼수상태에 빠진 것처럼 시간 감각은 점점 희미해지고 눈코 뜰 새 없는 일정의 회오리 속에서 메리는 거의 탈진할 지경이었다.

아침마다 그녀는 스티클리와 함께 그날그날의 루마니아과 서류들을 검토해야 했다.

"대사님이 보내는 전문은 제가 받게 될 겁니다."

스티클리는 자상하게 가르쳐주었다.

"노란색 전문은 활동지시, 흰색 전문은 단순한 정보전달용이죠. 모든 전문의 사본 한 통씩이 국방부, CIA 해외 정보국, 재무부, 그리고 그밖에 10여 개의 관련부서에 전해집니다. 대사님이 우선 해결해야 할 문제 중 하나는 현재 루마니아 감옥에 수감되어 있는 미국인들의 문제로, 석방되도록 해야 합니다."

"어떤 죄목으로 수감되었나요?"

"간첩행위, 마약, 절도 등등 루마니아 친구들이 생각해낼 수 있는 죄목은 모두 동원됐지요."

메리는 간첩죄로 구속된 사람들을 어떻게 석방시켜야 할지 그저 난감

하기만 했다.

'길이 있겠지.'

"좋아요."

메리는 의기양양하게 말했다.

"루마니아는 철의 장막에 갇힌 국가들 중에서도 소련의 간섭을 가장 덜 받는 나라 축에 든다는 걸 기억하십시오. 그들의 그런 점을 부추겨야 할 필요가 있으니까요."

'물론 그래야겠지.'

스티클리의 충고는 계속되었다.

"봉투를 하나 드릴 테니 절대로 손에서 놓지 마시기 바랍니다. 읽고 완전히 소화하신 후에 내일 아침에 직접 제게 돌려주시면 됩니다. 질문 있습니까?"

"없어요."

그는 메리에게 빨간 테이프로 봉인된 두툼한 마닐라지 봉투를 건네주었다.

"인수했다는 서명을 해주십시오."

호텔로 돌아오는 차 안에서 메리는 그 봉투를 무릎 위에 눌러 잡고 앉아 마치 제임스 본드 영화의 등장인물이 된 듯한 기분에 사로잡혔다. 아이들은 외출복을 차려 입고 그녀를 기다리고 있었다.

'어쩜담.'

그제서야 메리는 기억을 되살렸다.

'아이들과 중국 음식점에서 저녁식사를 하고 영화구경까지 하기로 약속해놓고선……'

"얘들아, 약속을 못 지키게 되었단다. 모험여행은 다음으로 미루어야겠다. 오늘은 방에서 룸서비스를 받도록 하자. 엄마가 급히 해야 할 일이 생겼거든."

"알았어요, 엄마."

"고맙구나."

메리는 문득 생각했다.

'에드워드가 있을 땐 나팔귀신처럼 소리를 질러대던 녀석들이, 이제 많이 자랐구나. 하기야 우리 모두가 변할 수밖에 없으니까.'

메리는 두 아이를 한꺼번에 꼭 끌어안았다.

"너희들을 실망시키지 않을게."

그녀는 약속하듯이 말했다.

제임스 스티클리가 건네준 자료는 한마디로 놀라운 것이었다.

'곧바로 돌려달라는 것도 무리가 아니야.'

거기에는 루마니아의 모든 주요 관료들, 즉 대통령에서부터 상무장관에 이르기까지 한 사람 한 사람에 대한 상세한 기록이 있었다.

그들의 성생활 습관, 금전관리 상황, 친분관계, 개인적인 특징과 성격 유형, 그 내용 중에는 기가 찬 대목들도 있었다.

예를 들면, 상무장관은 정부와 전속운전사를 섹스 상대로 삼고 있는가 하면 그의 부인은 하녀와 함께 밤을 즐긴다는 것이었다.

메리는 그날 밤의 절반을 그녀가 앞으로 상대하게 될 인물들의 이름과 괴벽을 외우는 데 할애해야 했다.

'그들과 대면했을 때 과연 내가 정중한 표정을 지을 수 있을까?'

다음날 아침, 메리는 그 기밀문서를 스티클리에게 되돌려주었다.

"됐습니다. 이제 루마니아 지도자들의 비밀을 속속들이 아신 겁니다."

"그 이상인 것 같더군요."

메리가 중얼거렸다.

"참고로 알아두셔야 할 것이 있습니다. 지금쯤 루마니아 친구들도 대사님에 대해서 알 만한 것은 모두 알고 있을 것이라는 점입니다."

"별로 대수로울 것도 없어요."

"그럴까요?"

스티클리는 의자등받이에 몸을 기댔다.

"대사님은 여자입니다. 게다가 독신이죠. 모르긴 몰라도 그들은 이미 대사님을 손쉬운 표적으로 찍어놓고 있을 겁니다. 그들은 대사님의 외로움을 이용하려고 들 겁니다. 대사님의 일거수일투족은 면밀히 관찰되고 기록될 것이고, 대사관과 사택은 도청이 될 것입니다. 게다가 공산국가에서는 현지인을 직원으로 채용하도록 압력을 가하기 때문에 사택에 고용될 모든 종업원들은 사실상 루마니아 비밀경찰 요원들일 것입니다."

'이 사람은 나를 잔뜩 겁주려 하는군. 어쨌든 그네들은 헛수고를 하게 될 거야.'

낮에는 한 시간도 방심할 틈이 없었고, 저녁 시간의 대부분도 사정은 마찬가지였다. 루마니아어 공부 외에도, 그녀의 시간표에는 해외근무에 관한 학습과 정보부에서의 브리핑, 그리고 국제안보문제 보좌관과의 회담과 상원위원회 의원들과의 약속 따위가 들어 있었다. 그들 모두는 제각기 요구사항과 조언, 질문 등을 퍼붓기 일쑤였다.

메리는 베스와 팀에게 죄책감을 느꼈다. 스탠턴 로저스의 도움을 받아 그녀는 아이들을 위한 교사 한 사람을 고용했다.

베스와 팀은 호텔안에서 다른 아이들을 사귀었기 때문에 적어도 놀이 상대는 확보하고 있었다. 그러나 아이들을 떼어놓고 호텔을 나올 때마다 그녀는 마음이 몹시 아팠다.

8시에 시작하는 루마니아어 학습에 들어가기 전에 꼭 아이들과 함께 아침식사를 하기로 한 것도 그런 마음 때문이었다.

루마니아어는 지독히도 어려웠다.

'이건 루마니아 사람들한테도 어려운 말일 거야.'

그녀는 기본 표현들을 소리내어 읊조렸다.

"부나 디미네아타."(아침 인사)

"물튜메스크."(고맙습니다.)

"쿠 폴라체레."(천만에요.)

"누 인텔레그."(이해가 되지 않습니다.)

"돔눌레."(선생님)

"돔니쇼아라."(아가씨)

게다가 철자대로 발음되는 낱말은 하나도 없었다.

숙제를 놓고 전전긍긍하는 엄마를 바라보던 베스가 이렇게 말했다.

"이건 우리에게 구구단을 외우게 하신 데 대한 벌이에요."

제임스 스티클리가 말을 꺼냈다.

"대사님을 보좌할 군무관, 윌리엄 매키니 대령입니다."

윌리엄 매키니는 사복차림이었지만, 한눈에 군인임을 알아볼 수 있는 풍채를 지니고 있었다. 그는 키가 큰 중년남자로, 풍우에 씻긴 고목을 생각나게 하는 주름진 얼굴을 하고 있었다.

"처음 뵙겠습니다."

그의 목소리는 거칠고 덜거덕거렸다. 목에 큰 부상이라도 입은 적이 있나 하는 의구심이 들 정도였다.

"반가워요."

매키니 대령은 그녀가 만난 첫 번째 참모였다. 그 사실이 그녀에게 약간의 흥분을 가져다주었고, 그녀의 직책을 더욱 실감나게 하기도 했다.

"루마니에서서 함께 근무하게 되어 기쁩니다."

매키니 대령이 말했다.

"루마니아에 가보신 적이 있나요?"

대령과 제임스 스티클리가 눈길을 교환하더니 스티클리가 대신 대답했다.

"가본 적이 있지요."

월요일마다 국무부 건물의 8층 회의실에서는 새로 임명된 대사들을 위한 외교학 강의가 있었다.

강사가 강조했다.

"해외근무 계통에는 엄격한 명령체계가 수립되어 있습니다. 그리고 꼭대기에는 대사가 있습니다. 그리고 그의 밑에는(메리는 반사적으로 생각했다. '그녀의 밑에는'이라고) 부대사가 있습니다. 그 밑에는(그녀의 밑에는) 정치문제 참사관, 경제문제 참사관, 행정 참사관, 대외업무 참사관이 있고, 또 농무관, 상무관, 군무관이 있습니다."

'매키니 대령이 내 군무관이로군.'

"일단 부임지에 도착하면 여러분은 외교 특권을 가지게 됩니다. 과속운전, 음주운전, 방화, 심지어는 살인을 해도 여러분은 체포되지 않습니다. 여러분이 사망한다고 해도 아무도 여러분의 시체에 손을 댈 수 없고, 여러분이 남긴 메모 한 조각이라도 조사될 수 없습니다. 물건을 사고 값을 지불하지 않아도 됩니다. 상점 주인이 여러분을 고소할 수 없기 때문입니다."

수강자 중에서 누군가가 외쳤다.

"우리 마누라에게는 그런 얘기 하지 마십시오!"

"여러분은 항상 여러분을 파견한 정부와 대통령의 인격적인 대리인임을 기억해야 합니다. 따라서 여러분의 행동양식도 달라져야 합니다."

강사는 시계를 흘끗 들여다보았다.

"다음 강의 전까지 해외업무 지침서 제2권 제300절을 공부하시기 바랍니다. 대외관계에 관한 내용입니다. 감사합니다."

메리와 스탠턴 로저스는 워터게이트 호텔에서 함께 점심을 먹었다.

"엘리슨 대통령께서 공보활동에 힘써 달라는 부탁을 전하라고 하시더군요."

"어떤 공보활동을 말씀하시는 건가요?"

"몇 가지 국가적인 행사에 참석해 주시라는……. 이를테면 기자회견, 라디오와 텔레비전 같은……."

"난 그런 건……. 할 수 없죠, 뭐. 중요한 일이라면 해야겠죠. 노력하겠어요."

"좋습니다. 그러려면 새 옷도 몇 벌 준비하셔야 할 겁니다. 같은 옷을 두 번 이상 계속 입으면 안되니까요."

"스탠, 그럼 엄청난 돈이 들 텐데요! 게다가 난 옷 가게를 기웃거릴 시간 여유도 없다고요. 꼭두새벽부터 밤중까지 바쁘거든요. 만일……."

"헬렌 무디가 있으니까 걱정하지 마세요."

"누구라고요?"

"워싱턴 최고의 쇼핑 전문가죠. 모든 것을 그녀에게 맡기면 됩니다."

헬렌 무디는 매력적이고 활동적인 흑인 여자였다. 쇼핑 서비스 사업을 시작하기 전에는 모델로 이름을 날렸다고 하는 그녀는, 어느 날 아침 이른 시각에 호텔에 나타나서 한 시간 동안 메리의 옷을 모두 살펴보았다.

"이 정도면 정크션 시티에선 최고였겠군요. 하지만 지금 우린 워싱턴을 깜짝 놀라게 해줘야 해요."

헬렌은 솔직하게 말했다.

"내겐 그럴 만한 돈이……."

헬렌 무디는 미소를 머금었다.

"싸게 살 수 있는 곳을 제가 잘 알고 있지요. 되도록 빨리 모든 걸 준비해야 하니 서둘러야겠어요. 우선 발끝까지 내려오는 이브닝 가운이 필요하고 칵테일 파티와 저녁의 리셉션에 입고 가실 드레스, 오후의 티파티나 점심 파티용 드레스, 그리고 거리에서 입을 활동복과 사무복, 또 검정색 드레스와 장례식에 어울리는 모자 같은 것들도 필요하답니다."

쇼핑을 하는 데 무려 사흘이나 걸렸다. 모든 것을 구입해온 헬렌 무디는 메리 애슐리를 관찰하며 이렇게 말했다.

"대사님은 너무 아름다워요. 하지만 지금보다 더 아름답게 꾸며드릴 겁니다. 먼저 레인보우의 수잔에게 가서서 화장을 부탁하고 그 다음엔 선샤인의 빌리에게 가서서 머리 손질을 하는 게 좋겠어요."

며칠이 지난 어느 날 저녁 드디어 메리는 코코란 갤러리에서 열린 공식 만찬에 참석해서 스탠턴 로저스와 마주쳤다. 스탠턴이 메리를 바라보며 환한 웃음을 지었다.

"넋이 빠질 정도로 아름답군요 메리!"

매스컴을 통한 대대적인 공보활동이 시작되었다. 총지휘자는 국무부의 매스컴 담당관인 아이언 빌리어즈였다.

40대 후반의 빌리어즈는 신문기자 출신의 정력적인 남자였으며 매스컴 분야의 모든 사람을 다 알고 있는 것 같았다.

메리는 '굿모닝 아메리카', '미트 더 프레스', '파이어링 라인' 같은 프로에 출연했다. 그리고 〈워싱턴 포스트〉, 〈뉴욕 타임스〉지를 필두로 해서 5,6개의 주요 일간지와 인터뷰도 했다.

외국 신문으로는 〈런던 타임스〉, 〈데르 슈피겔〉, 〈오지〉, 〈르몽드〉지 등과 인터뷰했고 〈타임〉, 〈피플〉 같은 잡지에는 그녀와 아이들에 대한 특집 기사가 실렸다.

메리 애슐리의 사진이 눈에 띄지 않는 곳이 거의 없을 정도였고 세계의 어느 한 구석에서 사건이 터질 때마다 그녀는 한 마디씩 해달라는 요청을 받았다. 하룻밤 사이에 메리 애슐리와 그녀의 두 자녀는 유명인이 되어 있었다.

팀이 말했다.

"엄마, 이젠 잡지 표지에 실린 우리 사진만 봐도 소름이 끼쳐요."

"그래, 소름끼친다는 표현이 딱 맞는 것 같구나."

갑자기 세상이 자신과 아이들에게 이목을 집중하는 바람에 메리는 불안감을 느꼈다. 그래서 스탠턴 로저스에게도 그런 기분을 털어놓았다.

"당신 일의 한 부분이라고 생각하세요. 대통령께선 한 인간을 부각시키려는 겁니다. 유럽에 도착할 때쯤이면 모든 사람이 당신을 알아볼 거예요."

벤 코흔과 아키코는 벌거벗은 몸으로 침대에 누워 있었다. 아키코는 벤 코흔보다 10세나 아래인 사랑스러운 일본인 아가씨였다.

그들은 몇 년 전에 그가 모델들에 관한 기사를 쓸 때 처음 만나서, 그 뒤로 동거를 하고 있었다.

벤 코흔은 곤란을 겪고 있었다.

"왜 그래요? 내 도움이 더 필요해요?"

아키코가 사근사근 물었다.

그는 딴 생각을 하고 있었다.

"아니야, 이미 준비되어 있어."

"내 눈엔 안 보이는데?"

그녀가 짓궂게 말했다.

"내 머릿속에 말이야, 아키코. 특집 기사가 사정되어 나오려 하고 있다고. 요즈음 이 동네에선 묘한 일이 벌어지고 있어."

"뭐 색다른 사건이라도 있나요?"

"말 그대로 색다른 사건이야. 그런데 좀처럼 핵심이 잡히질 않아."

"의논 상대가 되어줄까요?"

"메리 애슐리 말이야. 아직 부임도 하기 전인데, 지난 2주 동안 6개의 잡지 표지에 사진이 실렸어! 아키코, 지금 누군가가 그녀를 영화배우처럼 만들려고 마구 선전해대고 있다고. 그녀와 그녀의 두 아이가 신문과 잡지에 온통 뿌려지고 있는 꼴이란 말이야. 도대체 왜 그럴까?"

"난 곡선적이고 복잡한 사고방식에 익숙한 동양인이지만, 내가 보기에 당신은 매우 단순한 일을 복잡하게 만들어놓고 갈피를 잡지 못하고 있는 것 같아요."

벤 코혼은 담배에 불을 붙여 화풀이라도 하듯이 크게 한 모금을 빨았다.

"그럴지도 모르지."

그는 볼멘소리로 내뱉었다.

아키코는 손을 아래로 뻗어 그의 몸을 어루만지기 시작했다.

"담배를 끄고 대신 내게 불을 붙이는 게 어때요?"

"브래드포드 부통령을 위한 파티가 열릴 예정입니다."

스탠턴 로저스가 메리에게 말했다.

"당신도 초대되도록 주선해두었어요. 금요일 밤 팬 아메리칸 유니언에서 모일 겁니다."

팬 아메리칸 유니언은 겉모양이 수수한 대형 건물로, 외교 관계 행사에 자주 쓰이는 장소였다.

그중에서도 부통령을 위한 만찬은 번쩍이는 고풍의 식탁과 집기들, 빛나는 배커라 술잔들이 사용되는 정성어린 행사였다. 작은 오케스트라도 있었다.

손님들은 워싱턴의 엘리트들이었다. 부통령 내외 외에도 상원의원들과 각국 대사들, 그리고 각계각층의 명사들이 모두 모여들었다.

메리는 이 호화스러운 집단을 열심히 둘러보았다.

'베스와 팀에게 얘기해줄 만한 것은 모두 기억해둬야지.'

메리 애슐리는 상원의원들, 국무성 관리들, 그리고 외교관들과 한 자리에 앉아 식사를 했다. 동석한 사람들은 모두 매력적이었고 음식은 기가 막히게 맛있었다.

11시에 메리는 시계를 보면서 오른쪽의 상원의원에게 말했다.

"이렇게 늦을 줄은 몰랐어요. 아이들에게 일찍 돌아가겠다고 약속했거든요."

그녀는 일어나서 동석했던 사람들에게 목례를 했다.

"여러분을 만나뵙게 되어서 즐거웠어요. 즐기다 가세요."

갑자기 내리덮인 침묵 속에서 거대한 연회장 안의 모든 사람들은 무도장을 지나 밖으로 나가는 메리의 뒷모습을 돌아보았다.

"아이고, 저런. 아무도 그녀에게 말해주지 않았군!"

스탠턴 로저스는 혼잣말을 내뱉었다.

다음날 아침, 스탠턴 로저스는 메리와 함께 아침을 먹었다.

"메리, 여기는 관습과 규칙을 중히 여기는 곳입니다. 물론 대부분은 쓸모없는 것들이지만 거기에 따라야 해요."

"혹시 제가 잘못을 저질렀나요?"

스탠턴은 한숨을 내쉬었다.

"첫 번째 규칙을 어겼어요. 아무도 주빈이 연회장을 떠나기 전에는 자리를 뜨지 않는다는 규칙 말입니다. 공교롭게도 어젯밤의 주빈은 우리의 부통령이었는데요."

"오, 이런!"

"워싱턴의 전화통 중 절반이 밤새도록 바쁘게 울려댔을 겁니다."

"미안해요. 몰랐어요. 아무튼 아이들과 약속하기를……."

"워싱턴엔 아이들이 없습니다. 젊은 유권자들이 있을 뿐이죠. 이곳은

217

권력의 마을이에요. 이걸 절대로 잊지 마세요.”

지출이 문제가 되고 있었다. 생활비 지출액은 끔찍할 정도였다. 워싱턴의 물가는 메리가 보기에는 말도 안 될 정도로 높았다.

호텔 세탁소에 빨래와 다림질할 것을 몇 가지 맡겼다가 계산서를 받아든 그녀는 그만 충격을 받고 말았다.

‘블라우스 하나 세탁하는 데 15달러 50센트, 브래지어 하나에 6달러 95센트라니!’

그녀는 입을 다물 수가 없었다.

‘다시는 맡기지 말아야겠어. 이제부터는 내가 직접 세탁을 해야지.’

그녀는 그렇게 다짐했다.

메리는 팬티스타킹을 찬물에 적셔 냉장고에 넣었다. 그렇게 하면 훨씬 더 오래 신을 수 있었다.

아이들 양말과 손수건, 그리고 속내의는 그녀의 브래지어와 함께 욕조에서 빨았다. 손수건들은 거울에 찰싹 붙여 말린 후 다림질을 생략하기 위해 조심스레 접었다.

드레스와 팀의 바지들은 샤워 커튼 줄에 걸고 온수를 한껏 틀어 되도록 많은 수증기가 나도록 했다. 그리고 욕실 문을 닫아두면 안에 널어둔 옷가지들은 수증기에 세탁이 될 것이므로 그렇게 했다.

한번은 아침에 베스가 욕실 문을 열다가 수증기의 벽에 부딪쳤다.

“엄마, 어떻게 된 거죠?”

“돈을 절약하기 위해서란다.”

메리는 당당히 말해주었다.

“세탁비만 아껴도 큰 부자가 될 수 있을 거야.”

“대통령께서 찾아오시면 어쩌려고요? 그분이 어떻게 생각하시겠어요? 우리를 오클라호마 출신으로 오해하실 거예요, 아마.”

"대통령은 오시지 않는단다. 그리고 제발 욕실 문을 좀 닫으렴. 넌 지금 돈을 낭비하고 있는 거야."

'맞았어, 오클라호마 출신!'

만일 대통령이 이 광경을 본다면 전보다 더 그녀를 자랑스럽게 여길 것이다. 그녀는 그에게 호텔 세탁소의 계산서를 보여주고 그녀가 양키의 재치 있는 생활 지혜를 활용해서 얼마나 많은 돈을 절약하고 있는지 보여줄 수 있으리라. 그러면 대통령은 감명을 받을 것이다.

'우리 행정부의 더 많은 사람들이 당신만큼 풍부한 상상력을 지녔더라면 이 나라 경제는 지금보다 훨씬 더 나은 상태로 발전했을 거요. 우리는 이 나라를 위대하게 만들었던 개척자 정신을 잃어가고 있소. 국민들은 사치에 물들었소. 우리는 편리한 전기 기구에 탐닉하면서 우리 자신을 활용하는 방법은 잊고 말았소. 나는 당신을, 이 나라가 돈으로 만들어져 있다고 생각하는 워싱턴의 낭비주의자들 앞에 멋진 본보기로 내세우고 싶소. 그들에게 의미 있는 교훈이 될 거요. 사실은 방금 멋진 생각이 떠올랐소. 메리 애슐리, 당신을 재무장관으로 임명하겠소.'

증기가 욕실 문 아래 틈으로 새어나오고 있었다. 상상의 나래에 이끌리듯이 메리는 휘청휘청 다가가 그 문을 열었다. 수증기가 확 거실로 몰려나왔다.

초인종 소리가 들리고, 잠시 뒤 베스가 말했다.

"엄마, 제임스 스티클리 씨가 오셨어요."

혼란 속에서

"일들이 전부 이상하게 돌아가는군."

벤 코혼이 말했다.

그는 침대에서 발가벗은 채로 나이 어린 애인인 하다카 아키코 옆에 일어나 앉았다.

그들은 텔레비전 프로인 '미트 더 프레스'에 나온 메리 애슐리를 보고 있었다.

새로 루마니아 대사가 된 그녀가 이렇게 말하고 있었다.

"중국 본토는 홍콩과 마카오의 협력을 얻어 더 인도주의적이고 개인을 존중하는 사회를 향해 전진하고 있다고 믿고 있습니다."

"아니, 저 여자가 중국에 관해서 뭘 안다고 떠들어대지?"

벤 코혼이 투덜거렸다. 그러고는 아키코를 보며 말했다.

"당신은 지금 하룻밤 사이에 모든 문제에 관한한 전문가가 된 캔자스 출신의 한 가정주부를 보고 있는 거야."

"내가 보기엔 굉장히 똑똑해 보이는걸요."

"똑똑한 것이 문제가 아니라고. 그녀가 인터뷰를 할 때마다 기자들은 미쳐버린다니까. 그녀가 어떻게 '미트 더 프레스' 프로에 출연할 수 있었 겠느냐고. 누군가 메리 애슐리를 명사로 만들기로 작정한 거야. 누가? 왜? 찰스 린드버그도 저렇게까지는 못했다고."

"찰스 린드버그가 누군데요?"

벤 코혼은 한숨을 지었다.

"이게 바로 세대 차이라는 거야. 서로 통하질 않는다고."

아키코가 부드럽게 말했다.

"서로 통하는 길은 얼마든지 따로 있어요."

그녀는 그를 침대에 밀어서 눕히고는 그의 몸 위로 올라갔다. 그녀는 서서히 그의 몸을 더듬어 내려갔다.

기다란 검은 머리칼이 그의 가슴과 배, 사타구니를 쓸고 내려갔다. 그 녀는 그를 만지며 말했다.

"안녕, 그쪽?"

"그쪽은 당신 속에 들어가고 싶어해."

"아직은 안 돼요. 곧 돌아오겠어요."

아키코는 일어나서 부엌으로 느릿느릿 걸어갔다. 벤 코혼은 그녀가 방 에서 나갈 때까지 계속 지켜보았다.

그는 텔레비전으로 눈을 돌리고 생각했다.

'메리 애슐리, 저 여자가 나를 미치게 만드는군. 아무래도 냄새가 수상 해. 그게 무엇인지를 꼭 알아내고야 말겠어.'

"아키코! 뭘 하고 있는 거야? 그쪽이 잠들고 말겠어."

그가 소리쳤다.

"조금만 기다리라고 해요. 금방 갈 테니까요."

그녀가 부엌에서 대답했다.

잠시 후 아키코는 아이스크림과 생크림이 가득 담긴 접시에 버찌 하나를 더 얹어들고 돌아왔다.

"맙소사! 나는 배고프지 않아. 그걸 하고 싶을 뿐이라고."

"얌전하게 누우세요."

그녀는 그의 몸 밑에 수건을 깔고 그쪽에 아이스크림을 덜어놓았다. 점점 그의 성기 주변으로 아이스크림이 퍼지기 시작했다.

"아, 차가워!"

그가 소리쳤다.

"쉿!"

벤이 신음했다.

아키코가 그의 딱딱해진 페니스 꼭대기에 버찌를 올려놓았다.

"난 바나나 스플릿(바나나에 얇게 썬 과일과 초콜릿 등을 곁들인 아이스크림)을 좋아해요."

더 이상 참을 수 없게 된 벤이 아키코를 쓰러뜨리고는 그 위에 몸을 덮쳤다.

텔레비전에서는 메리가 계속 이야기를 하고 있었다.

"미국의 이데올로기를 반대하는 국가들과의 전쟁을 피할 수 있는 최선의 방법은 그들과 교역을 늘리는 것입니다……."

그날 밤 늦게 벤 코흔은 아이언 빌리어즈에게 전화를 걸었다.

"잘 있었나, 아이언?"

"벤, 반갑네, 무슨 일인가?"

"한 가지 부탁이 있네."

"말만 하게나. 다 들어줄 테니까."

"자네가 새로운 루마니아 대사의 홍보활동을 맡고 있다고 들었는데?"

아이언은 조심스럽게 나왔다.

"……그래서?"

"그녀의 뒤에 누가 있나, 아이언? 누가 조종하고 있는지 관심이 있네만······."

"미안하네, 벤. 그건 국무성에서 하는 일일세. 나는 고용인에 지나지 않아. 그걸 알고 싶으면 국무장관에게 직접 물어보게나."

수화기를 내려놓으면서 벤이 중얼거렸다.

"못 가르쳐주겠으면 솔직히 그렇게 말할 것이지."

벤은 결심을 하고 아키코에게 말했다.

"며칠간 다녀올 곳이 있어."

"어디를 가려고요?"

"캔자스 주의 정크션 시티."

나중에 밝혀진 바로는, 벤 코혼은 정크션 시티에는 단 하루밖에 있지 않았다. 그는 먼스터 보안관과 그의 조수 한 사람과 한 시간 동안 얘기를 나눈 다음, 렌터카를 타고 라일리 기지로 가서 그곳의 CID를 방문했다.

그는 오후 늦게 캔자스 주 맨해튼으로 가는 비행기를 탔다.

벤 코혼이 탄 비행기가 이륙했을 때, 라일리 기지로부터 워싱턴 DC로 한 통의 지명 시외전화가 걸리고 있었다.

메리 애슐리의 등 뒤에서 어떤 남자가 묵직한 목소리로 말을 걸어왔다. 그때 그녀는 제임스 스티클리에게 보고할 것이 있어서 외무국의 기다란 복도를 걷고 있었다.

"완전한 100점이라고 할 만하군."

메리는 몸을 돌렸다. 키가 큰 낯선 사람이 벽에 기댄 채 빤히 그녀를 바라보며 무례하게 웃고 있었다.

그는 험상궂게 생긴 얼굴에다 청바지에 티셔츠를 입고 운동화를 신고 있었다. 그는 지저분하게 보였고 수염도 깎지 않고 있었다.

입가에는 웃음 때문에 주름이 잡혀 있었고 밝은 파란색의 눈은 조롱하는 듯한 광채를 발하고 있었다. 그에게는 사람을 화나게 만드는 오만함 같은 것이 있었다.

메리는 화가 났으나 말없이 몸을 돌려 그곳을 떠났다. 그녀는 그의 시선이 여전히 자신을 뒤쫓고 있다는 것을 느끼고 있었지만 무시한 채 계속 걸어갔다.

제임스 스티클리와의 면담은 한 시간 이상 계속되었다. 메리가 사무실로 돌아왔을 때, 그 무례한 낯선 사나이는 책상 위에 다리를 얹어놓고 그녀의 의자에 앉아서 서류를 들춰보고 있었다.

메리는 피가 거꾸로 솟아 오르는 것을 느꼈다.

"도대체 여기서 뭘 하고 있는 거예요?"

그는 그녀를 오랫동안 따분한 듯이 바라보고 있다가 천천히 자리에서 일어났다.

"나는 마이크 슬레이드입니다. 친구들은 마이클이라고 부르죠."

메리는 쌀쌀맞게 쏘아붙였다.

"무슨 일로 여기에 오셨나요, 슬레이드 씨?"

"별로 볼일은 없습니다. 우리는 서로 이웃이 되었군요. 나도 이곳에서 일을 하고 있습니다. 그래서 여기 들러서 인사라도 해두는 것이 좋을 거라고 생각했지요."

그는 태평스럽게 대답했다.

"당신 입으로 말했다시피 만일 당신이 정말 이곳에서 일하고 있다면, 당신도 당신의 책상이 있겠군요. 그러니 앞으로는 내 책상에 앉아서 남의 서류를 들추는 무례한 짓은 하지 마세요!"

"맙소사! 화를 낼 것까지는 없지 않습니까? 당신들은 어떻게 생각하고 있는지 모르지만 내가 듣기로는 캔자스 사람들은 매우 친절한 사람들이라고 하던데요?"

메리는 이를 부드득 갈았다.

"슬레이드 씨, 경비원을 부르기 전에 2초 안으로 내 사무실에서 나가세요!"

"내가 잘못 들었나 보군요."

그는 혼잣말로 중얼거렸다.

"그리고 만일 당신이 정말로 이 안에서 일을 하고 있다면, 집에 가서 수염이나 깎고 볼썽사납지 않은 옷을 걸치고 오라고 권하고 싶군요."

"나도 그런 말을 하는 마누라가 있었지요. 지금은 없어졌지만 말이오."

마이크 슬레이드는 한숨을 지었다.

메리는 자신의 얼굴이 더욱 붉어지는 것을 느꼈다.

"썩 나가요, 어서!"

그는 그녀에게 손을 흔들어 보였다.

"안녕, 다시 만나뵙지요."

'하느님 맙소사! 난 너 같은 놈은 다시는 만나지 않을 거야.'

오전 내내 불쾌한 일이 연달아 일어났다. 스티클리는 공공연하게 적대적인 태도를 취했다.

정오가 되었을 때, 메리는 식욕이 떨어질 정도로 혼란에 휩싸였다. 그녀는 점심시간에 워싱턴 시내를 돌아다니면서 화를 달래보기로 마음먹었다.

그녀의 리무진은 외무국 빌딩 바로 앞 길가에 주차해 있었다.

"안녕하십니까, 대사님. 어디로 모실까요?"

"어디든 좋아요, 마빈. 그냥 드라이브를 했으면 좋겠어요."

"알겠습니다."

자동차는 미끄러지듯이 앞으로 나아갔다.

"대사관 거리를 보고 싶으십니까?"

"그게 좋겠군요."

그녀는 오전 내내 겪은 쓴맛을 잊게 해주는 것이면 무엇이든 좋았다. 운전사는 네거리에서 좌회전을 하여 매사추세츠 거리로 향했다.

"여기서부터 시작입니다."

마빈이 넓은 길로 들어서면서 말했다.

그는 자동차의 속력을 늦추고 여러 나라의 대사관들을 손가락으로 가리켰다.

메리는 건물 앞에 있는 떠오르는 태양을 그린 깃발을 보고 일본 대사관임을 알아차렸다.

인도 대사관은 문 위에 코끼리 그림이 그려져 있었다. 그들은 아름다운 회교 사원을 지나갔다. 앞뜰에서는 사람들이 무릎을 꿇고 기도를 하고 있었다.

그리고 곧이어 그들은 23번가의 모퉁이에 도달하여 계단 양쪽에 기둥이 서 있는 흰 석조건물을 지나갔다.

"저곳이 루마니아 대사관입니다."

마빈이 설명해주었다.

"그 다음에 있는 건물이 ……."

"여기서 세워줘요!"

리무진은 길가에 천천히 멈춰섰다. 메리는 창문을 통해 건물 밖에 있는 팻말을 보았다.

'루마니아 사회주의 공화국 대사관'이라고 쓰여 있었다.

메리는 충동적으로 말했다.

"여기서 기다려 줘요. 나는 안에 좀 들어가보겠어요."

그녀의 가슴은 두근거리기 시작했다. 이것은 그녀가 지금까지 강의를 해온 국가……, 앞으로 몇 년 동안 그녀가 머무르게 될 국가와의 첫번째 만남이 될 것이다.

메리는 심호흡을 크게 한 번 하고 초인종을 눌렀다. 아무런 대답도 없었다. 그녀는 문을 밀어보았다. 문은 잠겨 있지 않았다.

메리는 문을 열고 안으로 걸어 들어갔다. 현관 홀은 어둡고 얼어붙을 듯이 추웠다. 한쪽 구석에 긴 의자가 놓여 있고 그 옆에 놓인 텔레비전 앞으로 2개의 의자가 있었다.

그녀는 발소리를 듣고 몸을 돌렸다. 키가 크고 호리호리 한 사나이가 서둘러 계단을 내려오고 있었다.

"네네. 무슨 일입니까? 무슨 일이지요?"

메리는 밝게 웃었다.

"안녕하세요? 나는 메리 애슐리예요. 나는 이번에 새로 임명된 미합중국 루마니아 대사……."

그 사나이는 손으로 자기 얼굴을 탁 쳤다.

"아이고, 맙소사!"

그녀는 깜짝 놀랐다.

"무슨 일입니까? 뭐 잘못된 거라도 있나요?"

"잘못되다마다요. 우리는 대사님이 이곳에 찾아오실 줄은 전혀 몰랐거든요."

"당연합니다. 나는 그냥 이 앞을 지나다가……."

"코르베스쿠 대사님께서 몹시 곤혹스러워하실 텐데요?"

"곤혹스러워한다고요? 왜요? 나는 그냥 잠깐 인사나 하고 가려고 들렀는데요?"

"물론 그러시겠지요. 용서하십시오. 제 이름은 가브리엘 스토이카입니다. 저는 부대사입니다. 전기를 켜고 난방을 가동시키겠습니다. 보시는 것처럼 손님을 맞을 준비가 전혀 되어 있지 않아서 죄송합니다."

그가 너무 두드러지게 당황해 하고 갈팡질팡해서 메리는 당장 그곳을 나가고 싶었지만 이미 너무 늦어버렸다.

그녀는 가브리엘 스토이카 부대사가 부산하게 돌아다니며 천장의 불들과 램프를 켜서 현관 홀을 환히 밝히는 것을 지켜보고 있었다.

"난방 장치가 작동하려면 몇 분을 더 기다려야 합니다. 우리는 될 수 있는 한 기름 값을 절약하려고 노력하고 있습니다. 워싱턴은 물가가 무척 비싸니까요."

그가 사과를 하자, 그녀는 쥐구멍이라도 있으면 숨어 들어가고 싶었다.

"내가 이럴 줄 알았으면……."

"괜찮습니다. 아무것도, 아무것도 아닙니다. 대사님은 2층에 계십니다. 대사님께서 오셨다고 전하겠습니다."

"그럴 필요까지는……."

스토이카는 2층으로 달려 올라갔다.

5분 뒤 스토이 부대사가 돌아왔다.

"이리 올라오십시오. 대사님께서는 부인께서 이곳에 오셨다는 얘기를 듣고 기뻐하고 계십니다."

"정말입니까, 혹시……."

"대사님께서 기다리고 계십니다."

그는 메리를 2층으로 안내했다. 계단 위는 회의실이었는데 기다란 탁자 둘레에 14개의 의자가 놓여 있었다.

한쪽 벽에 기대어 서 있는 캐비닛에는 루마니아의 공예품과 조각품들이 진열되어 있었고, 다른 쪽 벽에는 루마니아를 실제 모양대로 조각한 입체지도가 걸려 있었다.

한쪽에는 벽난로가 있고 그 위에 루마니아 국기가 걸려 있었다. 그녀를 맞이하기 위해 앞으로 다가오는 라두 코르베스쿠 대사는 셔츠 바람이었는지 황급히 윗저고리를 입고 있었다.

그는 키가 크고 뚱뚱한 체구에 검은 피부를 지니고 있었다. 그 옆으로 직원 한 사람이 불을 켜고 난방을 조절하고 있었다.

"대사님!"

코르베스쿠가 큰 소리로 불렀다.

"참으로 뜻하지 않은 영광입니다. 대사님을 이렇게 무례하게 접대하게 된 것을 용서하십시오. 부인께서 방문하신다는 것을 국무성에서 통고해주지 않아서 이런 실례를 저지르게 되었습니다."

"모든 것이 제 잘못입니다."

메리가 사과를 했다.

"이 앞을 우연히 지나가다가 그만······."

"만나뵙게 되어 기쁩니다. 정말 반갑습니다! 우리는 부인을 텔레비전과 신문, 잡지에서 너무 많이 뵈었습니다. 우리는 우리나라의 새로운 미국대사에 관해 지대한 관심을 갖고 있습니다. 차를 드시겠습니까?"

"글쎄요. 너무 수고를 끼치지 않는다면."

"수고요? 아닙니다! 정식 오찬을 대접해드리지 못해서 정말 송구스럽습니다. 용서해주십시오. 참으로 송구스럽습니다."

'송구스러운 것은 바로 난데. 내가 왜 이런 미친 짓을 하게 되었지? 정말 바보스럽군. 창피하니까 아이들에게도 이번 일은 얘기하지 말아야겠어. 무덤에 묻힐 때까지 비밀로 간직해야지.'

차가 나왔다. 루마니아 대사는 신경을 곤두세우고 있는지 차를 조금 쏟았다.

"아, 죄송합니다. 오늘 내가 왜 이럴까!"

메리는 그가 이제 죄송하다는 말을 하지 말았으면 좋겠다고 생각했다. 대사는 이야기를 하려고 노력했으나 그것은 상황을 더욱 나쁘게 만들 뿐이었다.

그가 비참할 정도로 불편해 하고 있다는 것은 명백했다. 메리는 될 수 있는 대로 조심스럽게 일어났다.

"대사님, 너무 고마웠습니다. 만나뵙게 되어 정말 기뻤습니다. 안녕히 계십시오."

그녀는 도망치다시피 그곳을 빠져나왔다.

메리가 사무실로 돌아왔을 때, 제임스 스티클리가 그녀를 불렀다.

"애슐리 부인. 도대체 당신이 무슨 짓을 했는지 나한테 정확하게 설명해주시겠습니까?"

그는 차갑게 말했다.

'무덤까지 갖고 갈 비밀도 못 되는 모양이군.'

메리가 솔직하게 말했다.

"아, 루마니아 대사관에 대한 얘기 말인가요? 나는…… 그냥 그 앞을 지나다가 잠시 들러서 인사나 하고 갈까 생각하고……."

"여긴 조용한 시골의 사교계가 아닙니다. 워싱턴에서는 아무 대사관이나 그렇게 쉽게 들르는 곳이 아닙니다. 대사가 다른 나라의 대사를 방문할 수 있는 것은 오로지 초대를 받았을 때뿐입니다. 부인은 코르베스쿠 대사를 난처한 처지에 몰아넣었습니다. 나는 그가 국무부에 공식으로 항의하겠다는 걸 만류해야만 했습니다. 그는 부인이 자신을 염탐하러 왔고 불의의 기습을 해서 자신을 곤경에 빠뜨리려고 했다고 믿고 있습니다."

스티클리가 쏘아붙였다.

"뭐라고요? 그럴 수가……."

"이제 부인은 일개인이 아니라는 것을 명심해야 합니다. 부인은 미국 정부를 대표하고 있는 공인입니다. 다음번에 부인이 양치질하는 일 이상의 행동을 충동적으로 할 때는, 내게 먼저 의논을 해야 합니다. 내 말뜻을 아시겠습니까?"

메리는 화를 꿀꺽 삼키며 대답했다.

"알겠어요."

"좋습니다."

그는 수화기를 집어들고 전화를 걸었다.

"애슐리 부인이 지금 나와 함께 있네. 지금 이리로 올 수 있겠나?"

메리는 꾸중을 들은 어린애처럼 잠자코 그곳에 앉아 있었다.

문이 열리고 마이크 슬레이드가 걸어 들어왔다.

그는 메리를 보고 히죽이 웃었다.

"안녕하세요. 당신의 충고를 받아들여서 면도를 했답니다."

스티클리가 두 사람을 번갈아 보았다.

"두 사람이 서로 아는 사이인가요?"

메리는 슬레이드를 흘겨보았다.

"그렇지 않아요. 저 사람이 내 책상을 훔쳐보는 걸 발견했었어요."

제임스 스티클리가 말했다.

"애슐리 부인, 마이크 슬레이드입니다. 슬레이드 씨는 부인의 부대사가 될 사람입니다."

메리가 그를 뚫어지게 쳐다보았다.

"뭐라고요?"

"슬레이드 씨는 현재 동유럽과에 있습니다. 그는 지금까지 워싱턴 밖에서 일을 해왔습니다. 그런데 이번에 부인의 부대사로서 루마니아로 가게 되었습니다."

메리는 어느새 자리에서 일어나 있었다.

"안 됩니다! 그럴 수는 없어요!"

그녀가 항의했다.

마이크가 부드럽게 말했다.

"매일 면도할 것을 약속하지요."

메리는 스티클리에게 항의했다.

"대사는 부대사를 선택할 권한을 갖고 있는 줄 아는데요?"

"그것은 사실입니다. 하지만……."

"그렇다면 나는 슬레이드를 선택하지 않겠어요. 나는 저 사람을 원치 않습니다."

"정상적인 상황에서는 부인이 그러한 권리를 행사할 수가 있습니다만, 이번 경우에는 그런 선택의 여지가 없습니다. 이 명령은 직접 백악관에서 내려온 것입니다."

메리는 국방성에서 그와 마주쳤고, 상원의원 식당에서, 그리고 국무성의 복도에서 마주쳤다. 슬레이드는 언제나 청바지와 티셔츠, 아니면 스포츠 복 차림을 하고 있었다.

메리는 융통성 없는 형식주의자가 판을 치는 관료적 풍토 속에서 그가 어떻게 그런 옷차림으로 견딜 수 있는지가 궁금했다.

어느 날 메리는 매키니 대령과 점심식사를 하고 있는 그를 보았다. 그들은 열띤 대화를 나누고 있었다.

그때 메리는 두 사람이 얼마나 친한지가 궁금하게 생각되었다.

'저 둘은 오랜 친구 사이일까? 두 사람이 합심해서 내게 대항할 계획을 짜고 있는 건 아닐까? 나는 점점 과대망상증 환자가 되어가나 봐. 아직 루마니아에 가지도 않았는데 말이야.'

메리는 걱정이 되어 견딜 수가 없었다.

상원외교위원회 위원장인 찰리 캠벨이 코코란 갤러리에서 메리의 대사 임명을 축하하는 파티를 열었다. 메리가 실내에 들어서자 모두 세련되고 우아한 가운을 입은 여성들이 보였다. 그녀는 이렇게 생각했다.

'이런 자리에 낄 자격도 없는 것 같군. 저 여자들의 아름다움은 모두 타고 난 것처럼 보여.'

메리는 정작 자신이 얼마나 사랑스럽게 보이는지는 전혀 알고 있지 못했다.

그곳에는 10명쯤 되는 카메라맨이 참석하고 있었는데, 메리는 그날 밤 정신없이 카메라 세례를 받았다.

메리는 5, 6명의 남성과 춤을 추었는데, 그들 모두가 그녀의 전화번호를 물었다. 그녀는 귀찮지도, 그렇다고 흥미가 느껴지지도 않았다.

"미안합니다. 나의 업무와 가족이 나를 너무 바쁘게 만들어서 밖에 나갈 생각을 못한답니다."

메리는 그들 모두에게 그렇게 말했다.

에드워드가 아닌 다른 남성과 함께 있다는 것은 도저히 생각할 수가 없었다. 그녀에게 다른 남성이란 존재할 수 없었다.

메리는 찰리 캠벨과 그의 부인, 국무부 관리들 5, 6명과 함께 탁자에 앉아 있었다. 대사들의 일화들이 화제에 올라 있었다.

손님 중에서 한 사람이 먼저 이야기를 꺼냈다.

"2, 3년 전 마드리드에서 수백 명의 학생들이 영국 대사관 앞에서 지브롤터를 반환하라고 요구하는 데모를 벌이고 있었습니다. 데모대가 대사관으로 밀고 들어가기 직전에 프랑코 장군 휘하의 장관 한 사람이 전화를 걸었지요. '당신네 대사관에서 벌어지고 있는 사건을 듣고 매우 유감스럽게 생각하고 있습니다.' 하고 장관이 말했답니다. 그러면서 '경찰을 더 많이 파견할까요?' 했더니 '아닙니다. 학생들을 좀 적게 보내시면 되지 않습니까?'라고 대사가 대답했답니다."

그러자 누군가가 물었다.

"고대 그리스 인들은 헤르메스 신을 대사들의 수호신으로 생각하지 않았습니까?"

"맞습니다. 그리고 그는 부랑자와 도둑과 거짓말쟁이의 수호신이기도 했습니다."

누군가가 대답했다.

메리는 그날 밤을 무척 즐겁게 보냈다. 사람들은 쾌활하고 기지가 넘쳤다. 그녀는 밤새껏이라도 그 자리에 머물고 싶었다. 그녀의 옆에 앉은 손님이 말했다.

"내일 약속 때문에 아침 일찍 일어나야 하지 않습니까?"

"괜찮아요. 내일은 일요일이니 늦게까지 잘 수 있을 거예요."

조금 뒤에 한 부인이 하품을 하면서 말했다.

"미안합니다. 오늘은 너무 고된 하루였어요."

"나도 그랬어요."

메리가 힘에 넘쳐 말했다.

그녀는 방안이 이상스럽게 조용한 것을 느꼈다. 그녀는 방안을 둘러보았다. 그때 모두들 그녀를 주목하고 있다.

'도대체 무엇 때문에……?'

그녀가 흘낏 시계를 보니 2시 30분이었다. 순간 메리는 스탠턴 로저스가 그녀에게 한 말이 기억났다.

'만찬 파티에서는 항상 그날의 주빈이 제일 먼저 자리에서 일어나야 합니다.'

그런데 오늘 밤의 주빈은 내가 아닌가!

'맙소사! 나 때문에 모두들 지금까지 그대로 있었구나!'

메리는 황급히 일어나서 떨리는 목소리로 말했다.

"여러분, 안녕히 계세요. 오늘은 정말 즐거웠습니다."

그녀는 몸을 돌려 종종걸음을 치며 문밖으로 나갔다. 등 뒤에서 다른 손님들이 부산하게 자리에서 일어나는 소리가 들렸다.

월요일 아침, 메리는 복도에서 마이크 슬레이드와 마주쳤다. 그는 싱긋이 웃으면서 말했다.

"당신이 토요일 밤에 워싱턴의 반 이상을 잠 못 자게 했다는 얘기를 들었습니다."

슬레이드가 사람을 깔보는 듯한 태도로 말을 했기 때문에 메리는 비위가 몹시 상했다. 그녀는 대꾸하지 않고 그 옆을 지나 제임스 스티클리의 사무실로 들어갔다.

"스티클리 씨, 슬레이드 씨와 내가 함께 일한다는 것은 아무리 생각해도 우리 루마니아 대사관을 위해서도 별로 도움이 될 것 같지 않습니다."

그는 읽고 있던 서류에서 얼굴을 들었다.

"그게 정말입니까? 또 무슨 문제가 생겼습니까?"

"그의 태도 말입니다. 슬레이드 씨는 너무 무례하고 오만불손합니다. 솔직히 말해서 나는 슬레이드 씨가 싫습니다."

"아, 알겠습니다. 마이크는 약간 특이한 성격을 가졌긴 하지만……."

"특이한 성격이라고요? 그 사람은 가공하지 않은 모조 다이아몬드라고요. 나는 이 자리에서 공식적으로, 그 사람 대신 다른 사람을 부대사로 임명해줄 것을 요청합니다."

"말씀 다하신 겁니까?"

"그렇습니다."

"애슐리 부인, 마이크 슬레이드는 동유럽 문제에 관해서는 국무성의 최고 전문가입니다. 부인의 임무는 그 나라의 국민들과 우호관계를 유지하는 데 있습니다. 내 임무는 내가 줄 수 있는 모든 도움을 부인이 받을 수 있도록 보살피는 데 있으며, 내가 도와준다는 것은 그를 통해서입니다. 그리고 그의 이름은 마이크 슬레이드입니다. 나는 그 문제를 더 이상 논의하고 싶지 않습니다. 내 처지를 아시겠습니까?"

'아무 소용이 없어. 결국 발버둥쳐봤자 아무 소용이 없다고.'

메리는 좌절감과 분노를 안고 사무실로 돌아왔다.

'스탠턴 로저스에게 얘기하는 게 좋겠어. 그분은 이해해줄 거야. 하지만 그것은 내가 약하다는 걸 보여주는 셈이 되겠지. 안 돼! 마이크 슬레이

드쯤은 나 혼자 힘으로 처리해야 돼.'

"백일몽이라도 꾸고 계십니까?"

메리는 깜짝 놀라서 눈을 들었다.

마이크 슬레이드가 두꺼운 메모철을 들고 책상 앞에 서 있었다.

"다음부터는 들어올 때 노크를 좀 하세요!"

그의 눈이 그녀를 조롱하고 있었다.

"어째서 당신이 나를 싫어하는 것 같은 느낌이 들까요?"

메리는 또다시 화가 불끈 치밀었다.

"그 이유를 말해드릴까요, 슬레이드 씨? 왜냐하면 당신은 오만하고 성질이 나쁘고 우쭐거리고……."

슬레이드는 손가락을 쳐들었다.

"당신은 동의어를 반복하고 있군요."

"어디서 감히 나를 놀림거리로 삼으려는 거예요!"

메리는 거의 악을 쓰고 있었다.

슬레이드의 목소리는 위험 수준으로 낮아졌다.

"난 다른 사람들과 합세하면 안 된다는 겁니까? 워싱턴에 있는 모든 사람들이 당신에 대해서 뭐라고 하는지 알고 있습니까?"

"사람들이 뭐라고 하든 난 상관하지 않아요."

메리가 대꾸했다.

"그래요? 하지만 상관해야 할걸요."

그는 책상에 몸을 기대며 말했다.

"모든 사람이 당신이 무슨 권리로 대사의 책상에 앉느냐고 묻고 있습니다. 부인, 나는 루마니아에서 4년을 보냈습니다. 그 나라는 언제 폭발할지 모르는 다이너마이트 같은 곳입니다. 그런데 정부는 벽지 산골에서 온 철부지 어린아이에게 그곳을 맡겼습니다."

메리는 화가 나서 몸을 부르르 떨면서 그의 말을 듣고 있었다.

"당신은 아마추어입니다, 애슐리 부인. 누군가가 굳이 당신에게 한자리를 주고 싶다면 당신을 아이슬란드 대사로 보내면 될 겁니다."

메리는 자제력을 잃었다. 그녀는 의자에서 벌떡 일어나 그의 얼굴을 힘껏 때렸다.

마이크 슬레이드가 한숨을 내쉬었다.

"당신으로서는 대답할 말이 없겠지요, 안 그렇습니까?"

파티장에서 생긴 일

초대장은 다음과 같은 내용이었다.

'루마니아 사회주의 공화국의 대사가 뉴욕 시 1607번지에 있는 대사관에서 오후 7시 30분에 개최하는 칵테일 및 디너파티에 당신을 초대합니다. 정장차림으로 오십시오. 괜찮으시다면 555-6593 전화로 답신을 주십시오.'

메리는 지난번에 자기가 루마니아 대사관으로 간 일이 얼마나 바보스러운 짓이었던가 하고 생각했다.

'그런 일은 이제 두 번 다시 없을 거야. 그럴 때는 이미 지났으니. 나도 이제 워싱턴 정계의 일원이 되었군.'

메라는 얼마 전에 새로 산 검정색 이브닝드레스를 꺼내 입었다. 검정 하이힐을 신고 목에는 진주 목걸이를 걸어보았다.

"어머나! 엄마, 마돈나보다 더 예뻐 보여요."

베스가 황홀한 표정으로 말했다.

메리는 베스를 껴안으며 부드러운 목소리로 말했다.

"너희들은 아래층 식당에서 저녁을 먹고 올라와서 텔레비전을 보고 있으렴. 일찍 돌아올게. 내일은 마운트 버논에 있는 워싱턴 대통령 생가를 관람하기로 하자."

"잘 다녀오세요, 엄마."

전화벨이 울렸다. 호텔 카운터에서 걸려온 전화였다.

"대사님, 스티클리 씨가 로비에서 기다리고 계십니다."

'혼자 갔으면 좋겠는데…… 내가 곤경에 빠졌을 때 어느 누구도 도움을 주지 않아…….'

메리는 혼자 중얼거렸다.

루마니아 대사관은 메리가 지난번에 갔을 때와는 딴판이었다. 전에는 전혀 느끼지 못했던 활발한 분위기가 감돌고 있었다.

현관에서 부대사인 가브리 스토이카가 그들을 기다리고 있었다.

"안녕하세요, 스티클리 씨? 만나게 되어 반갑습니다."

제임스 스티클리는 메리에게 눈짓을 해보였다.

"당신네 나라로 파견될 우리 대사님을 소개하겠습니다."

스토이카는 전혀 아는 체를 하지 않고 말했다.

"만나게 되어 무척 기쁩니다, 대사님. 저를 따라오시죠."

복도를 걸어가는 동안 메리는 모든 방에 불이 환하게 밝혀져 있고 난방도 잘 되어 있음을 알 수 있었다. 위층에서는 오케스트라가 무슨 음악인가를 연주하는 소리가 들려왔다. 눈길 가는 곳마다 아름다운 꽃병이 놓여 있기도 했다.

몇몇 사람들과 이야기를 나누고 있던 코르베스쿠 대사는 제임스 스티클리와 메리 애슐리가 다가오는 것을 보자, 먼저 인사를 건넸다.

"오, 안녕하시오. 스티클리 씨?"

"안녕하십니까, 대사님. 이번에 루마니아로 가게 된 미국 대사님을 소개하겠습니다."

코르베스쿠 대사는 메리를 힐끗 쳐다보더니 무심하게 말했다.

"만나게 되어 반갑소."

메리는 그가 눈인사를 할 때까지 기다렸지만 그는 그런 것은 모르는 사람인 듯했다.

만찬에는 줄잡아 100여 명의 인사들이 참석하고 있었다. 남자들은 모두 정찬용 정식 야회복 재킷을 입고 있었고, 여자들은 지방시나 루이스 에스테베즈, 오스카 드 라 렌타 같은 유명한 고급상표의 가운을 입고 있었다.

메리가 지난번에 왔을 때는 위층에 놓여 있던 탁자가 5, 6개의 다른 조그만 탁자들로 변해 있었고, 제복을 입은 급사들이 샴페인을 들고 파티장 안에 죽 둘러서 있었다.

"한 잔 하시겠습니까?"

스티클리가 물었다.

"아뇨, 됐어요. 난 술을 마시지 않아요."

"정말인가요? 그것 참……."

메리는 영문을 몰라 그를 바라보며 되물었다.

"아니, 왜 그러시죠?"

"왜냐하면 술을 마시는 것도 일종의 직무이기 때문입니다. 어떤 디너 파티를 가봐도 건배하는 모습을 볼 수 있습니다. 만약 당신이 그런 자리에서 술을 마시지 않는다면 그건 곧 파티를 연 사람을 무시하는 것과 마찬가지 태도로 비춰지지요."

"기억해두겠어요."

메리는 방안을 한 바퀴 둘러보다가 마이크 슬레이드의 모습을 발견했다. 처음에는 잘 알아보지 못했지만 자세히 살펴보니, 디너 재킷을 입고 있는 그가 틀림없었다.

메리는 그를 바라보며 그가 그렇게 매력 없는 남자는 아니라는 생각이 들었다.

그의 한쪽 팔은 요염한 금발 아가씨의 몸을 휘감고 있었다. 그 아가씨의 옷은 간신히 몸에 걸려 있었는데 금방이라도 흘러내릴 것만 같았다.

'천박한 사람 같으니! 물론 취향은 서로 다를 수 있겠지만 말이야. 아마 지금쯤 부쿠레슈티에서도 많은 아가씨들이 저 남자를 기다리고 있을지 몰라.'

메리는 마이크가 한 말을 기억해냈다.

'당신은 풋내기에 불과하오. 누군가가 당신을 그렇게 대사직에 앉히고 싶다면 당신을 아이슬란드 대사로 임명하면 되었을 것이오.'

메리가 그를 지켜보고 있는 동안, 제복을 단정하게 차려 입은 매키니 대령이 마이크에게 다가갔다. 그러자 마이크는 금방 아가씨에게 양해를 구하고 대령과 함께 구석자리로 옮겨갔다.

'저 두 사람을 주목할 필요가 있겠어.'

메리는 그렇게 생각했다.

급사 하나가 샴페인을 들고 지나갔다.

"한 잔 마셔볼까요?"

제임스 스티클리는 메리가 잔을 비워내는 모습을 물끄러미 지켜보다가 말을 꺼냈다.

"좋아요. 이제 일을 시작해야겠어요."

"일을 시작하다니요?"

"이런 파티에서는 수많은 사건들이 생기게 마련입니다. 그래서 대사관에서 이런 파티를 여는 거죠."

메리는 각국의 대사, 상원의원, 시장, 워싱턴 정가의 내노라하는 인사 등 많은 사람들에게 소개되었다. 이제 어느 모로 보나 루마니아는 태풍의 눈이 된 국가였고, 그래서 어느 때보다 수많은 각계 인사들이 이번 파티에 참석한 모양이었다.

마이크 슬레이드가 그 금발 아가씨를 이끌고 제임스 스티클리와 메리에게 다가왔다.

"안녕하시오. 여러분에게 데비 데니슨을 소개합니다. 이분들은 제임스 스티클리와 메리 애슐리라고 하지."

그건 소개가 아니라 차라리 모욕이었다. 메리가 냉랭한 목소리로 쏘아붙였다.

"난 애슐리 대사입니다."

마이크는 손바닥으로 자기 이마를 탁 치며 얼렁뚱땅 사과를 했다.

"미안합니다, 애슐리 대사. 마침 데니슨 양의 아버님께서도 대사로 재직하고 계십니다. 물론 그분은 아주 화려한 경력을 지니신 분이지요. 지난 25년 동안 대여섯 나라의 대사를 지냈으니 말이오."

데비 데니슨이란 아가씨도 한몫 거들었다.

"덕분에 나도 아주 남다른 어린 시절을 보냈죠."

다시 마이크가 그녀의 말을 받았다.

"데비는 여러 나라를 돌아다녔답니다."

"네, 그렇군요. 물론 그랬겠죠."

메리가 덤덤한 목소리로 대꾸했다. 그녀는 식사를 할 때 제발 마이크가 자기 옆에 앉지 않기를 간절히 기도했다. 다행히도 그녀의 기도가 이루어져서 마이크는 그 반라에 가까운 금발 아가씨와 함께 다른 탁자에 앉았다.

메리가 앉은 탁자에는 12명 정도가 함께 앉았는데 그들 가운데 몇몇은 잡지나 텔레비전을 통해 이미 눈에 익은 인물이었다. 제임스 스티클리는 메리의 맞은편 자리를 차지했고 메리의 왼쪽에는 그녀가 전혀 알아들을 수 없는 생소한 언어를 구사하는 한 사나이가 앉았다.

그녀의 오른쪽에는 키가 훤칠한 중년의 금발 사나이가 앉았는데, 꽤나 매력적인 외모를 갖고 있었다.

"당신과 함께 식사를 하게 되다니 영광입니다. 저는 당신의 열렬한 팬입니다."

금발의 사나이가 메리에게 말을 붙였다.

"감사합니다."

'열렬한 팬이라고? 난 지금까지 한 일이 아무것도 없는데.'

메리는 웃음이 나올 것만 같았다.

"저는 올라프 페터슨이라고 합니다. 스웨덴에서 온 문화 담당 외교관이죠."

"만나뵙게 되어 무척 반가워요, 페터슨 씨."

"스웨덴에 와보신 적이 있으십니까?"

"아뇨. 사실은 저는 정말 다른 나라에 가본 적이 한 번도 없답니다."

올라프 페터슨은 미소를 머금었다.

"그렇다면 앞으로 맛보게 될 기쁨이 그만큼 더 크겠군요."

"아마 언젠가 아이들과 함께 당신네 나라를 방문할 기회도 생기겠죠."

"그럼 영광이죠. 자녀분은 어떻게 되는지요?"

"둘입니다. 팀은 열 살이고, 베스는 열두 살이죠. 보여드릴까요?"

메리는 지갑을 주섬주섬 열더니 아이들을 찍은 사진을 끄집어냈다. 탁자 맞은편에서는 제임스 스티클리가 그런 메리의 모습을 못마땅하다는 듯이 지켜보고 있었다.

사진을 들여다본 올라프 페터슨이 큰 소리로 말했다.

"정말 잘생긴 아이들이로군요. 엄마를 쏙 빼닮았어요."

"눈은 아빠를 많이 닮았답니다."

메리와 에드워드는 아이들이 누구를 닮았는지에 대해서 마음에도 없는 논쟁을 벌였다.

"베스는 당신 같은 미인이 될 거야."

에드워드가 항상 입버릇처럼 하던 말이었다.

"팀은 도대체 누구를 닮았는지 모르겠어. 내 아들인 건 확실하냐고."

그들은 그런 농담 후에는 으레 서로의 몸을 더듬으며 대화를 마무리하곤 했다.

그때 올라프 페터슨이 메리에게 뭐라고 말을 했으나 그녀는 옛 생각에 잠겨 미처 알아듣지 못하고 되물었다.

"뭐라고 하셨죠?"

"자동차 사고로 부군을 잃었다는 기사를 읽은 적이 있다고 말씀드렸습니다. 안타까운 일이죠. 한 여자가 남편 없이 혼자 산다는 것은 무척 힘든 일이에요."

그의 목소리에는 동정심이 가득 담겨 있었다.

메리는 뭐라고 할 말이 없어서 앞에 놓인 잔을 들어 홀짝 들이켰다.

시원한 감촉이 목구멍을 타고 짜릿하게 몸속으로 흘러들어갔다. 잔이 비자마자 뒤에 서 있던 웨이터가 달려와 잔을 다시 채워놓았다.

"루마니아로 언제쯤 떠나게 되십니까?"

페터슨이 물었다.

"확실히는 모르겠고, 몇 주 안으로 떠나야 한다고 들었어요."

메리는 다시 잔을 집어들었다.

"부쿠레슈티를 위하여!"

그녀가 마시고 있던 포도주는 꽤 고급품이었고, 알코올 농도가 그리 진하지 않은 술이었다.

웨이터가 술을 더 따라도 되겠느냐고 물어왔을 때, 메리는 즐거운 표정으로 고개를 끄덕였다. 그러고는 여러 가지 나라 말로 이야기를 주고받는 멋지게 차려입은 손님들을 둘러보며 생각에 잠겼다.

'정크션 시티에서는 이런 파티가 거의 없었지. 아니야, 캔자스는 말라

빠진 뼈다귀만큼이나 건조하지만 워싱턴은…… 촉촉한 것 같아. 글쎄, 워싱턴이 뭐만큼 촉촉하다고 그랬더라?'

메리는 갑자기 기억이 막히는 바람에 미간을 약간 찌푸렸다.

"괜찮습니까?"

올라프 페터슨이 물었다.

메리는 짐짓 그의 팔까지 토닥거려 보이며 자신 있게 대답했다.

"그럼요, 괜찮고말고요. 한 잔 더 마셨으면 좋겠는걸요, 올라프 씨."

"그럼 그렇게 하시죠."

페터슨이 웨이터를 불렀고, 메리의 잔에는 술이 다시 채워졌다.

"난 집에서는 술을 입에도 대지 않는답니다."

메리는 잔을 들고 한 모금 목을 축인 다음, 다시 말을 이었다.

"사실, 나는 아무것도 마시지 않아요. 물론 거기에 물은 포함되지 않지만 말이에요."

이미 메리의 혀가 조금씩 꼬부라지고 있었다.

올라프 페터슨은 빙긋 웃으며 메리를 주시했다.

가운데 자리에 앉아 있던 루마니아 대사인 코르베스쿠가 자리에서 일어났다.

"신사 숙녀 여러분, 다 같이 건배합시다."

건배가 시작되었다. 루마니아 대통령 알렉산드루 이오네스쿠를 위하여 건배! 알렉산드루 이오네스쿠 영부인을 위하여 건배! 미국 대통령과 부통령, 미국 국기와 루마니아 국기를 위하여 건배!

메리는 건배가 한 수천 번쯤 이어지는 것처럼 느껴졌다. 그녀는 한 번씩 건배를 할 때마다 잔을 비워내면서 혼자 중얼거렸다.

'난 대사야. 이건 내 임무란 말이야.'

건배를 계속하다 말고 갑자기 루마니아 대사가 큰 소리로 말했다.

"그럼 이제 미국의 매력적인 새 루마니아 대사님에게 한 말씀 들어볼까 하는데, 여러분 어떻습니까?"

메리는 다시 건배를 하려다가 순간 자신이 지명되었음을 깨달았다. 그녀는 잠시 그대로 앉아 있다가 간신히 탁자를 붙잡고 일어났다.

메리는 사람들을 쭉 훑어보며 손을 흔들었다.

"안녕하세요, 여러분. 모두들 즐거운 시간을 보내고 계시겠죠?"

메리는 난생 처음으로 커다란 행복감을 느꼈다. 방안에 있는 모든 사람이 그렇게 친근하게 느껴질 수가 없었다.

그들은 모두 자신을 향해 조용한 미소를 보내고 있었다. 개중에는 큰 소리로 웃고 있는 사람들도 있었다. 메리는 제임스 스티클리를 바라보며 싱긋 웃었다.

"이렇게 훌륭한 파티는 처음이에요. 여러분과 함께 즐거운 시간을 갖게 되어 너무 기뻐요."

간신히 말을 마친 메리가 의자 위로 털썩 주저앉으며 올라츠 페터슨을 돌아다보았다.

"누가 내 술에 뭘 넣었나 봐요."

페터슨이 메리의 손을 붙잡으며 말했다.

"아무래도 찬바람을 좀 쐬는 게 좋을 것 같군요. 여긴 공기가 너무 탁하니까요."

"그래요, 너무 탁해요. 사실은 몹시 어지러워요."

"제가 바깥까지 모셔다 드리죠."

페터슨이 메리를 일으켜 세웠다. 하지만 메리가 혼자 힘으로 걸을 수조차 없을 정도로 취해 있는 것을 알고 페터슨은 깜짝 놀랐다.

마침 제임스 스티클리는 옆자리에 있던 손님과 열심히 얘기를 나누느라 메리가 자리를 뜨는 것을 미처 보지 못했다.

메리와 올라프 페터슨이 마이크 슬레이드의 자리 앞을 지나가는 순간, 그는 못마땅한 눈길로 메리를 쳐다보았다.

'질투까지 많은 사람이군. 자기에게는 한 마디 할 기회도 주지 않았으니 저러겠지.'

그런 생각을 하던 메리는 페터슨을 향해 중얼거렸다.

"당신도 그가 어떤 사람이란 걸 봤죠? 그는 대사가 될 만한 사람이 못 돼요. 내가 그렇게 되었으니 건딜 수 없을 만도 하겠죠."

"지금 누구 얘기를 하시는 겁니까?"

올라프 페터슨이 물었다.

"그건 중요하지 않아요. 그는 중요한 사람이 아니니까요."

그들은 함께 밤공기가 싸늘한 바깥으로 나왔다. 메리는 페터슨의 팔이 자신을 부축해주고 있다는 사실을 다행스럽게 여겼다. 모든 것이 희뿌옇게 보였다.

"여기 어디쯤 리무진을 세워놓았는데……."

메리가 말했다.

"그 차는 보내고, 우리집에 가서 간단하게 한 잔 더 하는 게 어때요?"

"아휴, 술은 이제 싫어요."

"아니, 아니죠. 브랜디 한 잔이면 속이 오히려 편해질 겁니다."

브랜디, 소설책에서 정말 괴팍한 사람들이 그걸 마시곤 했던 기억이 났다. 소다수를 타서 말이다. 그녀는 캐리 그랜트 같은 사람이나 그런 술을 마시는 걸로 생각했다.

"소다를 타서요?"

"물론이죠."

올라프 페터슨은 메리를 부축해서 택시에 태우고는 운전사에게 목적지를 일러주었다. 택시가 커다란 아파트 앞에 도착하자, 메리가 어리둥절한 표정으로 페터슨을 바라보며 물었다.

"여기가 어디죠?"

"우리 집입니다."

올라프가 메리를 택시에서 끌어내자, 그녀는 금방이라도 쓰러질 것처럼 휘청거렸다.

"나, 취했나요?"

"천만에요."

페터슨이 부드러운 목소리로 대답했다.

"무척 기분이 좋아요."

페터슨은 메리를 부축해서 아파트 현관에 들어서서는 엘리베이터 버튼을 눌렀다.

"브랜디를 한 잔 하면 속이 가라앉을 겁니다."

그들이 엘리베이터 안으로 들어서자 문이 닫혔다.

"내가 못 마시는 술을 마셔서는…… 그러니까…… 술을 못 마시는 사람인 줄 알고 있었나요?"

"아뇨, 몰랐어요."

"난 이런 사람이에요."

페터슨이 그녀의 팔을 쓰다듬고 있었다.

문이 열리자 페터슨은 메리를 데리고 엘리베이터를 나왔다.

"다른 사람들이 혹시 마룻바닥이 울퉁불퉁하다고 하지 않던가요?"

"꼭 고쳐놓도록 하죠."

올라프는 한 손으로 메리를 부축하고 다른 손으로는 열쇠를 찾아 문을 열었다. 그들은 어슴푸레한 아파트 안으로 함께 들어섰다.

"여긴 왜 이렇게 어두워요?"

메리가 물었다.

올라프 페터슨이 메리의 팔을 잡으며 대답했다.

"난 어둠이 좋아요. 당신은 어때요?"

'당신은 어때요?'

메리는 자신이 그런지, 그렇지 않은지 확실히 알 수가 없었다.

"당신은 무척 아름다운 여인이오. 당신도 그걸 알고 있소?"

"고맙군요. 당신도 아름다운 남자예요."

올라프는 메리를 소파로 데리고 가서 자리에 앉혔다. 메리는 계속 현기증을 느끼고 있었다.

올라프의 입술이 그녀의 입술에 포개졌고 동시에 그의 손이 허벅지 사이로 미끄러져 들어오는 것을 느낄 수 있었다.

"지금 뭘하는 거예요?"

"긴장을 풀기 위해서죠. 한결 기분이 나아질 겁니다."

정말로 기분이 한결 좋아졌다. 올라프의 손길은 에드워드만큼이나 부드러웠다.

"그이는 정말 훌륭한 의사였어요."

"물론 그랬겠죠."

올라프는 더욱 몸을 밀착시켜 왔다.

"그럼요, 모두들 에드워드에게 치료받기를 원했으니까요."

메리는 소파에 등을 기대고 편안히 누워 있었고, 부드러운 손길이 그녀의 옷을 걷어올린 채 온몸을 애무하고 있었다.

에드워드의 손이었다. 메리는 눈을 감고 그의 입술이 자신의 몸을 더듬고 있음을 느꼈다. 달콤한 입술, 부드러운 혀……

'그래, 에드워드는 이렇게 달콤한 입술을 가지고 있었어. 정말 행복했었지.'

메리는 그 애무가 영원히 계속되기를 바랐다.

"아, 행복해요, 여보. 더 세게, 더 세게 안아줘요!"

메리가 중얼거렸다.

"알았어."

거친 저음의 목소리였다.

갑자기 그 목소리가 심하게 메리의 귀에 거슬렸다. 전혀 에드워드의 목소리 같지가 않았다.

메리가 번쩍 눈을 뜨자 낯선 사나이의 얼굴이 눈에 들어왔다. 사나이가 막 그녀의 몸을 완전히 정복하려는 순간이었다.

"안 돼요, 안 돼!"

메리는 그를 간신히 밀어내고는 마룻바닥으로 굴러 떨어졌다. 그녀는 죽을힘을 다해 비틀거리며 몸을 일으켰다.

올라프 페터슨은 그런 그녀의 모습을 멍청한 눈길로 바라보고 있었다.

"하지만……."

"이러시면 안 된다고요!"

메리는 그제야 거친 눈빛으로 실내를 돌아보았다.

"미안해요. 내가 실수를 한 것 같군요. 나를 이상하게 생각하지 말아 주세요."

메리는 갑자기 말을 끊고 몸을 돌려 현관문을 향해 달려갔다.

"기다려요! 내가 집까지 데려다줄 테니!"

하지만 메리는 뒤도 돌아보지 않고 뛰쳐나가 버렸다.

메리는 깊이 멍든 상처를 안고는 얼음같이 찬바람을 헤치며 황량한 거리를 걸었다. 자기가 한 행동을 자신도 도저히 이해할 수가 없었다. 변명의 여지가 없었다.

그녀가 스스로 자신의 품위에 먹칠을 한 셈이었다. 그것도 어리석기 짝이 없는 모습으로! 워싱턴의 거물급 인사들이 잔뜩 모인 자리에서 술에 취해 추태를 보인 것이다.

게다가 난생 처음 보는 남자와 함께 그의 아파트로 들어가 하마터면 돌이킬 수 없는 결과를 초래할 뻔했다. 날이 밝으면 워싱턴의 모든 신문들은 그녀에게 손가락질을 해댈 것이다.

벤 코흔은 루마니아 대사관에서 있었던 디너파티에 직접 참석한 세 사람의 증인으로부터 정보를 입수했다. 하지만 워싱턴과 뉴욕의 모든 신문들을 샅샅이 살펴보았지만 그 사건에 대한 언급은 찾아낼 수가 없었다.

누군가가 그 이야기를 잘라버린 것이 틀림없었다. 대단히 높은 직위에 있는 사람이 아니고서야 감히 엄두도 못낼 일이었다.

신문사에서 '사무실'이라고 하는 조그만 칸막이 방에 앉아 생각에 잠겨 있던 벤 코흔은 아이언 빌리어즈에게 전화를 걸었다.

"여보세요, 빌리어즈 씨 계십니까?"

"네, 누구신가요?"

"벤 코흔이라고 합니다."

잠시 후 다시 그 아가씨의 목소리가 들려왔다.

"죄송해서 어떡하죠, 코흔 씨? 잠시 나가신 모양인데요."

"언제쯤이면 통화할 수 있겠습니까?"

"어쩌죠, 빌리어즈 씨는 오늘 하루 종일 약속으로 가득 차 있는데요."

"알았소."

벤 코흔은 전화를 끊고 다른 신문사에서 근무하고 있는 가십난 기자에게 전화를 걸었다. 워싱턴에서 일어나는 일이라면 모르는 것이 없을 만큼 귀가 밝은 여기자였다.

"린다, 요즘 좀 어때요?"

"플뤼 사 샹지 플뤼 셀 라 멤 쇼즈('변할수록 그대로'라는 프랑스 속담. 겉으로는 바뀐 것이 있는 듯이 보여도 근본적으로는 변한 게 없다는 뜻). 그저 그렇죠, 뭐."

"높은 양반들 사이에 뭐 좀 화끈한 일은 없었소?"

"없어요, 벤. 쥐 죽은 듯이 조용하다니까요."

벤 코흔은 조심스럽게 말을 꺼내보았다.

"어젯밤에 루마니아 대사관에서 아주 대단한 파티가 열렸다던데?"

"그래요?"

그녀의 목소리가 갑자기 잔뜩 움츠러들었다.

"그렇다니까. 새로운 루마니아 대사에 대해 혹시 무슨 말 못 들었소?"

"아뇨, 벤. 이제 그만 전화 끊어야겠어요. 장거리 전화가 오기로 되어 있거든요."

전화는 끊겼다.

벤 코흔은 다시 국무부의 친구에게 전화를 걸었다. 비서가 전화를 바꿔 주자 벤이 먼저 인사를 건넸다.

"잘 있었나, 엘프리드?"

"벤! 무슨 일인가?"

"오랜만이네. 그나저나 점심식사나 함께 하는 게 어때?"

"거 좋지. 무슨 특별한 일이라도 있나?"

"그거야 만나서 얘기하면 될 것 아닌가?"

"좋도록 하게나. 안 그래도 오늘은 좀 한가한 편이거든, 오늘도 워터게이트에서 만날까?"

벤 코흔은 잠시 망설였다.

"실버 스프링스에 있는 마마 레지나가 어때?"

"길에서 약간 떨어져 있는 그 집 말인가?"

"그래, 맞아."

잠시 후에 엘프리드가 대답했다.

"알았네."

"1시쯤?"

"좋아."

벤 코흔은 먼저 약속 장소에 도착해서 한쪽 구석자리를 차지하고 앉았다. 엘프리드 셔틀워스가 도착했을 때, 벤은 음식점 주인인 토니 서지오와 함께 앉아 있었다.

"한잔 하겠나?"

셔틀워스는 마티니 한 잔을 주문했다.

"난 됐어."

벤 코흔이 말했다. 엘프리드 셔틀워스는 국무부에서 유럽지역을 담당하고 있는 혈색이 좋지 않은 중년의 사나이였다.

몇 년 전에 그가 음주운전 사고를 낸 적이 있었는데, 벤 코흔이 그 기사를 발표하지 않은 덕분에 위태로웠던 엘프리드의 직위가 간신히 되살아난 적이 있었다.

그 사건을 계기로 엘프리드는 종종 그럴 듯한 기삿거리를 벤 코흔에게 슬쩍 흘려주는 방법으로 그때의 은혜를 갚곤 했다.

"자네의 도움이 필요하네, 엘프리드."

"내가 할 수 있는 일이라면, 뭐……."

"우리나라의 신임 루마니아 대사에 대한 정보 좀 듣고 싶은데 말이야."

엘프리드 셔틀워스의 표정이 갑자기 굳어졌다.

"그게 무슨 소린가?"

"어젯밤 루마니아 대사관에서 열린 파티에 참석했던 사람이 나에게 전화를 걸었는데, 그 자리에서 그녀가 워싱턴의 내로라하는 고관들에게 상식 이하의 모습을 보였다더군. 자네 혹시 조간이나 석간 초판 읽어봤나?"

"읽었는데, 대사관 파티에 대한 기사는 있었지만 메리 애슐리 이야기는 전혀 없던걸."

"바로 그걸세, 그게 바로 핫뉴스라니까."

"뭐라고?"

"셜록 홈즈가 나오는 소설 있잖나? 거기서 개가 짖지를 않았단 말일세. 침묵을 지켰을 뿐이지. 신문이 바로 그 꼴이지 뭔가. 가십 기자들이 그런 달콤한 얘깃거리를 그냥 지나칠 리가 있겠어? 누군가가 기사를 잘라낸 거라고. 그것도 아주 힘 있는 사람이 말이야. 다른 인물이 그런 실수를 저

질렀다면, 지금쯤 각 신문사들은 신이 나서 떠들어대고 있지 않겠나?"

"꼭 그런 것만은 아니잖나, 벤."

"이것 보게, 엘프리드. 어디선가 난데없이 튀어나온 이 신데렐라가 대통령의 마법을 등에 업고 하루아침에 그레이스 켈리와 다이애너 황태자비, 재클린 케네디를 모두 합친 것보다 더 유명해졌단 말이야. 나도 그 여자가 제법이라는 건 인정하지만, 그렇게 대단하지는 않아. 물론 똑똑하긴 하지만 천재도 아니고 말이야. 내 짧은 소견으로는, 캔자스 주립대학에서 정치학을 강의하던 사람이 하루아침에 세상의 모든 시선이 집중되는 국가의 대사로 임명되기란 쉬운 일이 아니란 거지. 더 이상한 이야기 하나 들려줄까? 난 정크션 시티로 날아가서 그곳의 담당 보안관과 이야기를 나누어 보았네."

앨프리드 셔틀워스는 남은 술잔을 비우며 말했다.

"아무래도 한 잔 더 마셔야겠군. 자네가 이렇게 내 신경을 긁어놓으니 말이야."

"그건 피차 마찬가질세."

벤 코혼이 마티니를 한 잔 더 주문했다.

"계속해보게."

셔틀워스가 말했다.

"처음에 애슐리 부인은 자기 남편이 직업을 포기할 수 없다는 이유로 대통령의 제의를 거절했네. 그러다가 그녀의 남편이 갑자기 우연한 자동차 사고로 죽어버렸지. 어떤가? 덕분에 그녀는 루마니아 대사직을 수락하게 되었고 부쿠레슈티로 출발하기 위해 지금 잠시 워싱턴에 머무르고 있네. 이건 애초에 누군가가 치밀하게 계획한 일이란 말일세."

"아니, 누가 그런 계획을 꾸몄단 말인가?"

"바로 그게 문제의 핵심인 셈이지."

"벤……. 자네 도대체 무슨 얘길 하고 싶은 건가?"

"별다른 건 없어. 단지 먼스터 보안관이 한 이야기를 그대로 옮겨보겠네. 몸이 덜덜 떨리는 한겨울 밤에 어디선가 갑자기 대여섯 명의 목격자가 나타났다는 사실이 이상하다는 것일세. 그것도 사고 발생 한 시간에 정확히 맞춰서 말이야. 더 이상한 얘길 하나 들어보겠나? 그 후 그들이 모조리 증발해버렸다는 거야. 한 사람도 남지 않고."

"계속해보게."

"그래서 나는 애슐리 박사를 죽게 한 운전사를 만나러 라일리 기지까지 찾아가 봤네."

"그래, 그 친구는 뭐라고 하던가?"

"많은 얘기는 못 들었네, 그 사람 역시 죽어버렸으니까. 심장마비로 말이야. 스물일곱 살의 나이에 말일세."

셔틀워스는 자기 잔을 만지작거리며 물었다.

"뭔가 더 있을 것 같은데?"

"그럼, 더 있고말고. 육군 CID를 책임지고 있는 젠킨스 대령을 만나러 라일리 기지의 CID사무실에 가봤거든. 그 대령은 사건 현장을 목격한 사람들 중 한 사람이기도 한데, 그도 그곳에 없기는 마찬가지더군. 승진해서 전근을 갔다는 거야. 지금은 소장이 되어 어딘가 해외로 나갔다는데, 어디로 갔는지 아무도 모른다더군."

앨프리드 셔틀워스는 천천히 고개를 가로저었다.

"벤, 난 자네가 귀신같은 기자라는 것은 잘 알고 있네만, 이번에는 아무래도 자네가 헛다리를 짚은 것 같아. 자네는 지금 단순한 우연 몇 가지를 가지고 히치콕 감독의 영화 시나리오를 만들고 있는 걸세. 자동차 사고로 죽는 사람도 있고, 심장마비로 죽는 사람도 있을 수 있지 않겠나? 게다가 장교들이 승진을 하는 것도 어디 그렇게 이상하기만 한 일인가? 자넨 지금 아무것도 아닌 걸 가지고 엄청난 흉계를 꾸미고 있는 거라고."

"앨프리드, 자네 혹시 '자유를 위한 애국자'라는 단체에 대해서 들어본 적 있나?"

"아니. DAR('미국 혁명의 딸들'이라는 말의 약자로, 독립전쟁 참가자들의 자손들이 조직한 애국 여성단체) 같은 그런 단체인가?"

벤 코혼이 나지막한 목소리로 대답했다.

"DAR과는 비슷하지도 않은 거네. 다만 몇 가지 소문을 듣긴 했는데, 나도 뭐라고 딱 꼬집어 말할 수는 없네."

"무슨 소문인데?"

"동서양 몇몇 국가들의 고위층 좌익세력과 우익세력이 함께 결성한 일종의 비밀결사라는 거야. 물론 그들의 이데올로기는 서로 상극이네만, 그런 그들을 묶어 놓고 있는 것이 아주 무시무시한 일이라는 거지. 그 단체의 공산주의자들은 엘리슨 대통령의 정책이 동구권을 파괴하려는 자본주의적 술책이라고 생각하고 있는 반면에, 우익계 인사들은 그와 같은 정책이 우리 스스로를 멸망시키고 공산주의자들에게 문을 열어주는 결과를 가져온다고 믿고 있네. 그래서 그들은 그런 무서운 동맹을 체결한 것이라고 하더군."

"제기랄, 도대체 믿을 수 없는 얘기들뿐이군."

"어디 그뿐인 줄 아나? 핵심적인 고위간부들 외에도 각국의 정보기관에서 차출된 돌격대까지 관련되어 있다더군. 자네가 그걸 좀 알아봐 줄 수 있겠나?"

"글쎄, 확실히는 모르겠지만 어쨌든 노력은 해보겠네."

"그렇다면 절대 신중을 기해야 할 걸세. 만약 그런 조직이 진짜 있다면, 냄새 맡은 기미가 보이는 자를 결코 그냥 내버려두지는 않을 테니까 말일세."

"내가 다시 연락하겠네, 벤."

"고마워, 엘프리드. 이제 슬슬 음식을 주문해볼까?"

그들은 스파게티로 훌륭한 점심을 먹었다.

엘프리드 셔틀워스는 벤 코흔의 추론에 약간은 회의를 가지고 있었다.

'기자들은 뭐든지 항상 충격적인 각도에서 보려고 한단 말이야.'

그는 개인적으로 벤 코흔을 좋아하기는 했지만, 그가 말한 비밀결사를 어떻게 알아봐야 할지 막연하기만 했다. 그런 조직이 정말로 존재한다면 정부의 컴퓨터에 입력되어 있을지도 모른다. 하지만 엘프리드 자신은 컴퓨터와 전혀 무관한 부서에 속해 있었다.

'그래도 누군가 도와줄 사람이 있겠지.'

엘프리드 셔틀워스는 그 사람이 누구인지를 곧바로 기억해냈다.

'그 친구에게 전화를 해봐야겠군.'

CIA의 대간첩본부장 피터 코너스가 술집 안에 들어왔을 때, 엘프리드 셔틀워스는 마티니를 벌써 두 잔째 마시고 있었다.

"늦어서 미안하네. 피클 공장에 조그만 사고가 생겨서 말이야."

피터 코너스가 말했다.

그는 스카치를, 셔틀워스는 마티니를 한 잔씩 주문했다.

코너스의 여자친구와 셔틀워스의 아내가 같은 회사에 근무한 것이 인연이 되어 처음으로 만난 두 사람은 그 뒤로 꽤 친한 사이가 되었다.

어떻게 보면 코너스와 셔틀워스는 정반대의 사람들이었다. 한 사람은 첩보활동이라는 삭막한 세상에 깊숙이 관련되어 있었고, 다른 한 사람은 펜대만 굴리는 관료였다.

하지만 이런 커다란 차이 때문에 두 사람은 오히려 더욱 상대방에게 흥미를 느꼈고, 때때로 제법 쓸 만한 정보를 교환하기도 했다. 셔틀워스가 처음으로 피터 코너스를 만났을 때, 그는 무척 관심이 쏠리는 친구였다. 어쩐지 마음이 끌리는가 하면, 한편으로는 웬지 떨떠름한 구석이 있기도 했다. 피터 코너스는 철저한 보수주의자였다.

셔틀워스는 마티니를 한 모금 마신 뒤 천천히 입을 열었다.

"피터, 자네의 도움이 좀 필요할 것 같네. CIA 컴퓨터에서 뭘 좀 찾아봐줄 수 있겠나? 어쩌면 입력이 되어 있지 않을지도 모르겠지만, 친구에게 노력해보겠다고 약속을 했거든."

코너스가 내심 미소를 지었다.

'이 친구, 아무래도 마누라가 누구랑 바람을 피우는지 알고 싶은 모양이군.'

"좋아, 그 정도쯤 내가 못해주겠나? 나도 자네에게 진 빚이 있으니까. 그래, 누구에 대해서 알고 싶은 건가?"

"내가 알고 싶은 것은 사람이 아닐세. 어쩌면 그런 것은 존재하지 않을지도 모르네. '자유를 위한 애국자'라는 이름의 조직인데, 자네 혹시 들어본 적 있나?"

피터 코너스는 조심스럽게 들고 있던 글라스를 내려놓았다.

"그건 말할 수 없네, 앨프리드. 그걸 물어본 자네 친구란 사람이 도대체 누군가?"

"〈워싱턴 포스트〉 기자라네. 벤 코흔이라는……."

다음날 아침, 벤 코흔은 마침내 결정을 내렸다.

"아마 이건 세기적인 특종이거나, 아니면 아무것도 아니거나 둘 중의 하나야."

벤이 아키코에게 한 마디 했다.

"어머, 그래요!"

아키코는 고함을 질렀다.

"자기가 무척 기뻐하겠군요."

벤 코흔은 메리 애슐리에게 전화를 걸었다.

"안녕하십니까, 대사님. 벤 코흔입니다. 저를 기억하시겠습니까?"

"그럼요, 코흔 씨. 그 기사 아직 다 못 썼나요?"

"그것 때문에 다시 전화 드린 겁니다, 대사님. 정크션 시티에서 몇 가지 정보를 입수했는데, 흥미를 가지실 것 같아서요."

"무슨 정보인데요?"

"글쎄, 전화로는 좀 곤란한데……, 어디서 좀 만나면 안 될까요?"

"오늘은 정말 스케줄이 빈틈없이 꽉 짜여 있네요. 어디 보자……, 금요일 아침에 한 30분쯤 시간이 있을래나? 그때쯤 괜찮겠어요?"

'사흘 후잖아?'

"그 정도면 기다릴 수 있겠습니다."

"내 사무실로 오시겠어요?"

"대사님 사무실이 있는 빌딩 아래층에 커피숍이 하나 있는 거 아시죠? 그곳에서 뵙지요."

"좋아요. 그럼, 금요일에 만납시다."

그들은 서로 작별인사를 나눈 뒤 전화를 끊었다.

잠시 후, 둘 다 전화를 끊고 나자 어디선가 그 선의 수화기를 세 번째로 내려놓는 소리가 났다.

컨트롤러와 직접 연락할 수 있는 방법은 전혀 없었다. 그는 '자유를 위한 애국자'를 조직하고 재정을 뒷받침하고 있는 장본인이었지만 결코 그 자신이 모습을 드러내는 일은 없었다.

완전히 베일에 가려진 인물이었다. 그는 도저히 추적이 불가능한—코너스가 그렇게 노력했는데도—하나의 전화번호일 뿐이었다.

이따금씩 '60초 후에 연락하실 수 있습니다.'라는 녹음된 목소리가 흘러나올 때도 있었다. 아주 위급한 상황이 아니면 그 전화번호조차 이용하지 못하게 되어 있었다.

코너스는 공중전화 부스 앞에서 있었다. 어쩔 수 없이 녹음기에다 대고 용건을 얘기할 수밖에 없었다.

피터 코너스가 전한 소식은 오후 6시에나 접수될 것이다.

부에노스아이레스에서는 이미 8시가 되고 있었다.

컨트롤러는 코너스의 메시지를 두 번 반복해서 자세히 들어본 다음 전화를 걸었다. 그가 수화기를 통해 노이사 뮤네츠의 목소리를 듣기까지는 꼬박 3분이 걸렸다.

"여보세요?"

"전번에 엔젤에 대해 당신과 계약을 맺었던 사람이오. 그 사람과 다른 계약을 맺을 것이 있으니, 지금 당장 연락할 수 있겠소?"

"잘 모르겠어요."

노이사는 잔뜩 술에 취한 목소리였다.

컨트롤러는 치밀어 오르는 분노를 간신히 참아가며 다시 말해보았다.

"언제쯤 그에게서 연락이 올 것 같소?"

"모르겠는데요."

'죽일 년 같으니라고.'

"내 말 잘 들어요. 엔젤에게 매우 시급한 일이 있다고 전해주시오."

그는 마치 어린아이에게 훈계를 하듯이 차분하고 신중하게 말했다.

"잠깐만요. 화장실 좀 다녀와야겠어요."

수화기를 탁자 위에 내려놓는 소리가 들려왔다. 컨트롤러는 고개를 설레설레 흔들며 기다리고 있을 뿐이었다.

다시 꼬박 3분이 지나서야 그녀가 전화통에 대고 말했다.

"당신도 맥주를 많이 마시면 소변이 마려울 거예요."

컨트롤러는 이를 꽉 깨물었다.

"이건 굉장히 중요한 일이란 말이오."

컨트롤러는 그녀가 모든 것을 다 잊어버릴까 봐 차라리 두려워졌다.

"연필과 종이를 갖고 와서 내 말을 적어요. 천천히 얘기할 테니까요."

그날 저녁 메리는 캐나다 대사관이 주최한 디너파티에 참석했다. 그녀가 옷을 갈아입으려고 집으로 가려는데 제임스 스티클리가 말을 꺼냈다.

"이번에는 건배할 때 제발 조금씩 마시도록 하세요."

'제임스와 마이크 슬레이드는 정말 훌륭한 콤비가 되겠군.'

파티에 참석한 메리는 지금쯤 팀과 베스와 함께 집에 있다면 얼마나 좋을까 하는 생각만 하고 있었다.

그녀의 탁자에는 온통 낯선 사람들뿐이었다. 메리의 오른쪽에는 그리스의 선박왕이, 왼쪽에는 영국 외교관이 앉아 있었다.

필라델피아의 한 거물이 온몸에 다이아몬드를 휘감고 메리에게 말을 걸어 왔다.

"워싱턴 생활은 좀 어떠십니까, 대사님?"

"아주 좋은 편이에요."

"캔자스에서 빠져나왔으니 이제 살 만하겠군요."

메리는 언뜻 그녀의 말귀를 알아듣지 못하고 멍청하게 얼굴만 쳐다보았다.

"캔자스를 빠져나오다니요?"

그 여인이 이야기를 계속했다.

"난 중부 아메리카엔 한 번도 가본 적이 없지만, 얼마나 지긋지긋한지는 충분히 짐작하거든요. 농부들과 밀밭, 옥수수밭 말고는 아무것도 없으니 말이에요. 그런 곳에서 어쩌면 그렇게 오랫동안 견뎌냈는지가 의문스러워요."

메리는 머리끝까지 화가 치밀어 올랐으나 간신히 평상시의 목소리를 유지하며 대답했다.

"당신이 방금 말한 그 옥수수와 밀이 온 세계를 먹여살리고 있어요."

메리의 목소리는 무척 정중했다. 하지만 그 여인의 목소리 또한 꽤나 선심이나 쓰는 듯한 말투였다.

"우리가 타고 다니는 자동차는 휘발유로 움직이지만, 그렇다고 해서 유전 한가운데서 살려고 하는 사람은 아무도 없을 거예요. 문화면에서 보더라도 사람은 누구나 동부에서 살아야 한다고 생각해요. 캔자스에서는 하루 종일 농사일을 하지 않는다면 다른 할 일이 뭐가 있겠어요, 그렇지 않은가요?"

같은 자리의 다른 사람들도 모두 열심히 귀를 기울이며 그들의 이야기를 듣고 있었다.

메리는 정크션 시티의 추수감사제와 시골 장날, 대학극장에서 공연되던 고전연극 등이 마구 엇갈리며 기억에 떠올랐다.

밀포드 공원으로 가는 일요일 소풍, 소프트볼 경기, 수정 같은 호수에서의 낚시 등도 빼놓을 수 없는 추억거리였다.

잔디밭에서 펼쳐지는 밴드의 연주, 마을 회관에서 열리는 다과회, 이웃 사람들끼리 흥겹게 어울렸던 파티와 무도회, 추수기에 느끼는 흥분……, 겨울철이면 썰매타기와 7월 4일의 불꽃놀이……,

메리는 그 여인을 향해 천천히 입을 열었다.

"만약 당신이 한 번도 미국 중부에 가본 적이 없다면, 당신은 방금 하나도 모르는 이야기를 한 셈이에요. 안 그래요? 미국은 워싱턴과 로스앤젤레스와 뉴욕만으로 이루어진 나라는 아니에요. 미국에는 당신이 듣지도 보지도 못한 수천 개의 조그만 마을들이 있어요. 바로 그들 때문에 미국이 위대하다는 이야기가 나온다는 사실을 알아야 해요. 그들은 바로 서민과 농민과 노동자들이죠. 네, 그래요. 캔자스에도 발레단과 교향악단과 극장이 있어요. 당신에게 참고삼아 말씀드리겠어요. 캔자스에서 기르고 있는 것은 옥수수와 밀뿐이 아니에요. 그곳에도 신의 형상을 닮은 인간들이 살고 있거든요."

"당신은 결국 대단히 중요한 지위를 차지하고 있는 상원의원의 딸에게 엄청난 모욕을 준 셈이오."

다음날 아침 제임스 스티클리가 메리에게 해준 이야기였다.

"좀 더 심한 욕을 해주지 못한 것이 안타까울 뿐이에요."

메리는 담담한 목소리로 말했다.

목요일 아침, 엔젤은 무척 기분이 좋지 않은 상태였다. 부에노스아이레스에서 워싱턴까지 갈 예정이던 비행기가 폭발시키겠다고 걸려온 전화 협박 때문에 연기되었던 것이다.

'어디 불안해서 살 수가 있나.'

엔젤은 화가 치밀어 혼잣말로 중얼거렸다.

워싱턴에 예약해놓은 호텔방은 너무도, 정말 너무도 현대식이었다. 뭐라고 하면 좋을까. 그래, 꼭 플라스틱만으로 만들어진 세상 같았다.

'부에노스아이레스는 모든 것이 너무나 자연스러운데……, 이번 일을 어서 마치고 집으로 돌아가야겠군. 일은 간단하니까. 이건 아예 내 능력을 무시하는 일이잖아? 그래도 보수는 괜찮단 말이야. 오늘밤 안으로 모든 게 다 끝나겠지. 왜 나는 사람을 죽이는 일만 맡으면 이렇게 흥분이 되는 걸까?'

엔젤은 제일 먼저 전파상에 들른 다음, 페인트 가게와 슈퍼마켓을 차례로 찾아갔다. 엔젤이 슈퍼마켓에서 산 물건은 전구 6개뿐이었다. 나머지 장비는 모두 '파손주의……조심해서 다루시오.'라는 도장이 찍혀서 2개의 상자 안에 밀봉된 채 호텔 방에서 그를 기다리고 있었던 것이다.

첫 번째 상자 안에는 조심스럽게 포장된 4개의 군용 수류탄이 들어 있었고, 두 번째 상자에는 납땜 도구가 들어 있었다.

엔젤은 더할 나위 없이 아주 신중한 동작으로 첫 번째 수류탄의 윗부분을 잘라낸 다음, 밑바닥에 전구와 같은 색깔의 페인트를 칠했다.

다음에는 수류탄의 폭약을 끄집어내고 대신 진동 폭약을 채워넣었다.

그 수류탄 속을 단단히 채우면서 엔젤은 납과 유산탄을 그 속에 넣었다. 엔젤은 필라멘트가 파손되지 않게 조심하면서 전구를 테이블에 부딪혀 깨뜨렸다. 그리고 전구의 필라멘트에다 전기 충격식 뇌관을 납땜했는데 이것을 하는 데는 1분도 채 걸리지 않았다.

다음 단계로 안전성을 확보하기 위해서 필라멘트를 교화체(콜로이드 용액이 유독성을 잃고 그물 조직 형태로 굳어진 것. 한천, 두부, 젤라틴 따위) 속으로 집어넣고, 다시 그것을 페인트칠한 수류탄 속에 살짝 끼워 넣었다. 엔젤이 그 작업을 모두 마치고 났을 때 그 폭발물은 여느 전구와 조금도 다를 바 없어 보였다.

엔젤은 나머지 전구에도 똑같은 작업을 했다. 그러고 나자 엔젤은 전화가 오기를 기다리는 것 외에 아무런 할 일이 없었다.

그날 저녁 8시에 마침내 전화벨이 울렸다. 엔젤은 수화기를 들고 아무 말도 없이 그저 듣고만 있었다. 잠시 후, 묵직한 한 마디가 수화기를 타고 흘러나왔다.

"떠났어."

엔젤은 말없이 수화기를 내려놓았다. 조심스럽게, 아주 조심스럽게 전구는 완충용 포장지에 싸여져 서류용 가방 속으로 들어갔다.

호텔에서 아파트까지는 택시로 정확히 17분밖에 걸리지 않았다.

아파트 현관에는 문지기가 없기도 했지만, 설사 있다고 하더라도 그쯤은 엔젤에게 아무런 장애도 되지 않았을 것이다.

엔젤의 목적지는 5층의 복도 끝에 있었다. 그 아파트의 자물쇠는 슐라지의 초기 모델이어서 너무도 싱겁게 열렸다. 엔젤은 단 몇 초 만에 어두컴컴한 아파트 안에 들어섰고, 잠시 동안은 귀를 쫑긋 기울이며 꼼짝도 하지 않고 서 있었다. 아파트 안에는 아무도 없었다.

아파트 거실의 전구 6개를 갈아 끼우는 작업 또한 단 몇 분밖에 걸리지 않았다.

이어서 엔젤은 부에노스아이레스 행 야간 비행기를 타기 위해 덜레스 공항으로 향했다.

벤 코흔에게 그날은 몹시도 기나긴 하루였다. 아침에는 국무장관의 기자회견 때문에 정신이 없었고 내무장관의 퇴임식에 참석해서 점심식사를 했는가 하면 국무부의 한 친구로부터 비공개 브리핑을 듣기도 했다.

그는 일단 집에 돌아와 샤워를 하고 옷을 갈아입은 다음, 〈워싱턴 포스트〉지 편집장과 저녁식사를 하기 위해서 다시 집을 나섰다.

벤 코흔이 그 일을 모두 마치고 자신의 아파트로 돌아왔을 때는 이미 한밤중이 되어 있었다.

'애슐리 대사와 인터뷰할 준비나 해야겠군.'

벤은 그런 생각을 하며 집에 돌아왔다.

아키코는 다음날까지 돌아오지 않을 예정이었다.

'이건 똑같은 문제야. 난 나머지를 이용할 수도 있으니까. 하지만 제기 랄! 그 여자는 틀림없이 바나나 스플릿을 먹는 방법을 잘 알고 있을 거야.'

그는 씩 웃었다.

벤 코흔은 열쇠를 넣고 돌린 다음 문을 열었다. 실내는 칠흑처럼 어두 웠다. 그가 전등 스위치를 찾아내어 불을 켜는 순간, 갑자기 엄청난 불꽃 이 일며 온 방이 마치 원자 폭탄처럼 폭발해버리고 말았다.

벤 코흔의 몸뚱이가 산산조각 나서 사방의 벽에 흩뿌려졌다.

그 다음날, 엘프리드 셔틀워스의 아내는 남편의 실종신고를 냈다. 하지 만 그는 어디서도 발견되지 않았다.

주 루마니아 미 대사가 되다

"방금 공식 발표가 있었소."

스탠턴 로저스가 말했다.

"루마니아 정부가 당신을 미국대사로 인정했다는군요."

지금은 메리 애슐리의 생애에서 가장 가슴 두근거리는 순간이었다. 만일 할아버지께서 살아 계셨다면 자랑스러워하셨을 게 틀림없었다.

"내 마음 같아서는 늘 당신에게 기쁜 소식만 전하고 싶소, 메리. 대통령께서 당신을 만나고 싶어하니 당신을 백악관까지 데려다 주겠소."

"저, 그동안 당신이 해준 일들에 대해서 어떻게 감사해야 할지 모르겠어요, 스탠."

"내가 뭐 한 일이 있나요?"

로저스가 겸손하게 반문했다.

"당신을 선택한 것은 대통령 자신인 걸요. 내가 꼭 하고 싶은 말이 있다면, 대통령이 현명하고도 완벽한 선택을 했다는 것뿐입니다."

그는 싱글거렸다.

메리는 마이크 슬레이드가 머리에 떠올랐다.

"그렇지만 모두가 당신처럼 생각하고 있지는 않아요."

"그 사람들이 틀린 겁니다. 당신은 그곳에서 조국을 위해 어느 누구보다도 일을 잘할 수 있는 사람이라고 나는 확신하오."

"정말 고마워요. 당신의 기대에 어긋나지 않도록 최선을 다하겠어요."

메리는 진심으로 말했다.

그녀는 마이크 슬레이드와의 문제를 스탠턴에게 말하고 싶은 유혹을 느꼈다. 스탠턴 로저스는 막강한 권력의 소유자였다. 어쩌면 그가 슬레이드를 워싱턴에 머물도록 주선해줄 수도 있을 것 같았다.

'안 돼! 이 사람에게 어려운 부탁을 해선 안 돼. 지금까지 나한테 해준 것만도 엄청난데……'

"한 가지 제안할 게 있소. 부쿠레슈티로 직접 가는 것보다 아이들과 함께 파리와 로마에 들러서 며칠 지내는 게 어떻겠소? 로마에서는 타롬 항공편으로 부쿠레슈티까지 곧장 갈 수 있으니까 말이오."

"오, 꿈 같은 일이에요! 그런데 저한테 그럴 만한 시간이 있을까요?"

그러자 그가 윙크했다.

"고위층에 친구들이 좀 있어요. 내가 다 알아서 할 테니 대답만 해요."

순간 그녀는 자기도 모르게 스탠턴에게 매달렸다. 그는 아주 다정한 친구가 되어버렸던 것이다. 에드워드와 그토록 자주 꿈꾸던 일이 지금 막 현실로 나타나려 하고 있었다. 그렇지만 에드워드는 지금 없었다. 그와 보낸 시간은 달콤하면서도 쓰라린 추억일 뿐이었다.

메리와 스탠턴 로저스는 대통령이 기다리는 집무실로 안내되었다.

"이번 일이 늦어진 것에 대해 먼저 사과를 하고 싶소, 메리. 스탠턴에게 들었겠지만 루마니아 정부가 당신을 승인했소. 여기 신임장이 있소."

대통령은 그녀에게 신임장을 건네주었다. 메리는 천천히 그것을 읽어

내려갔다.

'메리 애슐리는 루마니아에서 미국 대통령을 대신하는 최고 대표로 임명되었다. 그리고 그곳의 모든 미국 정부 고용인들은 그녀의 관리 아래 있음을 여기에 밝힌다.'

"이것도 가지고 가시오."

엘리슨 대통령이 이번에는 여권을 건네주었다. 그것은 보통 쓰는 파란 색 표지가 아닌 검정색 표지로 되어 있었다. 겉장에는 금박으로 '외교관 여권'이라고 찍혀 있었다.

메리는 벌써 몇 주일이나 이 모든 것들을 기다려 왔다. 그러나 기다리고 기다리던 순간이 눈앞에 닥치자 모든 것이 그저 꿈만 같았다.

파리!

로마!

부쿠레슈티!

사실로 믿기에는 너무나 황홀했다. 그때 느닷없이 그녀의 어머니가 종종 하시던 말씀이 떠올랐다.

'메리야, 만약 믿을 수 없을 만큼 너무 좋은 일이 생긴다면 그건 어쩌면 사실이 아닐지도 모른단다.'

그날 석간신문에 조그만 기사가 실렸다. 〈워싱턴 포스트〉지 기자인 벤 코흔이 그의 아파트에서 가스 폭발로 죽었다는 내용이었다. 가스난로에서 아마 가스가 샜을 것으로 사고원인을 추정하고 있었다.

메리는 그 기사를 보지 못했다. 그래서 벤 코흔이 약속 장소에 나타나지 않았을 때, 그 기자가 약속을 잊어버렸든지, 아니면 이제 그녀에게 흥미가 없어졌든지 둘 중 하나라고 생각해버렸다. 그러고는 별다른 생각 없이 다시 사무실로 돌아와 평소처럼 일을 계속했다.

메리와 마이크 슬레이드는 점점 더 짜증스러운 사이가 되어갔다.

'내가 만나본 사람 중에서 가장 건방진 사람이야. 아무래도 그에 관한 얘길 스탠턴에게 해야 할 것 같아.'

스탠턴 로저스는 메리와 그녀의 아이들을 외무성의 리무진으로 덜레스 공항까지 데려다 주었다. 차 안에서 스탠턴이 말했다.

"파리와 로마의 대사관들은 당신네 일행 때문에 초비상일 거요. 당신과 아이들이 잘 지낼 수 있도록 그들이 모든 배려를 해줄 겁니다."

"고마워요. 스탠, 그동안 정말 애 많이 쓰셨어요."

스탠턴은 빙긋이 웃었다.

"그렇게 하는 것이 오히려 내게 얼마나 큰 기쁨이 되었는지 당신은 아마 모를 거요."

"로마에서는 카타콤에도 들를 수 있나요?"

팀이 물었다.

"그곳엔 무시무시한 것들이 많단다, 팀."

스탠턴이 겁을 주었다.

"그래서 더 가보고 싶어요."

공항에 도착하자 아이언 빌리어즈가 수십 명의 기자와 사진기자들을 대동하고 기다리고 있었다. 그들은 메리와 베스, 팀에게 둘러싸여 온갖 질문 공세를 퍼부었다.

마침내 스탠턴 로저스가 말했다.

"이제 그만들 합시다!"

외무성에서 나온 2명의 항공사 쪽 대표 중 한 사람이 그들을 귀빈 전용 휴게실로 안내했다.

아이들은 잡지 판매대로 달려가고 없을 때였다.

메리가 입을 열었다.

"스탠, 이런 일로 당신을 귀찮게 하고 싶지는 않지만요……. 저, 마이크 슬레이드가 내 보좌관이 된다는 게 사실인가요? 제임스 스티클리한테서 들었어요. 그 말이 사실이라면 이제 바꿀 수 있는 길은 없는 건가요?"

그러자 스탠턴은 깜짝 놀란 얼굴로 그녀를 바라보았다.

"슬레이드와 무슨 문제가 있는 겁니까?"

"솔직히 말해서 난 그 사람이 싫어요. 그러니까……. 그를 믿을 수가 없어요. 이유는 나도 몰라요. 어쨌든 다른 사람으로 바꿀 수 있으면 좋겠어요."

스탠턴 로저스는 잠시 깊이 생각하는 것 같았다.

"난 마이크 슬레이드를 개인적으로는 잘 모르오. 중동과 유럽에서 근무할 때 일을 아주 훌륭히 해냈다고들 하더군요. 그 정도 능력을 가졌다면 그는 당신이 필요로 하는 모든 전문 지식을 정확히 전달해줄 거요."

메리는 한숨을 쉬었다.

"스티클리 씨의 말도 바로 그랬어요."

"그의 생각과 같은 말을 내가 하게 되어서 안됐소만 메리, 슬레이드는 문제를 해결하는 데는 소질이 있는 사람으로 알려져 있소."

'그렇지 않아요, 스탠!'

그녀는 속으로 외쳤다.

'슬레이드는 문제를 일으키는 사람이라고요. 아, 그만둬야지.'

"그렇지만 혹시라도 그와 문제가 생기면 내게 말해줘요. 솔직히 말해서 당신이 처한 어떤 문제라도 내게 다 말해주면 좋겠소. 내가 힘닿는 데까지 돕겠소."

"정말 고마워요."

"이제 마지막으로 한 가지, 당신이 통신하는 모든 내용을 복사해서 워싱턴의 각 부서로 보내는 것, 잊지 말아요."

"네."

"그리고 만일 다른 사람한테 보이고 싶지 않은 얘기가 있으면 봉투 겉봉 맨 위에 엑스표를 3개 적어넣도록 하시오. 그러면 내가 직접 받게 될 테니까요."

"기억해두겠어요."

샤를 드골공항은 마치 과학소설에나 나오는 그런 공상의 나라처럼 보였다. 그녀에게는 돌기둥 만화경과 수백 개의 에스컬레이터가 난폭하게 이리저리 뛰어다니고 있는 것 같은 느낌을 주었다.

공항은 여행자들로 붐비고 있었다.

"내 옆에서 떨어지지 않도록 조심해라, 얘들아."

메리는 아이들에게 주의를 주었다.

에스컬레이터를 내려서서는 하릴없이 주위를 두리번거렸다. 마침내 지나가는 프랑스 인을 붙들어 세우고는 짧은 프랑스어 실력으로 더듬더듬 물어보았다.

"미안합니다만, 어디 가서 짐을 찾나요?"

그 사람은 프랑스 말투가 강하게 섞인 영어로 우물쭈물 대답했다.

"미안합니다. 부인, 난 영어를 모릅니다."

그러고는 쏜살같이 사라져 버렸다. 메리는 웃어야 할지, 울어야 할지 몰라서 그냥 그 뒷모습만 멍하니 바라보았다.

바로 그때였다. 말쑥하게 차려 입은 미국 청년이 서둘러 그들에게 다가왔다.

"대사님, 죄송합니다! 제가 비행기 안에서 대사님 일행을 맞도록 되어 있었습니다. 그런데 그만 자동차 사고가 나는 바람에 늦었습니다. 제 이름은 피터 캘러스라고 합니다. 이곳 미국대사관 직원이에요."

"만나서 정말 반갑습니다. 난 미아가 된 줄 알았어요."

메리가 반갑게 인사를 했다.

그녀는 아이들을 소개했다.

"이제 짐을 찾아야 할 것 같은데요?"

"염려 마십시오. 제가 모두 알아서 하겠습니다."

피터 캘러스가 그녀를 안심시켰다.

15분쯤 지나자 그들은 이미 공항 출구에 나와 있었다. 그러나 같은 비행기에 탔던 사람들은 그제야 세관을 통과해서 여권검사를 받고 있었다.

프랑스 정보부의 앙리 뒤랑 경감은 그들이 미리 기다리고 있던 리무진에 오르는 모습을 지켜보고 있었다. 자동차가 움직이기 시작하자 뒤랑 경감은 공중전화 부스로 들어가서 전화를 걸었다. 상대방의 목소리가 들리자 그가 말했다.

"토르 씨한테 소포 꾸러미가 파리에 도착했다고 전해주시겠습니까?"

리무진이 미국대사관 앞에 다가서자 한 떼의 프랑스 신문기자들이 달려들었다.

창밖을 내다보던 피터 캘러스가 감탄했다.

"맙소사! 이건 마치 폭동 같군!"

프랑스 주재 미국대사인 휴 사이먼이 그들을 맞았다. 그는 중년의 나이에 텍사스 출신으로, 둥근 얼굴에 뭔가 캐내려는 듯한 눈을 가진 사나이였다. 머리는 밝은 빨간색의 곱슬머리였다.

"모두들 당신을 몹시 만나보고 싶어 합니다, 애슐리 대사. 기자들이 아침 내내 내 뒤만 졸졸 따라다녔지요."

기자회견은 한 시간이 넘게 걸렸고, 그래서 메리는 기진맥진해서 기자실을 나왔다. 메리와 아이들은 사이먼 대사의 집무실로 안내되었다.

"자, 이제 끝났군요. 제가 이곳에 대사로 임명되어 왔을 때는 〈르몽드〉지의 뒷면 구석에 조그맣게 실렸을 뿐이었는데. 물론 제가 당신만큼 아름답지 못한 것은 사실입니다만."

사이먼 대사가 싱긋 웃다가 크게 소리내어 웃음을 터뜨렸다.

"아, 잊을 뻔했군요. 아까 스탠턴 로저스 씨한테서 전화가 왔습니다. 여러분이 이곳에 계시는 동안 한 치의 소홀함도 있어서는 안 된다는 지시였습니다. 저의 생사가 걸려 있다고 하더군요."

"정말로 생사의 문제인가요?"

팀이 물었다.

사이먼 대사가 진지하게 고개를 끄덕였다.

"그분이 그렇게 얘기했어요. 스탠턴 씨는 여러분들한테 많은 관심을 갖고 계시더군요."

"우리 모두 그분을 좋아해요."

메리가 말했다.

"제가 여러분을 위해 리츠호텔에 방을 하나 예약했습니다. 콩코드 광장 근처에 있는 아름다운 호텔이지요. 편안히 지내실 수 있을 겁니다."

"고맙습니다. 그런 곳은 비싸지 않을까요?"

메리는 걱정스러워서 한 마디 덧붙였다.

"네, 그렇지만 당신은 상관없습니다. 스탠턴 씨가 외무국에서 모든 비용을 지불하도록 처리해놓았습니다."

메리는 나지막하게 탄성을 질렀다.

"엄청난 사람이네요!"

"그분의 말씀으로는 당신이 그렇다고 하던데요?"

그날 오후와 저녁신문에는 '국민 대 국민운동'의 첫 주자인 루마니아 주재 대사가 파리에 도착한 내용으로 가득찼다. 텔레비전 저녁뉴스 시간에도 온통 그 이야기뿐이었고, 다음날 아침신문까지 그 기사로 가득했다.

뒤랑 경감은 쌓여 있는 신문을 바라보며 웃음지었다. 모든 것이 계획대로 진행되고 있었다. 아니, 기대했던 것 이상이었다.

그는 애슐리 대사가 다음 사흘 동안 다닐 곳도 점칠 수 있었다.

'그들도 모든 지각없는 미국인들이 보고 싶어하는 그런 곳들을 돌걸?'

뒤랑 경감은 혼자 그렇게 생각했다.

메리와 아이들은 에펠탑 옆에 있는 줄베르느 식당에서 점심을 먹고 개선문 꼭대기까지 올라갔다.

다음날은 루브르 박물관을 구경하면서 점심은 베르사유 궁전 근처에서 간단히 마치고, 저녁은 뚜르 다르장에서 했다.

팀은 식당 밖의 노트르담 성당을 내다보더니 느닷없이 중얼거렸다.

"꼽추는 어디에 감추어둔 걸까?"

파리에서는 모든 순간이 아름다웠다. 메리는 내내 에드워드가 함께 있다면 얼마나 좋을까 하고 생각했다.

그 다음날, 점심을 마친 그들은 공항으로 갔다. 그들이 로마행 비행기를 타기 위해 수속을 밟는 모습을 뒤랑 경감이 뒤에서 지켜보고 있었다.

'애슐리 대사는 역시 매력있군. 아니, 대단한 미인이야. 지적인 얼굴에 몸매도 그만이고, 정말 멋진 다리야. 엉덩이도……. 침대에서는 어떨까?'

뒤랑 경감은 속으로 중얼댔다.

아이들 또한 놀라웠다. 미국 아이들치고는 아주 예의 바르게 행동했다. 비행기가 뜨자 뒤랑 경감은 다시 공중전화 부스를 찾았다.

"토르 씨한테 그분의 소포 꾸러미가 로마로 가는 중이라고 전해주십시오."

로마의 레오나르도 다 빈치 공항에서도 역시 한 떼의 기자들이 기다리고 있었다. 메리와 함께 비행기에서 내리면서 팀이 외쳤다.

"엄마, 저길 좀 보세요. 저 사람들이 우리를 따라오고 있어요!"

사실이었다. 프랑스에서와 마찬가지였다. 여기에서 다른 것이 하나 있다면, 그들의 영어에는 이탈리아 말투가 섞여 있다는 것뿐이었다.

기자들은 이렇게 첫 질문을 해왔다.

"어떻게 이탈리아를 사랑하시게……?"

이탈리아 주재 대사인 오스커 바이너 역시 사이먼 대사만큼이나 궁금하게 여겼다.

"프랭크 시나트라도 이렇게 성대한 환영은 받지 못했습니다. 혹시 당신에게는 내가 모르고 있는 어떤 매력적인 구석이 있는 게 아닙니까, 애슐리 대사?"

"글쎄요, 한 가지 이유는 있다고 생각합니다. 언론이 관심을 갖고 있는 부분은 내가 아닙니다. 그들은 대통령의 '국민 대 국민운동'에 관심이 있는 것이지요. 머잖아 우리 미국은 철의 장막이 드리워진 모든 나라에 대표를 파견할 예정입니다. 그건 인류 평화를 위한 커다란 움직임이 될 것입니다. 바로 그 점이 언론의 관심을 끄는 것이지요."

잠시 생각에 잠긴 듯한 바이너 대사가 다시 입을 열었다.

"결국 당신이 얼마나 잘 해내느냐에 달린 셈이군요."

이탈리아 비밀경찰의 우두머리인 케사르 바르치니 총경은 메리와 아이들이 그곳에 머무르는 동안, 언제 어느 곳에 가면 그들을 만날 수 있는지를 정확하게 예측할 수 있는 사람이었다.

케사르 총경은 애슐리 가족을 감시하기 위해 2명을 배치했고, 그들이 날마다 보고할 때면 그 보고 내용이 자기가 미리 예측해두었던 바로 그대로임을 확인할 수 있었다.

"그들은 도니 가게에서 아이스크림 소다를 마신 다음, 비아 베네토 거리를 따라 걸어서 콜로세움을 관광했습니다."

"그들은 트레비 분수로 가서 동전을 던졌습니다."

"테르미 데 카라칼라를 찾아간 뒤 카타콤으로 갔습니다. 소년이 아파서 다시 호텔로 돌아왔습니다."

"그들은 보르기즈 공원에서 마차를 타면서 즐긴 다음, 피아차 나보나 거리를 따라 걸었습니다."

'그래, 실컷들 즐겨두시오.'

케사르 총경은 냉소를 지었다.

바이너 대사는 메리와 아이들을 공항까지 배웅했다.

"루마니아 대사관으로 보낼 외교관 우편 행낭이 있습니다. 어려운 부탁이지만, 그것을 당신 짐과 함께 가져가서 전해주실 수 있겠습니까?"

"기꺼이 전해드리지요."

케사르 바르치니 총경은 공항에서 애슐리 가족이 타름 항공의 비행기에 오르는 모습을 지켜보고 있었다. 그는 비행기가 떠날 때까지 남았다가 마침내 비행기가 뜨자 전화 부스로 다가갔다.

"발데르에게 전할 말이 있습니다. 모든 것이 완벽합니다. 언론계의 반응도 굉장했습니다."

앞으로 수행해야 할 막중한 임무들에 대한 생각이 메리 애슐리를 강하게 사로잡은 것은 비행기가 뜬 다음이었다.

그 사실이 믿기지 않아서 메리는 자기도 모르게 소리 내어 말했다.

"정말 루마니아로 가는구나! 거기서 난 미국을 대표하는 대사로 일을 시작하는 거야."

베스가 이상하다는 듯이 그녀를 바라보았다.

"그래요, 엄마. 우리 모두가 알고 있잖아요? 그래서 이렇게 지금 비행기 안에 앉아 있는 것이고요."

그렇지만 이렇게 흥분된 마음을 어떻게 아이들에게 이해시킬 수 있단 말인가. 비행기가 부쿠레슈티에 가까워질수록 그녀의 흥분은 점점 더해 갔다.

'전에 있었던 그 누구보다도 훌륭한 대사가 되어야지. 임기가 끝날 때 쯤에는 미국과 루마니아가 가장 가까운 우방이 되어 있을 거야.'

갑자기 '금연' 표시에 불이 들어왔다. 메리는 위대한 정치가가 되려는 꿈에서 마침내 깨어났다.

'벌써 부쿠레슈티에 도착했을 리가 없어.'

메리는 갑자기 두려워졌다.

'이륙한 지 얼마 되지도 않았는데, 왜 여기서 착륙하려는 걸까?'

비행기가 고도를 낮출 때 메리는 귀가 멍해지는 것을 느꼈다. 잠시 뒤에는 바퀴가 땅에 닿는 것을 알 수 있었다.

'이건 틀림없이 무슨 사고일 거야.'

메리는 믿기지 않았지만 불길한 생각을 떨쳐버릴 수 없었다.

'그래, 난 대사가 아니야. 대용물일 뿐이야. 난 지금 아이들까지 전쟁 속에 밀어넣고 만 거야. 하느님, 저를 도와주세요. 도러시와 내가 절대로 캔자스를 떠나지 말았어야 했는데…….'

제3부

Windmills of the Gods

갈등과 불화

부쿠레슈티 시내 중심에서 5마일 떨어져 있는 오토페니 공항은 근대적 시설을 갖춘 국제공항으로, 가까운 공산 국가들로부터 찾아오는 수많은 여행자들뿐만 아니라 해마다 루마니아를 찾아오는 소수의 서방 쪽 관광객까지도 빠른 입국 수속을 할 수 있게 되어 있었다.

공항 안에는 소총과 권총으로 무장한 갈색 군복을 입은 군인들이 서 있었으며 바깥의 혹독한 추위와는 관계없이 건물 그 자체에 냉랭하고 삭막한 분위기가 감돌고 있었다.

팀과 베스가 자기들도 모르게 메리에게 몸을 바짝 붙여왔다.

'그래, 너희들까지도 그것을 느끼고 있구나.'

두 사람이 그녀 쪽으로 다가오고 있었다. 미국인으로 보이는 한 사람은 호리호리한 몸매로 보아 운동선수 같았고, 몸에 잘 맞지 않는 외국제 같은 양복을 입고 있었다.

미국인이 자신을 소개했다.

"루마니아에 오신 것을 환영합니다, 대사님. 저는 일반 업무 담당 참사관인 제리 데이비스입니다. 이분은 루마니아 외무부의 의전국장인 투도르 코스타체입니다."

"부인과 자녀분들을 만나뵙게 되어 기쁩니다."

코스타체가 말했다.

"우리나라에 오신 것을 환영합니다."

'어떻게 생각하면 이곳은 내 나라가 될 수도 있는 거야.'

"물튜메스크 돔눌레."

메리가 말했다.

"루마니아 어를 할 줄 아시는군요! 쿠 폴라체레!"

의전국장 코스타체가 조그맣게 외쳤다.

"몇 마디밖에는 모릅니다."

메리는 그가 지나치게 흥분하지 않기를 바라며 서둘러서 덧붙였다. 팀이 말했다.

"부나 디미네아타."

메리는 자랑스러워하며 팀과 베스를 소개했다.

제리 데이비스가 말했다.

"리무진이 기다리고 있고, 매키니 대령은 밖에 있습니다."

'군무관 매키니 대령이 왔다고? 매키니 대령과 마이크 슬레이드.'

메리는 슬레이드도 이곳에 왔는지 궁금했지만 묻지 않았다.

세관을 통과하기 위한 긴 행렬이 기다리고 있었으나 메리와 아이들은 겨우 몇 분 만에 공항 밖으로 나왔다.

공항 밖에는 또다시 기자들과 사진 기자들이 기다리고 있었다. 그들은 메리가 이전에 부딪쳤던 혼잡스런 취재 경쟁을 하는 대신에 그들은 질서를 지켰고 잘 통제되어 있었다.

질문이 끝나자 그들은 메리에게 고맙다는 인사를 하고 무리지어 멀어져 갔다.

군복을 입은 매키니 대령이 길에 서 있었다. 그는 손을 내밀었다.

"안녕하십니까, 대사님? 즐거운 여행이 되셨습니까?"

"네, 고마워요."

"마이크 슬레이드도 마중 나오려고 했습니다만, 처리해야 할 중요한 일이 있어서 오지 못했습니다."

메리는 중요한 일이라는 것이 붉은 머리나 금발 아가씨와 노닥거리는 것일지도 모른다고 생각했다.

오른쪽에 성조기를 단 길고 검은 리무진이 그녀 앞에 와서 멈추더니, 운전사 제복을 입은 쾌활해보이는 사나이가 자동차 문을 열어주었다.

"이 사람은 플로리안입니다."

운전사는 가지런한 이를 드러내며 웃었다.

"이곳에 오신 것을 환영합니다, 대사님, 팀 도련님, 베스 아가씨. 여러분을 모시게 되어 기쁩니다."

"고마워요."

메리가 말했다.

"플로리안은 24시간 내내 대사님을 모실 겁니다. 제 생각에는 곧장 관저로 가서 짐을 풀고 쉬시는 게 좋을 것 같습니다만……. 그리고 나서 시내를 몇 군데 돌아보실 수도 있습니다. 아침에 플로리안이 미대사관으로 모셔다 드릴 것입니다."

"그렇게 하는 것이 좋을 것 같군요."

그녀는 다시 한 번 마이크 슬레이드가 어디에 있을까 하고 궁금하게 생각했다.

공항에서 시내까지 자동차로 가는 길은 매우 아름다웠다. 하지만 승용차와 트럭들로 붐비는 2차선의 고속도로는 한없이 정체되곤 했다. 몇 마일마다 길을 따라 느리게 걷는 집시들의 조그만 마차 때문이었다.

고속도로 양쪽에는 현대식 공장들이 중세식 창고들 옆에 서 있었다. 머리에 갖가지 원색 수건을 두르고 들판에서 일하는 여인들이 보이는 농장들을 몇 개씩 지나치기도 했다.

그들은 이어서 부쿠레슈티의 바네아사 국내선 공항을 지나갔다. 바로 그 공항 뒤쪽에 불길한 겉모습을 지닌 회색의 낮은 2층 건물이 보였다.

"저건 무슨 건물인가요?"

플로리안이 얼굴을 찌푸렸다.

"이 반 스텔리안 교도소입니다. 루마니아 정부에 반대하는 인사들을 가두는 곳입니다."

매키니 대령은 자동차의 문 옆에 달린 붉은 버튼을 가리키며 자세히 설명했다.

"이것이 비상 스위치입니다. 어떤 위급한 상황이 되면……, 말하자면 테러분자나 납치범이 공격해올 때, 이 버튼을 누르십시오. 이 스위치는 자동차에 있는 무전 송신기를 작동시켜 대사관의 모니터로 전파를 보냅니다. 또 동시에 지붕 위에 달린 붉은 등을 켭니다. 우리는 이 차의 위치를 몇 분 안에 추적해낼 수가 있습니다."

메리가 열의를 담아 말했다.

"그것을 쓰지 않게 되기를 바랍니다."

"저도 마찬가지입니다, 대사님."

부쿠레슈티의 중심가는 아름다웠다. 가는 곳마다 공원이 있고 기념물과 분수가 있었다.

메리는 할아버지께서 말씀해주시던 것이 생각났다.

'부쿠레슈티는 파리의 축소판이란다. 이곳에는 에펠탑의 모조품까지 있을 정도지.'

정말로 그랬다. 그녀는 조상들의 고국을 찾아온 것이다. 거리는 사람들과 버스와 전차로 붐비고 있었다. 리무진은 복잡하고 좁은 거리를 경적을 울리며 빠져나가 가로수가 양쪽에 늘어서 있는 조그만 거리로 들어섰다.

매키니 대령이 말했다.

"관저는 바로 저 앞쪽입니다. 이 거리는 소련인 장군의 이름을 따서 붙였습니다. 우스운 얘기 아닙니까?"

대사관저는 몇 에이커의 아름다운 뜰로 둘러싸여 있었는데, 크고 장엄한 3층의 옛 건물이었다.

관저의 직원들이 새 대사가 도착하기를 기다리며 집 밖으로 나와서 줄지어 서 있었다.

메리가 자동차에서 내리자, 제리 데이비스가 직원들을 소개했다.

"대사님, 관저의 직원들입니다. 미하이는 집사, 사비나는 사교 담당 비서, 그리고 로시카는 가정부입니다. 코스마는 주방장, 그리고 델리아와 카르멘은 허드렛일을 합니다."

메리는 한 줄로 늘어선 직원들 앞을 지나가면서 그들의 인사를 받았다.

'하느님 맙소사! 이 사람들을 내가 어떻게 다 부리지? 집에서는 요리와 청소를 도우러 1주일에 몇 번 오는 루신더뿐이었는데.'

"대사님을 뵙게 되어 영광으로 생각합니다."

사교 담당 비서인 사비나가 직원을 대표해서 말했다.

그들은 모두 뭔가 말해주기를 기다리면서 그녀를 바라보고 있는 것 같았다. 메리는 심호흡을 한 번 했다.

"부나 지우아. 물류메스크. 누 보르베스크……."

예전에 배운 몇 마디의 루마니아 말이 그녀의 머릿속에서 맴돌았다. 메리는 어찌할 바를 몰라 그들을 쳐다보고만 있었다.

집사인 미하이가 한 걸음 나와 고개를 숙였다.

"대사님, 저희들은 모두 영어를 할 줄 압니다."

메리는 안도의 숨을 내쉬었다.

"그렇군요. 고마워요."

집 안에는 얼음에 채운 샴페인과 맛있어 보이는 음식들이 가득찬 탁자가 그녀를 기다리고 있었다.

"정말로 먹음직스럽군요!"

메리는 엉겁결에 소리쳤다.

그들은 그녀를 배가 고픈 듯한 얼굴로 지켜보고 있었다. 그녀는 음식을 직원들에게 권해야 할지 어떨지를 몰라 망설였다. 직원들에게 음식을 먹도록 해야 하는 것일까? 메리는 대사로서 지내는 첫날을 실수로 시작하고 싶지는 않았다.

'새로 부임한 미국대사가 무슨 짓을 했는지 소식 들었나? 그녀는 직원들에게 음식을 같이 먹자고 했다더군. 그래서 직원들은 너무 충격을 받은 나머지 그만두겠다고 말했다는군.'

'새로 부임한 미국대사가 무슨 짓을 했는지 소문 들었나? 글쎄, 배고픈 직원들을 앞에 놓고 그들에게는 권하지도 않고 혼자 먹었다는 거야.'

"다시 생각해보니, 지금은 그다지 배가 고프지 않군요. 음......, 나중에 먹겠어요."

"집 안을 안내해드리겠습니다."

제리 데이비스가 말했다.

그들은 기꺼이 그를 따라갔다.

관저는 정말로 사랑스러운 집이었다. 오래된 모양을 하고 있기는 했지만 안락한 분위기가 매력적이었다.

아래층에는 출입구 통로와 책으로 가득 차 있는 도서실, 음악실, 거실, 그리고 넓은 식당, 식당에 딸린 편리한 부엌과 식기실이 있었다.

모든 방은 편안한 분위기로 장식되어 있었다. 식당 밖에 건물을 따라 붙어 있는 테라스는 넓은 정원과 이어져 있었다.

집의 뒤쪽으로 가니 사우나와 탈의실을 갖춘 실내 수영장이 나왔다.

팀이 소리쳤다.

"수영장까지 있잖아! 지금 수영을 해도 될까요?"

"나중에 하렴, 애야. 우선 자리부터 잡아야 하지 않겠니?"

아래층에서 가장 훌륭한 곳은 정원 가까이에 세워진 무도장이었다. 그 곳은 엄청나게 컸는데, 번쩍이는 배커라 촛대가 벽에 쭉 달려 있었다.

제리 데이비스가 설명했다.

"여기가 대사관의 모든 파티가 열리는 곳입니다. 이것을 보십시오."

그는 벽에 달린 스위치를 눌렀다. 뭔가 감기는 것 같은 잡음이 들리고, 천장의 한가운데부터 갈라지기 시작하더니 푸른 하늘이 보였다.

"이것은 자동으로 열 수 있게 되어 있습니다."

"와, 신기하다!"

팀이 소리쳤다.

"저것을 열어놓으면 여름에는 지나치게 덥고, 겨울에는 지나치게 추워서 탈입니다. 그래서 우리는 4월과 9월에만 주로 사용합니다."

"그래도 멋지군요."

찬바람이 들어오기 시작했기 때문에 제리 데이비스는 다시 스위치를 눌러 천장을 닫았다.

"2층의 방들을 안내해드리겠습니다."

그들은 제리 데이비스를 따라 계단을 올라가서 욕실 하나를 사이에 두고 2개의 침실이 있는 넓은 중앙 홀로 갔다.

중앙 홀에서 멀리 떨어진 곳에 거실과 의상실과 욕실을 갖춘 주 침실이 있었다. 그리고 그 옆에 욕실과 화장실과 세탁실이 딸린 약간 작은 침실이 한 개 있었다.

지붕 위에는 테라스가 있었는데, 계단이 따로 달려 있었다.

제리 데이비스가 다시 설명했다.

"3층에는 직원들의 방과 세탁실, 창고가 있고 지하실에는 포도주 창고

와 직원들 식당, 그리고 휴게실 등이 있습니다."

"엄청나게 크군요."

아이들은 방에서 방으로 뛰어다녔다.

"내 방은 어디예요?"

베스가 물었다.

"너희들 둘이 방을 정하거라."

"누나가 이 방을 쓰는 게 좋겠어. 주름 장식이 많이 달렸으니까."

주 침실은 화려한 대형 침대 한 개와 벽난로 가까이에 있는 긴 의자 2개, 안락의자 한 개, 고풍스러운 거울이 달린 화장대, 대형 옷장, 호화스러운 욕실을 갖추고 있었다. 창밖으로는 멋진 정원이 보였다.

델리아와 카르멘은 벌써 메리의 여행용 가방을 풀어놓고 있었다. 침대 위에는 바이너 대사가 루마니아로 가져가 달라고 부탁한 외교행낭이 놓여 있었다.

'내일 아침에 잊지 말고 대사관으로 가져가야지.'

그녀는 외교 행낭을 치우기 위해 침대로 다가갔다. 자세히 살펴보니 붉은 봉함에 뜯었다가 다시 붙인 흔적이 있었다.

'도대체 무슨 일이 있었을까? 공항에서 뜯어봤을까? 아니면 여기서? 그렇다면 누가 뜯어봤지?'

그녀는 이상하게 생각했다.

사비나가 침실로 들어왔다.

"모든 것이 마음에 드십니까, 대사님?"

"그래요. 그런데 나는 지금껏 사교담당 비서를 가져본 적이 없어요. 당신이 정확히 무슨 일을 하는지 전혀 모르겠군요."

메리가 솔직하게 말했다.

"대사님의 생활이 원만하게 이루어지도록 돌봐드리는 것이 제 임무입니다. 저는 대사님의 사교생활과 만찬, 점심 모임 같은 것들에 대한 일을 맡고 있습니다. 또 관저생활이 말썽 없이 이루어지도록 도와드리지요. 이곳은 고용인들이 많기 때문에 항상 말썽이 끊이지 않는답니다."

"물론 그렇겠지요."

메리는 영문을 알 수 없었지만 그저 싱겁게 대답했다.

"오늘 오후에 제가 할 일이 있겠습니까?"

'당신은 나한테 뜯어진 봉함에 대해서 설명을 해줄 수 있겠지.'

그러나 메리는 큰 소리로 대답하고 있었다.

"아무것도 없어요. 잠시 동안 쉬었으면 해요."

메리는 갑자기 온몸의 힘이 쭉 빠지는 것을 느꼈다.

그녀는 첫날밤의 대부분을 새로운 임무에 대한 걷잡을 수 없는 흥분과 함께 깊고도 차가운 고독한 느낌 때문에 거의 뜬눈으로 새웠다.

'이제는 모든 것이 내게 달려 있어요, 여보. 나는 믿고 의지할 사람이 여기 내 옆에 있어 주면서 두려워하지 말라고 토닥거려 주고 실패하지 않을 거라고 격려해주었으면 좋겠어요.'

새벽녘에 가까스로 잠이 든 메리는 마이크 슬레이드의 꿈을 꾸었다. 그는 이렇게 외치고 있었다.

"나는 아마추어를 증오합니다. 당신은 왜 고향으로 돌아가지 않죠?"

부쿠레슈티 소세아바 키제예프 21번지에 있는 미국대사관은 흰색의 반 고딕식 2층 건물로, 철제정문 앞을 회색 코트와 붉은 모자의 제복을 입은 군인이 지키고 있었다.

두 번째 경비병은 철문 옆에 있는 초소 안에 앉아 있었다. 그곳에는 지붕이 달린 자동차 출입구가 따로 있었고, 현관까지 장밋빛 대리석 계단이 깔려 있었다.

현관 안쪽은 장엄했다. 바닥은 온통 대리석이었고, 2개의 폐쇄회로 텔레비전 수상기가 얹혀 있는 책상 뒤에는 한 명의 해병대 병사가 앉아 있었다.

복도에는 역대 대통령들의 초상이 나란히 걸려 있었다. 그리고 회의실과 사무실들이 있는 2층으로 올라가는 계단이 하나 있었는데, 거기서 한 해병대 경비병이 메리를 기다리고 있었다.

"반갑습니다, 대사님. 저는 휴즈 하사입니다. 다들 구니라고 부릅니다."

"반가워요, 구니."

"모두들 대사님의 사무실에서 기다리고 있습니다. 제가 그곳으로 안내하겠습니다."

"고마워요."

메리는 하사를 따라 2층 접견실로 갔다. 그곳에는 한 중년 여인이 책상에 앉아 있었다.

그녀가 일어섰다.

"안녕하십니까, 대사님. 저는 대사님의 비서인 도러시 스톤입니다."

"안녕하세요?"

"모두들 저 안에서 기다리고 있습니다."

그녀가 사무실 문을 열자 메리는 서슴지 않고 방안으로 걸어 들어갔다. 커다란 회의용 탁자를 둘러싸고 9명의 간부들이 앉아 있었다. 그들은 메리가 방안에 들어서자 일제히 자리에서 일어났다. 그리고 모두 그녀를 주시했다.

메리는 피부로 감지할 수 있는 적의의 파장을 느낄 수 있었다. 그녀의 눈에 처음 띈 사람은 마이크 슬레이드였다. 메리는 어젯밤 꾼 꿈이 생각났다. 마이크 슬레이드가 먼저 입을 열었다.

"무사히 도착하셔서 반갑습니다. 대사관 각 부서의 책임자들을 소개하겠습니다. 이쪽이 행정담당 참사관인 루커스 잰클로우이고, 그 다음이 정치담당 참사관 에디 멀츠입니다. 다음은 경제담당 참사관 퍼트리샤 해트필드이고 행정관인 데이비드 월리스, 농업담당 참사관 테드 톰슨입니다. 일반 업무담당 참사관인 제리 데이비스는 이미 만나셨지요? 다음이 상무담당 참사관 데이비드 빅터입니다. 그리고 군무관인 빌 매키니 대령은 알고 계시고요."

"자리에 앉아주세요."

메리가 말했다.

그녀는 탁자의 윗자리로 가서 앉아 간부들을 둘러보았다.

'나이와 체격, 겉모습이 어떻든지 모두에게서 적의가 느껴지는구나.'

퍼트리샤 해트필드는 뚱뚱한 몸매와 매력 있는 얼굴을 갖고 있었다. 간부들 중 가장 어려 보이는 루커스 잰클로우는 아이비리그 출신처럼 보이는 옷을 입고 있었다.

다른 사람들은 그보다 늙고 머리가 희거나 대머리가 벗겨지고 깡마르거나 뚱뚱했다.

'이 사람들을 구별하려면 꽤나 시간이 걸리겠군.'

마이크 슬레이드가 말했다.

"우리 모두는 대사님의 지시에 따라 행동할 것입니다. 대사님은 언제 어느 때, 우리 중 누구라도 다른 사람으로 바꾸실 수 있습니다."

'거짓말! 당신을 바꾸려고 내가 얼마나 많은 노력을 했는데.'

메리는 분노를 느꼈다.

회의는 15분 동안 계속되었다. 그다지 중요하지 않은 내용들이었다.

마이크 슬레이드가 매듭을 지었다.

"도러시가 오늘 오후에 여러분과 대사님의 개인면담 시간을 마련해 줄 것입니다. 감사합니다."

메리는 그가 회의를 주재하는 것이 못마땅했다. 그녀와 마이크 두 사람만 남게 되었을 때 메리가 물었다.

"이 사람들 중에 누가 대사관에 파견된 CIA 요원이죠?"

마이크는 잠깐 그녀를 바라보다가 대답했다.

"그것을 알고 싶으시다면 저를 따라오시지요."

마이크는 사무실 밖으로 걸어나갔다. 메리는 한순간 주저하다가 그를 따라 양쪽에 사무실이 늘어서 있는 기다란 복도를 걸어갔다.

마이크는 해병대 경비병이 지키고 있는 커다란 문 앞에서 멈춰섰다. 경비병은 마이크가 문을 밀자 옆으로 비켜섰고, 그는 몸을 돌려 메리에게 방으로 들어오라는 몸짓을 했다.

메리는 마루와 벽과 천장이 온통 금속과 유리로 이루어진 기묘한 방에 들어서자 사방을 두리번거리지 않을 수 없었다.

마이크 슬레이드는 메리의 뒤에서 육중한 문을 닫았다.

"이곳은 도청 방지실입니다. 공산 국가에 있는 모든 대사관은 이런 방을 하나씩 갖고 있습니다. 이 방이 대사관 안에서 도청당하지 않고 있는 유일한 장소입니다."

마이크는 그녀의 얼굴에서 믿을 수 없다는 표정을 읽으며 계속해서 말했다.

"대사님, 대사관만이 도청당하고 있는 것은 아닙니다. 돈내기를 해도 좋지만 대사관저는 물론이고, 만일 대사님이 저녁을 드시려고 레스토랑에 가신다면 그 탁자까지도 도청당할 것입니다. 대사님은 지금 적의 영토 안에 있는 것입니다."

메리는 의자에 깊숙이 앉았다.

"그럼 어떻게 일을 하죠? 어디서나 자유롭게 얘기를 할 수 없다는 말인가요?"

"우리는 아침마다 도청 탐지기로 조사를 합니다. 그들의 도청장치를 찾아내서 모두 제거해버리죠. 그럼 그들은 다시 장치합니다. 또다시 우리가 떼어내죠."

"그렇다면 우린 왜 루마니아 인들을 대사관 안에서 일하게 합니까?"

"여기는 그들의 나라입니다. 그들은 자기들 근거지에 있기 때문에 모든 이점을 갖고 있습니다. 우리는 그들의 규칙대로 시합을 하는 것입니다. 아니면 시합 자체를 못하게 되고 맙니다. 하지만 그들도 이 방안에는 마이크로폰을 갖고 들어올 수가 없어요. 왜냐하면 하루 24시간 문 앞에서 해병대원이 지키고 있으니까요. 아시겠습니까? 그런데 대사님의 질문이 무엇이었죠?"

"나는 우리 간부들 중에서 누가 CIA 요원인지를 알고 싶었습니다."

"에디 멀츠입니다. 정치담당 참사관 말입니다."

메리는 그가 어떻게 생긴 사람인지 기억해내려고 안간힘을 썼다.

'회색 머리에 몸집이 뚱뚱한 사람? 아니다. 그 사람은 농업담당 참사관이지. 에디 멀츠……. 아, 중년 남자로 깡마른 얼굴에 범죄자같이 생긴 얼굴……. 아니면 그가 CIA 요원이라니까 범죄자 형으로 생각되는 게 아닐까?'

"간부 중에는 CIA 요원이 그 사람 하나뿐인가요?"

"그렇습니다."

마이크의 목소리에는 어딘가 석연치 않은 구석이 있었다. 그는 손목시계를 들여다보았다.

"30분 후 대사님은 신임장을 제출해야 합니다. 플로리안이 밖에서 기다리고 있을 것입니다. 신임장을 잊지 말고 갖고 가십시오. 원본은 이오네스쿠 대통령에게 드리고, 사본은 대사님의 금고에 보관해야 합니다."

메리는 어느새 이를 악물고 있었다.

"그쯤은 나도 알고 있습니다, 슬레이드 씨."

"대통령은 대사님이 아이들을 데리고 오기를 바라고 있습니다. 이미 관저로 자동차를 보내놓았습니다."

'내게는 한 마디 의논도 없이?'

"고마워요."

루마니아 정부의 본부 청사는 부쿠레슈티 시내의 중심가에 자리잡고 있었다. 사암으로 지은, 가까이 하기 어려워 보이는 건물이었다.

건물은 강철 벽으로 보호되고 있었으며, 정면에는 무장 군인들이 서 있었고 건물 입구에는 더 많은 경비병들이 서 있었다. 한 보좌관이 메리와 아이들을 위층으로 안내했다.

알렉산드루 이오네스쿠 대통령은 2층에 있는 기다란 직사각형의 방에서 메리와 아이들을 맞아주었다. 그는 당당한 풍채를 지니고 있었다. 마치 매를 닮은 흐트러짐 없는 외모와 검은 피부에 검고 곱슬곱슬한 머리를 갖고 있었다.

대통령은 지금까지 메리가 본 사람들 가운데 가장 짙은 인상을 주는 코를 지니고 있었다. 그 눈은 빛을 발하고 있었는데, 그 빛이 최면을 걸어도 될 정도로 강했다.

보좌관이 말했다.

"각하, 미국대사를 소개하겠습니다."

대통령은 메리의 손에 입을 맞추었다.

"부인은 사진보다 훨씬 더 아름다우십니다."

"감사합니다. 각하, 딸 베스와 아들 팀입니다."

"영리해 보이는 아이들이군요. 내게 줄 것이 있을 텐데요?"

그는 재촉하듯이 말했다.

메리는 그것을 깜빡 잊어버리고 있었다. 그녀는 재빨리 가방을 열고 엘리슨 대통령이 보내는 신임장을 꺼냈다.

대통령은 신임장을 대강 살펴보았다.

"감사합니다. 나는 루마니아 정부를 대표해서 신임장을 받았습니다. 부인은 이제 정식으로 우리나라에 주재하는 미국대사가 되셨습니다. 오늘 저녁에 대사를 위한 리셉션을 열겠습니다. 대사는 앞으로 함께 일하게 될 우리 정부 관리들을 만나보게 될 것입니다."

대통령은 그녀를 보며 밝게 웃음지었다.

"너무 친절하신 배려에 감사드립니다."

대통령은 다시 그녀의 손을 잡고 말했다.

"우리나라에는 이런 얘기가 있습니다. '대사가 이곳에 도착했을 때는 눈물을 흘린다. 왜냐하면 친구들을 떠나 낯선 외국 땅에서 몇 년을 보내야 하기 때문이다. 그러나 그는 이곳을 떠날 때도 눈물을 흘린다. 왜냐하면 정든 이 고장의 새로운 친구들과 헤어지지 않으면 안 되기 때문이다.' 나는 대사가 우리나라를 더욱더 사랑하게 되기를 바랍니다."

그러고는 그녀의 손을 쓰다듬었다.

"저도 그럴 것이라고 믿고 있습니다."

'이 사람은 나를 머리가 텅 비고 경박한 미녀형의 여자로 착각하고 있나 보군.'

메리는 불쾌하게 생각되었다.

'그런 생각을 깨우쳐 줄 일을 꼭 해내고야 말겠어.'

메리는 아이들을 집으로 보내고 나서 오후를 대사관에서 보냈다. 그녀는 넓은 회의실에서 각 부서의 책임자, 즉 정치과, 경제과, 농업과, 일반 업무과, 행정과, 상무과의 참사관들, 그리고 육군 군무관으로 참석한 매키니 대령과 회의를 가졌다.

그들은 모두 기다란 직사각형 탁자에 둘러앉았고, 각 부서의 젊은 직원들 10여 명이 탁자 뒤의 벽에 기대어 앉아 있었다.

몸집이 작고 잘난 체하는 상무담당 참사관이 여러 가지 사실과 숫자들을 줄줄이 늘어놓았다.

메리는 방안을 둘러보면서 생각했다.

'저 사람들의 이름을 전부 기억하지 않으면 안 되겠구나.'

그 다음이 농업담당 참사관인 테드 톰슨 차례였다.

"루마니아의 농림부 장관은 자기가 인정하고 있는 것보다 훨씬 더 나쁜 처지에 빠져 있습니다. 그들은 올해 심각한 흉작이었습니다. 우리는 그들이 무너지는 것을 그대로 보고 있을 수가 없습니다."

경제담당 참사관인 퍼트리샤 해트필드가 항의했다.

"우리는 이미 그들에게 충분한 원조를 해주었습니다, 테드. 또한 루마니아는 이미 유리한 국가 조약에 가입했고, GSP 국가입니다."

그녀는 메리에게 도전하는 듯한 눈길을 보냈다.

'저 여자는 내가 당황하도록 일부러 저런 말을 하고 있는 거야.'

퍼트리샤 해트필드는 건방지게 말했다.

"GSP 국가란……."

"……관세 특혜 일반 제도에 가입한 국가예요."

메리가 말을 가로막았다.

"하지만 우리는 루마니아를 저개발국가로 보고, 루마니아가 수입과 수출 부문에서 더 많은 특혜를 받도록 해주어야 합니다."

해트필드의 표정이 싹 달라졌다.

"그건 그렇습니다. 우리는 이미 비축해놓은 곡식을 그들에게 풀어주고 있습니다."

상무담당 참사관인 데이비드 빅터가 말을 가로막고 끼어들었다.

"풀어주고 있는 것이 아닙니다……. 대가를 바라고 풀어주는 체하고 있을 뿐입니다. 그들이 우리한테서 옥수수를 사게 하려면 더 많은 신용판매를 해야 합니다. 만일 우리가 그들에게 팔지 않는다면, 그들은 옥수수를 아르헨티나에서 사게 될 것입니다."

그는 메리를 돌아보았다.

"그렇게 되면 콩도 빼앗기게 될 것입니다. 브라질이 우리의 자리를 노리고 있습니다. 대사님이 할 수 있는 한 빨리 수상을 만나서 우리가 모든 거래에서 쫓겨나기 전에 일괄적으로 타협을 지어주셨으면 합니다."

메리는 탁자의 맞은편 의자에 깊숙이 앉아 있는 마이크 슬레이드를 바라보았다. 그는 메모지에 무엇인가를 끄적거리며 지금의 토론에는 전혀 주의를 기울이고 있는 것같지 않았다.

"할 수 있는 한 최선을 다해보겠어요."

메리가 약속했다.

그녀는 워싱턴의 상무부에 루마니아 정부에게 더 많이 외상으로 판매할 수 있도록 허가해달라고 요청하는 전문의 초안을 작성했다. 물론 돈은 은행에서 나오지만, 은행도 정부의 동의가 있어야 대부해줄 수가 있는 것이다.

정치담당 참사관이자 CIA 요원인 에디 멀츠가 말했다.

"우리에겐 좀 더 시급한 문제가 있습니다, 대사님. 열아홉 살의 미국인 학생이 어젯밤에 마약을 소지한 혐의로 체포되었습니다. 마약 소지는 이곳에서 대단히 심각한 범죄입니다."

"그가 가지고 있던 것이 어떤 종류의 마약이었죠?"

"그가 아니라 그녀입니다. 어린 여학생입니다. 그녀는 마리화나를 가지고 있었습니다. 2, 3온스 정도입니다."

"어떤 소녀입니까?"

"영리한 대학생입니다. 꽤나 예쁘기도 합니다."

"루마니아 쪽이 그녀를 어떻게 할 것 같습니까?"

"보통 마약 소지죄는 5년의 금고형입니다."

'맙소사! 5년 뒤 그녀가 감옥에서 나올 때 어떻게 변해 있을까?'

"우리가 어떻게 도울 수 있겠습니까?"

마이크 슬레이드가 따분한 듯이 말했다.

"대사님의 매력을 경찰의 우두머리에게 발휘하시면 됩니다. 그의 이름은 이스트라세입니다. 그는 엄청난 권력을 갖고 있습니다."

에디 멀츠가 계속했다.

"그 소녀는 함정에 빠졌다고 주장하고 있습니다. 그녀의 주장에도 일리는 있습니다. 그녀는 루마니아 경찰관과 정사를 나눌 정도로 어리석었습니다. 그녀를 침대로 끌어들인 다음에 그는 경찰에 밀고했습니다."

메리는 소름이 끼쳤다.

"어떻게 그렇게 할 수가 있을까요?"

마이크 슬레이드가 비정한 목소리로 대답했다.

"대사님, 이곳에서는 우리가 그들의 적입니다……. 그들이 아니고요. 루마니아 사람들은 지금 우리를 멋대로 데리고 놀고 있습니다. 우리는 그들을 소련에서 떼어놓으려고 웬만한 억지는 모두 들어주고 있습니다. 우리 쪽은 우호 국가지요. 하지만 솔직히 말하면, 그들은 아직 공산주의자임에 틀림이 없습니다."

메리는 또 메모를 했다.

"알겠어요. 할 수 있는 한 노력을 해보겠어요."

그녀는 일반 업무담당 참사관인 제리 데이비스를 돌아보았다.

"당신은 무슨 문제가 있죠?"

"우리 과는 대사관 직원들이 살고 있는 아파트를 수리할 허가를 얻어내는 데 어려움을 겪고 있습니다. 그들의 방은 지금 아주 형편없습니다."

"우리 자재로 우리 노력을 들여서 수리를 하는데 무슨 허가가 필요합니까?"

"불행하게도 허가가 필요합니다. 루마니아 정부는 어떤 건물이든지 수리할 때는 정부의 허가를 얻도록 하고 있습니다. 우리 직원들 일부는 난방이 들어오지 않는 데서 살고 있고, 또 어떤 아파트에서는 변기가 작동되지 않고 물이 나오지 않고 있습니다."

"그런 사정을 루마니아 쪽에 모두 얘기했습니까?"

"얘기했습니다. 지난 석 달 동안 하루도 빠짐없이 했습니다."

"그런데 어째서……?"

"그들은 일부러 우리를 골탕먹이려 하고 있습니다. 루마니아 쪽이 우리에게 벌이고 있는 신경전의 일부입니다."

메리는 메모지에 그것을 적었다.

아메리칸 라이브러리(미국 도서관 협회)의 도서실장인 잭 챈슬러가 말했다.

"대사님, 아주 긴급한 문제가 있습니다. 바로 어제 대단히 중요한 참고서 몇 권이 바로 이곳에서 도둑……"

애슐리 대사는 머리가 아파오기 시작했다.

그날 오후는 계속되는 불평을 듣느라 다 지나갔다. 모든 사람들이 불행한 것처럼 보였다. 그 다음에는 읽을거리가 기다리고 있었다. 책상 위에 서류들이 잔뜩 쌓여 있었는데, 그 전날 루마니아에서 발간된 신문과 잡지들의 영어 번역판도 있었다.

일간신문의 대부분은 각 면마다 서너 장씩 이오네스쿠 대통령의 사진을 싣고, 그날그날의 대통령 동정으로 지면 대부분을 채우고 있었다.

'믿을 수 없는 인간의 이기심이로군.'

읽어야 할 논문 초역도 있었다. 그것은 〈루마니아 리베라〉지, 주간지인 〈폴라카라 로지〉지, 〈마가지눌〉지에서 뽑아낸 것들이었다.

그러나 그것은 시작일 뿐이었다. 통신기사와 미국에서 보도된 새로운 사건들의 내용을 요약한 것도 있었다. 미국 정치가들의 중요한 연설문과 군축협상 보고, 미국의 경제현황에 대한 새로운 정보 등이 있었다. 하지만 메리를 가장 불안하게 하는 문제는 보좌관들이 숨김없이 드러내는 적의였다. 그것은 빨리 해결하지 않으면 안 되었다. 메리는 대사관의 의전관 해리어트 크루거를 불렀다.

"대사관에서 얼마나 오랫동안 일했죠?"

"루마니아와 단교하기 전 4년과 지난 3개월 동안입니다."

그녀의 목소리에는 비웃는 듯한 빛이 서려 있었다.

"이곳을 좋아하지 않나요?"

"저는 맥도널드와 코니 아일랜드를 좋아하는 미국 여성입니다. 유행가 가사에도 있듯이 '집으로 돌아가는 길을 가르쳐줘요'입니다."

"우리만의 비밀 얘기를 할 수 있을까요?"

"안 됩니다, 대사님."

메리는 잊고 있었다. 그래서 메리는 다시 말했다.

"그럼, 우리가 도청 방지실로 옮겨가면 어떨까요?"

메리와 해리어트 크루거는 육중한 문을 잠그고 도청 방지실에서 탁자를 사이에 두고 앉았다.

메리가 말했다.

"방금 어떤 생각이 내게 떠올랐어요. 오늘 간부 회의가 회의실에서 열렸는데, 그것도 도청당했을까요?"

크루거가 즐거운 듯이 말했다.

"뭐 그래도 아무 상관없습니다. 마이크 슬레이드가 루마니아 사람들이 이미 알고 있는 것 이상은 토의하지 못하게 했을 것입니다."

또다시 마이크 슬레이드였다.

"슬레이드에 대해서는 어떻게 생각하고 있죠?"

"그분은 최고예요"

메리는 자기 생각을 말하지 않기로 마음먹었다.

"내가 당신을 불러서 얘기하려는 것은 다름이 아니라, 대사관 안의 사기가 땅에 떨어져 있다고 느꼈기 때문이에요. 모든 직원들이 불평투성이더군요. 누구 하나 만족하는 사람이 없어요. 나는 그것이 나 때문에 그런 것인지, 지금까지 항상 그래 왔는지를 알고 싶어요."

해리어트 크루거는 메리를 한참 동안 바라보았다.

"정직한 대답을 원하고 계십니까?"

"제발 솔직하게 얘기해줘요."

"그 두 가지 다입니다. 이곳에서 근무하고 있는 미국인들은 모두 중압감 속에 살고 있습니다. 조금만 규칙을 위반해도 우리는 커다란 말썽에 휘말리게 됩니다. 우리는 루마니아 인과 사귀기를 두려워하고 있어요. 왜냐하면 그들이 비밀경찰일지도 모르기 때문이죠. 그래서 우리 미국인끼리만 서로 가까이 지냅니다. 하지만 미국인들은 수가 적어서 곧 지루해하게 되고, 또 근친상간의 위험도 내포하고 있습니다."

그녀는 어깨를 들어올리며 말했다.

"급료는 적고 음식은 형편없는 데다가 날씨까지 몹시 춥습니다."

그러고는 메리를 찬찬히 살펴보았다.

"그런 것들이 모두 대사님의 잘못은 아닙니다. 대사님에게는 두 가지 문제점이 있다고 볼 수 있습니다. 첫 번째는 대사님이 정치적으로 임명된 외교관으로서 직업 외교관들의 몫으로 있는 대사관을 책임지고 있다는 사실입니다."

그녀가 갑자기 말을 그쳤다.

"제가 너무 지나친 말을 했습니까?"

"아니에요. 계속해주세요."

"우리들 대부분은 대사님이 이곳에 부임해오시기 전부터 반대를 했습니다. 대사관의 직업 외교관들은 평지풍파를 싫어하는 경향이 있습니다. 그런데 정치적으로 임명된 외교관들은 모든 것을 바꾸기를 좋아합니다. 그들에게 부인은 프로들에게 이래라 저래라 하고 지시하는 아마추어로밖에는 보이지 않아요. 두 번째 문제는, 부인이 여성이라는 사실입니다. 루마니아는 남성우월주의자들의 나라입니다. 대사관에 있는 미국인 남성들도 여성한테서 명령 받기를 싫어합니다. 루마니아 인들은 더 말할 것도 없습니다."

"알겠어요."

해리어트 크루거가 빙긋 웃었다.

"하지만 대사님은 대단한 홍보 전문가를 두신 것 같더군요. 저는 평생에 그렇게 많은 잡지가 한 사람을 표지인물 기사로 다룬 것은 본 적이 없습니다. 어떻게 그렇게 하셨죠?"

메리는 그 질문에는 대답할 것이 없었다.

해리어트 크루거는 힐끗 손목시계를 보았다.

"이런! 너무 늦었습니다. 플로리안이 옷을 갈아입으시도록 관저로 모시고 가려고 기다리고 있습니다."

"옷을 갈아입다니 무엇 때문이죠?"

"제가 책상 위에 갖다놓은 일정표 못 보셨습니까?"

"그럴 시간이 없었어요. 어떤 파티에 꼭 참석해야 한다고 말하지는 말아요!"

"한 곳이 아니라, 여러 곳의 파티입니다. 오늘 밤에만 세 곳이니까요. 이번 주에만 대사님은 스물한 곳의 파티에 참석해야 합니다."

메리는 그녀를 바라보았다.

"그건 불가능한 일이에요. 너무 할 일이 많아서……."

"어쩔 수가 없습니다. 부쿠레슈티에는 75개 나라의 대사관이 있고, 어떤 날이든 특별한 날 밤이 되는데, 그들 중 누군가가 무엇인가를 경축하고 있습니다."

"참석하지 못한다고 할 수는 없나요?"

"그것은 미국 정부가 거부하는 것이 됩니다. 그러면 그들은 미국에 대해 반감을 갖게 되겠지요."

메리는 한숨을 지었다.

"가서 얼른 옷을 갈아입고 와야겠군요."

그날 오후의 칵테일 파티는 동독 정부의 고관이 루마니아에 온 것을 축하하기 위해서 루마니아 대통령궁에서 열렸다.

메리가 도착하자마자 이오네스쿠 대통령이 그녀에게 다가왔다. 그는 그녀의 손에 입을 맞추고 나서 이렇게 말했다.

"다시 뵙게 되기를 고대하고 있었습니다."

"고맙습니다, 각하. 저도 그랬습니다."

메리는 그가 몹시 술에 취해 있다는 것을 알았다. 그녀는 그에 대한 신상명세서를 기억해냈다.

'기혼자, 14세의 아들 하나, 딸이 3명, 호색가, 술을 많이 마심, 예리하고 농민다운 정신의 소유자, 자기가 좋아하는 것에는 좋은 자세를 보임, 친구에게는 관대하고 적에 대해서는 위험스럽고 잔인함.'

메리는 그가 '경계해야 할 인물'이라고 생각했다.

이오네스쿠 대통령은 메리의 팔을 잡고 사람들이 없는 구석으로 갔다.

"부인은 우리 루마니아 인을 좋아하게 될 것입니다. 우리는 아주 정열이 넘치는 사람들입니다."

대통령은 그녀의 팔을 쥔 손에 힘을 주었다. 그러고는 반응을 보기 위해서 그녀를 똑바로 보았다. 그는 메리가 아무런 반응도 보이지 않자 말을 계속했다.

"우리는 고대 아시아인과 서기 106년에 고대 아시아인을 정복한 로마인의 후손들입니다. 몇 세기 동안 우리는 유럽의 현관에 놓인 흙떨이개 노릇을 해왔습니다. 훈족, 고트족, 아바르족, 슬라브족, 몽고족이 우리를 밟고 지나갔지만, 루마니아는 살아 남았습니다. 그런데 어떻게 살아 남았는지 그 이유를 아십니까?"

이오네스쿠 대통령은 그녀에게 몸을 가까이 기울였다. 메리는 그의 숨결에서 술 냄새를 맡을 수 있었다.

"우리 국민들을 이끌었던 강력하고 견고한 지도력 때문이었습니다. 국민들은 나를 신뢰하고, 나는 그들을 올바르게 이끌어 가고 있습니다."

메리는 그녀가 들은 몇 가지 얘기들을 생각했다.

'한밤중의 체포, 사이비 재판, 잔학행위, 그리고 실종.'

이오네스쿠 대통령이 떠들어대고 있는 동안 메리는 그의 어깨너머로 그곳에 모인 사람들을 바라보았다.

적어도 200여 명의 사람들이 모여 있었는데, 메리는 그들이 루마니아에 있는 각 나라 대사관을 대표하고 있을 것이라고 생각했다. 메리는 곧 그들 모두와 만나게 될 것이다.

그녀는 해리어트 크루거의 일정표를 흘낏 들여다보고, 그녀의 첫 번째 의무 가운데 하나가 75개국 대사관을 일일이 공식 방문하는 것임을 알고는 흥미를 느꼈다.

그 주일의 6일 간이 칵테일 파티와 만찬으로 채워져 있었다.

'도대체 대사로서 할 일은 언제 하는 걸까.'

메리는 그것이 궁금했다. 그렇게 생각하면서도 그녀는 그런 모든 것이 대사로서 할 일의 일부분이라는 것을 깨달았다.

한 사나이가 이오네스쿠 대통령에게 다가와서 그의 귀에 대고 무언가를 속삭였다. 그러자 이오네스쿠의 표정이 차갑게 굳어졌다. 그가 루마니아 말로 내뱉듯이 말하자 사나이는 고개를 끄덕이고는 재빨리 멀어져 갔다. 독재자는 메리에게로 몸을 다시 돌리고는 미소를 지었다.

"급한 일이 있어서 가봐야겠습니다. 곧 다시 만나뵙게 되기를 기대합니다."

이오네스쿠 대통령은 그렇게 말하고 사라졌다.

의문점들

메리는 꼭 짜인 하루 일과를 일찍부터 준비하기 위해서 플로리안에게 6시 30분까지 자신을 데리러 오라고 부탁해두었다. 대사관으로 가는 리무진 안에서 그녀는 지난밤 대사관에서 관저로 배달된 보고서와 편지들을 읽었다.

대사관 복도를 걸어내려가서 마이크 슬레이드의 방을 지나던 메리는 깜짝 놀라 그 자리에 우뚝 섰다. 마이크가 면도도 하지 않은 얼굴로 책상에 앉아서 일을 하고 있는 것이 아닌가?

메리는 그가 밤을 새운 게 아닌가 생각했다.

"일찍 왔군요."

메리가 인사를 건넸다.

그러자 마이크가 고개를 들었다.

"안녕하세요. 잠깐 드릴 말씀이 있습니다."

"좋아요."

메리는 마이크의 사무실로 갔다.

"아니, 이곳 말고 대사님 사무실에서 말입니다."

마이크는 메리를 따라 두 방을 잇는 사잇문으로 해서 메리의 사무실로 들어가 서류 절단기가 있는 곳으로 곧장 다가갔다.

"이것이 서류 절단기입니다."

마이크가 그녀에게 설명을 시작했다.

"나도 알고 있어요."

"그렇습니까? 지난밤 사무실을 떠나신 뒤에도 종이쪽지 몇 개가 책상 위에 그대로 남아 있더군요. 지금쯤 아마 복사되어 모스크바로 발송되었을 겁니다."

"오, 맙소사! 깜박 잊었군요. 무슨 종이였죠?"

"대사님이 주문하려고 적은 화장품, 휴지, 그리고 다른 여성용품들이었습니다. 이건 좀 다른 얘기가 될지 모르지만, 이곳 청소부 아주머니들은 모두 루마니아의 안전기획부 사람들이라는 것을 명심하십시오. 게다가 루마니아 사람들은 자기네들이 얻은 조그만 정보도 이리저리 뭉쳐서 근사한 것을 만드는 데 천재랍니다. 주의할 점 첫째는, 저녁에는 모든 서류를 금고에 넣거나 서류 절단기에 넣어야 합니다."

"두 번째는 뭐죠?"

메리가 진지하게 물었다. 그러자 마이크는 싱글거렸다.

"두 번째로 대사님께서는 보좌관과 함께 커피를 마시는 것으로 하루 일과를 시작해야 합니다. 커피를 어떻게 드시죠?"

메리는 이 건방진 사내와 커피를 함께 마실 생각은 전혀 없었다.

"아, 나는 블랙으로요."

"됐습니다. 이곳에서는 몸매에도 신경을 쓰셔야 할 겁니다. 음식들이 모두 살찌는 데 알맞게 되어 있으니까요."

마이크는 다시 자기 사무실 쪽으로 가며 말했다.

"커피는 제가 직접 끓입니다. 아마 제 솜씨에 만족하실 겁니다."

메리는 자기 자리에 그대로 앉아 있었다. 그의 태도에 화가 치밀었다.

'저 남자를 조심히 다뤄야겠어. 될 수 있는 대로 빨리 이곳에서 쫓아내 버려야지.'

잠시 후 마이크는 김이 무럭무럭 나는 2개의 커피 잔을 들고 다시 나타났다.

"팀과 베스를 이곳 미국인 학교에 보내야 할 텐데, 어떻게 해야 할지 모르겠네요."

"제가 벌써 다 처리했습니다. 플로리안이 아침에 아이들을 데려다주고 오후에는 다시 데려올 겁니다."

메리는 깜짝 놀랐다.

"아니, 그럴 수가? 어쨌든 고마워요."

"시간이 나시면 한 번쯤은 학교에 들러보시는 게 좋을 겁니다. 아주 조그만 학교지요. 학생이 100명 정도밖에 없으니까요. 한 학년에 고작 여덟, 아홉 명씩이랍니다. 세계 각국에서 모인 아이들이지요. 캐나다, 이스라엘, 나이지리아……. 선생님들도 아주 훌륭하십니다."

"한번 찾아가보겠어요."

메리가 대답했다.

마이크가 커피를 한 모금 마시며 화제를 바꾸었다.

"지난밤 대사님께서는 이곳의 지도자분과 즐거운 대화를 나누신 걸로 알고 있는데요?"

"이오네스쿠 대통령과요? 네, 그분은 아주 재밌는 사람 같더군요."

"오, 그래요? 아주 사랑스런 친구겠죠. 그렇지만 일단 상대를 불쾌하게 생각하기 시작하면, 아마 당신 목도 잘라버릴 그런 사람입니다."

메리는 거리낌 없이 내뱉는 그의 태도에 조바심이 났다.

"그런 이야기라면 '도청방지실'에서 하는 게 어때요?"

"그럴 필요까진 없습니다. 오늘 아침 당신 사무실에서 도청장치를 모두 걸어냈으니까요. 지금은 안전해요. 그렇지만 수위나 청소부가 들어왔다 간 다음엔 언제나 조심해야 합니다. 다시 이오네스쿠 얘긴데요, 그의 매력에 빨려들지 마시기 바랍니다. 그는 겉만 번지르르한 잡놈입니다. 국민들은 모두 그를 경멸하고 있어요. 그렇지만 다른 도리가 없거든요. 비밀경찰은 어디에나 깔려있는 데다가 경찰과 KGB가 같이 일하고 있답니다. 주먹구구식으로 따져서 이곳 사람 세 명 중 한 명꼴로 KGB 요원이거나 비밀경찰 사람이라고 생각하면 거의 틀림없습니다. 또 루마니아에서는 외국인과 접촉하지 말 것을 법으로 정하고 있습니다. 그래서 만일 외국인이 루마니아 사람들 집에서 저녁을 함께 하고 싶다면 먼저 정부의 승인을 얻어야만 한답니다."

메리는 싸늘한 기운이 등줄기를 타고 흘러내리는 것을 느꼈다.

"또한 정부를 비난하거나 벽보를 쓰거나 탄원서에 서명을 하는 일도 루마니아 인들에게는 느낌으로 가야 하는 이유가 됩니다……"

메리도 공산국가의 탄압에 대해서는 잡지나 신문에서 읽어서 많이 알고 있었다. 그러나 그곳에서 직접 생활을 한다는 것은 또 다른 일이었다.

"그들도 재판은 하잖아요?"

메리가 반박이라도 하듯이 말했다.

"네, 때때로 그들은 보여주기 위한 재판을 하기도 합니다. 그럴 때면 서방 자유세계 기자들도 참석할 수 있도록 허락합니다. 그러나 대부분의 사람들은 경찰에 잡혀 있는 동안 심한 고문을 당하게 되지요. 그리고 루마니아에서는 우리가 방문할 수 없는 수용소들도 있답니다. 난 그곳을 방문했던 사람들한테서 듣기만 했는데, 그곳 환경은 정말 끔찍하답니다. 수용소는 주로 델타지역에 있다고 하더군요. 혹해 근처의 다뉴브 강변에 말입니다."

"그래야 도망칠 수 없을 테니까요."

메리는 머릿속의 생각을 말하기 시작했다.

"동쪽에는 흑해가, 남쪽에는 불가리아와 유고슬라비아, 그리고 다른 쪽 국경에는 헝가리와 체코슬로바키아가 있으니 루마니아는 철의 장막 속 공산국가에 꽁꽁 둘러싸여 있는 셈이지요."

"'타자기 지령'에 대해서 들어본 적 있나요?"

"아니, 못 들었어요."

"이오네스쿠의 엉뚱한 생각 중에서 아주 최근 것이랍니다. 그는 나라 안의 모든 타자기와 복사기를 등록하도록 명령했지요. 그런 다음, 모두 압수해버렸답니다. 그리고 지금 이오네스쿠는 모든 정보를 통제하고 있어요. 커피 더 드시겠습니까?"

"아니, 됐어요."

"이오네스쿠는 여기 사람들을 들들 볶고 있습니다. 그래도 사람들은 감히 반란을 일으킬 생각은 못하지요. 그 전에 총살당할 것을 알고 있으니까요. 여기 생활수준은 유럽에서 가장 낮습니다. 모든 물자가 부족한 상태니까요. 그래서 가게 앞에 줄을 서 있는 사람이 눈에 띄면 너나 할 것 없이 그 뒤에 무조건 달려가서 서지요. 기회가 있을 때 무엇이든지 사두 어야 하니까요."

"그 모든 것을 종합해보면, 내 생각에는 지금이 바로 우리가 이들을 도와줄 수 있는 아주 좋은 기회인 것 같군요."

마이크가 그녀를 바라보았다.

"그렇죠. 아주 좋은 기회일 겁니다."

그는 차갑게 대꾸했다.

그날 오후 워싱턴에서 보내온 새로운 전문들을 훑어내려가며 메리는 마이크 슬레이드를 떠올렸다.

그는 이상한 사람이었다. 건방지고 무례하면서도 한편으로는 자신의 아이들 학교 문제는 재빨리 처리해줄 정도로 꼼꼼하고 자상했다. 그리고 진심으로 루마니아 사람들과 그들의 문제에 대해서 걱정하고 있는 것같이도 보였다.

'그는 내가 생각했던 것보다 복잡한 사람이야. 그래도 아직은 그를 믿을 수 없어.'

자신을 빼고 몰래 직원들끼리만 회의를 하고 있다는 사실을 그녀가 알게 된 것은 정말 우연이었다. 메리는 루마니아 농림부 장관과 점심을 하기 위해서 사무실을 떠났다. 그런데 농림부에 도착해보니 장관은 대통령에게 불려가고 없었다.

메리는 다시 대사관으로 돌아와 그곳에서 점심식사를 하기로 했다. 사무실에 들어선 그녀는 비서에게 말했다.

"루커스 젠클로우, 데이비드 왈리스, 그리고 에디 멀츠한테 내가 좀 보잔다고 해요."

그러자 도러시 스톤이 머뭇거렸다.

"그들은 지금 회의 중입니다."

"회의라고? 누구와?"

도러시 스톤이 깊게 숨을 쉬더니 대답했다.

"다른 참사관들과 함께 말입니다."

이 말뜻을 이해하는 데는 잠시 시간이 걸렸다. 그리고 뒤이어 끓어오르는 분노를 가라앉히는 데 또 얼마의 시간이 필요했다.

"그러니까 나를 빼놓고 간부진들의 회의가 진행되고 있다는 뜻인가?"

"네."

이건 참을 수 없는 일이었다!

"이것이 처음 있는 일은 아닐 거라고 생각되는데?"

"여러 번 됩니다."

"이것 말고도 내가 모르고 있는 것이 또 있나?"

도러시 스톤은 또 한 번 숨을 깊게 들이쉬고는 대답했다.

"그들은 대사님의 서명 없이 전문을 보내고 있습니다."

'루마니아에 들끓고 있는 반혁명의 열기 같은 건 잊어버려라. 지금 바로 이곳 대사관에서 반동이 일어나려고 하지 않는가!'

"도러시, 오늘 오후 3시에 간부 회의를 소집해요. 한 사람도 빠지지 않도록 하고요."

"네, 알겠습니다."

메리는 탁자의 맨 윗자리에 앉아서 회의실로 들어오는 간부들을 지켜보고 있었다. 나이 든 선임자들은 탁자 앞에, 신참들은 벽을 따라 늘어선 의자에 가서 앉았다.

"안녕들 하셨습니까?"

메리가 차가운 말투로 시작했다.

"여러분의 시간을 많이 빼앗지는 않겠어요. 모두 바쁘신 분들이라는 것을 잘 아니까요. 이렇게 여러분들에게 갑자기 모이라고 한 것은, 간부진들의 회의가 내 허락도 없이, 또 나도 모르게 열리고 있다는 사실을 알게 되었기 때문입니다. 지금 이 시간부터는 그런 회의에 참석하는 경우, 어느 누구를 막론하고 즉시 해고할 것입니다."

비서 도러시는 열심히 그녀의 말을 적고 있었다.

"또한 내게 보고도 하지 않고 전문을 보내고 있는 점도 눈에 띄었습니다. 외무부 규례에 따르면, 대사는 그가 거느리고 있는 대사관의 간부를 임의로 해고할 수 있는 권한을 가지고 있습니다."

메리는 테드 톰슨에게 몸을 돌렸다. 농업담당 참사관이었다.

"어제 당신은 대사의 서명 없이 외무부에 전문을 띄웠죠? 내일 정오에 워싱턴으로 떠날 수 있도록 비행기 표를 예약해두었습니다. 당신은 이제 우리 대사관의 직원이 아닙니다."

그리고 메리는 방안을 한 바퀴 둘러보았다.

"다음에도 내 허락 없이, 또는 내가 모르게 전문을 보내는 일이 생긴다면 전문을 보낸 사람은 미국행 다음 비행기를 타게 될 것입니다."

모두 멍하니 앉아 있었고 방안에 침묵이 흘렀다. 그리고는 서서히 한 사람씩 자리를 뜨기 시작했다. 걸어나가는 마이크 슬레이드의 얼굴에 당황한 표정이 엿보였다.

도러시 스톤만이 남게 되자 메리가 물었다.

"잘한 것 같아?"

도러시가 싱글거렸다.

"군더더기 없이 매끈해요. 제가 본 간부회의 중 제일 짧고도 효과가 있었으니까요."

"됐어. 이제 통신실에 침을 놓을 시간이야."

동유럽권에 있는 대사관들은 모든 전문을 암호로 보내게 되어 있었다. 특수 텔렉스로 발송된 전문은 상대편 암호실의 전자기계로 자동 해독될 수 있도록 되어 있었다.

암호는 날마다 바뀌었으며, 다섯 가지로 나뉘어 있었다. 즉 극비, 1급 비밀, 2급 비밀, 대외비, 일반 문서였는데, 통신실은 최신 장비가 가득한 창문 하나 없는 방이었다. 문에는 빗장이 걸려 있었고 경비가 삼엄했다.

샌디 팰런스가 바로 통신실 책임자였다. 메리가 들어서자 그는 자리에서 일어났다.

"안녕하십니까, 대사님. 도와드릴 일이라도 있습니까?"

"아니오, 내가 당신을 도우러 왔소."

팰런스의 얼굴에 이상하다는 듯한 표정이 스쳐 지나갔다.

"네?"

"당신은 내 서명도 없는 전문을 보내곤 했죠? 다시 말하면, 공식 전문이라고 할 수 없는 그런 전문을 보낸 셈이죠."

샌디 팰런스가 방어태세를 보였다.

"그렇지만 참사관님들께서……."

"지금 이 시간부터 내 서명 없는 전문을 부탁하는 사람이 있으면 곧바로 그 전문을 내게 보내도록 하시오. 무슨 말인지 알겠죠?"

메리의 목소리는 단호했다.

팰런스는 속으로 외쳤다.

'맙소사 누군지 몰라도 이 여자를 잘못 보냈군.'

"네, 알겠습니다. 잘 알아들었습니다."

"됐어요."

메리는 홱 돌아서 방을 나왔다. 그녀도 CIA 요원들이 이 통신실에서 비밀채널로 통신을 하고 있다는 것은 알고 있었다. 그것을 막을 수 있는 길은 없었다.

그러면서도 속으로 대사관 직원 중 몇 명이나 요원일지가 궁금했다. 아무래도 마이크 슬레이드가 그것에 관해 그녀에게 전부 다 말하지는 않았다는 느낌이 들었다.

그날 저녁 메리는 하루 일과를 메모지에 정리하고 해결해야 할 문제들을 나누어 차례대로 적어내려갔다. 그러고는 침대 옆 탁자 위에 메모지를 올려놓고 잠을 청했다.

다음날 아침, 그녀는 욕실에서 샤워를 하고 옷을 갈아입고는 어제 적었던 메모지들을 집어들었다. 메모지의 순서가 바뀌어 있었다.

'대사관과 대사관저에는 도청장치가 있다고 믿으셔도 됩니다.'

메리는 잠시 그대로 선 채 생각에 잠겼다.

아침식사 시간에 팀과 베스, 그리고 메리만이 식당에 남게 되자 메리는 큰 소리로 말했다.

"루마니아 사람들은 정말 멋져. 그렇지만 어떤 면에서는 우리 미국에 못미치는 것이 많은 것 같더구나. 글쎄, 우리 대사관 간부들 아파트에 난방 시설이나 상수도 시설이 잘 안 되어 있다는 걸 너희들은 알고 있니? 게다가 변기도 고장투성이고 말이다."

베스와 팀이 엄마를 이상하다는 듯이 바라보았다.

"아무래도 내가 루마니아 사람들한테 그런 것들을 고치는 방법을 가르쳐주어야만 할 것 같더구나."

다음날 아침, 제리 데이비스가 말했다.

"무슨 일을 어떻게 하셨길래, 저희들 아파트에 온통 일꾼들이 몰려와서 고장난 곳을 수리하느라 야단법석이었습니까?"

메리는 살며시 웃었다.

"그들에게 친절하게 대해주기만 하면 됩니다."

간부회의가 끝났을 때, 마이크 슬레이드가 입을 열었다.

"찾아가 보셔야 할 다른 나라 대사관들이 많이 있습니다. 오늘부터라도 시작하시는 것이 좋을 겁니다."

메리는 그의 말투가 마음에 들지 않았다. 게다가 그것은 그가 관여할 일이 아니었다. 의전관은 해리어트 크루거였고, 그녀는 지금 휴가 중이었다. 마이크가 계속했다.

"대사관을 찾아가실 때 우선순위를 정하는 것은 매우 중요합니다. 제일 먼저 가서야 할 대사관은······."

"네, 소련 대사관이겠죠? 그 정도는 나도 알고 있어요."

"제가 도움을 드린다면······."

"슬레이드 씨, 만일 내가 당신의 도움이 필요하면 그때 당신에게 부탁하겠어요."

마이크가 깊은 한숨을 내쉬면서 자리에서 일어났다.

"좋습니다. 대사님 마음대로 하십시오."

소련 대사관을 방문하고 돌아온 뒤에는 사람들과 만나느라 하루를 다 보냈다. 뉴욕주 상원의원이 그녀를 찾아와서 이 대사관에서 의견이 다른 사람들에 대한 정보를 얻고 싶어했다. 그런 다음, 새로 임명된 농업담당 참사관과 이야기를 나누었다.

그녀가 막 사무실을 나서려는데 도러시 스톤이 벨을 울려 그녀를 불러 세웠다.

"긴급 전화가 대사님을 기다리고 있습니다. 워싱턴의 제임스 스티클리 씨입니다."

메리가 수화기를 집어들었다.

"안녕하세요, 스티클리 씨?"

전선을 타고 들리는 스티클리의 목소리는 타는 듯했다.

"하느님의 이름으로, 당신이 한 일에 대해서 솔직히 말해주겠소?"

"아니, 무슨 말씀이신지 잘 모르겠습니다."

"그렇겠지요. 당신의 행동 때문에 가봉대사가 국무장관한테 공식 항의를 해왔소."

"잠깐! 그건 오해입니다. 전 아직 가봉대사와 한 마디 말도 나눈 적이 없는데요?"

메리가 그의 말을 끊었다.

"바로 그거요. 그러면서도 소련대사와는 얘길 나누지 않았소?"

스티클리가 대꾸했다.

"네, 그런데 저, 오늘 아침에야 친선방문을 시작했습니다."

"친선방문에서 우선순위가 얼마나 중요한지 당신도 물론 잘 알고 있을 거요."

"네, 그런데요?"

"루마니아에서는 가봉대사관이 우선순위로 첫째요. 소련은 제일 마지막이고. 그리고 그 사이에 70개 나라가 있소. 질문 있소?"

"아뇨. 죄송합니다."

"다시는 이런 일이 되풀이되지 않기를 부탁드리오."

마이크 슬레이드가 그 소식을 듣고 메리의 사무실로 건너왔다.

"제가 말씀드리려고 했던 것이 바로 그것이었습니다."

"슬레이드 씨……."

"그런 일이 외교에서는 가장 중요하죠. 실제로 1661년에 런던에 도착한 에스파냐대사가 프랑스대사보다 먼저 인사를 가려고 프랑스대사가 타고 있던 마차를 공격해서 마부를 때려눕히고 두 필의 말을 풀어놓은 적도 있답니다. 지금이라도 늦지 않으니 사과문을 보내는 것이 좋을 것 같습니다."

메리는 그날 저녁식사가 뭔지 알 수 있었다. 까마귀 고기였다.(까마귀 고기를 먹는다는 것은 하기 싫은 일을 참으면서 한다는 뜻임.)

메리는 그녀와 아이들이 신문이나 잡지 기사에 오르내리는 것이 못마땅했다.

"이번에는 〈프라우다〉지까지 기사가 실렸던데요?"

자정에 메리는 스탠턴 로저스에게 전화를 걸었다.

그때가 그가 막 출근할 시간이기 때문이다. 그의 목소리는 곧 수화기를 타고 흘러나왔다.

"친애하는 대사님, 재미가 어떠십니까?"

"좋아요. 스탠 당신은?"

"하루 48시간인 일정만 빼고는 불평할 게 없지요. 솔직히 말하자면 나는 그걸 즐기고 있답니다. 그곳 일은 잘 되어가오? 내가 도울 수 있는 일이라도?"

"문제 같은 건 없어요. 정말로요. 그런데 제가 궁금한 일이 있어서요."

메리는 잠시 머뭇거렸다. 그가 오해하지 않도록 적당한 말을 고르고 있었다.

"지난 주 〈프라우다〉지에 실린 아이들과 제 사진을 보셨겠죠?"

"아, 그럼 봤지요. 근사하더군요! 마침내 우리들도 그네들 틈바구니를 뚫고 들어가기 시작한 셈이죠!"

스탠턴 로저스는 탄성을 올렸다.

"저 말고 다른 대사들도 그렇게 매스컴을 많이 탄 적이 있나요?"

"없었어요. 그렇지만 대통령은 아주 기뻐하고 있어요. 당신은 우리나라의 얼굴이니까요. 우리는 전 세계가 당신으로 해서 우리나라를 좋게 생각하게 되길 바라고 있소."

"저는 정말 부끄러워 죽겠어요."

"계속 열심히 해봐요."

그리고 잠시 농담을 주고받은 뒤 메리는 수화기를 내려놓았다.

'그랬구나. 매스컴들의 뒤에는 역시 대통령이 있었구나. 그런 대대적인 광고를 주선할 수 있는 사람은 대통령뿐일 테지.'

이반 스텔리안 감옥의 안쪽은 밖에서 볼 때보다 더 끔찍했다. 복도는 비좁았고 벽은 우중충한 회색으로 칠해져 있었다.

아래층의 검은 빗장이 걸려 있는 감방들은 죄수들로 가득했고, 계단 위에는 기관총을 든 정복 차림의 감시병이 왔다 갔다 하고 있었다.

감시병 하나가 감옥 뒤의 면회실로 메리를 안내했다.

"그녀는 여기에 있습니다. 10분 동안입니다."

"고마워요."

메리가 방안으로 들어서자 등 뒤로 문이 잠겼다.

해너 머피는 조그맣고 낡은 의자 위에 앉아 있었는데 손에는 수갑이 채워져 있었고, 죄수복을 걸치고 있었다.

에디 멀츠의 말에 의하면 그녀는 19세의 귀여운 학생이라고 했는데, 나이보다 열 살은 더 들어보였다. 그녀의 얼굴은 핼쑥했고 눈은 충혈되어 부어올라 있었으며 머리는 빗질을 하지 않아서 마구 헝클어져 있었다.

"안녕? 난 미국대사예요."

메리가 먼저 인사를 건넸다.

해너 머피는 그녀를 보자 설움이 북받치는 듯 마구 흐느껴 울기 시작했다. 메리가 해너의 어깨를 팔로 감싸며 달랬다.

"쉿, 모든 게 잘될 거예요."

"아뇨, 아니에요. 다음 주면 재판이 있을 거예요. 이런 곳에서 5년을 지내고 나면 난 죽을 거예요, 죽고 말 거라고요!"

소녀가 신음했다.

메리는 잠시 아무 말도 하지 않고 그녀를 가만히 감쌌다.

"좋아요. 무슨 일이 있었는지 내게 자세히 말해봐요."

해너 머피는 심호흡을 하더니 말을 시작했다.

"루마니아 남자를 사귀게 되었어요. 제가 외로울 때 그 사람은 저에게 아주 친절히 대해주었어요. 그리고 우린 잠자리를 같이 했어요. 제 친구가 마리화나 두 개비를 줘서 그 남자친구와 한 대씩 나누어 피웠어요. 그러곤 또 잠자리를 같이 하고, 잠이 들었어요. 아침에 눈을 떠 보니 그는 가고 없더군요. 대신 경찰들이 그곳에 있었어요. 전 알몸이었는데 제가 옷을 입는 동안에도 그들이 줄곧 지켜보고 있었어요. 그러곤 이 지옥 같은 곳으로 저를 끌고 왔어요."

그녀는 기운없이 머리를 가로 저으며 말을 이었다.

"그들이 5년이라고 내게 말해주었어요."

"내가 돕게 되면 그렇지 않을 거예요."

메리는 감옥으로 출발할 때 루커스 젠클로우가 그녀에게 한 말을 떠올렸다.

"그녀를 도울 길은 없습니다, 대사님. 우리도 전에 도우려고 해본 적이 있지요. 외국인에게는 5년이 기본입니다. 만일 그녀가 루마니아 인이었으면 무기징역감입니다."

지금 메리는 해너 머피와 마주앉아 이렇게 말하고 있었다.

"내가 힘닿는 데까지 돕겠어요."

메리는 해너 머피를 구속한 데 대한 경찰의 공식문서를 보자고 했다. 그 문서에는 아우렐 이스트라세 대령의 서명이 있었다.

그는 안전기획부의 우두머리였다. 서류는 간결했지만 해너의 범죄사실은 분명히 나타나 있었다.

'그래, 난 다른 방법으로 해봐야지.'

아우렐 이스트라세, 친숙한 이름이었다. 워싱턴에 있을 때 제임스 스티클리가 그녀에게 보여준 적이 있는 비밀 서류가 생각났다. 거기에서 이스트라세 대령에 관해 뭔가 읽었던 기억이 떠올랐다.

'그래, 바로 그거야.'

다음날 아침, 메리는 대령과 만나기 위해 알아보았다.

"시간 낭비일 뿐입니다. 이스트라세는 태산처럼 꿈쩍도 않는 사람입니다."

마이크 슬레이드가 퉁명스럽게 말했다.

아우렐 이스트라세 대령은 작고 까무잡잡한 사내였다. 얼굴에는 흉터가 있었고, 반짝거리는 대머리에 누런 이를 드러내고 있었다.

그가 젊었을 때 누군가가 그의 코뼈를 부러뜨렸는데, 원래대로 회복되지 않았다고 했다. 이스트라세는 새로 임명된 여자 대사에 대해 관심이 있었기 때문에 그녀를 만나러 대사관으로 와주었다.

"나와 얘기하고 싶어하신다고요, 대사님?"

"그래요. 와주셔서 감사합니다. 해너 머피의 일을 의논드리고 싶습니다만."

"아, 네. 그 마약장사 말씀이군요? 루마니아에서는 마약상들을 특히 엄하게 다스리고 있습니다. 그들은 영락없이 감옥행이지요."

"아주 훌륭합니다. 미국에서도 마약에 관한 법률을 좀 더 엄하게 했으면 하고 저는 바라고 있답니다."

이스트라세 대령이 이상하다는 얼굴로 그녀를 바라보았다.

"그렇다면 제 말에 동의하신다는 뜻입니까?"

"전적으로 동의합니다. 마약을 파는 자는 누구든지 감옥으로 보내야죠. 그런데 해너 머피는 마약을 팔지는 않았습니다. 그녀는 애인에게 한 대 피워보라고 권했던 것뿐이니까요."

"그건 마찬가지입니다. 만일에……."

"꼭 그런 것만은 아니죠. 대령님, 그녀의 애인은 당신네 경찰에서 경정으로 일하고 있잖습니까? 결과만 가지고 따져볼 때, 그도 마리화나를 피운 것은 사실입니다. 그런데 그도 처벌을 받았나요?"

"왜 그가 처벌을 받아야 합니까? 그는 마약 범죄 행위를 조사중이었을 뿐인데요?"

"그 경정에게 세 아이와 부인도 있다고 했죠?"

이스트라세 대령이 눈살을 찌푸렸다.

"그렇소. 미국 처녀아이가 그 남자를 침대로 유혹했던 겁니다."

"대령님, 해너 머피는 열아홉 살의 학생입니다. 경정은 마흔다섯이고요. 누가 누구를 유혹했다는 말씀인가요?"

"이런 일에 나이가 무슨 상관이 있습니까?"

대령이 고집스럽게 따졌다.

"경정의 아내도 남편의 이번 일을 알고 있나요?"

이스트라세 대령이 그녀를 노려보았다.

"그녀가 알아야 할 이유라도 있습니까?"

"왜냐하면 이건 함정이 분명하다고 느껴지기 때문입니다. 제 생각에는 이 사건을 매스컴에다 알리는 편이 좋을 것 같군요. 아마도 국제 언론계에서 좋아들 할 테니까요."

"그렇게까지 할 필요는 없다고 보는데요?"

순간 메리는 지금이 숨겨 두었던 에이스 카드를 던질 때라고 생각했다.

"그 이유는, 그 경정이 바로 당신의 사위이기 때문인가요?"

"그런 것은 아니오! 난 정의를 실현시키는 일을 하고 싶기 때문이오."

대령이 씨근덕댔다.

"저도 그래요."

메리는 이스트라세 대령을 안심시켰다.

그녀가 읽었던 비밀 서류에 따르면 대령의 사위는 외국인 여행자에게 다가가서 남녀를 가리지 않고 침대로 유인하는 명수로 알려져 있었다. 그런 다음 그들에게 마약을 살 수 있는 암시장을 알려주어 마약을 팔아먹고는 그들을 덮쳐 감옥에 집어넣는다고 했다.

메리는 타협하는 듯한 말투로 말을 이었다.

"제 생각에도 당신 사위의 잘못을 딸에게까지 알릴 필요는 없다고 생각되는군요. 모든 걸 감안해볼 때, 당신이 해너 머피를 조용히 감옥에서 빼내고, 내가 그녀를 미국으로 돌려보내도록 하는 것이 제일 좋을 것 같은데, 제 생각이 어떤가요, 대령님?"

이스트라세 대령은 담배연기만 뿜어대며 생각에 잠겨 있었다.

"당신은 매우 재미있는 분이군요."

마침내 그가 입을 열었다.

"고맙습니다. 당신이야말로 재미있는 분이십니다. 오늘 오후에 머피 양이 내 사무실로 오기를 기다리고 있겠습니다. 내가 첫 비행기로 그녀가 부쿠레슈티에서 떠나도록 하겠어요."

대령은 어깨를 들어올리며 말했다.

"제가 가진 조그만 영향력을 써보도록 하겠습니다."

"믿고 있겠어요. 이스트라세 대령님, 정말 고맙습니다."

다음날 아침, 해너 머피는 집으로 돌아갔다.

"어떻게 된 겁니까?"

마이크 슬레이드가 믿어지지 않는다는 듯이 물었다.

"당신의 충고대로 했지요. 그를 매료시켰답니다."

이상한 나라

베스와 팀이 처음으로 학교에 가는 날, 메리는 새벽 5시에 급히 회신하기를 바라는 야간 긴급 전문이 들어왔다는 연락을 대사관으로부터 받았다. 그것은 길고도 분주한 하루의 시작이었다.

그리고 메리가 관저로 돌아왔을 때는 이미 오후 7시가 지나 있었다. 아이들이 그녀를 기다리고 있었다.

"얘들아, 학교는 어땠어?"

"그런대로 마음에 들었어요. 22개국에서 온 아이들이 모여 있다는 것을 엄마는 알고 있었나요? 이탈리아에서 온 아주 잘생긴 사내아이가 공부 시간 내내 나만 쳐다보고 있었어요. 정말 멋진 학교예요."

베스가 대답했다.

"학교에는 근사한 과학 실험실이 있었어요."

팀이 덧붙였다.

"내일 우리는 루마니아의 개구리를 해부한댔어요. 정말 신기해요."

이번에는 베스가 말했다.

"애들이 모두 희한한 사투리로 영어를 말해요."

메리는 아이들에게 설명을 해주었다.

"내 말을 명심해라. 누군가가 이상한 발음으로 얘기할 때는 그애가 너희들보다 한 가지 말을 더 알고 있다는 뜻이란다. 아무튼 너희들이 학교가 마음에 든다니 다행이구나."

베스가 말했다.

"아니에요. 모든 것을 마이크가 돌봐줘서 그런 거예요."

"누가?"

"슬레이드 씨 말이에요. 그분은 자기를 마이크라고 부르라고 했어요."

"도대체 마이크 슬레이드가 너희가 학교에 가는 것과 무슨 상관이지?"

"그분이 얘기하지 않았나요? 그분은 팀과 나를 학교에 태워다 주고 교실까지 들어가서 우리를 선생님께 소개해주었어요. 그분은 선생님들과 친한 것 같던데요?"

"그분은 다른 학생들과도 친했어요."

팀이 거들었다.

"우리를 다른 아이들에게도 소개시켜 주었어요. 모두들 그분을 좋아했어요. 그분은 참 멋있어요."

'너무 지나치게 멋있어서 탈이지.'

다음날 아침, 마이크가 메리의 사무실에 찾아왔을 때 그녀가 말했다.

"당신이 베스와 팀을 학교에 데려다 주었다면서요?"

그러자 그는 고개를 끄덕였다.

"어린애들이 외국생활에 익숙해지기란 참으로 어려운 일입니다. 아이들이 정말로 착하더군요."

그에게도 아이가 있을까? 메리는 갑자기 자신이 얼마나 마이크 슬레이드의 사생활에 대해서 모르고 있는지를 깨달았다.

'차라리 그편이 나을지도 몰라. 그는 내가 실패하기를 바라고 있는 사람이니까.'

그녀는 마음속으로 자신의 성공을 다짐하고 있었다.

토요일 오후에 메리는 아이들을 데리고 외교관 클럽으로 나들이를 갔다. 그곳은 외교관들의 가족이 이런저런 소식을 주고받으려고 모이는 비공식 장소였다.

메리는 정원 안을 살펴보다가 마이크 슬레이드가 누군가와 음료수를 마시고 있는 것을 보았다. 그리고 그 여자가 몸을 돌렸을 때, 메리는 그녀가 자기 비서인 도러시 스톤이라는 것을 알았다.

메리는 순간 놀랐다. 그것은 마치 그녀의 비서가 적과 내통하는 현장을 본 것과 같았다. 메리는 도러시와 마이크 슬레이드가 얼마나 가까운 사이인지 궁금했다.

'이제부터 그녀를 너무 믿고 행동하지 않도록 조심하지 않으면 안 되겠구나. 아니, 도러시 뿐만 아니라 어느 누구도 지나치게 믿어서는 안 되겠어.'

의전관인 해리어트 크루거가 탁자 앞에 혼자 앉아 있었다. 메리는 그녀에게 다가갔다.

"함께 앉아도 실례가 안 되겠어요?"

"아니, 오히려 영광입니다."

해리어트는 핸드백에서 미국 담배를 꺼냈다.

"담배 피우시겠어요?"

"고맙지만 담배는 피우지 않아요."

"이 나라에서는 다른 것은 몰라도 담배 없이는 살아갈 수가 없습니다."

해리어트가 말했다.

"무슨 얘기인지 이해할 수가 없군요."

"켄트 한 갑이면 이 나라에서는 안 되는 일이 없다고요. 사실입니다. 의사를 만나고 싶으면 간호사에게 담배를 주면 됩니다. 정육점에서 고기를 사고 싶을 때, 자동차 수리를 부탁하고 싶을 때, 전기가 고장나서 전공을 부를 때, 담배를 갖고 그들을 매수해야 합니다."

메리는 머리를 갸우뚱했다.

"내 친구 중에 조그만 수술을 한 이탈리아 사람이 있는데, 그녀는 수술 준비를 할 때 새로운 면도칼을 써달라고 담당 간호사에게 뇌물을 줘야 했고, 몇 번씩 쓰던 낡은 붕대 대신 새로운 붕대로 수술한 곳을 감아달라고 또 다른 간호사를 매수하지 않으면 안 되었습니다."

"그렇지만 왜 낡은 붕대를……."

그러자 해리어트 크루거가 이렇게 대답했다.

"이 나라는 붕대뿐만 아니라 모든 의약품이 부족합니다. 동유럽권 나라들은 어디나 마찬가지입니다. 지난달에 동독에서는 소시지 식중독 사건이 일어났는데, 그들은 항혈청제를 전부 서방에서 긴급 수입하지 않으면 안 되었다고요."

"그런데도 국민들은 호소할 방법이 없군요."

메리가 안타까운 듯이 말했다.

"그들도 나름대로 방법을 갖고 있습니다. '불라'라는 말을 들어본 적 있나요?"

"없어요."

"불라는 루마니아 인들이 울분을 풀기 위해 만들어낸 전설적인 인물입니다. 이런 얘기가 있습니다. 어느 날 고기를 사려고 사람들이 정육점 앞에 장사진을 이루고 있었는데, 줄은 몇 시간이 지나도 움직이지를 않았습니다. 다섯 시간을 기다리다가 불라가 화가 나서 말했습니다. '궁전으로 달려가서 이오네스쿠를 죽여버려야겠다!' 두 시간 뒤 불라는 다시 정육점으로 돌아와서 줄을 섰습니다. 그래서 친구들이 물었습니다. '웬일인가?⋯⋯. 이오네스쿠를 죽이고 왔나?' 그러자 불라가 대답했습니다. '아닐세, 그곳에도 길게 줄이 서 있더군.'"

메리가 큰 소리로 웃었다.

해리어트 크루거가 말했다.

"이곳 암시장에서 가장 인기 있는 물건 중 하나가 뭔지 아세요? 우리나라의 가정용 비디오테이프입니다."

"그 사람들이 우리나라 영화를 좋아하나 보군요?"

"아닙니다⋯⋯. 그들이 관심을 갖는 것은 텔레비전 광고입니다. 우리가 당연하게 생각하는 물건들—그러니까 세탁기, 진공청소기, 자동차, 텔레비전수상기 등—은 그들과는 인연이 먼 것들입니다. 그들은 그 물건들에 매료당합니다. 그리고 진짜 영화가 시작되면 그들은 소변을 보러 나갑니다."

메리는 우연히 고개를 들었다가 마이크 슬레이드와 도러시 스톤이 함께 클럽을 떠나는 것을 보았다.

메리는 그들이 가는 곳이 어딜까 궁금했다.

메리가 대사관에서 고되고 힘든 하루를 보내고 저녁에 집으로 돌아왔을 때, 그녀가 원한 것은 오로지 목욕을 하고 옷을 갈아입은 다음, 잠을 자는 것이었다.

대사관에서는 모든 시간이 꼭 짜여 있어서 그녀 자신을 위한 시간은 전혀 가질 수가 없었다. 그러나 메리는 곧 관저도 편안한 곳은 아니라는 것을 알았다.

메리가 어디를 가든 그곳에는 고용인이 있었다. 그녀는 그들이 자신을 쉴새없이 감시하고 있다는 불편함을 느꼈다.

어느 날 밤, 메리는 새벽 2시에 일어나 아래층에 있는 주방으로 내려갔다. 냉장고 문을 열었을 때, 그녀는 무슨 소리를 들었다.

그녀가 돌아다보니 집사인 미하이와 로시카, 델리아와 카르멘이 그곳에 있었다.

"무엇을 드릴까요, 대사님?"

미하이가 물었다.

"아무것도 필요 없어요. 뭔가 요기할 것이 있나 해서 본 것뿐이에요."

주방장인 코스마가 들어와서 불쾌하다는 듯이 말했다.

"대사님께서 저에게 하실 일은 배가 고프다고 말씀해주시는 겁니다. 무엇이든지 금방 갖다 드리겠습니다."

그들은 그녀를 비난하는 눈초리로 바라보았다.

메리는 할 수 없이 이렇게 말했다.

"정말로 배가 고프지는 않았어요, 고마워요."

그러고는 방으로 도망치듯이 돌아왔다.

다음날 메리는 아이들에게 주방에서 일어났던 일을 들려주었다.

"나는 말이야, 내가 '리베커'에 나오는 두 번째 부인 같다는 생각이 들었어."

"'리베커'가 뭐예요?"

베스가 물었다.

"너희들이 언젠가는 읽게 될 아름다운 소설이란다."

메리가 사무실에 도착했을 때, 마이크 슬레이드가 기다리고 있었다.

"대사님이 봐두시는 것이 좋을 중환자가 있습니다."

마이크는 복도 끝에 있는 작은 방으로 그녀를 데리고 갔다. 긴 의자 위에는 얼굴이 핼쑥한 해병대 병사가 고통스러운 신음소리를 내고 있었다.

"어떻게 된 일이죠?"

"제 생각에는 급성맹장염 같습니다."

"그렇다면 빨리 환자를 병원으로 옮겨야 하지 않습니까?"

마이크는 그녀 쪽으로 돌아서서 똑바로 쳐다보았다.

"여기서는 안 됩니다."

"무슨 뜻이죠?"

"그를 로마나 취리히로 공수해야 합니다."

"그건 말도 안 되는 소리예요."

메리가 반박했다. 그녀는 병사가 듣지 못하도록 목소리를 낮추었다.

"환자가 얼마나 위급한지 보면 모르나요?"

"말이 되든 안 되든, 미국대사관 직원은 어떤 공산국가의 병원에도 절대 갈 수가 없습니다."

"도대체 무엇 때문에……?"

"왜냐하면 위험하기 때문입니다. 우리가 루마니아 정부와 비밀경찰에게 우리의 목숨을 내맡기는 거나 마찬가지기 때문이죠. 우리는 마취제나 스코팔로민 주사를 맞고 그들이 원하는 정보를 털어놓게 될지도 모릅니다. 이건 국무부의 규칙입니다. 어쨌든 이 환자를 빨리 공수해야 합니다."

"우리 대사관에는 왜 전속 의사가 없습니까?"

"우리 대사관은 C급에 속하기 때문이죠. 전속 의사를 둘 만한 예산을 갖고 있지 못한 것입니다. 미국인 의사가 석 달에 한 번씩 찾아오는 정도입니다. 그동안에는 약사가 자질구레한 병을 돌봐주고 있습니다."

마이크는 책상으로 가서 한 장의 서류를 집어들었다.

"여기에 서명해주십시오. 이 서류를 갖고 특별기로 그를 수송할 예정입니다."

"알았어요."

메리는 서류에 서명했다.

그녀는 젊은 해병대 병사에게 가서 그의 손을 잡았다.

"이제 괜찮아질 거예요. 곧 병원으로 가게 되니까요."

메리는 상냥하게 위로의 말을 해주었다.

두 시간 뒤, 환자는 취리히로 가는 비행기를 탔다.

다음날 아침, 메리가 마이크에게 해병대 병사가 어떻게 되었느냐고 묻자 그는 어깨를 들어올리며 말했다.

"수술을 했답니다. 아마 낫게 되겠지요."

마이크는 무관심하게 대답했다.

'저럴 수가! 도대체 저 사람을 감동시킬 수 있는 것은 무엇일까?'

갇혀 있는 사람들

아침 몇 시든 상관없이 메리가 대사관에 도착하면, 마이크 슬레이드는 항상 그녀보다 먼저 와 있었다.

메리는 대사관 파티에서는 그를 만난 적이 거의 없기 때문에, 밤마다 그는 혼자만의 사적인 오락을 즐기고 있을 거라는 생각을 하고 있었다.

어쨌든 마이크는 항상 그녀를 놀라게 만들었다.

어느 날 오후, 메리는 플로리안이 베스와 팀을 플로레아스카 공원의 스케이트장으로 데리고 가는 것을 허락했다. 메리는 아이들을 만나기 위해 조금 일찍 대사관을 떠났다.

공원 스케이트장에 도착했을 때 그녀는 마이크 슬레이드가 아이들과 함께 있는 것을 보았다. 세 사람은 함께 스케이트를 타면서 흥겹게 놀고 있었는데, 마이크는 아이들에게 피겨 스케이트 타는 법을 자세히 가르쳐 주고 있었다.

'아이들에게 그를 조심하라고 타일러야지.'

그러나 그녀는 무엇 때문에 그를 조심시켜야 하는지 뚜렷한 이유를 알지 못했다.

다음날 아침, 메리가 사무실에 도착했을 때 마이크가 헐레벌떡 뒤쫓아 들어왔다.

"두 시간 뒤에 의회사절단이 도착하게 됩니다. 제 생각에는……"

"의회사절단요?"

"의회의 외교사절단 말입니다. 상원의원 네 명과 그 부인들, 보좌관들입니다. 그들은 대사님이 직접 영접하기를 기대하고 있을 겁니다. 저는 그들이 이오네스쿠 대통령과 면담을 할 수 있도록 주선하고, 해리어트가 그들의 쇼핑과 관광을 안내하도록 할 생각입니다."

"알겠어요."

"제가 끓인 커피 한 잔 드시겠습니까?"

"좋아요"

메리는 그가 사잇문을 통해 자기 사무실로 들어가는 것을 지켜보았다. 참으로 이상한 사람이었다. 거칠고 무례하기 짝이 없는가 하면, 베스와 팀과 함께 있을 때는 더할 나위 없이 자상했다.

마이크가 2개의 커피 잔을 들고 돌아왔을 때, 메리가 말했다.

"당신에게 아이들이 있나요?"

그 질문은 마이크 슬레이드를 약간 당황하게 만들었다.

"아들 둘이 있습니다."

"어디에 있어요?"

"이혼한 아내가 데리고 있습니다."

그러고 나서 그는 갑자기 화제를 바꾸었다.

"우선 이오네스쿠 대통령과 면담을 할 수 있는지 알아봐야겠습니다."

커피는 맛있었다. 나중에 메리는 마이크 슬레이드와 커피를 마시는 것이 매일 아침의 일과가 된 것은 그날부터였다고 기억하게 되었다.

엔젤은 저녁때 부두 가까이에 있는 라보카에서 그녀를 만났다. 그곳에서 그녀는 다른 창녀들과 함께 서 있었다.

몸에 꽉 끼는 블라우스와 허벅지 길이로 잘라낸 청바지를 입은 그녀는 15세가 넘어 보이지는 않았다. 그녀는 그다지 예쁘지는 않았지만 엔젤에게 그런 것은 아무런 상관이 없었다.

"나와 함께 즐기자고."

그 아가씨는 근처의 엘리베이터가 없는 지저분한 아파트에 살고 있었는데, 더러운 방안에는 침대 하나와 의자 2개, 램프와 세면대가 있을 뿐이었다.

"옷을 벗어. 벌거벗은 몸을 보고 싶군."

소녀는 망설였다. 엔젤에게는 그녀를 두렵게 만드는 무언가가 있었다. 그러나 그날은 벌이가 시원찮았고, 그녀는 페페에게 돈을 가져가지 않으면 안 되었다. 그렇지 않으면 매를 맞는다는 것을 그녀는 알고 있었다. 그녀는 느릿느릿 옷을 벗기 시작했다.

엔젤은 선 채로 그것을 지켜보고 있었다. 블라우스가 벗겨지고 다음에는 청바지였다.

소녀는 속에 아무것도 입고 있지 않았다.

그녀의 몸은 가냘프고 야위었다.

"구두는 그냥 신고 있어. 이리로 와서 무릎을 꿇고 앉아라."

소녀는 시키는 대로 했다.

"이제부터 내가 말하는 대로 해야 한다. 알았지?"

그녀는 잠자코 듣고 있었다. 그러고는 겁에 질린 눈으로 쳐다보았다.

"그런 짓은 한 번도 해본 적이……."

엔젤은 소녀의 머리를 발로 걷어찼다. 그녀는 신음소리를 내며 마룻바닥에 쓰러졌다.

엔젤은 소녀의 머리채를 잡아서 일으켜 세우더니 침대 위에 내던졌다. 소녀가 비명을 지르자, 엔젤은 얼굴 한가운데를 주먹으로 내리쳤다. 소녀는 신음소리를 냈다.

"좋아. 나는 네가 지르는 신음소리가 듣고 싶었다."

억센 주먹이 소녀의 코를 명중해서 부러뜨리고 말았다. 30분 뒤, 엔젤이 일을 끝냈을 때, 소녀는 의식을 완전히 잃은 채 침대에 누워 있었다.

엔젤은 빙긋 웃으면서 소녀의 무참한 모습을 내려다보고는 몇 페소를 침대 위에 던졌다.

"그라시아스!"

메리는 될 수 있는 대로 많은 시간을 아이들과 함께 보내려고 노력했다. 그들은 여러 곳을 관광했는데, 가보고 싶은 박물관과 오래 된 성당들이 있었지만, 아이들의 가장 큰 관심은 브라소프 여행이었다. 그곳은 부쿠레슈티에서 100마일 떨어진 트란실바니아 지방 한가운데, 드라큘라의 성이 있는 마을이었다.

"그 백작은 사실 왕자였지요. 블라드 테페스 왕자였어요. 그는 터키군의 침공을 막은 위대한 영웅이었지요."

플로리안은 운전을 하면서 설명했다.

"나는 그 사람이 피를 빨아먹고 사람을 죽이는 것만 좋아하는 줄 알고 있었는데……."

플로리안이 고개를 끄덕였다.

"그래요. 불행하게도 전쟁이 끝난 뒤 블라드의 힘이 그의 머리끝까지 올라서 그를 자만하게 했어요. 그는 독재자가 되었고, 적들을 팔뚝에 잡아매고 찔러 죽였어요. 그렇게 해서 전설은 그를 흡혈귀로 만들어 갔지요. 브람 스토커라는 아일랜드 인이 그 전설을 바탕으로 소설을 썼습니다. 괴상한 책이지만, 그 때문에 관광객이 해마다 몰려들고 있습니다."

브란성은 산꼭대기에 높이 치솟아 있는 거대한 석조기념물이었다. 성으로 이르는 가파른 돌계단을 꼭대기까지 올라갔을 때 그들 모두는 완전히 지쳐 있었다.

그들은 여러 가지 무기와 고대의 기물들을 전시해놓은, 천장이 낮은 방으로 들어갔다.

"여기가 드라큘라 백작이 희생자들을 살해하고 피를 마신 곳입니다."

안내인이 무시무시한 목소리로 설명했다.

방안은 습기가 차 있고 을씨년스러웠다. 거미 한 마리가 팀의 얼굴을 스쳐 지나갔다.

팀이 엄마에게 말했다.

"난 하나도 무섭지 않아요. 하지만 빨리 이 방에서 나가면 안 될까요?"

6주에 한 번씩 부쿠레슈티 교외에 있는 조그만 비행장에 미공군 C-130 수송기 한 대가 착륙했다.

그 수송기는 부쿠레슈티에서는 구할 수 없는 식료품과 사치품들을 가져오는데, 이것은 프랑크푸르트에 있는 미군기지를 통해서 미대사관 직원들이 주문한 물건들이었다.

어느 날 아침, 메리와 마이크 슬레이드가 언제나처럼 커피를 마시고 있을 때, 마이크가 말했다.

"대사관에 물품을 보급하는 비행기가 오늘 도착합니다. 함께 비행장에 나가보시지 않겠습니까?"

메리는 그만두겠다고 대답하려고 했다. 그녀에게는 그것 말고도 할 일이 너무 많았고, 그것은 그다지 중요한 일같이 생각되지도 않았다. 그러나 마이크 슬레이드는 쓸데없는 일에 공연히 시간을 낭비할 사람이 아니었다. 호기심이 그녀를 이끌었다.

"좋아요."

그들은 비행장으로 차를 몰았다. 가는 도중에 그들은 해결해야 할 대사관의 여러 가지 문제들에 대해서 의논했다.

대화는 냉정하고 개인 감정이 섞이지 않은 채 이어졌다.

그들이 비행장에 도착하자 무장한 해병대 하사관이 문을 열고 리무진을 통과시켜 주었다.

10분 뒤, 그들은 수송기가 착륙하는 것을 지켜보았다.

비행장의 경계를 이루는 울타리 밖에는 수백 명의 루마니아 인들이 몰려 있었다. 그들은 굶주린 얼굴로 승무원들이 수송기에서 짐을 내리는 것을 지켜보고 있었다.

"저 군중들은 여기서 무얼 하고 있는 겁니까?"

"꿈들을 꾸고 있습니다. 자기들이 도저히 가져볼 수 없는 것들을 구경하고 있는 것입니다. 그들은 우리가 스테이크와 비누, 향수를 가져온다는 것을 알고 있습니다. 비행기가 도착할 때마다 항상 저렇게 군중들이 몰려듭니다. 비행기가 오는 때를 어떻게 알아내는지 신기할 정도입니다."

메리는 울타리 밖에서 게걸스럽게 이쪽을 보고 있는 얼굴들을 찬찬히 살펴보았다.

"믿을 수 없는 일이군요."

"저 비행기는 그들에게는 하나의 상징입니다. 저것은 단순한 물건이 아니에요. ……저것은 국민들을 보살펴주는 자유세계를 대표하고 있는 것입니다."

메리는 그를 향해 돌아섰다.

"왜 나를 이곳에 데리고 왔죠?"

"대사님이 이오네스쿠 대통령의 감언이설에 속아 넘어가지 않게 하기 위해서입니다. 이것이 루마니아의 진실입니다."

매일 아침, 출근할 때마다 메리는 대사관의 영사부에 들어가기 위해서 기다리는 사람들이 문밖에 긴 행렬을 이루고 있는 것을 주의 깊게 살펴보았다. 그녀는 그 사람들이 영사가 해결할 수 있는 사소한 문제들로 찾아온 사람들이겠거니 하고 생각하고 있었다.

그러나 그 특별한 날 아침, 메리는 창문으로 다가가 그 사람들을 자세히 살펴보았다. 그리고 그 사람들의 얼굴 표정을 보고는 마이크의 사무실로 달려가지 않을 수 없었다.

마이크는 그녀와 함께 창문으로 다가갔다.

"저 사람들은 대부분이 루마니아 계 유대인들입니다. 저들은 비자 신청을 하기 위해 기다리고 있는 것입니다."

"하지만 부쿠레슈티에는 이스라엘 대사관이 있잖아요. 왜 그곳에 가지 않죠?"

"두 가지 이유에서입니다. 무엇보다도 저 사람들은 이스라엘 정부보다는 미국 정부가 자기들을 이스라엘로 보내줄 수 있는 힘을 갖고 있다고 믿고 있어요. 그리고 두 번째는 여기로 오면 루마니아 비밀경찰이 자기들의 생각을 알아차릴 기회가 적다고 믿고 있는 것입니다. 물론 잘못 생각하고 있는 거죠."

마이크는 창밖을 가리켰다.

"대사관 바로 길 건너에 아파트가 보이죠? 그 몇 개의 방에서 비밀경찰들이 망원 렌즈를 부착한 카메라로 대사관에 드나드는 사람들을 빠짐없이 촬영하고 있습니다."

"끔찍한 일이군요!"

"그것이 그들의 수법입니다. 한 유대인 가족이 이민을 가기 위해 비자를 신청하면, 그들은 녹색 취업 증명서를 빼앗고 아파트에서도 쫓겨나게 됩니다. 그 이웃들은 그들에게 등을 돌리도록 명령을 받습니다. 그리고 정부에서 출국허가를 내줄 수 없다고 그들에게 답변해주는 것에 3, 4년의 세월이 걸립니다."

"그들을 위해서 뭔가 우리가 해줄 수 있는 일은 없을까요?"

"우리는 지금까지 계속 노력해왔습니다. 그러나 이오네스쿠는 유대인을 놓고 고양이와 쥐 놀이를 즐기고 있습니다. 지금까지 그들 중 극소수만이 이 나라를 빠져나갈 수가 있었습니다."

메리는 그들의 얼굴에 짙게 드리워져 있는 절망의 표정을 바라보았다.

"무슨 방법이 분명히 있을 거예요."

"너무 상심하지 마십시오."

마이크가 그녀에게 말했다.

시차 문제가 골치를 썩였다. 워싱턴이 한낮일 때 부쿠레슈티는 한밤중이었다. 메리는 새벽 3시나 4시에 날아오는 전보나 전화 때문에 쉴 새 없이 잠자리에서 불려나와야 했다. 긴급 전문이 들어올 때마다 대사관의 당직인 해병대원은 당직장교에게 전화를 걸고, 당직장교는 대사관의 당직직원을 관저에 보내어 메리를 깨웠다. 그런 일이 있은 다음이면 그녀는 잠을 설치곤 했다.

'에드워드, 나는 이곳에 변화를 가져올 수 있다고 확신하고 있어요. 어쨌든 나는 노력하고 있어요. 나는 실패하지 않을 거예요. 모두가 내게 기대를 걸고 있다고요. 나는 당신이 이곳에 있으면서 여보, 당신은 해낼 수 있어, 하고 격려해주기를 바라고 있어요. 너무 당신이 보고 싶어요. 내 말 들려요, 에드워드? 혹시 이곳 어딘가에서 나를 보고 있지 않나요? 나는 이따금 당신이 그리워서 미칠 것만 같아요……'

그들은 모닝커피를 마시고 있었다.

"문제가 한 가지 생겼습니다."

마이크 슬레이드가 먼저 말했다.

"뭔데요?"

"10여 명의 루마니아 교회 관계자 대표단이 대사님을 만나겠다고 합니다. 유타 주에 있는 교회가 그들을 방문하도록 초청했습니다. 그런데 루마니아 정부는 그들에게 출국비자를 발급하지 않을 겁니다."

"왜 그럴까요?"

"몇몇 루마니아 인을 제외하고는 이 나라를 떠나는 것이 허용되지 않습니다. 루마니아에는 이오네스쿠가 정권을 잡은 날에 대한 농담이 있습니다. 그는 동쪽 궁전으로 가서 태양이 떠오르는 것을 보았습니다. '안녕하시오, 태양 동지.' 하고 이오네스쿠가 말했습니다. 그러자 태양이 '안녕하십니까?' 하고 말했습니다. '당신이 루마니아의 새로운 대통령이 되어서 모두들 기뻐하고 있습니다.' 그날 저녁 이오네스쿠는 서쪽 궁전으로 가서 태양이 저무는 것을 보았습니다. 그는 말했습니다. '잘 가시오, 태양 동지.' 태양은 대답하지 않았습니다. '오늘 아침에는 내게 그렇게 좋은 말을 해주더니 지금은 왜 아무 말도 하지 않는 거요?' '내가 지금 서쪽에 와 있으니까 그렇지요. 당신 같은 사람은 지옥에나 가시오.' 하고 태양이 대답했습니다. 이오네스쿠는 그들이 일단 국외로 나가면, 다시는 돌아오지 않을까 봐 겁이 나는 것입니다."

"외무장관을 만나서 내가 직접 교섭해보겠어요."

메리가 일어나자 마이크가 물었다.

"혹시 민속무용 좋아하십니까?"

"왜요?"

"오늘밤 루마니아 민속무용단의 첫 공연이 열립니다. 구경하고 싶지 않으십니까?"

메리는 놀라움을 금할 수가 없었다. 마이크가 그녀에게 그런 초대를 하리라고는 꿈에도 생각지 못했다. 그리고 더욱 믿을 수 없는 것은 그녀가 이렇게 대답했다는 사실이었다.

"가보고 싶군요."

"잘됐습니다."

마이크는 조그만 봉투를 그녀에게 건네주었다.

"여기에 초대권 세 장이 들어 있습니다. 베스와 팀을 데리고 가시면 될 겁니다. 루마니아 정부의 성의에 보답하는 의미로 말입니다."

메리는 자신의 어리석음을 깨닫고 얼굴을 붉히며 그 자리에 멀뚱히 서 있었다.

"고맙군요."

그녀는 어색한 말투로 대답했다.

"플로리안에게 8시에 모시러 가라고 이르겠습니다."

베스와 팀은 극장에 가는 것을 그다지 달가워하지 않았다. 게다가 베스는 학교친구를 저녁식사에 초대해놓고 있었다.

"그애는 이탈리아 친구예요, 괜찮겠죠?"

베스가 말했다.

"솔직히 말해서 나는 민속무용 따위에는 전혀 흥미가 없어요."

팀이 덧붙였다.

메리는 웃고 말았다.

"좋다, 얘들아. 이번만은 둘 다 봐주마."

메리는 아이들도 그녀처럼 외로울까 하고 생각해보았다. 그녀는 누구와 함께 갈까 하고 잠시 궁리를 하며 머릿속에서 명단을 훑어내려갔다.

'매키니 대령, 제리 데이비스, 해리어트 크루거?'

그들 중에는 진심으로 그녀가 함께 가기를 원하는 사람이 없었다.

'혼자 가자.'

메리가 현관을 나서자 플로리안이 기다리고 있었다.

"안녕하십니까, 대사님?"

그는 머리를 숙여 인사를 하고는 자동차 문을 열었다.

"오늘 저녁은 매우 기분이 좋은 것 같군요, 플로리안?"

그러자 그는 빙긋이 웃었다.

"저는 항상 기분이 좋습니다, 대사님."

플로리안은 문을 닫고 운전석에 앉았다.

"루마니아에서는 '물어뜯지 못할 손에는 키스를 하라'는 속담이 있습니다."

메리는 그 순간을 놓치고 싶지 않았다.

"이곳에서 사는 것이 행복한가요?"

그는 그녀를 백미러로 잠깐 바라보았다.

"형식적인 공산당 노선의 답변을 해야 할까요, 대사님? 아니면 진실을 듣고 싶으십니까?"

"물론 진실이에요."

"이렇게 말하면 총살당할지도 모르지만 말입니다. 여기서 사는 어떤 루마니아 인도 행복하지는 않습니다. 단지 외국인들만 행복합니다. 외국인들은 가고 싶은 곳을 마음대로 왔다 갔다 할 수 있으니까요. 우리는 갇혀 있는 죄수들입니다. 이곳에는 풍족한 것이 아무것도 없습니다."

그들은 정육점 앞에 늘어선 기다란 줄 옆을 지나갔다.

"저것 보셨습니까? 우리는 양고기 한두 조각을 사기 위해서 서너 시간씩 줄을 서서 기다려야 합니다. 그리고 줄 서 있는 사람의 절반은 그냥 빈손으로 돌아갑니다. 비단 고기뿐만 아니라 모든 것이 다 그렇습니다. 그런데 이오네스쿠는 몇 개의 은신처를 갖고 있는지 아십니까? 열두 군데입니다! 저는 많은 루마니아 관리들을 그들의 집에 태워다 준 적이 있습니다. 모두 다가 궁전같이 호화로운 집에 살고 있더군요. 한쪽에서는 많은 사람들이 난방도 되지 않는 비좁은 아파트에서 어렵게 살고 있는데 말입니다."

플로리안은 갑자기 너무 말을 많이 한 것이 두려운 듯 입을 다물었다.

"지금 한 말을 다른 사람에게 얘기하지는 않겠죠?"

"물론이에요."

"고맙습니다. 저는 아내를 과부로 만들고 싶지는 않습니다. 제 아내는 아직 젊으니까요. 게다가 유대인이기도 합니다. 이곳에서는 반유대주의 문제가 심각합니다."

메리도 이미 그 사실을 알고 있었다.

"이런 얘기가 있습니다. 신선한 달걀을 판다고 선전한 어떤 가게가 있었습니다. 새벽 5시에 추위에도 아랑곳없이 기다란 줄이 생겼습니다. 8시가 되었는데도 달걀은 도착하지 않고 줄만 더욱 길어졌습니다. 주인이 말했습니다. '이렇게 많은 사람에게 팔 달걀은 없습니다. 유대인은 빠지시오.' 오후 2시가 되었는데도 달걀은 도착하지 않고 줄은 더욱 길어졌습니다. 그때 주인이 말했습니다. '당원이 아닌 사람은 빠지시오.' 한밤중이 되었는데도 줄은 여전히 길어진 채 기다리고 서 있었습니다. 달걀은 오지 않았습니다. 가게 주인은 문을 닫으면서 말했습니다. '아무것도 달라진 것은 없군. 유대인은 항상 덕을 본단 말이야.'"

메리는 웃어야 할지 울어야 할지 알 수가 없었다.

'그래, 내가 그것에 대해 뭔가 대책을 세워야겠어.'

그녀는 스스로에게 약속했다.

민속극장은 꽃과 플라스틱 슬리퍼, 블라우스, 펜들을 파는 작은 노점들로 가득 찬 부산스런 거리에 있었다.

극장은 작지만 화려했고, 행복했던 옛날의 정서를 담고 있었다.

민속무용 자체는 따분했고 옷차림은 요염하고 천박했으며, 무용수들은 수준 이하였다. 공연은 끝도 없이 이어지는 것만 같았다.

메리는 지루한 공연이 끝났을 때, 신선한 밤공기 속으로 탈출할 수 있는 것이 무엇보다도 기뻤다. 플로리안은 극장 앞에 세워놓은 리무진 옆에 서 있었다.

"조금 늦어질 것 같습니다, 대사님. 타이어에 구멍이 났는데 도둑놈이 스페어타이어까지 훔쳐갔습니다. 타이어를 보내달라고 연락해놓았습니다. 한 시간 정도 걸릴 텐데 자동차 안에서 기다려 주시겠습니까?"

메리는 머리 위에서 빛나고 있는 둥근 달을 올려다보았다. 밤공기는 차갑고 맑았다.

메리는 부쿠레슈티에 도착하고 나서 한 번도 거리를 산책하지 않았음을 깨달았다. 그녀는 결정했다.

"관저까지 산책 삼아 걸어가겠어요."

그는 고개를 끄덕였다.

"산책하기에는 참으로 좋은 밤입니다."

메리는 몸을 돌려 중앙광장으로 향하는 길을 걸어갔다. 부쿠레슈티는 매력 있는 이국풍의 도시였다. 그녀는 칼레아 모실로르 거리를 지나 붉은 무궤도 전차가 사람들을 가득 싣고 달리는 스트라다 마리아 로제티로 들어섰다. 밤이 늦은 시간인데도 많은 가게들이 문을 열어놓고 있었다. 그리고 가게마다 사람들이 긴 줄로 서 있었다. 커피숍들은 루마니아식 도넛인 '고고아세'를 팔고 있었다.

거리는 쇼핑백을 들고 물건을 사러 나온 사람들로 붐비고 있었는데, 사람들은 이상하게도 말이 없었다. 메리는 그 사람들이 모두 자기를 바라보고 있는 것만 같았다. 여자들이 자신이 입고 있는 옷을 탐욕스러운 눈으로 노려보고 있는 것만 같아서 메리는 왠지 섬뜩함을 느끼며 발걸음을 재촉했다.

칼레아 빅토리에이에 이르렀을 때, 어느 쪽으로 가야 할지 몰라서 메리는 걸음을 멈췄다. 그녀는 지나가는 사람에게 말을 걸었다.

"실례합니다. 길을 좀 가르쳐……."

묻기도 전에 그 사람은 겁먹은 표정으로 그녀를 흘낏 보고는 종종걸음으로 멀어져 갔다.

'아, 이 사람들은 외국인과 얘기를 해서는 안 되게 되어 있지. 어떻게 관저로 돌아가야 하지?'

메리는 플로리안과 함께 왔던 길을 생각해내려고 안간힘을 썼다.

관저는 아무리 생각해봐도 동쪽의 어딘가에 있는 것처럼 느껴졌다. 그래서 메리는 동쪽으로 난 길을 걷기 시작했다.

얼마 뒤 그녀는 어느 좁고 어두컴컴한 골목길에 들어서 있었다. 멀리 앞쪽에 불이 환하게 켜진 큰 거리가 보였다.

'저기서 택시를 타야겠어.'

메리는 안도의 숨을 내쉬었다. 그때 그녀의 뒤에서 묵직한 발걸음 소리가 들려왔다. 그녀는 무심결에 뒤를 돌아다보았다.

오버를 입은 덩치가 큰 사나이가 빠른 걸음으로 그녀를 향해 다가오고 있었다. 그녀는 더욱 빨리 걸었다.

그 사나이는 루마니아 말투가 심하게 섞인 영어로 소리쳤다.

"실례합니다! 길을 잃었습니까?"

그녀는 안심했다.

'저 사람은 왠지 경찰관이나 그런 계통의 사람일 것 같아. 틀림없이 내가 안전하게 가는지를 확인하기 위해서 여기까지 쫓아온 것일 거야.'

메리는 쾌활하게 대답했다.

"그래요, 나는 집으로……."

그때 갑자기 자동차의 엔진 소리가 크게 울리면서 그녀의 등 뒤로 가까이 왔다. 그리고 끽 하는 브레이크 소리를 내며 자동차가 급정거했다.

오버를 입은 사나이가 메리의 머리를 움켜잡았다. 그녀는 뜨겁고 고약한 그의 입냄새를 맡을 수가 있었다. 그의 굵은 손가락들이 그녀의 손목을 아프게 쥐었다. 그러고는 그녀를 열려 있는 자동차 문으로 집어넣으려고 했다. 메리는 몸을 비틀어 손아귀에서 벗어나려고 몸부림쳤다.

"차 안으로 들어가!"

사나이가 으르렁거렸다.

메리는 안간힘을 다해 외쳤다.

"안 돼! 사람 살려요!"

그때 길 건너에서 고함소리가 들렸다. 누군가가 그들을 향해 뛰어오고 있었다.

덩치가 큰 사나이는 동작을 멈추고 어떻게 해야 할지 망설이고 있었다. 낯선 사람이 소리쳤다.

"그 여자를 놓지 못해!"

그가 뛰어와서 오버 입은 사나이를 붙잡고 메리에게서 떼어놓으려고 애썼다. 그 틈에 그녀는 사나이의 손아귀에서 가까스로 풀려났다.

운전석에 앉은 사나이가 한 패를 돕기 위해 자동차 밖으로 나오려고 했다. 그때 멀리서 다가오는 사이렌 소리가 들려왔다. 오버를 입은 사나이가 운전석에 앉은 동료에게 뭐라고 소리치고는 자동차 속으로 뛰어들어가 쏜살같이 달아났다.

옆문에 '밀리티아'라고 쓴 파란색과 흰색을 칠한 순찰차가 푸른 등을 깜박이며 달려와 메리 앞에 급정거했다. 제복을 입은 두 사람이 뛰어내렸다. 그들 가운데 하나가 루마니아 어로 물었다.

"괜찮습니까? 다치지 않았습니까?"

그러고는 더듬거리는 영어로 물었다.

"무슨 일입니까?"

메리는 안정을 되찾으려고 안간힘을 썼다.

"두 사람이…… 그들이…… 그들이 나를 차에 강제로 태우려고 했어요. 만일……, 만일 저 사람이 없었다면……."

메리는 뒤를 돌아보았다. 하지만 낯선 사람은 아무 곳에서도 보이지 않았다.

납치 미수

메리는 밤새 그 남자들에게서 달아나려고 바둥거리다가 겁에 질려 잠이 깨고, 다시 잠이 들었다가 깨곤 했다.

그 장면들이 계속해서 메리의 의식 속에 되살아났다. 갑자기 그녀를 향해 달려오는 발자국 소리들, 차가 멈추고 그 남자가 그녀를 강제로 차에 떼밀어넣었던 장면들…….

'그들은 내가 누군지를 알고 있었던 걸까? 아니면, 그저 미국인으로 보이는 한 관광객을 털려고 했던 걸까?'

메리가 사무실에 도착하니, 마이크 슬레이드가 그녀를 기다리고 있었다. 그는 커피 두 잔을 들고 와서 그녀의 맞은편 책상에 앉았다.

"연극은 재미있던가요?"

마이크가 물었다.

"훌륭했어요."

그 뒤에 일어난 일은 그가 알 바 아니었다.

"다치진 않았습니까?"

메리는 깜짝 놀라 그를 쳐다보았다.

"뭐라고요?"

마이크는 태연하게 말을 계속했다.

"그 사람들이 당신을 납치하려 했을 때 말입니다. 혹시 다친 곳은 없었느냐고요."

"난…… 그런데 어떻게 그 일을 알고 있죠?"

그의 말은 의문투성이였다.

"대사님, 루마니아에서는 비밀이란 것이 지켜질 수 없답니다. 대사님이 목욕하는 것조차 아무도 모르게는 할 수가 없지요. 혼자서 산책한 것은 현명한 일이 못 됩니다."

"나도 알고 있어요. 다시는 그런 일이 없을 거예요."

메리는 쌀쌀맞게 말했다.

"그래야죠. 그놈들에게 뺏긴 물건은 혹시 없었습니까?"

기운차게 마이크가 말했다.

"없어요."

그러자 마이크는 양미간을 찌푸렸다.

"이상한 일입니다. 그들이 대사님의 코트나 지갑을 노렸다면, 길거리에서도 빼앗을 수 있었을 텐데 말이에요. 차 속으로 밀어넣으려 한 점을 볼 때 납치를 하려고 한 게 틀림없어요."

"누가 나를 납치하려고 했을까요?"

"이오네스쿠의 부하들은 아닐 겁니다. 그는 우리와 좋은 관계를 유지하려고 노력하고 있으니까요. 이건 아마 어떤 반대파의 짓일 겁니다."

"아니면 내 몸값을 노린 자들의 소행이 아닐까요?"

"이 나라에서는 몸값을 노린 유괴사건은 없었습니다. 그런 짓을 하다가 잡히면 재판도 거치지 않고 사형장으로 직행하게 되지요."

마이크는 커피를 한 모금 마셨다.

"제가 조언을 좀 할까요?"

"듣고 있어요."

"돌아가십시오."

"뭐라고요?"

마이크 슬레이드는 커피 잔을 내려놓았다.

"사직서를 제출하고 아이들을 데리고 당신이 안전하게 생활할 수 있는 캔자스로 돌아가기만 하면 됩니다."

메리는 얼굴이 달아오르는 것을 느낄 수 있었다.

"슬레이드 씨, 어제는 내 실수였어요. 그건 내가 한 첫 번째 실수도 아니고, 아마 마지막 실수도 아닐 거예요. 그렇지만 나는 이 자리에 미합중국 대통령의 임명에 의해서 오게 되었어요. 그러니까, 그분이 나를 해직시키기 전에는 당신뿐만 아니라 어느 누구도 나한테 귀국하라는 말을 할 수 없어요."

메리는 목소리가 떨리지 않게 애를 쓰면서 말했다.

"나는 이 대사관 안의 사람들이 나와 함께 서로 도와가며 일해 나가기를 바라고, 나를 적으로 삼는 건 원치 않아요. 당신한테 그렇게 힘든 일들이라면 왜 당신은 미국으로 돌아가지 않죠?"

메리는 분노로 온몸이 떨렸다.

마이크 슬레이드가 자리에서 벌떡 일어났다.

"오늘 아침 보고서들을 살펴봐야겠습니다, 대사님."

그날 아침 대사관 안에서는 모두들 납치 미수사건에 대한 이야기로 화제의 꽃을 피웠다.

'어떻게 모두들 알고 있는 걸까.'

메리는 이해가 되지 않았다.

'그리고 마이크 슬레이드는 어떻게 알았을까?'

메리는 자신을 구해준 남자의 이름을 알고 싶었고 그에게 감사의 표시를 하고 싶었다. 그녀가 짧은 순간 봤을 뿐이지만, 그는 상당히 매력 있는 남자였으며 아마 40대 초반으로, 은발인 것 같았다.

그 사람은 억양으로 봐서 외국인, 아마 프랑스 사람일 것 같기도 했다. 그가 관광객이라면 지금쯤은 루마니아를 떠났을 것이다.

떨쳐버리기 힘든 어떤 생각이 메리를 계속해서 괴롭혔다. 그녀를 제거하려는 사람이란 메리가 알고 있는 바로는 바로 마이크 슬레이드 한 사람뿐이었다. 겁을 먹고 귀국하도록 그가 계획을 짰던 것이라면? 그녀에게 극장표를 주었기 때문에 그는 그녀가 어디에 있는지 알고 있었다. 메리는 마음속의 혼란을 지울 수 없었다.

그녀는 아이들에게 납치사건을 이야기할 것인가 말 것인가를 생각해봤다. 하지만 아이들에게 충격을 주고 싶지 않았기 때문에 말하지 않기로 마음먹었다.

루마니아에 온 프랑스의 피아니스트를 축하하기 위한 칵테일파티가 그날 저녁 프랑스 대사관에서 열리기로 되어 있었다. 메리는 피로한 데다 신경이 잔뜩 날카로워서 그곳에 가고 싶지 않았지만, 참석해야 한다는 것을 잘 알고 있었다.

샤워를 끝내고 메리는 야회복을 골랐다. 구두를 찾으니 한쪽 구두의 뒤축이 망가져 있었다. 그래서 벨을 눌러 카르멘을 불렀다.

"네, 대사님."

"이걸 구둣방에 가지고 가서 수선 좀 해주겠어요?"

"네, 부인. 다른 일은 없습니까?"

"없어요. 부탁해요."

메리가 프랑스 대사관에 도착했을 때는 벌써 손님들로 가득했다. 현관에 들어서자, 지난번에 만난 적이 있는 프랑스대사의 한 측근이 그녀에게 인사를 했다. 그는 그녀의 손등에 입을 맞추었다.

"안녕하십니까, 대사님. 이렇게 와 주셔서 감사합니다."

"초대해주셔서 감사합니다."

메리도 답례했다.

그들은 서로의 겉치레 인사에 미소를 지었다.

"제가 안내해드릴까요?"

그가 그녀를 사람들로 붐비는 무도장으로 안내했다. 거기서는 지난 몇 주 동안에 낯이 익은 얼굴들을 볼 수 있었다. 메리가 프랑스대사에게 인사했고 그들은 서로 농담을 주고받았다.

"도팽 부인의 연주를 감상하시게 될 겁니다. 그녀는 뛰어난 피아니스트지요."

"고대하고 있었어요."

메리는 거짓말을 했다.

급사 하나가 샴페인 잔들이 놓인 쟁반을 들고 옆으로 지나갔다. 메리는 여러 곳의 대사관에서 술 마시는 법을 배우게 되었다. 그녀가 오스트레일리아 대사에게 인사를 하려고 돌아서는 순간 납치범들한테서 그녀를 구해준 낯선 남자의 모습이 눈에 들어왔다.

그는 한쪽 구석에서 이탈리아 대사와 그 측근들과 함께 선 채로 이야기를 나누고 있었다.

"실례하겠어요."

메리는 무도장을 가로질러 그 프랑스 남자가 있는 곳으로 갔다.

"물론 파리가 그립습니다. 하지만 제가 바라는 것은 내년……."

그는 이렇게 말하다가 메리가 오는 것을 보고 말을 중단했다.

"오, 곤경에 처했던 그 부인이시군요."

"서로 아는 사이입니까?"

이탈리아 대사가 물었다.

"정식으로 인사를 나눈 적은 없어요."

메리가 대답했다.

"대사님, 프랑스 대사관의 주치의인 루이 데스포르제 박사를 소개하겠습니다."

그러자 프랑스 남자의 얼굴색이 변했다.

"대사님이세요? 실례했습니다! 그런 줄도 모르고. 제가 진작 알았어야 하는데……."

그의 목소리는 당황한 빛이 역력했다.

"당신은 훨씬 훌륭한 일을 하셨잖아요. 절 구해주셨으니까요."

메리가 웃어보였다.

이탈리아 대사가 의사에게 말했다.

"오, 그럼 '당신'이 바로 그 사람이오?"

그러고는 대사는 메리 쪽을 돌아보며 말했다.

"대사님의 불행한 사고 소식은 들었습니다."

"데스포르제 선생님이 오지 않았다면 정말 불행한 사고가 될 뻔했어요. 정말 고마웠어요."

루이 데스포르제가 웃으며 말했다.

"제가 필요한 시간, 필요한 장소에 있을 수 있었다는 것이 정말 영광입니다."

이탈리아 대사와 그의 측근은 한 영국인 대표가 들어오는 것을 보고 자리에서 움직였다.

"실례하겠습니다. 우리가 꼭 만나야 할 사람이 있어서요."

이탈리아 대사가 말했다.

두 남자는 서둘러 사라져 갔다. 데스포르제 박사와 함께 남은 사람은 메리뿐이었다.

"당신은 경찰들이 왔을 때 왜 도망쳤나요?"

그는 잠시 그녀를 살펴보았다.

"루마니아의 경찰과 관계하는 것은 별로 좋은 일이 못 되니까요. 그들은 목격자들을 끌고 가서 정보를 캐내려고 안달을 한답니다. 나는 이곳 프랑스 대사관에 소속된 주치의지만, 외교적인 면책 특권이 없습니다. 그런데 우리 대사관에서 일어나고 있는 일들에 관해서는 꽤 알고 있고, 루마니아 인들에게는 그것이 바로 중요한 정보가 되는 겁니다. 그러니 제가 대사님을 내팽개치고 간 것처럼 보였다면 용서해주시기 바랍니다."

의사가 웃음을 지었다. 그에게서는 강한 호소력을 지닌 솔직함이 엿보였다. 확실하지는 않지 만 메리에게 에드워드에 대한 기억을 불러일으키게 하는 무엇인가가 있었다. 아마도 루이 데스포르제가 의사이기 때문이리라.

아니다. 그 이상의 무엇인가가 있었다. 그는 에드워드와 똑같은 솔직함을 갖고 있었고, 웃는 모습까지 비슷했다.

"용서해주신다면, 저는 저쪽으로 가서 한 마리의 사회적 동물이 되어야겠는데요."

데스포르제가 말했다.

"파티를 좋아하지 않나요?"

작은 목소리로 그가 말했다.

"나는 그들을 경멸합니다."

"부인은 파티를 좋아하세요?"

메리가 물었다.

그러자 의사는 뭔가 말하려다가 망설이는 눈치였다.

"예, 좋아했죠. 매우."

"오늘 함께 나오셨나요?"

"그녀와 두 아이는 죽었답니다."

메리의 얼굴이 갑자기 창백해졌다.

"어쩌면…… 그럴 수가. 참 안됐군요. 어떻게……."

그의 표정이 굳어졌다.

"제 잘못이었습니다. 우리는 알제리에 살고 있었습니다. 나는 테러리스트들과 싸우는 비밀 조직을 맡고 있었어요. 그들이 내 정체를 알아내고는 우리 집을 폭파했습니다. 그때 다행히 나는 집에 없었죠."

데스포르제의 말이 점점 느려지면서 머뭇거렸다.

"안됐군요."

메리가 다시 위로의 말을 했다. 아무런 소용도 없는 말을…….

"고맙습니다. 세월이 약이라는 말이 있죠. 하지만 나는 전혀 그 말을 믿을 수가 없어요."

그의 목소리에서 고뇌가 배어나왔다.

메리는 에드워드를 생각했다. 그녀는 지금 그를 얼마나 그리워하는가. 그런데 이 남자는 훨씬 오랫동안 쓰라린 상처를 안고 살아왔던 것이다. 데스포르제는 그녀를 보며 말했다.

"실례하겠습니다, 대사님……."

그러고는 돌아서서 파티장에 방금 도착한 손님들에게로 걸어갔다.

'그를 보면 당신이 생각나요, 에드워드. 당신도 그를 보면 좋아할 거예요. 그는 용기 있는 사람이에요. 그가 겪고 있는 고통이 나를 그에게 끌어당기는 것 같아요. 내게도 아픔이 있거든요, 여보. 내가 당신을 어떻게 잊을 수 있겠어요? 여기는 너무 외로워요. 함께 고민을 나눌 수 있는 사람이 한 사람도 없어요. 나는 꼭 성공하고 싶어요. 그런데 마이크 슬레이드는 나를 미국으로 쫓아버리려고 하네요. 여보, 난 당신이 필요해요. 잘 자요, 여보!'

다음날 아침, 메리는 스탠턴 로저스에게 전화를 걸었다. 그의 목소리를 듣는 것은 기분 좋은 일이었다.

'이건 마치 고국으로 이어진 생명선 같아.'

"당신에게 전해줄 좋은 소식이 있소. 해녀 머피의 이야기가 여기 신문들에 머릿기사로 실렸어요. 당신은 아주 멋진 일을 해낸 겁니다."

스탠턴 로저스가 말했다.

"고마워요, 스탠."

"메리, 납치 미수사건은 어떻게 되었소?"

"수상과 정보부장한테 말을 했는데, 그들도 전혀 실마리를 찾지 못하고 있어요."

"마이크 슬레이드가 혼자 다니지 말라고 충고하지 않던가요?"

'또 마이크 슬레이드군.'

"네, 그가 충고를 했어요."

'나한테 귀국하라고 했던 말도 해버릴까?'

하지만 그녀는 하지 않기로 했다.

'나는 내 방식대로 슬레이드를 다뤄야지.'

"잊지 마시오. 내가 언제나 당신을 위해서 일하고 있다는 사실을⋯⋯."

"알고 있어요. 그 사실이 저에게 얼마나 큰 힘이 되는지 몰라요."

메리가 고마워하며 대답했다.

그 통화는 메리에게 용기를 북돋워주었다.

"문제가 생겼습니다. 대사관 안 어느 곳에선가 정보가 새어나가고 있어요."

마이크가 입을 열었다.

메리와 마이크 슬레이드는 간부회의가 시작되기 전에 커피를 마시고 있었다.

"얼마나 심각한데요?"

"매우 심각합니다. 우리 상무담당 참사관 데이비드 빅터 씨가 루마니아 상무부장관과 몇 차례 회담을 했어요."

"알아요. 지난주에 그걸 토의했잖아요."

"그렇습니다. 그런데 데이비드가 두 번째 회의에 들어갔을 때, 그들은 우리가 준비한 모든 예비 건의안들을 앞질러 갔답니다."

마이크가 말했다.

"그들이 그것들을 알아내는 일이 과연 가능한가요?"

"가능하죠. 우리가 몇 가지 새로운 건의안을 준비했지만, 그들은 또 그것까지 미리 알고 있었어요."

메리는 잠시 생각에 잠겼다.

"당신은 간부들 중에서 누구일 거라고 생각하세요?"

"꼭 누구인 것은 아닙니다. 마지막으로 간부회의가 열렸던 곳이 도청방지실이었습니다. 우리 전자공학 전문가가 그곳을 조사했습니다."

메리는 놀란 표정으로 마이크를 바라보았다.

도청방지실에서 하는 회의에는 단 여덟 사람만이 들어갈 수 있도록 되어 있었고, 그들은 모두 대사관의 간부 직원들이었다.

"누군지는 몰라도 전자 장치를 가지고 다닐 겁니다. 아마 녹음기일 거예요. 오늘 아침에는 도청방지실에서 회의를 하기로 하고 똑같은 사람들만 들어오도록 하십시오. 우리 장비라면 범인을 찾아낼 수 있을 겁니다."

도청 방지실의 탁자에는 여덟 사람이 빙 둘러앉아 있었다. 정치담당 참사관이자 CIA 요원인 에디 멀츠, 경제담당 참사관 퍼트리샤 해트필드, 공무담당 참사관 제리 데이비스, 상무담당 참사관 데이비드 빅터, 행정담당 참사관 루커스 잰클로우, 그리고 윌리엄 매키니 대령이었다.

메리는 탁자 한쪽 끝에 앉았고, 맞은편에는 마이크 슬레이드가 앉아 있었다.

메리가 데이비드 빅터 쪽을 돌아보며 말했다.

"루마니아 상무성 장관과의 회담은 잘 돼 가나요?"

상무담당 참사관은 고개를 저었다.

"솔직히 말씀드려서 기대했던 것만큼 잘 되지는 않습니다. 그들은 내가 말하기도 전에 무엇을 말할 것인가를 다 알고 있는 것 같았습니다. 내가 새로운 안건을 가지고 들어가면, 그들은 벌써 거기에 대한 반박안을 준비하고 있는 상태였습니다. 마치 그들이 내 마음속을 읽고 있는 것 같다고 할까요?"

"아마 그랬을 거요."

마이크 슬레이드가 한마디 했다.

"그건 무슨 뜻입니까?"

"그들은 이 방안에 있는 누군가의 마음을 읽고 있습니다."

그러고는 탁자 위에 있는 붉은 전화기를 집어들고 말했다.

"들여보내."

조금 뒤, 커다란 문이 열리고 사복을 한 남자 한 명이 눈금판이 달린 검은 상자를 들고 들어왔다.

에디 멀츠가 말했다.

"잠깐, 여기에는 아무도 들어오지 못하게 되어 있는데……."

메리가 말했다.

"괜찮아요. 문제가 생겼는데 이 사람이 해결해줄 겁니다. 자, 시작해보세요."

"알겠습니다. 그럼 여러분은 앉은 자리에 그대로 있어 주십시오."

모두가 바라보는 가운데 그는 마이크 슬레이드에게로 가서 상자를 그의 몸 가까이에 댔다. 계수기의 바늘은 그대로 0에 있었다.

그 남자가 이번에는 퍼트리샤 해트필드에게 다가갔다. 바늘은 그대로 있었다. 다음에는 에디 멀츠, 그러고 나서 제리 데이비스와 루커스 잰클로우, 바늘은 역시 그대로였다. 그는 데이비드 빅터에게 갔고, 마지막으로 매키니 대령에게 갔으나 바늘은 여전히 움직이지 않았다.

단 한 사람 남은 것은 메리였다. 그가 그녀에게 다가가자 바늘은 거세게 움직이기 시작했다.

그러자 마이크 슬레이드가 말했다.

"맙소사!"

그는 일어나서 메리 쪽으로 갔다.

"틀림없나?"

마이크는 사복을 입은 남자에게 다그쳐 물었다.

바늘은 미친 듯이 움직이고 있었다.

"기계한테 물어보시죠."

사나이가 말했다. 메리는 어찌할 바를 몰라하며 일어섰다.

"오늘 회의는 여기서 끝냅시다."

마이크가 요청했다. 메리가 나머지 사람들을 향해 말했다.

"오늘은 이만 끝내기로 하겠습니다. 수고하셨습니다."

마이크 슬레이드가 전자 공학자에게 말했다.

"당신은 여기 남아 있도록 하시오."

다른 사람들이 모두 방을 나가자, 마이크가 물었다.

"어디에 도청장치가 있는지 알 수 있겠나?"

"물론이죠."

그 남자는 검은 상자를 메리의 몸 가까이에 대고 천천히 아래로 내렸다. 그녀의 발 가까이에 이르자 눈금은 더욱 빨리 움직였다.

그러자 사복을 입은 사내가 허리를 펴고 일어섰다.

"범인은 구두입니다."

메리는 믿을 수 없다는 듯이 그를 노려보았다.

"실수하고 있군요. 이 구두는 워싱턴에서 산 거예요."

마이크가 말했다.

"구두를 벗어보십시오."

이건 터무니없는 일이다. 기계가 미친 것이 틀림없다. 아니면 누군가가 그녀를 모함하려는 것이다. 이것은 마이크 슬레이드가 그녀를 제거하려고 꾸민 연극일 것이다.

그는 워싱턴에 그녀가 적의 첩자로 정보를 제공하다가 잡혔다고 보고할 것이다. 하지만 그렇게 자기 생각대로만은 할 수 없을 것이다.

메리는 구두를 벗어서 마이크의 손에 건네주었다.

"자, 여기 있어요."

메리는 화난 목소리로 쏘아붙였다.

마이크는 구두를 뒤집어서 자세히 살펴보았다.

"이건 새 굽 같은데요?"

"아니에요, 그건……."

그때 메리의 머릿속에 떠오르는 것이 있었다.

'카르멘!'

마이크가 구두 뒤축을 뜯어냈다. 안쪽에 들어 있는 것은 아주 조그만 도청장치 기구였다. 마이크가 무뚝뚝하게 말했다.

"내부의 스파이를 잡았군요. 어디서 이 굽을 박았습니까?"

"나……, 난 몰라요. 고용인 중 한 사람한테 시켰으니까요."

그가 빈정대듯이 말했다.

"잘했군요. 나중에 우리 모두 이 일에 고마워할 겁니다, 대사님. 당신이 사람들을 그런 식으로 부린다면 말입니다."

메리에게 전문이 와 있었다.

상원외교 위원회에서 당신이 요청한 대 루마니아 차관 공여를 승인했습니다. 내일 발표할 예정입니다. 축하합니다.

스탠턴 로저스

마이크가 전문을 읽었다.

"좋은 소식이군요. 네굴레스코가 좋아서 날뛰겠어요."

메리는 루마니아 재무상인 네굴레스코의 지위가 흔들리고 있다는 사실을 알고 있었다. 이 소식은 이오네스쿠 대통령과 함께 그를 영웅으로 만들 것이다.

"상원은 이 사실을 내일까지는 발표하지 않을 거예요."

메리가 말했다. 그러고는 앉아서 곰곰이 생각했다.

"오늘 아침 내가 네굴레스코를 만날 수 있도록 자리를 마련해주세요."

"제가 함께 갈까요?"

"아뇨, 나 혼자 가겠어요."

2시간 뒤, 메리는 루마니아 재무상의 사무실에 앉아 있었다. 그는 밝게 웃음짓고 있었다.

"대사께선 우리에게 줄 좋은 소식을 가지고 오셨지요, 안 그런가요?"

"아뇨."

메리가 유감스러운 듯이 말했다. 그러고는 그의 웃음이 사라지는 것을 보았다.

"뭐라고요? 제가 알기로는 차관이……."

메리는 한숨을 내쉬었다.

"저도 그렇게 되기를 바랐지만 장관님……."

"무슨 일이 있었나요? 뭐가 잘못된 겁니까?"

장관의 얼굴빛이 갑자기 핼쑥해졌다.

"그건 나도 몰라요."

메리가 어깨를 들어올리며 말했다.

"저는 대통령께 약속을······."

장관은 이 소식이 뜻하는 것을 깨닫자, 할말이 없어졌다. 그는 메리를 향해 거친 목소리로 말했다.

"이오네스쿠 대통령 각하께서는 이렇게 되는 것을 좋아하시지 않을 겁니다. 당신이 하실 수 있는 일은 전혀 없습니까?"

메리가 솔직하게 털어놓았다.

"저도 장관님만큼이나 실망했어요. 표결은 잘 진행되었죠. 상원의원 한 분이 루마니아 교회 단체가 유타주를 방문하려는 것을 당국에서 취소했다는 소식을 듣기 전까지는 말이에요. 그 상원의원은 몰몬 교도여서 노발대발했답니다."

"교회 단체라니? 그럼 차관이 부결된 것은 바로 그 이유······?"

네굴레스코의 목소리가 한 음정 올라가 있었다.

"제 생각으로는 그래요."

"그런데 대사님, 루마니아는 교회들을 위한 나라입니다. 그들은 여기서 엄청난 자유를 누리고 있습니다!"

장관은 허튼 소리를 지껄여대고 있었다.

"우리는 교회들을 사랑합니다."

네굴레스코 장관은 메리 옆에 있는 의자로 다가왔다.

"대사님, 제가 그 단체를 미국으로 갈 수 있게 한다면 상원 재무위원회가 차관 공여를 승인할 것 같습니까?"

메리가 그의 눈을 똑바로 바라보며 말했다.

"네굴레스코 장관, 그건 제가 보장할 수 있습니다. 하지만 비자는 오늘 오후까지예요."

메리는 전화를 기다리며 책상 앞에 앉아 있었다. 2시 반에 네굴레스코

장관으로부터 전화가 걸려왔다.

"대사님, 기쁜 소식이 있습니다. 교회 단체는 언제라도 떠날 수 있게 되었소! 이제는 당신 차례요. 나한테 줄 좋은 소식은 없습니까?"

메리는 1시간 동안 기다린 뒤, 장관에게 다시 전화를 걸었다.

"방금 국무부에서 연락이 왔습니다. 차관이 승인되었답니다."

붉은색 페인트 글씨

메리는 루이 데스포르제를 마음속에서 지울 수가 없었다. 그는 그녀의 생명을 구해주었고, 그러고는 사라졌다. 그녀는 그를 다시 만나서 무척 기뻤다.

자기도 모를 충동에 이끌려 메리는 '아메리칸 달러 숍'에 가서 그에게 줄 예쁘장한 은그릇을 샀고, 그것을 프랑스 대사관으로 보냈다. 그것은 그가 한 일에 대한 조그만 답례로 충분했다.

그날 오후, 도러시 스톤이 말했다.

"데스포르제 박사가 전화하셨어요. 바꿔드릴까요, 대사님?"

"좋아요."

메리는 수화기를 집어들었다.

"안녕하세요?"

"안녕하세요, 대사님?"

프랑스 말투의 목소리는 매우 유쾌했다.

"대사님께서 보내신 친절한 선물에 감사 드리려고 전화했습니다. 이

렇게까지 하실 필요가 없는데요. 그렇게 조금 도와드릴 수 있었던 것만
해도 제게는 큰 기쁨이었답니다."

"그건 조금 도와준 것이 아니었어요. 얼마나 고마웠는지 몰라요. 그래
서 꼭 인사를 드리고 싶었는데, 어떻게 감사해야 할지 모르겠습니다."

잠시 침묵이 흘렀다.

"그럼……."

데스포르제는 말을 끊었다.

"네?"

메리가 재촉했다.

"아닙니다, 아무것도."

그는 갑자기 수줍음을 타고 있었다.

"말씀해보세요, 무슨 말씀이든 괜찮습니다."

"좋습니다."

겸연쩍어하는 웃음소리가 들렸다.

"저와 저녁을 함께 하실 수 있겠습니까? ……저도 대사님이 무척 바쁘
시다는 것쯤은 알고 있습니다만."

"좋습니다. 그렇게 하지요."

재빨리 메리가 말했다.

"아! 그렇게 해주시겠다고요?"

메리는 그의 목소리에서 그가 반기고 있다는 것을 금방 알 수 있었다.

"네, 그러고말고요."

"'타루' 음식점을 아십니까?"

"아뇨."

그곳은 메리가 두 번이나 갔던 곳이지만 모르는 체했다.

"아, 잘됐습니다. 그럼 제가 당신에게 그곳을 보여드리는 영광을 누리
게 되겠군요. 이번 주 토요일 저녁 괜찮겠습니까?"

"6시에 칵테일파티가 있긴 하지만, 끝나고 갈 수 있을 거예요."

"잘됐어요. 자녀분이 둘 있다고 알고 있는데 함께 오시겠습니까?"

"고맙습니다. 하지만 아이들은 토요일 저녁이면 늘 바빠서요."

그녀 자신도 왜 거짓말을 했는지 알 수가 없었다.

칵테일파티는 스위스 대사관에서 열렸다. 그곳에는 알렉산드루 이오
네스쿠 대통령까지 왔으니 틀림없는 A급 파티였다.

대통령은 메리를 발견하자, 반갑게 그녀에게 걸어왔다.

"안녕하십니까, 대사?"

그는 악수를 청하고는 필요 이상으로 오랫동안 그녀의 손을 잡았다.

"우리가 부탁한 차관을 대사의 나라에서 승인했다는 소식을 듣고 얼마
나 기뻤는지 모른답니다."

"교회 단체가 미국을 방문할 수 있도록 대통령께서 주선해주셔서 우리
도 기뻤습니다, 각하."

대통령은 태평스럽게 손을 내저었다.

"루마니아 사람들은 죄수가 아닙니다. 누구나 바라는 대로 오고갈 자
유가 있습니다. 우리나라는 사회정의와 자유민주주의의 상징입니다."

메리는 부족한 식량을 사려고 장사진을 치고 기다리는 사람들, 공항의
소매치기들, 그리고 필사적으로 이 나라를 떠나려는 망명자들의 모습을
머릿속에 떠올리고 있었다.

"루마니아의 모든 권력은 인민의 것입니다."

'하지만 우리에게 보여주지 않는 수용소들이 루마니아에는 얼마든지
있잖아요?'

"옳은 말씀이긴 하지만 대통령 각하, 수백, 아니 수천 명의 유대인들이
루마니아를 떠나려 하고 있습니다. 그런데도 루마니아 정부는 그들에게
비자를 발급하지 않고 있습니다."

그러자 대통령은 얼굴을 찌푸렸다.

"반대만 하는 자들, 문제아들이니 그렇소. 우리가 그들을 이 나라에서 빠져나갈 수 없게 감시하는 것은 어떻게 보면, 우리가 세계 평화에 이바지하고 있는 셈이지요."

"대통령 각하……."

"우리는 철의 장막에 속하는 다른 어떤 나라들보다도 유대인들에게 관대한 정책을 베풀고 있소. 1967년 중동전쟁 때, 소련과 동구권 국가들 중에서 이스라엘과의 외교관계를 파기하지 않았던 나라는 루마니아뿐이었소."

"저도 그건 알고 있습니다, 대통령 각하. 그렇지만 여전히……."

"캐비아 요리를 맛본 적이 있습니까? 이건 아주 신선한 철갑상어를 썼답니다."

루이 데스포르제 박사가 메리를 데리러오겠다고 했으나, 그녀는 플로리안이 모는 리무진을 타고 가기로 했다.

메리는 미리 전화를 걸어서 데스포르제에게 몇 분 늦는다고 알렸다. 대사관으로 돌아가서 이오네스쿠 대통령과 나눈 대화에 관해 보고서를 작성해야 했기 때문이었다.

구니가 근무를 서고 있었다. 그는 그녀에게 경례를 하고 문을 열어주었다. 메리는 자기 사무실로 들어가서 불을 켰다. 그 순간, 그녀는 문가에 선 채 얼어붙었다. 벽에 누군가가 붉은색 분사 페인트로 '죽기 전에 네 나라로 꺼져!'라고 써놓았던 것이다.

메리는 얼굴이 하얗게 질려 방을 빠져나와서 안내 책상이 있는 현관으로 뛰어내려갔다. 구니가 차렷자세로 서 있었다.

"무슨 일이십니까, 대사님?"

"구니, 누, 누가 내 방에 들어갔지?"

메리가 다그쳐 물었다.

"왜요? 제가 아는 바로는 아무도 들어간 사람이 없습니다."

"방명록을 보여줘요!"

메리는 목소리가 떨리지 않도록 애썼다.

"네, 대사님."

구니가 방문객 명단을 꺼내어 그녀에게 건네주었다. 쓰여 있는 이름마다 들어온 시간이 그 옆에 적혀 있었다. 그녀가 사무실을 떠난 5시 반부터 시작해서 명단을 죽 살펴 내려가니 방문객은 12명이나 있었다.

메리가 경비병을 쳐다보았다.

"이 명단에 있는 사람들 모두 들어갈 때 호위가 붙어 있었나요?"

"모두 그랬습니다, 대사님. 호위병 없이 3층에 올라간 사람은 아무도 없습니다. 뭐가 잘못됐습니까?"

'잘못되어도 아주 크게 잘못되었지.'

"내 사무실 벽에 쓰여 있는 페인트 글씨를 지울 사람을 불러줘요."

메리는 홱 돌아서서 급히 밖으로 나갔다. 머리가 아파서 쓰러지지 않을까 걱정하면서……. 연락을 취하는 일은 내일 아침까지 미뤄야 할 것 같았다.

메리가 레스토랑에 도착하니, 루이 데스포르제 박사가 자리에 앉아 그녀를 기다리고 있었다. 그녀가 탁자로 다가가자 그는 일어나서 그녀를 맞았다.

"늦어서 죄송합니다."

메리는 아무 일도 없었던 것처럼 보이려고 노력했다.

그녀가 의자에 앉을 수 있도록 데스포르제가 의자를 빼주었다.

"괜찮습니다. 당신의 전갈을 받았습니다. 이렇게 함께 해주서서 정말 고맙습니다."

메리는 그와 저녁을 하기로 한 것을 후회하고 있었다. 신경이 너무 날카롭게 곤두서 있는 상태에서 기분이 엉망이었기 때문이다. 그녀는 손이 떨리는 것이 보이지 않도록 두 손을 맞잡고 꾹 눌렀다.

데스포르제는 그녀를 찬찬히 살폈다.

"괜찮으십니까, 대사님?"

"네, 아주 기분이 좋아요."

'죽기 전에 네 나라로 꺼져.'

"스카치 한 잔 했으면 좋겠네요."

그녀는 스카치를 싫어했지만 그것이 긴장을 풀어줄 것 같았다. 의사는 술을 주문하고 나서 말을 꺼냈다.

"대사노릇 하기가 쉬운 일은 아니죠? 더구나 이런 나라에서 여자가 말입니다. 루마니아 사람들은 남성 우월주의자들입니다. 알고 계시겠지만 말이에요."

메리는 억지로 웃어보였다.

"당신에 관한 이야기를 듣고 싶어요."

그녀의 마음속에서 두려움을 떨쳐낼 수 있는 것이라면 어떤 이야기라도 상관없었다.

"뭐 재미있는 일이 있어야지요."

"알제리에서 비밀조직원으로 일한 적이 있다고 했잖아요? 재미있는 이야기가 있을 것 같아요."

의사는 어깨를 들어올리며 말했다.

"우리는 지긋지긋한 시절을 보냈어요. 마지막에 가서 모든 것을 걸지 않기 위해서는 남자라면 누구나 위험을 무릅쓰고 어떤 일을 해야 한다고 나는 믿었습니다. 테러리스트들은 글자 그대로 '무시무시한' 놈들입니다. 우리는 그들을 없애야 했습니다."

그의 목소리는 정열로 가득 차 있었다.

'이 사람은 에드워드를 꼭 닮았어. 에드워드는 언제나 신념에 불타고

있었지.'

데스포르제 박사는 쉽게 동요되지 않는 사람이었다. 그는 자신의 신념에 따라 기꺼이 목숨이라도 걸 사람이었다. 데스포르제가 천천히 말을 이었다.

"내 싸움의 대가가 아내와 아이들의 생명이라는 걸 알았더라면……."

그러다가 그는 말을 멈췄다. 그의 손은 탁자와 대비되어 하얗게 보였다.

"용서해주십시오. 제 괴로움을 이야기하려고 당신을 이곳에 모신 것은 아니었습니다. 여긴 양고기 요리가 괜찮답니다. 이 음식점의 별미 요리지요."

"좋아요."

그가 식사와 포도주 한 병을 주문했다. 메리는 긴장이 풀리면서 붉은 페인트로 쓴 끔찍한 경고문을 잊어버렸다. 이 매력 있는 프랑스 남자는 놀랄 만큼 대화하기에 편한 사람이었다. 마치 에드워드와 말하고 있는 것 같은 기분이 들게 했다.

두 사람은 서로 공감하는 신념을 많이 가지고 있었고, 또 많은 일들에 관해서 비슷한 생각을 하고 있었다.

루이 데스포르제는 프랑스에 있는 한 조그만 도시에서 태어났고 메리는 거기서 5천마일 떨어진 캔자스 주의 조그만 도시에서 태어났는데, 서로 자라난 배경도 매우 비슷했다.

그의 아버지는 평생 농부로 살았는데, 절약해서 저축한 돈으로 루이를 파리에 있는 의과대학에 보냈다는 것이다.

"아버지는 훌륭한 분이셨습니다, 대사님."

"대사라는 말은 딱딱하게 들리는군요."

"애슐리 부인?"

"메리라고 불러주세요."

"고맙군요, 메리."

그녀는 웃음지었다.

"천만에요, 루이."

메리는 그의 사생활이 어떤지 궁금했다. 그는 잘생긴 데다가 이지적이었다. 그는 아마 자기가 바라는 여자라면 틀림없이 가까이할 수 있었을 것이다. 메리는 그가 누구와 함께 살고 있지나 않은지 궁금했다.

"재혼은 생각해보지 않으셨나요?"

메리는 자기가 그런 질문을 했다는 사실을 믿을 수가 없었다. 그러자 데스포르제는 고개를 가로저었다.

"아뇨, 만약 당신이 내 아내를 알았다면 이해할 겁니다. 좋은 여자였지요. 아무도 그녀를 대신할 수는 없을 겁니다."

'내가 에드워드에 대해서 느끼는 게 바로 그런 건데.'

그는 좋은 사람이었다. 그렇지만 누구에게나 우정은 필요한 것이다. 그것은 사랑을 대신하는 그런 것이 아니라 고민을 함께 나눌 수 있는 사람을 만나는 일이었다.

"……그래서 내가 기회를 갖게 되었을 때, 난 루마니아에 가는 것도 재미있는 일이라고 생각했습니다."

루이는 목소리를 낮춰서 계속해서 말했다.

"솔직히 이 나라는 악으로 가득 차 있는 것 같습니다."

"정말이에요?"

"국민들은 빼고 말입니다. 루마니아 인들은 사랑스러운 사람들이랍니다. 정부야말로 가증스러운 존재지요. 여기서는 아무에게도 자유가 없어요. 루마니아 인들은 사실 노예나 마찬가지입니다. 만약 그들이 품위 있는 식사와 약간의 장식품들을 바란다면 비밀경찰을 위해서 강제로 일을 해야 합니다. 외국인들은 항상 감시당하고 있습니다."

그는 주위를 힐끗 둘러보며 엿듣는 사람이 없는지 살펴보았다.

"계약 기간이 끝나는 대로 프랑스로 돌아갈 생각입니다."

무심코 그녀가 한마디 했다.

"누군가 내가 돌아가야 한다고 생각하는 사람들이 있어요."

"뭐라고요?"

그리고 메리는 자신이 사무실에서 있었던 일을 자신도 모르게 마구 이야기하고 있었다. 그녀는 그에게 자기 사무실 벽에 페인트로 갈겨쓴 낙서에 대해 말해주었다.

"그건 너무 지독하군요. 누가 그렇게 했는지 전혀 모른단 말입니까?"

"전혀 몰라요."

"내가 좀 이상한 고백을 하나 해도 되겠습니까? 당신이 누군지를 알았을 때부터 나는 어떤 의문에 사로잡히게 되었습니다. 당신을 아는 사람이라면 누구나 당신한테서 깊은 인상을 받게 될 겁니다."

메리는 강한 흥미를 느끼며 그의 말에 귀를 기울였다.

"당신이 이곳에 미국의 인상을 아름답고 지적이며 따뜻한 것으로 심어놓고 있는 것 같다는 말입니다. 당신이 하고 있는 일에 대해 신념을 갖고 있다면, 그것을 위해 당신은 싸워야 합니다. 떠나면 안 됩니다. 절대로 다른 사람들이 당신을 위협해서 쫓아버리게 해서는 안 됩니다."

에드워드도 아마 그렇게 말했을 것이다.

메리는 침대에 누웠지만 루이가 한 말을 생각하느라 잠을 이룰 수가 없었다.

'그는 자신의 신념에 따라 기꺼이 죽을 수도 있는 사람이야. 나는? 나는 죽고 싶지 않아. 하지만 아무도 나를 죽이지는 못할 거야. 그리고 나를 위협하지도 못할 것이고.'

그녀는 어둠 속에서 겁에 질려 잠을 이루지 못했다.

다음날 아침, 마이크 슬레이드가 커피 두 잔을 들고 사무실로 들어왔다. 그는 깨끗해진 벽을 보고는 고개를 끄덕였다.

"누가 벽에다 낙서를 했다고 들었는데요?"

"누구 짓인지 알아냈습니까?"

"아뇨. 저도 방명록을 조사해봤지만, 모두 낙서와는 관련이 없는 사람들이더군요."

마이크가 커피를 마시면서 말했다.

"그렇다면 이 대사관 안에 있는 누군가가 했단 말인가요?"

"그렇지 않으면 누군가가 경비병 몰래 숨어 들어왔겠죠."

"그런 일이 있을 수 있다고 생각하세요?"

마이크는 찻잔을 내려놓으며 말했다.

"아뇨."

"나도 그래요."

"정확히 뭐라고 쓰여 있던가요?"

" '죽기 전에 네 나라로 꺼져!'라고 써 있었어요."

마이크는 아무런 말도 하지 않았다.

"누가 나를 죽이려는 걸까요?"

"모르겠습니다."

"슬레이드 씨, 솔직한 대답을 듣고 싶어요. 내가 지금 진짜 위험한 상황에 놓여 있다고 생각하세요?"

마이크는 심각한 표정으로 그녀를 바라보았다.

"대사님, 그들은 에이브러햄 링컨, 존 케네디, 로버트 케네디, 마틴 루터 킹, 그리고 마린 그로차를 암살했습니다. 우리는 모두 당하기 쉬운 처지입니다. 당신의 질문에 대한 제 대답은 '예스'입니다."

'당신이 하고 있는 일에 신념을 갖고 있다면, 그것을 위해 싸워야 합니다. 떠나면 안 됩니다. 절대로 다른 사람들이 당신을 위협해서 쫓아버리게 해서는 안 됩니다.'

미인계

다음날 아침 8시 45분, 메리가 한창 회의에 열중하고 있는데, 갑자기 도러시 스톤이 헐레벌떡 사무실로 뛰어 들어왔다.

"아이들이 납치됐어요!"

메리는 깜짝 놀라 자리에서 벌떡 일어났다.

"뭐라고!"

"리무진 경보등이 갑자기 꺼져버렸어요. 직원들이 지금 그 차를 추적하고 있는데, 아마 멀리 가진 못했을 거예요."

메리는 상황실로 뛰어갔다. 교환대 근처에 5, 6명의 사람들이 서 있었고, 매키니 대령이 마이크에 대고 뭔가 이야기를 하고 있었다.

"로저, 알았어. 대사님께 그렇게 전하지."

"무슨 일이에요? 아이들은 지금 어디 있죠?"

메리는 너무나 당황해서 말조차 제대로 나오지 않았다.

대령이 믿음직스러운 목소리로 대답했다.

"걱정하실 것 없습니다, 대사님. 아이가 우연히 리무진 안에 있는 비상

스위치를 눌렀나 봅니다. 리무진 지붕의 비상등이 켜지고 SOS가 단파로 발신되어, 운전사가 두 블록을 채 지나기도 전에 4대의 경찰차가 경보음을 울리면서 그 차를 따라잡았습니다."

메리는 안도의 한숨을 내쉬며 무너지듯이 벽에 기대섰다. 지금까지 그녀는 자신이 얼마나 큰 긴장 속에서 생활하고 있는지를 미처 깨닫지 못했던 것이다.

'이곳에 사는 외국인들이 무엇 때문에 마약이나 술, 아니면 섹스에 집착하게 되는지를 이제야 알 것 같아.'

그날 저녁 메리는 아이들과 함께 시간을 보냈다. 그녀는 되도록 아이들과 가까이 있고 싶었다. 아이들을 지켜보다가 그녀는 문득 생각했다.

'이 아이들이 지금 위기에 처해 있는 것일까? 아니, 우리 모두가 위험에 빠져 있는 건 아닐까? 우리를 해치려는 사람들은 도대체 누구일까.'

메리는 그 답을 알지 못했다.

사흘 뒤, 메리는 루이 데스포르제 박사와 다시 한 번 저녁식사를 함께 할 기회를 가졌다.

이번에는 루이가 긴장이 조금 풀어진 듯한 태도를 보였다. 그에게서 어딘지 모르게 슬픔이 뿜어져 나오는 것은 여전했지만, 침착하려고 애쓰는 모습이 역력했다.

메리는 자기가 그에게서 느끼는 매력을 루이 또한 자신에게서 느끼고 있을지 생각해보았다.

'내가 그에게 보낸 것은 은그릇이 아니라 초청장일 뿐인데.'

메리는 스스로를 타일렀다.

'대사라고 부르면 너무 딱딱해요. 그냥 메리라고 불러주세요.'

'맙소사, 지금 나는 그를 유혹하려고 하는 것일까?'

거기에 생각이 미치자 메리는 고개를 저었다.

'나는 그에게 많은 빚을 지고 있어. 어쩌면 내 생명의 은인일지도 몰라. 그래, 난 아무것도 거리낄 것이 없어. 그건 내가 그를 다시 만나고자 하는 것과는 별개의 문제니까.'

루이와 메리는 인터콘티넨털 호텔 옥상에 있는 식당에서 일찌감치 저녁을 먹었다. 자신을 관저까지 데려다주고 가는 루이에게 메리가 먼저 말을 꺼냈다.

"잠깐 들어오시지 않겠어요?"

"고맙습니다. 그렇게 하죠."

루이는 순순히 메리의 권유에 따랐다.

아이들은 아래층에서 숙제를 하고 있었다. 메리가 루이에게 그들을 소개했다.

루이가 베스 앞에서 몸을 굽히며 물었다.

"아저씨가 안아도 될까?"

그는 팔을 뻗어 베스를 한 번 안아보고는 다시 몸을 일으켰다.

"우리 집에도 너보다 세 살쯤 어린 여자아이가 있었단다. 한 아이는 너랑 거의 같은 나이였어. 그애들이 있었다면 지금쯤 너만큼이나 예쁘게 자랐을 거야, 베스."

베스가 웃으며 말했다.

"고맙습니다. 그런데 그애들이라니 누구죠?"

메리가 서둘러 그들의 대화에 끼어들었다.

"우리 모두 뜨거운 초콜릿이나 한 잔 해요, 네?"

그들은 모두 널찍한 대사관저 식당에 앉아서 초콜릿을 마시며 이야기를 나누었다.

아이들은 루이에게 무척 호감을 가지는 듯한 눈치였다. 메리는 루이를 가만히 바라보며 저렇게 외로운 눈을 가진 사람은 지금까지 한 번도 본 적이 없다고 생각했다.

하지만 루이는 온통 아이들에게 정신이 팔려서 메리가 함께 있다는 것조차 잊은 것 같았다. 그는 자신의 딸들에 얽힌 이야기와 이런저런 우스갯소리를 늘어놓았다. 그러자 아이들이 배를 움켜쥐고 웃음을 터뜨렸다.

메리가 깜짝 놀라 시계를 들여다보니 이미 한밤중이 되어 있었다.

"어머나, 이게 웬일이야! 너희들 잠자리에 들 시간이 훨씬 지났구나. 빨리들 올라가거라."

팀이 루이에게 다가서며 물었다.

"또 놀러오실 수 있죠?"

"나도 그러고 싶구나, 팀. 하지만 그건 네 엄마에게 달렸단다."

그러자 팀은 메리를 돌아보았다.

"어때요, 엄마?"

메리는 루이를 흘깃 쳐다보며 대답했다.

"물론 그래도 괜찮단다."

메리는 루이를 현관까지 배웅했다. 루이는 가만히 메리의 손을 잡으며 말했다.

"내게 오늘 저녁이 얼마나 소중한 시간이었는지 모를 겁니다. 뭐라고 할 말이 없군요."

"나도 기뻐요."

메리는 루이의 눈동자를 바라보며 그가 조금씩 자신에게 다가서고 있음을 느꼈다. 메리는 살며시 입술을 밀어올렸다.

"잘 자요, 메리."

그러고는 그는 가 버렸다.

다음날 아침, 메리는 사무실로 들어서려다 맞은편 벽에 새로 페인트칠이 되어 있음을 알았다. 여느 때와 같이 마이크 슬레이드가 커피 두 잔을 들고 메리의 사무실로 들어섰다.

"잘 주무셨소?"

마이크가 커피 한 잔을 메리의 책상 위에 내려놓으며 말했다.

"누가 또 낙서를 한 모양이죠?"

"네."

"이번에는 뭐라고 쓰여 있던가요?"

"그건 중요하지 않습니다."

"중요하지 않다고요? 내게는 중요한 문제예요. 도대체 대사관의 보안은 어떻게 된 거죠? 사람들이 내 사무실 앞을 기웃거리고 내 목숨을 위협하니 말이에요. 이번에는 뭐라고 쓰여 있었느냐니까요?"

메리는 화가 치밀어 올랐다.

"그대로 옮겨볼까요?"

"그래요."

" '당장 이곳을 떠나라. 그렇지 않으면 죽음이 있을 뿐이다!' "

메리는 화가 나서 의자에 털썩 주저앉았다.

"어떻게 해서 범인이 아무한테도 들키지 않고 이 대사관에 들어와 마음대로 그 따위 낙서를 할 수 있죠?"

"어떻게 그럴 수 있는지 저도 알았으면 좋겠습니다. 그걸 밝혀내기 위해서 우리는 할 수 있는 모든 방법을 다 동원하고 있습니다."

"그렇다면 당신이 말하는 '할 수 있는 모든 방법'이라는 게 신통치 않은 모양이군요."

메리가 날카롭게 쏘아붙였다.

"밤에는 해병대를 불러서 경비를 세워야겠어요. 괜찮겠죠?"

"그럼요, 대사님. 제가 매키니 대령에게 그렇게 전하죠."

"그만두세요. 내가 직접 얘기할 테니까요."

메리는 사무실을 나가는 마이크 슬레이드의 뒷모습을 바라보며 그가 뭔가 알고 있지 않을까 하는 생각이 들었다.

동시에 그 범인은 마이크 슬레이드 자신일지도 모른다는 생각이 얼핏 스쳐 지나갔다.

매키니 대령은 무척 송구스러워하고 있었다.

"제 말씀을 믿어주십시오, 대사님. 이번 일 때문에 저도 대사님 못지않게 신경이 곤두서 있습니다. 복도 경비를 두 배로 늘리고, 대사님의 사무실 앞에는 24시간 경비를 서도록 하겠습니다."

그래도 메리의 마음은 누그러지지 않았다. 대사관 안의 누군가가 이 일에 대해 책임을 져야 할 것이었다.

매키니 대령은 대사관 안에 있는 사람이었다.

메리는 관저에서의 조촐한 디너파티에 루이 데스포르제를 초대했다. 다른 손님들도 5, 6명 있었는데, 파티가 끝나고 그들이 모두 자리를 뜨고 나자 루이가 메리에게 말했다.

"잠시 올라가서 아이들을 좀 보고 가면 안 되겠소?"

"지금쯤 아이들은 모두 잠들어 있을 텐데요, 루이?"

"아이들을 깨우고 싶진 않아요. 그저 잠시 얼굴만 보고 오면 되니까요."

메리는 루이와 함께 위층으로 올라가서, 잠든 팀의 얼굴을 뚫어지게 내려다보며 꼼짝도 않고 서 있는 루이를 역시 뚫어지게 바라보았다.

조금 뒤 메리가 루이에게 속삭였다.

"베스의 방은 이쪽이에요."

메리는 루이를 다른 침실로 데리고 가서 방문을 열었다. 베스는 베개를 껴안은 채 제멋대로 누워 잠들어 있었고, 침대 시트도 엉망이 되어 있었다.

루이는 가만히 침대 곁으로 다가가 이불을 똑바로 펴고는 베스의 몸을 덮어주었다. 그리고 눈을 꼭 감은 채 한참 동안 그대로 서 있었다.

이윽고 밖으로 나온 루이가 메리에게 말했다.

"정말 사랑스러운 아이들이오."

그의 목소리는 촉촉하게 젖어 있었다.

그들은 한동안 말없이 서로를 바라보았다. 무거운 공기가 그들을 휘감고 있었다. 루이는 복받쳐 오르는 무엇인가를 간신히 억누르고 있는 듯했다.

'이제 곧 무슨 일이 벌어질 거야. 이 사람도 나도 그걸 막을 수는 없어.'

그들은 힘주어 서로를 껴안았고, 루이의 입술이 메리의 입술 위로 뜨겁게 포개졌다.

갑자기 루이가 먼저 포옹을 풀고 한 걸음 물러섰다.

"오지 말았어야 할걸 그랬나 봅니다. 내가 지금 뭘 하고 있는지 당신은 알고 있소? 난 지금 과거를 되살리고 있는 중이오."

잠시 침묵이 흘렀다.

"어쩌면 그건 나의 미래가 될지도 모르죠."

"그걸 누가 알겠소?"

"난 알아요."

메리가 부드러운 목소리로 말했다.

무역담당 참사관인 데이비드 빅터가 황급히 메리의 사무실로 뛰어들었다.

"아주 나쁜 소식이 있습니다. 이오네스쿠 대통령이 아르헨티나와 150만 톤의 옥수수를, 브라질과는 50만 톤의 콩을 계약하는 안을 승인하려고 합니다. 그 계약이 이루어지면 우리는 크게 손해를 보게 됩니다."

"얼마큼 협상이 진척되었나요?"

"거의 마무리 단계로 접어들었나 봅니다. 우리와는 한 마디 상의도 없이 말입니다. 워싱턴으로 급전을 보내야겠습니다. 물론 대사님의 승인이 필요합니다."

"잠깐 기다려 보세요. 생각 좀 해봐야겠어요."

"이젠 이오네스쿠 대통령의 마음을 돌릴 수 없을 겁니다. 제가 쓸 수 있는 모든 방법은 다 써봤습니다."

"그렇다면 내가 한 번쯤 다시 해본다고 해서 손해 볼 것도 없잖아요?"

메리는 벨을 눌러 비서를 불렀다.

"도러시, 되는 대로 빨리 이오네스쿠 대통령과 약속을 잡아줘요."

알렉산드루 이오네스쿠 대통령은 점심참에 맞춰 메리를 대통령궁으로 초대했다. 그녀가 궁에 도착하자 대통령의 14세 아들인 니쿠가 먼저 메리를 반겼다.

"안녕하세요, 대사님. 전 니쿠라고 해요. 여기 오신 것을 환영합니다."

"나도 니쿠를 만나서 반가워요."

니쿠는 나이에 비해서 키도 크고 잘생긴 소년이었는데, 특히 새까만 눈동자와 흠잡을 데 없는 외모를 지니고 있었다. 어른스런 티가 물씬 풍기는 성숙함도 느껴졌다.

"대사님에 대해 좋은 얘기를 많이 들었어요."

"고마워요, 니쿠."

"아버님께 대사님께서 도착하셨다고 전해드릴게요."

메리와 이오네스쿠 대통령은 단 둘이 식당에 마주 앉았다. 메리는 그의 아내가 어디 있을까 궁금했다. 그녀는 공식 자리에조차 거의 모습을 드러내는 일이 없었다.

대통령은 무슨 좋은 일이라도 있었는지 흐뭇한 표정으로 술을 마셨다. 그는 냄새가 그리 좋지 않은 '스나고프'라는 루마니아산 담배에 불을 붙여 물었다.

"자녀들과 함께 관광은 더러 다니셨습니까?"

"네, 각하. 루마니아는 정말 아름다운 나라여서 가볼 만한 곳이 너무 많더군요."

이오네스쿠 대통령은 메리에게 웃어보이며 말했다.

"언제 시간이 좀 나면 내가 우리나라를 안내해 드리겠소. 나는 제법 쓸 만한 안내원이기도 하거든요. 재미난 곳을 많이 보여줄 수 있을 거요."

그의 웃음은 추파로 변해 있었다.

"감사합니다."

메리는 슬슬 화제를 돌려야 할 때라는 생각이 들었다.

"각하와 의논하고 싶은 아주 중요한 일이 한 가지 있어서, 오늘 중으로 꼭 찾아뵙고 싶었습니다."

이오네스쿠 대통령은 하마터면 크게 소리내어 웃음을 터뜨릴 뻔했다.

메리가 찾아온 이유가 너무도 훤히 들여다보였기 때문이었다.

'미국은 우리에게 옥수수와 콩을 팔아먹고 싶어서 어쩔 줄을 모르겠지만 이미 너무 늦었어. 미국대사는 빈손으로 돌아설 수밖에 없을 것이다. 저렇게 매력이 넘치는 여자에게는 좀 안된 일이지만, 어쩔 수 없지.'

"그래, 중요한 일이란 게 도대체 뭐요?"

이오네스쿠 대통령은 모른 척 시치미를 떼며 넌지시 물었다.

"자매도시에 대한 말씀을 좀 드리고 싶어서요."

이오네스쿠 대통령은 이게 무슨 소린가 싶어서 다시 한 번 되물었다.

"뭐라고요?"

"자매도시 말이에요. 샌프란시스코와 오사카, 로스앤젤레스와 아테네, 워싱턴과 베이징 등등……. 그런 자매 도시를 말씀드리는 겁니다."

"무슨 소린지 알 수가 없군요. 갑자기 왜 그런 엉뚱한……?"

"각하, 각하가 만약 부쿠레슈티와 미국의 어느 도시를 자매도시로 만들겠다고 한다면, 그건 틀림없이 온 세계에서 머릿기사로 다룰 겁니다. 얼마나 멋진 일이에요! 엘리슨 대통령의 '국민 대 국민운동'만큼이나 크게 주목을 끄는 일이 될 테니까요. 세계평화를 위한 커다란 진전이기도 하고요. 미국과 루마니아 사이에 튼튼한 다리를 놓는 것과도 같은 그 일이 추진되면, 각하가 노벨평화상을 탄다고 해도 아무도 놀라지 않을 겁니다."

이오네스쿠 대통령은 이게 무슨 말인가 싶어서 진땀을 빼고 있었다.

"미국에 자매도시를 갖는다? 그것 참 흥미로운 생각이군요. 그럼 어떻게 되는 거요?"

이오네스쿠가 조심스럽게 물었다.

"각하에 대한 국제 여론이 한결 좋아질 겁니다. 한마디로 영웅이 되는 거죠. 더구나 이것이 처음부터 각하의 발상이라고 한다면 말이에요. 각하가 먼저 미국을 방문하면, 캔자스시티의 대표단이 루마니아를 찾게 되겠죠."

"캔자스시티?"

"물론 그건 저 개인의 생각일 뿐입니다. 뉴욕이나 시카고 같은 대도시는 너무 상업성이 짙어서 각하의 마음에 안 들 것이고, 로스앤젤레스는 이미 아테네와 결연을 맺었거든요. 캔자스시티는 미국 중부지방에 있는 도시예요. 그곳에도 이곳처럼 농부들이 살고 있죠. 각하의 국민들과 마찬가지로 땅의 고마움을 아는 사람들이랍니다. 각하는 뛰어난 정치적 역량을 다시 한 번 과시할 수 있게 됩니다. 모든 사람들의 입에 각하의 이름이 오르내릴 거예요. 유럽에서는 아무도 이런 일을 생각해본 사람이 없었으니까요."

이오네스쿠 대통령은 아주 신중한 표정을 지었다.

"정말 한번 검토해볼 만한 문제로군요."

"물론입니다."

"캔자스시티, 캔자스……, 부쿠레슈티, 루마니아. 물론 우리 쪽이 더 큰 도시가 되겠죠?"

이오네스쿠는 혼자 중얼거리며 고개를 끄덕였다.

"물론입니다. 부쿠레슈티가 언니인 셈이죠."

"그것 참 재미있는 제안이오."

이오네스쿠 대통령은 생각하면 할수록 더욱 그 제안이 마음에 들었다.

'내 이름이 모든 사람들의 입에 오르내린다. 그렇게 되면 소련에서도 더 이상 우리를 마음대로 주무르지는 못하겠지.'

"미국 쪽에서 거절할 가능성은 없소?"

이오네스쿠가 물었다.

"그럴 가능성은 전혀 없습니다. 그건 제가 보증하죠."

이오네스쿠 대통령은 다시 생각에 잠겼다.

"그럼 언제부터 이 일이 효력을 가질 수 있는 거요?"

"각하가 발표만 하시면 곧바로 효력을 가질 수 있습니다. 우리 쪽에서는 제가 알아서 준비를 할 테니까요. 각하는 이미 훌륭한 정치로 명성을 날리고 있지만, 이번 일은 그런 각하의 명성을 한층 드높여 줄 것입니다."

이오네스쿠는 다른 쪽으로 생각이 미쳤다.

"자매도시끼리 하는 무역도 생각해볼 수 있겠군요. 루마니아도 수출할 것이 많으니 말이오. 캔자스에서는 어떤 곡식을 많이 재배하고 있소?"

"여러가지 있습니다만, 옥수수와 콩을 주산물로 꼽을 수 있죠."

메리는 아무렇지도 않은 듯이 태연하게 말했다.

"정말로 계약을 맺은 겁니까? 도대체 이오네스쿠를 어떻게 구워삶았습니까?"

데이비드 빅터는 도무지 믿어지지 않는다는 듯이 연거푸 질문을 퍼부었다.

"채 1분도 걸리지 않던걸요. 이오네스쿠도 제법 똑똑한 사람이라 내 말을 금방 알아듣더군요. 내가 내민 미끼가 무척 마음에 들었나 봅니다.

어쨌든 이제 당신이 가서 계약을 마치고 오세요. 이오네스쿠는 벌써 텔레비전 연설을 준비하고 있으니까요."

메리는 자신 있게 대답했다.

스탠턴 로저스는 그 소식을 듣자마자 메리에게 전화를 걸었다.

"당신은 정말 기적을 만들어내는 사람이오."

스탠턴이 웃음 섞인 목소리로 말했다.

"우린 이미 그 계약을 포기하고 있었소. 도대체 어떻게 그런 일을 해낼 수 있었소?"

"이오네스쿠의 자존심 덕분이죠, 뭐."

"대통령께서 당신의 능력에 크게 만족해하고 있다고 전해달라더군요, 메리."

"감사하다는 말씀도 좀 전해주세요, 스탠."

"그러죠. 그런데 몇 주일 안에 각하와 나는 중국으로 떠날 참이오. 전할 것이 있으면 내 사무실로 연락하면 될 거요."

"네, 잘 다녀오세요."

어느새 몇 주가 화살처럼 지나가 3월의 산들바람이 봄과 여름을 재촉하고, 거리에는 두꺼운 겨울옷 대신 밝고 환한 색채가 넘쳐흘렀다.

여기저기서 나무와 꽃들이 제 철을 만나 신선한 푸른빛으로 공원을 가득 메우는가 싶더니 이미 6월이 끝나가고 있었다.

부에노스아이레스는 겨울이 되어 있었다. 노이사 뮤네츠는 한밤중이 되어서야 아파트로 돌아왔다. 요란하게 전화벨이 울리고 있었다. 그녀는 느릿느릿 수화기를 집어들었다.

"뮤네츠 양이오?"

미국에서 걸려온 전화였다.

"네, 그런데요?"

"엔젤을 바꿔주시오."

"그는 지금 여기 없어요. 선생님, 뭘 원하는 거죠?"

컨트롤러는 다시금 울화가 치밀었다.

'도대체 엔젤은 이런 여자와 어떻게 같이 살 수가 있는 거야!'

해리 랜츠가 죽기 전에 한 이야기에 따르면, 이 여자는 눈치라고는 전혀 없을 뿐만 아니라 외모도 보잘 것 없었다.

"엔젤에게 이렇게 전해요."

"잠깐만 기다려주세요."

수화기를 내려놓는 소리가 들려왔다.

한참 뒤에야 그녀의 목소리가 되돌아왔다.

"됐어요."

"엔젤에게 부쿠레슈티에서 할 일이 있다고 전하시오."

"부다페스트라고요?"

'이런 빌어먹을!'

도저히 어떻게 해볼 도리가 없었다.

"루마니아의 부쿠레슈티를 말하는 거요. 이번엔 1천만 달러짜리 계약이오. 이달 말경에 부쿠레슈티로 가야 한다고 전해요. 지금부터 4주일 후요. 알아듣겠소?"

"잠깐만요. 지금 적고 있는 중이거든요."

컨트롤러는 끈질기게 기다리는 수밖에 없었다.

"됐어요. 엔젤이 1천만 달러에 얼마나 많은 사람을 죽여야 되나요?"

"아주 많이……."

날마다 대사관 문 앞에 늘어서는 사람들이 메리의 신경을 긁고 있었다.

메리는 다시 한 번 그 문제를 마이크 슬레이드와 상의했다.

"저 사람들이 출국할 수 있도록 우리가 도울 방법이 꼭 있을 거예요."

"가능한 일은 다 해봤습니다. 압력도 넣어보고, 돈으로 달래보기도 했지만 대답은 한결같이 '안 돼'뿐이었어요. 이오네스쿠는 조금도 물러설 기미를 보이지 않고 있습니다. 저 사람들만 불쌍하게 된 것이죠. 철의 장막은 이 나라 주위에 있는 것이 아니라, 바로 이 나라 안에 있는 모양입니다."

"이오네스쿠를 다시 한 번 만나봐야겠군요."

"행운을 빕니다."

메리는 도러시 스톤에게 이오네스쿠 대통령과 약속을 잡아줄 것을 부탁했다.

조금 뒤, 도러시가 난처한 표정이 되어 메리의 방으로 들어왔다.

"어떡하죠, 대사님? 약속을 정하지 못했어요."

메리가 이상하다는 듯이 도러시를 바라보았다.

"어떻게 된 거지?"

"저도 잘 모르겠어요. 대통령궁 안에 무슨 일이 있나 봐요. 아무도 이오네스쿠 대통령을 보지 못했대요. 사실 아무도 대통령궁 안으로 들어가지도 못하는 상황이랍니다."

메리는 무슨 일이 벌어졌는지 짐작할 수가 없었다. 이오네스쿠 대통령이 모종의 중대 발표를 준비하고 있는 걸까? 군부에 무슨 일이 생겼나? 아무래도 뭔가 심상치 않은 일이 벌어지고 있는 것만은 틀림없었다.

"도러시, 대통령궁에 개인적으로 연락할 수 있지 않나요?"

도러시가 수줍은 듯이 미소지으며 대답했다.

"'노처녀 연락망' 말씀하시는 거예요? 네, 연락할 수 있어요."

"그렇다면 무슨 일이 생겼는지 좀 알아봐주겠어요?"

한 시간 뒤, 도러시가 다시 메리에게 보고를 올렸다.

"대사님이 알고 싶어하시는 걸 알아냈어요. 무척이나 쉬쉬하고 있더군요."

"뭘 그렇게 쉬쉬하고 있던가요?"

"대통령의 아들이 죽어가고 있대요."

메리는 깜짝 놀라서 되물었다.

"니쿠가? 아니, 무슨 일로?"

"보틀리누스 중독이라던데요?"

메리가 다시 급하게 물었다.

"부쿠레슈티에 유행병이 번지고 있다는 말인가요?"

"아니에요, 대사님. 얼마 전 동독에서 번졌던 유행병 기억하시죠? 얼마 전에 니쿠가 그곳엘 다녀왔는데, 누가 그에게 통조림을 선물로 주었던 모양이에요. 그걸 어제 먹었대요."

"그런 병이라면 항혈청을 쓰면 되잖아!"

메리가 고함치듯이 말했다.

"마침 유럽 전체에 그 약이 다 떨어졌대요. 지난달에 병이 크게 퍼지는 바람에 전혀 남은 것이 없다는 거예요."

"세상에, 그럴 수가!"

도러시가 사무실에서 나가자 메리는 깊은 생각에 잠겼다. 그런 방법은 시간이 너무 많이 걸릴지도 모른다……

메리는 쾌활하고 명랑하던 니쿠의 모습을 떠올렸다. 니쿠는 베스보다 한 살이 많은, 14세였다.

메리는 구내전화의 스위치를 눌렀다.

"도러시, 조지아 주 애틀랜타의 방역센터를 대줘요."

5분이 지나자 방역센터의 책임자와 전화가 연결되었다.

"네, 대사님. 보틀리누스 중독을 해독할 항혈청은 있습니다만, 미국에서는 그 병이 발생했다는 보고가 없었는데요?"

"여긴 미국이 아니라 부쿠레슈티예요. 지금 당장 그 약이 필요합니다."

저쪽에서는 잠시 말이 없었다.

"좀 보내드렸으면 좋겠지만 보툴리누스 중독은 병세가 급속히 악화됩니다. 약이 도착할 즈음이면 이미……."

"그건 내가 알아서 할 테니, 어서 준비나 해주세요. 네, 고맙습니다."

그로부터 10분 뒤, 메리는 워싱턴에 있는 공군의 랠프 주커 장군과 통화하고 있었다.

"안녕하시오, 대사님. 이것 참, 전혀 예기치 못한 영광이로군요. 아내와 나는 대사님의 열렬한 팬이거든요. 요즘은……?"

"장군님, 부탁드릴 것이 좀 있습니다."

"뭐든지 들어드릴 테니 말씀해보십시오."

"장군님이 가지고 있는 가장 빠른 제트기가 필요합니다."

"네? 뭐라고요?"

"지금 당장 부쿠레슈티까지 항혈청을 약간 실어다줄 제트기가 필요하다는 말씀입니다."

"알겠소."

"보내주실 수 있겠죠?"

"물론이오. 그럼, 지금부터 당신이 해야 할 일들을 말씀드리겠소. 먼저 국방부의 승인이 필요하오. 몇 가지 당신이 작성해야 할 서류가 있을 겁니다. 그 서류들의 사본을 떠서 하나는 국방부에 보내고, 내게도 하나 주시오. 그럼 우리가……."

메리가 잔뜩 화난 목소리로 장군의 말을 가로막았다.

"장군님, 장군님이 하셔야 할 일을 말씀드리겠어요. 지금 당장 이 전화를 끊고 곧바로 제트기를 띄우는 겁니다. 만약……."

"나로서는 도저히 그런……."

"한 소년의 생명이 벼랑 끝에 달려 있어요. 그리고 그 소년은 공교롭게도 루마니아 대통령의 아들이고요."

"죄송합니다만, 내겐 그런 권한이……."

"장군님, 만약 서류 몇 가지가 없다고 해서 그 소년이 죽어버린다면, 저는 장군님이 지금까지 구경도 하지 못한 대규모 기자회견을 열 거예요. 그래서 장군님이 직접 이오네스쿠 대통령의 아들이 무엇 때문에 죽어갔는지를 설명하게 만들어 드리겠어요."

"정말 난 백악관의 승인이 없으면 도저히 그런 일을 할 수 있는 처지가 못 되오. 만약……."

메리가 다시 그의 말을 가로막았다.

"그렇다면 백악관의 승인을 얻으세요. 약품은 애틀랜타 공항에서 기다리고 있을 거예요. 그리고 장군님……. 1분이 아까운 상황이라는 점을 부디 명심하시기 바랍니다."

메리는 전화를 끊고 말없이 기도를 했다.

옆에 있던 장군의 보좌관이 장군에게 물었다.

"무슨 일입니까, 장군님?"

"지금 당장 루마니아까지 항혈청을 실어나를 SR-71기를 보내라는군."

보좌관은 웃음을 머금으며 비웃는 듯이 말했다.

"루마니아 대사는 비행기 한 대 띄우는 일이 얼마나 복잡한지 전혀 모르는 분인 모양이군요."

"그런 모양이야. 하지만 그렇다고 그냥 모른 척하다간 정말 큰코다치겠어. 어서 스탠턴 로저스 씨에게 전화 좀 걸어주게."

5분 뒤 장군은 대통령의 외무 담당 보좌관과 통화를 하고 있었다.

"저는 그런 요청이 공식적으로 로저스 씨에게 알려져야 한다고 생각했기 때문에 일단 거절할 수밖에 없었습니다. 만약에……."

스탠턴 로저스가 장군의 말을 중간에서 가로막았다.

"장군, SR-71기를 띄우는 데 시간이 얼마나 걸릴 것 같소?"

"그야 10분이면 됩니다. 하지만······."

"그럼, 당장 띄우시오."

니쿠는 온 신경계가 마비된 상태였다. 핼쑥한 얼굴로 팥죽 같은 식은땀을 흘리며 침대에 누워 인공호흡기를 쓴 채 혼수상태에 빠져 있었다. 그의 침대 주위에는 3명의 의사가 달라붙어 있었다.

이오네스쿠 대통령이 초조한 모습으로 아들의 방에 들어왔다.

"어떻게 됐나?"

"각하, 온 유럽을 다 뒤져봤지만 항혈청은 하나도 남아 있지 않습니다."

"미국은 어떤가?"

한 의사가 어깨를 들썩이며 대답했다.

"미국까지 가서 약을 가져오기엔······. 시간이 너무 촉박합니다."

이오네스쿠 대통령은 절망스러운 표정으로 침대 곁으로 다가갔다.

그는 아들의 축축한 손을 꼭 잡아쥐며 중얼거렸다.

"넌 죽지 않는다. 넌 죽지 않을 거야."

제트기가 애틀랜타 국제공항에 내려앉자 공군 리무진 한 대가 냉동 포장된 보톨리누스 해독 항혈청을 싣고 기다리고 있었다.

3분 뒤, 비행기는 다시 공중으로 날아올라 북동쪽으로 기수를 잡았다.

SR-71기는 공군의 여러 제트기 중에서, 최고 속도가 음속의 3배인 가장 빠른 비행기였다. 대서양 상공에서 잠시 공중 급유를 위해 속력을 늦출 뿐, 비행기는 부쿠레슈티까지 4천 마일의 비행거리를 단 2시간 이내에 주파해낼 수 있었다.

메리는 시시각각으로 전해오는 보고를 들으며 그날 밤을 사무실에서 뜬눈으로 새웠다.

새벽 6시에 마지막 보고가 들어왔다.

매키니 대령의 전화였다.

"소년에게 항혈청을 주사했습니다. 의사들은 이제 그가 살아날 수 있을 거라고 말하는군요."

"오, 주여, 고맙습니다."

그로부터 이틀 뒤, 다이아몬드와 에메랄드가 가득 박힌 목걸이 하나가 다음과 같은 쪽지와 함께 메리의 사무실로 배달되었다.

어떻게 감사의 뜻을 전해야 할지 모르겠소.

—대통령 알렉산드루 이오네스쿠

"어머나, 세상에!"

도러시가 목걸이를 보고 환호성을 질렀다.

"50만 달러는 훨씬 더 나가겠어요."

"그렇겠지. 당장 대통령에게 돌려보내도록 해요."

메리는 무표정한 얼굴로 명령했다.

다음날 아침, 이오네스쿠 대통령이 메리에게 사람을 보냈다.

메리가 대통령궁에 도착하자 한 보좌관이 그녀에게 말했다.

"각하는 집무실에서 대사님을 기다리고 계십니다."

"먼저 니쿠를 만나볼 수 있을까요?"

"물론입니다. 그렇게 하십시오."

보좌관이 위층으로 메리를 안내했다.

니쿠는 침대에 누워서 책을 읽고 있었다. 그는 메리가 들어서는 것을 보고 몸을 일으켰다.

"안녕하세요, 대사님."

"안녕, 니쿠?"

"아버님께 말씀 들었어요. 정말 고맙습니다."

"니쿠, 난 네가 죽도록 그냥 내버려둘 수가 없었단다. 우리 베스를 생각해서라도 말이야."

니쿠가 바로 그 쾌활한 웃음을 지으며 말했다.

"언젠가는 그애를 만나서 얘기를 나눌 기회가 있겠죠."

이오네스쿠 대통령은 아래층에서 메리를 기다리고 있었다.

"당신, 내가 보낸 선물을 되돌려보냈더군."

인사도 없이 이오네스쿠 대통령이 대뜸 메리를 보자마자 한 말이었다.

"네, 각하."

대통령은 의자를 가리켰다.

"거기 좀 앉아요."

그러고는 잠시 메리의 얼굴을 뚫어지게 바라보았다.

"도대체 당신이 바라는 게 뭐요?"

"전 아이의 목숨을 가지고 흥정하고 싶지는 않아요."

"당신은 내 아들의 생명을 구해준 사람이오. 나는 뭐든 꼭 보답을 해야만 한단 말이오."

"대통령께서는 제게 빚진 것이 하나도 없습니다, 각하."

이오네스쿠 대통령은 주먹으로 탁자를 내리쳤다.

"난 당신에게 빚을 지고는 도저히 살 수가 없습니다! 대가를 빨리 말하시오."

"각하, 대가 같은 건 필요 없습니다. 저도 역시 두 아이의 어머니입니다. 각하의 기분이 어떤지는 누구보다도 제가 더 잘 알고 있습니다."

그러자 이오네스쿠는 잠시 눈을 감고 뭔가 생각에 잠겼다.

"그래요? 니쿠는 내 외아들이오. 만약 무슨 일이라도 생긴다면……."

이오네스쿠 대통령은 차마 뒷말을 이을 수가 없는 모양이었다.

"방금 위층에서 니쿠를 만나고 내려오는 길인데, 건강이 꽤 좋아진 것 같더군요."

메리는 자리에서 일어나며 한마디 덧붙였다.

"별다른 일이 없으시면 각하, 대사관에서 약속이 좀 있어서요."

메리는 몸을 돌리며 떠날 준비를 했다.

"잠깐만!"

메리가 다시 돌아섰다.

"정말로 선물을 받지 않겠소?"

"네, 아까도 말씀드렸듯이……."

이오네스쿠는 손을 휘저으며 말했다.

"좋아요, 좋아!"

그는 잠시 생각하더니 말했다.

"그렇다면 당신이 뭐든 바라는 게 있을 것 아니오? 소원을 한 가지 말해보도록 하시오."

"전 그런……."

"어서 말해보라니까요! 이건 명령이오! 뭐든지 당신이 원하는 걸 말해보란 말이오."

메리는 이오네스쿠 대통령의 얼굴을 바라보며 꼼짝도 않고 서서 잠깐 생각했다.

"루마니아를 떠나려고 기다리고 있는 유대인에 대한 제한규정을 철폐해주실 수 있을런지요."

이오네스쿠 대통령도 그 말을 듣자 역시 꼼짝도 하지 않았다. 조금 뒤 손가락으로 탁자를 두드리면서 말했다.

"알겠소."

그는 한참 동안이나 아무런 말이 없었다. 마침내 그가 메리를 올려다보며 말했다.

"그 규정은 폐지하겠소. 물론 모든 사람들이 출국할 수 있게 되지는 않겠지만, 지금보다는 훨씬 완화될 것이오."

그로부터 이틀 뒤, 공식 발표가 있자마자 엘리슨 대통령이 손수 메리에게 전화를 걸어 왔다.

"세상에, 난 외교관을 보낸 줄 알았는데 알고 보니 당신은 마술사구려."

"운이 좋았을 뿐입니다, 각하."

"우리 외교관 모두에게 그런 운이 따른다면 얼마나 좋겠소. 어쨌든 메리, 당신이 그곳에서 한 모든 일에 대해 찬사를 보내는 바요."

"감사합니다, 대통령님."

메리는 전화를 끊고 나자, 자신의 얼굴이 화끈 달아오름을 느꼈다.

"이제 곧 7월이 오겠군요."

해리어트 크루거가 메리에게 말했다.

"옛날에는 해마다 7월 4일에, 부쿠레슈티에 거주하고 있는 미국인들을 위해 대사관에서 파티를 열곤 했죠. 대사님이 굳이 싫지 않으시다면……."

"네, 그건 참 좋은 생각인 것 같군요."

"좋아요. 그럼 제가 모든 일을 추진해보겠습니다. 수많은 국기와 풍선, 관현악단……, 준비할 게 꽤 많지요."

"어머, 무척 멋지겠군요. 고마워요, 해리어트."

공관의 경비가 약간 축나긴 하겠지만 충분히 해볼 만한 일이었다.

'사실 나도 고향이 그리워서 견딜 수가 없어.'

메리는 플로렌스와 더글러스 쉬퍼 부부의 갑작스러운 방문에 깜짝 놀라고 말았다.

"우리 로마에 와 있어요. 좀 만날 수 있을까요?"

플로렌스가 전화통에다 대고 들뜬 목소리로 소리를 질러댔던 것이다. 메리도 반가워서 어쩔 줄 몰라했다.

"언제쯤 도착할 수 있겠어요?"

"내일 당장 그곳으로 달려갈게요."

다음날 쉬퍼 부부가 오토페니 공항에 도착했을 때, 메리는 대사관의 리무진을 끌고 마중을 나갔다. 그들은 재회의 기쁨에 서로 얼싸안고 입을 맞추었다.

"당신 정말 대단하네요! 대사님이 되었어도 어디 하나 변한 데가 없으니 말이에요."

플로렌스가 대뜸 메리를 보고 말했다.

'놀랄 만도 하겠지.'

메리는 속으로 중얼거렸다.

관저로 돌아오는 길에 메리는 차창 너머로 이곳저곳을 가리키며 그들 부부에게 자세히 안내해주었다. 마치 넉 달 전 메리 자신에게 누군가가 그랬던 것처럼. 그게 겨우 넉 달 전의 일이란 말인가? 메리는 그때가 오랜 옛날처럼 느껴졌다.

"여기가 바로 당신이 살고 있는 곳이란 말이죠?"

해병대의 군인들이 보초를 서고 있는 관저의 정문으로 차가 들어서자 플로렌스가 놀라움을 감추지 못하며 말했다.

메리가 그들에게 관저 안을 안내해주자, 그들의 놀란 입은 더욱 크게 벌어졌다.

"세상에! 수영장, 극장……. 방은 수십 개가 될 것 같네. 게다가 공원까지 갖추고 있다니!"

메리와 쉬퍼 부부는 식당에 앉아서 점심을 먹으며 정크션 시티의 이웃들에 대해 이런저런 이야기를 들려주었다.

"그래도 역시 그곳을 잊을 수는 없죠?"

더글러스가 진지한 표정으로 물었다.

"그럼요."

메리는 자신이 고향에서 얼마나 멀리 떨어진 곳에 와 있는지 다시 한번 실감이 되었다.

메리에게 정크션 시티는 더없는 평화와 안전, 편안하고 익숙한 생활을 상징하는 곳이었다. 반면 부쿠레슈티는 두려움과 테러, 날마다 사무실 벽에 빨간 페인트로 무언가가 갈겨쓰여 있는, 소름끼치는 협박을 뜻하는 곳이었다.

'폭력의 상징인 새빨간 핏빛으로 말이야.'

"무슨 생각을 그렇게 골똘히 해요?"

플로렌스가 이상하다는 듯이 물었다.

"네? 아, 아무것도 아니에요. 그나저나 유럽에는 웬일로?"

"로마에서 열린 의학회의에 참석차 들른 겁니다."

더글러스 박사가 설명했다.

"마저 대답하세요."

플로렌스가 남편의 팔꿈치를 쿡쿡 쳤다.

"글쎄, 사실은 그 회의에 참석할까 말까 한참 망설이다가 한편으론 당신이 걱정되기도 하고, 어떻게 지내고 있나 궁금하기도 해서 여기까지 오게 된 겁니다."

"정말 이렇게 만나니 얼마나 반가운지 몰라요."

"난 당신이 이렇게도 유명한 스타가 될 줄은 꿈에도 몰랐다니까요."

플로렌스가 한숨을 내쉬듯이 말했다.

메리는 그 순진한 말에 웃음을 터뜨렸다.

"플로렌스, 대사가 된 것과 유명한 스타가 되는 것은 아무런 상관도 없는 일이에요."

"어머, 내 말은 그런 말이 아닌데."

"그럼 무슨 얘기예요?"

"정말 모르겠어요?"

"뭘 말이에요?"

"메리, 지난 주 〈타임〉지에 당신에 대한 기사가 대문짝만하게 실렸어요. 당신이 아이들과 함께 찍은 사진도 실리고요. 미국의 모든 잡지와 신문들이 앞다투어 당신 기사를 싣고 있다니까요. 스탠턴 로저스 씨가 외교 분야에 대한 기자회견을 하면서, 당신을 외교관의 참된 귀감이라고 치켜세웠어요. 대통령도 틈만 나면 당신 얘기고요. 내 말이 믿어지지 않죠? 당신이 모든 사람들의 입에 오르내리고 있다는 것은 조금도 과장이 아니라고요."

"요즘은 좀 잠잠한 줄 알았는데 그렇지도 않은 모양이네요."

메리가 수줍어하며 말했다. 대통령이 그녀를 치켜세웠다던 스탠턴의 말이 새삼 메리의 뇌리에 떠올랐다.

"며칠이나 이곳에 머물 수 있겠어요?"

"마음 같아서는 계속 당신과 함께 있고 싶지만, 사흘 뒤에는 돌아가야 할 것 같아요."

"정말 요즘은 좀 어떻습니까. 저…… 에드워드 말이오."

"훨씬 좋아졌어요."

메리가 천천히 대답했다.

"밤마다 난 그이와 대화를 나누고 있어요. 꼭 미친 사람이 말하는 것처럼 말이에요. 내가 이상하게 보이죠?"

"천만에요."

"아직 악몽에서 완전히 헤어나진 못했지만 노력하고 있어요."

"저……, 혹시 다른 사람을 만나거나 하지는……."

플로렌스가 무척이나 조심스럽게 말을 꺼냈다.

메리는 밝게 웃으며 대답했다.

"사실은 그럴 것 같기도 해요. 오늘 저녁에 그분을 소개해드릴게요."

쉬퍼 부부는 금방 루이 데스포르제 박사와 친해졌다. 그들은 프랑스 사람이라고 하면 어쩐지 잘난 척하는 낯선 사람들이라는 선입관을 가지고 있었지만, 루이는 무척이나 친근하고 따뜻한 면을 보여주었다.

루이와 더글러스는 오랫동안 의학에 대한 서로의 견해를 나누었다. 그날은 메리가 부쿠레슈티로 온 이후 가장 큰 행복감을 맛본 하루였다. 짧은 시간이나마 메리는 편안한 마음으로 휴식을 즐길 수 있었다.

11시가 되자 쉬퍼 부부는 2층에 마련된 침실로 올라갔고, 메리는 루이를 현관까지 배웅해주었다.

"당신은 무척이나 좋은 친구를 가지셨군요. 곧 그들이 다시 보고 싶어질 것 같소."

루이가 여전히 진지하고 진실된 표정으로 말했다.

"쉬퍼 부부도 당신을 무척 좋아하는 눈치였어요. 이틀 뒤엔 캔자스로 떠나야 할 사람들이에요."

루이는 메리의 얼굴을 가만히 들여다보며 나지막하게 속삭였다.

"메리……, 당신도 함께 떠나고 싶지 않소?"

"아니오, 난 여기에 계속 머무를 거예요."

메리는 자신 있는 목소리로 말했다.

"다행이군요."

루이는 비로소 밝은 웃음을 지었다.

"이번 주말에 등산이나 갈까 하는데, 어때요? 같이 가지 않겠소?"

"네, 그러죠."

약속은 쉽게 이루어졌다.

메리는 그날 밤, 캄캄한 어둠 속에 누워 에드워드에게 말했다.

'여보, 난 언제까지나, 언제까지나 당신을 사랑할 거예요. 하지만 이제 더 이상 당신에게만 모든 것을 의지할 수는 없을 것 같아요. 새로운 생활을 시작해야 할 때가 된 거예요. 당신은 언제나 나의 일부가 되어 내 마음속에 머무르겠지만, 마음속 깊은 곳에 간직해야 할 다른 사람이 다시 나타났거든요. 루이가 결코 당신이 될 순 없지만, 그가 루이인 것만은 틀림없지만……. 그는 강하고 착하고 용감한 사람이에요. 당신만큼이나 가깝게 다가갈 수 있는 사람이기도 하고요. 에드워드, 날 이해해줄 수 있겠어요?'

메리는 침대에서 일어나 앉은 채 머리맡의 조그만 등을 켰다. 그러고는 한참 동안 말없이 결혼반지를 내려다보다가 마침내 천천히 반지를 손가락에서 빼냈다. 그것은 곧 하나의 끝과 새로운 시작을 뜻했다.

메리는 쉬퍼 부부와 함께 수박 겉핥기식으로 부쿠레슈티 시내를 관광했다. 그렇게 서둘렀는데도 눈 깜짝할 사이에 사흘이 다 지나가버렸고, 마침내 쉬퍼 부부가 훌쩍 떠나버리고 나자 메리는 새로운 고독이 밀물처럼 밀려드는 것 같았다.

완전히 뿌리가 뽑혀버린 듯한, 다시금 낯설고 적개심이 가득한, 위험하기 짝이 없는 곳에 혼자 버려진 듯한 느낌이었다.

메리는 여느 때처럼 마이크 슬레이드와 함께 모닝커피를 마시며 하루의 계획을 검토해보았다.

그 시간이 끝날 즈음, 마이크가 그다지 조심스러울 것도 없는 말투로 이야기를 꺼냈다.

"이상한 소문이 나돌고 있더군요."

메리도 이미 소문에 대해서는 들은 바가 있었다.

"이오네스쿠와 새 여자에 대한 소문 말이죠? 그는 아마……"

"그게 아니라, 바로 당신에 대한 소문이 파다하게 나돌고 있습니다."

메리는 갑자기 온몸이 빳빳하게 굳어버리는 듯한 기분이 들었다.

"뭐라고요? 도대체 무슨 소문이죠?"

"당신과 루이 데스포르제 박사의 관계에 대한 겁니다."

메리는 화가 머리끝까지 치밀었다.

"왜 사람들이 그런 일까지 수군대는 거죠?"

"진정하십시오, 대사님. 대사관 내의 모든 사람들이 그 일에 촉각을 곤두세우고 있습니다. 우린 외국인들과 만나는 데 대해서 엄격한 규정을 두고 있고, 박사 또한 외국인이라는 사실을 부정할 수 없습니다. 또한 그는 언제 적으로 돌변할지 모르는 사람입니다."

메리는 너무나 어이가 없어서 말조차 제대로 나오지 않았다.

"엉터리 같은 소리 집어치워요! 당신이 데스포르제 박사에 대해서 아는 것이 도대체 뭐가 있죠?"

"어떻게 해서 당신이 그 사람을 만나게 되었는지를 생각해보십시오. 고독의 늪에 빠진 소녀와 금빛 찬란한 투구를 쓴 기사. 이건 전 세계적으로 가장 오래 된 술책입니다. 저 자신도 그런 방법을 써먹은 적이 있으니까요."

마이크 슬레이드가 빈정대듯이 말했다.

"당신이 무슨 방법을 썼든 간에 난 그 따위 것에는 털끝만큼도 관심이 없어요. 루이 박사는 당신의 열 배 정도는 가치 있는 인물이에요. 알제리에서는 테러리스트들에 맞서 싸웠고, 그 와중에 아내와 자식들을 잃은 사람이니까요."

메리가 날카롭게 쏘아붙였다.

마이크가 이번에는 부드러운 목소리로 덧붙였다.

"그것 참 재미있군요. 제가 그의 신상명세서를 살펴보니, 그 박사는 한 번도 아내나 자식을 둔 적이 없던데요."

독극물

그들은 카르파티아 산맥으로 가는 도중에 점심을 먹기 위해 폴로이에 슈티 시에서 차를 세웠다. 주막에는 '사냥꾼의 금요일'이란 간판이 붙어 있었는데, 중세의 포도주 저장 창고 같은 독특한 분위기를 자아내고 있었다.

"이 집 음식의 특징은 고기를 모두 사냥해서 잡는다는 것입니다. 사슴 고기 요리가 일품이죠."

루이가 메리에게 말했다.

"좋아요, 그걸로 시키세요."

메리는 사슴 고기를 먹어본 적이 없었다. 하지만 먹어보니 정말 맛이 있었다.

루이는 그 지방에서 나는 코트나리 백포도주 한 병을 주문했다. 그에게서는 확고부동한 신념이나 자신감 같은 것이 풍겼고, 그런 것들이 메리에게 안도감을 가져다주는 조그만 힘이 되었다.

루이는 대사관에서 꽤 떨어진 곳에서 그녀를 만나 도시를 빠져나왔다.

"당신이 어디로 가려는지 아무도 모르게 해야 합니다. 그렇지 않으면 이곳 외교관들의 구설수에 오르게 될 테니까요."

루이가 메리에게 말했다.

'너무 늦었어요.'

메리는 잠깐 떨떠름한 기분이 되었다.

루이는 프랑스 대사관에 있는 친구에게서 차를 빌렸다. 차에는 검은색과 흰색으로 칠한 타원형 외교관 차량 번호판이 붙어 있었다.

메리는 번호판이란 것이 경찰들을 위한 것이라는 점을 알고 있었다. 외국인들에게는 12로 시작하는 번호판이 주어진다. 노란색 번호판은 정부 관리용이었다.

점심을 먹고 그들은 다시 출발했다. 그들은 차를 타고 지나가면서 통나무를 잘라서 만든 구식 마차를 타고 가는 농부들, 그리고 집시의 행렬을 보았다.

루이의 운전 솜씨는 훌륭했다. 메리는 그가 운전하는 모습을 바라보면서 마이크 슬레이드가 한 말을 생각했다.

'제가 그 사람의 신상명세서를 살펴보았는데 그 사람은 아내나 아이들을 가진 적이 없던데요. 그 자는 적의 첩자란 말이오.'

메리는 마이크 슬레이드의 말을 믿을 수가 없었다. 직감으로 그녀는 그가 거짓말을 하는 것이라고 느꼈다. 그녀의 사무실에 몰래 들어와서 벽에다 그런 낙서를 한 사람은 절대 루이가 아니다. 그녀를 위협하는 다른 누군가가 있을 것이다. 메리는 루이를 신뢰했다.

'이 사람이 아이들과 함께 놀 때 얼굴에 나타난 표정을 봤어. 사람이 일부러 꾸며서 나타낼 수 없는 그런 것이었어. 어떤 배우라도 그런 연기는 할 수 없을 거야.'

공기가 뚜렷하게 엷어지고 차가워지면서 초목과 참나무는 물푸레나무나 가문비나무, 전나무에게 밀려나고 있었다.

"여기는 정말 사냥하기에 딱 좋은 장소죠. 산돼지, 노루, 늑대 떼, 검은 영양 떼를 보게 될 겁니다."

루이가 말했다.

"난 사냥은 해본 적이 없어요."

"언제 나하고 함께 갑시다."

눈앞에 펼쳐진 광경은 마치 그녀가 사진으로 본 적이 있는 스위스의 알 프스같이 안개와 구름이 뒤덮인 산봉우리들이었다.

숲을 지나고 풀을 뜯는 젖소들이 점처럼 찍힌 목장들을 지나며 그들은 계속 길을 따라 달렸다. 머리 위에 떠 있는 얼음 같은 구름들은 강철처럼 느껴져서 그녀가 손을 뻗으면 차갑게 손가락에 착 달라붙을 것만 같았다.

그들은 늦은 오후가 되어서야 목적지인 키오플레아에 도착했다. 그곳 은 스위스 산지에 있는 조그만 별장처럼 지은 아름다운 산장이었다.

메리는 루이가 숙박부를 쓰는 동안 차 안에서 기다리고 있었다.

한 나이 든 종업원이 그들을 방으로 안내했다. 알맞은 크기의 거실, 소 박하게 장식된 침실과 욕실, 그리고 웅장한 전경을 바라볼 수 있는 테라 스가 있었다.

"난생 처음으로 화가가 되고 싶은 기분이군요."

루이가 감탄하여 한마디 했다.

"정말 아름다운 풍경이에요."

루이가 그녀에게 가까이 다가왔다.

"아니, 내 말은 당신을 그리고 싶다는 뜻이오."

'꼭 난생 처음 데이트하는 열일곱 살 소녀가 된 것 같아. 난 너무 긴장 하고 있어.'

메리는 그런 느낌이 드는 자신이 신기했다.

루이는 그녀를 두 팔로 힘주어 껴안았다. 메리가 그의 가슴에 머리를 묻자, 루이는 자신의 입술을 살며시 그녀의 입술로 가져갔다.

그가 그녀의 몸을 더듬으며 그녀의 손이 자신의 몸을 어루만지게 했다. 그러는 동안에 그녀는 자신에게 일어나고 있는 것 말고는 모든 것을 잊어버리고 말았다.

메리에게는 성욕을 넘어서는 강렬한 욕구가 내부에 도사리고 있었다. 그것은 누군가가 그녀를 붙잡아주고, 위로해주고, 보호하고 더 이상 그녀가 혼자가 아니라는 것을 가르쳐 주었으면 하는 욕구였다.

메리는 루이가 그녀의 안에 들어오기를 갈망했고, 자신이 그의 안에 있기를 원했으며 그래서 그와 한몸이 되기를 바랐다.

그들은 더블베드 위에 누웠다. 그의 혀가 벌거벗은 그녀의 몸을 깃털처럼 훑어갔고, 마침내 그가 그녀의 안으로 들어왔다. 그녀의 입에서 격렬한 소리가 터져나왔다. 그녀의 신경이 수천 갈래로 황홀하게 폭발하는 것만 같았다.

루이는 믿을 수 없을 정도로 사랑스러웠다. 그는 격렬하고 끊임없이 요구해오면서도, 자상하고 섬세했다. 기나긴 시간이 흐른 뒤, 그들은 포만감을 느끼며 지친 상태로 누워 있었다.

"놀라운 일이오."

루이가 말을 꺼냈다.

"모든 것을 다시 느끼게 되었소. 르네와 아이들이 죽은 뒤, 나는 잃어버린 것을 찾아 떠돌아다니는 유령 같은 생활을 해왔다오."

'나도 그랬는데.'

"무슨 일을 하든 그녀 생각이 나더군요. 아주 사소한 일에도 말이오. 그녀가 없이는 내가 아무것도 할 수 없다는 걸 알게 되었소. 나는 음식도 할 줄 몰랐고, 빨래도, 심지어는 침대도 어떻게 정돈해야 하는지 몰랐다오. 우리 남자들은 너무 많은 것들을 당연한 것처럼 누리고 살거든요."

"루이, 나도 마찬가지였어요. 에드워드는 내게 우산 같은 존재였어요.

그래서 비가 내릴 때, 그이가 나를 지켜주지 않으면 나는 온몸이 몽땅 비에 젖어버리곤 했어요."

그들은 같이 잠이 들었다. 그리고 다시 깨어나 서로를 요구했고, 거의 완벽에 가까운 희열을 느꼈다.

메리는 감히 물어볼 수 없는 의문이 머리를 스쳤다.

'아내와 아이들이 정말 있었나요, 루이?'

그것을 묻는 순간, 그들 사이가 영원히 끝나버리리라는 것을 메리는 잘 알고 있었다. 루이는 그를 의심한 그녀를 결코 용서하지 않을 것이다.

'괘씸한 마이크 슬레이드! 망할 자식!'

루이는 그녀의 얼굴을 가만히 바라보았다.

"무슨 생각을 하고 있소?"

"아무것도 아니에요, 내 사랑."

'그자들이 나를 납치하려고 했을 때, 당신은 그 어두운 거리에서 무엇을 하고 있었죠, 루이?'

그날 그들은 밖으로 나 있는 테라스에서 저녁식사를 했다. 루이가 가까운 산에서 만든 버찌 술인 '비시나타'를 주문했다.

토요일에 그들은 전차를 타고 함께 산봉우리에 올라갔다. 돌아와서는 실내 수영장에서 수영을 한 뒤, 독실 사우나에서 사랑을 나누고, 그러고는 독일인 노부부와 함께 브릿지 게임을 즐겼다. 그들 노부부는 신혼여행 중이었다.

저녁이 되자, 그들은 차를 몰고 산 중턱에 있는 시골풍의 레스토랑인 '아인트롤'로 가서 벽난로의 불길이 이글거리며 타고 있는 커다란 방에서 저녁식사를 했다.

천장에는 나무로 된 상들리에가 매달려 있고, 벽난로 위에는 주인이 사냥대회에서 받은 몇 개의 트로피가 진열되어 있었다.

촛불이 방을 밝혔고, 창문을 통해서 그들은 눈 덮인 언덕이 연이어 펼쳐진 바깥 풍경을 볼 수 있었다. 완벽한 무대였고, 완벽한 동반자가 곁에 있었다. 그리고 드디어 떠나야 할 시간이 다가왔다.

'현실세계로 돌아갈 시간이구나.'

메리는 생각했다. 그 현실세계란 도대체 무엇이란 말인가. 위협과 납치와 사무실 벽에 끔찍한 낙서가 써 있는 곳…….

차를 타고 돌아오는 길은 즐거웠다. 처음에 느꼈던 성적인 긴장은 함께라는 편안하고 나른한 감정으로 바뀌어 있었다. 메리는 루이와 함께 있으면 안심이 되었다.

부쿠레슈티 교외를 지나칠 때 해바라기 들판이 있었다. 그들은 지는 해를 마주보며 차를 달렸고, 메리는 행복감에 젖어들었다.

'마침내 나는 해를 바라보며 움직이기 시작한 해바라기야.'

베스와 팀은 엄마가 돌아오기만을 기다리고 있었다.

"루이 아저씨랑 결혼할 거야?"

베스가 물었다. 메리는 깜짝 놀랐다. 자신은 생각하기조차 주저하던 것을 아이들이 먼저 말한 것이다.

메리가 조심스레 대답했다.

"글쎄, 모르겠구나. 내가 결혼해도 괜찮겠니?"

베스가 천천히 대답했다.

"그 아저씨가 아빠는 아니잖아. 그렇지만 팀이랑 내가 투표를 했어요. 우린 그 아저씨가 좋아요."

"나도 그렇단다."

메리는 함박웃음을 지으며 대답했다.

사무실에는 열두 송이의 붉은 장미가 조그만 카드와 함께 놓여 있었다.

루이가 보낸 것이었다. 메리는 뿌듯한 행복감을 느꼈다.

그녀는 카드를 읽었다. 그리고 갑자기 루이가 르네에게도 꽃을 선사했었는지가 궁금해졌다. 그리고 르네와 두 딸이 있었는지도 의심스러워졌다. 마침내 그녀는 그런 생각을 하는 자신이 미워졌다.

'왜 마이크 슬레이드는 그런 터무니없는 거짓말을 했을까?'

그녀로서는 알 길이 없었다. 그때 정치 담당참사관이자 CIA 요원인 에디 멀츠가 사무실로 들어왔다.

"기분이 좋아 보이십니다, 대사님. 주말은 즐겁게 보내셨습니까?"

"네, 고마워요."

그들은 망명할 목적으로 멀츠에게 다가온 어느 대령에 관해서 한참 동안 의논했다.

"우리 쪽에서 볼 때, 그는 꽤 가치가 있는 사람이죠. 대단히 쓸모 있는 정보를 갖고 올 겁니다. 오늘 저녁 비밀 전문을 보내려고 합니다. 그렇지만 이오네스쿠 대통령이 보나마나 화를 낼 테니 대사님께선 만반의 준비를 하고 계셔야 할 겁니다."

"알겠어요, 멀츠 씨."

멀츠가 나가려고 자리에서 일어났다. 갑자기 어떤 충동에 이끌려 메리가 말했다.

"잠깐 기다려요. 당신한테 부탁이 있는데 어떨지요?"

"말씀만 하십시오."

그것은 생각보다 훨씬 하기 어려운 말이었다.

"이건 개인문제라서 비밀로 해야 하는데……."

"우리들의 모토 같군요."

멀츠가 웃으며 말했다.

"루이 데스포르제 박사에 관해 알고 싶은 것이 있어서요. 그를 알고 있나요?"

"네, 대사님. 프랑스 대사관 주치의죠. 그에 대해 뭘 알고 싶으신지요?"

이건 그녀가 예상했던 것보다 훨씬 어려운 일이었고, 일종의 배신행위였다.

"내가 알고 싶은 것은 데스포르제 박사가 결혼한 적이 있는지, 두 아이가 있었는지 하는 점이에요. 당신이 그걸 알아볼 수 있겠어요?"

"24시간 뒤에 보고해도 괜찮겠습니까?"

"네, 부탁해요."

'나를 용서해줘요, 루이.'

잠시 뒤에 마이크 슬레이드가 메리의 사무실로 들어왔다.

"안녕하십니까?"

"안녕하세요, 마이크?"

그는 커피 한 잔을 그녀의 책상 위에 내려놓았다. 그의 태도에도 꼭 집어내기는 어렵지만 뭔가 달라진 것이 있는 것처럼 보였다.

메리는 그것이 무엇인지 알 수 없었지만, 마이크 슬레이드가 그녀의 주말여행을 알고 있는 것만 같은 느낌이 들었다. 그가 그녀를 뒤쫓아와서 그녀의 행적에 관해 보고를 했는지 알 수 없는 노릇이었다.

그녀는 커피를 한 모금 마셨다. 늘 그렇듯이 훌륭한 맛이었다.

'마이크 슬레이드가 잘하는 것이라곤 이것뿐이지.'

"몇 가지 문제가 있습니다."

마이크가 먼저 말을 꺼냈다.

오전의 나머지 시간은, 미국으로 이주하고 싶어하는 루마니아 사람들, 루마니아의 재정위기, 루마니아 처녀를 임신시킨 미군 해병, 그리고 몇몇 가지의 다른 사안들에 관한 토의로 채워졌다.

회의가 끝났을 때, 메리는 평소보다 훨씬 피곤함을 느꼈다. 마이크 슬레이드가 말했다.

"오늘 저녁 발레 공연이 있는데, 코리나 소콜리가 나오죠."

메리도 알고 있는 이름이었다. 그녀는 세계적인 프리마 발레리나였다.

"표가 몇 장 있는데, 관심이 있으시면……?"

"아니, 별로 가고 싶은 생각이 안 드는군요."

마이크가 공연 초대권을 주었던 그때의 일이 메리의 머릿속에 떠올랐다. 게다가 그녀는 바빴다. 중국 대사관에서 만찬회가 있었고, 그것이 끝나면 루이와 관저에서 만나기로 되어 있었다.

사람들 눈에 자주 띄는 것이 그들에게 좋을 리는 없었다. 다른 나라 대사관 사람과 사귀는 것이 규칙 위반이라는 것도 그녀는 잘 알고 있었다.

'하지만 이건 평범한 사귐이 아니란 말이야.'

메리는 만찬회에 가기 위해 야회복을 찾으려고 옷장을 열었는데, 하녀가 엉망으로 만들어버린 야회복이 보였다. 드라이클리닝을 해야 하는데 물빨래를 해버린 것이다.

'쫓아내 버려야지.'

메리는 울화가 치밀어올랐다.

'그런데도 쫓아낼 수 없다니! 빌어먹을 규칙들!'

메리는 갑자기 온몸에서 기운이 빠져나가는 것을 느꼈다. 그녀는 침대에 쓰러지듯이 누웠다.

'오늘 밤에는 가지 않았으면 좋겠어. 여기서 실컷 잠이나 자면 얼마나 좋을까? 하지만 너는 가야 해, 메리 애슐리 대사. 우리 조국의 운명이 너에게 달려 있으니까.'

그러나 그녀는 그대로 누워서 공상에 빠져들었다.

그녀는 만찬회에 가지 않을 것이다, 중국대사가 손님들을 맞이하면서 화가 나서 그녀를 기다린다, 마침내 식사준비가 다 되었다는 신호가 들린다. 미국대사는 아직 도착하지 않았다, 이건 심각한 모욕이다, 중국이 모욕을 당한 것이다, 중국대사는 비밀 전문을 보낸다, 중국서기가 전문을 읽고 격노한다, 그는 미합중국 대통령에게 전화를 걸어 항의한다.

'당신이나 다른 누구라도 우리 대사한테 만찬회에 참석하라고 강요할 순 없소!'

엘리슨 대통령이 고함치자 중국 수상이 큰 소리로 대답한다.

'내게 그런 말을 하다니……. 우리는 핵무기를 갖고 있소, 대통령!'

두 지도자는 서로에게 핵무기를 날려보낸다. 두 나라에 비오듯 쏟아지는 저 파멸의 조각들…….

메리는 벌떡 일어나 앉았다.

'그 빌어먹을 만찬회에 가는 것이 낫겠어.'

똑같아 보이는 낯익은 외교관들의 얼굴이 흐릿하게 보이는 저녁이었다. 메리는 그녀의 탁자에 앉았던 사람들만 어렴풋이 기억에 남았다. 그녀는 집에 도착할 때까지 쏟아지는 졸음을 견디지 못하고 잠이 들었다.

플로리안이 대사관저까지 그녀를 태우고 갈 때, 메리는 꿈을 꾸면서 웃음짓고 있었다.

'내가 오늘 밤 핵전쟁을 막았다는 것을 엘리슨 대통령이 과연 알까?'

다음날 아침, 사무실에 도착했을 때는 더욱 몸이 좋지 않았다. 머리가 쑤시고 속이 메스꺼웠다. 단 한 가지, 그녀의 기분을 풀어준 것은 에디 멀츠가 찾아온 일이었다. 그 CIA 요원은 이런 말을 했다.

"부탁하신 정보를 알아왔습니다. 루이 데스포르제 박사는 13년간 결혼생활을 했습니다. 부인의 이름은 르네, 열 살과 열두 살이던 두 딸의 이름은 필리파와 주느비에브입니다. 가족은 알제리에서 테러리스트에게 살해되었습니다. 박사에 대한 보복이었던 것 같습니다. 그가 비밀 공작에 관여하면서 그들과 싸우고 있었으니까요. 더 자세한 정보가 필요하십니까?"

"아뇨. 그 정도면 훌륭해요. 수고하셨어요."

메리는 기분 좋게 대답했다.

모닝커피를 마시며 메리와 마이크 슬레이드는 다가올 어느 대학생 단체의 루마니아 방문에 관해 토의를 했다.

"그들은 이오네스쿠 대통령과 만나 얘기를 나누고 싶어하더군요."

"내가 할 수 있는 일을 알아볼게요."

메리는 분명치 않은 목소리로 빠르게 말했다.

"괜찮으십니까?"

"약간 피곤할 뿐이에요."

"커피가 한 잔 더 필요하겠군요. 커피는 정신을 맑게 해줄 겁니다. 이건 말장난이 아닙니다."

저녁때가 되자 메리는 몸이 더 나빠졌다. 그래서 루이에게 전화를 걸어 저녁 약속을 취소했다. 몸이 아파서 아무도 못 만날 것만 같았다.

메리는 부쿠레슈티에 미국인 의사가 있었으면 하고 생각했다. 어쩌면 루이가 그녀의 몸 어디에 문제가 생겼는지 알지도 몰랐다.

'좀 더 심해지면 루이를 불러야지.'

도러시 스톤이 간호사를 불러 약국에서 타이레놀을 조금 가져오도록 했다. 전혀 차도가 없었다. 그러자 비서가 몹시 걱정을 했다.

"얼굴색이 정말 무서울 지경이에요, 대사님. 누워 계셔야겠어요."

"난 괜찮아."

그날은 하루가 수천 시간이나 되는 것 같았다. 메리는 학생들과 만났고, 몇 명의 루마니아 정부 관리들, 미국인 은행가, 그리고 미문화원에서 나온 직원과 면담을 했다. 그리고 덴마크 대사관에서 끝도 없이 벌어지는 만찬회에 참석해서 줄곧 앉아 있었다.

마침내 집에 도착했을 때는 초주검이 되어 그대로 침대에 쓰러졌다.

메리는 편안하게 잠을 이룰 수가 없었다. 몸에서는 뜨겁게 열이 나고 악몽을 계속 꾸었다.

그녀는 복도의 미로를 따라 달려갔는데, 모퉁이를 돌 때마다 누군가가 피로 욕설을 쓰고 있었다. 그녀가 볼 수 있는 것은 그 남자의 뒤통수뿐이었다. 그리고 루이가 나타났고 12명의 남자가 그를 차속으로 밀어 넣었다. 마이크 슬레이드가 길을 뛰어내려오면서 소리쳤다.

"그를 죽여버려! 그는 가족이 없다고."

메리는 식은땀을 흘리며 잠에서 깼다. 방안은 몹시 더웠고 그래서 이불을 걷어찼다. 그러자 갑자기 이가 덜덜 떨리고 으스스 추워졌다.

'주여, 제게 지금 무슨 일이 생기는 건가요?'

메리는 다시 잠이 들면 꿈을 꾸게 될까 봐 두려워서 밤새 잠을 이루지 못했다.

다음날 아침에 일어나 대사관까지 가는 데만도 그녀는 자신의 모든 의지력을 총동원해야 했다.

마이크 슬레이드가 그녀를 기다리고 있었다. 마이크는 그녀의 얼굴을 주의 깊게 바라보다가 입을 열었다.

"안색이 별로 좋지 않군요. 프랑크푸르트로 가서 우리 의사를 만나보는 게 어때요?"

"괜찮아요."

입술은 바짝 말라서 갈라지기 시작했고, 몸에 수분이 하나도 남지 않은 것 같은 느낌이 들었다.

마이크가 그녀에게 커피를 건네주었다.

"루마니아 인들은 우리가 생각했던 것보다 더 많은 곡식을 필요로 할 겁니다. 여기를 보면, 그 문제를 우리가 어떻게 이용할 수……."

메리는 주의를 집중하려고 애썼지만, 마이크의 목소리는 들리다 멀어지다를 계속했다.

어쨌든 그녀는 그날을 온종일 악착같이 버티면서 겨우 지냈다.

루이는 두 번이나 전화를 했고, 메리는 비서에게 회의 중이라고 그에게 말하도록 일러두었다. 일하기 위해서는 남겨둔 힘을 어떻게든 아껴야만 했기 때문이다.

그날 저녁 침대에 누웠을 때는 열이 나고 몸 전체가 쑤시고 아팠다.

'난 정말 병이 난 거야.'

억지로 힘을 내서 간신히 종을 잡아당겼다. 카르멘이 곧 들어왔다.

그녀는 놀란 표정으로 메리를 바라보았다.

"대사님, 왜 그러세요?"

메리의 목에서 바싹 마르고 쉰 소리가 새어나왔다.

"사비나에게 말해서 프랑스 대사관에 전화하라고 해요. 데스포르제 박사를 좀 불러줘요."

메리는 눈을 뜨면서 깜박거렸다. 흐릿한 루이의 모습이 둘로 보였기 때문이다. 그가 그녀 곁으로 왔다. 그는 허리를 굽히고 달아오른 그녀의 얼굴을 가까이서 자세히 살펴보았다.

"아니, 이럴수가?"

루이가 그녀의 이마를 짚어보니 손을 대고 있지도 못할 만큼 뜨거웠다.

"체온을 재봤소?"

"알고 싶지도 않아요."

메리는 말하는 것도 고통스러웠다. 루이는 침대 모서리에 걸터앉았다.

"언제부터 이렇게 아팠소?"

"며칠 전부터요. 아마 감기인가 봐요."

루이가 그녀의 맥박을 쟀다. 맥이 약하게 뛰고 있었다. 그는 앞으로 기대어 그녀의 숨결을 맡았다.

"오늘 마늘이 들어간 음식을 먹은 적이 있소?"

메리는 고개를 저었다.

"이틀 동안 아무것도 안 먹었어요."

그녀는 속삭이듯이 가늘게 말했다. 루이는 몸을 앞으로 숙여 부드럽게 그녀의 눈꺼풀을 들어올렸다.

"갈증이 심하죠?"

메리는 고개를 끄덕였다.

"몸이 쑤시거나 경련이 일어요? 토하거나 메스껍기도 하고?"

"모두 다요."

메리는 지쳐 있었다.

"도대체 무슨 병이죠, 루이?"

"그 전에 몇 가지 질문에 대답해주겠소?"

"해볼게요."

루이가 그녀의 손을 잡았다.

"처음으로 아프기 시작한 것이 언제였죠?"

"우리가 산에서 돌아온 다음 날이에요."

"먹고 나서 속이 안 좋았던 음식이 있었소?"

그녀는 머리를 가로저었다.

"날마다 상태가 점점 더 나빠졌소?"

그녀는 그렇다고 고개를 끄덕였다.

"아침식사는 아이들과 관저에서 하나요?"

"네, 늘 그래요."

"아이들은 괜찮고요?"

메리는 고개를 끄덕였다.

"점심은 어떻게 해요? 날마다 같은 곳에서?"

"아뇨, 대사관에서 먹기도 하고, 약속 때문에 식당에 갈 때도 있어요."

그녀의 목소리는 기어들어가고 있었다.

"일정하게 저녁식사를 하는 곳이나, 늘 일정하게 먹는 음식 같은 것은 없소?"

메리는 이런 대화를 계속하기에는 너무 지쳐 있었다. 루이가 이제 그만 가주었으면 좋겠다고 생각했다. 그래서 눈을 감아버렸다. 그러자 루이는 그녀를 부드럽게 흔들었다.

"눈을 뜨고 내 말을 들어봐요. 식사를 늘 같이 하는 사람은 없소?"

메리는 눈을 깜박이며 졸린 듯한 눈길로 그를 쳐다봤다.

"아뇨."

'도대체 그런 것은 뭐하러 묻는 거지?'

그가 크게 숨을 들이마시더니 입을 열었다.

"누군가가 당신을 독살하려는 것 같소."

순간 온몸에 전기가 훑고 지나가는 것 같았다. 그녀는 눈을 크게 떴다.

"뭐라고요? 그럴 리가 없어요."

루이는 얼굴을 찌푸렸다.

"루마니아에서는 비소를 팔지 않지만, 이건 비소 중독이 확실하오."

메리는 갑자기 온몸에 공포가 덮쳐오는 것을 느꼈다.

"누가, 누가 나를 독살하려는 거죠?"

루이는 그녀의 손을 꾹 눌러 잡았다.

"당신은 그게 누군지 생각해내야 합니다. 정말 늘 다니던 곳이나 매일 당신에게 식사나 음료를 주는 사람이 없었단 말이오?"

메리가 힘없이 주장했다.

"물론이에요. 내가 말했잖아요. 나는……."

'커피! 마이크 슬레이드. 내 특별 요리사, 세상에 그럴 수가!'

"무슨 생각이 났소?"

그녀는 숨을 가다듬고 겨우 말했다.

"마이크 슬레이드가 아침마다 내게 커피를 한 잔씩 갖다주었어요."

루이는 잠시 그녀를 바라보았다.

"아니오, 마이크 슬레이드는 아닐 거요. 그가 무슨 이유로 당신을 죽이려고 하겠소?"

"그 사람이 틀림없어요."

"이 일에 관해서는 나중에 얘기하도록 합시다."

루이가 절박하게 말했다.

"우선 급한 일은 당신을 치료하는 일이오. 이곳 병원에 가야겠는데, 대사관에서 허락하지 않을 테죠. 내가 갔다 오겠소. 금방 다녀오리다."

메리는 누운 채로 루이가 한 말을 곰곰이 생각해보았다.

'비소, 누가 나에게 비소를 먹였을까? 커피 한 잔 더하는 것이 좋겠군요. 정신이 훨씬 맑아질 겁니다. 내가 직접 끓인 거예요.'

메리는 무의식 상태에 빠져서 헤매다가 루이가 부르는 소리에 정신을 차렸다.

"메리!"

그녀는 억지로 눈을 떴다. 루이가 조그만 가방에서 주사기를 꺼내고 있었다.

"오, 루이. 와주셨군요."

메리가 분명치 않은 소리로 말했다.

루이는 그녀의 팔을 슬슬 문지르며 정맥을 찾더니 피하 주사바늘을 찔렀다.

"발 주사약이오. 비소 해독제죠. 페니실아민과 번갈아 가며 맞아야 합니다. 아침에 또 한 대를 맞아야 해요."

메리는 잠들어버렸다.

다음날 아침, 루이 데스포르제 박사는 메리에게 주사를 놓았고, 또 한 대는 저녁에 놓았다. 약의 효과는 기적 같았다. 증상이 하나씩 사라지기 시작했다. 다음날은 체온과 다른 기능들이 거의 정상으로 돌아왔다.

루이가 메리의 침실에서 피하 주사바늘을 종이 봉지에 넣고 있었다. 호기심 많은 직원들 눈을 피하기 위해서였다. 메리는 오랫동안 병을 앓은 사람처럼 몸이 쇠약해졌고 기운이 빠져 있었지만, 통증이나 불안감은 씻은 듯이 가셨다.

"당신은 내 생명을 두 번이나 구해주셨군요."

루이가 진지한 눈빛으로 그녀를 바라보며 말했다.

"누구 짓인지 꼭 알아내야 합니다."

"어떻게요?"

"내가 여러 나라 대사관들을 점검해보았지만, 어디에도 비소는 없었소. 미국대사관은 내가 알아볼 수 없었거든요. 당신이 나를 위해 한 가지 일을 해줘야겠소. 내일 출근할 수 있을 것 같소?"

"네."

"대사관 안에 있는 약국에 가서 살충제가 필요하다고 하시오. 정원에 벌레들이 많아서 골치라고 말하면서, 앤트롤을 달라고 해보시오. 그것에는 비소가 들어 있으니까요."

메리가 이해하기 힘들다는 듯이 그를 쳐다보았다.

"그게 어쨌다는 거예요?"

"내 짐작으로는 비소가 부쿠레슈티의 어느 곳인가에 들어왔다면, 그곳은 대사관 안 약국일 거요. 누구나 독극물을 살 때는 서명을 하도록 되어 있소. 당신이 앤트롤을 사면서 서명할 때 명단에 누구 이름이 적혀 있는지 보란 말이오."

대사관 정문을 지나는 동안 구니가 호위했다. 메리는 긴 복도를 따라 내려가 약국으로 갔다. 간호사가 새장 같은 칸막이 뒤에서 일을 하고 있었다.

간호사는 메리가 들어서자 하던 일을 멈추고 돌아보았다.

"안녕하세요, 대사님? 몸은 많이 좋아지셨나요?"

"네, 덕분에."

"약을 좀 드릴까요?"

메리는 긴장이 되어 크게 숨을 들이마신 다음 말했다.

"우리 정원사가 잔디에 벌레들이 많아서 골치래요. 거기 쓸 만한 약이 없을까요? 그러니까 앤트롤이라고 하든가?"

"네, 있어요. 사실 우리는 앤트롤을 조금 갖고 있거든요."

간호사가 말하며, 뒤쪽의 선반으로 팔을 뻗어 '독극물'이라는 딱지가 붙은 깡통을 골라 꺼냈다.

"해마다 이맘때면 개미떼들이 극성을 부려요."

간호사는 카드 하나를 메리 앞에 내밀며 말했다.

"비소가 들어 있어서 여기에 서명해주셔야 합니다."

메리는 온 신경을 집중해서 자기 앞에 놓인 카드를 바라보았다. 거기에는 단 한 사람의 이름이 적혀 있을 뿐이었다. 마이크 슬레이드.

루이도 죽다

메리는 이 일을 알리려고 루이 데스포르제에게 전화를 했다. 하지만 계속 통화중이었다. 루이가 마이크 슬레이드와 통화를 하고 있었기 때문이었다.

루이 데스포르제 박사는 육감으로 누군가가 그녀를 살인하려고 한 것이 틀림없다고 생각했지만, 슬레이드가 범인이란 점만은 믿기지가 않았다. 그래서 결국 직접 슬레이드와 이야기를 나누기로 마음먹었다.

"지금 당신이 모시고 있는 대사 곁을 막 떠나온 참이오. 이제 그녀는 살았소."

루이 데스포르제가 말했다.

"그거 반가운 소식이군요, 박사님. 그런데 그녀가 살지 못할 이유가 없잖습니까?"

루이가 잔뜩 긴장한 목소리로 말했다.

"누군가가 그녀에게 독을 조금씩 먹이고 있었소."

"무슨 말씀입니까?"

마이크가 반문했다.

"당신은 내 말이 무슨 뜻인지 짐작했으리라고 믿는데요?"

"잠깐만요! 그럼 나를 의심한다고 말씀하시는 겁니까? 잘못 생각하셨습니다. 아무래도 박사와 개인적으로 만나 이야기를 나누어야겠군요. 남들이 엿들을 수 없는 곳이면 좋겠습니다. 오늘밤 괜찮겠습니까?"

"몇 시에?"

"9시까지는 꼼짝없이 묶여 있어야 합니다. 일이 끝나는 대로 곧바로 만나고 싶습니다. 바네아사 숲속 분수가라면 몇 분 걸리지 않을 테지요. 만나 뵙고 모든 걸 자세히 설명해드리겠습니다."

루이 데스포르제가 잠시 망설이다가 마침내 승낙했다.

"좋아요. 그리로 나가겠소."

그는 수화기를 내려놓으며 생각했다.

'이번 일에 마이크 슬레이드가 관련되었을 리는 없는데……'

메리가 다시 전화를 걸었으나 루이는 이미 나가고 없었다. 그가 어디로 갔는지 아는 사람은 아무도 없었다.

메리는 아이들과 함께 집에서 저녁을 먹고 있었다.

"엄마, 이제야 좀 좋아 보여요. 우리가 얼마나 걱정했다고요."

베스가 말했다.

"그래, 기분이 아주 좋단다."

메리는 딸을 안심시켰다. 그리고 그 말은 사실이기도 했다.

'오, 하나님. 루이를 보내주셔서 정말 고맙습니다!'

메리는 마이크 슬레이드의 생각을 떨쳐버릴 수가 없었다. 아직도 그의 목소리가 귓가에 울려 왔다.

'여기 당신 커피가 있소. 내가 직접 끓였지요.'

'그래, 그는 나를 서서히 죽이려고 했던 거야.'

메리는 몸서리를 쳤다.

팀이 물었다.

"추우세요, 엄마?"

"아니, 괜찮다."

그녀의 악몽 속으로 아이들까지 끌어넣을 수는 없었다. 어쩌면 아이들을 잠시 정크선 시티로 보내는 것이 좋을지도 모르겠다는 생각이 들었다.

'플로렌스와 더글러스가 함께 지내면 될 테지. 아예 나도 함께 돌아가 버릴까?'

생각이 거기에 미치자 메리는 고개를 절레절레 흔들었다.

'안 돼, 그건 비겁한 짓이야. 그리고 그것은 내가 마이크 슬레이드의 승리를 인정하는 셈이 된다고.'

그녀가 도움을 부탁할 수 있는 사람은 딱 한 사람뿐이었다. 바로 스탠턴 로저스다. 스탠턴이라면 마이크를 어떻게 해야 할지 알고 있을 것 같았다.

'그렇지만 증거도 없이 그를 고소할 수는 없겠지. 아침마다 그가 내 커피를 끓여준다는 것이 증거가 될 수는 없어.'

"……그래서 같이 갈 수 있을지 여쭤봐야 한다고 했어요."

팀이 뭐라고 메리에게 얘기하고 있었다.

"미안하구나, 팀. 다시 말해주겠니?"

"니콜라이가 우리한테 자기네 식구들과 함께 다음주에 야영을 가지 않겠느냐고 물어왔어요."

"안 돼!"

그녀는 생각했던 것 이상으로 거칠게 말했다.

"난 너희들이 이곳 근처에만 있었으면 좋겠다."

"학교는요?"

베스가 묻자, 메리는 망설여졌다. 아이들을 이곳 관저에만 가둬둘 수는 없었다. 그리고 한편으로 아이들까지 걱정하게 해서는 안 된다는 생각도 들었다.

"학교는 괜찮아. 대신 플로리안과 함께 해야 하는 거야. 다른 사람은 안 돼."

베스가 그녀를 빤히 쳐다보았다.

"뭔가 잘못되었군요, 엄마."

"아니, 그런 건 아니란다."

메리가 얼른 다시 물었다.

"그런데 왜 그런 생각이 들었지?"

"저도 모르겠어요. 그냥 분위기가 이상한 것 같아서요."

팀이 말을 받았다.

"엄마는 좀 쉬셔야 해요. 엄마는 지금 루마니아 열병에 걸렸거든."

'그래, 그것 참 재미있는 말이다. 비소 중독이 루마니아 열병이라니.'

"오늘밤 우리 같이 영화 볼 수 있어요?"

팀이 물었다.

"오늘밤 우리 영화 봐요."

메리는 말을 고쳐서 대답했다. 그녀는 영화 볼 기분이 아니었지만 요즈음 아이들과 함께 시간을 보내지 못한 데 대한 보상이었다.

"허락하시는 거죠?"

"허락하는 거야."

"고맙습니다, 엄마 대사님."

팀이 장난스럽게 말했다.

"내가 골라야지."

"아니, 넌 안 돼. 지난번에도 네가 골랐잖니. 이번엔 내가 고를 거야. '미국의 낙서'를 다시 보자, 어때?"

미국의 낙서,

그 순간 메리는 스탠턴 로저스에게 보여줄 증거로 무엇이 좋은지 알게
되었다.

자정이었다. 메리는 카르멘에게 택시를 불러달라고 부탁했다.

"플로리안이 운전하면 안 되는 일인가요?"

"그래."

지금 그녀가 하려는 일은 비밀리에 수행되어야만 했다.

잠시 후 택시가 도착했다. 메리는 차 안으로 들어가며 말했다.

"미국대사관 부탁해요."

"이 시간에는 닫혀 있을 겁니다. 게다가 아무도……."

고개를 돌린 운전사가 그녀를 알아보았다.

"아니, 이거 대사님 아니십니까? 영광입니다."

택시운전사는 차를 몰기 시작했다.

"신문과 잡지에서 대사님 사진을 많이 봤습니다. 대사님은 우리나라
의 위대한 지도자들만큼이나 유명하니까요."

대사관 직원들도 루마니아 언론계에서 그녀에 대해 떠들고 있다고 말
한 적이 있었다.

운전사는 쉬지 않고 지껄여댔다.

"전 미국인이 좋아요. 미국인들은 모두 선량한 마음을 가지고 있는 것
같더군요. 저는 미국 대통령의 '국민 대 국민운동'이 성공하기를 바라고
있습니다. 우리 루마니아 사람들은 다 그래요. 이제 머지않아 세계에 평
화가 깃들 겁니다."

메리는 그의 말에 대꾸할 기분이 아니었다.

대사관에 도착하자, 그녀는 대사 전용 주차장이라고 표시된 곳을 가리
켰다.

"저기에 내려주세요. 그리고 한 시간 뒤에 다시 여기로 오셔서 관저까지 태워다주시면 고맙겠습니다."

"말씀대로 하겠습니다, 대사님."

해병대 감시병 하나가 택시로 다가왔다.

"이곳에 주차해선 안 돼요, 이곳은 지정되어……."

순간 그는 메리를 알아보았다.

"죄송합니다. 안녕하십니까, 대사님?"

"수고하는군요."

감시병은 메리를 정문까지 호위하고 그녀에게 문을 열어주었다.

"제가 도울 수 있는 일이라도 있습니까?"

"아니오. 잠시 내 사무실에 들르려는 것뿐이에요."

"알겠습니다."

그는 메리가 현관을 가로질러 가는 모습을 지켜보았다.

메리는 자기 사무실의 불을 켜고는 깨끗이 닦인 벽을 둘러보았다. 이상한 것은 없었다.

그녀는 곧장 옆방으로 통하는 문으로 다가가 그쪽 방으로 들어갔다. 그 방은 마이크 슬레이드의 사무실이었다. 방은 캄캄했다. 불을 켜고 방을 둘러보았다. 책상 위에는 종이 한 장 없었다. 그녀는 서랍을 뒤지기 시작했다. 청소부 아줌마들에게도 쓸모없을 시간표, 선전 책자 나부랭이들만 가득 들어있었다. 메리는 실망한 채 그의 사무실을 노려보았다.

'분명히 여기 어디에 있을 거야.'

그것을 감출 수 있는 곳은 달리 없었고, 그렇다고 몸에 지니고 다닐 것 같지는 않았다.

메리는 다시 서랍들을 차근차근 뒤지기 시작했다. 맨 아래에 있는 서랍 차례였다. 서랍 안쪽 깊숙이 손을 밀어넣자 종이더미 아래로 무언가 딱딱한 것이 손에 닿았다. 메리는 그것을 꺼내어 뚫어져라 노려보았다. 그것은 빨간색 스프레이 페인트 통이었다.

9시가 조금 지났을 때, 데스포르제 박사는 바네아사 숲에서 마이크 슬레이드를 기다리고 있었다.

분수 근처를 거닐며 그는 마이크 슬레이드에 대해 보고하지 않은 것이 마음에 걸렸다. 그렇지만 우선 그의 말을 들어봐야 한다고 생각했다.

'안 되지. 내가 만일 그에 대해 잘못 보고하는 날엔 괜히 그를 망치는 셈이니까.'

그의 학자다운 생각이었다.

이윽고 마이크 슬레이드가 어둠 속에서 모습을 드러냈다.

"와주셔서 고맙습니다. 이 문제를 분명히 해두어야겠습니다. 아까 전화로 박사님께서 말씀하신 것은 누군가가 메리 애슐리에게 독을 먹였다는 것인가요?"

"내 생각이 그런 게 아니라 사실이 그렇소. 누군가가 그녀에게 비소를 먹인 겁니다."

"그리고 박사님은 나를 의심하고 계시는군요?"

"당신이라면 그녀 커피에 매일 조금씩 비소를 넣을 수 있으니 말이오."

"그래서 이 문제를 상부에 보고하셨습니까?"

"아직은 아니오. 먼저 당신 말을 직접 듣고 싶었습니다."

"그러셨다니 다행입니다."

말을 마친 마이크가 357구경 권총을 꺼내 들었다. 루이는 놀라 눈을 크게 떴다.

"아니, 이게 무슨 짓이오? 내 말을 들어봐요! 당신은……."

마이크 슬레이드는 방아쇠를 당겼다. 프랑스인의 가슴에서 새빨간 피가 안개구름처럼 피어올랐다.

불길한 일들

한편, 대사관에 있는 메리는 도청방지실에 앉아 스탠턴 로저스의 사무실로 전화를 걸고 있었다. 부쿠레슈티의 새벽 1시는 워싱턴에서는 아침 8시였다.

스탠턴 로저스의 비서는 언제나 아침 일찍 사무실에 나와 있다는 것을 메리는 알고 있었다.

"로저스 씨 사무실입니다."

"애슐리 대사입니다. 로저스 씨가 대통령과 함께 중국에 가 계신 것은 알고 있습니다만, 급히 통화해야 할 일이 생겨서요. 내가 직접 그곳에 연락할 길은 없을까요?"

"죄송합니다, 대사님. 로저스 씨의 일정은 정해져 있지 않습니다. 그래서 저도 연락할 길이 없군요."

메리는 가슴이 무너져 내리는 듯했다.

"그럼 언제쯤이나 그에게서 연락이 올까요?"

"그것도 말씀드리기 어렵군요. 대통령님의 일정이 아주 빠듯해서 시

425

간 내기가 어려울 것 같습니다. 혹시 외무부의 다른 직원이 대신 도와드릴 수는 없을까요?"

메리는 힘없이 대답했다.

"아뇨. 다른 사람은 나를 도울 수가 없어요. 고맙습니다."

메리는 멍하니 허공을 바라보며 그냥 앉아 있었다. 주변에는 세계에서 가장 발달한 전자 장비들이 놓여 있었지만, 그녀에게는 전혀 도움이 되지 않는 것들이었다.

마이크 슬레이드가 그녀를 죽이려 하고 있다. 그 사실을 누군가에게 알려야만 했다. 그렇지만 누구에게? 그녀가 믿을 수 있는 사람은 누구란 말인가?

슬레이드가 한 짓을 아는 유일한 사람은 루이 데스포르제뿐이었다. 메리는 다시 그의 집으로 전화를 걸어봤지만, 아무도 받지 않았다.

메리는 스탠턴 로저스가 한 말이 떠올랐다.

'만일 내게만 보이고 싶은 내용이 있으면 맨 앞에 엑스표를 세 개 붙이시오.'

메리는 자신의 사무실로 돌아가 스탠턴 로저스 앞으로 긴급 전보문을 썼다. 세 개의 엑스표도 잊지 않았다.

메리는 책상 자물쇠를 열고 검정색 표지의 암호책을 꺼내어 방금 쓴 내용을 암호문으로 바꾸었다. 이제 그녀에게 무슨 일이라도 생긴다면 적어도 스탠턴 로저스만은 누가 범인인지 알게 되는 것이다.

메리는 통신실로 갔다. CIA 요원인 에디 멀츠가 당번이었다.

"안녕하세요, 대사님. 오늘밤은 늦게까지 일하시는군요."

"네."

메리는 짤막하게 대꾸했다.

"지금 곧 보내야 할 전문이 있어요."

"제가 직접 보내겠습니다."

그녀는 멀츠에게 쪽지를 건네주고는 곧장 밖으로 나왔다. 지금처럼 간절히 아이들 곁에 있고 싶은 적도 없었다.

한편 통신실의 에디 멀츠는 메리가 건네주고 간 전문을 해독해보고 있었다. 일을 다 끝낸 그는 두 번씩이나 되풀이해서 읽어보더니 눈살을 찌푸렸다.

그는 서류 절단기로 다가가 메리가 건네준 쪽지를 던져넣었다. 그런 다음 워싱턴에 있는 국무장관, 플로이드 베이커 앞으로 전화를 걸었다. 상대방의 암호명은 토르였다.

레프 파스테르나크가 엔젤의 뒤를 쫓아 부에노스아이레스까지 오는 데에는 꼬박 두 달이 걸렸다. SIS와 세계 곳곳의 비밀요원들이 엔젤을 암살자로 확인하는 데 도와주었고, 모사드 측은 파스테르나크에게 엔젤의 여자친구 노이사 뮤네츠의 이름을 알려주었다. 그들 모두는 엔젤을 제거하고 싶어했다.

레프 파스테르나크는 어떻게든 엔젤을 잡지 않으면 안 되었다. 왜냐하면 자신의 실수 때문에 마린 그로차가 죽었고 그는 그런 자신을 용서할 수가 없었던 것이다. 어쨌든 그는 자신의 실수를 보상할 길이 한 가지는 있다고 생각했고, 실천에 옮기고 있는 중이었다.

파스테르나크는 노이사 뮤네츠와 직접 만나는 대신, 그녀의 아파트 근처에 숨어서 엔젤이 나타나기를 기다리고 있었다. 그러나 닷새가 지나도 엔젤은 나타나지 않았다.

그는 다음 단계로 들어갔다. 그녀가 집을 비우기를 기다려 건물 안으로 들어간 그는 그로부터 15분 뒤에는 잠긴 문을 열고 그녀의 아파트로 들어가 있었다.

파스테르나크는 재빨리, 그러면서도 샅샅이 안을 뒤졌다. 그곳에는 사진도, 메모도, 엔젤의 주소 비슷한 것도 없었다. 마침내 탈의실에 걸린 양복들을 찾아내고는 에레라 상표가 붙은 옷을 하나 벗겨들고, 들어올 때와 마찬가지로 조용히 아파트를 빠져나왔다.

다음날 아침, 파스테르나크는 에레라 상점을 찾아 들어갔다. 그의 머리는 마구 헝클어져 있었고, 옷은 구김살투성이였으며 입에서는 위스키 냄새가 풍겼다.

상점 지배인이 그에게로 다가와 불만스러운 듯이 말을 걸었다.

"뭐 도와드릴 일이라도 있습니까, 선생님?"

레프 파스테르나크는 수줍게 웃었다.

"네, 솔직히 말해서 어젯밤 나는 스컹크처럼 취했어요. 몇몇 남미친구들과 내 호텔방에서 카드놀이를 했습니다. 우린 모두 다 약간씩 취했나봐요. 그런데 친구들 중 하나가…… 이름은 생각나지 않지만……, 내 방에다 양복저고리를 두고 가지 않았겠소?"

그리고 레프는 양복을 들어올렸다. 그의 손이 흔들거리고 있었다.

"당신네 상표를 보고 이리로 오면 이 옷을 돌려줄 방법이 있을 거라고 생각했지요."

지배인이 양복저고리를 살펴보았다.

"네, 저희가 만든 옷입니다. 제가 기록을 살펴보도록 하겠습니다. 어디로 연락드리면 되겠습니까?"

"연락할 장소가 없소."

레프 파스테르나크가 술에 취한 투로 대답했다.

"난 지금 또 다른 포커판을 찾아나선 길이니까요. 명함이 있으면 주시오. 내가 전화할 테니까."

"네, 그렇게 하시죠."

지배인이 자기 명함을 건네주었다.

"당신, 이 양복저고리를 훔칠 생각은 아니겠지?"

파스테르나크가 혀꼬부라진 소리를 냈다.

"천만에요. 절대 그런 일은 없을 겁니다."

지배인이 정중하게 대답했다. 레프 파스테르나크는 그의 등을 철썩 치며 말했다.

"좋았어. 내 오늘 오후에 다시 전화하겠소."

그날 오후 레프 파스테르나크가 호텔 방에서 전화를 걸자 지배인이 이렇게 대답했다.

"양복저고리를 지어 가신 분의 성함은 H.R. 드 멘도차 씨입니다. 아우로라 호텔에 방을 빌리고 계시지요. 417호입니다."

레프 파스테르나크는 다시 한 번 방문이 잠겼는지 확인한 뒤, 옷장에서 조그만 여행가방을 꺼내 침대로 가져와서 열었다. 안에는 소음기가 붙어 있는 45구경 권총이 들어 있었다. 아르헨티나 비밀경찰 친구가 준 선물이었다.

파스테르나크는 총알이 장전되었는지 다시 확인하고 소음기도 잘 작동하는지 살펴보았다. 총을 원래대로 가방 속에 넣고 가방을 다시 옷장에 넣어두었다. 그러고는 곧 잠을 청했다.

새벽 4시, 레프 파스테르나크는 우로라 호텔의 텅빈 복도를 살금살금 걸어가고 있었다. 417호실에 다다르자 주위에 아무도 없는지 다시 둘러보았다.

그는 철사줄을 밀어넣어 조용히 문을 열었다. 찰칵 하고 열리는 소리가 들리자 권총을 꺼내들었다.

그때였다. 복도 건너편 그의 뒤에 있는 문이 열리는 소리가 들렸다. 그는 목이 타는 갈증을 느꼈다. 그러자 미처 뒤를 돌아보기도 전에 그의 목

뒤에 단단하고도 차가운 물건이 와닿았다.

"난 미행당하는 건 질색이야."

엔젤이 말했다. 레프 파스테르나크는 그의 머리가 산산조각이 나기 바로 직전에 방아쇠 당기는 소리를 들었다.

엔젤은 파스테르나크가 혼자인지, 아니면 같이 일하는 다른 사람이 또 있는지 알 수가 없었다. 그러나 어쨌든 주의에 주의를 거듭한다고 해서 나쁠 것은 없었다. 이미 전화연락도 있었고, 이제 행동을 개시할 시간이었다.

그러나 그보다 앞서 사야 할 물건들이 좀 있었다. 푸예레돈 거리에는 좋은 속옷가게가 하나 있었다. 비싸긴 했지만 노이사라면 그런 최상의 것을 입을 자격이 있었다. 상점 안은 시원하고 조용했다.

"잠옷을 사고 싶은데요. 아주 하늘하늘한 것으로."

엔젤이 말했다.

여자 점원은 그를 바라만 보고 있었다.

"그리고 아래가 터진 팬티 두 개하고……."

15분 뒤, 엔젤은 프렝켈 가게로 들어섰다. 선반에는 가죽지갑과 장갑, 서류가방들이 가득 있었다.

"서류가방 좀 부탁합니다. 검정색으로."

셰라톤 호텔의 엘 알지베 식당은 부에노스아이레스에서도 손꼽히는 곳이었다. 엔젤은 구석에 자리를 잡고 앉아 새로 산 서류가방을 탁자 위에 올려놓았다. 웨이터가 탁자로 다가왔다.

"안녕하세요?"

"파르고부터 시작하겠네. 그런 다음 포로토와 베르두라스를 곁들인 파릴라도를 갖다주게나. 디저트는 먹으면서 결정하겠네."

"알겠습니다."

"그런데 화장실이……."

"뒤쪽에 있습니다. 저 문으로 나가서서 왼쪽으로 가십시오."

엔젤은 자리에서 일어나 식당 뒤쪽으로 걸어갔다. 서류가방은 여전히 탁자 위에 놓여 있었다. 좁은 복도에는 신사용과 숙녀용이라고 쓰인 2개의 문이 있었다.

복도 끝에 있는 부엌에서는 시끄러운 소리와 뜨거운 증기가 새어나오고 있었다. 엔젤은 열려 있는 문을 밀고 안으로 들어섰다. 정말 요란했다. 주방장과 요리사들이 부지런히 오가며 손님들이 주문한 점심 요리를 바삐 만들어내고 있었고, 웨이터들은 김이 무럭무럭 나는 쟁반을 들고 부엌을 드나들고 있었다.

엔젤은 정신없이 바쁜 주방을 가로질러 호텔 밖으로 빠져나왔다. 5분 동안 서서 기다린 뒤 아무도 자기를 미행하지 않는 것을 확인하고는 택시를 불러 움베르토로 가자고 했다. 한 블록만 타고 간 엔젤은 다시 다른 택시로 바꿔 타고는 공항으로 가자고 했다.

공항에서는 런던행 비행기가 기다리고 있을 것이었다. 일등 좌석은 눈에 띌 염려가 있어서 일반 좌석으로 했다.

2시간 뒤, 엔젤은 구름 아래로 부에노스아이레스가 멀어져 가는 것을 보고 있었다. 그는 자기에게 주어진 임무를 생각하며 앞으로의 일에만 온 신경을 집중했다.

"아이들은 엄마와 함께 죽이도록 하시오. 그들의 죽음은 그야말로 장관이어야만 하오."

엔젤은 계약을 수행하는 구체적인 방법까지 지시받는 것은 딱 질색이었다.

'아마추어들이나 직업 살인자에게 충고를 하는 법이지.'

엔젤은 미소를 지었다.

'그들은 모두 죽는 거야. 그리고 그 모습은 어떤 죽음보다도 극적일 거야.'

엔젤은 꿈도 없는 깊은 잠 속으로 빠져들었다.

런던의 히드로 공항은 여름철 관광객들로 붐볐다. 덕분에 메이페어로 들어가는 데 택시로 한 시간이 더 걸렸다. 처칠호텔의 현관은 들어오고 나가는 사람들로 북적거렸다.

벨 보이가 엔젤의 가방 3개를 들어 날랐다.

"이걸 내 방으로 가져다주시오. 난 볼 일이 좀 있어서……."

팁은 벨 보이의 기억에 남지 않도록 너무 많지도, 적지도 않게 쥐어주었다.

엔젤은 호텔의 엘리베이터가 있는 곳으로 가서 사람들이 모두 내리기를 기다렸다가 안으로 들어섰다. 엘리베이터가 움직이기 시작하자 엔젤은 5층, 7층, 11층의 버튼을 모두 누르고는 5층에서 내렸다. 만에 하나 호텔 현관에서 지켜보던 사람이 있었다 하더라도 자신이 몇 층에서 내렸는지 알지 못하도록 하기 위해서였다.

호텔 뒤쪽에는 비상계단이 있었고, 처칠호텔 숙박계를 작성한 지 5분 뒤에, 엔젤은 이미 히드로 공항으로 되돌아가는 택시 안에 있었다.

여권은 H. R. 드 멘도차란 이름으로 되어 있었고, 비행기표는 타름 항공의 부쿠레슈티 행이었다. 엔젤은 공항에서 전보를 띄웠다.

수요일 도착.
H. R. 드 멘도차

이 전보의 수신인은 에디 멀츠로 되어 있었다.

다음날 아침 일찍 도러시 스톤이 말했다.

"스탠턴 로저스 씨의 사무실에서 전화가 왔습니다."

"응, 곧 받지."

메리는 기대에 차서 수화기를 들었다.

"스탠?"

그러나 스탠턴의 비서 목소리만 들려왔다. 메리는 좌절감 때문에 그만 울고 싶어졌다.

"로저스 씨께서 저한테 대사님께 전화해드리라는 부탁을 하셨습니다. 그분은 지금 대통령과 함께 계셔서 그리로 전화하실 수 없답니다. 그러시면서 저한테 대사님께서 필요로 하시는 것을 알아두라고 하셨습니다. 제게 말씀해주시면……"

"아뇨."

메리가 잘라 말했다. 메리의 목소리에는 실망의 빛이 역력했다.

"내가 직접 말해야 하는 일입니다."

"시간 나시는 대로 되도록 빨리 그쪽으로 전화하시겠다고 하셨지만, 오늘 중으로는 어려울 것 같은데요?"

"알겠어요. 스탠턴 씨가 전화할 때까지 기다리지요."

메리는 수화기를 내려놓았다. 이젠 기다리는 수밖에 없었다.

그리고 다시 루이의 집으로 계속 전화를 걸었다. 아무도 받지 않았다. 그녀는 프랑스 대사관에도 연락해봤지만, 그들은 그가 어디에 있는지 모르고 있었다.

"연락이 오는 대로 제게 전화해주셨으면 한다고 전해주십시오."

도러시 스톤이 다시 전화가 와 있다고 말했다.

"전화입니다. 그런데 상대편 여자가 한사코 이름을 대지 않습니다."

"내가 받아보죠."

메리는 수화기를 집어들었다.

"여보세요, 애슐리 대사입니다."

부드러운 목소리의 여자가 루마니아 말투가 섞인 영어로 말했다.

"전 코리나 소콜리라고 합니다."

그녀가 누구인지는 곧 알 수 있었다. 20대 초반의 아름다운 소녀로 루마니아 최고의 발레리나였다.

상대가 말을 이었다.

"도움이 필요해요. 전 망명하기로 결심했습니다."

'오늘은 이런 문제를 다룰 형편이 못 되는데. 지금은 안 된다고.'

메리는 수화기에 대고 이렇게 대답했다.

"그런 문제를 내가 도와줄 수 있을지 모르겠군요."

그녀는 빨리빨리 머리를 회전시키려고 애썼다. 망명을 신청하는 이들에 관해 그녀가 들은 것을 모두 기억해내야 했다.

'대부분의 망명자는 소련측 사람이오. 우리가 그들을 데려오면 대개는 쓸모없는 정보나 잘못된 정보를 우리에게 제공하지요. 그들 중 몇 명은 골칫거리가 되는 수도 있습니다. 정보부의 고위 간부층이나 과학자들은 아주 쓸모가 있지요. 하지만 정치적 망명자는 아주 그럴싸한 이유가 없이는 절대로 허용해서는 안 됩니다.'

코리나 소콜리는 흐느끼고 있었다.

"제발 부탁합니다. 제가 있는 곳은 안전하지가 못해요. 누군가를 보내서 절 데려가주셔야 합니다."

'공산국가 쪽에서는 함정을 만들어놓기도 합니다. 도움이 필요한 망명자라고 해서 어떤 사람을 우리 대사관으로 데리고 왔다고 합시다. 대사관에 도착한 그가 갑자기 비명을 지르며 자기는 납치되었다고 악을 쓰는 것입니다.'

"지금 어디에 있죠?"

메리가 물었다. 아무런 대꾸도 없었다. 잠시 뒤 상대의 말소리가 들려왔다.

"당신을 믿어야겠지요. 전 지금 피아트라 님트에 있는 체아흘라우 여관에 있어요. 저를 데리러 와주시는 거죠?"

"난 못 가요. 그렇지만 다른 사람을 대신 보내도록 하죠. 이 전화로 다시 연락하지 않도록 하세요. 그곳에서 그냥 기다리기만 해요."

그때 사무실 문이 열리며 마이크 슬레이드가 안으로 들어섰다. 메리가 깜짝 놀라 그를 올려다보았다. 그는 메리에게로 다가오고 있었다.

상대의 목소리가 수화기에서 들려왔다.

"여보세요? 여보세요?"

"누구와 통화중이신가요?"

"데스포르제 박사요."

메리는 자기도 모르게 거짓말이 튀어나왔다. 그녀는 공포에 질려 수화기를 내려놓았다.

'바보같이 굴지 말아야지.'

메리는 속으로 다짐했다.

'넌 지금 대사관에 있는 거야. 이곳에서는 아무리 슬레이드라고 해도 감히 어쩌지 못한다고.'

"데스포르제 박사?"

마이크가 천천히 되뇌었다.

"그래요. 그가 지금 날 만나러 오는 중이에요."

'아, 이 말이 사실이라면 얼마나 좋을까!'

마이크의 얼굴에 이상한 표정이 스쳐 지나갔다. 메리의 책상 위에는 조명등이 켜 있어서 벽에 비친 마이크의 그림자는 엄청나게 컸다. 그리고 위협적이었다.

"벌써 일을 시작해도 정말 괜찮으십니까?"

조금도 흐트러짐이 없는 사내였다.

"네, 난 괜찮아요."

메리는 제발 그가 나가 주기만을 바랐다.

'그렇더라도 놀란 눈치는 보이지 말아야지.'

마이크가 한 걸음 더 그녀에게 다가왔다.

"긴장하고 계신 것 같군요. 며칠 동안 아이들과 함께 호숫가로 여행이나 다녀오시면 어떻겠습니까?"

'그렇게 하면 좀 더 나를 쉽게 없앨 수 있을 테지.'

그를 바라보고만 있는 데도 그런 공포가 엄습해와서 그녀는 이제 숨쉬는 것조차 힘들 정도로 무서웠다. 그때 구내전화가 울렸다. 그녀에게는 구세주처럼 여겨졌다.

"미안합니다만……."

메리가 수화기를 들 준비를 했다.

"아니, 괜찮습니다."

그러고도 마이크 슬레이드는 잠시 더 그 자리에 서서는 그녀를 노려보고 있었다. 마침내 그가 뒤로 돌아서더니 방을 나갔다. 그의 위협적인 그림자도 함께 거두어 갔다. 그제서야 마음이 놓인 메리는 그만 흐느껴 울고만 싶었다. 메리는 수화기를 집어들었다.

"여보세요?"

일반정무 담당 참사관 제리 데이비스였다.

"대사님, 방해해서 죄송합니다만, 꼭 전해야 할 소식이 있어서요. 지금 방금 경찰에서 연락을 받았습니다. 루이 데스포르제 박사가 살해되었답니다."

방안이 온통 빙글빙글 돌아가는 것만 같았다.

"그 말이……, 그게 확실한가요?"

"네, 대사님. 그의 신분증을 몸에서 찾아냈답니다."

갑자기 머릿속이 윙 울리더니 제리 데이비스의 목소리에 섞여 다른 소리가 전화를 타고 울렸다.

'먼스터 보안관입니다. 남편께서 자동차 사고로 돌아가셨습니다.'

잊었던 지난날의 슬픔이 루이의 죽음 앞에 다시 떠올라 그녀의 가슴을 갈기갈기 찢기 시작했다.

"어떻게……, 어떻게 해서 그런 일이 일어났죠?"

그녀의 목소리가 떨리고 있었다.

"총에 맞았습니다."

"누가 그랬는지는 알고 있습니까?"

"아뇨, 아직 모릅니다. 루마니아 비밀경찰과 프랑스 대사관이 조사중이랍니다."

메리는 수화기를 떨어뜨렸다. 그녀의 몸과 마음이 감각을 잃었다. 그녀는 의자에 기대어 멍하니 천장만 올려다보았다. 천장에 금이 가 있었다.

'저걸 고쳐야겠구나. 대사관에는 벽이나 천장에 금이 간 곳이 없도록 해야지. 우리 인생에 금이 가기 시작하면 사악한 것들이 스며들기 시작하는 거야. 에드워드도 그래서 죽었고, 지금은 루이가…….'

그녀는 또 다른 곳에 금이 간 데는 없는지 찾아보았다.

'이제 또다시 이런 불행이 되풀이된다면 난 견뎌내지 못할 거야. 도대체 누가 루이를 죽였을까?'

대답은 곧 떠올랐다.

'마이크 슬레이드!'

루이는 슬레이드가 메리에게 비소를 먹여온 사실을 알고 있었다. 슬레이드라면 루이를 죽임으로써 아무도 자기에게 불리한 증언을 할 수 없다고 생각할 것이다.

순간 새로운 공포가 그녀에게 밀려들었다.

'누구하고 통화중이십니까?'

'데스포르제 박사요.'

그래, 마이크는 데스포르제가 죽은 것을 이미 알고 있었을 것이다.

메리는 그날 하루종일 사무실에 틀어박혀서 다음 일을 궁리했다.

'그가 나를 몰아내도록 내버려두지는 않겠어. 그가 날 죽이도록 가만히 있지는 않을 거야. 내가 먼저 손을 써서 그를 막아야 해.'

그녀는 예전에 한 번도 느껴보지 못했던 분노로 몸을 떨었다. 이제 그녀는 자기 자신과 아이들을 지킬 것이다. 뿐만 아니라 마이크 슬레이드를 철저하게 부숴놓을 작정이었다.

메리는 스탠턴 로저스에게 다시 긴급 전화를 걸었다.

"대사님의 전갈은 그분께 전했습니다. 그분께서는 시간 나시는 대로 곧 전화하실 겁니다."

메리는 루이의 죽음을 받아들일 수가 없었다.

'그토록 따뜻하고 다정했는데……. 이제는 목숨을 잃고 차가운 땅에 누워 있다니……. 내가 캔자스로 돌아갔다면 루이는 아직 살아 있을지도 모르는데…….'

메리는 속절없는 생각에 잠겼다.

"대사님……."

메리가 고개를 들었다. 도로시 스톤이 봉투를 내밀었다.

"정문 수위가 대사님께 전하라고 이것을 제게 주었습니다. 어떤 소년이 가지고 왔다더군요."

봉투에는 '친전, 대사님만 보십시오.'라고 적혀 있었다.

메리는 봉투를 찢어 속 내용물을 꺼냈다. 쪽지에는 인쇄된 것처럼 말끔한 글씨로 다음과 같이 써 있었다.

'친애하는 대사님, 지상에서 맞는 최후의 날을 만끽하십시오.'

끝에는 '엔젤'이라고 서명이 되어 있었다.

'마이크의 또 다른 술책이군. 이번에는 안 될 거야. 내가 선수를 쳐서 단단히 대처할 테니까.'

매키니 대령이 쪽지를 자세히 들여다보고는 고개를 가로저었다.

"불길한 일들이 너무 많군요."

그리고 메리를 바라보았다.

"오늘 오후 신축 도서관 기공식에 참석하시기로 되어 있지만, 제 생각엔 그것을 취소하시는 것이……."

"안 돼요."

"대사님, 그건 무모한 행동입니다. 대사님은 지금 너무 위험합니다."

"저는 안전할 겁니다."

이제 메리는 어디에 위험이 도사리고 있는지 잘 알고 있었고, 그것을 피할 계획도 세워두었다. 그녀가 말했다.

"마이크 슬레이드를 찾아줘요."

"그는 지금 오스트리아 대사관에서 회의중입니다."

"끝나는 대로 내가 보잔다고 전해줘요."

"저를 찾으셨습니까?"

마이크 슬레이드의 말투에는 아무런 색깔도 없었다.

"그래요. 좀 해주어야 할 일이 생겨서요."

"말씀만 하십시오. 저는 대사님의 명령을 충실히 따라야 하는 부대사입니다."

그의 야유에 뒤통수를 얻어맞은 기분이었다.

"망명을 원하는 사람이 내게 전화를 했어요."

"누구입니까?"

그녀는 그에게 이름을 말해주고 싶지 않았다. 그러면 아가씨를 배신할 수도 있었다.

"그건 중요하지 않아요. 당신은 그냥 그 사람을 이리로 데려오기만 하면 되니까요."

마이크가 눈살을 찌푸렸다.

"혹시 루마니아 쪽에서 보내고 싶어하지 않는 사람은 아닌가요?"

"바로 맞았어요."

"그렇다면 그 일은 많은……."

메리가 그의 말을 잘랐다.

"피아트라 님트에 있는 체아흘라우 여관으로 가서 그 사람을 데려오기만 하면 돼요."

마이크가 반박하려고 다시 입을 열다가 그녀의 얼굴 표정을 보고는 태도를 바꿨다.

"대사님께서 꼭 그러셔야겠다면 제가 다른 사람을 대신……."

"안 돼요. 당신이 가도록 해요. 두 사람을 딸려 보내드리겠어요."

메리의 목소리는 준엄했다. 총을 든 감시병 2명과 함께라면 마이크도 잔재주를 부리진 못할 것이다. 그녀는 이미 구니에게 절대로 마이크 슬레이드를 혼자 있게 해서는 안 된다고 말해두었다.

마이크가 이상하다는 듯이 메리를 뚫어져라 바라보았다.

"저는 오늘 할 일이 너무 밀려 있어서 혹시 내일이면……."

"지금 당장 떠나도록 해요. 구니가 당신 사무실에서 기다리고 있어요. 망명자를 내게로 데려와요."

메리의 목소리에는 반박할 여지가 없었다. 마이크가 천천히 고개를 끄덕였다.

"알겠습니다."

그녀는 마이크가 나가는 뒷모습을 보자 긴장이 풀어져서 쓰러질 것만 같았다. 마이크만 없어지면 그녀는 안전할 것 같았다.

그녀는 매키니 대령에게 전화를 걸었다.

"오늘 오후 개관식에 참석하겠어요."

"전 반대합니다, 대사님. 왜 쓸데없는 모험을 감행하시려는 겁니까?"

"내겐 선택의 여지가 없어요. 난 우리나라를 대표하는 사람이니까요. 누군가 내 생명을 위협할 때마다 내가 옷장 속에 숨는다면 어떻겠습니까? 한번 숨기 시작하면 얼굴을 내밀기가 점점 더 어려워질 뿐이에요. 그럴 바에는 고향으로 돌아가는 게 낫죠. 그런데 대령, 난 고향집으로 돌아갈 생각이 없답니다."

위장술

새 미국도서관 기공식이 알렉산드루 사히아 광장에서 오늘 오후 4시에 열릴 예정이었다.

오후 3시쯤 되자 많은 군중이 모여들었다. 매키니 대령은 정보부장인 아우렐 이스트라세와 만났다.

"저희들은 귀국 대사님께 최대한의 경호를 보장해드리겠습니다."

이스트라세는 정말 경호임무를 훌륭하게 수행했다. 그는 자동차가 한 대라도 광장을 지나지 못하도록 교통을 통제하여 폭탄을 실은 자동차가 달려드는 일이 없게 했다.

경찰관들은 기공식장 둘레를 엄중하게 경계했고, 1급 사수 한 명이 도서관 건물 지붕 위에 지키고 서 있게 했다.

4시가 되기 전에 모든 준비가 다 되어 있었다. 전자공학 전문가들이 기공 식장을 샅샅이 조사했지만 아무런 폭발물도 없었다.

모든 준비가 끝났을 때, 아우렐 이스트라세는 매키니 대령에게 자신감에 찬 목소리로 말했다.

"저희들의 경계태세는 완전무결합니다."

"정말 훌륭하십니다. 대사님께 나오시도록 말씀드리지요."

매키니 대령은 보좌관에게 지시를 내렸다.

메리는 미해병 4명의 경호를 받으면서 리무진으로 다가가 거기에 올라 탔다.

플로리안이 밝은 표정을 지었다.

"대사님, 안녕하십니까? 크고 아름다운 도서관 건물이 생겨나겠군요, 그렇죠?"

"맞아요."

그는 차를 운전하면서 계속해서 지껄여댔지만, 메리는 전혀 듣지 않고 있었다. 그녀는 루이의 눈웃음과 그녀를 부드럽게 사랑해주던 모습만을 그리고 있었다.

메리는 손톱으로 허리를 찔러 신체의 고통으로 마음의 괴로움을 묻어 버리려 했다.

'울어선 안 돼. 무슨 일을 하든지 절대로 울지 않을 거야. 이제 사랑은 끝났어. 증오만 남아 있을 뿐이야.'

리무진 승용차가 기공식장에 도착하자 2명의 미해병이 승용차 문 쪽으로 걸어나와서 주위를 조심스럽게 살핀 다음, 메리가 차에서 내리도록 문을 열었다.

"대사님, 안녕하십니까?"

메리가 기공식이 열리는 장소로 걸어나갈 때는 무장한 2명의 경호원이 그녀의 앞에서 걸었고, 다른 2명은 그녀의 뒤를 경호하면서 그녀를 에워 쌌다. 도서관 건물 옥상에 서 있는 1급 사수는 아래의 광경을 주의 깊게 살폈다.

대사가 사람들 속으로 들어서자 참석자들이 박수를 보냈다. 군중 속에는 루마니아인과 미국인 그리고 부쿠레슈티 주재의 다른 나라 대사관에서 온 참석자들이 섞여 있었다. 몇 사람의 낯익은 얼굴이 보이기는 했지만, 대부분은 모르는 사람들이었다.

메리는 군중을 내려다보며 생각했다.

'어떻게 연설을 해야 한담? 매키니 대령의 말이 옳았어. 이 자리에 참석하지 말았어야 했는데. 떨리고 슬프기만 하니……'

매키니 대령은 마이크에 대고 말하고 있었다.

"여러분! 미합중국의 대사님을 소개하겠습니다."

군중의 박수갈채 소리가 요란했다. 메리는 깊숙이 한숨을 몰아쉬고 나서 연설을 시작했다.

"감사합니다……"

그녀는 지난 주 소용돌이처럼 파문을 일으켰던 사건들에 마음을 빼앗기고 있었기 때문에 연설문을 준비하지 못했다. 하지만 그녀의 마음속 깊은 곳에서 그녀가 해야 할 말을 일깨워주는 듯했다. 그녀는 이렇게 말하고 있었다.

"오늘 우리가 이 자리에서 하고 있는 일은 사소하게 보일지도 모르지만, 우리나라와 동유럽 국가들 사이에 또 하나의 다리를 잇는 뜻있는 일이 될 것이므로 저는 매우 중요하다고 생각합니다. 우리가 오늘 기공식을 하는 새로운 건물은 미합중국에 관한 귀중한 정보로 가득 찰 것입니다. 아울러 여러분께서는 우리 조국의 역사, 그 좋은 면들과 나쁜 면들 모두를 아시게 될 것입니다. 여러분께서는 미국의 여러 도시와 공장, 그리고 농촌에 관한 사진들을 직접 보실 수도 있습니다."

매키니 대령과 경호원들이 군중 속으로 천천히 걸어갔다. 메리는 쪽지에 적혀 있는 글귀가 생각났다.

'지상 최후의 날을 만끽하십시오.'

언제 살인자의 날을 끝내줄까? 오후 6시? 9시? 한밤중?

"여기서 더욱 중요한 문제는 미합중국의 모습을 단지 겉으로 '보는' 게 아니라 그 참모습을 아는 일입니다. 이 새로운 건물이 완공될 때 여러분은 미국이 느끼고 있는 문제를 알아차리실 것입니다. 우리는 여러분께 미국의 정신을 보여드리려고 하는 것입니다."

순간 광장의 끝에서 승용차 한 대가 경찰의 경호를 뚫고 질주하더니 길옆에 급정거했다. 깜짝 놀란 경찰관이 그 승용차 쪽으로 달려갔지만 차에서 뛰어내린 운전사는 재빨리 도망치기 시작했다. 그 남자는 계속 달리면서 주머니에서 뭔가를 꺼내어 꼭 움켜쥐었다.

승용차가 폭발하면서 쇳조각을 군중들 위로 소나기처럼 퍼부었다. 그러나 그 쇳조각들은 메리가 서 있는 중앙 단상에까지 미치지는 않았다. 참석한 군중들은 갑자기 혼란에 빠져서 도망치려고 우왕좌왕했다.

옥상에 대기 중이던 사수가 달아나는 남자의 심장을 겨누어 라이플총을 쏘기 시작했고, 그는 그 남자의 죽음을 확실히 해두기 위해서 두 발을 더 쏘았다.

루마니아 경찰은 알렉산드루 사히아 광장에 모인 군중들을 한 시간이나 걸려 해산시킨 다음, 저격 미수범의 시체를 옮겼다. 소방차가 달려와 승용차의 불길을 껐다.

메리는 큰 충격을 받은 채 대사관으로 돌아왔다.

"관저로 돌아가시는 게 좋겠어요. 정말 무서운 일을 당하셨습니다."

매키니 대령이 그녀에게 말했다.

"그렇지 않아요. 대사관으로 가요."

메리는 퉁명스럽게 말했다. 그곳은 그녀가 스탠턴 로저스와 허심탄회하게 이야기할 수 있는 유일한 장소였다.

'지금 당장 그에게 말해야지. 그러지 않고서는 참을 수가 없어.'

그녀에게 일어났던 모든 일들이 참을 수 없는 충격을 주었다. 그녀는 마이크 슬레이드가 무사하다는 사실을 알았지만, 아직도 그녀의 생명을 노리는 음모가 진행되고 있는 것이 틀림없었다. 메리는 스탠턴 로저스가 전화를 걸어주었으면 하고 간절히 기다리고 있었다.

6시에 마이크 슬레이드가 메리의 사무실로 들어왔다. 그는 화가 나 있었다. 그가 퉁명스럽게 말했다.

"코리나 소콜리는 위층에 있습니다. 그런데 제가 데리러 간 사람이 누군지 대사님께서 진작 말씀해주셨어야 했습니다. 대사님께서는 큰 실수를 하셨습니다. 우리는 그녀를 돌려보내야 합니다. 그녀는 국보급 존재입니다. 루마니아 정부가 그녀를 나라 밖으로 내보낼 이유가 전혀 없습니다. 만약……."

매키니 대령은 서둘러 대사 사무실로 들어왔다. 그는 마이크의 모습을 보자 갑자기 걸음을 멈췄다.

"그에 대해 알아보았습니다. 그는 엔젤이라고 하는데, 본명은 H. R. 드멘도차입니다."

마이크가 그를 빤히 쳐다보았다.

"무슨 말을 하는 거요?"

"내가 깜빡 잊었군요. 사건이 벌어지고 있는 동안 당신은 거기 없었죠? 대사님께서 어떤 사람에게 살해당하실 뻔했다는 말씀을 하지 않으셨던가요?"

마이크는 메리를 쳐다보았다.

"아뇨."

"대사님께서는 엔젤에게서 암살 위협을 받았습니다. 범인은 오늘 오후에 열린 기공식장에서 대사님을 살해하려고 했습니다. 이스트라세의 사수 한 사람이 그를 해치웠습니다."

마이크는 두 눈을 메리에게서 떼지 않은 채 묵묵히 그 자리에 서 있었다. 매키니 대령이 말했다.

"엔젤은 지명 수배자 명단에 올라 있는 자입니다."

"그의 시체는 어디에 있소?"

마이크가 물었다.

"경찰 본부의 시체 공시소에 있습니다."

시체는 발가벗겨진 채 석판에 눕혀 있었다.

그는 중키에 평범한 얼굴이었는데, 한쪽 팔에는 해군을 상징하는 문신이 새겨져 있었고 납작하고 작은 코는 꾹 다문 입과 잘 어울렸다. 발은 매우 작은 편이었고, 머리숱도 적었다. 그가 입고 있던 옷과 소지품들은 탁자 위에 놓여 있었다.

"한번 볼 수 있겠습니까?"

경찰관은 어깨를 들어올리며 말했다.

"그렇게 하십시오. 그 녀석도 싫어하지 않을 겁니다."

그는 농담을 하면서 낄낄대고 웃었다. 마이크는 재킷을 집어들고 상표를 살펴보았다. 그건 부에노스아이레스의 어느 상점에서 구입한 옷이었다. 가죽 구두도 아르헨티나제 상표가 붙어 있었다.

옷 옆에는 많은 돈이 놓여 있었다. 루마니아 화폐인 레이를 비롯해서 프랑스의 프랑화, 영국의 파운드화, 그리고 1만 달러가 넘는 아르헨티나 공화국의 페소 지폐가 있었다. 그중 일부는 20페소 지폐로 새 것이었고, 나머지는 평가 절하된 페소 지폐였다.

마이크는 경사를 돌아보며 말했다.

"이 사람에 대해 조사한 내용은?"

"범인은 이틀 전에 타롬항공사 소속 여객기로 런던에서 왔습니다. 멘도차라는 이름으로 인터콘티넨털 호텔에서 묵었죠. 여권에 집주소가 부에노스아이레스로 되어 있습니다만, 그건 가짜 주소입니다."

경찰관은 시체를 자세히 살펴보기 위해서 더욱 가까이 다가갔다.

"이 녀석은 국제적인 살인 청부업자 같아 보이지는 않는데요. 그렇지 않습니까?"

"그렇소, 나도 동감이오."

20블록쯤 떨어진 곳에서, 엔젤은 정문을 지키고 있는 4명의 무장병의 눈길을 끌지 않도록 빠른 걸음으로 관저 앞을 지나가고 있었다. 그러나 관저 앞의 동태를 살펴볼 수 있을 만큼은 느린 걸음이었다.

건네받은 사진들은 훌륭했다. 그러나 엔젤은 스스로 자세한 부분까지 모두 재검토했다.

현관 근처에는 사복을 입은 또 한 명의 경호원이 있었는데, 그는 가죽 끈에 두 마리의 도베르만 경찰견을 묶은 채 데리고 있었다.

엔젤은 광장에서 있었던 제스처 게임을 생각하며 히죽이 웃었다. 그 것은 코카인을 사주는 조건으로 마약 중독자를 고용했던 어린애 장난이 었다.

'모든 사람들이 경계를 게을리하게 만들어야지.'

대사건은 아직 일어나지 않았다.

'1천만 달러짜리답게 사람들이 평생 잊지 못할 쇼를 보여줘야지. 텔레비전에서는 뭐라고 할까? 아주 장관이라고 할 거야. 사람들이 생생하게 그 광경을 보게 될 거라고.'

'7월 4일에 관저에서 축하 행사가 열릴 거요. 풍선을 띄우고 해군 군악대가 연주할 겁니다. 연예인들도 나올 것이고.'

수화기에서 흘러나온 목소리가 그렇게 말했던 것이다.

엔젤은 웃음을 지으며 생각했다.

'1천만 달러짜리 호화판 쇼, 참 근사하겠군.'

도러시 스톤은 서둘러 메리의 사무실로 갔다.

"대사님, 도청방지실에서 당신을 찾으십니다. 스탠턴 로저스 씨가 워싱턴에서 전화를 걸어 왔습니다."

"메리, 나는 당신의 말을 이해할 수가 없소. 천천히 말해줘요. 숨을 깊이 들이쉰 다음 다시 말해봐요."

'맙소사! 내가 히스테리 환자처럼 지껄이고 있어.'

메리의 마음속에서는 격렬한 흥분이 용솟음치고 있었기 때문에 단어들을 간신히 입 밖에 낼 수 있었다. 그녀의 목소리는 공포와 분노에 북받쳐 분명하지 않았다.

메리는 숨을 깊게 들이마시면서 몸서리를 쳤다.

"미안해요, 스탠. 내 전보를 받지 못하셨나요?"

"그래요, 나는 방금 돌아왔소. 당신한테서 온 전보는 없었소. 무슨 일이라도 있는 거요?"

메리는 마음을 가라앉히려고 안간힘을 썼다.

'어디서부터 얘기를 시작해야 하지?'

"마이크 슬레이드가 나를 죽이려고 해요."

잠시 침묵이 흘렀다.

"메리, 당신은 믿지 않겠지만……."

"그건 정말이에요. 난 알아요. 프랑스 대사관에서 온 의사를 만났어요. 루이 데스포르제라는 주치의 말이에요. 그는 제가 비소에 중독되었다고 말했어요. 그건 마이크의 짓이었어요."

이번에는 스탠턴 로저스가 목소리를 높였다.

"왜 그런 식으로만 생각하는 거죠?"

"루이 데스포르제 박사가 그렇게 추측했어요. 마이크 슬레이드는 아침마다 내 커피 잔 속에 비소를 집어넣었어요. 그가 비소를 지니고 있었다는 증거를 갖고 있어요. 지난밤 루이는 살해되었고, 오늘 오후에는 슬레이드와 함께 일하는 사람이 나를 암살하려고 했어요."

침묵이 더욱 길어졌다. 스탠턴 로저스가 다시 입을 열었을 때 그의 목소리는 다급해져 있었다.

"메리, 무엇이 가장 중요한 문제죠? 좀 천천히 생각해봐요. 마이크 슬레이드 말고 다른 사람의 짓일 수도 있지 않겠소?"

"아니에요. 그는 처음부터 나를 루마니아에서 쫓아내려고 했어요."

스탠턴 로저스는 퉁명스럽게 말했다.

"알겠소. 대통령께 보고하겠어요. 슬레이드에게 필요한 조처를 하겠소. 그리고 당신을 위해 경호원을 더 배치하겠소."

"스탠, 7월 4일에 관저에서 파티를 열려고 해요. 손님들한테 벌써 초대장을 보냈어요. 파티를 취소해야 할까요?"

잠시 아무 말이 없었다.

"파티를 연다고요? 그거 좋은 생각이네요. 당신 주위를 많은 사람들이 둘러싸고 있도록 해요. 당신을 놀라게 하고 싶지는 않지만, 아이들을 항상 곁에 두도록 해야 하고요. 슬레이드가 아이들을 미끼로 당신에게 다가올지도 모르니까요."

그녀는 가슴 속으로 파고드는 전율을 느꼈다.

"어떻게 그럴 수가 있어요? 왜 그런 짓을 하려는 걸까요?"

"나도 그 이유를 알았으면 좋겠소. 그런 짓은 정말 사리에 맞지 않는 일이오. 하지만 가능성은 항상 존재합니다. 되도록 아이들이 그 사람한테서 멀리 있도록 해요."

메리는 얼굴을 찌푸렸다.

"알았어요. 그렇게 하겠어요."

"내가 늘 당신과 함께 한다는 걸 잊지 말아요."

메리는 수화기를 내려놓으면서 마치 어깨에서 무거운 짐을 벗어내린 기분이었다.

'모든 일이 잘될 거야. 아이들도, 나도 다 괜찮을 거야.'

그녀는 힘없이 중얼거렸다.

에디 멀츠가 첫 번째로 전화를 받았다. 대화는 10분 동안 이어졌다. 이윽고 에디 멀츠가 약속했다.

"모든 게 다 제대로 되어 있는지 내가 알아보겠습니다."

엔젤이 수화기를 내려놓았다.

에디 멀츠는 생각했다.

'빌어먹을! 엔젤은 무엇 때문에 그 따위 물건들을 다 챙기는 거지?'

그리고 그는 손목시계를 들여다보았다.

'꼭 48시간 남았군.'

스탠턴 로저스는 메리와 대화한 뒤 바로 매키니 대령에게 긴급 전화를 걸었다.

"빌, 스탠턴 로저스일세."

"네, 무슨 일이 있으십니까?"

"자네가 마이크 슬레이드를 잡아둬야겠네. 내 지시가 있을 때까지 단단히 감금해 두도록 하게."

"마이크 슬레이드를요?"

대령이 의심스럽다는듯이 반문했다.

"그는 격리되어야 하네. 그는 아마 무기를 갖고 있을 테니까 위험할 걸세. 누구하고도 말을 하게 해서는 안 되네."

"네, 알겠습니다."

"자네가 그를 체포하는 즉시 백악관으로 전화를 걸어 나를 불러주게."

"네, 알겠습니다."

그로부터 2시간 뒤, 스탠턴 로저스의 전화벨이 울렸다. 스탠턴 로저스가 수화기를 와락 움켜잡았다.

"여보세요?"

"로저스 씨, 매키니 대령입니다."

"슬레이드를 체포했나?"

"못했습니다. 문제가 생겼습니다."

"무슨 문제인가?"

"그가 사라졌습니다."

드러나는 음모

프레즈비테르 코즈마 32번지에 있는 작고 특징 없는 한 건물 안에서 동부위원회 위원들이 회의를 하고 있었다. 탁자에 둘러앉은 사람들은 러시아, 중국, 체코슬로바키아, 파키스탄, 인도, 말레이시아 등에서 온 권력자들이었다.

의장이 말을 꺼냈다.

"우리와 힘을 합쳐준 동부위원회의 형제자매 여러분을 환영하오. 또한 위원회가 전한 좋은 소식을 여러분께 알릴 수 있게 되어 더할 나위 없이 기쁩니다. 모든 일이 순조롭게 진행되고 있소. 우리 계획의 마지막 단계는 이제 곧 성공으로 마무리될 것입니다. 오늘밤 부쿠레슈티 주재 미국 대사 관저에서 화려한 축제가 있을 것이오. 이미 국제적 규모의 각 신문, 방송과 협의를 끝낸 상태입니다."

암호명 칼리가 질문을 던졌다.

"미국대사와 두 아이는……?"

"100명 정도 되는 다른 미국인들과 함께 암살될 겁니다. 엄청난 위험과 그에 뒤따를 대학살을 우리 모두 예측하고 있습니다. 그럼 지금부터 안건을 표결에 붙이기로 하겠소."

의장은 탁자 끝 쪽에 앉아 있는 사람부터 부르기 시작했다.

"브라마[산스크리트 어로 범(梵 : 세계의 최고 원리)이란 뜻. 창조신]?"

"찬성이오."

"비슈누(힌두교에서 3대 신의 하나. 세계의 질서를 유지시키는 신. 뒤에 크리슈나로 화신함)?"

"찬성이오."

"가네샤(힌두교에서 지혜와 학문의 신. 시바의 아들로 사람의 몸에 긴 코, 코끼리의 머리, 네 팔이 달렸음)?"

"찬성이오."

"야마[산스크리트 어. 불교의 염마(閻魔). 염라대왕]?"

"찬성이오."

"인드라[인도 신화의 인다라(因陀羅), 천둥과 비를 관장하는 베다교의 으뜸 신]?"

"찬성이오."

"크리슈나[힌두교에서 농업과 목축을 관장하는 신. 비슈누의 여덟 번째 화신]?"

"찬성이오."

"라마(힌두교에서 비슈누의 일곱 번째 화신)?"

"찬성이오."

"칼리?"

"찬성이오."

"만장일치로군요."

의장은 만족스러운 듯이 사람들을 둘러보며 말했다.

"더욱이 이번 일에 크게 협조해준 분에게 아낌없는 찬사를 보냅니다."

의장은 미국 대표를 돌아다보며 말했다.

"감사합니다."

마이크 슬레이드가 대답했다.

7월 4일에 열릴 파티에 필요한 장식품들이 C-120 헤라클레스 기에 실려 토요일 오후 늦게 부쿠레슈티에 도착했다. 그것들은 곧바로 미국 정부의 전용 창고로 실려갔다.

화물은 빨간색, 흰색, 파란색 풍선 1천 개가 든 상자와 풍선에 공기를 불어넣을 헬륨 통 3개, 오색 색종이 수천 다발, 피리, 여러 가지 깃발, 소형 성조기 여섯 상자들이었다.

오후 8시에 화물들은 모두 창고 안에 부려졌다. 2시간 뒤에 미국 육군 도장이 찍힌 산소통 2개를 싣고 지프 한 대가 도착했다. 운전병이 산소통을 창고 안에 옮겨놓고 떠났다.

새벽 1시, 창고 근처에 개미새끼 한 마리 얼씬거리지 않을 시간이 되어서야 엔젤이 모습을 나타냈다. 창고 문은 잠기지도 않은 채였다.

먼저 헬륨 통 옆으로 다가간 엔젤은 세밀하게 그 통들을 살펴본 다음, 곧 작업을 시작했다. 제일 먼저 해야 할 일은 3개의 헬륨 통에서 헬륨을 3분의 1정도만 남기고 나머지는 모두 뽑아내는 작업이었다. 그것만 끝나면 나머지는 아주 간단했다.

7월 4일 아침, 미국 대사관저는 크게 혼잡스러웠다. 마룻바닥은 반짝반짝 윤이 나도록 걸레질이 되었고, 상들리에에 묻어 있던 먼지도 모두 떨어져 나갔으며, 바닥의 깔개도 깨끗이 세탁되어 있었다.

수많은 방에서도 저마다 소란스러웠다. 무도장 한쪽 끝에서는 오케스트라가 자리잡을 단을 만드느라 요란한 망치소리가 울려 퍼지는가 하면, 식당에서는 음식 만드는 소리가, 복도에서는 진공청소기의 소음이 시끄럽게 어우러지고 있었다.

그날 오후 4시가 되자, 관저의 정문에 미군 트럭 한 대가 멈춰섰다. 보초를 서고 있던 경비병 하나가 운전사에게 다가가 물었다.

"뭘 실은 트럭이오?"

"파티에 필요한 잡동사니들입니다."

"어디 좀 봅시다."

경비병이 트럭 안을 들여다보았다.

"저 상자들은 뭐요?"

"헬륨과 풍선, 깃발, 뭐 그런 것들이오."

"뚜껑을 열어보시오."

15분 뒤 트럭은 무사히 정문을 통과했다.

관저 구내에 들어온 화물들을 상병 하나와 해병대원 2명이 끌어내려 무도장에서 약간 떨어진 커다란 창고 안에 집어넣었다. 그들이 막 포장을 푸는데 해병대원 하나가 말을 꺼냈다.

"저 풍선들 좀 봐! 저 많은 풍선을 모두 언제 불지?"

바로 그때, 에디 멀츠가 군복 차림의 낯선 사람을 하나 데리고 창고 안으로 들어섰다.

"걱정 말게. 요즈음 시대가 어떤 시대인데 그런 걱정을 하고 있나?"

에디 멀츠는 낯선 사람에게 고개를 끄덕이며 말을 이었다.

"이 사람이 풍선을 맡을 거야. 매키니 대령의 명령이네."

한 해병대원이 그 사람을 바라보며 싱긋 웃음을 지었다.

"당신이 나보다 훨씬 낫군."

두 해병대원은 서로 농담을 주고받으며 나갔다.

에디 멀츠가 낯선 사람에게 말했다.

"시간은 한 시간밖에 없어. 잘 해보라구. 자넨 수많은 풍선들에 공기를 넣어야 해."

에디 멀츠는 상병에게 고개를 끄덕여 보이고는 창고에서 나갔다. 상병이 가스통 하나를 가리키며 물었다.

"이 통에는 뭐가 들었소?"

"헬륨."

이 낯선 사람의 대답은 아주 간단했다. 상병이 물끄러미 지켜보고 있는 동안, 낯선 사람은 일을 시작했다. 풍선 하나를 집어들고 주둥이를 가스통에 연결된 고무관에 갖다 대면 눈 깜짝할 사이에 풍선은 터질 듯이 부풀어 올랐고, 다음에 주둥이를 묶으면 되는 것이다. 그러면 풍선은 둥실 공중으로 떠올랐다. 풍선 하나에 바람을 채우는 데 몇 초도 채 걸리지 않는 듯했다.

"허참, 그거 신기하군."

상병이 빙그레 웃으며 중얼거렸다.

메리가 대사관 사무실에서 막 긴급한 전문 몇 개를 보낸 다음이었다. 메리는 파티를 취소해버릴 수만 있다면 얼마나 좋을까 하고 낙심하며 생각했다. 하지만 이미 200명이 넘는 손님들이 파티에 오기로 되어 있었다. 메리는 그저 파티가 시작되기 전에 마이크 슬레이드가 잡히기를 바랄 뿐이었다.

팀과 베스는 대사관저에서 철통같은 경호를 받고 있었다.

'마이크 슬레이드가 어떻게 아이들을 해칠 수 있을까?'

메리의 눈앞에 아이들과 함께 장난을 치며 즐거운 표정을 지어 보이던 마이크의 얼굴이 아련하게 떠올랐다.

'그는 그렇게 정신이 나간 사람이 아닐 거야.'

메리는 서랍에 몇 가지 서류를 넣으려다가, 그만 소스라치게 놀라서 그 자리에 얼어붙고 말았다. 마이크 슬레이드가 사무실로 유유히 걸어 들어오고 있는 것이 아닌가. 메리는 소리를 질러야 한다고 생각했다.

"안 돼!"

그녀는 완전히 겁에 질려버렸다. 하지만 주위에 그녀를 도와 줄 사람은 아무도 없었다. 마이크는 그녀 자신이 도움을 청하기 위해 전화 수화기를 집어들기도 전에 숨통을 끊어버릴 것이다. 그리고 들어올 때와 똑같은 방법으로 몸을 피할 수도 있을 것이다.

'도대체 어떻게 삼엄한 경비망을 뚫고 들어올 수 있었을까? 하지만 결코 이 사람 앞에서 겁먹은 표정을 보여서는 안 된다.'

메리는 굳게 다짐했다.

"매키니 대령의 부하들이 당신을 찾고 있어요. 당신이 나를 죽일 수 있을지는 모르지만, 결코 이곳을 빠져나갈 수는 없을 거요."

메리는 당당한 목소리로 겁을 주려고 했다.

"당신은 남의 이야기를 너무 쉽게 믿어버리는군요. 당신을 죽이려는 자는 엔젤이에요."

"거짓말하지 말아요. 엔젤은 죽었어요. 내 눈으로 그가 총에 맞는 걸 봤단 말이요."

"엔젤은 아르헨티나에서 날아온 전문가 중 전문가요. 그 자가 지금까지 한 일이라곤 아르헨티나제 옷을 입고, 주머니에는 아르헨티나 화폐를 가득 채운 채로 빈들거리며 돌아다닌 것뿐이지요. 지난번에 경찰이 사살한 사람은 엔젤이 내세운 허수아비일 뿐입니다."

'이 자에게 계속 말을 시켜야 한다.'

메리는 계속 자신에게 타이르고 있었다.

"난 당신이 하는 말은 단 한 마디도 믿을 수가 없어요. 루이 데스포르제를 살해한 것도 당신이고, 나를 독살하려 했던 것도 바로 당신이에요. 그것까지 아니라고 하겠어요?"

마이크는 한참 동안 메리를 바라보다가 천천히 입을 열었다.

"아니, 부정하지는 않겠어요. 하지만 그 이야기는 내 친구에게 듣는 것이 낫겠군요."

마이크는 자기 사무실 쪽으로 고개를 돌렸다.

"들어와요, 빌."

방안으로 천천히 걸어 들어온 사람은 바로 매키니 대령이었다.

"이제 모든 이야기를 해야 할 때가 된 것 같군요, 대사님……."

관저의 창고 안에서는 좀 전의 낯선 사람이 해병대 상병의 감시를 받으며 풍선에 공기 채우는 일을 계속하고 있었다.

'오늘 파티에서 가장 천대받는 손님이군.'

상병은 혼자서 그런 생각을 하고 있었다. 그런데 상병이 가만히 지켜보니 도저히 이해할 수 없는 일이 있었다. 그는 반드시 하얀 풍선은 첫 번째 가스통에서, 파란 풍선은 두 번째, 빨간 풍선은 세 번째 가스통에서 공기를 넣고 있었다.

'왜 가스통을 하나씩 다 빌 때까지 쓰지 않고, 저렇게 번갈아 가며 복잡하게 일을 하는 걸까?'

상병은 궁금해서 한번 물어볼까 하다가 말을 꺼내는 것이 귀찮아서 그만 입을 도로 다물고 말았다.

'이런 친구와 얘기해봤자 소용없는 짓이지.'

마침 무도장으로 통하는 문이 열려 있어서 상병은 전채 요리를 담은 그릇들이 부엌에서 무도장으로 옮겨지는 것을 볼 수 있었다. 그는 방안의 기다란 탁자 위에 음식이 놓이는 모습을 물끄러미 바라보았다.

'정말 대단한 파티가 되겠군.'

메리를 자리에 앉게 하고, 그 앞에 마이크 슬레이드와 매키니 대령이 마주보고 앉았다.

"처음부터 이야기를 시작하지요."

매키니 대령이 먼저 말문을 열었다.

"대통령 취임식 날, 철의 장막에 속하는 모든 나라들과 외교 관계를 열어나가겠다고 대통령이 발표한 것은 바로 폭탄이었습니다. 우리 정부 안에는 우리가 루마니아, 소련, 불가리아, 알바니아, 체코슬로바키아 같은 나라들과 관계를 맺게 되면 틀림없이 공산주의자들이 우리를 무너뜨릴 거라고 확신하고 있는 사람들이 있습니다. 그리고 철의 장막 한쪽에는 우리 대통령의 계획이 음모이고, 우리 자본주의의 첩보원들을 자기들 나라에 심으려고 만든 '트로이의 목마' 같은 것이라고 믿는 공산주의자들이 있지요. 이들 두 집단에서 소수의 실력자들이 모여서 '자유를 위한 애국자'라는 동맹을 극비리에 만들었소. 그들은 대통령의 계획을 무너뜨리는 유일한 방법은, 계획이 예정대로 진행되게 한 뒤, 극적인 방법으로 실패하도록 해서 다시는 그런 계획을 제안조차 할 수 없도록 만드는 것이라고 생각했습니다. 그것이 바로 당신을 무대로 끌어낸 이유입니다."

"그렇지만……, 왜 하필이면 나를? 왜 내가 선택된 거죠?"

"왜냐하면, 어떻게든 겉포장이 중요했기 때문이죠."

마이크가 말했다.

"당신이야말로 완벽한 조건을 갖추고 있었으니까요. 미국의 중부지방에서 온 매력적인 당신, 그리고 사랑스러운 두 아이들, 여기에 빠진 게 있다면 사랑스러운 개와 고양이뿐이죠. 당신은 바로 그들이 원하던 인물이었소. 두 아이라는 왕관을 쓴 미시즈 아메리카, 그래서 그들은 당신을 선택한 겁니다. 당신 남편이 차를 몰고 갈 때 그들은 당신 남편을 죽인 뒤 사고처럼 꾸몄죠. 당신이 아무런 의심도 하지 못하고 대사직을 수락하도록 말입니다."

"오, 하느님!"

그것은 너무도 끔찍한 일이었다. 메리는 온몸이 부들부들 떨렸다.

"다음 단계는 당신을 높이 치켜세우는 일이었죠. 그들은 학교 동창들 간의 유대감을 이용해서 자기들의 동창들이 장악하고 있는 세계 언론을 움직였고, 당신이 전 세계인의 애인이 되도록 만들어 놓았죠. 모든 사람이 당신을 성원했습니다. 당신은 인류를 평화의 길로 이끌어 줄 아름다운 여인이었던 겁니다."

"그렇다면……, 그럼 지금은?"

마이크가 가라앉은 목소리로 말했다.

"그들의 계획은 당신과 아이들을 되도록 많은 사람들이 보는 앞에서 될 수 있는 한 끔찍하게 살해하는 것입니다. 그래서 전 세계에 지워질 수 없는 깊은 충격을 주어서, 더 이상 데탕트에 관한 이야기가 나올 수 없도록 만드는 것이죠."

메리는 너무 놀라서 아무 말도 못하고 앉아 있었다.

매키니 대령이 낮은 소리로 말했다.

"그러니까 무자비하게, 그렇지만 정확하게. 마이크는 CIA 소속입니다. 대사님의 남편과 마린 그로차가 살해된 뒤, 마이크는 '자유를 위한 애국자'들을 추적하기 시작했어요. 그들은 마이크를 자기들 편으로 생각하고, 그들의 공작에 참여하도록 했던 겁니다. 우리는 그 일에 대해서 엘리슨 대통령과 상의하고 재가를 얻어냈습니다. 대통령은 지금까지 일어난 일들을 모두 주의 깊게 지켜봐 왔습니다. 대통령이 가장 관심을 갖는 일은 당신과 아이들을 보호하는 일입니다. 대통령은 당신이나 그밖에 관련된 사람들에 대해 아무 말도 한 적이 없습니다. 그것은 네드 틸링 개스트 CIA국장이 상층부에서 정보가 새나가고 있다고 귀띔을 해주었기 때문입니다."

메리는 머리가 빙글빙글 돌 것만 같았다. 그녀는 마이크에게 물었다.

"그런데 당신은 나를 죽이려고 했잖아요."

그가 한숨을 내쉬었다.

"대사님, 나는 당신의 생명을 보호하려고 노력해왔어요. 나는 당신이 아이들을 데리고 고향으로 돌아가서 안전하게 살도록 내가 할 수 있는 모든 수단을 다 썼어요."

"그렇지만 당신은 내게 독약을 먹였잖아요."

"목숨을 잃게 할 만한 것은 아니었어요. 당신이 루마니아를 떠날 생각이 들 정도로만 아프게 하려고 했던 겁니다. 우리 의사들이 당신을 기다리고 있었습니다. 모든 사실을 말할 수도 있었지만, 그랬다가는 우리의 작전이 새나가서 그들을 잡을 수 있는 기회를 영영 놓치게 될지도 모르니까요. 지금도 우리는 누가 그 조직을 이끌고 있는지 모르고 있습니다. 그는 절대로 회의에 나타나지 않습니다. 그저 컨트롤러라고만 알려져 있지요."

"그럼 루이는?"

"그 의사도 한 패였죠. 그는 엔젤의 부하입니다. 폭발물 전문가이고요. 그들은 그 자를 여기로 보내서 당신과 가까워지게 만들었습니다. 가짜 납치 사건은 당신이 그 멋쟁이에게 구출되도록 하기 위한 조작극이었던 겁니다."

그는 메리의 얼굴에 나타난 표정을 살폈다.

"당신은 외롭고 약한 사람이어서 쉽게 빠져들 수가 있었고, 그들은 바로 그 점을 노렸던 겁니다. 당신이 그 멋진 의사에게 걸려든 첫 번째 여성은 아닙니다."

메리의 머릿속에 뭔가 떠오르는 것이 있었다.

'그 웃음짓던 운전사, 루마니아에 행복한 사람이라고는 없어요. 외국인만 빼고 말이죠. 저는 절대로 내 마누라가 과부가 되게 하지는 않을 거예요.'

메리는 천천히 입을 열었다.

"플로리안도 그때 같이 있었어요. 그는 나를 차에서 내리게 하려고 타이어에 구멍이 났다고 했어요."

"그를 체포해야겠군요."

메리를 괴롭히는 의문은 또 있었다.

"마이크, 당신은 왜 루이를 죽였나요?"

"달리 방법이 없었습니다. 그들이 세운 계획의 요점은 당신과 아이들을 사람들이 많이 모인 곳에서 될 수 있는 대로 요란하게 죽이는 것이었습니다. 루이는 내가 조직의 일원이라는 것을 알고 있었어요. 그런데 내가 당신에게 독약을 먹인 것을 알아차리고서는 나를 의심하기 시작했죠. 그런 식으로 당신이 죽게 되어 있지는 않았거든요. 그래서 그가 떠들어대기 전에 그를 없애야만 했던 겁니다."

메리는 여러 가지 의문의 조각들이 떨어져 나가는 것을 앉아서 듣고 있었다. 그녀가 의심하던 사람이 그녀를 살리기 위해 독약을 먹였고, 그녀가 사랑한다고 여겼던 남자가 더욱 극적으로 그녀를 죽이기 위해서 구해 주었다는 것이다.

'나는 희생양이었구나. 그들이 내게 보여준 모든 온정은 다 거짓이었어. 내게 진실했던 사람은 스탠턴 로저스 한 사람뿐이었어. 아니, 그 사람 마저도?'

"스탠턴, 그는⋯⋯?"

메리가 말을 꺼냈다.

"그는 늘 당신을 보호해왔지요."

매키니 대령이 자신 있게 말했다.

"마이크가 당신을 죽이려는 사람이라고 생각하고 내게 마이크를 체포하라고 명령했어요."

메리는 마이크를 돌아다보았다. 그는 나를 보호하기 위해 이곳에 왔는데 나는 언제나 그를 적으로 생각했다. 메리는 심한 혼란을 느꼈다.

"루이에게 아내와 아이들은 없었나요?"

"없었어요."

메리에게 생각나는 것이 있었다.

"그런데 내가 에디 멀츠에게 조사해달라고 했더니, 그 사람은 루이가 결혼한 적이 있고, 두 딸도 있었다고 말하더군요."

마이크와 매키니 대령은 서로 얼굴을 쳐다보았다.

"그 자도 감시를 해야겠군요."

매키니 대령이 말했다.

"내가 그를 프랑크푸르트로 보냈소. 나중에 체포하도록 하겠습니다."

"엔젤은 누구죠?"

메리가 물었다. 이번에는 마이크가 대답했다.

"그는 남아메리카에서 온 살인 청부업자입니다. 그는 아마 세계 최고의 살인자일 겁니다. 위원회에서는 그 자에게 당신을 죽이는 대가로 1천만 달러를 주기로 합의를 보았답니다."

메리에게는 도대체 믿기지 않는 말들이었다.

마이크가 계속해서 이야기를 해나갔다.

"우리가 아는 바로는 엔젤은 지금 부쿠레슈티에 들어와 있습니다. 언제나처럼 우리는 공항, 도로, 역 모든 곳을 철저하게 지켰지만 엔젤의 그림자도 보지 못했어요. 그 자는 열두 개의 다른 여권을 쓰고 있습니다. 아무도 엔젤하고 직접 말을 해본 적이 없습니다. 그들은 그 자의 애인 노이사 뮤네츠를 통해서 거래를 하죠. 조직의 단체들은 서로 독립해서 움직이기 때문에, 누가 엔젤이 이곳에 들어올 수 있도록 도왔는지, 또 엔젤의 계획이 어떤 것인지 전혀 알아낼 수가 없었습니다."

"그가 나를 죽이지 못하게 할 수는 없나요?"

이번에는 매키니 대령이 대답했다.

"루마니아 정부의 도움으로 우리는 오늘밤 파티에 대비해서 거의 완벽한 준비를 해놓았습니다. 일어날 수 있는 모든 사태에 대해서도 미리 대비해놓았습니다."

"어떤 사태가 일어날까요?"

메리가 물었다.

마이크가 신중하게 대답했다.

"그건 당신에게 달려 있어요. 엔젤은 오늘밤 파티에서 임무를 완수하도록 명령을 받았으니까요. 우리는 틀림없이 엔젤을 붙잡을 수 있을 겁니다. 하지만 만일 당신과 아이들이 파티에 나가지 않는다면······?"

그의 목소리가 길게 늘어지다가 끊어졌다.

"그럼 아무 일도 일어나지 않겠군요."

"꼭 오늘만 날이 아닙니다. 조만간 그는 다시 하려들 겁니다."

"그러니까 나더러 목표물이 되라는 말씀인가요?"

매키니 대령이 말했다.

"반드시 그러실 필요는 없습니다, 대사님."

'내가 이 사건을 여기서 끝내면 되는 거야. 아이들과 캔자스로 돌아가서 이 악몽을 떨쳐버려야지. 그리고 나는 인생을 다시 시작하는 거야. 교단으로 돌아가서 평범한 인간으로 살아야지. 아무도 학교 선생을 죽이려고 하진 않을 테니. 엔젤도 나를 잊을 거야.'

메리는 마이크와 매키니 대령을 바라보며 말했다.

"아이들이 위험하게 되는 건 안 돼요."

그러자 매키니 대령이 말했다.

"베스와 팀을 관저 밖으로 감쪽같이 나가게 했다가 나중에 경호를 받으며 다시 들어올 수 있도록 준비할 수 있습니다."

메리가 마이크를 한동안 바라보다가 마침내 입을 열었다.

"희생양은 무슨 옷을 입을까요?"

6분 전

대사관의 매키니 대령 사무실에서는 20여 명의 해병대원들이 대령의 명령을 받고 있었다.

"대사관저는 요새처럼 철통같이 지켜져야 한다."

매키니 대령은 단호하게 말했다.

"루마니아 쪽에서도 협조해줄 것이다. 이오네스쿠 대통령은 관저 앞 광장에 루마니아 군의 비상경계선을 쳐주기로 했다. 허가증이 없는 사람은 누구라도 그 선을 통과할 수 없다. 우리는 관저의 모든 출입문에 검문소를 설치한다. 관저를 나가거나 들어오는 사람은 누구나 금속탐지기를 통과하도록 한다. 건물과 정원은 완전한 감시망으로 둘러싸이게 된다. 지붕위에는 저격병을 배치하게 될 것이다. 질문 있나?"

"없습니다."

"해산!"

관저 주위의 분위기는 엄청난 흥분상태였다. 거대한 조명등이 하늘을 비추며 관저 주위에 둥근 원을 그리고 있었다.

미군 헌병 분견대와 루마니아 경찰이 군중들을 통제했다. 사복형사들은 군중 속에 끼어서 수상한 움직임을 감시하고 있었다. 경찰들은 또 경찰견을 데리고 폭발물이 있는지 수색하고 었었다.

언론의 관심도 대단했다. 10여 개국에서 온 기자들과 사진기자들이 진을 치고 있었다. 그들은 모두 주의 깊게 신원 조회를 받았으며, 그들의 장비는 관저에 들어오기 전에 철저한 조사를 받았다.

"쥐새끼 한 마리도 오늘밤에는 이곳을 빠져나가지 못할걸?"

경비를 담당한 해병대 장교가 장담을 했다.

창고 안에서는 육군 작업복을 입은 인부가 풍선에 바람을 넣는 모습을 해병대 상병이 따분하게 지켜보고 있었다. 그는 담배를 꺼내 입에 물고 불을 붙이려고 했다.

엔젤이 소리쳤다.

"담뱃불 꺼!"

해병대원이 깜짝 놀라서 쳐다보았다.

"왜 그래요? 당신은 풍선에 헬륨을 넣고 있잖아? 헬륨엔 불이 붙지 않는다고."

"불을 끄라니까! 매키니 대령이 이 안에서 담배를 피워서는 안 된다고 했어."

해병대원이 투덜거렸다.

"염병할!"

그는 담배를 마룻바닥에 떨어뜨리고 구두 뒤축으로 비벼 껐다.

엔젤은 불이 완전히 꺼지는 것을 보고서야 각각의 통에서 풍선 하나씩에 바람을 넣는 작업을 계속했다.

헬륨에 불이 붙지 않는다는 것은 사실이었지만, 어느 통에도 헬륨은 들어 있지 않았다.

첫 번째 통에는 프로판가스가 들어 있었고, 두 번째 통에는 흰색 인산이 들어 있었으며 세 번째 통에는 산소와 아세틸렌의 혼합물이 들어 있었다. 엔젤은 전날밤 이 통들에 풍선이 떠오를 수 있을 만큼만 헬륨을 남겨두었다.

엔젤은 흰색 풍선에는 프로판가스를 채워 넣고, 빨간색 풍선에는 흰색 인산을 넣었다. 풍선이 폭발하면 흰색 인산은 처음에 가스가 샐 때 소이탄 구실을 하며 산소를 끌어들여 주위 50야드 안에 있는 모든 사람의 몸을 날려버릴 것이다.

인산은 순간 뜨거운 액체로 녹아내려 참석자들의 머리 위에 쏟아질 것이다. 그 열의 효과는 폐와 목구멍을 완전히 태워버릴 정도이고, 폭발은 거리의 한 블록 전부를 폐허로 만들 것이다.

'무척 아름답겠지.'

엔젤은 몸을 일으켜 세우고 창고의 천장 위에 떠돌고 있는 형형색색의 풍선을 올려다보았다.

"이제야 끝났군."

"됐어요."

상병이 말했다.

"이제 우리는 이것들을 무도장에 갖다넣어 손님들을 즐겁게 해주기만 하면 돼요."

상병이 4명의 경비병들에게 소리쳤다.

"이 풍선들 옮기는 것 좀 도와주게."

경비병 하나가 무도장의 문을 활짝 열었다. 무도장은 미국 국기들과 빨간색, 흰색, 푸른색의 휘장들로 장식되어 있었다.

한쪽 끝에는 악단을 위한 무대가 마련되어 있었다. 무도장 안은 이미 방 양쪽 벽을 따라 놓인 뷔페 탁자에서 음식을 먹고 있는 손님들로 매우 붐비고 있었다.

"멋진 무도장이군요."

엔젤이 말했다.

'한 시간 뒤에 이곳은 불에 탄 시체들로 가득 차게 되겠지.'

"사진 한 장 찍어도 될까요?"

"왜 안 되겠어요? 빨리 찍어요."

해병대원들은 엔젤을 지나쳐서 풍선들을 무도장 안으로 밀어넣기 시작했다. 풍선은 무도장의 높은 천장으로 두둥실 떠올라 갔다.

"조심해서 하세요, 조심해서."

엔젤이 경고했다.

"걱정 말아요. 당신이 공들여 만든 풍선을 터뜨리지는 않을 테니까."

해병대원이 대꾸했다.

엔젤은 문턱에 서서 무지개처럼 피어오르는 풍선들의 화려한 색깔을 쳐다보고는 빙긋 웃었다. 1천 개의 치명적인 폭탄이 천장에 자리 잡고 있는 것이다.

엔젤은 사진기를 주머니에서 꺼내들고 무도장 안으로 들어갔다.

"이봐요! 안으로 들어오면 안 돼요!"

상병이 말했다.

"내 딸에게 보여주게 사진 한 장 찍읍시다."

"좋아, 하지만 빨리 찍어요."

엔젤은 방의 건너편 문 쪽을 바라보았다. 메리 애슐리 대사가 두 자녀와 함께 들어오고 있었다.

엔젤은 싱긋이 웃었다. 기가 막히게 시간이 맞았다.

상병이 등을 돌린 순간, 엔젤은 사진기를 탁자에 재빨리 붙였다. 식탁보가 늘어뜨려져 있어서 밖에서는 전혀 보이지 않았다.

모터로 작동되는 자동 타이머는 한 시간 뒤로 맞춰져 있었다. 모든 준비가 끝났다.

해병대원이 다가오고 있었다.

"이제 다됐습니다."

엔젤이 말했다.

"당신을 바깥까지 데려다 주겠소."

"고맙습니다."

5분 뒤, 엔젤은 관저를 나와 알렉산드루 사히아 거리를 어슬렁거리며 걷고 있었다.

무덥고 끈적거리는 밤이었지만 미국 대사관저 주변은 마치 정신병원 같았다. 경찰은 호기심에 차서 계속 몰려드는 수백 명의 루마니아인들을 막느라 진땀을 빼고 있었다.

관저 안의 모든 조명이 환하게 켜져 있어서 건물은 검은 밤하늘을 배경으로 밝게 빛나고 있었다.

파티가 시작되기 전에 메리는 아이들을 2층으로 데리고 갔다.

"이제부터 가족회의를 열어야겠다."

메리는 아이들에게 진실을 이야기해야 할 의무가 있다고 생각하고 있었다.

아이들은 지금까지 무슨 일이 일어났는지, 또 어떤 일이 일어날지도 모른다는 설명을 하는 동안 눈을 동그랗게 뜨고 집중했다.

"너희들은 절대로 위험하지 않도록 할 거야. 이곳에서 나가서 안전한 곳으로 가게 될 거거든."

"엄마는요?"

베스가 물었다.

"누군가가 엄마를 죽이려고 한다면서요? 우리랑 함께 가면 안 돼요?"

"안 된단다. 그 사람을 잡기 위해서는 그렇게 하지 않으면 안 돼."

팀은 울지 않으려고 애를 쓰고 있었다.

"그 사람을 잡을 수 있을지 없을지 어떻게 알아요?"

메리는 잠깐 대답할 말을 생각해보았다.

"왜냐하면 마이크 슬레이드가 그렇게 말했으니까. 알겠니, 얘들아?"

베스와 팀은 얼굴을 마주보았다. 둘 다 하얗게 질려서 겁을 먹고 있었다. 메리의 가슴은 아이들에 대한 애처로움으로 가득 찼다.

'이런 고통을 견디어 내기에는 이 아이들은 너무 어리다……. 하긴 누구라도 이런 고통을 견뎌낼 만큼 성숙하진 않을 거야.'

메리는 중얼거렸다.

메리는 자신이 죽음을 맞으러 가기 위해 옷을 차려입는 게 아닐까 생각하면서 조심스럽게 옷을 갈아입었다. 그녀는 붉은색의 긴 실크 시폰 드레스를 고르고 붉은 실크 하이힐 샌들을 신었다. 그리고 거울에 비친 자신의 모습을 살펴보았다. 핼쑥한 얼굴이 안쓰러울 정도였다.

15분 뒤 메리와 베스, 팀은 무도장으로 들어갔다. 그들은 무도장을 가로질러 가면서 손님들과 인사를 나누고, 될 수 있는 대로 그들이 느끼는 초조함을 감추려고 노력했다.

무도장의 맞은편 끝까지 갔을 때, 메리는 아이들에게 돌아섰다.

"오늘 숙제가 많다고 했지? 이젠 방으로 돌아가거라."

그녀는 되도록 큰소리로 말했다.

메리는 목이 꽉 잠긴 채 아이들이 떠나가는 것을 지켜보면서 생각했다.

'마이크 슬레이드가 잘해야 하는데…….'

바로 그때, 쨍그렁 하는 소리가 들렸다. 메리는 가슴이 섬뜩했다. 그녀는 무슨 일인가 하고 주위를 돌아보았다. 가슴이 심하게 두근거렸다.

급사가 쟁반을 떨어뜨려서 깨진 접시를 줍고 있었다. 메리는 마구 뛰는 심장의 고동을 늦추려고 애를 썼다.

엔젤은 그녀를 암살하기 위해 어떤 계획을 세웠을까? 그녀는 들떠 있는 무도장 안을 둘러보았다. 그러나 그 어떤 실마리도 찾을 수 없었다.

아이들이 무도장을 떠나자마자 매키니 대령이 그들을 직원용 출입문으로 데려갔다.

그는 문에서 기다리고 있던 무장 해병대원 2명에게 말했다.

"이 아이들을 대사님의 사무실로 데리고 가도록. 이 아이들에게서 잠시도 눈을 떼서는 안 된다, 알겠지?"

베스가 뒤로 물러섰다.

"엄마는 정말로 무사하시겠죠?"

"걱정하지 않아도 돼."

매키니 대령이 장담했다. 그리고 그는 자기 말대로 되기를 기도했다.

마이크 슬레이드는 베스와 팀이 나가는 것을 지켜보고 나서 메리를 찾았다.

"아이들은 무사히 나갔습니다. 이제 몇 가지 점검해봐야겠습니다. 그리고 곧 돌아오겠습니다."

"나를 혼자 두고 가지 말아요. 나도 함께 가겠어요."

말하지 않으려고 했는데 말이 저절로 나와버렸다.

"왜 그러십니까?"

그녀는 그에게 솔직하게 대답했다.

"당신하고 있으면 안전하게 느껴져요."

마이크가 빙긋이 웃었다.

"뭔가 바뀌었군요. 그렇다면 함께 가십시다."

메리는 그의 뒤를 바싹 붙어서 쫓아갔다. 악단이 연주를 시작했다. 손님들은 춤을 추었다.

연주곡들은 미국 노래들로, 대부분 브로드웨이의 뮤지컬 음악이었다.

그들은 '오클라호마', '남태평양', '애니 겟 유어 건', '마이 페어 레이디' 같은 곡들을 연주했다. 손님들은 파티를 여유 있게 즐기고 있었다. 춤을 추지 않는 사람들은 쟁반을 나르는 급사들과 뷔페 탁자에서 샴페인이나 제각기 좋아하는 음식들을 먹고 마시는 손님들이었다.

무도장은 화려했다. 메리는 고개를 들어보았다. 분홍빛 천장에 빨갛고 파랗고 흰 풍선이 수없이 떠다니고 있었다. 완전히 축제 분위기였다.

'죽을지도 모른다는 사실만 아니라면……'

너무 긴장되어 있어서 그녀는 당장이라도 소리를 질러버릴 것만 같았다. 한 손님이 그녀를 스치고 지나갔을 때, 그녀는 날카로운 독침에라도 찔린 듯이 몸을 움츠렸다.

엔젤은 이렇게 많은 사람들 앞에서 그녀를 총으로 쏘려는 것일까? 아니면 칼로? 앞으로 일어날 사건을 기다리는 어중간한 긴장감은 도저히 견딜 수가 없는 것이었다. 한마디로 숨쉬는 것이 편하지 않았다.

웃고 떠들고 춤추는 손님들 한가운데서 그녀는 벌거벗은 몸을 무방비 상태로 드러내놓고 있는 느낌이었다.

엔젤은 어느 곳에나 있을 수가 있다. 그는 지금 이 순간에도 그녀를 지켜보고 있을지 모른다.

"당신은 엔젤이 지금 이곳에 있다고 생각해요?"

메리가 물었다.

"모르겠습니다."

마이크가 대답했다.

그것이야말로 지금 가장 두려운 것이다. 그는 그녀의 얼굴에 떠오른 표정을 읽었다.

"혹시 여기서 나가고 싶으시다면……"

"아니에요. 당신은 내가 미끼라고 했어요. 미끼가 없이는 그가 함정에 빠지지 않을 거예요."

마이크는 고개를 끄덕이며 그녀의 팔을 힘주어 잡았다.

"그렇습니다."

매키니 대령이 그들에게 다가왔다.

"지금까지 철저히 수색했습니다, 마이크. 그런데 아직까지 찾아낸 것이 아무것도 없어요. 아무래도 꺼림칙합니다."

"다른 각도에서 다시 한 번 살펴봅시다."

마이크가 대기하고 있던 4명의 해병대원들에게 손짓을 하자, 그들은 메리의 옆으로 다가왔다.

"곧 돌아오겠습니다."

마이크가 말했다.

메리는 초조한 듯이 대답했다.

"빨리 돌아와야 해요."

마이크와 매키니 대령은 군견을 거느린 해병대원 2명과 함께 관저의 2층을 샅샅이 수색했다.

"아무것도 없군."

그들은 뒤쪽 계단을 지키고 있는 해병대원에게 말했다.

"낯선 사람이 올라오지 않았나?"

"네. 보통 일요일 밤같이 조용합니다."

그들은 복도 끝, 손님을 위한 방 하나가 있는 쪽으로 옮겨갔다. 무장한 해병대원이 보초를 서고 있었다. 그는 대령에게 경례를 하고 그들이 들어갈 수 있도록 옆으로 비켜섰다.

코리나 소콜리가 루마니아 말로 된 책을 읽으며 침대에 누워 있었다. 젊고 아름답고 재능이 있는 그녀는 루마니아의 국보라고 할 수 있었다. 그녀가 하나의 함정이 아닐까? 그녀가 엔젤을 도와줄 수도 있지 않을까?

코리나가 고개를 들어 쳐다보았다.

"파티에 참석하지 못하게 되어 얼마나 섭섭한지 몰라요. 너무 재미있을 것 같아요. 하지만 좋아요. 여기 있으면서 이 책이나 마저 읽겠어요."

"그렇게 해요."

마이크는 그렇게 말하면서 문을 닫았다.

"아래층을 다시 한 번 수색해봅시다."

그들은 부엌으로 돌아왔다.

"독을 쓸 수도 있지 않습니까? 그가 독을 쓴 일이 있습니까?"

매키니 대령이 질문했다.

마이크는 고개를 가로저었다.

"그답지 않은 짓이에요. 엔젤은 거창한 것을 좋아하지요."

"마이크, 어느 누구도 이곳에 폭탄을 갖고 들어올 수는 없다고요. 우리 전문가가 몇 번씩 조사했고, 군용견까지 동원하지 않았습니까? 이곳은 깨끗합니다. 그는 지붕을 뚫고 들어올 수도 없습니다. 왜냐하면 지붕에도 사수가 있으니까요. 하여간 그것은 불가능합니다."

"어떤 방법이 있겠지요."

매키니 대령이 마이크를 보았다.

"어떤 방법입니까?"

"몰라요. 하지만 엔젤은 해낼 겁니다."

그들은 도서실과 사무실들을 다시 살펴보았다. 그러나 아무것도 없었다. 상병과 그 부하들이 마지막 풍선들을 무도장으로 밀어넣고 있는 창고 앞을 지나가다가 그들은 풍선들이 천장으로 떠올라 가는 것을 보았다.

"예쁘죠?"

상병이 말했다.

"그렇군."

그들은 다시 걷기 시작했다. 마이크가 발을 멈췄다.

"상병, 이 풍선들은 어디서 온 것인가?"

"프랑크푸르트의 미공군 기지에서 온 것입니다."

마이크는 헬륨 통을 가리켰다.

"그리고 이것들은?"

"같은 데서 왔습니다. 대령님이 지시하신 대로 우리 창고에 보관해두었던 것들입니다."

마이크가 매키니 대령에게 말했다.

"2층에서 다시 시작해봅시다."

그들은 몸을 돌렸다. 그때 상병이 말했다.

"아, 대령님, 대령님께서 보낸 사람이 작업 전표 놓고 가는 것을 잊어버린 것 같습니다. 그걸 군에서 지불합니까, 대사관에서 지불합니까?"

매키니 대령이 눈살을 찌푸렸다.

"어떤 사람 말인가?"

"풍선에 바람을 넣으라고 대령님께서 보내신 인부입니다."

대령은 고개를 흔들었다.

"나는 모르겠는걸……. 내가 지시했다고 누가 그러던가?"

"에디 멀츠 씨입니다. 그분이 대령님께서……."

대령이 말했다.

"에디 멀츠? 나는 그에게 프랑크푸르트로 가라고 했는데."

마이크가 상병을 향해 다급하게 물었다.

"그 남자는 어떻게 생겼던가?"

"아닙니다. 남자가 아니라 여자입니다. 솔직히 말씀드리면 저는 그 여자가 이상하다고 생각했습니다. 뚱뚱하고 아주 못생겼습니다. 그녀는 괴상한 사투리를 썼습니다. 얼굴은 얽은 데다 부어 있었습니다."

마이크가 매키니 대령에게 흥분한 말투로 말했다.

"해리 랜츠가 말한 노이사 뮈네즈의 생김새와 비슷한데!"

그 생각은 두 사람에게 동시에 떠올랐다.

"맙소사! 노이사 뮤네츠가 엔젤이라니!"

그는 통들을 가리켰다.

"그녀가 저것으로 풍선을 채웠나?"

"그렇습니다. 저도 좀 이상하다고 생각했습니다. 제가 담배에 불을 붙였더니 그녀는 불을 끄라고 소리를 질렀습니다. 제가 헬륨은 불에 타지 않는다고 했더니 그녀는……."

마이크가 위를 쳐다보았다.

"저 풍선들이야! 폭탄이 풍선 속에 들어 있어!"

두 사람은 하얗고, 빨갛고, 파란 풍선들로 뒤덮인 높은 천장을 노려보았다.

"그녀는 저 풍선들을 폭파하기 위해서 원격조종 장치 같은 것을 사용할 겁니다."

그는 상병을 돌아다보았다.

"그녀가 떠난 지 얼마나 되었지?"

"한 시간 정도 되었습니다."

탁자 밑에 숨겨져 있는 시계 장치의 눈금판이 6분을 남겨놓고 있었다.

마이크는 미친 듯이 넓은 무도장 안을 두리번거리고 있었다.

"그 여자는 아무 데라도 그것을 숨겨놓을 수 있을 거야. 언제 그것이 폭발할지 알 수가 없군. 제 시간에 찾기는 틀렸을 거야."

메리가 마이크에게 다가오고 있었다.

"빨리 이 방에서 나가야 합니다. 빨리요! 모두에게 알리십시오! 모두 밖으로 나가라고 말입니다. 당신이 말하는 것이 나을 것입니다."

메리는 이상하다는 듯이 그를 보았다.

"왜요? 무슨 일이죠?"

"엔젤의 장난감을 찾아냈습니다."

마이크가 쓰디쓴 얼굴로 말했다.

그는 손가락질을 했다.

"저 풍선입니다. 저것들이 모두 폭탄입니다."

메리는 얼굴에 두려움을 가득 담은 채 천장을 올려다보았다.

"저것들을 끌어내릴 수 없을까요?"

마이크가 반박했다.

"천 개는 될 것입니다. 저것을 하나씩 끌어내리다가는……."

목이 너무 말라 있어서 메리는 거의 말을 할 수가 없었다.

"마이크, 한 가지 방법을 알고 있어요."

그 남자가 그녀를 뚫어지게 쳐다보았다.

"저 지붕 말이에요, 지붕이 열린다고요."

마이크가 흥분을 가라앉히려고 안간힘을 썼다.

"어떻게 하면 열립니까?"

"저기 스위치가 있어요."

"안 됩니다."

마이크가 가로막았다.

"전기 장치는 안 됩니다. 불꽃이 조금이라도 튀면 폭발할지도 모릅니다. 손으로 할 수는 없습니까?"

"할 수 있어요. 저 위 양쪽에 크랭크가 달려 있어요. 그걸 돌리면……."

두 사나이는 미친 듯이 2층으로 뛰어올라갔다. 3층에 도달한 두 사람은 다락방으로 통하는 문을 보고는 안으로 뛰어들어 갔다.

그곳엔 무도장의 천장을 청소하기 위해 일꾼들이 쓰는 나무 사닥다리가 있었고, 그 위에 발판이 있었다. 크랭크는 발판의 옆 벽에 붙어 있었다.

"반대쪽에 틀림없이 하나 더 있을 겁니다."

마이크가 말했다.

그는 죽음의 풍선 바다를 헤치면서, 균형을 잡느라 몸을 비틀었다. 될 수 있는 대로 밑에 있는 사람들을 내려다보지 않으려고 애쓰면서, 그는 좁은 발판 위를 걸어가기 시작했다.

한 줄기 바람이 그에게 풍선 덩어리를 밀어붙여 그는 균형을 잃고 미끄러졌다. 한쪽 다리가 발판 밖으로 나갔다.

그가 발판에서 미끄러져 나갔다. 그는 한 손으로 발판을 움켜잡고 매달렸다. 그러고는 천천히 몸을 위로 끌어올렸다. 땀으로 온몸이 흠뻑 젖어 있었다. 그는 조금씩 앞으로 나아갔다. 바로 앞 벽에 크랭크가 달려 있었다.

"나는 준비되었소. 조심해요! 갑자기 움직이면 안 돼요!"

마이크가 대령에게 소리쳤다.

"알았어요."

마이크는 천천히 크랭크를 돌리기 시작했다.

탁자 밑에 붙어 있는 타이머는 2분을 남기고 있었다.

마이크는 풍선들 때문에 매키니 대령을 볼 수가 없었지만, 그쪽 크랭크를 돌리는 소리는 들을 수 있었다.

천천히, 아주 천천히 지붕이 열리기 시작했다. 헬륨에 의해 떠 있던 풍선 중 몇 개가 밤하늘로 날아 올라갔다.

그리고 지붕이 더 넓게 열리자, 더 많은 풍선들이 빠져나가기 시작했다. 수백 개의 풍선들이 춤을 추면서 별들이 가득한 밤하늘을 향해 쏟아지듯 올라가자, 아무것도 모르는 무도장의 손님들과 길거리에 서 있던 군중들이 동시에 탄성을 질렀다.

탁자 밑의 원격 조종 타이머는 45초를 남겨놓고 있었다.

한 무더기의 풍선이 마이크의 손이 닿지 않는 천장 구석에 걸려 있었다. 그는 풍선을 풀려고 한껏 손을 뻗었다. 풍선은 손가락 끝에서 흔들거리기만 할 뿐이었다.

　조심스럽게 그는 손으로 잡을 데가 아무것도 없는 발판 위를 조금씩 기어서 다가갔다. 그리고 풍선을 떼어냈다. 됐다!

　마이크는 몸을 일으켜 마지막 풍선이 날아 올라가는 것을 지켜보았다. 풍선들은 검은 우단 같은 밤하늘을 화려한 색깔로 수놓으며 높이높이 치솟아 올라갔다. 그리고 갑자기 하늘이 폭발했다.

　귀가 찢어질 듯한 폭음이 있었고 붉고 흰 불꽃의 헛바닥이 공중 높이 치솟았다. 이것은 전에 볼 수 없었던 7월 4일 독립기념일 행사였다. 지상에서는 박수소리가 터져나왔다.

　마이크는 기진해서 몸을 움직일 힘조차 없었다. 이제 모든 것이 끝났다.

　세계 곳곳에서 동시에 일제 검거가 있을 예정이었다.

　국무장관 플로이드 베이커는 침실 문이 활짝 열렸을 때, 애인과 함께 침대에 누워 있었다. 4명의 사나이가 방안으로 밀고 들어왔다.

　"이게 무슨 짓들이야?"

　그중의 하나가 신분증을 꺼내보였다.

　"FBI 요원입니다, 장관님. 당신을 체포합니다."

　플로이드 베이커는 믿을 수 없다는 표정으로 그들을 노려보았다.

　"자네들 모두 미쳤군. 도대체 내가 무슨 죄를 지었다는 거야?"

　"반역 혐의입니다, 장관님."

　오딘이라고 하는 올리버 브룩스 장군은 2명의 요원이 그를 체포했을 때, 클럽에서 아침식사를 하고 있었다.

　대영제국 훈작사이며 하원의원인 앨릭스 하이드화이트 경은 클럽의 급사가 그에게 다가왔을 때, 의원 만찬회에서 건배를 하고 있었다.

"앨릭스 경, 실례합니다. 잠간 만나뵈었으면 하는 신사분들이 밖에서 기다리고 있는데요……?"

파리의 프랑스 공화국 국회에서는 발데르 의원은 개회 도중에 의석에서 불려나가 그 자리에서 국가 보안 경찰에 체포되었다.

뉴델리의 의사당에서는 하원의장인 비슈누가 리무진에 실려 교도소로 연행되었다.

로마에서 하원의원인 티르가 체포되었을 때, 그는 터키탕에 있었다.

체포는 계속되었다.

멕시코와 알바니아와 일본에서 고위 관리들이 속속 체포되어 투옥되었다. 서독의 한 국회의원, 오스트리아의 한 국회의원, 소련의 최고회의 간부회 부의장이 체포되었다.

체포된 사람들 중에는 어느 강력한 노동조합 지도자와 대 해운회사의 사장, 텔레비전 복음 전도사와 석유 카르텔의 총수도 있었다.

에디 멀츠는 도망치다가 사살되었다.

피터 코너스는 요원들이 그의 사무실 문을 부수는 동안 자살을 했다.

메리와 마이크 슬레이드는 도청방지실에 앉아서 전 세계에서 들어오는 보고를 받고 있었다.

마이크는 전화를 받았다.

"브릴랜드, 그는 남아프리카 공화국의 국회의원이오."

그는 수화기를 내려놓고 메리를 돌아다보았다.

"그들은 거의 모두 체포되었습니다. 컨트롤러와 노이사 뮤네츠인 엔젤만 빼놓고 말입니다."

"엔젤이 여자라는 것은 아무도 몰랐죠?"

메리가 감탄한 듯이 말했다.

"몰랐습니다. 그 여자는 우리 모두를 감쪽같이 속였습니다. 랜츠는 '자유를 위한 애국자' 위원회에서 그녀가 뚱뚱하고 못생긴 저능아라고 증언했습니다."

"컨트롤러는요?"

메리가 물었다.

"아무도 그를 본 사람이 없습니다. 그는 전화로만 지시를 내려왔습니다. 그는 뛰어난 조직 전문가입니다. 위원회는 작은 세포조직들로 나뉘어 있어서 세포조직들끼리는 서로 무엇을 하는지도 모릅니다."

엔젤은 격노하고 있었다.

사실 그녀는 격노를 넘어서 광란 상태에 있었고, 성난 야수 같았다. 살인 청부는 어쨌든 실패했다. 하지만 그녀에게는 실패를 보충할 준비가 되어 있었다.

그녀는 워싱턴의 한 개인 전화번호에 전화를 걸어서 그녀 특유의 그느릿느릿하고 멍한 목소리로 말했다.

"엔젤이 당신에게 걱정하지 말라고 했어요. 조금 실수를 했다고요. 하지만 다시 할 거래요, 선생. 다음번에는 모두 죽이겠다고 했어요."

전화의 목소리가 폭발했다.

"다음번이란 없어! 엔젤이 모두 망쳐 놓았단 말이야! 아마추어보다 서툰 솜씨였어."

"엔젤이 말했는데……."

"그가 당신에게 무슨 얘기를 했든 상관없어. 그는 끝났어. 동전 한 푼 못 받게 될 거야. 그 빌어먹을 녀석에게 전해줘. 썩 꺼져버리라고 말이야. 나는 좀 더 솜씨 있게 해낼 수 있는 사람을 찾아보겠어."

그러고는 전화를 끊어버렸다.

'돼지 같은 미국놈!'

누구도 지금까지 엔젤에게 그런 모욕적인 말을 한 사람은 없었다. 엔젤의 명예가 위태롭게 되었다. 이 녀석은 마땅히 자기가 한 말에 대가를 치르게 될 것이다.

두고 봐라. 어떤 대가가 기다리고 있는지!

도청 방지실의 개인 전화벨이 울렸다. 메리가 수화기를 집어 들었다. 스탠턴 로저스였다.

"메리! 무사했군요! 아이들도 모두 무사합니까?"

"모두 무사해요, 스탠."

"아, 고마워라! 이제 모두 끝났소. 무슨 일이 일어났는지 정확하게 설명해주겠어요?"

"엔젤이었어요. 그녀는 관저를 날려버리려고 했어요……."

"그녀가 아니라 그이겠지요."

"아니에요. 엔젤은 여자예요. 그녀의 이름은 노이사 뮤네츠고요."

길고 경악에 찬 침묵이 뒤를 이었다.

"노이사 뮤네츠? 그 뚱뚱하고 못생긴 얼간이가 엔젤이라고요?"

메리는 갑자기 온몸을 훑고 지나가는 오한을 느꼈다. 그녀는 느릿느릿 대답했다.

"그래요, 스탠."

"내가 도와줄 일이 있겠소, 메리?"

"아뇨. 지금 아이들을 만나러 가려던 참이었어요. 나중에 다시 전화할

게요."

그녀는 수화기를 내려놓고는 넋이 나간 듯이 앉아 있었다.

마이크가 그녀를 쳐다보았다.

"무슨 일입니까?"

메리는 그를 똑바로 보았다.

"당신은 해리 랜츠가 몇몇 위원회 위원들에게만 노이사 뮤네츠가 어떻게 생겼는지를 말해주었다고 했죠?"

"그렇습니다."

"스탠턴 로저스가 그녀의 생김새를 지금 내게 말했어요."

엔젤이 탄 비행기가 덜레스 공항에 착륙하자 그녀는 공중전화 부스로 가서 컨트롤러의 개인 전화번호를 돌렸다.

낯익은 목소리가 대답했다.

"스탠턴 로저스입니다."

이틀 뒤, 마이크와 매키니 대령, 메리는 대사관의 회의실에 앉아 있었다. 전자공학 전문가가 조금 전에 방안에서 도청장치를 제거하고 돌아간 뒤였다.

"모든 의문이 이제야 풀린 것 같습니다."

마이크가 입을 열었다.

"컨트롤러는 스탠턴 로저스일 수밖에 없었습니다. 그런데 우리는 전혀 눈치를 못 채고 있었지요."

"그렇지만 그가 나를 왜 죽이려고 했을까요? 처음에 그는 내가 대사로 임명되는 데 반대했다던데…….이건 그가 내게 직접 해준 얘기예요."

마이크가 설명을 했다.

"그때는 그도 계획을 완전히 만들어 놓지 못했던 겁니다. 그리고 나서 일단 당신과 아이들이 상징하는 바가 무엇인지를 깨닫고는 태도를 바꾼 것입니다. 그 뒤부터 그는 당신이 임명되도록 그야말로 분투했어요. 그 때문에 우리는 혼란에 빠진 겁니다. 그는 언론기관에 압력을 넣어서 당신의 이미지를 널리 알리고, 적재적소에 당신이 모습을 보이도록 하면서 배후에서 모든 것을 조종해 왔던 것입니다."

메리는 몸을 떨었다.

"도대체 왜 그가 이런 일에 끼어들게 되었을까요?"

"스탠턴 로저스는 폴 엘리슨이 대통령에 당선된 것을 두고 볼 수가 없었던 것입니다. 아마 속은 기분이었을 겁니다. 그는 자유주의자로 출발했지만, 우익 보수주의자와 결혼했습니다. 내 생각에는 그의 아내가 그를 그렇게 만든 것 같습니다."

"아직 그를 찾지 못했습니까?"

"예. 그는 사라져 버렸습니다. 하지만 그리 오래 숨어 있지는 못할 겁니다."

이틀 뒤, 스탠턴 로저스의 머리가 워싱턴의 쓰레기장에서 발견되었다. 그의 양쪽 눈이 다 찢겨 있었다.

거짓말, 그리고 진실

폴 엘리슨 대통령이 백악관에서 전화를 걸어 왔다.

"나는 당신의 사표를 받지 않겠습니다."

"미안합니다, 대통령님. 하지만 저는⋯⋯."

"메리, 나는 당신이 어떤 일을 겪었는지 알고 있습니다. 하지만 나는 당신이 루마니아 대사로 그냥 남아 있기를 바랍니다."

'어떤 일을 겪었는지 알고 있다고?'

그 누가 그것을 알 수 있단 말인가? 그녀는 이곳에 도착했을 때, 믿을 수 없으리만큼 순진해서 높은 이상과 무한한 희망에 불타고 있었다.

메리는 자기 조국의 상징이 되고 조국의 정신을 구현할 생각이었다. 그리고 전 세계에 미국인들이 얼마나 멋진 사람들인지 보여줄 생각이었다. 그런데 자신은 꼭두각시일 뿐이었다. 자기 나라의 대통령, 자기 나라의 정부, 그리고 자신의 주위에 있는 모든 사람에게 이용을 당했다. 자신과 아이들이 목숨을 위협하는 위기에 놓였던 것이다.

메리는 에드워드를 생각하고 그가 어떻게 살해되었는지를 생각했다.

그리고 루이와 그의 거짓말, 그의 죽음을 생각했다. 그녀는 엔젤이 전 세계에 던진 파멸을 생각했다.

'나는 이곳에 처음 왔을 때의 내가 아니야. 나는 순진했지. 하지만 지금 모질게 성숙하기는 했지만, 어쨌든 성숙해진 것만은 틀림없어. 나는 이곳에서 무언가를 이루기도 했어. 해녀 머피를 감옥에서 나오게 했고 곡물거래도 성사시켰어. 이오네스쿠의 아들이 목숨을 건지도록 해주었고, 루마니아 인들이 은행대출을 받을 수 있게 해주었지. 나는 몇몇 유대인들을 구해주기도 했어.'

"여보세요, 들립니까?"

"네, 대통령님."

그녀는 의자에 기대앉아 자기를 바라보고 있는 마이크 슬레이드를 책상 너머로 바라보았다.

"당신은 지금까지 정말 놀랄 만한 일들을 해왔습니다. 우리 모두는 당신을 매우 자랑스럽게 생각하고 있습니다. 신문을 읽어봤습니까?"

그녀는 신문 같은 것은 읽어볼 겨를도 없었다.

"당신이야말로 우리가 필요로 하는 사람입니다. 당신은 우리 조국에 크게 이바지할 사람입니다, 친애하는 메리 대사."

대통령은 그녀의 대답을 기다리고 있었다.

메리는 저울질을 하며 생각했다.

'나는 훌륭한 대사가 될 수 있어. 그리고 아직 이곳에는 할 일이 너무도 많지 않은가.'

그녀는 결심을 했다.

"대통령님, 이곳에 계속 머무는 데에 동의하기 전에 먼저 미국이 코리나 소콜리에게 은신처를 만들어줄 것을 요청합니다."

"미안해요, 메리. 나는 이미 그렇게 할 수 없는 이유를 당신에게 설명했소. 그것은 이오네스쿠 대통령을 난처하게……."

"그분은 극복할 수 있습니다. 저는 그분을 잘 압니다, 대통령님. 그분은 흥정의 수단으로 그녀를 이용하고 있을 뿐입니다."

길고도 신중한 침묵이 이어졌다.

"어떻게 그녀를 루마니아 밖으로 데리고 나올 생각입니까?"

"오늘 아침에 군 수송기가 이곳에 도착하기로 되어 있습니다. 그 수송기 편에 탈출시킬 생각입니다."

"알겠소, 좋습니다. 내가 국무부에 지시를 내리겠습니다. 이제 됐습니까?"

메리는 다시 한 번 마이크 슬레이드를 쳐다보았다.

"아닙니다. 한 가지 더 있습니다. 저는 마이크 슬레이드가 이곳에 남아 있기를 바랍니다. 저는 그가 필요합니다. 우리는 좋은 짝입니다."

마이크는 그녀를 바라보며 살짝 웃었다.

"그것은 안 될 일입니다."

대통령이 강경하게 말했다.

"나는 슬레이드를 필요로 하고 있습니다. 그는 이미 다른 임무를 맡게 했습니다."

메리는 아무 대답도 하지 않고 수화기를 들고 있었다.

대통령이 계속해서 말했다.

"다른 사람을 보내겠소. 당신이 원하는 사람을 선택해요. 누구든 좋습니다."

다시 침묵이 이어졌다.

"이쪽에선 정말 마이크가 필요하단 말이에요."

메리는 마이크를 힐끗 쳐다보았다.

대통령이 말했다.

"메리? 여보세요? 도대체……, 이거 협박하는 겁니까?"

메리는 앉아서 조용히 기다리고 있었다.

결국은 대통령이 참다 못한 채 말했다.

"좋아요. 정말 그가 필요한 모양인데, 당분간 그곳에 있게 하겠소."

갑자기 메리의 얼굴이 환하게 밝아졌다.

"감사합니다, 대통령님. 기꺼이 대사로서 일하겠습니다."

대통령은 작별을 고하며 한마디 했다.

"당신은 다루기 힘든 협상 상대로군요, 대사. 나는 당신이 거기 일을 끝내면 좀 더 흥미 있는 일자리를 제의할 계획을 세우고 있소. 행운을 빌겠소. 이젠 말썽 좀 부리지 말고 지내요."

전화가 끊어졌다.

메리는 천천히 수화기를 내려놓았다. 그녀는 마이크를 건너다보았다.

"당신이 이곳에 계속 있게 되었어요. 이젠 말썽 좀 부리지 말고 지내라는군요."

마이크 슬레이드가 싱긋이 웃었다.

"대통령님께선 농담도 잘하시죠."

그는 일어서서 메리에게 다가왔다.

"우리가 처음 만났던 날 제가 했던 이야기를 기억하십니까? 100점짜리라고……"

메리는 그것을 너무도 생생하게 기억하고 있었다.

"기억하고 있어요."

"제가 잘못 생각했습니다. 지금의 당신이 완벽한 100점이에요."

그녀는 따뜻한 기운이 올라오는 느낌이었다.

"어머나, 마이크……"

"제가 계속 여기 있기로 했다면, 대사님, 루마니아의 상무장관과 해결해야 할 문제를 우선 의논하는 것이 좋겠습니다."

그는 그녀의 눈을 들여다보며 부드럽게 말했다.

"커피 드시겠어요?"

에필로그

Windmills of the Gods

앨리스스프링 오스트레일리아 의장은 위원회에서 연설을 했다.

"우린 패배를 맛봤지만, 패배에서 배운 것을 교훈 삼아 우리 조직은 더욱 강해질 것입니다. 이제 투표를 해야 할 시간입니다. 아프로디테[그리스 신화에서 사랑과 미의 여신. 로마 신화의 베누스(비너스)에 해당됨]?"

"찬성입니다."

"아테나[그리스 신화에서 지혜, 예술, 전쟁, 대기(大氣)의 여신. 로마 신화의 미네르바]?"

"찬성입니다."

"퀴벨레[프리지아(옛 소아시아에 있던 나라)의 대지(大地)를 관장하는 여신. 그리스 신화에 나옴]?"

"찬성입니다."

"셀레네(달의 여신. 로마 신화의 루나)?"

"전임 컨트롤러의 비참한 죽음을 생각해서 좀 더 기다리는 것이……."

"찬성이오, 반대요?"

"반대입니다."

"니케(그리스 신화에서 승리의 여신. 날개가 있고 종려나무 가지와 방패, 월계관을 가짐. 로마 신화의 빅토리아. 영어로는 나이키)?"

"찬성입니다."

"네메시스(그리스 신화에서 인과응보, 보복의 여신)?"

"찬성입니다."

"제안은 가결되었습니다. 숙녀 여러분, 언제나처럼 경계를 늦추지 말고 조심하시기를……."

옮긴이 정성호

충남 당진에서 태어나 가톨릭대학교 신학과를 졸업하고 번역전문가로 활동하고 있다. 현재까지 번역한 책은 600여 종에 이른다. 주요 역서로 《개 같은 나의 인생》, 《황금옷 천사》, 《배반의 축배》, 《13월의 천사》, 《신즈》, 《우연한 여행자》, 《늑대와 춤을》, 《그네 타는 남자》, 《생의 한가운데》, 《인간의 역사》, 《정신분석입문》, 《포레스트 검프》, 《체인지》 등이 있다.

6분 전

개정증판 1쇄 인쇄 2022년 3월 20일 | **개정증판 1쇄 발행** 2022년 3월 25일

지은이 시드니 셸던 | **옮긴이** 정성호 | **펴낸이** 최효원 | **펴낸곳** (주)오늘
등록일 1980년 5월 8일 제2012-000082호
주소 서울시 영등포구 선유로 15, 209호 | **전화** (02)719-2811(대) | **팩스** (02)712-7392
홈페이지 http://www.on-publications.com | **이메일** oneull@hanmail.net

* 잘못 만들어진 책은 바꾸어 드립니다.
ISBN 978-89-355-0566-1 03840